连谏 著

重庆出版集团
重庆出版社

你是我最疼爱的人

图书在版编目（CIP）数据

你是我最疼爱的人 / 连谏著. -- 重庆 : 重庆出版社, 2025. 1. -- ISBN 978-7-229-19044-6

Ⅰ. I247.5

中国国家版本馆CIP数据核字第2024QZ3657号

你是我最疼爱的人
NI SHI WO ZUI TENG'AI DE REN
连 谏 著

责任编辑：袁　宁
责任校对：何建云
装帧设计：徐　图

重庆出版集团
重庆出版社　出版

重庆市南岸区南滨路162号1幢　邮政编码：400061　http://www.cqph.com
重庆出版社艺术设计有限公司制版
重庆市国丰印务有限责任公司印刷
重庆出版集团图书发行有限公司发行
全国新华书店经销

开本：787mm×1092mm　1/16　印张：26.75　字数：448千
2025年1月第1版　2025年1月第1次印刷
ISBN 978-7-229-19044-6
定价：69.80元

如有印装质量问题，请向本集团图书发行有限公司调换：023-61520678

版权所有　侵权必究

目 录　　CONTENTS

第一章　　001

第二章　　013

第三章　　032

第四章　　043

第五章　　060

第六章　　075

第七章　　092

第八章　　108

第九章　　122

第十章　　134

第十一章　　149

第十二章　　163

第十三章　　183

第十四章	198
第十五章	218
第十六章	231
第十七章	245
第十八章	256
第十九章	274
第二十章	289
第二十一章	296
第二十二章	310
第二十三章	320
第二十四章	333
第二十五章	352
第二十六章	373
第二十七章	390
第二十八章	404
尾声	417

第一章

1

胡美杉打小就不是个让人省心的孩子，关于她的传说很多。

在整条丹东路上，胡美杉是流言蜚语的原料，大家已经习惯了，所以，漂亮的胡美杉有着不漂亮的名声。她十岁的时候，就已经具备了制造让大人咂舌或者哄堂大笑的桃色典故的能力，比如说，她十岁那年夏天的某个晚上，老胡和邻居们在街上摇着蒲扇纳凉，胡美杉突然拉着几个小孩子跑过来，让老胡教她玩新式开火车游戏，老胡当即就面色如猪肝，嘴唇哆嗦，不知说什么好了，前言不搭后语地说，这游戏小孩子不能玩。胡美杉是个犟孩子，一定要问为什么小孩子不能玩，老胡都快当众给她作揖了，摸出两块钱让她和小伙伴去买雪糕，才算得以解脱。

大家就觉得，能把暴脾气的老胡弄到如此窘迫的新式开火车游戏，一定是个馅料丰盛的典故，就逼着他讲。在一片插科打诨的起哄里，老胡就讲了，夜里他和老婆快活，动静大了点，把胡美杉惊醒了。

是的，老胡住一套二居室，他和前妻生的儿子胡美德住一间，他和老婆住一间，胡美杉没地儿睡，老胡就在他和老婆的卧室，靠近窗台的位置，给她摆了张小单人床，和他们的大床之间隔了不到三米的距离。那天是铁路上发奖金的日子，老胡挺高兴的，喝了两瓶啤酒，就让老婆去洗干净了上床摆下，其实他们天天晚上都摆下，可这天晚上摆得稍微早了一点，胡美杉还没睡沉，就让老胡哼哧哼哧的声音给弄醒了，她从小床上坐起来，睡眼惺忪地问老胡干吗呢，老胡一下子就慌了，拽着毛巾被就往自己和老婆身上裹，嘴里忙念叨着说我和你妈玩开火车呢，说着，又弓着上半身，模仿了几下火车司机往机车里铲煤的动作。

小孩子天性爱玩，胡美杉说她也要玩，老胡更慌了，说他和她妈玩的开火车游戏，不是以前那种了，等明天教教她再玩。胡美杉这才躺下睡了，然后就有了第二天晚上胡美杉在街上找老胡学新式开火车游戏的典故。

当老胡讲完这个典故，丹东路一条街上的男人，顿时笑成了一群偷肉得逞的豺狗，咯咯的笑声响彻青岛潮湿的夜空。有人就说，这个胡美杉果然是她亲爹的种，搞不好长大了也是个风流坏。

对了，老胡不是胡美杉的亲爸，据说胡美杉她亲爸风流成性，被单位外派了几年，就勾搭了个妖里妖气的女人，把胡美杉她妈甩了。老胡的前妻也在几年前丢下他和儿子去了天堂，别人就介绍他和胡美杉的亲妈认识了，彼此觉得合适，就结婚了，那会儿胡美杉才7岁。在和老胡结婚的第四年，胡美杉妈妈得了肺癌，从发病到去世，只用了两个月的时间。当时，很多人劝老胡把胡美杉送到她奶奶或是乡下的姥姥家，老胡把劝他的人骂了一顿，说既然胡美杉她妈给他做了四年老婆、胡美杉也喊了他四年爸爸，她就是他亲的闺女了。事实证明，老胡没吹牛，这些年来，他对胡美杉比对亲儿子胡美德还好。胡美德比胡美杉大七岁，因为老胡的关系，职高毕业就在铁路就了业，是列车乘务员。他在火车上认识了去上海看男朋友却看成了千里迢迢去捉奸的贾文莎，恋爱半年就结婚了。婚后，胡美德住进了贾文莎家二百多平方米的豪宅，又过了一年多，他岳母因车祸意外去世，岳父老贾深受打击，心灰意冷，把打拼了大半辈子、享誉岛城的贾家烤鸡店往早就惦记着插手烤鸡店的贾文莎手里一扔，享受人生去了。当然，所谓贾文莎惦记着烤鸡店并不是她真的惦记，她打小被父母娇生惯养得连公交车都没坐过，哪里受得了打理烤鸡店的辛苦？她是替胡美德惦记，从十八岁当列车员到和贾文莎结婚，胡美德基本跑遍了全国的铁路线。列车员这活儿，看上去轻松，其实枯燥着呢，说起来全国没有他没到过的城市。可不管到了哪儿，都是随着火车站一站就走，蜻蜓点水似的，连火车站都捞不着出就得往回返。结婚没多久，胡美德萌生了让岳父开家分店，他去当经理过过瘾的念想，就和贾文莎说了。正好贾文莎也烦着他一出车就是两三天不能陪她，就和父母说了。老贾两口子不答应，为这吵了几架，不是他们信不过胡美德，而是经济上比较紧张。以前的贾家烤鸡店虽然有名，可门脸不仅小得逼仄，还暗仄仄得像老虎洞，这年春天，隔壁店面转让，老贾一咬牙就给盘下来了，和原来的小门脸打通，盘店面加上装修，把手里能转悠的那点钱，全给耗上了，哪里还有钱开分店？可贾文莎不信，掰着指头数跟他算账，烤鸡店每天营业额多少、利润多少、开了多少年了、他们家应该攒了多少钱了，就算买了房子盘了新店面，别说开一家分店，开三家都绰绰有余！

眼看老贾让亲闺女给逼到死胡同里去了，贾文莎她妈这才说了实话，钱是有，可都套在股市里了，上证指数五千多点的时候进去的，现在跌到一千多点了，用老贾的话说，做生意赔进去百分之五十，那就是腰斩了，可股市愣是把他给一刀一刀地削到了脚腕子……这事，他跟谁都没说过，其一不能提，一提就窝火；其二，老贾是个坐过牢的人，出狱后没单位肯接收，在亲戚朋友眼里，他就是个姥姥不亲舅舅不爱的主儿。给逼得没辙了，就想起了狱友告诉他的烧鸡秘方，做了几只，拿桶提出去卖，没想到还挺招人喜欢，他就这么干下去了，攒了点钱，在台东六路买了间老房。说是房，其实就是人家自己搭的偏厦，不知通过什么关系办下了房产证，卖给了老贾。那会儿的老贾才二十一岁，很要强，也吃得下苦，做事也踏实，房太小，他就在里面做，把临街的窗户改造成了卖货的橱窗，把五个平方米的小小门脸给经营得满屋喷香，橱窗外面，每天都排着长队，贾文莎她妈就是买烧鸡认识他的。那会儿她在台东的利群商场站柜台，喜欢吃老贾酱的鸡胗，经常过来买，就让老贾看上了。别人追女孩子是甜言蜜语加送礼物制造浪漫，可老贾不，鸡胗就是他的玫瑰，半年不到，就把贾文莎她妈娶回去了。没多久，台东六路就拆迁了，别人都抢着要楼上，可老贾不，他要一楼，缺点是他原来的房子太小了，满打满算拆迁办给了他十五个平方米的门面。再后来，渐渐地，人们不怎么喜欢烧鸡了，老贾脑瓜一转，还是用原来的配方，做了烤鸡，生意好得啊，就像傍晚的火烧云，可不管生意多火，老贾都有自己的原则，一天就做三百只烤鸡，卖完就打烊。

后来，胡美德说老丈人有一套，居然晓得饥饿营销。

老贾挺不爱听，说这就叫脾气，不仅人有脾气，世间万物都有脾气，没脾气就没风格，没风格的东西，再好也是大路货。

2

既然说到了老贾，就有必要把他的一切交代清楚了，前面我说老贾曾经坐过牢，其实现在回头看看，老贾挺冤的。20世纪80年代初，人们的精神生活枯燥无聊，看电影是件很享受很奢侈的事，那会儿，电影院的检票员和售票员都跩得很，因为谁能搞到电影票，谁就是能耐人。那会儿的老贾是十七岁的小贾，刚初中毕业，暑假里想赚点零花钱，就找到了舅舅家的表姐，她是电影院售票员，从她手里弄了票，加价倒卖，一天下来，也能挣个十块八块的。可好景不长，有天晚上有个小伙和女朋友看电影，窗口没票了，就从老贾这儿买，老贾一加价，小伙钱就不够了，当着女朋友的面，觉得挺丢面子的，和老贾呛呛起来。十七岁的老贾是初生牛犊不怕虎啊，也没示弱，越呛火越大，就动手了，把警察都给惊动了，正好碰上那阵全国严打，票贩子加斗殴，老贾就给当成寻衅滋事的小流氓给投到监狱里去了，一关就是两年。他的亲妈，一口窝囊气没上来，就倒在病床上，半年不到，人就没了。十九岁那年的夏天，老贾从监狱出来，亲爹已经让酒精拿走了半条命。在老贾出狱没多久的一个晚上，他抱着一瓶栈桥白干，走了。因此，亲姐姐对他白眼不屑看，活像爹娘是他亲手害死的。虽然事实并非如此，但老贾也晓得，爹娘的死，和他有脱不了的关系，遂也自觉地不往爹娘的亲戚朋友跟前凑，免得人人都想拿眼神和话语杀他一遍。直到遇上贾文莎她妈，他才觉得自己又有了亲人，所以，他很疼贾文莎她妈，不舍得让她受半点委屈。后来，也有亲戚朋友主动往发达了的老贾跟前凑，但他从不过分热络，等亲友走了，就和贾文莎她妈说晚了。他说的晚了，指的是亲友对他的好，已经晚了。当年他又冷又饿的时候，哪个见着他都躲之不及，活像他身上带着致命的瘟疫，见着他躲着的还算有修养的，更有的，直接冷的热的脏的臭的劈头盖脸地往他脸上砸……现在他老贾虽然算不上多发达，可至少是小康了，他们又捏只热馒头端碗热粥地送上门来，他已经不稀罕了。因为这，亲朋当中背地里骂他的、盼他倒霉的，也不少。他不在乎，因为他知道，无论倒霉还是富贵，对他来说，这些亲朋，不过是无关痛痒的看客，也正是因此，他一直谨小慎微，安分守己地做着生意，过着自己的日子，股票被削到了脖子子就削了吧，不管多疼，他都咬牙忍着，不出声，坚决不能让他们有幸灾乐祸的机会。倒是贾文莎的妈，一想起股票来就心疼得眼泪汪汪，老贾就安慰她，说没事，大不了咱不卖，抱着，当股东，早晚有涨回来的时候，就算涨不回来，年底还有分红，不也挺好吗？说着，掰着指头给她数，你瞧那啥公司，牛吧？里面也有咱家的股份，这要在旧社会，咱就是东家之一……自从嫁给老贾，因为有丈夫的疼爱，贾文莎她妈在生活上从不操心，人也变得越发简单了，老贾这么说，她也就信了，那些亏掉的钱，也就不那么堵在胸口闷疼了。

得知父母的钱被套牢在股市里，贾文莎并未善罢甘休，因为她已习惯了要月亮父母不会给她摘太阳。什么股市套不套牢？她不管，反正她就要给胡美德开一家分店，否则他们就休想有安生日子过！贾文莎她妈哭着说："你不消停我和你爸也没钱。"贾文莎就像那个崽卖爷田的败家子，说把股票卖了不就有钱了？一听闺女居然让他卖掉被削到了脚脖子的股票，老贾就火了，要不是贾文莎她妈拉着，巴掌就落贾文莎脸上了。

让贾文莎惹了一肚子气没地儿撒的老贾摔门走了，都晚上九点了还没回，贾文莎她妈就坐不住了，出门找他。她晓得老贾，除了喝壶茶听听老戏，没别的爱好，早些年被亲戚冷待，这些年被生意忙得，没几个能坐得下来长聊的人，肯定是去店里生闷气了。

可店里没有，贾文莎她妈就蒙了，不知该去哪儿找，琢磨着也有可能他已经回去了，在路上和她走岔了，才没遇上，就打电话问贾文莎。贾文莎恨声恨气地说没有，在电话里连哭鼻子带撒泼地威胁她妈，他们不开新店给胡美德也成，但必须给他换个轻松体面的工作。可老贾两口子，虽把日子过小康了，赚的却是辛苦钱，哪有给胡美德换个体面又轻松工作的本事？贾文莎她妈觉得凄惶，贾文莎自从认识了胡美德，不仅不把她和老贾当亲爹妈热乎了，还恨不能把他们老两口的骨髓敲出来熬汤给胡美德喝，于是着心凉，数落了贾文莎几句。在贾文莎这儿，爹妈是要糖给糖，要苦丁也得给偷换成糖的人，岂能随便数落她？就火了，冲她妈吆喝上了。找不见老贾，再让贾文莎一气，贾文莎她妈的脑子就嗡嗡的，好像被人捅了蜂箱的蜜蜂，嗡嗡乱成一团，没到斑马线，也不看有没有车就懵头懵脑地过马路，让一辆厢式货车，迎头就给顶飞了，飞了十好几米才落到地上，当场人就没了。

而电话这端的贾文莎，压根儿就不知道她妈出车祸了，因为被车撞上的那一瞬间，她妈妈的翻盖手机就飞了出去，落地就合上了，在她听来，不过是妈妈生气了，懒得听她咆哮挂断了手机。

半个小时后，她接到了老贾的电话。

交警根据贾文莎她妈手机上的通讯录联系上了老贾。

贾文莎和妈妈的最后一面，是在太平间见的。确切地说，如果不是警察和老贾笃定地告诉她，这就是她的母亲，她根本就无法确定眼前那个血肉模糊得连五官都难以分清的人，是她的妈妈。

她站在妈妈的遗体旁，眼泪唰唰地往下滚。

后来，她问妈妈是几点钟出的事。

警察说九点五十。

贾文莎心如刀绞，号啕大哭着拿脑袋去撞太平间的铁皮抽屉，被警察拉住了。老贾的脸，一直像铁板一样僵硬而冷清，也不哭，只是偶尔有一道两道清泪，从脸上飞快地滑过。

第二天一早，老贾一意孤行地把贾文莎她妈火化了，谁劝也不听。胡美德不在青岛，那会儿他在去广州的列车上。有人劝他说，老贾，女婿是半个儿，明天小胡就回来了，你差这一天？

老贾好像没听见。知道父亲心里怨着胡美德呢，贾文莎什么也不敢说，因为如果不是胡美德干够了列车员，她就不会逼父亲开家分店给他管，如果她没逼父亲，就吵不起来，吵不起来父亲也不会愤而离家，妈妈就不会去找他，妈妈不出门找他，就不会出车祸……还有，她不敢跟父亲说的是，如果不是她任性地在电话里和妈妈吵起来，或许，妈妈就不会没到斑马线就过马路，也不会精神恍惚到看不见海信立交桥上冲下来的车……任性害死了亲妈，这个罪孽，太是深重了，贾文莎承担不起。

所以，她只能哭，从见着妈妈的遗体到下葬的三十几个小时里，贾文莎哭得像个疯子，让闻者伤心，见者落泪。好些人说莎莎，别哭了，你哭成这样，你妈在天上见了，也会难过的。贾文莎好像聋了，好像被罩在了真空的玻璃罐子里，别人都看得见她，而她看不见任何人，偌大的世界，她都视而不见，都和她没关系了，而她唯一的使命，就是旁若无人地用尽了生命去号啕。

给妈妈下葬，贾文莎几乎是被人抬到墓地去的，她不吃不喝地哭了三十多个小时，整个人已经虚脱了。回来的路上，老贾看着她，开口和她说了自妈妈去世后的第一句话："都怪我，要是我不摔门出去，你妈也不会没了……"

老贾哽咽着，说不下去了，而贾文莎已没了哭的力气，只有稀薄而冰冷的泪水，顺着脸颊飞快地往下滚。

她知道父亲为什么要这么说，他一定是猜到了什么，这么说，是为了搬掉那座压在她良心上的叫作愧疚的大山。也是因为贾文莎的妈妈去世了，老贾才猛然醒悟，如果连最亲近的人都保不住，世间所有的打拼，就都是虚妄的瞎折腾，便遂了贾文莎的愿。胡美德不顾老胡的阻拦，欢天喜地地辞了职，耀武扬威地上任贾家烤鸡店经理，贾文莎呢，就成了掌管财政大权的幕后掌柜。老胡为此很恼火，觉得什么经不经理的，明明就是他辛苦拉扯大的儿子，让贾文莎绑到贾家去做长工了。

3

关于胡美德结婚住岳父家又接手了贾家烤鸡店这事，在别人看来，不管是对胡家还是对胡美德，都像被天上掉的馅饼砸中了脑袋。可老胡却一点儿也高兴不起来，甚至还一副很受打击的嘴脸，逢人就唉声叹气，说把自家独生儿子拉扯大了，看上去是白得了别人的家业，其实呢，是扔下自己家这一摊子给别人顶门立户去了，让他这当爹的没面子。很长一段时间，他不上街和人吹牛聊天了，胡美杉看出了他的心思，就安慰他说："爸，等将来我找个男朋友把婚结在咱家。"

老胡看她一眼又一眼，不说话。那会儿美杉小厨还没开张，胡美杉还在一家公司的前台当接待小姐。用街坊邻居的话说，这就是没学历没真本事又有一张好脸蛋的女孩子干的营生，每月有工资发着，在人家公司大堂里当人肉花瓶。

多难听啊，人肉花瓶！当然，没人敢说到老胡跟前，因为大伙儿都知道老胡待胡美杉比亲生儿子还好，谁要敢当他面说胡美杉个不字，老胡都会毫不客气地予以还击。

尽管如此，老胡也知道，除了一张青春靓丽的脸和勤快能干，胡美杉唯一拥有的就是让流言蜚语弄脏了的坏名声。这样的女孩子，知根知底的好人家，不会娶，不知根底的好人家，上哪里找呢？那一年，胡美杉都二十一岁了，满眼桃花的水灵姑娘，居然没男朋友，都是拜流言蜚语所赐吧？因为漂亮，胡美杉上初中的时候就经常有小男生追，老胡家住一楼，窗户上的玻璃经常换，就是因为经常有小男生过来找胡美杉。坏小子们不知道该怎么向心仪的女孩表达好感，就会用欺负她的手段引起她的注意，拿小石头扔她家窗玻璃。要是玻璃没破，胡美杉会推开窗户问是谁；破了，胡美杉就会像愤怒的小兽一样，从家里跑出来，叉着可爱的小蛮腰东张西望地寻找罪魁祸首。她虎视眈眈的样子，简直漂亮极了，撩人极了，撩得那些男孩子恨不能扑上去和她打一顿，当然，不是真打，是借着打架挨一挨她的肌肤，一亲芳泽。总之，她身边围了一群为了和她套近乎不择手段的坏小子。

在很多人的情感道德观里，不管是不是女人主动招惹的，但凡被很多男人喜欢的女孩子，一概都是不正经，终极理论是苍蝇不叮没缝的蛋。所以，丹东路上的女人，看见胡美杉就跟忠臣看见害皇帝误国的红颜祸水一样，虽不说恨不能一扫把把她扑灭了，也要使足了力气白她一眼。因为小，胡美杉不懂，但老胡能看出来，就生气，他也仔细观察了，别看被男孩子围着，可胡美杉那颗小心脏，根本就没在那些男男女女的事上。后来，她上高中了，学习成绩也还不错，尤其是数学，经常考个满分让老胡无数次在街坊邻居跟前吹大牛，那嘚瑟劲儿就差直接说别看胡美杉读的是普通高中，可将来，一定是清华北大的料。在胡美德与大学无缘让老胡失望了一顿之后，他非常希望胡美杉能让他扬眉吐气。因为晏老师，他终于还是失望了。

4

晏老师是胡美杉的数学老师，和老胡他们家住同一单元，吃同一根自来水管里的水，走同一根管子的下水道，唯一不同的是晏老师住顶楼，老胡家是一楼。

其实，胡美杉正是因为遇到了晏老师，才晓得数学也蛮有意思的。她喜欢听晏老师讲课，晏老师总是喜欢笑，笑得那么轻松，好像在调侃这个世界一样，露出两颗不是很显眼的小虎牙。晏老师喜欢在课堂上讲笑话，一本正经地讲，同学们都哄堂大笑了，他还装模作样地拿黑板擦子拍着讲桌说："笑什么笑？好好听课！"然后，像憋不住的玉米花，砰地绽出一脸的笑容。每当这样的时候，胡美杉就觉得，整个世界都是阳光灿烂的，像被暴雨清洗过的天空。所以，当某天早晨，骑着摩托去上班的晏老师在楼下看见她，犹豫了片刻，说："胡美杉，你搭我车吧。"

胡美杉呆呆地看了晏老师片刻，不敢相信这是真的，晏老师就又喊了她一声："胡美杉，你傻什么傻？上来呀。"

胡美杉就上去了，一路上紧张极了，心怦怦狂跳得厉害。从那以后，她每天早晨都能从无数双下楼的脚步声里，准确无误地分辨出晏老师的脚步声，然后背着书包出门，准确地和正在单元门口发动摩托的晏老师相遇……大概过了一个月，有天，晏老师的媳妇提着一把菜刀去了胡美杉家。当时，家里只有胡美杉。晏老师的媳妇脸色发白，直勾勾地看着胡美杉，把菜刀的刀刃，在摊开的另一只手掌上翻来覆去地摩擦着，活像身体孱弱却心思狠毒的屠夫，在瞄准着一只让她生气的小鸡小鸭什么的。她面无表情地说你这个狐狸精，你这个狐狸精。她翻来覆去地重复着这六个字。

胡美杉吓得大气不敢喘，勾着脖子，恨不能把脑袋埋进胸膛里，一步步往房间退，快退到门口时，晏老师媳妇狠呆呆地问："你还勾不勾引我老公了？"

胡美杉说她没有。

晏老师媳妇就咣的一声把菜刀剁到了门框上："你不要脸你耍赖，不光我，还有整条丹东路上的人都看见了，他天天载着你上学！你说你们睡几次了？"晏老师媳妇越说越难听，越说越离谱，甚至追问她是不是偷偷给晏老师生了野种，让她这就交出来，她要把那个野种剁成肉泥，丢进马桶，冲进下水道，成为青岛人屎尿的一部分。

那会儿的胡美杉不过是个怀春少女，心思干净得跟纯净水似的，被晏老师媳妇用下流话给攻击得就像精神上赤身裸体游了大街，小脸涨得通红，满眼是要夺眶而出的泪，只会反复说你瞎说你瞎说，一步步倒退进了自己房间，然后猛地关上了门。晏老师的媳妇从门框上拔下了菜刀，边骂边砍门，胡美杉吓得尖叫不已。

老城区的人家，街坊邻居都相互熟稔得很，极少相互提防，夏天大都习惯了开门窗纳凉，胡美杉家也不例外。事后，胡美杉想，她的尖叫，像吹破了午夜的哨子一样高亢而锐利，每一个路过的人，都能听得见吧？可是，没人来救她,也是在那个时候,胡美杉明白了一个让她受用一生的道理,不管遇上什么事,别哭,别叫,不仅没用,还白费力气,更恶心的是还有可能招来看热闹的,也就是说,你的痛苦,很可能会娱乐一批人渣。那天,幸亏老胡回来得及时,一把抓住了晏老师媳妇的手腕,当时她正全神贯注地砍胡美杉卧室的门,没听见有人来到了身后。

老胡拎起她,像拎只柴鸡,拎出门,丢在散发着果蔬腐臭的垃圾箱旁,指着她的鼻子一字一顿地骂:"你这种怪胎女人,就应该像垃圾一样被扔在街上!"晏老师的媳妇毫不示弱地拿那把已经砍卷了刃的菜刀剁马路牙子。这吓不住老胡,他说如果再有下次,不,如果让他看见她胆敢站在离胡美杉五米以内的地方,他都会毫不客气地打得她满地找牙!

在房间里缩成一团的胡美杉,泪流满面,为老胡的担当和爱。虽然她和老胡没半点血缘关系,可一直以来,在她心里,老胡就是她的爸爸。

那是个周末,晏老师原本是不上班的,可是,他媳妇因为抑郁症不上班好久了,为了给媳妇挣药钱,他周末都在辅导机构兼职。所以,丹东路一带的女人,训斥老公不晓得疼老婆时,都会拿晏老师做正面教材。这天傍晚,晏老师还没到家就被邻居告知,他媳妇又闯祸了,把胡美杉家的一扇门,劈得跟面条一样。据晏老师隔壁的邻居说,他回家训了媳妇几句。他媳妇就不知又从哪儿翻出一把菜刀,要抹脖子。

晏老师的媳妇经常哭着喊着要去死,她尝试过很多种死法,譬如跳楼、抹脖子、割手腕、吃安眠药,还喝过洗发水,那泡泡吐得,给她洗胃的医生都崩溃了。总之,尝试过很多种死法后,她还顽强地活着,继续煎熬着医治她抑郁症的中药,大家就觉得,其实,她一点也不想死,偶尔发作的疯癫,不过是欺负别人的手段。在这世界上,就有这么一种女人,谁爱她在乎她她就欺负谁,大家觉得,晏老师的媳妇大概就是这种人。

那天,晏老师真的累了,她哭喊着要抹脖子时,在讲台上站了一天又累又饿的晏老师,给自己泡了一碗面,撕开一根红肠,他觉得整个世界太嘈杂了,嘈杂得让他崩溃,所以,他从里面关上了厨房门。

事后,晏老师说,他只想安静地吃完这碗面。

等他吃完面出来,他媳妇已经死了,这一次,她下手挺狠的,砍断了自己的颈动脉,再也没活过来,她倒在沙发上,鲜血喷得满天花板都是。

然后,晏老师就被捕了。他媳妇娘家人指责他谋杀了老婆,伪造现场,他说没有。邻居们也觉得不可能,像晏老师这么开朗这么善良的人,怎么可能杀人,纷纷出庭给他作证,证明他是个好丈夫,帮他洗脱谋杀嫌疑,可晏老师还是被判入狱十四年,罪名是不作为故意杀人罪。

那会儿的胡美杉只有十七岁,这个罪名让她很困惑,也很难过,哭了很多次。晏老师的岳父母和父母专程登门来骂过她,他们都觉得是她害死了自己的女儿或是害惨了自己的儿子,甚至,他们扬言要和她同归于尽,她也没害怕,因为有老胡。

老胡的职业是铁路货场搬运工,脾气暴躁,一身腱子肉,退休以后,闲来没事就上青岛山上甩鞭子玩。用上好的麻绳拧成的长鞭,鞭梢是上等牛皮的,一甩,咔咔地响,像石头砸在冰面上,也像有人放了一根小炮仗。晏老师家出事以后,他就不上青岛山了,专门整天在家门口一带转悠,把鞭子甩得像放鞭炮一样响个不休,晏老师的岳父母和父母根本不敢近身,也进不了单元楼栋,只能远远地躲着他,一把鼻涕一把眼泪地控诉胡美杉小小年纪就不要脸。

晏老师家出事以后,胡美杉就不上学了,因为同学们看她的眼神很异样,和她要好的同学都问她是不是勾引了晏老师,她说没有,人家不信,她就和人家打了起来。班主任就把老胡叫了去,老胡又和班主任打了一架,胡美杉就不上学了。

老胡要给她转学,胡美杉不让,说上够学了,因为不想在人群里混了,觉得人群可怕,像摸不到底的黑洞,一跟人群打交道她就有无边无际的坠落感。

不上学的胡美杉打过很多工,干过促销,下过车间,被很多男人追过,被很多男人试图轻薄过,但她没有爱过。这些年来,她一直想当面问问晏老师,当初,你是不是喜欢我?你是不是真的眼睁睁看着老婆抹了脖子,却没送她去医院,故意让她死?当晏老师的罪名坐实了,被送往监狱后,很多人这么说过。他们说,晏老师之所以这么做,是因为胡美杉的勾引,他动了心,就再也不是以前的那个善良包容体贴的好老公了,巴不得媳妇赶紧把自己弄死,他好娶胡美杉……殊不知天网恢恢……他们还把这揣测出来的八卦说到胡美杉眼前,但都说是别人说的,他们只是八卦地传个话而已,而且他们相信,胡美杉

第一章 *11*

不像他们说的那样，晏老师也不是那种人。

　　胡美杉只是笑笑，知道在那些人心里，她和晏老师就是那样的。

　　晏老师媳妇死状过于惨烈，那几年青岛的大街小巷上都流传过胡美杉的故事，也是在那个时候，花样年华的胡美杉就尝到了流言蜚语的厉害，就像跋涉在没腰的沼泽里，虽然不致命，但充斥周围的都是肮脏和纠缠，难以挣脱。胡美杉哭过争辩过，却没用，也就淡然了，所以，她习惯了走在街上的时候心无旁骛，好像整个世界上荒无人烟，只有她，孑然而行。

　　胡美杉去监狱探过监，可因为不是直系亲属，监狱方面不给安排见面，她怎么求都没用。没辙，她只好写信，关于传言晏老师见死不救的情节，她在信里问过，可晏老师一个字也没回她。

　　她写了那么多信，连一个字都没换回来。

　　在二十三岁之前，胡美杉的青春，是神圣而悲壮的。她恍惚间觉得，或许坊间传言是真的，晏老师是爱她的，但他是个有道德的人，在事发前不能说，因为他有家室，而她，还是个十七岁的孩子。事发后，更不能说，还是因为爱她爱得深沉，他在坐牢，对这份爱，既担当不起又给不了她温暖，说出来就是自私，就是占有式的圈禁。所以，无论胡美杉给他写多少信，在信里表达得多么深情，多么热烈，他都保持了高尚的沉默。

　　当然，这些都是胡美杉的痴情假想，或是一个少女对爱情的憧憬，男人勇敢、内敛、有担当，而她，像柔弱的藤，缠绕着他……

　　很久以后的后来，胡美杉想，她对晏老师的感情，其实是暗恋，和晏老师没半毛钱的关系。甚至可以说，她爱上的不是晏老师，而是借助晏老师的样子，和自己的想象力谈恋爱。

第二章

1

漂亮女孩子在社会上扒生活，命运总是多舛。出身草根又漂亮的女孩子，对自己的相貌优势大多也是自知的，会习惯性地希望自己像美玉被有慧眼的王子碰上。可生活就是这么残酷，这世间，王子总是少的，仗势凌弱的流氓，却多的是。这条铁律，也毫不留情地践行在了胡美杉身上。在那家公司做前台接待小姐的时候，胡美杉谈过一场不成功的恋爱，男的是在那栋写字楼开公司的小经理，人挺体面，文质彬彬的，挺有学问挺有修养的样子，殷勤地追了她几个月。胡美杉就动了心，约会了半年，胡美杉觉得不对头，除了开始几次约会他们还能出去看看电影听听音乐会，再后来的约会地点，他总试图确定在他家甚至是床上。如果说这尚不算什么的话，那胡美杉问什么时候见你父母，他总说你不知道他们有多烦，只要见了你肯定就是没命地催结婚给他们生个胖孙子，然后用慎重而珍惜的目光打量着她，说你这么好的身材，哪能这么早要孩子？胡美杉很难过，很想和他说，女人爱一个男人就想早点结婚也愿意给他生孩子，但又觉得说出来有失女孩子的矜持，就说要不我带你见见我爸吧。那人说好啊好啊，我请老人家吃饭。胡美杉不动声色地说，我爸以前是在铁路上干老搬的，脾气很躁，但很疼我和哥哥，谁要敢欺负了我们，他能提着棍子打上门。那人就没了后话，也不约胡美杉了，胡美杉就明白他只是打着谈恋爱的幌子玩玩的骗子，根本就不想娶她，再去找他，就成自取其辱的纠缠了，遂罢了。原本那颗还期盼着爱情的心，就悄悄凉了，这就是胡美杉，一直这个样子。在流言蜚语中度过了豆蔻年华的胡美杉，有着沉默而温柔的倔强，或许是经历了太多的口舌是非，无论发生什么事，她都很少和人争论，最多是一声不吭地收拾东西，走人，丢给所有人一个高挑里沉默得有些不屑的背影，但老胡晓得她是不开心的，在她换过几次工作后，就逼她辞了职，利用他们家房子临街的优点，开了间叫美杉小厨的馄饨店。

至于店里一天能赚多少钱，胡美杉从来不打听，反正原材料是老胡买，款也是老胡收，她的任务就是管好厨房，只有把厨房管好了，老胡那儿才有账进，这是开店的最初，老胡讲给她听的话。

老胡看上去大大咧咧的，不像个遵守方圆规矩的人，事实却恰巧相反，在管理美杉小厨上，老胡有他严格的一套，每天下午必须去一趟路口的交通银行，把头天晚上和当天中午的营业款存上。他一直觉得现金这东西放在手里，就像闲人跟前摆了一盘瓜子，总想随手嗑一把，不知不觉就嗑没了，存到银行里，就相当于那把瓜子锁起来了，眼不见嘴也就不痒了，平常百姓家的钱，都是这么攒起来的。老胡和胡美杉说过很多次，她妈活着的时候，就这样，手里有整钱，她宁肯出去借零钱花也不破整的，说整的一破开就没了。这么多年来，每到月底，拿着厚厚的牛皮纸信封，胡美杉就觉得父亲果然英明，这么好的男人不再给女人当丈夫，实在是太浪费了，也和老胡这么开过玩笑，老胡都说算了算了，他命里不配有老婆，就不去害人了。

陆易州是美杉小厨的食客，他第一次进来，是个周末的上午，十点多，胡美杉正在调馄饨馅，店里空荡荡的，老胡正在做开张前的准备，提着大瓶调料，检查每张桌子上的瓶瓶罐罐，逐一添满，店面里充斥着温润的安好逸静。

陆易州高高瘦瘦的，站在门口，挡住了好些光线，整个店面，就幽暗了好多，老胡扭头看了他一眼："吃馄饨？"

陆易州说嗯，然后去看店面和后厨之间的玻璃隔断，其实是面墙。为了开店，老胡把一面墙的拦腰以上挖空了，下面贴上了瓷砖，铺了大理石，上面到顶装了玻璃，玻璃靠近大理石台面的位置，挖了个拱形的洞，以方便递馄饨。整个美杉小厨干净得让进来的客人特有安全感。当初改建的时候，老胡特意把房子从中间的走廊那儿封上了，看上去像两户，把原来临街的窗子开成了美杉小厨的店面门，后面的一间小客厅和卧室与店面是完全间开的，回家睡觉必须从店面门绕出去，从单元门进卧室。虽然有街坊笑话老胡这顿周折是脱了裤子放屁两倒手，原本腌大的房子让他做成了两个独立的螺蛳壳道场。老胡也不争执，可美杉小厨的生意就是比其他家连住家和开店掺在一起的店好得多，为什么？胡美杉的手艺在那儿是一个原因，还有一个原因是和住家彻底隔开，不仅给人感觉干净，还正规。

陆易州看着墙上的简易菜单，不外是各种馅的馄饨，以及小菜的价格，陆易州要了碗普通的三鲜馄饨，找了张临窗的桌子坐了，埋头看手机新闻。

老胡冲后厨说："一碗三鲜的。"

再后来，陆易州几乎每晚都会来吃馄饨，周六周日不上班，是早午饭二合一，十点左右来，周一到周五是下班后来吃晚饭。吃久了，见他进来，老胡就会冲厨房说："一碗三鲜。"

陆易州就笑笑，算是打招呼，把手包往桌上一放，看手机新闻，或是手指在手机上一按一按的，胡美杉就晓得他是在玩游戏，或者发短信。

客人多的时候，胡美杉在厨房忙得几乎要手脚并用，老胡照样在店面里擎着一只放大镜看报纸，老熟客看不惯，说："你闺女都忙成陀螺了，你还有闲心看报纸？"

老胡就挪挪放大镜，眼也不抬地说："有。"

客人就说到底不是你亲闺女。

老胡就抖抖报纸说："我下了厨，这馄饨你还咽得下？"老胡的闲，全靠着电视和报纸打发，他玩不转智能手机，去年春节胡美德送给他一台苹果手机，老胡不知戳了哪儿，一个月光流量费就花出去好几百，火得他差点把胡美德喊过来烧着吃了，说他这不是孝顺，是坑他，逼着胡美德去退手机，找运营商赔他损失……胡美德让他逼得没辙，只好把手机拿回家，又给了他五百块钱，撒谎说是运营商赔偿他的损失，老胡这才气哼哼地算了。

熟人打量着老胡，就不吭声了。因为老胡干了一辈子搬运工，累得浑身上下不长一丝的赘肉，风吹日晒的，像块烟熏火燎的腊肉，退休了都变不了颜色，不管他穿多么体面，洗多干净，看上去都脏乎乎的。他自己也知道这点，所以，为了美杉小厨的形象，哪怕胡美杉忙成陀螺，他也不往厨房插半只手，就在店面上帮着端端馄饨，收收钱。碰着爱好的年轻人来吃饭，他连馄饨都不给端，怕年轻人嫌弃，收了钱，馄饨出来了，就扯着嗓子喊一声，让年轻人自己端。

陆易州来吃馄饨，他也这样。

有时候，陆易州玩手机游戏或是看新闻看入了迷，馄饨放半天也不知道来端，胡美杉会给他端过去，说馄饨凉了不好吃。

陆易州就恍然大悟似的抬头，说谢谢，拿起勺子吃。

来吃馄饨的人很多，但很少有人和胡美杉说谢谢，所以，她就多留意了这个年轻人几眼。高，瘦，安静，一笑起来，就阳光恣意灿烂，总是边吃馄饨边看手机。很多次，胡美杉想提醒他，吃饭的时候看书看报，对胃不好，看手机也是同理吧，但又怕他觉得自己多余。有一次，他看着看着手机，突然就笑得喷了出来。把老胡笑愣了，问他看啥呢，笑成这样。

陆易州就给他念了一个网上的段子，老胡正抽烟，就给呛上了，原本就黑的脸，给憋成了紫色。陆易州忙起身来给他捶背，就这么着，熟了。

熟了之后，话就多了，再来吃饭，如果心情好，也得闲，老胡会和他聊几句，知道他是上海名牌大学毕业的，还读了研究生，在青岛的一所大学里当助教。又问他多大了，陆易州说26。老胡就哦了一声，说比美杉大一岁。又问有对象了没有。陆易州说没有。老胡不信，陆易州就说天天吃馄饨的穷屌丝，没女孩子稀罕。

老胡就瞥了胡美杉一眼，说："那不一定，年轻人，穷点不怕，只要有志气，就有将来。"

陆易州说我妈也这么说。

老胡又问他住哪儿，陆易州指了指楼上，说701，租的房子。

出来给他送馄饨的胡美杉，就像心尖上被什么扎了一下，手里的碗，就歪了，洒了不少汤，然后，他们什么也没再说。701是晏老师家，晏老师在坐牢，他父母就帮他把房子挂在中介租出去了。

陆易州下班后总是先来美杉小厨吃碗馄饨，然后上楼，胡美杉总觉得他吃不饱，但凡男人来吃馄饨，大多要加个烤火烧，想吃得再好点，还可以要几串烤肉和小菜。可陆易州一米八几的大男人，只要一碗馄饨。

胡美杉莫名地就有些心疼他，像姐姐心疼弟弟，虽然陆易州比她大将近一岁。

因为老胡偶尔和陆易州聊两句，他的底细，胡美杉大概都知道了。知道他是烟台地区的乡下人，父亲是老师，前两年生病去世了，母亲是农民，在老家伺候着几亩果园。胡美杉就说，按说现在的乡下不是从前了，只要脑子灵，手脚勤快，日子也挺滋润的，何况家里就他这么一个儿子，犯不着这么勤俭吧？

老胡说陆易州是个要强的人，有时候来吃饭还带着电脑，等馄饨的时候噼里啪啦打外国字，说是翻译外国书挣翻译费呢。翻译高兴了，就跟老胡说是要在三十岁前挣套房子，让他妈和他妹都来青岛。

胡美杉就好奇："他还有个妹妹啊？"

老胡说是表妹，他姨妈的闺女，姨妈家俩孩子，有病，又穷，闺女就交给陆易州他妈供了，陆易州他妈哪有这能力？还不得陆易州啊。

胡美杉说："这样啊。"

"小陆这孩子不错。"老胡看她的眼神，意味深长的，胡美杉低头剥蒜，装没看见。

2

有一天，陆易州吃完了，胡美杉过来收拾碗筷，顺口问了一句："能吃饱吗？"

他下意识地说能，然后习惯性地回想了一下，突然觉得今天的馄饨好像比往常多，虽然吃的时候没数，可今天的胃比往日胀了许多。到底是不是真多了，也不好问，万一还和往常一样，显得他特自作多情。

他看了胡美杉一眼，傻傻笨笨的。胡美杉抿着嘴，莞尔一笑，收拾起碗筷进了厨房。

那天晚上，陆易州的心，沉甸甸的，躺在床上，想胡美杉那张长期被蒸汽温润着的脸，白皙，细腻，润泽，很美，话不多。这也是陆易州喜欢到她店里吃东西的部分原因，她不会因为他常去而话多，甚至说些失了分寸的话，有些做小生意的老板就会这样，稍一熟悉，就话多得招人心烦。陆易州喜欢和人保持一定的距离，人和人之间保持矜持，是道德也是修养。自打他考上大学，他妈就这么教导他，有文化你就得有点有文化的样子，别整天鸡零狗碎的，要有点清净劲儿。

胡美杉的话，大多在眼神里，眼里有话的女人，就会显得特风情。

在静谧的夜晚，想她的时候，陆易州总想笑，那种无声的、暖意荡漾的笑，他去美杉小厨吃晚饭，因为馄饨好吃，也方便。绝不是几个老食客打趣的看上胡美杉了。怎么可能？他喜欢出水芙蓉样的文艺女青年，瘦而婀娜，长发飘飘，目光清澈而淡定。如果说他喜欢的女孩子，像国画里的水墨兰花，胡美杉的漂亮就是乡下年画，娴静里透着俗气，张口是地道的青岛老街口音，说的是正宗青岛俚语，总把"着"说成"子"，活像好端端说着话，舌头就绊了一跟头。

再去吃饭，他特意数了一下馄饨，真比以前多了，整整十六个，他以为胡美杉调整每碗馄饨的数量了，就盯着其他顾客的碗，默默数。

依然是十个。

陆易州就慌了，田螺姑娘的情不能随便欠呀，要不然，得以终身相许。

之后半个月，陆易州没来吃饭，隐隐的，胡美杉猜到了原因，就觉得男女之间，不能随便好心，要不然，会被人理解成轻薄。

楼上楼下地住着，进出难免会遇上，陆易州一看到她，目光就会飞快挪开，好像她是块烙铁或其他发光发热的东西，挪慢了会烫伤他的视神经，酝酿了一脸笑的胡美杉就显得很尴尬，活像不够凶恶的债主，正被狡猾的欠债人躲着呢，却不小心给狭路相逢了，就尴尬地晾在了那儿。

短暂尴尬后，胡美杉就极自然地迎上去，笑着说："小陆，最近怎么不去店里吃饭了？"

陆易州只好端出一脸整齐的笑说最近学校事多，忙完就在学校食堂吃了。

胡美杉说这样啊，我还当你害怕了呢。

陆易州装出一副全然不解的样子："害怕？我怕什么？"

胡美杉就抿着嘴笑，好像真信了他："那是我多想了。"

陆易州依然一副饶有兴趣，想知道她到底多想什么了的样子。

胡美杉却转移了话题，说你租的房子，是我数学老师的。

这句话在别人听来，没头没脑的，但在陆易州理解就是，她之所以多给他馄饨，是因为他租了她数学老师的房子，就笑着说邻居加老师，你们一定关系很好。

胡美杉点点头，伤感地说是啊，可惜了，他家破人亡的。

陆易州吓了一跳，如果这事发生在别人身上，或许他就不问了，可毕竟是发生在他房东身上，就心有余悸了，问为什么。

胡美杉就把晏老师的故事简单讲了一遍，当然，关于她和晏老师的流言没有讲，只说他媳妇抑郁得把自己杀死了，却害晏老师去坐了牢，然后问："他们没告诉你？"

陆易州摇了摇头。胡美杉也觉得自己问得很傻，房东或者中介怎么会把这样的事告诉租客呢？除非不想把房租出去了，就笑着说也是。停了一会儿，又说晏老师刚出事那会儿，她挺内疚的，因为总觉得，如果不是她搭晏老师的摩托上学，或许他媳妇就不会和他吵架，如果他俩不因为这吵架，他媳妇就不会自杀，晏老师也不会因为这坐牢。

陆易州说人生没有如果。她又点头，说因为他租晏老师家的房子，职业和晏老师有点相似，身高也像，恍惚里觉得他就是晏老师，下意识总想对他好点，好像这样她心里才能好受点。

陆易州就明白了，胡美杉和他说的并非纯粹的闲话，是婉转地告诉他，别让那几个馄饨吓着，她对他没特殊的青睐。这让他误会的一切，皆不过是他租住了晏老师的房子，而她，对晏老师心存愧疚，因为他和晏老师有些相似，下意识里，就把他当晏老师待了。

陆易州惭愧得要命，吭哧了一会儿，神差鬼使地问了一句："你喜欢那位晏老师吗？"

胡美杉就愣了，心像被刀尖戳了似的，疼得细碎钻心，就怔怔地说："你怎么这么问？"

陆易州不好意思地笑了一下，说："抱歉啊，我是不该这么问，可你说因为他搭你上学才和他媳妇发生矛盾的……"

他不好意思，胡美杉倒释然了，说晏老师的媳妇有抑郁症，和整栋楼的邻居都打遍了，尤其是女邻居，和晏老师打个招呼她都能提着菜刀去砍人家的门。

陆易州说这样啊。

两人站在街上，秋天的太阳明晃晃地把两个人罩在怀里，陆易州的脚尖在地上轻轻踢了几下，拼命找话的样子，吭哧了半天才说其实你没必要内疚，抑郁症患者经常有自杀的，他们自杀和外界关系不大。

胡美杉说是啊，因为抑郁症晏老师的媳妇早就不上班了，在家没事，经常琢磨着闹自杀，把自杀方法差不多都尝试遍了。

陆易州说抱歉啊，你说因为我像他才多给我盛的馄饨，我误会成是你喜欢他了。

"我倒是真喜欢他。"胡美杉笑得爽朗里带着一点顽皮的小坏，"仅限于学生对老师的喜欢，晏老师讲课可好玩了，我们班同学都喜欢他。"说完，看了一眼手机，说约了人，该走了。那天，她穿了类似于改良旗袍的长袖连衣裙，线条明快地勾勒出了细细的腰、丰满而翘翘的臀，尤其是她边走边回头和他摆手的样子，像极了《花样年华》里的张曼玉，刹那间，陆易州看呆了，嘴微微地张着，目送了好远。

胡美杉都走出去十好几米了，突然回头："你要不嫌弃，就还去吃馄饨啊。"

陆易州啊了一声，也举起手，机械地摆了两下，目送着她远去，一脸不甚自在的笑，突然就沮丧了起来：她约了什么人呢？皱眉想了一会儿，心里沉沉的，居然很不开心。你又不爱她，她约什么人，跟你有什么关系？遂在心里唾弃了自己一下。

3

陆易州在美杉小厨的晚饭，一吃又是一年，依然是每晚十个馄饨，那些给出去就会变色的好，胡美杉不轻易给了。

其间，陆易州带两个女孩子来吃过馄饨，一个进进出出地挎着他胳膊喊哥哥，胡美杉猜可能是他表妹。有天老胡不在，胡美杉给他们上馄饨的时候就顺口问了一句："小陆，你表妹吧？"

女孩子显然很意外胡美杉知道自己，高兴地替他应了："没错，萧禾，萧何月下追韩信的萧，禾苗的禾，大家都叫我小禾，大小的小。"然后又问，"您和我哥很熟啊？"

胡美杉在围裙上蹭了两下手，握了握她伸过来的手："是呀，美杉小厨就是你哥的食堂，我就是大师傅，能不熟吗？"

小禾就精灵古怪了起来，皱着鼻子问陆易州有没有吃出感情来。陆易州心里一惊，刚要说什么，胡美杉就笑了："小陆，吃出感情来了吧？"

陆易州张着嘴巴，显得很傻，不知咋回答才好的样子，胡美杉知道，在这世界上，有的人不扛逗，比如陆易州，所以，要把握火候，不能过。她笑了一小会儿，就接着上句话说："对馄饨的感情。"

见陆易州长长地舒了口气，胡美杉有点小受伤，不动声色地端了两份小菜，说她这店，全靠回头客撑门面，愿意成为回头客的都是重感情、有长性的人，她都格外善待，说完，将小菜放到陆易州桌上："我送的，招待表妹。"

陆易州刚要推辞客气，小禾已经喜眉乐眼地说着谢谢，夹起来就吃，边吃边夸，作一脸陶醉状说："哥，将来你一定给我娶个像胡老板一样会做饭的嫂子啊。"

陆易州说："就知道吃，吃胖了找不到男朋友。"

小禾嬉皮笑脸地说："如果你给我娶回个神厨嫂子，我才不稀罕男朋友呢。"

"你不稀罕姨妈还跟我急呢。"说着，用筷子把凉菜往小禾跟前推了推，"还去不去游泳了？"

"去！"小禾冲胡美杉嘻嘻笑了一下，然后认真地看着胡美杉，"咱说真格的，我哥真没女朋友？"

胡美杉就瞟了陆易州一眼，说："有。"

小禾又惊又喜地嗔怪道："哥，你有女朋友了怎么不告诉我？"

陆易州眼里滑过一丝不易觉察的郁闷："还不到时候。"

小禾不管，闹着问女孩子叫什么名字，漂亮不漂亮。陆易州就模棱两可地说还行吧。小禾去抢他手机，要找照片看，噼里啪啦按了一顿，满脸失望地放下，噘嘴说你俩肯定成不了。

陆易州脸色一凛，小声说乌鸦嘴。小禾就扒拉着手指头说，男人要是很爱女朋友，肯定会用她的照片做手机屏保，就算不做手机屏保，文件夹里肯定也有女朋友的照片，可他文件夹干净得就像刚刚刷过机，所以……可见，他要么不喜欢女朋友，再要么就是不爱她……男人怎么可能和既不喜欢又不爱的女孩子结婚呢？

胡美杉听得，在心里暗暗地竖着大拇指。

第二章

小禾说完了，追着陆易州问她分析得对不对，当着胡美杉的面，陆易州不想多说，就呵呵笑着说，你说的向来都是句句真理，我哪儿敢说不对。

陆易州说这些的时候，胡美杉背对着他们，看上去是在整理大理石台面上的小凉菜，其实，耳朵竖着呢，她特想笑，又知道不能，就使劲地抿着嘴，盛了一小碟泡椒凤爪给小禾："喜欢不喜欢？"

小禾使劲点头，嗯了一声。

"送你的。"说着，胡美杉转身往厨房去，"来我店里的女孩子都喜欢。"

陆易州瞥了她背影一眼，心里荒荒凉凉的，像秋天的旷野，风一过，凉飕飕的，就想起了女朋友。

胡美杉低头收拾厨房灶台，想起前阵陆易州常带一个女孩子过来，有天，老胡嘴勤快，就问陆易州："小陆，女朋友啊？"陆易州笑着啊了一声，从自己碗里给女孩子舀了一个馄饨，女孩子又给他舀回去，撒娇，嘟着嘴等他喂。陆易州有点不自在，看着胡美杉他们，胡美杉假装没看见，在吧台里装作低头算账的样子，陆易州就舀起馄饨，飞快喂给女孩。胡美杉的心堵堵的，好像那只馄饨不是喂到了女孩嘴里而是她胸膛里，满满的，胀得慌。那段时间，胡美杉也出去相了几次亲，每一次都失望而归，但凡她能看上的，挑她没学历，没劳保，家庭一般，不挑剔她的，她又看不上。老胡有点急了，说美杉，你都二十六了，再挑就剩家里了。

胡美杉说宁肯剩在家里也不能稀里糊涂地往外嫁。

老胡从报纸上挪开目光，从黑色的老花镜框上沿定定看着她，眼白很大，眼黑很聚焦："美杉，我是你爸。"

"我又没说不是。"胡美杉埋头玩手机游戏。

老胡又说："别看我不是你亲生的爸，可我一直拿你当亲生闺女。"

"知道。"

"你是不是心里装着什么人没放下？"

胡美杉知道老胡指的是晏老师，就笑，说："爸，您想哪儿去了？虽然我没读多少书，可开这间馄饨馆，我什么人没见过？见的人越多我就越明白，看得越明白我就越难轻易看上哪个人。"

老胡想了想，觉得也对，他二十岁上下那会儿，走在街上，满马路的姑娘，看着哪个都想要，可以他在铁路货场当老搬的身份，轻易不会有哪个姑娘跟他，直到别人给介绍了胡美德他妈，比他还不如。她小时候跟她爸去车间玩，被机器震坏了耳朵，几乎听不见声音，就业也没单位要，最后去了街道办的工厂，像所有有听力障碍的人一样，她说话声音大大的，音调也怪怪的，在恋爱上就不那么顺溜。后来有人把她介绍给了老胡，那会儿老胡才二十四岁，想女人想得整夜整夜地睡不着，见她模样还挺好，就主动忽略了她耳朵不好这事，就算相中了，把婚也结了。直到胡美德十二岁的时候，有天她出门，没听见汽车鸣笛，出车祸去世了……一开始他想自己带着胡美德过，不再找了，可事实告诉他，不行，因为他三班倒，只要他一上中班和夜班，胡美德就和街上的野孩子打成一片，都快成派出所常客了，再这么下去，儿子就废了。他到处托人介绍对象，找来找去，才知道找个合适的再婚对象，比年轻单身时找对象难多了。原因也简单，像他这年龄找对象的，不是离婚的就是丧偶的，大都拖家带口，现实得很，相貌和爱不爱，都不怎么去想了，可一定得适合过日子。这要求看起来简单，操作起来真难啊。还好，老天还算是照顾他，有人给介绍了胡美杉的妈妈，那会儿，她刚离婚，介绍人说了，离婚不是她的原因，是夫妻长期两地分居，胡美杉她爸在外地有了外遇，胡美杉她妈耗了两年也没把他的心耗回来，就在离婚协议上签了字。那会儿，胡美杉才七岁，已经记事了，知道妈妈再婚，纯是赌气，刚离婚那会儿，她妈妈跟神经质了似的，只要谁跟她提离婚的事，她就要赶紧解释，不是她的错，是男人有了外心，男人有了外心也不是因为她不好，是外面那个不要脸的女人缠得太紧了……听第一二次的时候，胡美杉觉得爸爸好可恨，听的遍数多了，见别人看她妈那眼神跟看神经病似的，就觉得妈妈真丢人。直到二十多岁，胡美杉才明白了妈妈的神经质其实是怕人怀疑是她品行不端，更怕因为离婚让人当成被甩了的垃圾货，所以她才一拿到离婚证就托人介绍对象。她就是为了证明给那些长舌头的街坊邻居看，虽然她让男人甩了，可她不是没人要的垃圾货。和老胡结婚以后，她一本正经地端庄贤淑，绝不让任何人挑出半点不是，没几个月就把胡美德从街上的野孩子堆里彻底抠出来了。直到现在，老胡依然坚信，如果不是娶了胡美杉她妈，胡美德这儿子，绝对是给监狱准备的，连街坊邻居都这么说。只可惜啊……胡美杉她妈才让他过了四年好日子，就生了病，他带着她去上海去北京，都治不了，后来胡美杉她妈说不治了，回家。老胡说不行，像抱着自己的命一样抱着她，不让她离开医院半步。胡美杉她妈就不吃饭了，肺癌晚期的患者，本来就让痛给折磨得不像样了，才一天不吃饭人就不行了。老胡没辙，只好应了她，从上海回来，还不到一周，人就没了。其实，他也可以再娶的，可两个前妻都没了命，他开始怀疑自己命里克妻，不敢再娶了，再说也没看得上眼的，就算了。

4

日子一天天晃过去，对爱情，胡美杉很少去想。不有人说了吗，每个人来这世界的时候，上帝都给配好了另一半，早晚有碰到一起的时候，既然他还没出现，想再多都是徒劳，还不如留着精气神琢磨点小菜挣钱花呢。在研究美食上，她是个有天赋的人，在外面吃了好吃的，或是电视上演了好吃的，只要她反复琢磨，再试验几回，就能做得色香味俱全，让人竖着大拇指叫绝，所以，美杉小厨里让人叫绝的不仅是馄饨，还有让人眼花缭乱的小吃。尽管如此，美杉小厨不卖酒，因为以前吃过卖酒的亏，夏天的时候，酒客叫几个小菜，一坐就是半天，害得来吃馄饨的人都没地儿坐，还不能催，一催酒客就仗着酒性子扯嗓门，索性一了百了地不卖了。

每当琢磨出好吃的，胡美杉的心情就像天上飞过的一团棉花糖，美得松松软软的，嘴角抿着一抹笑。或许因为心情放松吧，这一两年胡美杉比过去丰满了一些，尤其是胸，丰满得像两只充分发酵的馒头，把衬衣的第二和第三颗纽扣之间撑开了，微微地张着嘴，像鱼，很性感。惹得丹东路上的女人直撇嘴，议论说没结婚的女人乳房大成那样，还不知是被什么人给啜摸起来的呢，然后就不怀好意地笑，把美杉小厨的那几个常客给挨个儿琢磨一顿，觉得都有可能。她们还觉得，胡美杉挺那么大的乳房穿衬衣，就是为了走光吸引男人的。你当男人们爱去美杉小厨真是因为她包的馄饨做的小菜好吃啊？还不是冲着她胸前那两坨颤巍巍的肉去的？

有时候，贾文莎也会连吓唬带羡慕地说胡美杉，你身上的肉可真会找地方长。

贾文莎虽然从小娇生惯养，可绝对没娇生惯养成见只蟑螂都要大叫一声昏过去的民间公主，不管说话还是做事，统统破马张飞得让人打怵。就连当年和胡美德结婚，也是生生从胡美德前女友手里撬过来的。用她自己的话说就是她不敢说天下都是老娘我的，但是只要在老娘势力范围内，只要是老娘喜欢的，就一定得是老娘的。胡美德没发胖那会儿，长得很像年轻版的周润发，不仅五官，连神采都酷似，所以，身边的姑娘多得啊，用老胡的话说，就像围着臭肉的苍蝇，直到贾文莎出场。至今，贾文莎都说，她是腰别两把菜刀，杀退情敌无数才把胡美德搞定的，所以，单是冲这份本领，就没人敢小瞧她。

胡美杉就笑，说胖女人发家，娶我就等于是娶了个吉祥物。

贾文莎就哼哼地冷笑，说要真这样，男人就甭奋斗了，娶个老婆，先喂成弥勒佛再出去奋斗才靠谱。

陆易州正在吃馄饨，原本有些郁闷，听了姑嫂俩的叮当，就觉得既搞笑又可笑，见贾文莎不时瞥自己一眼，就觉得她们说这话题的时候如果显示出自己也在听，有点不妥，就掏出手机，找了支歌，塞上耳机，边听边吃。过了一会儿，胡美杉端了一小盘凉菜放到他桌上，笑着说："小陆，帮忙尝尝味道怎么样？"

陆易州一直是胡美杉研究新品小菜的试吃员，试吃不收钱，但必须对口感进行实事求是的评价。那道凉菜是胡美杉跟韩剧里学的，用粉丝海鲜黄瓜丝和火腿丝再加蒜泥和沙拉酱等做的冷拌菜，好吃得让陆易州差点连舌头一起咽下去。

贾文莎就睥睨着他，用带了些揶揄的腔调说："美杉，这谁呀？夸起人来这么不节约力气，该不是看上你了吧？"说着冲陆易州笑，"男子汉大丈夫，看好了就直接点，别遮遮掩掩的。"

因为不善于开玩笑，陆易州一下子就尴尬了，幸亏嘴里含了一只馄饨，就假装被烫了的样子，支吾着不说话。贾文莎闲得无聊，就爱开着玩笑把人往死胡同里挤，见他尴尬得狼狈不堪，就更来劲了："还不好意思了呀？要不要我帮你说？"

胡美杉知道陆易州虽然嘴笨但很敏感，怕贾文莎把他挤对急了往后不好相处，就忙替他解围："嫂子，人家小陆有女朋友了。"

贾文莎像被戳了一针的皮球，一下子就泄了气："真的啊？"

"真的，小陆带她来吃过好几次馄饨。"胡美杉说着看了陆易州一眼，"小陆，最近怎么没见着你女朋友？"

"素素学校最近忙得很。"说着，就匆忙结了账，冲她俩笑笑就走了。

望着他的背影，贾文莎自语似的说肯定拉倒了。

"别瞎说。"胡美杉收拾起陆易州的筷子碗，有点失神地沿着陆易州的话分析，"他女朋友是当老师的，叫素素。"

贾文莎睥睨着她，用鼻子笑了两声："还素素呢，叫肉肉也没用了，肯定拉倒了。"

胡美杉捧着陆易州用过的碗，直勾勾地看着贾文莎，想起了陆易州表妹小禾说的，陆易州和他女朋友成不了，就揣了一丝丝阴暗的期冀问："你为什么这么肯定？"其实她自己心里明白，她只是想把小禾的分析再往结实里推一步。

贾文莎说不管男人还是女人，谈恋爱的时候，只要和别人解释恋爱对象最近忙得见不着人影，那就一定是被人甩了，自己还心有不甘，正垂死挣扎着挽回呢，所以才留个对方最近很忙的活口话。

胡美杉恍然大悟地点点头，慢慢笑了，嘴巴跟下弦月似的，冲贾文莎竖了一下大拇指。贾文莎得到了鼓励，就更来劲了，继续白话说结了婚的人，只要是反常地单蹦着回父母家，一般也是闹了别扭没和好的兆头。见胡美杉咧着嘴笑，就主动交代说我和你哥吵架了。

贾文莎和胡美德经常吵，尤其是胡美德接管贾家烤鸡店以来。

因为长得帅，胡美德很爱好，也就是说爱美，衣服非名牌不穿，爱干净，本以为不干列车员了，就可以天马行空地到处玩了，可没承想当了老板一点儿也不像之前想象的那么好玩。他整天得在店里守着，和画地为牢没什么区别，更让他生气的是经济大权不在他手里。每天傍晚贾文莎准时出现在烤鸡店，收走营业额，只给他留点烟酒钱，理由是每个男人心里都有个锁着魔鬼的笼子，男人兜里有钱，就是有了开笼子的钥匙。所以，她可以给胡美德买名牌衣服名牌腰带名牌手表等的一切，但不能让他兜里有多余的钱。可胡美德虚荣，死要面子，和他一起跑车的哥们儿动辄来店里找他。人家来找他玩，还好言好语地恭维着说哥们儿当老板了，别光顾着自己人五人六的，记得提携提携哥们儿出去见见世面啊。作为男人，他总得仗义点，哥们儿来了马屁咱也让人家拍舒服了，总不能让人空着肚子走吧？前呼后拥地出去吃饭，一群大老爷们儿总得点菜要点酒吧？兜里没钱怎么结账？就和贾文莎软磨硬泡，贾文莎死活不吃他那一套，胡美德就在店里的收银机上打主意，因为这，几年的时间，贾文莎开除了五个收银员，因为她们原则性太差，总能让胡美德抠出钱去。

为了钱胡美德啥招都使过，包括要离婚，回丹东路和老胡在一张床上挤。贾文莎给老胡打电话，具体因为啥闹别扭不提，只说如果胡美德继续胡闹，她就不客气了。老胡嗯啊了两句，敷衍说有事好商量。贾文莎说这事没得商量，如果胡美德再不回家，她就去把丹东路的玻璃砸了，如果砸了玻璃他还不回家，她就把丹东路的家点把火烧了。

老胡装出一副被吓得要命的样子，心里却说，吓唬谁呢！

老胡对贾家一直有种说不上来的抵触，按说，胡美德娶媳妇，应该把婚结在他家，他也张罗着收拾房子了，可贾文莎不干，说住大房子住习惯了，不想来丹东路和他们挤，老胡就黯然地罢了装修的手，听胡美德说贾家单是客厅就比他们整个家都大。可他家房子建筑面积才七十五平方米，还是一楼，采光不好，让原本不大的房子，显得就更是逼仄了。想想贾家二百多个平方米的豪宅，老胡的心，就跟一间见不着阳光的浴室似的，暗淡得湿漉漉的，遂叹气随他们去吧，反正不管儿子把婚结在哪儿，都是他的儿子，可最让他生气的是孙子出生以后，老贾居然不征得他这个爷爷的同意，就自作主张给孙子取了名字，叫家宝，说意思是家里的宝贝。老胡气得很，家宝家宝，什么家里的宝贝？明明是想表明孩子是他们贾家的宝贝吧？因为家和贾是谐音，老胡越想越气，心里过不去，像祖坟让人给挖了似的，就攒足了力气，在孙子的满月酒上，跟老贾干了一架，孙子必须改名，什么家宝？叫天宝，孩子是上天恩赐的宝贝！

从那以后，老胡和老贾就不说话了。见面头碰得咣咣响也当对方是空气。为这，贾文莎和胡美德吵过也为他们斡旋过，结果却是越弄越僵，索性就随两个老犟头去了。

所以，胡美德以离婚为要挟索要店里的财务权，住在丹东路不回去，作为父亲，老胡只是象征性地劝了他几句，儿子不听，老子就做出一副无可奈何的样子不管了。其实，他本意是借着机会杀杀亲家老贾的威风：别以为你家有钱有产业，我儿就得给你做奴隶，切！你再有钱我也没放在眼里！就放任了胡美德在家赖吃赖住，扔着烤鸡店不管。

而且也真如他所想的，贾文莎也没来砸窗玻璃点房子，老胡有点小得意。可后来，事实告诉他，他小瞧贾文莎了。有天晚上，九点刚过五分，一块半截砖头，砰的一声，就穿窗而入，然后一根竹竿挑了一挂点了火的鞭炮就从窗户探了进来，在楼房里放鞭炮，一回音，动静就大得惊天动地，把楼上的小两口给吓得鬼哭狼嚎的。在丹东路也算个横人的老胡，彻底没了脾气，作揖打拱地求胡美德，赶紧滚回家，给他留半张老脸把剩下的光阴在丹东路上混完了，而且下了死命令，往后不管他和贾文莎怎么吵怎么闹，都不许往丹东路跑！他老了，经不起闹腾了。

胡美杉问贾文莎这一次他们是因为什么闹起来了。

"他要负责进货，我不让。"贾文莎用鼻子哼哼了一声说，"就他那点心眼，小尾巴一翘我就知道他想往哪儿飞，捞不着营业款，就想在进货款上动手脚，切！"

虽然在感情上，胡美杉和胡美德更近一些，但在心底里，她承认，贾文莎说得有道理。其实，胡美德没太大志向，也吃不了苦，耳朵根子又软，哥们儿朋友一大群。不是他有人格魅力大家喜欢和他做朋友，是因为知道他的脾气，只要送上几句恭维话，没钱他就恨不能把肝肠心脏掏出来当了请朋友们喝酒。因为见惯了狐朋狗友们忽悠着胡美德吃吃喝喝，胡美杉支持贾文莎，绝不能由着他胡来。

贾文莎问昨晚胡美德回没回来。

胡美杉说没。

贾文莎就自言自语说奇了怪了，他哪儿去了？

胡美杉这才知道，他们是昨天吵的架，这一次，胡美德闹得很凶也很坚决，摔门离家出走了，今天也没到店里去，这是没有过的事。

胡美杉问给没给他打电话，贾文莎说打了，他不接。

胡美杉抄起手机，拨了胡美德的手机，还是不接。刚挂断没一分钟，短信就来了，胡美德说知道这电话是贾文莎让她打的，说不准贾文莎就在她身边，让她告诉贾文莎，他是个堂堂爷们儿，老牛似的埋头干活却经济不自由，太没尊严了！如果贾文莎不答应他的条件，这家他就不回了，离婚也无所谓。

胡美杉正犹豫着要不要给贾文莎看呢，就被她一把抢了过去。

贾文莎扫了一眼短信内容，冷笑着说了句脏话，说你让他等着！然后，抓起包就走了。

5

因为了解贾文莎，一晚上，胡美杉的心，都捏在嗓子眼上，九点多的时候，手机收到了一串连拍的彩信，是贾文莎发的，让她转发给胡美德。

胡美杉知道，贾文莎认为胡美德在他手机里把她设置成黑名单了，所以才发给胡美杉，让她代为转发。

胡美杉先转发给胡美德了，才打开彩信仔细看，这一看不打紧，她的心都吓爆了。

彩信上的贾文莎把一些白色的药片，碾成粉末，兑在了饮料里，和天宝一人喝了一瓶。然后是一条文字短信：胡美德，我和你儿子都喝了安眠药，你喜欢躲着我就继续躲好了，等躲够了，回来给我和儿子收尸！

胡美杉捂着一颗吓碎的心，连鞋都没顾上换就往外跑，老胡问她慌里慌张干什么去，她也不敢说，出门打了"120"就往贾文莎家跑。

她是和"120"急救车一起到贾文莎家的，可就是敲不开门。老贾是戏迷，自从把烤鸡店交出去，就整天和票友们混，不到半夜不回家，胡美杉也不知他的电话，正急得团团转，打算找开锁师傅呢，胡美德穿着条大花热裤，满头大汗地回来了，胡美杉一看，就明白了，胡美德的离家出走，不仅仅是因为和贾文莎吵了架，而是他有外遇了，因为胡美德的上衣……是一件宽松版的女款针织夏衫，套在胡美德身上，很紧，显得有些滑稽，一看就是情急之下，顺手抓过来套在身上的。

胡美德哗啦哗啦地摇着钥匙："我有钥匙！"说着去开门，胡美杉上去，二话不说，揪着他的上衣就给往下拽，胡美德恼了，"干吗？你干吗呢？天宝都喝安眠药了，你还有心思撕我？"

胡美杉虎着脸,一声不吭地继续给他往下拽衣服,胡美德顺着她的手往自己身上扫了一眼,才恍然大悟地闭了嘴,三把两把揪下来,塞到胡美杉包里,说了句:"扔垃圾桶里去。"

站了一楼梯的人,大抵都明白了怎么回事,但惦记着屋里一大一小生死未卜,没人吭声。

一开门,所有人都震惊了。

贾文莎虎视眈眈地站在大门口,手里攥了一把美工刀,比画在自己脖子上:"胡美德,你要敢走我就敢使劲。"

"120"的医生护士都给吓坏了,七嘴八舌地劝她别冲动,赶紧带上孩子去医院洗胃,要不然药进入血液循环系统说啥都晚了。

贾文莎说她没吃安眠药孩子也没吃,她是用这办法逼胡美德现身的。

胡美杉的鼻子都快让她气歪了:"嫂子!你怎么这样?急救车也是能随便耍着玩的?"

贾文莎一副死猪不怕开水烫的架势:"你哥都要抛妻弃子了,你还想让我咋样?学秦香莲,忍气吞声,含辛茹苦地给男人拉扯孩子?我没那么贱好不好?"说着,从旁边鞋柜上摸起几张钱,往外迈了几步,塞到胡美杉手里,"把出车费给人家。"说着扬头对门口的医生护士们说,"对不住了,如果骂我一顿能解气,各位就敞开了骂,我贾文莎要回半个字的嘴,我就不是人。"说着,一把揪住了胡美德,往门里拽,"我告诉你,胡美德,这一次算是警告,如果你胆敢有下次,我和孩子不喝安眠药,我们喝毒药!"

胡美德嗷地喊了一嗓子:"虎毒还不食子呢,贾文莎!你拿儿子要挟我,你不是人!"

贾文莎说:"没错,男人惹着我的时候,我就是畜牲!"说完,对胡美杉莞尔一笑,"回去吧,没事了。"

砰的一声,门就关上了。

如果不是包里的那件上衣,胡美杉会毫不犹豫地冲贾文莎发飙。可那件揉皱了的女衫,就像和胡美德偷情的女人,差点被贾文莎撞破,却被胡美杉藏到了包里,于是,她就成了包庇胡美德出轨的帮凶。于是,她理亏了,那些本应爆发的愤怒,就只能收声敛息地窝在心里。

她一定要抽时间和胡美德谈谈。

　　如果胡美德娶的不是个一旦急了眼能豁上性命和人拼的主，胡美德把天下女人都泡遍了她也不会管，可胡美德偏偏娶了贾文莎，不为别的，为了他别丢了小命，她也必须劝他。

　　路过垃圾箱时，胡美杉想起了包里的女夏衫，掏出来扔进去了，又捡了回来，她很好奇，到底是什么人胆敢从贾文莎碗里偷食吃？她想把衣服带回去，看能不能从上面研究出点蛛丝马迹。

第三章

1

到家已经快十一点了,这事她不想让老胡知道,就蹑手蹑脚地掏出钥匙,正小心翼翼地开着门,突然有人从楼上下来,路过她身边时,蹭了她一下,把她给吓了一跳,下意识地问了声:"谁?"

那个正要往外跑的脚步就停下了,在黑暗中瓮声瓮气地说:"我。"

是陆易州。

胡美杉长长地舒了口气:"吓了我一跳,怎么这么晚了还出去?"

"肚子不舒服,出去买点药。"陆易州说。

"吃坏肚子了?"说完胡美杉才想起来,他晚饭都是在美杉小厨解决的,下意识地就把责任揽过来了,"今晚上开始肚子不舒服的?"

她想,如果是的话,那一定是吃馄饨吃坏的,这责任,她得负。

陆易州说:"不是,最近总这样,一不小心肚子就坏了,我怀疑我是不是肠胃炎。"

胡美杉说都这么晚了,药店早关门了,问他买什么药。

陆易州说了药名。胡美杉说记得她家抽屉里有,让他等会儿,她回家找药。在陌生的异乡,突然被人这么关心,陆易州有点感动,也就没再拒绝。

房子自从被改造成两个独立的空间,一进门的小客厅就成了老胡的卧室。老胡已经睡了,胡美杉蹑手蹑脚穿越了老胡的鼾声,进卧室,翻了会儿抽屉,果然找到了陆易州想要的药,又蹑手蹑脚出来,绕到前边店面,给陆易州倒了杯热水,让他赶紧把药吃了。

握着温度适中的热水,陆易州看着胡美杉,笑了一下,把药吃了,顺口问她怎么这么晚回家。

哥哥出轨,被嫂子以和孩子一起假自杀为要挟,都是家丑,她拿不准到底该不该说。陆易州以为她出去约会了,只是感情还没处到往外张扬的份儿上,就微笑着说:"和男朋友约会去了?"

几乎是下意识的,胡美杉连忙辩解:"什么呀!我哥两口子闹矛盾,我过去看了看。"

陆易州说这样啊。

夜深人静的孤男寡女,特容易滋生信任的亲近感。胡美杉想起了贾文莎说陆易州可能让女朋友甩了的话,就特想验证一下,但拐了个弯,说大家都说你女朋友不错。陆易州定定地看着她,仿佛看穿了她的那点小心思,半天才说:"其实我和她的前景不乐观。"

"为什么?"胡美杉觉得心里像蹦着一群兔子,跳跃着要努力克制才能不流露出来的狂喜。

"她妈不同意。"陆易州情绪低沉,声音也不高,过了一会儿,又说,"都怪我,不该为了房子催她领结婚证。"

"学校要分房子?"

"不是。"陆易州说,"是要集资建房,比市场价便宜好多,但必须是已婚教职工才有资格。"

"这样啊。"关于集资建房这样的事,胡美杉听说过很多次,如果地皮是单位的,能比市场价便宜好多,不由得替他可惜,"恋爱早晚是要结婚的,现在房子这么贵,要是错过这次机会,多可惜。"

"是啊。"陆易州惆怅地说,"可她妈不同意。"

胡美杉问为什么啊,那句"你多好啊她妈干吗要不同意啊"差点就脱口而出了。

"不想让她找个外地的,再就是我家条件一般,怕她跟着我受苦。"

"那她的意思呢?"

"挺矛盾的,她孝顺,也不想惹妈妈伤心。"

胡美杉默默看着他,知道他心有不甘,但也明白女朋友所谓的不想惹妈妈伤心,只是不想说得更直接伤他的心而已。既然人家女朋友没把话说得赤裸裸的,陆易州自己也不愿意往最坏里去理解,胡美杉也不想不讨好地替他们把话往直白里点。就开玩笑说其实你可以找人假结婚啊,等分到房子再离。

"谁?谁这么傻跟我假结婚?"陆易州看着她,"没人这么傻。"

"花钱雇啊,据说有人为了生二胎就办假离婚再办假结婚,等孩子生下来,落了户,再离,给假结婚的那人一笔钱就行了。"胡美杉嘴里这么说着,但知道这是不可能的。虽然她和陆易州也就是饭馆老板娘和长期食客的关系而已,没什么实质性交往,但从他日常的言行做派里,也能看得出来,陆易州傲气、清高,肯定不屑于做这种蝇营狗苟的事。

果然,陆易州说算了吧,我认命。起身说不早了,让胡美杉也早点休息,出门前,又道了一遍谢。

胡美杉不知哪根神经搭错了,送他出门时说:"你要实在想要那房,我跟你登记结婚,等分了房咱俩再离。"

陆易州一下子就愣了,说:"你?"

胡美杉啊了一声,突然觉得自己唐突了,脸通红通红的:"现在的房价这么高,错过这次机会太可惜了。"

陆易州有点不太相信自己的耳朵,磕磕巴巴地说:"那你多冤啊。"

胡美杉笑着说有什么好冤的?反正我也不打算结婚。

陆易州真诚地说了声谢谢,让她再考虑一下。说真的,他心动了,因为这是学校第一次也可能是最后一次集资建房,以他的经济实力,如果不搭这趟车,怕是十年以内都买不起商品房。

那一夜,胡美杉的心,有点慌乱,躺在床上,甚至一遍一遍地唾弃自己:胡美杉,你贱不贱啊?他买不买得起房子跟你有什么关系?你多给俩馄饨就把人吓得半个月不敢打照面,你怎么能主动提出来假结婚?你图什么?被人轻贱得轻了是不是?还没结婚呢,你就要把自己整成法定的二手货,傻不傻啊?万一他答应了怎么办?

黑暗里,胡美杉轻轻抽了一下自己的脸。

2

第二天,胡美杉正打量从胡美德身上扒下的女衫呢,贾文莎来了。慌得胡美杉跟什么似的,手忙脚乱地想找地方把这小衫藏起来,却晚了,贾文莎进来了。她一脸狐疑地问胡美杉藏什么呢,说着,伸手去拿。开始胡美杉还和她拽了两下，贾文莎急了，说："不就件破小衫吗，你藏什么藏？"

这一质问，倒把胡美杉质问得豁然开朗，是啊，小衫既不会说话也没写着胡美德的出轨事实，她怕什么？就笑嘻嘻地松了手，说："这不是怕你笑我没品嘛。"

贾文莎拎过来，看了两眼，悻悻地扔到床上说："果然没品，和乡下妹子穿一样的衣服。"

胡美杉一愣，下意识地问了句："不至于吧？"

"骗你干吗。"贾文莎说着，又拎起来仔细看了看，说，"没和你开玩笑，真的，小聂有件一模一样的。"

"谁是小聂？"

"就我家店里的收银员。"贾文莎把衣服往旁边一扔，拍了拍手，好像那衣服把她手弄脏了似的，"货真价实的乡下妹子！我都跟你说多少次了，作为女人，尤其是年轻的、有资本穿的女人，衣服不在多，但一定要精，精品衣服不仅是用来穿的，还是用来烘托你气质的！"

胡美杉的脑子像遭了电击，已经彻底乱了套，只会哦哦地应着，两眼发直。见她这样，贾文莎很生气："每次和你说，你就会哦哦哦哦……你哦啊哦起来没完没了！没一次照办的时候！"

胡美杉这才大梦方醒似的说："我可不是你，想穿精品我也得有钱的，再说了，我整天在厨房待着不是包馄饨就是煮馄饨，穿精品干吗？伪装馄饨公主？"

贾文莎让她给质问乐了，笑着说："你就一副穿夜市货的德行。告诉你吧，靠抠门抠成富婆不如打扮成馄饨公主钓个土豪靠谱。"

胡美杉没好气地说："等你给我介绍个土豪男朋友，我打扮成馄饨公主称你心如你意。"

贾文莎说你等着，然后一屁股坐到床沿上，愁眉苦脸地看着她："你就不关心我和你哥怎么样了？"

胡美杉已经没那么紧张了，就笑着说："我哥再折腾也是如来佛手心里的猴子，蹦跶不出你的五指山，我放心着呢。"说着探头往外看了一眼，压低嗓门说，怕咱爸生气，我都没敢让他知道。

"照你哥这做法,早晚的,你不让他知道我也得告诉他。"贾文莎往床上一仰,说,"你哥学会赌博了。"

胡美杉先是一惊,但很快就明白了,这有可能是胡美德从贾文莎手里讹钱的歪点子,就问输钱了没。贾文莎竖起两根手指。

胡美杉晓得如果是两千或是二百的话,胡美德犯不着费这劲撒这谎,但也知道胡美德虽然好玩虚荣又爱面子,但到底还是穷人家的孩子,在钱上,不敢往大里作,尽管如此,她还是要故作吃惊状问:"二十万?"

贾文莎懒洋洋地说:"去个零,快了,我估计下次就直奔二十万去了。"

胡美杉觉得和自己猜得差不多,胡美德跟贾文莎要两万块钱,未必是真赌输了,而是外遇的浪漫也需要金钱缔造:"他跟你要钱了?"

贾文莎嗯了一声,然后,胡美杉就听到了一个荒诞得不能再荒诞的故事,胡美德光着膀子回家,让贾文莎收拾得上天无门入地无路,没辙了,就撒谎说跟贾文莎要财政大权,也不是他想手里有钱了好胡作非为,而是他欠下了赌债,又不敢跟贾文莎说实话,要钱又要不出来,才抱着试试看的心态跟她要进货权,也是为了克扣点进货款,可没想到贾文莎还是软硬不吃,要不是债主威胁他了,就是借他十个胆他也不敢跟贾文莎闹。贾文莎追问他债主是谁,她豁上了,报警!可胡美德吓得一副都要拉在裤裆里的屎样说千万不敢,因为知道她这脾气,他才不敢告诉她的,也不敢告诉她他是谁,怕她哪天抽起风来去找人算账,这些人能惹吗?不能!都有黑社会背景,不知哪天就冲他们下了黑手,冲大人下还不怕,万一他们冲孩子使坏呢?胡美德这么一说,贾文莎就彻底没脾气了,在这个世界上,一个女人可以天不怕地不怕,可一旦做了母亲,就有了软肋,贾文莎的软肋就是天宝,怕他生病怕他不开心怕他受伤怕有人因为他是贾家烤鸡店的外孙而动了坏心思……贾文莎说得咬牙切齿:"如果你哥再有下次,我真和他离,不为别的,为了天宝,我必须和他离!坚决不能让他招惹的王八蛋影响到我天宝的安全!"

胡美杉嗯了一声:"改天我去说说我哥。"

"你还改天?胡美杉,你哥作成这样了,都威胁到你侄子的人身安全了,你还有心思说改天?"贾文莎急了,几乎要冲她吼了,"去骂他,照死里骂,骂死正好,省得跟他离婚还得分我家产!"

胡美杉这才恍然大悟，这一次，贾文莎来找她，不单纯是为了痛骂一顿胡美德解气完事的。

3

胡美杉是下午三点去找胡美德的，她还特意带上了那件女衫，没去办公室找胡美德，而是先去了店里，在收银机旁站了一会儿，打量着收银台里的姑娘。她窈窕而白皙，眉眼细长，或许是因为进城已经有段时间了，已全然看不出是个乡下姑娘，看上去安静而又好脾性，不像那种妖里妖气抢别人男人的坏女人啊，怎么会和胡美德这个已婚的混世魔王好呢？胡美杉很少来烤鸡店，所以这姑娘并不认识她，但也感觉到了她的目光，就看了她一眼，继续低头玩手机，胡美杉就走到她跟前，从包里掏出那件女衫，问："这是你的衣服吗？"

姑娘狐疑地接过去看了一眼，顺口说是我的，又看看胡美杉，突然意识到自己说错了，忙说："我有件一样的，但这件不是我的。"

"你就是小聂？"胡美杉接过来，顺手往旁边柜台上一搭。

姑娘说我是的时候，已经开始害怕了："你问我是谁干什么？"

"我哥有没有给你两万块钱？"胡美杉压低了嗓门，低得只有她和小聂能听见，"就是胡美德。"

小聂一下子就慌乱了："你什么意思？你莫名其妙地说什么啊，我听不明白。"因为慌乱，小聂的嗓门挺大，把店里其他几个店员的目光都吸引了过来，胡美杉不想把这件事闹大，就继续小声说："我嫂子是什么人你应该知道吧？这事要是她知道了，她不仅能把你剁了，还能把你家祖坟也刨了！你好自为之吧！"说完，对小聂看也不看，转身出了店面，去后面找胡美德。贾家烤鸡店在台东商业街的一个十字路口，店面朝东开着，胡美德的办公室要转过拐角，从北面的小门进去，不大，十多个平方米而已。以前老贾掌管烤鸡店的时候，连这个小办公室都没有，胡美德接手烤鸡店以后，嫌店里太吵，后面工作间到处油乎乎的，充斥着香得让人闻上一个小时就想吐的烤鸡味，说受不了，这经理当得太像低级打工仔了。贾文莎不信，去待了十分钟，也觉得浑身上下的汗毛孔都在喝鸡油，就找人从后面的工作间隔出了一间不到十个平方米的小办公室，装修好了，又给买上了真皮沙发红木老板桌，胡美德这才觉得有了点经理范儿。

往胡美德办公室走的时候，胡美杉突然觉得刚才和小聂说那些话，有点欺负人。小聂看上去也就二十岁的样子，正是对男人充满了傻乎乎的幻想、最容易被流氓骗的年纪，出了这样的事，按说应该是小聂的父母打上门来给自己闺女讨说法，可她竟把人呵斥了一顿。要说不对，这百分之九十的不对在胡美德那儿，小聂一个年纪不大，还不怎么晓得男人是种什么东西的小姑娘能有多大能耐犯错？这么想着，她心里就愧疚了一会儿，还没敲门呢，门就自己开了，胡美德擎着一脸得了线报的愤怒："有火你冲我发，你为难她干什么？"

这样的事，胡美杉不想和他吵得让外人看见，就一闪身进了门，又随手关上："我从店面转过来不到一分钟的时间，她的状子就递过来了？"

"我的事，不用你插手！"胡美德一屁股坐下，从抽屉里抽出一沓钞票扔给她，"拿回去给咱爸。"

"这算什么？"胡美杉拿起来看了看，又扔回去，"贿赂我呢还是封口费？"

胡美德没好气地说："我有钱没地儿花，我良心发现要孝敬我爸，不行啊？"

"从我嫂子手里讹的那两万中的一万？"胡美杉拖了把凳子，坐在他对面，胳膊肘支在老板台上，托着脸，目不转睛地看他，"那一万呢？孝敬收银台那个了？"

"她才不要我的钱呢。"胡美德说，"我给她租了套房。"

"你打算干吗？哥，我嫂子什么脾气你不知道？"

胡美德从桌上拿起口香糖瓶子，打开往嘴里丢了一颗，就吧嗒吧嗒地嚼着不吭声。

"你这是在玩火你知道不知道？"

胡美德一副无所谓的样子："别危言耸听了，小聂又不是我搞的第一个女人。"说完，得意地用鞋后跟一下一下地磕着老板桌的腿。

胡美杉又惊又气："你以为你能一直瞒得滴水不漏？"

胡美德咧着嘴坏笑："我有这个信心。"

"哥，你知不知道你这是在干吗？"

"你不都说了吗，玩火。"

"那是好听的，你这是耍流氓！"胡美杉生气地说，"哥，不是我咒你，就算我嫂子没发现，干这种缺德事也会遭报应的。"

"没事，我等着好了。"胡美德显得有点不耐烦了，"噗"地把口香糖吐到墙角里，"贾文莎让你来的？"

"你说呢？"

胡美德站起来，两手撑在老板台上，哈着腰，直直地看着她："美杉，你知不知道？对一个已婚妇女来说，你对她好对她最大的仁慈就是，你知道她老公有外遇，不仅坚决不告诉她，还编瞎话让她相信她老公是除了她亲爹以外全天底下最爱她的男人。"

"我嫂子还真当你赌钱赌上瘾了呢，她要知道你有了这档子事，才犯不着劳动我呢！"胡美杉气鼓鼓地用目光和他对垒，想来想去，觉得不能把贾文莎的气话告诉他，要不然万一胡美德哪天起意要离婚，就等于是贾文莎亲自给他指了条让她无条件地快速答应他离婚的道，就转了一下话题，"你知道我是怎么知道是小聂的？"

"说。"

"我嫂子认识那件衣服。"

胡美德大惊失色："我不是让你扔到垃圾箱里去吗？"

"我抠惯了，没舍得扔！"胡美杉故意气他，但也渐渐有了底：其一，胡美德没打算娶小聂也更没打算离婚，要不然他就不会怕贾文莎知道；其二，胡美德让她带一万块钱给老胡，足以说明他真的没迷上赌博。事情确实像她猜测的那样，所谓赌博，不过是赌气离家出走到情人那儿风流快活了一夜后，被老婆的刨根问底逼急了就随口撒的谎。心里有了底，她就坦然了，说其实今天她是被贾文莎派来骂他的，奔着往死里骂的劲头使，但看在他还没狼心狗肺地从老婆那儿骗了钱全便宜了小三的分上，她就节约点力气，打算苦口婆心劝劝他。虽然贾文莎脾气坏，但心眼不坏，生天宝是把她生胖了不少，但也不难看，何况她是带着贾家烤鸡店这么大的家业嫁给他的呢。娶个富家女，是多少没骨气的草根男人的梦想，他轻而易举就实现了，一定要惜福。

她不说这些还好，这一说，胡美德都快破口大骂了，说什么富家女什么家大业大，跟他胡美德没有半点关系。以前赚的钱老贾攥得死死的，房子和贾家烤鸡店也都在老贾名下，说是给他们了，可没过户算什么给？在这个家他胡美德名义上是她男人，事实呢，他就是个苦逼长工！不！还不如长工呢，人家长工还有工资，他就每天看贾文莎心情赏点零花钱！就他在家的这待遇这地位，没把女人领回家就算对得起她了！日子都憋屈成这样了，他再不出去搞几个女人，都对不起爹娘给的这条命！

胡美杉默默地看着他，心里无限悲凉，半天才说："哥，你不应该结婚。"

胡美德说："没错！这婚结得，我肠子都悔青了。"

"如果不结婚，你一个月至少有半个月在火车上待着，小混混一样晃来晃去，下了班，虚荣的你就穿着从夜市上买的仿得破绽百出的名牌，和你的狐朋狗友们在无棣路上的啤酒屋里就着一盘盐水毛豆和辣土豆丝喝着散啤吹着牛！没错，你不缺女朋友，那是因为年轻的女孩子都很傻，像小聂一样傻，觉得只要和你在一起就有情饮水饱，可姑娘的妈妈们都是吃过生活苦的人。等你想结婚了，准丈母娘就伶牙俐齿地来了，为房子为定亲为婚礼和咱爸和你吵得头破血流，让你婚还没结呢，被折磨得已在心里默默地跳了无数次楼！"胡美杉像放机关枪一样突突地一顿狂射，"如果你觉得这样的日子有意思，离不离婚随你，可如果你不想过这种日子，就请你夹紧尾巴，循规蹈矩做人。"

胡美德被她的粗野惊得瞠目结舌："胡美杉，你干什么？"

"我干什么？你不是觉得和贾文莎过日子委屈得慌吗，那你现在就离，别跟贾文莎挂着羊头却背地里卖狗肉！"

胡美德气哼哼坐下了："你就放心好了，我和贾文莎，打破脑袋也是亲两口子。憋屈归憋屈，婚我是不会离的，就因为她，我工作丢了，她又给我整出一天宝来，我离啥婚？"

胡美杉就放心了，哼哼了两声，拿起钱敲了敲桌子，才塞进包里："你放心，就你那点烂事，我不会告诉我嫂子。还有，这钱我之所以替咱爸收了，是为了不放在你手里胡作非为！"

从胡美德办公室出来，胡美杉长长地舒了口气。虽然她承认那些让胡美德感到不忿的一切，对于男人来说，确实会不舒服，可她依然不能同情他，更不能站到他的战壕里去声讨贾家。否则，只会助长胡美德的气焰，让他认为自己无论怎么做，都是情有可原的。她唯一能做的，就是站在贾文莎的角度上，替她伸张正义，甚至是强词夺理，强加给胡美德一些内疚和不安，让他收敛点。

回家后，她把钱递给老胡："我哥让我捎给您的。"

老胡接过来，掂了掂，扔到桌上："我又不缺。"

"我哥说了，您不缺那是您的，这是他的孝心。"说着，拿起来塞到老胡手里，"收起来吧，财不露白，晾着钱不发家。"

老胡用鼻子嗯了一声："又瞒着你嫂子？"

胡美杉点头："他自己攒的零花钱。"尽管生胡美德的气，可她还是愿意在老胡跟前说他的好话，哪怕是撒谎，因为这会让老胡开心。

老胡嫌弃似的，把钱又丢回桌上："做贼似的孝顺，我不稀罕！"

贾文莎在钱上虽然把胡美德掐得很紧，但对老胡很大方，时不时地塞钱给他，老胡不要，她就急，活像要和他大吵一架的样子，老胡只好收下。有时，来店里吃馄饨的客人或是街坊碰上老胡为拒贾文莎的钱扯着嗓门吼，就羡慕老胡有福气，遇到了孝顺的儿媳妇，而后感叹，有好儿子不如有好媳妇啊。老胡虽然还是气哼哼的，但眼里的喜悦，就像撕破乌云冲出来的阳光一样，挡都挡不住。

胡美杉又把钱塞他手里："我哥给都给了，您就收了吧，下不为例。"

老胡这才拿起钱绕出去回后面的家，一沓钱在手里掂来掂去的，好像那不是钱而是一坨肮脏的屎，他要赶紧找地方放下，好把手洗干净了。胡美杉知道他这又是故意炫给邻居看呢。果然，隔壁开西点店的小子见着了，一脸不阴不阳地笑着说："胡老板今儿挣不少啊。"老胡就一脸没看在眼里的嘴脸说："什么啊，美德让美杉捎给我几个零花钱。"西点小子就又说："别说，我美德哥挺有本事，啥时候也能有个富家女逼着我娶她就好了。"说着挠挠头，一脸羡慕嘴脸，老胡知道他是揶揄自己的，就哼哼笑着说："你小子，那你得先找爹妈算账，把你模样做成这样，这活他俩干得忒偷工减料了，还富家女逼婚呢，你上街没吓出官司来都是老天开恩了。"西点店的生意还行，都是附近的文艺小青年和中学里的文艺小孩们过来捧场，但这小子一直对美杉小厨有意见，觉得去美杉小厨的人太粗俗，比邻而居地开着店，损害他西点店的高雅，动辄就说美杉小厨是伪小吃，真老土。老胡就气，还和他争执过几次，也仗着酒醉骂过他一次，骂他数典忘祖，烤几坨洋点心就自觉高级得不行了，知不知道在国外连乞丐流浪汉都吃这玩意儿，和咱中国的馒头火烧没什么区别。你要说西点好吃咖啡好喝我不反对，可你把这些玩意儿整成高贵的象征，我就要呸你是崇洋媚外的贱才骨头！直接把西点小子给骂蔫了，从那以后，西点小子表面上收敛了不少，但美杉小厨千万别出点差错，否则有他在，马上就成了丹东路一条街的新闻。为这，贾文莎见了他要么不打招呼，打招呼就直接喊他"假姑娘"。一开始他还挺生气，要和贾文莎干架，贾文莎就一副好心被人当成臭狗屎的无辜嘴脸，说我要说谁是"假姑娘"那是夸他长相俊秀，怎么到你这儿就成贬义词了？西点小子就懵头懵脑的，进退两难了，索性，再见了贾文莎，不管她说什么怎么打招呼，都装没听见。贾文莎偏偏不肯让他蒙混过关，一定要"假姑娘"到他鼻子底下，和他对接上话茬儿才罢休……

　　见父亲这么炫，胡美杉有点不放心，怕他万一在贾文莎跟前露了底，引起她的怀疑，就忙追过去，小声说："爸，您要真不想要，就春节的时候当压岁钱给天宝，但您千万别让我嫂子知道，要不然他们又有饥荒造了。"

4

　　之后的几天，胡美杉的心一直悬着，她后悔去找小聂了，怕她觉得反正胡美德的家人也知道了，跟他要态度或是逼婚。

　　现在，小聂已知道她晓得她和胡美德的事了，胡美杉担心她借着这茬儿生是非，就打电话和贾文莎闲聊，问胡美德这几天表现怎么样。如果胡美德表现得很焦虑，应该是小聂有动作了，但贾文莎很开心，说很好，简直就是二十四孝老公。胡美杉的心，这才放下来，笑着说，原来男人是属破车子的啊，要经常修理修理才行。

　　贾文莎说："那是，等你结婚了，别忘了这茬儿。"

　　胡美杉说："好。"

第四章

1

那晚八点多，店里已没客人了，胡美杉正收拾桌子，老胡在对着吊在墙上轰轰作响的电视打瞌睡，时不时地颤动着嘴唇吐出一串呼噜。

陆易州来了，显得有点局促，喊了一声胡老板。胡美杉晓得是喊自己，因为陆易州一直喊她喊胡老板，喊老胡喊伯父。胡美杉这才想起来，今天陆易州没来吃晚饭，就笑着说："加班了？"

陆易州啊了一声，好像有话要说，却不知怎么开口的样子。胡美杉抓起桌上的围裙，让他等一等，一碗馄饨马上就好。

陆易州忙拦住她，说不用，说他来不是吃馄饨的。

胡美杉一愣，还是没回过神来："那干吗？"

陆易州吭哧了一会儿说："我想和您商量点事，那天您说……"

胡美杉就想起来了，心里万马奔腾地乱啊，好像天突然掉下来了，却没人替她顶，她呢，不仅不能喊人，还不能让别人知道天掉下来砸着她了。她忙放下围裙说："小陆，我们出去说吧。"她边说边往外走，生怕老胡听见了问什么事，一次都没嫁出去呢，就把自己搞成二婚头，老胡肯定得蹦得老高。

老胡抬眼皮瞄了他们一眼。

胡美杉匆匆从柜台里抓起手包，跟老胡说："爸，我和小陆出去一趟。"

"干啥？"

"小陆有事让我帮个忙。"话音未落，她拽着陆易州出门了，沿着大学路溜达。早些年，这条路是资本家和饱学之士聚居之地，全是一栋栋的独院别墅，房子老得弥漫着陈年的奢华，院里罩着参天的大树，那种浑然天成的悠闲贵气，是现代版的所谓经典别墅无论如何都复制不出来的。这几年，陆续有人在这条路上租了老别墅开酒吧开咖啡屋或是纯私家菜馆以及其他形形色色的文艺店面，把整条大学路衬托得更是文艺范儿十足了。

路过一家咖啡馆时,陆易州轻轻托了她背一下:"我们进去坐吧。"

胡美杉就觉得腰上嗖地酥了一下,原本应对任何人都很是自如的她,突然就拘谨了,像个十来岁的羞涩女孩一样,点点头,随他进去。

院子里有棵巨大的银杏树和几株开着火焰色喇叭花的凌霄花,陆易州问是到室内还是在室外,胡美杉晓得,他既然这样问了,肯定就是想在室外,何况他们又不是真的恋爱,不需要私密环境,就说室外吧。

陆易州在几张做旧的桌子上扫了一眼,选了银杏树下的,给胡美杉拖开了椅子,等她落座了,才转到桌子对面坐了。一刹那,胡美杉的心隐疼而潮湿,想起了影视剧里的爱情故事,此情此景,都是真的,在无数个夜晚里,她曾幻想过这样的场景,带着温热而浪漫的爱情,抵达她的生活,可这一刻真的来了,却不过是一场戏。

这么想着,胡美杉就感伤了,一感伤,表情就显得有点不自然,怪异得很。陆易州看在眼里,以为她后悔了,就说:"胡老板,您一定要尊重自己内心最真实的想法,因为您顺口一说,我就找您来真的。我这么做挺自私的,说难听点,甚至卑鄙,所以,如果您想拒绝我,千万别不好意思。"

陆易州说得斟词酌句,给她留足了余地。这让她觉得他善良,只有善良的人才会在意别人的感受,胡美杉这人就是,一感动就容易冲动,冲动得如果有人夸她的心脏漂亮,她都恨不能当即挖出来让那个人拿回家当摆件。她很豪气地说:"小陆,你不了解我,我这人只有能做的事我才说,我做不到的,就是刀架我脖子上我也不会胡乱承诺。"

陆易州笑:"您就是给我把菜刀,我也不会往您脖子上架。"

"可不。"胡美杉说着,托起下巴,定定地看着陆易州,想起了坊间人说的,读书人都是手无缚鸡之力的书呆子,就问,"小陆,你敢杀鸡吗?"

陆易州摇了摇头:"我们家的鸡都是我妈杀。"

"为什么不是你爸?"

"我妈不让。"

胡美杉倒奇怪了:"为什么?"

陆易州笑得有点不好意思:"我爸是中学老师,在我妈眼里,就是有文化的人,杀鸡宰羊这样的粗鲁活,文化人不能沾。"

"那……你妈挺崇拜你爸的，觉得他挺神圣，是吧？"

陆易州点点头，觉得胡美杉话有点多，琢磨着怎么把话引到正题上去。服务生把咖啡送来了，他问胡美杉要不要糖，胡美杉说："要，咖啡太苦了，没糖咽不下去。"陆易州就递给她一袋糖，她撕开，倒进去，又跟服务生要了两袋倒进去，见陆易州盯着她倒糖的手出神，就笑笑，说不然太苦了，她能吃苦瓜但受不了咖啡的苦。

陆易州笑笑，说："这不成喝糖水了？"

胡美杉有点不好意思了："不是笑话我吧？"

"不笑。"陆易州搅了几下咖啡，"如果不是你帮我，我想在青岛买房，至少还要再等十年。"

胡美杉说："你不是说要三十岁前买套房子把你妈和你妹接来么？"

陆易州往椅子靠背上一靠，胳膊大大地向两边伸着，说："买套六七十平方米，位置偏远的二手房。"说着，陆易州就笑了起来，好像想到了什么可笑的场景，胡美杉奇怪，问他笑什么呢。

陆易州抿着嘴，忍了一会儿笑，才说没什么。

胡美杉也和他贫："你要不告诉我，我就不和你结婚了。"说着，顽皮地瞪陆易州，好像真的要拒绝心爱的人的顽皮小女孩。陆易州看得心一动，就挠着头笑了，说他想到了，如果他真的买个六七十平方米的老二手房，如果是二居室，一定客厅很小卧室也很小，到时候他和媳妇住一间，他妈和小禾住一间。就他妈那脾气，肯定看不惯城里女孩子，得整天打，他得天天扮演正义法官给她们断官司。

想象着他说的场景，胡美杉也笑了，过了一会儿，说："你可以娶个脾气好的媳妇嘛。"

陆易州像听到了天方夜谭似的："这世界上还有好脾气的姑娘么？"

胡美杉说有。定定看着他的目光，突然就软了，觉得自己这表情有自我推销的嫌疑，就红着脸说他们说了，每个来这世界的人，上帝都给他们准备好了另一半，山不转水转，早晚有一天会遇上的。

陆易州说但愿吧，端起杯子看了看，但没喝，又放下了，胡美杉觉得这个动作透露出了他很无聊，不知做什么或说什么好，既然自己这只愚蠢的笨鸭子自己爬到架子上了，就索性主动点，别让他为难，就问参加集资建房有没有时间限制，陆易州说有，报名截止到月底，胡美杉在心里默默数了一下："还有十天。"

"所以……我才急了。"陆易州说着，从包里拿出两万块钱，推到胡美杉跟前，说他不能让胡美杉白帮忙。

胡美杉忙推回去，说："小陆你这干吗呢？我帮你不是为了钱。"

陆易州说知道，但如果她不要钱，他愧得慌。说着，他又把钱坚决地推了过来。其实，这时的胡美杉，如果怕给自己带来无法挽回的后果，完全可以把钱一推，扔出一句既然这样、这事还是算了吧就起身走人，既不丢面子也很豪气。胡美杉也这么想过，甚至屁股都在椅子上挪了几挪，可一看陆易州的眼神，就说不出口了。在假结婚这事上，作出牺牲最大的是她，陆易州是受益者，所以陆易州有点不好意思，两只大手在桌上相互杂乱无章地叉来叉去，好像在努力寻找理由劝胡美杉收下这两万块钱，以安抚他内心的不安。虽说他是个对生活要求很低的人，不抽烟不喝酒，也没其他烧钱嗜好，最多是买几本书看，所以这几年也攒了点钱，加上他给翻译公司干兼职，赚得比工资还高，再就是他老家乡下的地被征去修高速公路了，补偿了一笔钱，母亲就三番五次地来电话催着他买房。因为母亲在家也经常看电视，知道儿子只有在城里有了房子，娶儿媳妇抱孙子才有可能，所以，诸多因素凑到一起，促使他决定参加这次集资建房。说着，他把钱又往前推了一下："你主动帮我，我已经很感动了，所以，这点谢意，你一定要收下，不然我会不安的。"

他目光诚挚得让胡美杉觉得哪怕是微微地犹豫片刻，都是罪过，就笑着把钱收了，说："如果收了钱能让你心里踏实点，我就收了吧。"她把钱放在包里，想换个话题免得两人都拘谨，可脑袋很乱，也找不出什么话题，常常是一张嘴就卡住了，像电脑突然死机，陆易州也是。胡美杉觉得这样的安静，大概就像死刑犯临刑前的大笑，知道逃不脱了索性洒脱点，他们呢，是晓得戏就要正式上演了，反倒慌得忘词了。末了，她把话题绕了回来："小陆，我们假结婚的事，别告诉别人。"

陆易州也点头，说除了他们两个，不会有第三个人知道。

胡美杉就粲然笑了："给我们办登记的民政局工作人员也知道。"

陆易州拍了一下脑袋。笑："胡老板，为难你了，我们登记之前你如果后悔了，我绝对理解，也不怪你。"

"钱我都收了，你怎么又说算了？"说着，胡美杉拿过手包，伸手去掏钱，又打趣了一句，"如果你是心疼花钱，我退给你。"

陆易州让她说得不好意思了，忙把手压在她包上，却正好压在她的手上："不是因为钱，我怕这事会对你不好。"

他的手，大而白皙，有点凉，胡美杉的脸就忽地热了起来，热啊热啊地心软成了糖稀，就软软地笑着说："有什么不好的？我又没打算结婚。"

陆易州很意外很震惊的样子："你独身主义？"

胡美杉说差不多吧。

"为什么？"

胡美杉心里微微一疼，说不为什么，就是觉得这样很好，有自己的店，不用看任何人的脸色，还能照顾我爸。

两人又杂七杂八地又瞎聊了一会儿，约了后天去登记。起身往家走，一路的树影婆娑里，胡美杉就想，这两万块钱不能要，等办完登记就还给他，不能现在还他，他会觉得是她不想帮他了。

帮他一把吧，只身闯青岛，挺不容易的。胡美杉这么想。

2

胡美杉失眠了，辗转反侧里她怨恨着那杯咖啡。她想了很多，还想到了胡美德两口子，想如果贾文莎不这么胖，或许还能拢住胡美德的心，然后在心里替胡美德开脱，想如果贾文莎瘦一点，别把脸画得跟艺伎似的，说不准胡美德就不会出轨了。虽然身材走形了，却一点也不影响贾文莎的自信和对美的热爱，照样穿旗袍。贾文莎喜欢夸张而华丽的发型，一年四季都烫得蓬蓬松松的，胡美德就调侃她，说她一看就是刚从非洲回来，别人去非洲是挖钻石淘金子，最不济也是做生意，她倒好，专门偷原始部落酋长的野鸡毛大帽子。

再见着贾文莎，胡美杉就小心翼翼地建议她减肥，贾文莎翻着白眼说："再胖我也是胖美人。"

胡美杉说瘦美人更招人喜欢。

贾文莎说："得，就这样吧，我要再漂亮你哥就配不上我了。"然后，撕开一包巧克力，说是托人从上海捎回来的比利时松露巧克力。

胡美杉拿一颗，剥了丢到嘴里："女人就得让男人觉得自己配不上老婆才有成就感。"

贾文莎白了她一眼说："胡美杉你婚没结，哪来这么多废话？你懂什么？再漂亮的女人只要让男人娶回去当老婆了，也是一坨不招人稀罕的陈年老肉。"说着又拍了拍腰，"女人想要靠一身皮囊拴住男人，那是痴心妄想。"

胡美杉说："那靠什么？"

"除非他离了你就玩不转，其他都白搭。"

可胡美杉比贾文莎更明白的是，有钱也没用。贾文莎有钱，可都在她手里攥着，除了那点可怜的零花钱，胡美德就是个光鲜的穷光蛋，于是，这样的有钱，对胡美德来说，就是一串和他毫不相干的数字，有什么意义呢？胡美德知道没意义，所以不怕她，所以出轨了，还神不知鬼不觉的。

每个人都只信奉自己的人生哲学，所以，世界热闹非凡。

3

从婚姻登记处出来，胡美杉就把两万块钱拿出来还给陆易州，他不收，两人在马路边推来搡去的。胡美杉急了："小陆，你要不收，就是骂我了。"

陆易州僵住了。

胡美杉拿过他的手包，把钱塞进去："爱情不能随便卖，婚姻也是，虽然我们是假的。"她笑嘻嘻的样子，就像两个孩子瞒着大人干了件无关紧要的坏事。然后，胡美杉把结婚证也都塞进了他包里，说她家人多手杂，还是放在陆易州那儿比较靠谱。

陆易州就觉得这情欠得沉了。说真的，当胡美杉说有人花钱雇人假结婚达到自己的目的时，他还没怎么在意。等后来胡美杉主动说要和他假结婚，他还在心里悄悄地鄙夷了一下胡美杉，觉得他们这些人的眼里心里，除了钱就没别的了，也狭隘地认为胡美杉主动提出要和他假结婚，或许就是为了挣几万块钱。所以，尽管他知道假结婚对于一个未婚单身的城市姑娘来说不是件光彩的事，甚至是自贬身价的事，可是买房子的意愿迫切，再加上送了胡美杉钱，他还是心安理得的。现在胡美杉把这钱退回来了，他顿时就觉得心情沉重得很，原先那些对胡美杉的小小鄙夷，全都加倍地变成了对自己的鄙视。原来，真像有人说的那样，每个人眼中所看到的这个世界的灰尘，都是来自自己的内心。自惭让他窘迫了起来，说："要不我请您吃饭吧。"

胡美杉就笑了，说："小陆你忘了啊？我是开饭店的，虽然档次低了点，可一到饭点我这大厨必须回去，要不我爸就抓瞎了。别看他整天在店里待着，可他既不会拌馅也不会包馄饨，我要再不回去，他就该打电话催了。"

陆易州就想把话说轻松点："让结婚给忙晕头了。"

胡美杉也顺水推舟地玩笑了一句："真结婚登记的时候男人乐晕了头，我们是假结婚，你晕什么晕？"

陆易州就一下子脑子短路了，吭哧了半天也没找到应对她的词，胡美杉怕他误会了，忙找话找补回来："对了，小陆，虽然我信任你你也信任我，可还是白纸黑字的好。这样吧，你到学校起草一份协议，就说我们没有事实的婚姻，是为了让你赶上集资建房这班车，所以呢，虽然你房子是婚后买的，但那绝对是你个人财产。还有，我们两个随时可以办理离婚手续，没有共同财产和债务。"

陆易州有些意外："胡老板，不用吧？"

可能是因为她的这番话给了他彻底的安全感，他的心突然就踏实了下来，觉得胡美杉真的很可爱，俗气里透着明朗的磊落大方，是多少虚伪的知识分子所不具备的好品行，在心理上，就和她亲近了许多。

"用的，必须的。"胡美杉干脆利落。她该回店里了，让他该忙什么就忙什么去，别忘了晚上带着打印好的协议去店里找她签字，前提是别让老胡看见。

当天晚上，陆易州去美杉小厨，吃完馄饨也没急着上楼，拿手机刷新闻。老胡挺不高兴的，因为天热，大多人热得没了胃口，既吃不了多少也不愿在家动火做饭，就会出来简单填一下肚子，来吃馄饨的人好多，陆易州不走就占了一张桌子。这要是平时，粗撒惯了的街坊邻居，老胡就开口撵了，可陆易州是文化人，面子薄，如果他开口撵了，怕他面子上吃不消，就忍着没开口，只是拿着抹布在他桌子上抹来抹去，故意把一片菜叶子擦到了陆易州的手上。陆易州这才抬起头，看着人声鼎沸的店面，慌忙站起来："胡伯父，不好意思啊，我占这桌子时间太长了，要不……我再点碗馄饨吧。"

本来还挺生气的老胡，让他这句呆头呆脑的话给气笑了，就故意板着面孔说："你都坐这儿半天了，至少耽误了我三碗馄饨。"

陆易州嗫嚅说："那我就要三碗。"

老胡真让他气笑了："小陆，今晚你算是让我开眼了，活到这把年纪，我终于晓得书呆子啥模样了。"说着摆摆手，"快上楼吧，吃饱了还吃你就是祸害着农民的粮食糟蹋自己的身子！"

陆易州嘴里啊啊着，边往外走边说不好意思，然后冲厨房里的胡美杉说："胡老板，等会儿我下来找你啊。"

老胡一愣，回头看看胡美杉，目光撞到一起，她的目光就飞快挪开了，像受了惊吓的蜻蜓一样，老胡觉得不对，等客人少了，就问胡美杉："小陆今天这是怎么了？"

胡美杉说不知道啊。

"真不知道？"

"真的。"

老胡盯着胡美杉，试图从她脸上找出点破绽来："不对，我觉得他有事。"

"那我就不知道了。"胡美杉低头，继续包馄饨。

老胡说："都没客人了，你还包什么包？"

胡美杉说包好了冰着。说着，把包好的馄饨塞进冰柜，从厨房出来。老胡用像绿豆一样小而圆亮的眼睛看着她，一肚子的疑问全在眼神里。

胡美杉装没看见，从冰柜里拖出一瓶可乐，拧开喝了两大口，说："热死了，实在不行厨房也装台空调。"

老胡还是那么看着她，不吭声。

胡美杉知道躲不过去了："爸，您有什么话直说。"

"小陆对你有意思？"

胡美杉装出大吃一惊的样子："爸，人家小陆就上咱家吃碗馄饨而已，您瞎琢磨什么呢！"

老胡看着她不说话，好像看穿了她在撒谎。

"真的。"胡美杉说，"人家文化人，和咱不合适。"

"知道不合适就好。"老胡起身，拿了一只干净盘子，把冷柜里剩的几个冷菜底打扫到盘子里，又掏出一瓶酒，砰地打开了，"我看他这两天直围着你黏糊，你小心着点。"

胡美杉就笑："爸，您对我自信过头了。您放心好了，小陆不会看上我的。"

"别说，他刚来咱店吃饭那会儿，我还真巴望他能看上你，可这会儿不行了。"老胡一本正经地说，"我看出来了，小陆是书呆子一个，女人嫁什么人都别嫁书呆子，都是四肢不勤五谷不分的主，灯泡坏了要自己换，连煤气罐都得自己扛。"

老胡说得一本正经，满眼都是提醒胡美杉千万要警惕的神色，胡美杉就乐了，刚要说话，就听临街的推拉店门唰啦啦地响了，是陆易州，抬头间都迈进来一只脚了，招呼了声胡伯父，然后问胡美杉："胡老板，忙完了没？"

"忙完了。"胡美杉把围裙摘下来，挂到椅子背上，抓起手包就要往外走，"出去说。"

老胡有些不耐烦："大半夜的，啥事不能在家说？"

胡美杉就嬉皮笑脸地说："爸，我们要说的事，还真不能在家说。"

陆易州怕老胡生气，忙说："要不改天再说。"

胡美杉说别。冲老胡说："爸，我去去就回。"不等老胡回答，人已到了街上，还是老路线，顺着登州路上了大学路，在前晚的院子里坐了，陆易州小心地问："我看胡伯父今晚不太高兴。"

胡美杉抿着嘴说："这两天你老来找我，我爸怕你看上我了。"说完忍俊不禁似的，笑了。

虽然以前和胡美杉基本是天天见，但也只是相互顺眼的主顾关系而已，感觉上很熟稔实际很陌生。随着这几天和胡美杉打交道多了，陆易州也从容多了，觉得她人善良，值得信赖，就打趣说："等我拿到新房钥匙，装修好了，如果你还没男朋友，我也还没女朋友，咱俩就将错就错吧。"说完，哈哈大笑。

胡美杉愣愣地看着他，心却在怦怦地跳，突然也大笑了起来："小陆，让

第四章

你说得咱俩怎么跟梅艳芳和张国荣似的。"

陆易州一愣，忙摆手："千万别，这两人有名是有名，可没一个活着的。"

胡美杉忙冲旁边呸了两口空气，笑着说："没事，我是喜鹊嘴。"说着伸手跟他要打印好的协议。

陆易州说完全信任她，没必要多此一举地签署什么协议，今晚去找她，就是为了说这个的。

胡美杉说那不行，然后就叫来了服务生，要了纸和笔，一声不吭地手写了一份协议，签上字，递给陆易州："谢谢你的信任，但这协议必须有，要不然我不踏实。"

陆易州感慨道："胡老板……你真好。"其实他想说你好得我都想假戏真做了，又怕太唐突了，不仅显得自己轻浮，也轻薄了胡美杉，就没说，歪着身子看她。看得她都不好意思了，遂说该办的都办完了，就等他房子到手的好消息了。她起身就要走，却被陆易州一把拉住了，说今天晚上无论如何也要请她吃东西。胡美杉晓得如果不吃他会过意不去，复又坐下了，笑着说，既然他打算出血，那么她就豁上了，狮子大开口。

陆易州把甜品单递给她，她没点最贵的也没点最便宜的，要了份冰淇淋拼盘，问陆易州要什么。陆易州说既然你都狮子大开口了，我也不扭捏了，他也要了一份冰淇淋拼盘，然后慢慢吃着慢慢聊着，胡美杉就顺口问他和女朋友到底怎么样了。

陆易州说她妈跟看犯人似的看着她，早晨送到学校下午去学校接回家，手机也是她妈拿着，有电话也是她妈先接了考察一番才给她接。

胡美杉说你不一定非要打电话啊，现在通信这么发达，微博、微信、QQ……，不用动脑子就能找出一大堆办法。

陆易州叹气说："再等等吧，我不想那么不识趣。"

胡美杉看了一下时间，就问陆易州想不想和她说话。

"好像我想说就能说似的。"陆易州无奈地笑了一下。

"我有办法。"

陆易州犹豫了片刻："想。"

胡美杉拿出手机，问他知不知道她某个女同学的名字，陆易州就明白了，说了一个。胡美杉问了一下这个名字的女同学的大体状况，就让他把女朋友的电话号码按到他手机上，拨了出去，笑着说我知道你女朋友的名字。

陆易州有点紧张，好像他女朋友的妈妈能通过电话信号看穿这个骗局似的，又小声强调："千万别说错，要不然一上来就露馅了——莫素素。"

电话果然是莫素素的妈妈接的，很警惕地问她找谁，胡美杉就捏着甜蜜蜜的嗓音说了莫素素女同学的名字，说好久没见着她了，想她了。莫素素妈妈说你等会儿，然后就是莫素素接电话了。她喂了一声，胡美杉就小声说她是陆易州的朋友，陆易州想和她说几句话。

莫素素就支吾了起来，说这么晚了，改天再聊吧，她正陪妈妈看电视剧呢，说完，就挂了。

胡美杉挺丧气的，就好像逗能的孩子被迎头打了一棍子，当然，她知道更难过的是陆易州，就替莫素素辩解说："她妈在身边，不方便，说等改天。"说着，把莫素素的手机号存储了，"改天我约她出来聊聊。"

陆易州知道他和莫素素已彻底完了，挺难受的，但又不想让胡美杉看出来，就笑了一下，从包里拿出一首饰盒说小小的感谢礼物，希望她能收下，要不然他会一辈子过意不去的。

胡美杉知道让别人欠下了自己还不完的情，好事也会变成折磨，就收了，是个翡翠手镯，水头不错，只是口径略小了点，好不容易挣扎着套上，擎给陆易州看："真漂亮。"

陆易州也觉得很漂亮，那会儿玉镯子还没人炒，买这镯子他花了三千多块，剔透的镯子套在她圆润的腕上，显得很是熨帖，就也感叹说真漂亮，然后问是不是小了点儿。

胡美杉收回手，说："有点儿，你低估我们劳动人民的手了，尺码大着呢。"

陆易州说他托学校的女同事帮忙挑的，因为他拿着结婚证递交了集资建房申请，人家还以为是买了送给未婚妻的。说完，他看着胡美杉笑："你爸误会我了，我同事也误会我了，这事可真有意思。"

胡美杉说可不，然后笑："怎么越说越有要弄假成真的节奏了。"

陆易州的脸色一凛，笑了笑，指着冰淇淋说再不吃就化了。

第四章　　53

胡美杉就跟让人喷了一脸唾沫似的不自在了起来，手在镯子上转来转去，想摘，却怎么也摘不下来，遂算了，和陆易州各自把眼前的冰淇淋吃了，就起身回家了。

进门一开灯，就见老胡在客厅兼他的卧室里坐着呢，虎视眈眈地盯着她，眼睛跟探照灯似的往她身上扫荡，最终停在了手腕上，哼了一声。

胡美杉晓得他看到镯子了，而且，单身男人送单身女人手镯，确实也比较容易让人误会的，就赔着笑，让老胡别胡思乱想，人家小陆有女朋友了，这几天和女朋友闹别扭呢，她帮着调停去了，这镯子是他送的谢礼。

"你和他女朋友有交情？"老胡不动声色。

"交情倒谈不上，可小陆经常领她来店里吃饭，这不就认识了么。认识了就好说话，小陆是外地人，人生地不熟的，除了我，他也没人求。"胡美杉觉得谎撒大了，就不安了起来，回卧室就把镯子摘了，怕日后老胡看见想起它的来处，问长问短，谎话被追究的遍数多了，会出破绽的。

4

半年后，陆易州拿到了分房资格，也交了房款，本应很开心的他却越来越瘦了，胡美杉问是不是因为失恋，陆易州说肠胃有问题，总坏肚子，神仙也胖不起来。

胡美杉问去医院看了没。陆易州说小毛病，懒得往医院跑，怎么劝都不去。胡美杉火了，命令道："我们还是挂名夫妻呢，你必须去！"说着，给他写了个电话号码，让他去市医院找罗医生，市医院的内科专家，住街对面的邻居，常来吃馄饨，去年才搬走，人好得很。又当着陆易州的面，给他打了电话，约了后天早晨的第一个检查。

她嚣张的好意让陆易州既恼又感动，第三天早晨按她约的时间去了医院。

陆易州上午去做的检查，下午胡美杉就接到了罗医生的电话，问她知不知道陆易州家人的联系方式。胡美杉说他是外地人，觉得罗医生的口气很凝重，就问怎么了。罗医生说陆易州经常坏肚子不是肠胃炎，是直肠癌，必须做手术。

胡美杉就听脑袋顶上一阵轰隆隆的雷声响过，在心里狠狠擦了一声，为了帮他把自己帮成二婚头她倒没觉得有什么不妥的，可一不小心帮成寡妇就不好玩了，忙问陆易州知道了吗。

罗医生说没敢告诉他，只说他肠胃炎比较严重。

"手术以后康复概率大不大？"

罗医生沉吟了一会儿，说这要看个体情况，癌细胞也有很多种分类。

胡美杉说："知道了，您别说，我负责说服他。"

挂了罗医生的电话后，胡美杉的心就飞了，馄饨包得大一个小一个，客人明明点的是虾仁她给包成了三鲜的，害得老胡一晚上都在给人赔礼道歉，问她是不是脑子让狗叼去了。随他怎么发火，胡美杉都是机械地啊啊应着，也不反驳。老胡生气极了，再进来客人，直接说没馄饨馅了。

胡美杉也不说什么，只是呆呆地站在厨房里，眼神空洞而又茫然，好像丢了魂魄，只剩了一具行尸走肉杵在那儿，老胡心里有气，收拾桌椅的时候碰得咣当作响，胡美杉这才像回过神来一样，摘下围裙，匆匆往外走。

老胡大声问她："上哪儿？"

胡美杉头也不回地说："约了人。"

"出去见人也不洗把脸换换衣服！"老胡嘴里这么说着，可心里挺高兴的，以为胡美杉出门约会去了。前几天有人给她介绍了个男朋友，跑长途客运的，离过婚，但没孩子。据介绍人说，离婚是因为他在外跑车老婆在家偷人，被他撞了个正着，一怒之下就离了。老胡挺中意他的，觉得男人就应该这样，有血性，干脆利索，不受窝囊气。

胡美杉说"不了"，人已经出去了。老胡的心情没那么坏了，以为她失魂落魄大半天，是坠入了情网的表现。女人就这样，要是喜欢上男人，就傻子似的，搁男女不能随便见面的旧社会，相思病就这么来的。

胡美杉怕老胡听见她上楼的脚步，走得蹑手蹑脚，跟发现了老鼠的猫似的。

陆易州正在和小禾视频，听见敲门，以为是看煤气表收费的，就起身去开门，见是胡美杉，挺意外的。小禾也从视频镜头里看见胡美杉了，以为他俩恋爱了，但陆易州瞒着她，就在视频里大喊："哥，你果然把厨神老板娘攻下来

第四章

了。"然后，又冲胡美杉扮了个精灵古怪的鬼脸，"厨神姐姐，我哥是个没情商的家伙，如果他不够浪漫，你一定不要怪他啊。"然后就在视频里又是飞吻又是么么哒地给陆易州加油。

陆易州让她逗得脸上挂不住了，关了视频，让胡美杉别见怪，小禾打小就人来疯，胡美杉没心思和他寒暄，就点点头，说："小陆，我有事和你说。"

见她一脸的焦灼，陆易州以为是假结婚的事闹出妖了，有点慌。因为前几天在楼下吃饭，听老胡在和人讲电话，好像是有人给胡美杉介绍了个男朋友，他很满意，对方要安排亲家见面什么的。当时，听老胡满嘴应承着，陆易州一紧张就站起来了，老胡还以为他想要什么，捂着话筒问了他一句，他恍惚说不要，又坐下，把剩下的半碗馄饨吃完。事后他想，当时自己紧张什么呢？是怕胡美杉一旦和那个男人定了着急结婚，还是担心一旦胡美杉结婚就要先跟他离婚？如果是这样，他参加的集资建房搞不好又要惹出麻烦来。想了大半夜，觉得应该是后者，这才安心睡了。

陆易州心里乱糟糟的，给胡美杉倒了杯水。她抱着水杯，转来转去地好像在转水杯玩，可陆易州知道，她这是有话想说又不好开口，心里就更慌了，就更怀疑是假结婚的事惹出麻烦来了："听伯父说你有男朋友了。"

胡美杉抬头看着他："算不上。"

因为各怀心事，空气就沉重得黏稠了起来，陆易州的脚在地板上挪了两下："如果你们结婚，我们就把离婚先办了，如果他因为这事不高兴，我可以去向他解释。"

胡美杉几乎想都没想："我怎么可能和他结婚？"

"可我听伯父说……"

"那是我爸的想法。"胡美杉有点着急，"我上来找你，说别的事。"

陆易州觉得她说的不像假的，就松了一口气："不是这事啊？"就说学校有个讲师和他一样的情况，但离婚办得太急，被识破了，取消了集资资格，说完了粲然一笑说，"我担心要是你急着结婚的话，我也会被取消资格。"

胡美杉再也管不住眼泪，忙用手背抹了一下，说今天晚上在家弄辣椒面了，弄得满手都是辣味，怎么也洗不干净，搓哪儿哪儿疼，碰眼眼掉泪。陆易州忙抽了两张面纸给她，让她别拿手揉眼睛。胡美杉接过来在眼上沾了几下，装作无意间问起的样子："你上午去看医生感觉怎么样？"

"挺好。"陆易州一脸轻松，"做了肠镜，罗医生说我有肠道息肉。"

"罗医生没说让你做手术？"胡美杉问得小心翼翼。

"说了。"陆易州说得很坚定，"息肉，没什么大问题。"

"你怎么知道不是大问题？"

"常识啊。"陆易州说，"有的人息肉长了好几十年都没事。"

"又不是宝贝，你留在肚子里干吗？"胡美杉急了。

"我留着减肥。"陆易州笑着说，"我今天还和同事说了，想减肥就长肠道息肉。"

"不行，你必须做！"

看胡美杉一脸严肃，陆易州就笑，心想，不过是假夫妻，怎么还拿出真老婆管老公的架势来了？

"小陆，听我的，息肉不是什么好东西，会发生恶变的！"胡美杉一脸严肃。

陆易州突然想起，胡美杉说上来找他有事，难道就是这事？如果是这事，那么，她怎么知道的？是罗医生告诉她的？他生病罗医生干吗要跟她这个邻居而不是他自己说？除非……一抹不祥的黑云，从他心上飘过："胡老板，你上来就为这事？"

胡美杉点头。

陆易州就明白了一大半："罗医生找你了？"

胡美杉嗯了一声，说："罗医生让我劝你接受手术。"

陆易州直直地看着她，胡美杉被他看得心虚，抿了一口水。放下水杯，发现陆易州还是那么看着她，看得她的心，就慌得像堵长满了荒草的老墙，在风中狂飞乱舞。陆易州的目光像无法抵挡的武器，只要他使用，可以从她这里要到任何他想要的东西，包括爱情，婚姻乃至于肉体甚至自尊。她垂下了眼皮："小陆，想知道什么你就问吧，我会如实告诉你。"

"你这么说，我就不用问了。"陆易州的心像风化的岩石被推了一把，噼里啪啦地往下掉。

胡美杉难过得嗓子都疼了："小陆，你一定要去做手术。"

"做了手术就有救了?"

"肯定的。"

"谁告诉你的?"

"不做手术就一点救都没有。"听上去胡美杉是答非所问,但已实质性地回答了他的问题。

陆易州低着头,拼命地抓着短短的头发,想把自己从这个世界给拎起来一样。胡美杉第一次清楚地感觉到,自己心疼这个男人,心疼得想像个母亲一样把他揽在怀里,轻拍着他后背,告诉他不要怕,会好的。可她只能说:"小陆,你还年轻,手术一定要做。"

陆易州还是不说话。

"罗医生说你是早期,康复概率非常大。"其实罗医生没这么说,胡美杉撒谎了,她总不能眼睁睁看着陆易州陷入绝望吧?

果然,陆易州像挣扎在绝望沼泽里的人,突然看见了救星:"康复的概率有多大?"

胡美杉毫不犹豫地说百分之八十。陆易州的目光,像一团即将熄灭的火炭遇到了饱含着氧气的劲风,忽地就亮了:"真的?"

"真的。"

陆易州也用力点头:"我做!"

那天晚上,他们聊了好久,聊着聊着,陆易州就握住了她的手,再也没松开。大多是陆易州说,说他的家乡小镇,说他英年早逝的父亲,说他要强倔强的母亲,还有他多病的姨妈,以及他的表妹小禾。说要不是他读研的第二年父亲就得了胃癌,母亲一定会让他读完了研究生接着读博的。可父亲走了,家里的顶梁柱没了,他就不能读了,虽然母亲一再劝他读下去,因为父亲是老师,治病的费用大多也都报销了,可他还是坚持参加工作了。因为母亲是农民,没有工资更没退休金,他得让她手里留点钱,这样,不管遇上什么事,她也好心里有底,不慌神……说着说着,陆易州就流泪了,说他家或许是有癌症基因的,以前是父亲,现在轮到他了,但他不能把得病的消息告诉母亲,怕她受不了打击。前两天他还在电话里和母亲说呢,学校给他分了新房,等拿到钥匙,装修好了,就接她来青岛,这才让母亲高兴了几天?上一个幸福的诺言还没兑现呢，这就晴天一声雷把她震到地狱里去？不！哪怕他病入膏肓，彻底没得救，也不能告诉母亲。

他答应去做手术，胡美杉的任务就完成了，可现在，因为陆易州的泪水和死也要对母亲体恤的孝心，把她感动了，一股豪气从她心底腾地蹿起来："小陆，放心好了，做手术的事，你谁也不用讲，有我呢。"

其实，这不是陆易州的本意，可胡美杉主动提出做手术的时候照顾他，他还是有点蒙，甚至有点不知说什么好了，只是看着她，愣愣地说："胡老板……"

胡美杉阳光灿烂地笑："打小就把'学雷锋'这仨字当山歌唱，这下，终于有机会亲身体验一下了。"

"美杉姐。"陆易州特想叫她美杉姐，"我不想叫你胡老板了。"

"就是么，你一口一个胡老板，叫得我好别扭。"胡美杉咯咯乐着说，"可你比我大将近一岁呢。"

陆易州点头，把她的手攥得更紧了："可我就想喊你姐姐，不知为什么，有你在，我就什么都不怕了。"

胡美杉就笑，过了一会儿，说该回去了，让他也早点休息，可陆易州拉着她的手，却迟迟不肯松开："美杉姐，你再陪我说会儿话。"

这是来青岛三年后，陆易州第一次感觉到孤单寂寞，第一次感觉自己那么地需要有个人，和他一起抵御这夜晚来临的无助。只是，他不能说，否则就是索取，连他自己都会唾弃自己的势利，明知道胡美杉是喜欢他的，为什么健康的时候不说，而是在死神逼近的时候？分明是想借她的肩膀，帮他抵抗痛苦和无助罢了。他唯一能做的，只能是紧紧地握着她的手，在心里默默地告诉自己，其实，这个世界上从不缺乏奇迹，他将会成为奇迹的主角之一。

第五章

1

　　一周后,陆易州住院做术前准备,尽管他努力保持了情绪上的乐观,但隐藏在内心深处的焦虑和恐惧,胡美杉还是能看得出来的。有时候,他们在医院附近的山头公园散步,走着走着,陆易州就会放声大唱,翻来覆去唱的全是一支老歌《爱拼才会赢》。唱完了,问胡美杉他唱得好不好。

　　胡美杉就说棒极了。

　　有时候胡美杉从家里提着饭来,看见他在病床上聚精会神地上网,走近了一看,他搜的全是关于直肠癌的各种信息,见她看见了,还不好意思,后来就坦然了,自嘲说在寻找精神鼓励呢。

　　装精神抖擞是很累的,陆易州索性就不装了,有时候他意志很消沉,坐在病床上,看着对面雪白的墙壁,一看就是半天。知道他心里不好受,胡美杉就也不打扰他,坐在一旁看杂志或是拿着手机上微博,陆易州就直直地盯着对面的墙,也不看她,说:"美杉姐,其实我很怕死。"

　　胡美杉说人都怕死。

　　陆易州抓着她的手,依然盯着墙:"我还没好好谈一场恋爱,还没结婚,也还没孩子,还没来得及孝敬我妈。"然后转过头看着胡美杉,"如果我死了,我妈怎么办?"

　　"你不会死的。"胡美杉说得无比笃定,好像已经穿越了时空,去未来看过他幸福美满生活,"你会好的,还会娶个漂亮媳妇,生个可爱的宝宝,把你妈接来,一家三代,多美的好日子啊,你会过上这样的生活。"

　　"谢谢。"陆易州的声音好像不是声带发出来的,而是走过喉咙的空气,"其实我就想听你这么说,我想勇敢些,可我真的很怕,如果我现在就死了,我就是罪人。我根本就没资格死,这不是对我的不公平,是欺负我妈。"然后他冲着窗户大喊了一声,"老天!你听到了没?你这是欺负我妈!她老人家善良、含辛茹苦了一辈子，您干吗要欺负她？"

后面这句话嗓门太高，引得护士往里探了一下头。

胡美杉觉得应该帮陆易州做点什么，以缓解他压抑的心情。她想到了莫素素，如果她能来看他，想必也会让他开心好多吧？胡美杉就背着陆易州给莫素素打了个电话。

莫素素很警觉，听到陆易州名字时的反应，好像陆易州不是她的前男友，而是一个她竭力要躲避的熟人。胡美杉想想陆易州说起莫素素时的满嘴体谅，就替他挺不值，可她又是陆易州在这座城市里唯一的精神力量，就强忍了不快，说陆易州病了，希望她能去看看他。

莫素素说："你不就想骗我和陆易州见面么？拜托你可以把谎撒得更大点，比如说他得了癌中之王肝癌呀什么的。"

胡美杉很生气，说："你觉得我撒谎骗你去见陆易州有意义吗？"

莫素素说知道没意义你还撒谎？又问她是陆易州的什么人，胡美杉没好气地说邻居。

莫素素就说："接下来你是不是会说陆易州之所以病了，是因为我和他分手，他深受打击，一病不起了？"不等胡美杉回答，她又说，"你告诉陆易州，如果他想争取，最好用男人一点的方式，扮什么可怜啊？他当自己是谁？梁山伯啊？可我不是祝英台呢！"

说完，就把电话挂断了。

胡美杉让她气得脑子发蒙，气呼呼地又给她拨了回去，莫素素一接起来，连气也没容她喘，就直接说："陆易州得直肠癌了，正准备做手术，他意志很消沉，我找你，是希望你能去看看他，给他一点鼓励。"

莫素素半天没说话。

胡美杉又说陆易州不知道我给你打电话。

莫素素说："真可笑！谎撒得越来越离谱了！"说完就挂断了，胡美杉再往回拨，已关机了。其实，她也听出来了，如果说刚开始那会儿莫素素怀疑她说陆易州病了，其实是骗她去见陆易州的幌子，那么后来她说陆易州得了直肠癌，莫素素已不认为她是在撒谎了，也知道那是事实，可她之所以坚持不相信，不过是不想显得自己太凉薄。重病在身的陆易州，对她来说是个麻烦不断

第五章

的累赘，她再也不想沾手了。那些在男女朋友身患重病时不弃不离地守在身边的，或许是少之又少吧，要不然媒体怎么会报道呢，鲜有的事，才有新闻价值。

胡美杉晓得，她怪不得莫素素，人家能把自己的人生承担好就不错了。于莫素素而言，对陆易州既毫无爱意了，无论他人生险与荣，她都不想与之扯上关系了，何况，此时的陆易州身在沼泽，伸手未必拉得上来，还可能溅自己一身泥水。很多人会这样想，所以，街头有人干架，才会走过那么多比看客更无耻的路人，他们连看客这顶恶趣味帽子都不愿意戴。

给莫素素打过电话的事，胡美杉谁都没说，就当是颗苍蝇屎，虽恶心难当，但还是自己咽了吧。

2

因为照料陆易州，美杉小厨就只能关门。一关门就没得钱赚，再加上老胡看好的那个长途车司机，一回青岛就跑店里来找胡美杉，次次扑空，老胡还不能说她去医院照顾陆易州去了，只能一次次地撒谎。对于一个耿直的人来说，需要经常为一件与自己无关的事煞费苦心地撒谎，是件恼火的事，再加上店里没钱赚，老胡能不急吗？简直是气急败坏。晚上冲胡美杉发火："做生意哪有你这样的？三天打鱼两天晒网！"

知道他生气了，胡美杉就笑着说："爸，人要老惦记着赚钱，就成赚钱机器了，好好的人活成机器模样，多没意思。"

老胡就气鼓鼓地说："就咱家这条件，你想活得人模狗样就得先当机器把钱赚足了！"见胡美杉没打算接他茬儿，就大声说，"小张来找你了！"

小张就是那个长途车司机。

"我不跟您说了嘛，他再来找我，就说我和他不合适。"

"我看着合适，一来就帮我拖地擦桌子。"

"您觉得合适有什么用？又不是您嫁给他。"胡美杉小声嘟哝。

"你都二十七了！"

"我三十七了也看不上他。"

"你是不是看上小陆了？"

"我看上他有什么用？他又没看上我。"

"那你还跑前跑后地伺候他？"

"就是个陌生人在咱家门口生了病，你能不管？何况他是咱邻居。"

"小陆有父母有朋友，最不济还有同事，轮得着你鞍前马后了？"

"爸，您也知道，小陆他爸死得早，他妈就是个乡下老太太，这辈子就没见过大场面，小陆他爸才死没两年，现在儿子又病得进医院要挨刀了，她担得住吗？"胡美杉心平气和地说，"爸，您就当我做善事不行吗？"

"你小心做善事做出一脊梁唾沫来。"老胡还是很生气，指着门外，"这一街的人，哪个不喜欢嚼人解闷子？"

"喷我唾沫星子我就当他们替我洗澡了，拿我嚼舌头也随便他们嚼，反正我个子高，身体壮，够他们嚼一阵的。"胡美杉嬉皮笑脸说完，又正色道，"爸，小张要再来，您就告诉他，我觉得我们俩不合适，他要还来，就是不识趣了啊。"

"小陆到底得啥病？"

胡美杉想了想说："肠炎，挺严重的，要切一段去。"

她怕老胡张扬得尽人皆知。陆易州出院后要回家静养的，在一个尽人皆知他得了癌症的舆论环境里，不利于康复。何况他还年轻，是要谈恋爱结婚的，人但凡恋爱结婚，都是奔着一辈子去的，一个得过癌症的人，康复得再好，也让人心有余悸。所以，为了他情感路上的绊脚石少一些，胡美杉建议他少把自己得了癌症这事到处张扬，巴心巴肝地处处为他着想，像姐姐心疼弟弟一样地心疼他。

那段时间，陆易州觉得在这个世界上，再也没有比胡美杉让他更有安全感的人了，如果不是得了绝症，他会向她求婚的。在这个世界上，当男人想向女人表达真诚的赞美，没有比求婚更真诚的方式了。可是因为病，他之后的人生，是前路未卜的险途，连求婚这么真诚的赞美，都变成了讹诈式的勒索。徘徊在生死的边缘，他才明白，什么情深意切什么刻骨铭心什么事业什么宏图大志，都抵不过有个人守候在身边来得踏实而温暖。

所有深刻到生生死死的爱，都抵不过温柔的陪伴。

一周后，陆易州做了手术，很成功，罗医生说康复的概率很大。再成功也是开腹手术，手术后，陆易州连坐都坐不起来，大小便全在床上由别人帮忙解决，护士又不插手，说这事儿归家属管。胡美杉就趴在陆易州耳边说小陆，你都喊我美杉姐了，就把我当你亲姐得了。陆易州一点头，泪就下来了。

在病床上躺着，陆易州才切实体会到，不听意识指挥的身体，才是最可怕的监狱。他住的是肿瘤病房，一共四张床，陆易州最年轻也病得最轻，另外三张床上的病号，都已面无人色，和家属之间相互折磨得怨声载道。见陆易州和胡美杉相互体恤配合，病号羡慕陆易州有胡美杉这样耐心温柔的好家属，病号家属羡慕胡美杉有陆易州这样能自己咬住了牙不折腾家人的好病号，所以，大家都愿意和他们说话。看胡美杉出去了，有病号问陆易州："你媳妇？"

陆易州愣了一下，点头。自从生病住院以来，潜移默化里，他把胡美杉看作了自己生命中最健康最坚强的一部分，他从未像现在这样对亲人之外的另一个人产生过这样强烈的依赖。

然后，整个病房的人就晓得了胡美杉是陆易州的媳妇，和她说话时，动辄说你家小陆，你家小陆。胡美杉也不去争辩，就冲陆易州笑，那意思是说由他们说去吧，别当真。

因为年轻，陆易州恢复得很快，术后十天就出院了，罗医生说等一个月后来复查，恢复得好，再打化疗巩固巩固，就没问题了。

休息了两天，陆易州回学校续假，校领导让他安心在家养病，不要考虑病假期限，健康第一。陆易州很感动，就说他会利用这段时间复习考博士，以便以后更好地为学校服务。校领导说随他怎样都行，但不要太辛苦，病假期间，工资福利一切照旧，让他不必为生活上的事担心。

罗医生说过，癌细胞分很多种类，陆易州得的这种，康复比例是最高的，他可以保证他的康复概率在百分之八十五以上。尽管这样，就像被判过死刑又侥幸逃脱了的人，依然奔跑在逃命的路上，表面上乐观的陆易州内心还是很紧张的。他会在床上看着看着书突然跳起来，打开电脑，查直肠癌的术后康复概率、术后注意事项。癌症带来的死亡威胁，这些像巨大的阴影笼罩着他的心情。

当着陆易州的面，胡美杉从来不提病，更不提癌症这俩字，好像他不上班，不过是有比上班更重要的事情需要做。听说癌症术后吃海参可以提高免疫力，胡美杉就去买了海参发好了，让陆易州每天吃一个。

陆易州给钱，她不要，说就当她探望病号带的礼物。

其实海参不好吃，像乏了的汽车轮胎上长满了滑腻腻的青苔，可因为它能提高免疫力，陆易州就觉得它是天底下最好的美味，和胡美杉也这么说。胡美杉就开玩笑让他赶紧找个女朋友接她的班，要不然整条丹东路上的人都以为他俩谈恋爱了。

陆易州苦笑："我都这样了，哪还有女孩子敢和我谈恋爱。"

胡美杉说："那可不一定。"

陆易州说："怎么不一定了？"

胡美杉说："你好啊。"

陆易州就上上下下地打量自己："我好吗？"

胡美杉说："那当然。"

"真好？"

"真好。"

"如果我跟你求婚你会答应吗？"开着玩笑说完这句话，陆易州突然害怕，不是怕胡美杉会答应，是怕胡美杉会觉得他这样问很无耻，因为他是个生命路上埋着地雷的人，随便求婚是很自私的表现。

"你敢求我就敢答应。"胡美杉一本正经地说。她没撒谎，照顾陆易州的这段时间，她也看出来了，陆易州很善良也很体恤别人。

陆易州没想到胡美杉会这么直接，愣了一下，然后摇头："我不能害你。"

胡美杉就龇牙咧嘴地笑："恩人就是用来害的，你看东郭先生，农夫和蛇，如果是中山狼和蛇，农夫和东郭先生就没名垂青史的机会了。"

每每胡美杉说话逗他开心，他都会开心地笑出声来，觉得只有这样，才对得起胡美杉的苦心。可今天他只是默默地看着她，没笑，也没说话，因为他很想说美杉姐，我想用婚姻害你一辈子。

胡美杉却继续笑着说："我经常听人说，谁谁害他坑他，他气得要命，其实我特想跟他说，醒醒吧，有人肯坑你害你说明你有值得别人坑害的价值。因为坑人害人也是要付出精力和代价的，如果坑害别人一顿，自己啥也捞不着，神经病才去坑害别人呢。"说着，她打开了保鲜盒，让陆易州吃饭，"有多少人想让人坑害一下别人都懒得去费那力气呢。"

陆易州默默吃饭，突然冒出一句："美杉姐，如果我完全康复了，我可以坑害你吗？"

胡美杉笑："那要看你表现了。"

"我一定努力。"说着，陆易州大口吃饭，"不许反悔，你已经看过我身子了，你得对我负责。"

胡美杉就笑着打了他一下："厚脸皮！"

陆易州说："我是认真的哦，从今天开始，不许跟我提离婚的事。"见胡美杉愣着没反应过来，又补了一句，"等复查的时候罗医生如果说还有复发的可能性，我们就马上办离婚。虽然我想坑害你，可我这个坏蛋还是有底线的，我只想坑害你一辈子，但不想坑得你成了寡妇。"

胡美杉的眼泪啪嗒就滚了出来，说："小陆你胡说八道什么啊。"

"我没胡说，不过，鉴于我现在的情况，你完全可以把我拒绝于……"他比画了一下和胡美杉之间的距离，"一米半之外，我绝对没意见。"

胡美杉抹着眼泪说："如果你是真心的，不管什么情况，我都不会和你离婚。"

陆易州就怔怔看着她："你这样……傻点了吧，美杉姐？"

3

陆易州去医院复查，一切如胡美杉所祈祷的那样，癌细胞彻底从他身体里消失了，再过一个月，他就可以来做化疗了。当着罗医生的面，陆易州就把胡美杉抱了起来，恨不能把她勒进身子里似的拥抱她。

从医院出来，两人手拉着手走在街上，走走停停，陆易州总是突然袭击地吻她额头一下，胡美杉就笑他，傻孩子似的。后来，他们坐在齐东路和信号山路之间的石条台阶上，肩并肩，手拉手，说现在说以后说到了婚礼。胡美杉说他们为了房子假结婚的事，不能告诉老胡，要不然他会生气的。陆易州点头，笑："不是每个男人都有福气娶到田螺姑娘的。"

胡美杉就笑他傻样。

他们开心地说对方是傻子，其实，只有相爱的人才会觉得对方傻，因为信任的相爱给了彼此足够的安全感，才敢让自己变傻。毫无疑问，那段光阴里的陆易州和胡美杉是相爱的，但胡美杉心里还是明白的，如果他没病，他们就不会有这么近距离的接触，他就不会发现她的好，就绝不会有现在。

胡美杉一直在找机会和老胡说她和陆易州的事，可老胡气呼呼的，大有只要她开口，他兜里就有大把苍蝇往她嘴里塞的意味。她没敢说，整个下午，都哼着小曲，调小菜，包馄饨，老胡就瞪了她一眼又一眼，自言自语似的说："人欢没好事，狗欢抢屎吃。"

胡美杉也不生气，美滋滋地瞟他一眼，就继续忙自己的。

晚上，美杉小厨开始陆续上客，不时有人问老胡或胡美杉："今儿啥日子？小菜里硬通货这么丰富。"

老胡没好气地说："我闺女吃错药了。"

客人就亮着嗓子说："胡老板，你要经常吃错药啊。"

胡美杉就带着暖洋洋的笑说："想什么不好？"

客人说："胡美杉，看你心情不错啊，有啥好事，说出来大伙儿一起高兴高兴。"

胡美杉说："凭什么让你们一起高兴，你们给钱啊？"正说着呢，陆易州进来了，冲大家点点头，笑了笑。他想去坐靠窗的老位置，却发现有人，就转身打量着找空桌。胡美杉也不吭气，盛了碗汤，端出去，放在一张空桌上，对陆易州说："这边坐。"

有人起哄说："美杉，都是一样的客人，凭什么小陆有热汤喝，我们吃个冷菜还得掏银子？"

胡美杉酝酿了一下情绪，说："小陆是我男朋友，你们是吗？"

就有人说："只要有热汤喝，我们也愿意给你当男朋友。"

胡美杉娇嗔地呸了一下，说："你们想当就当了啊？我还不稀罕呢。"然后对陆易州说，"甭理他们，喝你的汤，馄饨一会儿就好。"

老胡一直在旁边冷眼看着，突然就明白了胡美杉这几天没来由的高兴，就喝了一嗓子："美杉！"

胡美杉在灶间里忙活，往外瞄了一眼，一副没什么大不了的样子说："爸，有事您说，别这么大嗓门。"

老胡气呼呼地说："你打算就这样给你老子下通牒？"

胡美杉装傻："爸，我下什么通牒了？"

"你和小陆！"老胡怒喝，"这就算告诉我了？"

老胡冷不丁的这一声怒喝，吓了陆易州一跳，手里的碗一歪，洒了不少汤。

胡美杉说："爸，我一直想跟您说，可您不给机会。"

人，不管有文化的没文化的，大都是善良的，遇到男婚女嫁的事上出了波折，大都本着玉成的心态，把两边往好里撮合，就有人打圆场说："老胡，小陆这个小伙子挺好的，你还瞎挑剔什么？莫不是高兴疯了吧？"说着，有人冲陆易州使眼色，意思是让他赶紧说两句好听的，把老胡哄住。

陆易州轻轻点一下头，放下碗，站起来，说："胡伯父，这事……本来我想亲自和您说的，可美杉姐说前阵您替她看好了一司机，怕我这时候跟您说，您不给好脸……"

其实，老胡是故意要来这么一下的，如果他不把茬当众呛起来，日后，胡美杉和陆易州就算结婚了，也会有人说闲话。说胡美杉用馄饨倒贴了小两年，又跑到医院去挖屎端尿半个多月，终于把陆易州追到手了。要是街面上有了这说法，他老胡坚决不答应。他在丹东路出生，在丹东路长大，前后娶了俩老婆，养育了一儿一女，虽然没本事把日子过显赫了，可也不能活成街坊邻居嘴里的嚼头。虽然大家当他面不说，但背后没少嚼胡美杉，嚼她看着本分，可骨子里风骚，要不然怎么能小小年纪把晏老师给勾搭得老婆死了自己坐牢了？要不然她不缺胳膊不缺腿人也挺好看，咋就没人要呢？所以，老胡一定要争这口气，一定不能让街坊邻居在背后嘀咕说胡美杉是像狗皮膏药一样黏上了不知底细的陆易州，骗着他娶了自己。他得让大伙儿都知道，是陆易州早就看好胡美杉了，天天来吃馄饨也不是因为他单身男人不会做晚饭，而是为了来看一眼胡美杉，这么一设想，老胡觉得自己挺聪明的，就一句一句地引着陆易州往这条道上走，故意虎着脸说："看你天天往这儿跑，就知道你小子心里装着事。"

陆易州从自己父母身上知道，作为父母，孩子小的时候喜欢别人夸自己孩子是天底下最漂亮最聪明的，孩子长大了，就希望和孩子同龄的异性都为自己的孩子所倾倒，尽管他们的孩子只能选择其中之一。遂也想讨老胡开心，就说他确实是喜欢胡美杉喜欢了好久了，要不然怎么会天天来吃馄饨？就是龙肉一年三百六十五天吃也有腻的时候，莫要说馄饨了。

老胡拖把凳子坐了，说就他们俩，要不是胡美杉愿意，他还真得斟酌斟酌。因为他觉得陆易州虽然书读得多，学问做得好，可给女人当老公居家过日子，未必比大老粗合适，在铁路上上班的时候，这样的例子，活生生的，遍地都是。

陆易州决定，今天无论如何他也得在嘴巴上给足老胡面子，忙诚惶诚恐地说："胡伯父，您放心，我一定努力，把让美杉姐幸福当成终身奋斗目标，您可千万别不同意，我妈最近都急了，老催我，说我都二十八周岁了，再不找对象都耽误孩子上学了，我这才鼓足了勇气跟美杉姐告白。"

老胡很受用，指着周遭吃馄饨的客人说："小陆，你这话不光我记住了，还有在座的街坊邻居。"

陆易州的心，腾地就闪过了一丝被要挟了的不快，但一看胡美杉的笑脸，不快就没了，因为客人多，胡美杉已经回厨房包馄饨去了，手指上下翻飞地忙着，眼却在望着他笑，被阳光晒软了的春水一样温暖柔软的眼神，他的心，就像水里的倒影一样，晃了两晃。

店里很安静，只有哧溜哧溜的喝馄饨汤的声音，还有瓷勺碰到了碗沿的声音，浅浅短短的，让整个店面有了温润的怀旧电影的安逸和美好。

老胡机警如鹰的眼睛，一会儿看看陆易州一会儿看看胡美杉，不知道为什么，他总觉得这一切不像真的，让他隐隐地不安："小陆，你比美杉大吧？"

陆易州啊了一声，说大十个多月。

"那你咋叫美杉叫姐。"

陆易州就红着脸局促了一下："我……就是想叫。"

"昵称！老胡，别老八板了，懂不懂什么叫昵称？就像小沈阳在小品里撒娇说臭不要脸的，听上去是骂人，透着的是亲热。"

老胡哦了一声，看看陆易州。陆易州笑着点了一下头。

因为老胡，陆易州和胡美杉谈恋爱的事，很快就在丹东路上传遍了。有人不相信，远远见了陆易州会招呼一声，说："小陆，帮我跟你家胡美杉说声，待会儿我过去吃馄饨，虾仁馅的啊。"

一开始，陆易州无知无觉的，时间一长，就觉出味不对来了，觉得这种捎话，其实是一种询问，那就是你真的在和胡美杉谈恋爱吗？你们真的会结婚吗？

陆易州就觉得这种试探，既笨拙又不礼貌，甚至是对他和胡美杉的冒犯，就跟胡美杉说你的邻居们可真有意思。

胡美杉明白他心思，就说这些人吧，虽然八卦了点，但心眼不坏，不相信他俩能结婚就像不相信王子能娶柴火姑娘做王后。陆易州觉得她把自己看太高了吧，他是学历比较高，可在她跟前，也没高到王子和柴火妞的差距，就说："美杉姐，你别总是妄自菲薄。"

胡美杉就闭着嘴，眯着眼，依在他胸前哼哼地笑，说："我愿意，你管不着！"陆易州就去捏她皱着的鼻子。她忍啊忍啊地忍着呼吸，再也忍不住了，就咧嘴笑，大口呼吸，陆易州趁机低头吻她，吻得她身心绵软，转过身，伏在他的胸前，踮起脚，迎上他的吻。

胡美杉喜欢这种感觉，她仰着头，踮着脚，陆易州伏着身子，深情地吻她，这样的画面好像在一幅画报上看见过，著名得很。

4

那段时间，胡美杉总说在我心目中你就是王子，我端着一碗又一碗的馄饨找到了你。像歌一样，还押韵，胡美杉挺得意的。她还愿意把自己包成雪白而柔软的馄饨，送给陆易州，她想过很多次了。

听说她和陆易州恋爱，贾文莎很吃惊也很开心，说："胡美杉你行啊，悄无声息的，就干了件这么大的事。"

"那是。"胡美杉说，"我一碗馄饨一碗馄饨地挣来的，我容易吗我？"

老胡在旁边听了，就气，觉得她不该当着贾文莎的面这么说，这不分明是踩着自己抬举陆易州嘛。这话要传说去，他在外面吹的那些牛就站不住脚了，老胡现在逢人就吹，说在找对象这事上，胡美杉老是不急不慢的，他最担心的就是她剩在家里，他没法向她死去的妈交代，可现在才知道了，这是老天在护佑她呢。别人就应声附和，说可不，老胡，这下美杉给你们家改换门庭。老胡就露出被花茶和啤酒浸渍得花花搭搭的板牙笑："那是，以后小陆就是我家天宝的姑父了，姑父是大学教授，天宝学习能差了？"

老胡这么说的时候，一脸得意，好像已经看到了老胡家改换门庭的未来。

有人就说："老胡，小陆这么年轻就大学教授了？"

"啊。"老胡回答得理直气壮，好像如果有人怀疑这件事的真实性，他就会挺身而出和人干一架，于是，也就没人愿意去动真格地惹他。只是，去美杉小厨吃馄饨碰见陆易州的时候，就会装作无意间聊起来说："小陆，了不得啊，这么年轻就干大学教授了？"

陆易州就连忙解释，他是助教，和教授还差了十万八千里呢。

"噢。"那人就依然不甚明白的样子，问在大学里教书不就是大学教授吗。

陆易州就很有耐心地给人解释，不管什么学历，进大学任教，都要先从助教做起，然后是讲师、副教授、正教授，都要一步步来。

旁边的老胡，本来脸就黑，这会儿脸就更黑了，像上好的大同煤块似的，黑得油黑发亮，一句话不说，仇敌似的盯了问话的人，等他吃完了，前脚出门，后脚老胡就追了出去，点着人的鼻子，一字一顿地下最后的通牒："以后不许踏进美杉小厨半步，我家的馄饨就是卖不出去，烂在锅里进下水道都不挣你半毛钱！"

那人一脸的委屈，说："老胡，我哪里得罪你了？"

老胡说："你揣着明白装糊涂！你不就是想不动声色地戳我面子么！你当我是二百五啊？"然后往地上砸钉似的狠狠吐了口唾沫，"我老胡是没混成个人物，可我一口唾沫一个钉。今儿我把话撂这儿，你要再敢让我看见进美杉小厨，就别怪我不客气，你要馄饨我给你上，我滚烫滚烫地扣你头上！"

就这一桩事，那些有心叫停老胡别吹了的街坊邻居都噤了声，不为别的，就为了还能进美杉小厨吃碗美味的馄饨，老胡的牛吹得再不靠谱，也得咬咬牙忍了。

现在，胡美杉又在妄自菲薄地说她和陆易州的婚姻是她一碗馄饨一碗馄饨地换来的，老胡能不气吗？这简直是生怕人家抹灰抹得不够黑，自己往灰窝

第五章　　71

里跳。

老胡忍着气,说:"美杉,你这说法,要再让我听第二遍,别怪我冲你发火!"

背着他的胡美杉就悄悄吐了一下舌头。

"小陆那谁?大学教授!是你端几碗馄饨就能换来心的主?"老胡很生气,"你是不是嫌那些眼红你的人背后嚼舌头嚼得不够烂?"

胡美杉回头,瞅着老胡乐:"爸,咱这是在家里,又不是在外面,您就不用吹易州是大学教授了。"

"我咋吹了?哪个大学教授不是从助教做起来的?"老胡很生气,觉得自己被外面那些巴不得别人混得都比自己惨才开心的小人和自家闺女合伙给夹击了,"小陆当大学教授,那是早晚的事!"

"这不现在还不是么,咱等他真是教授了那天再说他是教授。"胡美杉乐了。

那段时间,为了对外声称陆易州到底是助教还是教授,胡美杉和老胡经常吵嘴,吵来吵去,谁也没赢过也没谁输过,只是助教的陆易州到底该对外声称是大学教授还是助教,成了他们家的一个永恒战争爆发点。

一开始,陆易州觉得老胡虚荣得有些好笑,相处久了,就深入了解了,也就理解了他的虚荣。丹东路这片地方,以前是片低洼地,全是屋檐挨着屋檐的棚户区。1949年以前,丹东路往东西南北四个方向辐射的上坡,是齐东路信号山路登州路大学路黄台路,全是独门独户的洋楼别墅,也就是说在这四个方向的豪门宅第里打杂出苦里干下人的,全都挤住在丹东路这片低洼的棚户区里。就像没人愿意认输,也没人愿意永远是被人垂眼相见,在陆易州职业上的虚荣,充分体现了老胡的这种心态。他老胡在铁路货场出了大半辈子苦力,无力改变现状,只能寄希望于儿孙。胡美德娶了贾家烤鸡的闺女,过上了富人的日子,可老胡觉得这没啥好虚荣骄傲的,甚有些至丢脸,借老婆的光,这样的荣耀,对于男人来说,其实是明晃晃的耻辱。再说了,贾家的钱,也不是以多高贵的方式来的,用老胡的话说,那全是从鸡屁股一把一把地掏出来的。

唯独胡美杉,虽然她不是他的亲生女儿,可她姓胡,也拿他当亲爹,就是他亲闺女,普普通通的日子过着,金龟婿就从天而降,这样的幸运,不是每个姑娘都能遇上的。关键是陆易州有学历，工作也体面。人活着，什么叫尊贵？被人尊重就叫尊贵。老话说富贵富贵，好些人以为有钱的富了就高贵了，老胡不这么理解，富了不一定高贵，高贵一定比富更牛。具体道理他说不上来，就觉得，尽管胡美德家富得不怎么招他待见，可总归也算富吧，现在陆易州虽然不富，可已经有了将来会受人尊敬的高贵基础。这两者合一，富贵这事，也算是一儿一女替他完成了。

活了六十多岁，老胡觉得，自己虽然不是个大好人，但也不是个坏人，老天终于开了眼，在儿女身上，一颗甜枣一颗甜枣地喂他，幸福得他晕乎乎的，恨不能让陆易州他们现在就结婚。到时候，他一定把婚礼办得张张扬扬、体体面面的，向这个世界宣布，他老胡虽然是货场老搬，可他这一生，是成功的是幸福的，当然，是儿女送他的。

所以，没人的时候，如果陆易州在楼下，他会装作不经意地问陆易州："你和美杉的事，你妈晓得了吗？"

陆易州说还没呢，他打算等过一阵，带胡美杉回去，这样比较正式。

老胡觉得这流程有点不太对。按说，不管男方家高出女方家多少，在儿女婚事上，作为诚意和对女方家的尊重，男方父母都应该先来女方家拜会，之后才是女孩子去男方家。何况陆易州学历高工作体面那都是陆易州一个人的事，要说家庭条件，陆易州家比他家差多了。不就是个乡下人家嘛，这要是搁其他人身上，一听他家这条件还不愿意呢。老胡不是个能憋住话的人，陆续地，就把这些意思给说了，搞得陆易州很被动。其实，不是他故意不和母亲通气，而是太了解母亲的脾气，她要知道他有女朋友了，肯定会催着他领回去让她看看。如果他没及时领回去，母亲肯定会往青岛跑，因为家里的五亩地，已被征了去修高速公路了，补偿了一笔钱，这也是他积极参加集资建房的原因。母亲不知城里房价高得有多变态，征地钱一到手，就给他汇来了，催着他买房。这都要归功于电视剧，父亲去世后，母亲就靠看电视剧打发时光，她从电视剧里知道，城里的丈母娘们选女婿的时候先看他有没有房子。为了让儿子成为诸多丈母娘眼里的可选女婿，母亲催着他，一定要赶紧买房。现在参加集资建房的事已经成了，就差拿钥匙了，再告诉她自己有女朋友了，母亲肯定得乐得睡觉都合不上嘴，搞不好天一亮就买张车票来了。她来都来了，老家也没啥事了，肯定得住段时间,可他能让她在这里住么?不能,因为再过十来天他就要去化疗了,一旦开始化疗就会有各种症状,想要完全隐瞒,基本不可能做到,所以……

可这些,他也不能跟老胡说,只能支吾说这样啊,我不懂这些规矩,那我抓紧时间和我妈说。

第二天老胡就会问:"小陆,跟你妈说了没?"

陆易州知道,要是说还没说,老胡肯定会生气,就说:"昨晚在电话里说了,我妈可高兴了,说过一阵进城来拜访您。"

老胡就挺开心。对胡美杉晚上一打烊就往楼上跑,也不再说什么了。

可陆易州担心得很,生怕哪里露出破绽戳穿了他的谎言。胡美杉就安慰他说没事的,等你化疗完了,身体恢复上一个月,就把你妈接过来。

也只能这样了。

第六章

1

更多时候,陆易州喜欢搂着胡美杉依偎在沙发上看电视,其实电视里演了什么一点也不重要,重要的是有个画面有个声音在眼前充斥着,让他觉得这个世界不寂静。自从生病以来,陆易州自己都能感觉到自己性情变了,害怕安静,好像安静是一片黑色的森林,里面不知会冲出来多么吓人的妖魔鬼怪。大多时候,他坐着,长长的腿,斜斜地伸出去,胡美杉枕在他大腿上,他的手搭在她脸上,他喜欢抚摸她光滑的富有弹性的脸庞,然后是修长的脖子,圆润的肩,挺立的,像刚刚蒸好的馒头一样白软的胸。有时候他会解开胡美杉的衬衣和胸罩,就么痴痴地看着她,看着她丰满的挺拔的胸脯,痴痴地抚摸、亲吻,这样的时候,胡美杉的眼睛总是闭着的,她睫毛很长,像倒下来的扇子一样,覆盖在脸上,这时候的胡美杉身上透着一股安详的静美,饱满丰盈,每次他都激情澎湃,只是胡美杉经常抗拒他的闯入,她像受惊的兔子一样,双手紧紧地捂住下体,说不行的易州,这对你身体不好。

这些,在平时,陆易州也知道,可他是男人,还是年轻的男人,当年轻男人的情欲被撩拨起来了,死都不怕,何况只是对身体不好呢!他就求她,一口一个美杉姐地求,胡美杉所有铿锵的抗拒,最后只能化作了迎奉。只是,胡美杉的担心却总是大过快乐,她怕这样会伤害到陆易州的身体,还会担心他用力过度影响到腹内刀口的愈合。她也和陆易州这么说过,陆易州就笑她傻,问她做饭的时候有没有切到过手指头,胡美杉说切到过。他说身体的愈合能力是很强大的,她切破手指多少时间长好,他的刀口差不多就多长时间长好。胡美杉觉得他说得有道理,可又会情不自禁地担心起来,像只害怕的鹌鹑一样,紧张地看着陆易州,陆易州总一边气喘吁吁一边用唇去合拢她惊恐的眼睛,说不怕不怕,别胡思乱想,我没事的。

胡美杉知道自己这样会很败男人的兴致,在美杉小厨吃饭的熟人老客们,经常嘴无遮掩地说些夫妻床上事，甚至故意把嗓门放很大，老胡就骂他们，撵他们滚，说当着胡美杉一个没结婚的姑娘的面说这些，就是用嘴耍流氓。

后来，胡美杉就尽量闭上眼睛，也是，看不见陆易州那张亢奋而沉溺的脸，紧张和担心就少多了，随之而来的，是肉身的愉悦。每当她感觉到愉悦的时候，都让她羞愧不已，甚至觉得自己很肮脏，和陆易州说，陆易州就说她傻。他说她傻的时候那么亲昵，亲昵得胡美杉感动不已，陆易州用手掌轻轻地抚摸着她绷紧的后背，直到她放松下来……

有时候，在楼上待太晚了，她索性就睡在陆易州那儿了，以为早晨会挨老胡的呵斥，却没有。老胡总是一副压根儿就不晓得她昨晚睡在了陆易州床上的样子，忙活着他日常忙活的那些事。

陆易州做完手术这么长时间了，还不回去上班，这让老胡很不安，就悄悄问胡美杉："小陆咋还不回学校上班？"

这也是胡美杉曾担心的问题，如果只是普通小手术，他早该回去上班了，可他还没回去，在常人看来，就有两个可能，要么他得的病不像胡美杉说的那么简单，再要么是这个年轻人不求上进，在家泡病号不愿上班。

这两种可能中的任何一种，都是老胡所不能接受的。胡美杉也曾经想过，如果她告诉老胡实情，说陆易州得的是直肠癌，虽然手术成功，基本已算是康复了，老胡都会暴跳如雷。在所有人看来，完美的婚姻，是一辈子就结一次，相互陪伴到老。所有会夭折在中途的婚姻，在父母看来，都是天大的灾难，无论如何都不希望发生在自己儿女身上，哪怕他贵为天子也不成，何况只是个大学助教的陆易州。市侩一点讲，如果陆易州一直是健康的，他就是老胡出去吹牛的由头和虚荣，可如果他的身体里携带着癌细胞这枚炸弹，而且年轻轻的就引爆过一次了，无论陆易州这个人多么让老胡满意，他都不会同意胡美杉和他的婚事。所以，她必须撒谎，说陆易州没回学校上班，是得到了领导允许的，因为领导觉得他年轻有前程，给他延长了病假，让他潜心复习，迎接明年春天的博士考试。

原本有些疑惑的老胡，顿时就开了心，觉得这充分说明领导很看重陆易州的潜力，胡美杉离夫荣妻贵的好日子又进了一步。他对陆易州，也越发好了。

陆易州该去化疗了，化疗就会掉头发，胡美杉建议他剃成光头得了，免得头发一把一把地落，搞得自己心惊肉跳不说，让老胡看见了，也会起疑心。

陆易州觉得也是，就去把头发剃了，回家已是傍晚，就直接去了美杉小厨，进门就把老胡吓了一跳，张着嘴愣了半天，一句话也没说就转身抹桌子去了。

胡美杉冲陆易州做个鬼脸，意思是他的光头吓着老胡了，让他别介意。陆易州冲她咧嘴笑，当胡美杉端着馄饨从厨房出来，老胡劈手夺过去，几乎是扔一样地蹾在了陆易州眼前，用从牙缝里挤出的声音说："小陆，吃完了你给我麻溜地上楼！"

陆易州就拿手呼啦着光脑袋说："伯父，您让我的发型吓着了？"

"吓着了？"老胡扯着嗓子喊，"小陆，就你这脑袋能吓着我？我让你恶心着了！"

老胡反应这么强烈是陆易州没想到的，忙说如果您不喜欢这发型，下次我不理了。

老胡哼了一声，去收客人吃完的盘子碗。

陆易州想多解释两句，就说这两天他打算和胡美杉出去旅游，觉得剃个光头有安全感，因为大家不都觉得理光头的人比较凶嘛，出门没人敢惹。

胡美杉知道老胡的脾气，只要是他讨厌的事，不管理由多么充分他都会火气冲天，忙冲陆易州使了个眼色，示意他不要说话了，吃完上去。

陆易州就傻笑了一下，飞快吃完馄饨："伯父，我上楼了啊。"

老胡不仅没应他，连看都没看他一眼，等他出了门，才彻底爆发了，冲进厨房："美杉，到底咋回事？"

胡美杉耷拉着眼皮捞馄饨："小陆不说了吗。"

"出门旅个游就得把头发剃光了？这要出趟国，他还不把全身的皮也扒了？"

胡美杉也知道陆易州说的理由站不住脚，但他们也商量好了，化疗要住院，因为就算没头发可掉了，化疗还有呕吐恶心拉肚子等其他反应，明白人一看就知道是怎么回事，所以还是住院更保险。可她和陆易州的关系不是以前了，住院总要理由，亲朋难免去医院探视病号，作为准岳父的老胡和贾文莎他们肯定会去医院看他，到时候场面就不是她和陆易州能控制得了的了，他得过

第六章　77

癌症的事搞不好还会穿帮，索性撒谎出门旅游最安全，却没想到单是一个光头就惹得老胡火冒三丈，胡美杉就笑着哄他："爸，您别怪小陆，都是我不好，前两天跟他开了个玩笑，说想知道他剃成光头会是什么样，没想到这傻小子还真把头发剃了。"

"你咋不好奇他把脑袋切下来是什么样子？"老胡气哼哼说，虽然这个答案让他觉得荒诞，但他心里，还是有那么点惬意的，这足以向那些始终不相信陆易州到底能不能真的娶胡美杉的邻居们声明：你们就不要等着瞧热闹了，看见了没？就我闺女一个好奇，小陆就不怕丑地把头发剃了。

从厨房出来的时候，他故意没把这气哼哼从脸上卸下来，嘴里嘟哝着现在的男人，真是越来越没个男人样子了，女人想拿他脑袋当夜壶，他也能眉头不皱地就往下揪。所有人都晓得，老胡这满嘴的抱怨其实是显摆，显摆陆易州对胡美杉好，变着花招地讨她欢心。说句话又没成本，大家也乐得把他往开心路上送一程，就有人问："老胡，咋了？"

老胡恨恨地抽了口烟，指了指楼上："没瞧着小陆的脑袋？"

"瞧见了，咋了？"

老胡说："锃明瓦亮的，跟刚从监狱出来似的，难不难看？"

"年轻人，就喜欢搞怪。"有人说。

老胡敞亮着嗓门说："什么年轻人喜欢搞怪？就因为美杉的一句话，他就把脑袋整得跟灯泡似的。"

"啥？"

老胡就把胡美杉的话重复了一遍。话音一落，就有人啧啧说这小陆，对美杉可真够可以。

老胡没好气地说："太没样子了！"

这么说着，老胡心里却美滋滋的，挺美，挺欣慰的，为胡美杉，觉得陆易州的光脑袋，像一道耀眼的光，在街坊邻居面前，照亮了他这张饱经岁月沧桑的老脸。

2

陆易州的化疗还没开始，就出事了。

他的母亲，何秋萍突然闯来了，事先没打任何招呼。那是个下午，她扛着一只陈旧而硕大的旅行包出现在丹东路，向人打听陆易州租住房子的门牌号。青岛的街道大多依山而修，蜿蜒曲折，纵横交错，让人全然没有方向感，丹东路同样如此，被松江路和嫩江路拦腰截断了好几次，如果方向感再差点，很容易转迷糊。

在乡下正南正北的巷子里走惯了，何秋萍来一次青岛调一次向，明明南北向的路，她怎么看都是东西的。这一次，何秋萍又调向了。她最痛恨的是青岛人指路，从来不说东西南北，而是往上走往下走再要么是往左右走，调了向，再不习惯青岛人的指路方式，何秋萍在丹东路附近转了整整一个多小时也没找到陆易州的家。

打电话让陆易州下来接她本是很简单的事，但她不，她一定要突然袭击，一定要看看陆易州到底在搞什么鬼。

因为小禾在电话里告诉她，最近陆易州很奇怪，很少上网。对上不上网这事，何秋萍没概念，可让她不安的是，小禾说陆易州已经两个月不上班了，号称在家潜心学习，迎接明年三月的博士考试，还不让小禾跟她说！陆易州要考博士，这是好事，可连班都不上，就不对头了。刚上班两三年的年轻人，不好好上班，动辄就请假，领导能喜欢吗？领导不喜欢了，哪还有前途可言？陆易州给她打电话的时候，她旁敲侧击了好几次，陆易州还当她不知道呢，满嘴巴火车地绕圈子，就是不往正题上去，何秋萍越想越觉得不对劲，决定来个突然袭击，看看他葫芦里到底卖的是什么药。

何秋萍问路问到的第五个人是丹东路头上卖报纸的胖子，她实在累坏了，就买了瓶水，打算坐在旅行包上歇会儿再找过去。那会儿是下午三点多，街上行人稀少，也没人来买报纸，胖子闲得慌，就顺嘴问她是不是来串亲戚家的。何秋萍把一大口水咽下去，嗯了一声，说来找儿子的。一说起儿子，何秋萍的嘴角就翘了上去，说："我儿子在青岛当大学教授。"

在何秋萍的世界里，只要在大学里教书，就是大学教授。她和老胡一口咬定陆易州是大学教授还不一样，老胡是一开始有点迷糊，后来弄明白了也是醉死不认那壶酒钱，反正他早晚会熬成教授的，说他是大学教授有啥错？大不了就是早说了两年，其实陆易州也纠正过他，不是早说了两年，是至少早说了十几年。但老胡不管，他就要这么说，就咬着这份面子不松口了，咋？谁还能为这跟他打一架？

何秋萍认为儿子是大学教授，那是一本正经地认为，因为她没文化。早年间，儿子来封信，字迹写得潦草点，她都认不全，看报纸也是一个跟头一个绊子的。陆易州上中学那会儿，念书念下来的旧课本，她也翻翻，语文地理历史课本，她凑合能认识，看到数学几何代数化学等等的，简直就成了天书。所以，在她眼里，莫要说大学生，能念得懂中学数学的人，就是天大的人才了，念到大学念完研究生那就更了不起了，像陆易州这样在大学里教书，就更是神人了。

老陆活着的时候，老陆是她的天，现在老陆没了，陆易州不仅是她的天，还是天神。大学里的老师，当然就不是普通老师了，肯定都是大学教授。何秋萍美滋滋地喝着水，胖子说："看你年纪不大，儿子就当教授了？"

何秋萍认真地说："啊，儿子当教授还非得当娘的老了才成？我儿出息着呢。"

胖子说："那是，教授跟炖老母鸡似的，得慢慢熬，从助教到讲师到副教授啥的，一档上熬个三年五年，都是短的。"说着，胖子上下打量她，"看你年纪，你儿子的年龄，也就是干个助教。"

何秋萍就云里雾里了，问啥叫助教。

胖子就问她："那你说啥叫教授？"

何秋萍说："在大学里教书就是教授。"

胖子就笑了，晓得她自己也搞不明白，信口说的，就笑着说："能当上助教也不错，教授都是从助教熬出来的。"

何秋萍也没和他争，心里却有点不服气，觉得这胖子有点瞧不起人，就懒得和他说话了，胖子却闲得嘴痒，问她儿子是不是老丈人家在这条街上住。

何秋萍就更不舒服了，她儿子，多有出息，是结婚就住丈母娘家的没出息货吗？就说："我儿子还没对象，在这街上租的房。"

胖子一愣，说："你儿子姓陆吧？"

何秋萍也愣了，然后笑："你认识我家易州？"

胖子点点头："认识，这条街上没不认识他的。"

何秋萍就更高兴了，整条街上没不认识陆易州的，这说明陆易州有出息，人缘好。因为开心，何秋萍话就多了，说陆易州打小就这样，虎头虎脑的走到哪里都招人喜欢。胖子就笑，说城里可不是乡下，人和人很少打交道，也就这一带，老城区，拆迁前街坊之间都熟，要不是老胡，就算陆易州再优秀，他们也不会认识他。见何秋萍一副转不过弯来的样子，胖子笑着说："你儿子谈女朋友了，你不知道啊？"

何秋萍错愕地"啊"了一声，半天没上来气。胖子就抬手指了指不远处的美杉小厨的门头："看见了没？美杉小厨，美杉就是陆易州女朋友的名字，老胡是她爸爸。"

何秋萍的脑子里，就像炸了一锅爆米花，怔怔地看着七八十米开外美杉小厨的门头，喃喃地说："这店是我家易州女朋友开的？"

有人来买报纸，胖子啊了一声，算是应她。

何秋萍站起来，连包也没拿，就往美杉小厨去，胖子喊她："大姐，您的包！"

何秋萍像没听见一样，头也不回地往前走，然后，定定站在美杉小厨的门口，看着临街的窗户和门上的刻字：馄饨，各色小菜。

也就是说，她的研究生毕业、正打算考博士，将来一定是个大人物的儿子，看上了一个开馄饨铺的女人。怎么会这样呢？何秋萍一直觉得，不管谁嫁给她儿子，都是谁让老天奖着了，哪怕她是省长的闺女。可老天怎么把她儿子这个大礼包奖给了一个开馄饨铺的女人？

何秋萍看着看着，泪就滚下来了。下午三四点，正是馄饨铺最闲的时候，老胡拿着马扎出来，打算出来透透气，就看见了望着馄饨铺泪水滚滚的何秋萍。他还以为这个乡下女人遇到了什么难事，譬如进城找儿女不遇、被骗了等等的，这样的事，他遇上过几回，就咳嗽了两声，很用力，其实这咳嗽，是打招呼，相当于陌生人见面的"你好"。

但何秋萍没心情领会他这咳嗽里的意思。

老胡只好开口："遇上事了？"他是个粗人，不会客套，说什么做什么都很直接，"要不进屋坐会儿，我给你煮碗馄饨？"

何秋萍愣愣看着他，感觉着他应该就是老胡了，就说："你姓胡？"

老胡一惊："你认识我？"

何秋萍："你闺女叫胡美杉？"

老胡有些警觉了："你是谁？"

何秋萍更直接："你闺女和陆易州处对象？"

老胡"嗯"了一声，有点回过味来了。

何秋萍又问："你闺女什么学历？"

老胡大体就猜到了，很不高兴地说："高中没毕业。"

"高中都没毕业，她咋能和陆易州谈恋爱？他俩有话说？"

"我又不是他俩，我咋知道？"老胡猜了个差不多，也没打算和何秋萍客气，"咸吃萝卜淡操心！"转身就往店里去。

何秋萍三步并两步追上来："虽然我没见着你闺女，可我儿子的婚事我说了算，他俩恋爱我不同意。"

老胡扭头瞪着她："这话你跟我说不着！和你儿说去！"说完，老胡进了美杉小厨，咣地关上门，玻璃晃了几晃，一幅差点掉下来的光景。

何秋萍本想闯进去，可想了想不对，转身去报摊拎了包，又转回来，上楼。这会儿，胡美杉正在楼上给陆易州洗衣服，老胡的电话就打过来了，说陆易州他妈来了。胡美杉惊得差点把手机掉地上，甩着两手的泡沫说："易州，你妈来了。"

陆易州正在房间里看书，闻讯出来，东张西望："在哪儿？"胡美杉就把手机递给了他，陆易州刚说了声"胡伯父好"，老胡就劈头盖脸训上了："小陆，我看你挺老实一人，你咋还撒谎？啊！"

母亲的突然到来，像一枚情绪炮弹一样，已经完全把陆易州的脑子炸乱了套，云里雾里地说："伯父我撒什么谎了？"

老胡以为他故意装傻，就更生气了："你和美杉的事，你真跟你妈说了？"

陆易州这才回过神来，支吾着说："说了，但不详细。"

老胡说:"小陆,你告诉你妈,她必须给我道歉,她要不给我道歉,我跟她没完!"说完,砰地挂了电话。

一想到即将闯进门来的母亲,陆易州的脑子像要炸掉一样的疼,如果让一向信奉"忠厚传家久、诗书续世长"的何秋萍看见儿子剃了个光头,肯定得气歪了。再就是明天一早还和医生预约了去住院化疗,这要让何秋萍知道了,简直等于是杀了她。

陆易州用最快的速度作出了决断,宁肯让何秋萍气疯,也不能让她知道真相,因为对已经失去了丈夫的何秋萍而言,陆易州也患了绝症,这就是足以杀死她的噩耗。

3

何秋萍开始悲壮了起来,上楼的时候,她觉得扛着的不是旅行包,而是已故丈夫老陆的遗体。短短十几分钟的时间,她已经酝酿了一肚子的话。无论如何,不能让他娶了胡美杉,她和老陆含辛茹苦地供儿子读书到现在,不是为了让他娶个卖馄饨的女人的。虽然她还没见着胡美杉,可是,她已打定了主意,哪怕胡美杉比天仙还美也不成,瞧她爸那德行吧,肯定调教不出好闺女!

可是,她万万没想到,儿子为了瞒她,已经做好了和她吵两句就离家出走的打算。陆易州想来想去,觉得除了这样,没有其他办法能瞒得住母亲,所以,在何秋萍进门前,他特意换上一条专门在沙滩上穿的花热裤,脱了上衣,光着膀子,用签字笔在胳膊上画了一条青龙,冷不丁看,很像文身。

当门上传来咣咣的敲门声时,陆易州冲过去,开了门,一脸嬉皮笑脸的玩世不恭:"妈,您来了。"说着,就伸手去接何秋萍的旅行包。

何秋萍看了他一眼,只一眼,就觉得天旋地转,要不是抓住了门框,她一定能眼前一黑,昏过去。眼前哪是他温文尔雅的儿子呀,简直是乡下专门闹集市的土流氓……

她的儿子,怎么会堕落成了这个样子?

都是站在他身后的那个女人作的孽呀,生生把她品行兼优、前程大好的儿子给调教瞎了……瞧瞧啊,她都穿了些什么啊,吊带裙子,一打眼看去,简直是光了大半个上身。这还没结婚的大姑娘呢，就在男人面前穿成这样，也忒不要脸了！如果由着儿子娶了她，不仅会把儿子的前程毁了，还有辱老陆家的门楣！

何秋萍像一个即将溺亡的人抓住了最后一根救命的稻草一样，死死地扶住了门框："易州，别让我看见她，你让她给我走！"

陆易州说："妈，别呀，我还没给您介绍呢，这是我……"

"你不用给我介绍，我不想认识她也不想知道她是谁，你给我让她走，快点！"何秋萍几乎要喊了。

向来听话的陆易州今天却没有要听她话的意思："妈，您别这样。"

何秋萍看出来了，儿子这是打算和她对抗到底了。不行，这输她不能认，一认就成了事实了，这关系到儿子的一辈子的幸福，她这当妈的，该当恶人的时候就得把恶人当到底。所以，她扬手就给了陆易州一巴掌，然后，从地上拎起包，进了屋。是的，这要是搁别的人别的事上，依着她刚烈的性子，那一定是看不惯扭头就走，但这次，她不能走，哪怕耗，也得和儿子耗到底。

何秋萍进了屋，一屁股坐在沙发上，也不说话，虎视眈眈地看着胡美杉。

胡美杉知道此刻何秋萍的心里一定有一挺机关枪，已在意念里不知突突了多少发子弹，把假想的那个她，打成筛子了。她也知道，如果她和何秋萍换个位置，知道自己前程远大的儿子要娶她这个高中都没毕业，家庭条件也普通的馄饨铺女人做老婆，她会生气，也会坚决拒绝，何况陆易州为了激怒她，又打扮成了这德行。

其实，这一刻的胡美杉挺难过的，为自己，为何秋萍，更为陆易州。她知道每个人的内心都是悲凉的，甚至是痛苦的，可，命运逼迫着他们，不得不把这样一出戏演下去，又有什么办法呢？

陆易州给何秋萍倒了一杯白水，故作一脸贱相地讨好她："妈，您坐了几个小时的车，累了吧？"

何秋萍看着他，像愤怒的母牛一样，不吭声。

陆易州就把杯子放在了她眼前的茶几上。

何秋萍说："你俩的事我不同意。"

陆易州说："妈，这是我自己的事，您不同意也没用。"

"你再说一遍！"

陆易州就又重复了一遍，不卑不亢，没丝毫妥协的意思。

何秋萍端起眼前的水杯，就朝着陆易州扔去，陆易州躲不及，被砸中了胸口，往后趔趄了一下，胡美杉下意识地张开胳膊扶了他一下，就把他扶到了怀里，看上去像搂着一样。陆易州站稳了，回手一把抓住了她的手："妈，不管您同不同意，我和美杉都要结婚。"

何秋萍再也压不住内心的悲愤，眼泪滔滔地就下来了，她坐在沙发上拍着自己的大腿哭："老陆啊，你快睁眼看看吧，你儿要造反了！"

何秋萍哭得那么悲伤，活像有人把他们家灭了门，其实陆易州心里也不好受，却又不能和母亲解释，只能说："妈，您别哭了，您听我说。"

何秋萍哭着说："除了你和她拉倒，我啥也不想听。老陆啊，咱那个听话有上进心的儿子去哪儿了呀……"

胡美杉怕陆易州再继续待下去会崩溃，就悄悄进了卧室，把住院化疗需要的东西，收拾好了，塞到一个大旅行包里，"易州，我走了。"

按照他们之前计划好的，抓住胡美杉的胳膊："美杉，你去哪儿？"

何秋萍经换好了出门衣服的胡美杉。

胡美杉一声出了门。

何秋萍说："了一句，"易州，今天你要敢出去，我

陆易州心如刀绞，是为自己因为明天要去化疗，不得不身，直直地看着何秋萍，突然就给她我的气了。可不管您多生气，请您相信，爱您，以前、现在和将来，我永远爱您，可今天，我爱美杉……"说完，他给何秋萍磕了一个头，就起身追出

那一瞬间，何秋萍绝望得恨不能天花板能应声而落，一下把她拍死算了。

第六章　　85

4

胡美杉扛着旅行包下了楼，先回家拿了些日常用品，美杉小厨还没上客，老胡闲得很，就站在她身后，瞪着绿豆一样亮晶晶的小眼看着她，胡美杉也不看他，把东西塞完了才说："爸，我和小陆去外地转转。"

虽然老胡跟何秋萍吵了一架很生她的气，可再生气老胡也是善良讲理的，说："小陆妈前脚来你们后脚就出去，这合适吗？"

胡美杉说："我们出去躲几天，让她冷静冷静。"正说着，陆易州闯了进来，一看他的样子，老胡不由得就生气了，指着他胳膊上的青龙说："小陆这是要干吗？"

陆易州忙从卫生间抓了条毛巾，打上香皂使劲擦了擦，说画着玩的。

老胡特别生气，指着陆易州说："小陆，你自己个儿去照照镜子，你都成啥样了？我要是你妈，也得生气，你以前可不这样！"

陆易州心里也挺难受的，点点头说："伯父，我知道了，以后我不这样了。"

老胡生气地说："你妈一看你这副模样，说不准还当你是和美杉恋爱以后学坏了呢。小陆，你拍自己的胸脯子说，就你不上道的这些样子，是我和美杉教你的？"

陆易州惦记的却是楼上的母亲，生怕她气坏了做傻事，就小声说："胡伯父，我和美杉不在家的这几天，麻烦您多担待着点我妈。我知道她冒犯了您，您就大人大量，别和她计较，您的大恩大德，我这辈子都忘不了。"说着，就给老胡鞠了一躬。

胡美杉从旅行包里找出了一套陆易州日常的衣服，正打算让他换上好走，一扭头，见陆易州给父亲鞠了个90度的躬，半天直不起腰，心里也难受，眼窝一浅，泪就掉下来了，走过去一把扶住了陆易州说："爸，求您了，看在小陆刚做了手术没几天的分上，您就原谅我们吧。"

老胡让他们给搞糊涂了，总觉得这里面有啥不对，可他又琢磨不出不对在哪儿，遂一了百了地挥挥手，说："行了行了，要这么不放心，你们不出去不就行了？还非出去不可啊？"

胡美杉看看陆易州，小声说："爸，我们真不能在家待，您没看小陆妈有多凶，进门就是一巴掌，怎么说都没用，我们还是出去让她冷静冷静吧。"

老胡没好气地看着他们，呵斥胡美杉赶紧找衣服给陆易州换上。胡美杉知道老胡这么说，就是默许了，忙找出衣服给陆易州换。望着陆易州手忙脚乱换衣服的背影，老胡悻悻地说："莫说你妈，要是你爸活着，来青岛一看，堂堂的大学教授儿子突然变得像街头小流氓似的，怕是得打断你的腿！"

等陆易州他们匆匆走了，老胡越想越觉得不对，就给胡美杉打了个电话："美杉，我咋觉得你和小陆出去，不是躲他妈。"

胡美杉一惊："爸，不躲他妈我们跑出去干吗？"

"不对，你和小陆心里憋着啥事。"

胡美杉说："没有，陆易州说了，他妈这个人特别倔，她认准了的事，一定得一口气折腾成了，我们要是不走，她不知得折腾成什么样。"

老胡将信将疑，让他们玩两天就回来。说不管怎么说，何秋萍也是陆易州的亲妈，含辛茹苦地把他拉扯大，这才要享儿子点福，结果却是几百里地奔过来，儿子跑没影了，搁谁身上谁也不是滋味。这要是他，得恨不能把地球给刨碎了。

胡美杉说知道了，让他一会儿上去看看何秋萍，有什么事给她打电话。

既然答应了，老胡就得守信用，在陆易州他们走了大约一个小时后，他上了一趟楼。但他没敲门，只是蹑手蹑脚地站在门口，把耳朵贴在门上听里面的动静。听见何秋萍还在里面嘤嘤地一边哭一边兀自跟死去的老陆倾诉。

只要她还在哭，老胡就放心了。让她哭哭也好，把憋屈和愤怒哭出来，心里就不堵得慌了。

活了六十年的老胡知道，人要是生了气，最怕的不是生气的人在大喊大叫，而是不哭不闹很安静，但凡这样的，早晚都得憋出大动静来。哭是对坏心情做清洗，像地上灰尘多了，一场大雨下来，就冲洗干净了一样。

何秋萍没意识到问题有多严重，她觉得胡美杉在陆易州这儿穿得那么暴露，两人应该是同居了。女人么，走到哪里都是衣服贩子，她肯定摆了不少衣服在陆易州衣柜里，听她不同意，又撵她走，就收拾了衣服，回自己家去了。

第六章

她的傻儿子陆易州的心，还在她身上，被她拽着下楼去了。陆易州呢，像所有没出息的男人一样，不管哄得赢哄不赢她，过会儿总要上来跟被他惹得动怒的老娘赔礼道歉。除非他没天良了，才会为了一个女人把生养他，又奔波了二百多公里来看他的老娘晾在这儿不管。所以她一直在哼唧着哭，使劲地搓眼睛，想让儿子回来的时候看看她这当妈的有多么伤心欲绝。可她的眼睛都哭成肉铃铛了，可等到街上都灰麻麻看不清人影了，陆易州还没回来。难不成这个胡美杉为了和她作对，要把儿子留在她家，向她这刚进城的老太婆宣布胜利？

不成，她绝不能让这个狐狸精得逞！

何秋萍就洗了把脸，把头发也梳整齐了，往楼下走去。既然老胡是开馄饨店的，现在这个点店里一定有很多人在吃饭。而且她下楼后，十有八九会和老胡吵一架，她得在姿态上先取得胜利，不能让人一看她就是个不修边幅的乡下泼妇。

让她意外的是店里居然没有人，只老胡自己依在墙上看电视。她迟疑了一下，才看见门上挂着暂停营业的牌子，就推门进去了，没好气地问："我儿子呢？"

老胡爱搭不理地瞥了她一眼："我又不是你儿子的保镖。"

"他追着你闺女出来了。"

"追我闺女就要追到我家？"老胡没好气地说，"我家没有！不信自己找。"

何秋萍往里面探了探头："我真找了？"

老胡拿起遥控器调频道，一副懒得搭理她的样子。

何秋萍对老胡家的架构还不熟，只把灶间和卫生间里里外外看了个遍，虽然没找到人，但她笃定是老胡这根城市老油条在耍她："你把他藏哪儿去了？"说着，眼泪就晃啊晃地要往下掉。

老胡这辈子什么都不怕，就怕女人哭，女人一哭，他就手脚发麻。趁着何秋萍的泪还没滚下来，他连忙投降说："实话告诉你吧，小陆妈，这俩孩子的婚是结定了，他们为了躲你，跑外地去了。"

何秋萍的脑子又嗡地响了一声，开始呜呜地哭，老胡起身，拖了把凳子给她："坐下慢慢哭，等你哭够了，喊我出来。"说着就进了灶间，忙叨叨地收拾灶台。

何秋萍在外面把玻璃隔断拍得啪啪响："你这是欺负我乡下人！"

老胡说："我欺负你？那也得是我闯你家去吵，吵你凭啥门缝里看人瞧不上我闺女。我去了吗？倒是你，跑我家来闹，还跟我整猪八戒打败仗倒打一耙！"说着，老胡出去，拿铁钩子钩着卷帘门往下拉，何秋萍循声望去，见他在拉卷帘门，吓得一下从椅子上跳了起来，哆嗦着手指着他问："你拉门干啥？谋害我？"

老胡懒洋洋地瞥着她："谋害了你对我有啥好处？没人奖金子没人奖银子，就有政府奖我一颗枪子，我有病啊我？"

"为了让你闺女顺当地嫁给我家易州。"何秋萍嘴里这么说着，但已经不再担心自己的安危了，老胡说的没错，俗话说杀人偿命，冒这么大风险，没点好处，谁也不干这档子事。

"不谋害你我闺女照样和小陆结婚。"老胡把卷帘门拉到底，从里面别上，"现在你不也没同意么？你一当妈的，小陆也不能刀架你脖子上逼着你同意，这不，就带我家美杉上外地散心去了，为的就是躲着你。"

何秋萍气得不知如何是好，只有用手背一下一下抹眼泪。

老胡拖把椅子坐下，说："我这人好面子，拉门是不想让街坊邻居看见咱俩吵架。"

"你是怕街坊邻居听见我这当婆婆的打死也不认你家闺女当儿媳妇吧？"

老胡看着她，想，怪不得她儿子能考上大学念研究生呢，是这聪明遗传给儿子了。再看看何秋萍的眼泡肿得像水蜜桃，在被太阳晒得黑糊糊的脸上，特别扎眼，他心里就生出了一丝怜悯，遂叹了口气，说："小陆妈，我知道你们这些乡下人，儿子考上大学就当跳了龙门了，再念个研究生，你们就当光宗耀祖，只有皇帝的闺女能配上他了。可你也不想想，不就个研究生嘛，你上人才市场去看看，一抓一大把，跟夏天的韭菜似的，不值钱。"

"不值钱你闺女还死缠着我家易州不放？"对老胡的这套理论，何秋萍很生气，觉得他简直是在大放厥词。

"你错了，小陆妈，我就是想告诉你这俩孩子好上的渊源，还真不是我家美杉缠着你家小陆，是小陆看好我们家美杉了。他天天来我家吃晚饭，这一盯就是两三年，我家美杉让他给感动了，就应了他。"老胡说这番话的时候，语速很慢，因为他需要边说边加工，显得真像那么回事。

何秋萍用眼白很多的眼睛瞪着他，也不说话，那意思好像是你编吧，使劲编，反正我不相信。

老胡就顺了她的意，继续往下说："你别以为就你不愿意认我们家美杉，我还不愿意认你们家小陆呢。我在这条街上住了这么些年，啥人没见过？越是像你们家小陆这样的书生，女人越不能嫁。老话不是说嘛，百无一用是书生，手无缚鸡之力，说的还是书生看着文质彬彬的，挺好，可真要过日子，还得是粗人，啥都拿得起来放得下，不像文化人似的，瞎讲究，跟他们过日子能累个半死还不落好。"

虽然何秋萍没看好胡美杉，可听老胡说他还没看好陆易州，她反倒生气了，觉得他这是吃不着葡萄就说葡萄酸，故意地贬低陆易州，就一扭头，看着墙角的天花板说："那你就赶紧让他们拉倒。"

"这我说了不算。"老胡说。

两个人像斗累了的公鸡，谁也不理谁。

何秋萍又抹眼泪，说要是老陆活着，看陆易州现在这德行，肯定得气得七窍冒烟。老胡承认，陆易州自从生了那场病之后真变了，变得不像以前那个陆易州了，就说你们家小陆生了一场病让自己性情大变了。

何秋萍的眉头就拧成了一个疙瘩："生病？你说易州生病了？"

老胡这才想起来，当初胡美杉之所以去医院伺候陆易州，就是因为陆易州怕母亲担心，不想让她知道。可话已经说出来了，老胡收不回来也不想往回收了，反正还能说明胡美杉对陆易州的好，何秋萍少些抵触，就拍了一下脑门说："说漏嘴了，小陆怕你知道了跟着担心，不让告诉你。"

老胡说得有点吊胃口的味道，何秋萍真急了："病得厉害吗？"

"不厉害能怕你担心啊？"老胡说，"厉害！肠子都切了一截去。"

一听儿子的肠子都被切了一截去，那疼就相当于没打麻药直接从她肚子里生生扯去了一截肠子。何秋萍哭着问老胡，陆易州到底得了啥病，还得把肠子切一截去。

老胡就说："肠胃炎，听说肠子里还有息肉。"

何秋萍泪下滚滚地说："这个孩子，咋也不告诉我！"然后问他住了多长时间的院，都怎么住，谁伺候的。

老胡说："除了我们家美杉，还能有谁伺候他？"老胡夸张地比画了一下，"小陆住了半个月的院，我这店半个月没开张，美杉一天24小时泡在医院里，给小陆挖屎端尿的。"

何秋萍泪如雨下哭着说谢谢。

"你也甭说谢谢，只要不拦着年轻人好就成。"

因为对胡美杉照顾陆易州的感念，何秋萍对老胡也没那么抵触了，慢慢地，平息了哭，和老胡闲聊了一会儿，老胡就说学校领导看陆易州是块可造之材，给他延长了病假，让他安心准备明春的博士考试。

一说博士考试，何秋萍又翻了他一个白眼："你闺女和易州住一起了吧？"

老胡"啊"了一声，有点尴尬，不知怎么回答才好，毕竟他是女方父亲，在回答自己闺女到底是不是未婚就和人家儿子同居了这件事上，挂不住面子。何秋萍似乎也看明白了这点，就不满地说："易州怎么说也是年轻的大男人，身边睡着你闺女，他要是有心学习他就是神仙了。"

老胡也生气了，说："小陆妈，我觉得一个乡下女人供儿子上大学读研挺不容易的，所以今天我特迁就你。不信你去街面上问问，我老胡到底是不是个吃素的，谁敢当面翻我个白眼试试。就因为我疼美杉，觉得俩孩子情意相投挺不容易的。你冲我吆来喝去，为了孩子，我也咬咬牙把这口气咽了！可你要再这么本末倒置地不讲理，你小心我按不住脾气！"

何秋萍也在心里哼了一声，心想你摁不住脾气能怎么着？有本事你打我啊。

老胡气咻咻地继续说："按说没结婚你儿就把我闺女的便宜赚了，应该是我找你们算账才是。你可倒好，倒打到我脸上来了，天底下有你这样的吗？我家好端端的闺女被睡了，还成我理亏我对不起你了！"

何秋萍让他数落得没话了，便摆出一脸不屑于计较了的表情。

老胡想现在也不是生气的时候，这乡下老太婆本来就觉得自己儿子娶胡美杉可惜了，他再呛着茬儿硬上，把她得罪狠了，怕是以后胡美杉没好日子过，也就强忍了这口气。

第七章

1

那天，胡美杉和陆易州从家里出来，张望着偌大的城市，生平第一次有了丧家犬的感觉，那种家在咫尺却不能归的滋味，糟糕透了。陆易州像个被人欺负到绝望了的孩子，一直没说话。知道他心里难过，胡美杉也没出声，只是拉着他的手，茫然地往前走着。至于去哪里，陆易州不说她也不问。两人沿着大学路到了海边，沿着海边的木栈道，一直往东，把天都走黑了，胡美杉说："易州，你明天要化疗，不能太累了，找家酒店住下吧。"

陆易州说好。胡美杉说到医院附近找家酒店吧，他还是说好，好像胡美杉说的，都和他没关系，也无所谓，哪怕胡美杉带他去的是地狱，他也会毫不犹豫地抬腿迈进去。他满脑子都是母亲，他风尘仆仆的母亲，跑了二百多公里的母亲，他这做儿子的，连一句暖心的话都没有，摔门而去，把她独自丢在异乡陌生的屋子里，不知凄惶有没有扎疼了她的心……

后来又走了多少路，又是怎么跟胡美杉进宾馆的，他不记得了。只记得进了宾馆后，胡美杉站在窗前，指了指对面，说过了马路就是医院。

他这才知道，他们又走了很远，回到了江苏路。

胡美杉问他吃不吃饭，他摇头，说不想吃。胡美杉说不想吃也要吃，要不然等明天开始化疗了，你更没胃口吃了，人会受不了的。

陆易州不忍心拂她好意，就说这儿离丹东路太近了，我们就别出去了，叫外卖吧。

江苏路离丹东路最多两千米，她又是土生土长的青岛人，出门很容易遇上熟人，就打开手机上网，叫了一份披萨外卖，问要不要给何秋萍要一份。陆易州说不用了，他了解母亲，现在把龙肉端到眼前她都不会吃，只会更生气。

胡美杉觉得也是，就没勉强，给老胡打了个电话，才晓得何秋萍气已经消了一些，刚上楼，让她和陆易州回去。胡美杉既开心又为难，开心的是何秋萍情绪平复了许多，陆易州也就不那么担心了，可陆易州要化疗，现在回去是不可能的。她就和老胡说已经到外地了，既然飞机票钱也花了，就想玩几天再回去，不然白浪费机票费了。

老胡觉得也是，叮嘱他们早点回来，不然把何秋萍丢在家里没礼貌，也让她凉心，何况她本来就不看好这门亲事，他们更应该好好表现。胡美杉挂了电话，和陆易州说了家里的情况，陆易州稍许欣慰了一点，但依然难过。胡美杉给他的那角披萨，他嚼啊嚼啊就是咽不下去，就觉得喉咙里堵得慌，胀得他生疼。胡美杉明白他是心情不好，就说咽不下就吐了吧。

陆易州摇了摇头，一努力咽下去了，嗓子跟被划破了一样痛，泪就滚了下来。胡美杉抱着他的肩，轻声说："将来啊，我们一定要对你妈好，补偿她老人家。"

2

一周化疗做下来，陆易州上吐下泻，人都瘦得走了形，胡美杉怕回去他身体支撑不住，反而更糟糕，只能继续住院调理。这样，从提前离家一天到他出院回家，用了整整十天。这可把老胡气疯了，一天无数个电话地往家催，这边是憔悴不堪的陆易州，那边是催起来要命的老胡。不得已，胡美杉只好跟老胡撒谎说出门走得匆忙没带充电器，所以，如果他打不通她手机，就是手机没电又没暂借到合适的充电器充电，让他不要着急。

于是后来的几天，老胡这边是打不通电话又无处发泄的愤怒，何秋萍那边是儿子有了媳妇不要娘的苍凉。既然打算认下胡美杉这个让她替儿子倍觉憋屈的儿媳妇，何秋萍就把老胡当亲家了，虽然和他开口就是话不投机半句多的掐口水仗，可总比闷在家里胡思乱想要好。她每天都下楼坐坐，顺便打听陆易州他们的消息。她巴巴的眼神让老胡心酸，可对陆易州和胡美杉有再多不满，他也不能在何秋萍跟前表现出来，怕她把对儿子的心凉迁怒到胡美杉身上，还要忍着生气，去说服她要体谅孩子们。这几年为了这个店面，胡美杉起早贪黑地泡在这儿，跟坐牢差不了多少，既然她和陆易州出去了，他就给放话了，既然出去了，就多玩几天再回来。因为他是生意人嘛，账当然要算得清爽，然后掰

第七章　93

着指头给何秋萍算账。他俩这一趟出去，玩一天玩两天，也要花一个来回的飞机票钱，这玩十天呢，还是同样的钱，既然这样就不如多玩几天，这样平均下来，玩的成本就低多了。

何秋萍信以为真，觉得老胡虽然算得在理，可那也是在平常无是无非的时候。就现在，陆易州的亲娘胡美杉的未来准婆婆来了，和他们大吵大闹了一场，他们撂下让她心碎的烂场子走了，还能轻松快活地玩得下去？当然，她相信陆易州一定玩不下去，一定是胡美杉为了气她，故意拽着陆易州不让他回，还有这个腊肉条一样黑得锃亮的老胡，表面上看挺迁就她这个女流之辈的，可实际上呢，却支持陆易州和胡美杉在外面多玩两天，和她作对！一生气，何秋萍就说陆易州学坏了，这让老胡很不爱听。

虽然老胡也生气陆易州他们太不懂事，可听何秋萍说陆易州学坏了这话，心里挺不舒服，好像以前陆易州是品行端正的君子，自打认识了胡美杉才有了让他亲妈失望的坏毛病，就气哼哼地说以前我家美杉也不这样。

何秋萍从他的话里听出了火药味，想反驳，可一看他满眼都是火星子，她再反驳，就有主动往火堆里丢炸药末子的嫌疑了，遂把满腔的不快咽到了肚子里。亲家之间争来争去的，伤和气。多少儿女亲家，因为儿女成了亲也成了仇，还不就是都觉得自己孩子最好，好得玉皇大帝把他亲孩子派来都配不上自家孩子。

两人正各怀心事地待着，就听推拉门响了，是贾文莎，带着天宝来看爷爷。她见美杉小厨冷冷清清的，还多了个心事重重的乡下老太太，挺意外，问胡美杉哪儿去了。

"旅游去了。"说着，老胡就给她和何秋萍简单介绍了一下。老妈千里迢迢地来了，陆易州却和女朋友出门旅游了，不用细说，贾文莎也猜了个大概，看何秋萍的时候，眼神里就多了几根刺，不冷不热地打了个招呼，转身要走。老胡问她是不是有事。贾文莎说没事，就是懒得做饭，想过来找顿现成的吃，可胡美杉不在，肯定没得吃，她还是另想辙吧。

老胡觉得她这么做，在礼数上不对，虽然自打她和胡美德结婚就没在这个家住过一天，可不管怎么说也是儿媳妇，对何秋萍应该拿出点女主人的热情，就咳了一声，算是提醒贾文莎。

贾文莎打小娇生惯养，唯我独尊惯了，哪是那种看人眼色听人动静的人，所以，老胡咳成了串的提醒，在她听来，不过是烟抽多了。倒是天宝，听老胡咳嗽，就晃晃贾文莎的手说："妈妈，爷爷感冒了。"

贾文莎这才回头，问："爸，您感冒了？"

老胡说好着呢，生气贾文莎的木讷，问："美德呢？"贾文莎觉得他真搞笑，这还用问？肯定在店里，一转念，觉得老胡明知故问肯定是在兜一个她还没领悟得了的圈子，就径直说："爸，有什么事您就直说吧。"

老胡一口鲜血在心里喷出了好远，本指望贾文莎能领会他的意思，主动顺杆爬上去给他个面子，可现在看来，如果他不明说，贾文莎这辈子都明白不了，就没好气地说："家里来客人了，让他店里的事忙完就过来。"

贾文莎恍然大悟，短暂地啊了一下，说这事啊，爸，有话您直说，您咳嗽了半天，累不累得慌？说话的空，拿余光扫了一下何秋萍，见她一脸的错愕，知道自己和公爹说话的态度吓着她了，就笑笑说："爸，既然您都开口说了，我就实话告诉您吧，家里来客人了，您当我转身就走啊？我去饭店订位子，本想订好了再告诉您和阿姨。"

老胡当然明白她这是顺着话茬儿给他造台阶下，就贾文莎的脾气，直来直去地我行我素惯了，懒得和人客气更懒得和任何人应酬，要不是他提醒，她才不会订什么饭店呢。但既然经他提醒，儿媳妇也递了个虚荣的台阶给他，老胡就要接着，遂做一副在儿女面前很有家长范儿的架势说："找家离家近的酒店。"

何秋萍虽是乡下人，可城里人的生活她从电视剧里知道了不少，知道去酒店要花不少钱，忙拦着说："别出去麻烦了，在家吃一样。"

老胡说："那哪成？你来也来了好几天了，一直没好好招待你，我心里也怪过意不去的。"说完，朝贾文莎挥挥手，意思是去吧。

今天，贾文莎心情很好，决定给老胡个面子，遂把一肚子的笑，使劲抿住了。她带着天宝，先去附近的酒店订了座位，才给胡美德打电话，把这边情况大体说了一下，说今天她就不去店里了，让等会儿他过来吃饭的时候，把营业款捎过来就行了。

当时，店里已卖完了最后一只烤鸡，胡美德正目送店员们下班，然后一副

第七章　95

公事公办的样子对收银员小聂说:"账结好了没?"

小聂说早结好了。

胡美德哦了一声,见大家都陆续出了门,才凑到小聂身边,在她屁股上捏了一把,说:"给我。"

"你想让贾文莎剁了我呀?"小聂往门口瞟了一眼,上岗之前,贾文莎就跟她谈过话,先让猜之前开了几个收银员了。当时,小聂以为她是怕自己手脚不老实在敲山震虎,就使劲往多里说:"十个?"贾文莎说也没那么多,把五根手指弯呀弯地说:"五个,希望你不是第六个。"小聂挺不舒服的,觉得自己明明是一手脚干净的清白姑娘,让贾文莎先当贼敲打一顿,很伤自尊,就说:"君子爱财,取之有道,偷钱这种下作事,我这辈子干不出来。"贾文莎就笑,说她不是信不过小聂,是信不过胡美德,他不仅狐朋狗友多,还喜欢埋单,所以落了个外号叫胡埋单。为了给他改这毛病,她一直不让胡美德沾钱。可为了在兄弟跟前有面子,这王八蛋经常花言巧语地哄收银姑娘,把收银姑娘们哄得滴溜溜转,还以为是自己魅力无穷,把老板迷住了呢。其实除了可以在兄弟面前买来面子的钱,胡美德对姑娘一点也不稀罕。而他真实的身份是老板的老公,一旦离婚,他最多落一套身上穿的名牌衣服,其他,一无所有。每换一个收银员,贾文莎都要给她们上一堂免疫课,可是,没用,因为年轻的收银姑娘们,不仅荷尔蒙分泌旺盛,她们和天底下所有的年轻姑娘一样,都自负地高估了自己的魅力和智力,不仅对胡美德的美男计误读,还天真地认为,就凭她和胡美德身在烤鸡店第一线的优势,无论是谋家产还是谋男人,取得胜利都是囊中取物。可事实却是,她们像潮汐一样,一波又一波地败退而去。

听贾文莎讲这些的时候,小聂笑得不行了,她觉得这个贾文莎也太风声鹤唳了,她以为她老公是谁?唐僧啊,她老公是唐僧她还不是妖精呢。

小聂笑得那么爽朗,刹那间,贾文莎觉得这女孩子身上,有些和她相似的精气神儿,就把她留下了。之前贾文莎和其他女老板一样,怕老公偷腥,会专挑长相难看的女孩子,觉得这样危险系数低,岂不知这样更危险,因为人对别人长相的审美,也就在第一时间印象强烈一些,相处时间久了,就看习惯了,再丑都感觉不出丑来了。更要命的是,丑女孩子少有人追,情感寂寞,男人只要稍献点殷勤,就会自作多情地以为人家看上自己了,然后扭捏作态,主动投怀送抱。这些男女定律，贾文莎是吃亏吃出来的，前面请的五个收银员，一个赛一个的丑，可每一个都认为胡美德迷上自己了，还没等宽衣解带呢，就把收银机的钥匙偷配给胡美德了。所以，这第六个收银员，贾文莎决定选漂亮的。

其实，一开始真像她想的那样，美女小聂最不缺的就是围着她转的男人，因为漂亮，因为被男人哄习惯了，在选择结婚对象这件事上，小聂心气高得很，这也是她痛苦的根源。因为心气高，一般男人她看不上，能看上她的，男人的父母又会挑剔小聂，谁让她是个家在外地的乡下姑娘呢？不仅如此，没学历，没好的工作，这些都成为了小聂爱情道路上的绊脚石。

在谈了无数场失败的恋爱后，心灰意冷的小聂，开始接收来自胡美德的温暖，然后，开始里应外合偷贾文莎的银子。当然，偷得不多，否则，被贾文莎发现了也不是闹着玩的。一开始和胡美德好，小聂是因为情场失意多次，有点破罐子破摔，觉得和谁好也是好，反正又结不了婚，还不如和胡美德好呢。其一他帅，其二他肯无原则地向她献殷勤，最关键的是和他好，还能好出钱来。反正，钱又不用她亲自动手往外拿，到时候，只要他嬉皮笑脸来拿钥匙的时候，她装看不见就是了。而且胡美德还是比较有良心的，每次拿了钱，即使不当场给她，事后也会找机会给她，小聂悄悄算过账，胡美德给的钱，比工资高多了。因为怕人看出端倪，她从不敢乱花。

这天是小聂生日，胡美德早就许下愿了，带她去北宅的棉花村吃海鲜，可贾文莎电话一来。计划就泡汤了。小聂挺不高兴的，从收银机里抽出钱，码好了，拍在胡美德手上："臭流氓，别惹我。"

不管是生气还是撒娇，小聂都喜欢喊胡美德臭流氓，但是，她喊臭流氓和别人喊得不一样，别人喊臭流氓应该是带着一点恨意的，在小聂那儿，臭流氓就是个昵称，被她喊得软软的糯糯的，就像乡下的娘喊儿子为小狗蛋儿。所以胡美德喜欢听她喊自己臭流氓，当着别人面的时候，小聂喊胡经理，他反倒不自在了，浑身上下跟被刺猬扎了一遍似的。胡美德就继续掐着她的屁股说我就愿意和你耍流氓。

"有本事你和贾文莎离了婚再和我耍。"小聂坐在收银台里的塑料椅子上，眼睛亮汪汪的，眼泪好像随时要决堤而出。是的，她很难过，不是因为她和胡美德之间无望的感情，而是每年到了生日这天，她身单影只地走在街上，就会

第七章

特别伤感，觉得自己就像个出门寻找温暖的小兽。结果却是，不仅没找到温暖，还把自己冻伤了……她说这些话的时候，很凄婉，搞得胡美德心里酸溜溜的，就赌咒发誓，从今往后坚决不让她一个人过生日……

胡美德勾搭过六任收银员，有的睡了有的没睡，可没一个说让他离婚的，也没有一个能让他动离婚心思的。当然，这也是他所希望的，因为自从娶了贾文莎，他就觉得，爱情作为结婚生子的人生程序，在他的人生中，已经可以翻篇了，完全不需要再提起。

可小聂居然让他离婚！

怎么敢？

这是胡美德的第一反应，他攥着那一打油腻腻、臭烘烘的钱，歪着嘴笑："真格的？"

小聂低着头，右手掐着自己的左手指头，好像要掐破了弄出血来才算完的样子。小聂和别的女人不一样，尤其是和贾文莎不一样。贾文莎是谁敢惹她，她就敢破马张飞地收拾谁，绝不让自己受半点委屈，可小聂不，谁惹她，她都收拾自己，发狠得很，恨不能手持利刃，把自己给扒皮剔骨，让胡美德看得心惊肉跳。胡美德最受不了的就是女人自虐，尤其是像小聂这样，不声不响地折磨自己，看上去那么楚楚可怜，又那么的孱弱，孱弱得只有伤害自己的本事，和彪悍的贾文莎相比，简直是一个天上一个地下，让他心疼。他弯腰去抱她，说："小聂宝贝，我今晚就和她说啊。"

小聂就擎着一双泪眼望了他："你怎么说？"

胡美德想了想："你觉得怎么说合适？"

"就说我比她年轻比她漂亮比她身材好比她脾气好，你不爱她了。"小聂说得理所当然，好像这事，就像让胡美德告诉贾文莎，海参鲍鱼就是比咸菜疙瘩好吃一样理所当然。

她的理所当然把胡美德吓着了，他怔怔地看着小聂，在心里飞快地琢磨，她这到底是试探他呢还是开玩笑："你不怕？你不怕我真和她说了。"

小聂说不怕。一张嫩毛桃似的脸，风平浪静的，好像她等这一天已等了很久，终于等来了的样子，"我都二十四了。"

"才二十四。"胡美德的心，开始虚了起来，"年轻着呢。"

"不年轻了，我妈说村里和我差不多大的姑娘，都结婚当妈了。"小聂捏着钥匙，把收银机的抽屉拉开又合上拉开又合上的，"我不想一个人睡觉，也不想一个人过节过生日，我觉得凄惶，好像整个世界都有人稀罕，就我是条被人撵出来的流浪狗。"

"以后我陪你过节。"胡美德的声音，听上去很温暖，但轻飘飘的，一点分量也没有。他不想离婚，就像年轻那会儿，被姑娘们围着，他却从没想过和哪个结婚一样。虽然他和小聂好了，也把小聂睡了，但在意识里，不管睡小聂的时候说得多么信誓旦旦，都不过是从贾文莎钱包里抠钱的手段而已。就像西施，对勾践来说，再美也是个工具，所以，不管小聂对他再怎么温暖，再怎么卖力施展迷惑，他惦记的，只有小聂手里的收银机钥匙。

"我不信。"小聂的声音不高，但很执拗。

"我发誓。"胡美德冲天举起两根手指。

"如果你陪我过生日我就信。"当女人对这个世界充满了不确定，就会用自己到底有多么被人在乎来寻找存在感，小聂就是这样的女人。这个世界巨大而繁华，却都和她没有关系，她不知道什么才是真正属于自己的，或许她终将一无所有，所以她能做的，就是用自己被男人、被胡美德这个男人在乎，来确定人生的意义：我还是被在乎的，还有人希望拥有我来找到幸福感。所以她在乎每一个节日和生日，这些特定意义的日子，都被她用来丈量自己在别人心目中的刻度，可今天的胡美德再一次让她失望了。

胡美德有点受不了了，说："今天不行，你也不是没听见，是我爸那边的事。"

小聂没再说什么，让他抱她一会儿再走。

胡美德以为她就是想撒撒娇，也没多想，就坐了，张开胳膊，坏笑着说："来，让哥抱抱。"

小聂和他面对着面，跨到他腿上坐了，从侧面吻了他脖子一下说："你今天要不陪我过生日，我就在你脖子上咬一口。"说完，不容他反应，就一口叼了上去，含混不清地说，"我看你回家怎么跟贾文莎解释。"

胡美德就觉得轰的一声，有什么东西坍塌了，乱了方寸。因为怕小聂咬得更用力留下齿痕，他既不敢挣扎又不敢反驳，只能满嘴胡话地应承："陪，我陪，谁说我不陪了。"说着，往小聂脸上吻，别别扭扭的，嘴唇正好落在小聂额头上，一只空着的手，往小聂身上胡乱摸着。

让女人动情的吻，不在唇上也不在身上而是额头和头发上，对那些单身在异地漂着的女孩子，尤其如此。这两个位置的吻，带着疼爱和呵护，几乎能瓦解掉女人内心所有的寒冰与坚硬。此刻的小聂就是，当胡美德又暖又软的唇落在她额上的瞬间，她的心，就像在春光下消融的冰山，迅速地柔软着坍塌了下去，咬在胡美德脖子上的牙齿，就慢慢松了。然后，她勾着胡美德的脖子，泪下滔滔。事后，回想起那些眼泪，不见得是因为和胡美德之间没有未来而伤感，而是，为自己，一叶孤舟在青岛的茫茫人海里漂着吧？这座城市，有那么多人，却没有一颗心，能容得下她的停留。

那天傍晚，在香喷喷的烤鸡店里，她坐在胡美德腿上，哭得肝肠寸断，把一贯没心没肺的胡美德哭得都愧疚了。他不会哄女人，从来不会，和贾文莎在一起，贾文莎是母夜叉，对他厉害，把他战败了就成，根本就不需要用哭着让他来哄。

胡美德笨手笨脚地给她擦泪，唤她"小聂，小聂……"，然后，不知说什么好，因为晓得了小聂的心事，他不敢说小聂你莫哭了，我一定会娶你的，他怕小聂日后拿这句话当绳子捆他，除了这句，说其他的，都没用。他虽然坐在椅子上，心却是团团转的，突然觉得还是贾文莎好，不哭，想要什么就拿出泼劲儿来，从不拿着眼泪当武器。哭成一团的小聂，他的心渐渐软了，生出一丝怜惜："小聂，你放心，我会给你一个交代的，早晚给你。"

小聂的哭泣，停了片刻，扫了他一眼，又继续哭，胡美德抬腕看了一下表，说再不走贾文莎就该过来了。说着，从包里掏出营业款，拍在柜台上："想要什么，自己买去，就当我送你的生日礼物。"

小聂一下子就不哭了，抓起钱还给他："贾文莎还不剁了我啊。"

"她又不知道我给你了。"胡美德又给拍到柜台上，夹着包往门口走。

小聂抓起钱，追到门口，抢过胡美德的手包就要往里装："我不想让她刁难你。"

看着一脸惶恐担心的小聂，胡美德心里一暖，夺过包，夹在腋下，拍拍她的头："放心，我有的是办法对付她。锁好门，找家馆子，想吃啥随便点。"出了门，想起贾文莎会追问营业款的下落，心里一慌，差点崴了脚，趔趄了一

100　你是我最疼爱的人

下，才站稳了，遂恨恨地骂了句脏话。门里的小聂看见了，跑到门口，努力睁着红肿的泪眼看着他，问他怎么了。胡美德啐了口唾沫，说没啥，抬腿走了。

小聂在门口茫然地站了一会儿，把店里收拾好，怅然走了。

3

贾文莎已经把菜点好了，因为懒得去应酬何秋萍便在酒店大堂转悠，见胡美德进来，远远砸了他一个白眼："怎么才来？"

胡美德嬉皮笑脸道："一兄弟过生日，非拉我去喝酒，我能挣脱了就不错了。"

贾文莎哼了一声，说："请你喝酒是假，让你去埋单才是真的吧？"

"瞧你说的，我有那么不要脸面的兄弟吗？"胡美德觍着脸，碰了碰她胳膊，"咱爸他们到了？"

贾文莎冲包间努了努嘴："招待你妹的准婆婆，你们老胡家的事，热情好客的主角你唱啊。"

"没问题，你今天的任务就是吃吃喝喝，哄孩子，大戏我来唱。"胡美德知道贾文莎最懒得说客气话。

两人进了包间，胡美德拿出应酬哥们儿的油嘴滑舌，把何秋萍给恭维得都不知该怎么接他的话茬儿了。

老胡了解儿子，见他舌灿莲花得都不靠谱了，厌烦地摆了摆手，让他打住，说正经话。初次见面，又是城乡不同的两代人，除了陆易州和胡美杉，根本就没有共同话题。胡美德的油腔滑调一刹车，桌上就冷清了许多，大家你看我，我看你的，彼此眼里兜着客气和小心。场面上的客气话，已被胡美德说完了，虽说油腔滑调，但也是话，是话就不能才一会儿的工夫就重复一遍。冷场冷得尴尬，老胡嗓子里吭哧了两声，好像抽烟把嗓子抽坏了似的，说："这个美杉，以前就听我的话，自从和小陆谈上了，不管什么事，都听小陆的。"

老胡这么说，本意是想抬一下陆易州在他们家的威望，让何秋萍自在点，因为他看出来了，贾文莎表面上的文明礼貌和心底里对何秋萍的满不在乎，是个人就能觉出来，尽管胡美德的油嘴滑舌，化解了一些尴尬气氛，可何秋萍依然时不时地局促，把双筷子拿捏得像烫手的铁棍。

果然，何秋萍自在了好多，说："两口子就得这样，男人是女人的主心骨，要是两口子都抢着当主心骨了，日子过不安稳。"

"那可不一定。"贾文莎说，"如果他们俩有商有量的，美杉早就劝小陆回来了。"

老胡没往深处想，就应声附和了一句："可不，这都几天了，美杉也不知道劝着小陆回来。"

除了贾文莎听不惯，有反驳何秋萍的意思，老胡的这一句，就是鸡一嘴鸭一嘴的话赶话，本没什么意义，可在何秋萍听来，这就是推卸责任。把亲娘撇在离家好几百里的地方不闻不问，和胡美杉没关系，都是她儿子混账，就不愿意了，说："我们家易州打小就是个特懂礼数的孩子，现在变成这样，真不知是中了什么邪了。"说话间，瞟了胡美德一眼，却被贾文莎看在了眼里。

贾文莎当然明白她瞟那一眼的含义，不就暗指他们是把陆易州带坏的邪魔鬼怪嘛。她先是哼哼地假笑了几声："阿姨，我听您的意思是，小陆和我们家天宝姑妈谈恋爱以后变坏了？"

何秋萍听出了她的咄咄逼人，却没接茬儿，甚至连看都没看她一眼。她在乡下过了五十多年，什么鸡零狗碎没见过？不管贾文莎多厉害，也是蜜罐里泡大的，和咸菜缸里的乡下老女人比，还是差了些火候。架要怎么吵才有杀伤力？不是比谁的嗓门大，不是追到人家门上吵，而是别人追着你大吵了一路，你却没听见，兀自春风秋月了一路。这一招，是老陆教的，她屡试不爽。最经典的一次，是邻居非说自家菜园子里的萝卜比她家的大，她觉得不是，邻居就不高兴了，说："易州妈，你这人咋这样？男人是你的好，儿子是别人家的孬，我就不信萝卜也是你园子里的壮，咱俩比比！"说着，从地里拔了个大萝卜就要过来和她比，何秋萍不和她比，挎起菜筐就走。邻居也不知上来什么劲儿了，非要比，扛着一个大萝卜一路吵吵着追到她家门口。她呢，开了门，才两手把了门扇故作一脸惊诧状说："她婶子，你满头大汗地撵了我一路就是为比谁家萝卜大？"刚才还气喘吁吁的邻居，两眼一翻，就犯癫痫了。

何秋萍沿用老战术，装没听见，和老胡说："虽然我们在乡下，可老陆是公办教师，我们家也算书香门第，和一般乡下人不一样。"

这种压根儿就不接招的无视，贾文莎当然感觉得到，就毫不客气地说："天下乌鸦还一般黑呢，农民就是农民，有啥不一样的。"

老胡觉出了味儿不对，就压着嗓子说了声"天宝妈"。

跟着老陆沾光，何秋萍被人尊敬了大半辈子，养成了往人群里一站，就主动掐尖的习惯。虽然这里不是陆家庄，可人群里掐尖，已成了她性格的一部分，不是挪个地方就能改的。一听贾文莎把她泯然于整天为点鸡毛蒜皮忙活的乡下人，就恼了，但她还想表现得有点修养，有别于那些她瞧不上的乡下妇女，就驴唇不对马嘴地说："要是人和人都一样，就没人比人气死人这句老话了。过年别人家对联，不是鸟语花香就是五谷丰登，再要不就是什么六畜人和，我们家对联，多少年了，都是'忠厚传家久，诗书续世长'。"

"我没觉得有什么不一样，五谷丰登、六畜人和，本来就是农民的本分，我没觉得你们家那两句比人家的高级，倒觉得假模假式的。"最后一句，贾文莎说的声音特小，有点近似于嘟哝，但在场的人还是都听见了。

何秋萍没想到贾文莎这么泼，呛着茬儿就往上顶。

大家的眼神，齐刷刷地罩着她，想装傻都不成了，她的泪就在眼眶里打转。上了年纪的女人哭和年轻女人哭给人的感觉不一样，年轻女人哭起来，蕴含的意味丰富多彩，可老女人一旦哭起来，就只有了苍凉，挺让人唏嘘心酸的。老胡也觉贾文莎过分了，一句话咋就逗引得两个女人拿着嘴巴相互扔砖头石块了？

"那是不一样，诗书续世长就是比啥六畜人和文明。"老胡忙着圆场边说边冲何秋萍讨好地笑，唯恐她眼里的那两坨老泪落下来。女人哭，他没少见，只要泪没滚出来，憋回去了，还好说，一旦滚出来了，直接就是黄河决堤，没得挡了。

可老胡不知道，何秋萍不是一般女人，她这大半辈子，除了父母和老陆去世，很少放声哭，因为老陆说了，女人一号啕就破马张飞的，没样子。她使劲憋着泪，抽了一下鼻子，说："我知道你们瞧不上乡下人，但我还是要说，就算是乡下，我们家也是书香门第。"

老胡说："可不，吃菜。"说着，拿筷子去给何秋萍夹菜，却被何秋萍拒绝了，她端起接碟，面带嫌弃地说："我自己来。"

这会儿，贾文莎才觉出来，何秋萍和别的乡下人不一样。整个山东的乡下人，说自己很少说我，大多说俺，可她没听何秋萍说过俺，不由得，心里的刺就短了好多，夹了一筷子青菜，堆到天宝接碟里："来，宝贝，多吃点，咱母子整天海鲜鱼肉地吃，吃得火气忒大。"

这就是贾文莎，说闲话似的，就把歉道了，好像刚说的那些不中听的，都不是她本意，而是因为肚子里堆积了太多虾兵蟹将的尸体。个中意思，何秋萍当然意会得了，遂也就大人不见小人怪了，继续和老胡说陆易州和胡美杉。

一说陆易州，何秋萍的话匣子就打开了，老胡只能频繁点头。胡美德对这话题没兴趣，低着头玩手机，天宝好奇，凑过去看，手机屏幕上方一闪，是小聂，发了个短信来。

虽然天宝还没上学，也不识字，可胡美德心里虚得很，把手一闪："小孩子看手机伤眼睛！"

如果这是别的，贾文莎早跟他急了，可手机、电脑这些东西，确实对孩子眼睛不好，所以，贾文莎遂应声一把拉过天宝，说："天宝你不想开飞机了？"

天宝说想。

贾文莎说想开飞机就不能近视，看手机和电脑会把眼睛看坏的。

天宝不情愿地偎在她怀里，就听何秋萍说陆易州从小就聪明伶俐，小学跳了两次级，初中又跳了一次。已从心里收起了对何秋萍敌意的贾文莎，就应声附和说将来我们天宝的功课就指望他了。

何秋萍没接话，继续说，要不是老陆病了，陆易州肯定发展得比现在好，说着，就落了泪。女人这种暗自哀伤的泪，老胡不怕，因为这泪，露出来的是女人的软，是容别人护的，跟吵架撒泼的泪不是一回事。

贾文莎说："以前没考博士又不等于以后就没机会考了，怕什么？"

老胡也说："小陆好几个月没上班，听美杉说就是为了复习好考博士。"说着递了张餐纸给何秋萍，说，"以小陆的努力劲儿，考上博士是早晚的事。"

这餐饭，从气氛紧张到相互安慰，总算是成功的。胡美德去结了账，一家三口先走了。看着满桌子没怎么吃的菜，老胡心疼，让服务员给打了包。跟何秋萍出了门，就见胡美德一家三口在停车场吵成了一团，心里一紧，让何秋萍等会儿，他过去看看怎么回事。

何秋萍知道他要面子，不想让她听见儿子儿媳妇是因为什么吵起来的，就嗯了一声，看老胡一步三跳地去了，心情怅然得像暴风雨前化不开的乌云一样。她想过千千万，就是没想到会和老胡这样的人家做亲家。虽然老胡是地道的城里人，但是出大力的粗人，俩孩子一个卖馄饨一个卖烤鸡，虽然吃得喝得满脸油光，可她总觉得，说到人前，不仅面上没光，还抹了一坨灰。老陆活着的时候，他们曾想，以着他们儿子的优秀和帅气，或许会被大学教授的姑娘或大学教授本人当成最佳女婿中意着，可直到老陆走，也没有哪个让他们想一想就称心如意人家的姑娘看上陆易州。可怎么都想不明白，陆易州到底是哪根弦搭错了，会看上胡美杉？正胡思乱想着，老胡黑着脸回来了，手里拎的袋子破了，菜汤淅淅沥沥地洒了一路，还洒到了脚上。老胡一恼，把手里的袋子啪地扔到了地上。停车场看车的老头看见了，远远喊了一声："哎——！"

老胡装没听见，梗着脖子招呼何秋萍往家走。

看车老头也恼了，撒腿追过来，说："喊你呢，没听见？"

老胡瞥了他一眼："没听见，咋了？"

老头指着地上："能不能讲点文明！"

老胡让他呛得满脸通红，当着何秋萍的面，又不想认输："平时我挺文明，可今天我就不想讲文明，你想怎么着？"

"我惹你了？"老头也不示弱。

"没错。"老胡满脑子找说得通的理由，远远指了指还在争吵的胡美德两口子，"你这停车场收费吧？"

"没错！"

"收了费就得干收费的事，对不？"

"没错！"

老胡说："好。你和我扯文明，那我就和你理理责任。那车，你看见了吧？车窗让人拍了一窟窿，车里小两万的现金让人摸了去，你说，这责任该不该你负？"

老头扭头看着胡美德他们，突然笑了："你要说别的，我还真不认这壶酒钱了，就这辆车？我还真负责，贼也抓着了。"然后又看看老胡，"他是你什么人？"

"我儿子!"老胡生气地说,"你抓着了为啥不早说?"

"你儿不让我说。"说着,还摸出一张百元钞票,在老胡眼前晃了一下,"你儿都给保密费了,我得讲信用。"

老胡就蒙了,一脸的百思不得其解:"为啥不让说?"

老头笑着晃了晃脑袋,就背着手走了,老胡一个箭步追上去,扯住他胳膊:"不说是不是?"

"咋?"老胡的粗鲁把老头也给弄恼了。

"我儿不让说是防着老婆,你要不说我这就把他们喊过来。我儿媳妇有多厉害,不用我说你也看见了吧?"老胡拿下巴努了努胡美德一家三口的方向,贾文莎正叉着腰朝胡美德发火,"你要不告诉我,我就把我儿媳妇喊过来,我告诉你,她不仅治我儿是把好手,我们家整栋楼的邻居都是她手下败将。"

老头看了贾文莎一眼,有点怵了,说胡美德把车开进停车场就到处寻摸,在停车场边上寻摸了一截道边石就把自己车窗拍了。当时他还吓了一跳,以为这浑小子是打算讹停车场呢,就窜过去揪了他不让走。没成想这小子说有他的苦衷,绝没讹他们的意思,还给他们写了张声明,才脱了身。他还一直纳闷呢,听老胡这么一说,他明白了,这小子肯定是瞒着老婆挪了那小两万,没法交差了才自导自演了一出苦肉计。老头边说边摇头,用怜悯的眼神打量着老胡:"养这么一个败家儿子,也够你淘的。"说着弯腰捡起地上的菜包丢到一旁垃圾箱里,摆了摆手,示意老胡走吧,不和他计较了。

老胡觉得脸烧得跟被人泼了汽油点了火一样,他知道看车老头说的是实情。胡美德为了从贾文莎手里抠钱,啥损招都用过,回回都打得不可开交,到最后都不了了之。至于钱到胡美德手,他都干什么去了,不消说大家也心知肚明,不外是和朋友胡吃海喝。回丹东路的时候,要是兜里还有剩余,也会塞一把给老胡,老胡不要,他就随便往哪儿一扔,转身就走,好像扔的不是钱,是闹心的累赘。

老胡心里就像扎了一把锋利而冰冷的刀那么疼那么难受。如果不是当何秋萍面,他或许会生气,会私下里把胡美德喊过来,跳着脚骂一顿,可何秋萍看见了,看到了他这个家长的治家无力。儿子的丑事都这么明目张胆了,他这当老子的,按说应该主持正义,去跟儿媳揭发儿子,可他不能,这正义主持下来，说不准就是一场地震。所以，因为何秋萍在，看车老头的宽容，这情，他不能领，因为领了就得有个当老子的态度，所以，他要强压悲愤，跟看车老头说："你就扯吧！"

说完，背着手撅撅走了。

4

胡美德截了小两万，到底干啥了？老胡没问，因为知道问了他也不会说。

何秋萍偶尔下楼，在附近的街上转转，怕走丢，也不敢走远，有时候会和老胡打个照面，招呼一声，闲说几句。老胡原以为，只要是老女人，大都爱嚼舌头，何秋萍大概也不会例外。为防着她问起那天停车场的事，他早就在肚子里准备好了几个听上去还算体面的谎，可何秋萍不问，这让他挺意外的。储备了几个日夜的故事，像疯长的小树一样，拱得他难受，每次见着何秋萍，都一副欲言又止的样子。何秋萍就看出来了，如果她不问，老胡恐怕会难受一辈子，她得给他一个机会，让他把埋在胸口的那棵树长出来，就轻描淡写地问："你儿子媳妇没事了吧？"

老胡像得了大赦免，滔滔不绝地说回家后越想越不对，就去找胡美德了，果然是停车场老头怕担责任撒的谎，小偷的确抓着了。

何秋萍很配合，一副信了的样子，说："可不，谁憨傻，拿自家的钱还得把自家的车玻璃砸了！"

老胡就咧着嘴笑了，露着他难看的老牙。

其实何秋萍不信，可她愿意让老胡觉得她信了，因为这几天，老胡的眼神飘飘忽忽的，看上去心里挺不安生的，她明白，那是因为那天她也在场，听看车老头讲了他儿子的劣迹，他担心她会因为这事影响她对胡美杉的印象。

老陆活着的时候说过，让别人活得心里不安生，是最大的罪过，可回头再想想老胡的儿媳妇，俗气里透着粗鲁，心里就挺不是味的，觉得陆易州要真娶了胡美杉，光娘家这些活祖宗就够他喝一壶的。

第七章

第八章

1

陆易州被化疗折腾得奄奄一息,如果不是胡美杉扶着,几乎都上不了楼。听见大门上钥匙响,何秋萍就起了身,警觉地问了声是谁。陆易州张了张嘴,想喊妈,可嗓子疼得发不了声。胡美杉知道他难过,就替他应了一声,说阿姨,是易州。说着,开了门,就见何秋萍噙着两眼酝酿已久的泪,站在门口,一副抬手就要打的架势,却见陆易州脸色蜡黄,还有些浮肿,就蒙了,问他是不是病了。

胡美杉说陆易州吃不惯南方饭菜,闹了好几天肚子。这是早就商量好的谎言,不然,他们没法解释陆易州的虚弱憔悴。

何秋萍的眼泪唰地就滚了下来,埋怨说:"都闹肚子了还不知道往家走,易州肠胃不好你又不是不知道。"

陆易州说:"妈,您别什么事都怪美杉,是我不想回来,可没想到肚子越闹越厉害。"陆易州扶着沙发扶手慢慢坐到沙发上,"妈,我是听胡伯父说您想通了才回来的,如果您出尔反尔,我还不在家待。"

"我想通了!"何秋萍几乎是悲愤地大喊,"易州,你咋变得都没良心了?"说着,何秋萍的眼泪就落下来了。胡美杉束手无措,她知道何秋萍所谓的想通了,不过是拗不过儿子的投降而已。作为女人,最难过的事情,莫过于你爱一个人,可你爱的人不爱你,或者你原本想当亲人对待的那个你爱的人的家人根本就不接受你,甚至瞧不起你。

现在,胡美杉面临的就是这种情况。如果不是陆易州身体不好,或许,她会跟何秋萍对抗。可现在不成,她不能再给陆易州增加压力,必须忍,必须像狗血电视剧里的那些倒霉得像大肉包子的媳妇一样,悄悄地忍了疼,任人捏任人啃。见何秋萍只顾得流泪,压根儿就没打算拿正眼瞧她,胡美杉转身去厨房,给陆易州做了一锅小米粥。

等何秋萍哭够了，陆易州才说："妈，往后您对美杉好点。"

何秋萍就气鼓鼓地说："咋个好法？让我这个当婆婆的伺候祖宗似的伺候着她？"何秋萍没想到把她扔在青岛十天不闻不问的儿子，回来的第一件事不是向她这当妈的赔礼道歉，而是让她对媳妇好点，"易州，你这是在跟我说话？"

陆易州也知道自己语气过了点："妈，对不起，刚才是我态度不好，可是，我想告诉您，在这个世界上，除了您，没有第二个比美杉对我还好的女人。"

"你要娶个叫花子，她得把你当祖宗伺候。"何秋萍倔强地别着脸，看着窗外。这么多年了，不管和什么人斗嘴，她几乎就没输的时候。

"我还没娶叫花子呢，您就天都塌下来了。"此时此刻，刚刚从死神手里逃回来的陆易州对这个世界尤其是对胡美杉充满了再生的感恩，对母亲不明就里的势利很反感，"妈，拜托，您别这样。"

"我哪样了？"

"我记得小时候咱村里放电影，因为我爸要备课，都是您带我去看。您看《珍珠塔》《王宝钏》的时候，感动得泪流满面，特别瞧不起那些嫌贫爱富的势利父母，觉得他们不是好人，可现在……轮到我了，您怎么能这么对待美杉？"

何秋萍却说："那是戏文，戏文里的事都是假的，怎么能和真事比？"

陆易州知道母亲是倔强的，只要她不是发自内心地认可一个人或一件事，怎么逼都没用，或许，因为爱他，她会低头，可心里的抵触，只会更强烈。

胡美杉在陆易州家待了两个小时。其间，除了她喊何秋萍阿姨的时候，何秋萍勉为其难地应了几声，就再也没和她搭话，更没抬眼看她。陆易州怕她生气，安慰她说妈就这样，就是脑筋老点，但通情达理的，等她们相处出感情来就好了。

这一点，胡美杉非常自信，这些年来虽然丹东路上没断过关于自己的流言，可也就是男女间那点子虚乌有的破事而已，关于她的人品，还真没人挑得出毛病来。甚至有人把话说到她跟前，说婊子心善，所以心地善良不是她没风流韵事的标志。

陆易州以在外地吃坏了肚子为由，静养了几天。何秋萍倒没看出破绽，总是一边给他做好吃的一边说，她和老陆的肠胃都健康得不得了，夸张点说，吃

第八章　109

铁都能消化，陆易州怎么能稍一吃不好就上吐下泻呢？再要不就是坐在他身边，出神地看着他，说易州啊你瘦了。

陆易州就笑笑说瘦一点才健康。

她就跟没听见似的，继续叹气说："好汉也架不住三泡稀啊，你肚子不好也不是一天两天了，咳，幸亏检查出来做手术了，要不然给你吃啥都是糟践。"再要不就像个陷入了冥想的科学家一样，想啊想啊想半天，好像恍然大悟似的说，"易州啊，我这几天一直在琢磨，好好的，你咋就肠炎长息肉了呢，是不是你老吃外面的饭吃的？"

其实，在知道自己得了直肠癌，陆易州也这么怀疑过。从上初中开始他就住校吃食堂，工作以后虽然可以自己开火做饭了，可他又懒得动，早晨和中午吃食堂，晚上不是吃美杉小厨的馄饨就是在外面瞎凑合。他也问过罗医生，罗医生说诱发直肠癌的因素很多，不单是哪一方面，他也就不去想了。他随口说谁知道呢。

何秋萍又气哼哼地说她在乡下赶集的时候，常听人说集上那些卖饺子卖包子的，不舍得用好肉做馅，都是用卖不掉的猪脖子肉和各种零碎的甚至是淋巴结肉做馅。所以，赶集赶得再晚她也要回家吃，从来不在外面买带馅儿的东西吃。说到这里，何秋萍话锋一转："你在楼下吃了两三年馄饨，谁知道他们家用啥肉做馅儿？"

陆易州忍不住火了，觉得母亲挑剔胡美杉挑剔到诋毁的程度就是欠缺厚道了。当然，他也知道，从内心里讨厌一个人却又不得不和其朝夕相处时，人都会下意识地挑剔和排斥。现在，碍于他的强硬，母亲不得不认下胡美杉这准儿媳妇，心，却是不甘的。这种不甘会化作连她自己都意识不到的恶毒，时不时跳出来，伤人却又不利己。

见陆易州不高兴了，何秋萍就摆出一副被儿子虐待了的模样，陆易州心中过意不去，说不是他向着胡美杉，而是他不过就是比胡美杉多读了几年书、多知道了一些知识而已，在人格上并没比其他任何人高贵多少，甚至都不比街边的乞丐高尚。

何秋萍知道理是这个理，却不接受陆易州讲着讲着就把自己讲低了，就说："你和要饭的一样，那胡美杉咋没看上个要饭的？你别和你妈说城里没要饭的，我从长途站出来，让一帮小要饭的给围得跟个老叫花子头目似的。"

陆易州就忍不住地笑了。

2

乡下老家没地了，回去也是准备准备猫冬，何秋萍就没急着回乡下。有天想做油卷，她就去厨房翻冰箱，看到冰箱里一个大大的玻璃瓶子里装了些黑糊糊的东西，跟发了霉的豆虫似的。她打开摸了一下，还滑溜溜的，心想这个胡美杉，看她整天打扮得干头净脸的，事实也是个埋汰货，这都什么玩意儿啊，放冰箱还不知放了多长时间呢，都霉成黑色的了也不知清理出来！她也没问陆易州，嘴里嘟哝着，就拿厕所去倒马桶里了。晚上，店里关了门，胡美杉上来，拉开冰箱找海参，就看见一冰箱的油卷，她刚发的一瓶子海参不见了，就问陆易州看见海参没。

陆易州说："没啊。"

胡美杉就问何秋萍。

何秋萍就耷拉着眼皮说："我乡下人，长这么大还没见过海参什么模样呢。"

胡美杉又一脑袋扎回厨房，就看见了瓶子，已经洗干净了，倒扣在灶台上控水呢，就拿起来，走到客厅问何秋萍，说："这个瓶子里装的就海参。"

何秋萍一愣："不是豆虫？"

胡美杉让她给问愣了："什么豆虫？"

何秋萍隐约感到自己已经闯祸了，看了陆易州一眼，没吭声。

陆易州说就是黄豆上的一种虫子。然后拿中指比画着说："长大了就这么大，秋天就变成金黄色，胖胖的，满肚子都是脂肪，钻到土里冬蛰，等春天来了变成蛹，蛹再变成大蛾子。"陆易州边说边一脸神往地说小时候，他最喜欢干的事情就是跟在耕地的拖拉机后面跑，因为能捡到被翻出来的胖豆虫，拿回家，洗干净了，用油炸一下，香得啊，能让人连舌头一起咽下去……

不用再问，胡美杉也猜得出来，何秋萍肯定是把海参当成坏了的豆虫倒马桶里去了，就后悔没跟何秋萍说那是发好的海参。因为这段时间以来，为了让何秋萍尽快接受她这未来的儿媳妇，不管何秋萍多闲，一天三顿饭都是她做了送上来。晚上她再上来把海参切成末，用鸡蛋炒了给陆易州吃。每次，在客厅里看电视的何秋萍都是睥睨厨房几眼，不问也不吭声，更不踏进厨房半步，总是远远看着，表情平静得都有些冷淡了，因为她越来越讨厌胡美杉了。晚上上来鼓捣个鸡蛋给陆易州吃了后就不走了，堂而皇之地和陆易州睡一起，没人看见，她在这儿住也就罢了，可未来婆婆守着，她咋脸皮就这么厚呢？白天，何秋萍跟陆易州唠叨过，陆易州好像没听见一样，不吭声，何秋萍就会大声说胡美杉这是故意气我！明知道我不喜欢她，还故意在我眼前晃来晃去的，明目张胆地宿在这儿，就是跟我示威！陆易州也不接她的话。何秋萍知道，儿子只要这表情一端出来，她再执着于找胡美杉的短处，就得呛起来，就问陆易州胡美杉每天晚上给他炒的那碗鸡蛋是治什么的。陆易州愣了一会儿，说恢复肠胃功能提高免疫力的。当时，何秋萍就哦了一声，也没往深里问，今天才晓得那是海参炒鸡蛋，虽然海参具体多少钱她不知道，可她知道这东西很贵，就悻悻地看着拿着空瓶子站在厨房门心疼不已的胡美杉，满肚子都是警惕，因为晓得胡美杉一直在忍她，这会儿可算抓着她的不是了，肯定不会轻易放过去，索性就先下手为强了，冷冷地说："家里又不是就你俩，你为啥不写俩字贴在瓶子上？你还真拿我当不识字的农村妇女了？"

胡美杉既心疼又生气："阿姨，是我考虑不周到，以前就我和易州，没想到还有别人来，就也没多考虑。"

"谁是别人？"何秋萍这会儿是真火了，"我是别人吗？我是易州的妈，按理说你还没嫁进来，你才是别人呢。"

陆易州听不下去了："妈！您把海参当垃圾倒了就倒了，也没人说您，您干吗这么风声鹤唳的？"

人心里一旦装着机警和愤怒，是很脆弱的，陆易州这么一说，何秋萍直接就擎不住了，号啕大哭起来，说："易州，我是发现了，自从你有了对象，你妈做事就没个对的地方。"说着，坐在沙发上哭，有面纸也不用，用袖口在眼上抹来抹去。为这，陆易州说过她，说不管擦嘴还是擦脸，用面纸，别拿袖口，何秋萍却说袖口脏了洗洗就成了，面纸还得花钱买，她去街对面的小超市看过，面纸老贵了。

坐在沙发上哭的何秋萍让这个夜晚显得格外别扭、格外凄凉，陆易州觉得他脑子都要炸掉了。

胡美杉明白，今晚的一切，看上去是一瓶海参引起来的，可归根结底，还是何秋萍难以接受她做儿媳妇，觉得再待在这里不合适，就跟陆易州说今晚她下去睡了，陆易州一把拉住她，说不用。他声音很大，是故意的。今晚胡美杉要一旦下了楼，母亲就会心生盲目乐观，觉得自己还是有能力把胡美杉从儿子身边赶走的，然后就会更是变本加厉，所以，他一定要把母亲的这念头给扼杀在摇篮里。他把胡美杉拉到他房间，才出来，带上门，坐在何秋萍身边，说："妈，您还想不想让我考博士了？"

何秋萍当然迫切渴望他考上博士，然后她去老陆的坟前哭报这一喜讯，所以她含着两眼泪花说这还用问吗？

"那您就消停点，别没事就盯着美杉挑毛病。"说到这里，陆易州就停了下来，叹了口气，看着何秋萍的眼睛，认真说，"妈，我这么跟您说吧，不管您有多不高兴，美杉我都娶定了。不管我有多孝顺您多爱您，但是，妈，您一定不要幻想将来有一天您可以逼着我在您和美杉之间作选择，那样的话，我只会让您失望。"

陆易州觉得，他已经把话说得够明白了，对母亲来说，也挺狠的，可是，他又能怎么办呢？在他的这一生，尽管胡美杉不是他一见钟情的女人，可他知道她的好，也知道她有多爱他，爱到可以为了他不要命。这样的女人，他辜负不起。而母亲，不管多生他的气，终归都会原谅他的，就像他很生气母亲对胡美杉毫无理由的苛责，但在生气的同时，他总能绕到爱的角度，去理解母亲的不可理喻，这就是亲情的无敌，永远是打断骨头连着筋。

3

从那以后，何秋萍对胡美杉的挑剔，收敛了好多，其一是不想儿子分心，想让他潜心学习备考博士，其二知道闹也没用，索性就不去找堵了。只是每当胡美杉做好了饭菜提上来，她都会边帮胡美杉摆桌子边说铺子里忙，陆易州由她照顾就行，不用一天三顿地往楼上跑了。胡美杉总说反正是做给客人吃也是吃，不差楼上两人的饭。何秋萍就说那就你做好了，打电话招呼一声，我下楼拿。

其实，是何秋萍不想看见胡美杉在家里晃来晃去。

胡美杉不吭声，下顿饭好了，继续往上送。何秋萍腔调里就有了些嗔怪："不说好了我下去拿么？"

胡美杉就笑，说："要上下7层楼呢，我怕您端着饭盒看不清楼梯，不说摔着，您就是崴一下脚，也不是闹着玩的。"

何秋萍生气地说："我还没老到老眼昏花的地步。"

胡美杉就笑，说："阿姨您想哪儿去了？我就是假设一下。"

"啥假设？你这就是丧门我。"何秋萍虎视眈眈地瞪着她，丧门是整个山东通用的土话，换成普通话，就是诅咒的意思。

胡美杉也不生气，依然笑着说："阿姨，瞧您说的，我丧门您干吗？我是傻吗？把您真丧门得楼梯上摔一跤，去医院治疗得花钱，里里外外伺候也是我，我可真是大傻帽了。"她已经彻底想开了，知道何秋萍对她所谓的针对，不过是一个乡下老太太对不称心如意儿媳妇的不满。如果她跟陆易州不是这关系，而是普通朋友，老太太见着她，肯定也会拉着她的手，闺女长闺女短地夸她好看，好茶好水地招待着她。父亲对贾文莎不也这样么？胡美德刚认识贾文莎的时候，没打算当真，更没打算和她谈恋爱结婚，还在外面勾连了不少女孩子。贾文莎知道以后，直接提着两瓶茅台酒就来他家了，往茶几上一放，张口就喊老胡爸爸，把老胡吓得不轻。缠着胡美德要结婚的女孩子也到家来过几个，可哪一个都没贾文莎这么理所当然的派头，忙一个电话把胡美德叫回来，问怎么回事。胡美德恼得不行了，进门拉着贾文莎就往外走，让她出去找个清静地方把话说清楚了。贾文莎二话不说，抬手就挠了他个大花脸，然后破口大骂，骂胡美德是臭流氓，竟然胆敢睡完了她就跑，也不出去打听打听，她贾文莎是谁……总之，贾文莎天天堵门口骂，骂得街坊邻居没不知道的，老胡的儿子把人家姑娘睡了想耍赖。那阵子啊，老胡一听"贾文莎"这三个字，就活像听见了不共戴天仇人的名字，让人赶紧闭嘴。所以，直到胡美德被贾文莎拿水果刀押到了婚礼现场，他都没露一面，觉得丢不起这人……后来，天宝出生了，看在大胖孙子的面上，老胡才允许胡美德两口子进门。现在不也挺好么，胡美杉倒觉得，随着时间的推移，父亲对贾文莎的肯定和好感倒是多过了对亲生儿子胡美德，所以，对何秋萍，她也有这信心。

陆易州也知道母亲对胡美杉不依不饶，是因为没看好胡美杉，总希望儿子能认可她对胡美杉的挑剔，或胡美杉对她的刁难害了怕，本着长痛不如短痛，趁着还没结婚主动跟他来个猪八戒甩耙子，称了她的心。为了让母亲趁早死了有可能拆散他和胡美杉的心，他也得快点把婚结了，让母亲彻底死了这条心，当然，他和胡美杉早就登记了，再办，就是办婚礼了。所以，在这天下午，他决定和母亲谈谈婚礼的事，因为不知母亲会有什么反应，就没和胡美杉说，怕和她说了万一母亲不同意，伤她自尊。

这天下午，陆易州给母亲削了一个苹果，说："妈，我想和您商量个事。"

何秋萍狐疑地看着他，没接苹果，好像她是刚正不阿的清官，那个苹果是带着丑陋目的的贿赂："你说。"

陆易州起身去厨房拿了个盘子，把苹果切成小块，码在盘子里，用牙签扎了一块，递到何秋萍嘴边，也不说话，就笑着看她。

不得已，何秋萍张嘴接过苹果，依然满眼警觉："肯定不是好事。"

"妈，您还真猜错了。"陆易州说，"是好事，绝对是好事。"

"那就说出来让我高兴高兴。"何秋萍慢慢地嚼着苹果。

"妈，您看，我和美杉……您也看见了，我想早点把婚礼办了。"

果然是她不想听什么儿子就往外端什么，何秋萍登时就觉得自己上当了。她站起来，跑去了厕所，把那口嚼碎了还没来得及下咽的苹果吐到了马桶里，好像清廉的官员在晓得了自己吃的这口饭是揣有不可告人目的的人送来的赃物似的，她一定要吐了，以示自己不可被收买的刚正。她坐回来，一字一顿地说："我不同意。"

虽然母亲的反应陆易州早就猜到了，甚至他也准备好了最不要脸的理由，可母亲拒绝得如此干脆，还是让他很意外："为什么啊？"

何秋萍沉着脸："别装傻。"

"我跟您装什么傻？我跟您装傻是辱没您的智商。"陆易州急了，回手指着卧室，"您也看见了，我都把美杉……我和美杉都同居了，妈，您也是女人，您知道一个女人都以身相许了，又被甩了有多痛苦吗？"

"我不知道。"

"妈——！"

"没结婚就和人睡这么不要脸的事我又没干过，我咋知道！"何秋萍也气势汹汹的。当然，陆易州说的，她也曾经设身处地地想过，但她想的结果却和陆易州是相反的。既然胡美杉能随随便便地结婚前就和陆易州睡了，说不准她就是个随便的女人。瞧她那大胸脯吧，活像胸口塞了俩地雷瓜，冰清玉洁的小姑娘有这样的？

"妈，您要这么说，我也是没结婚就和人家睡的不要脸。"

"你是男人。"何秋萍悻悻地说，"男人和女人不一样。"

"凭什么男人就可以随便耍流氓，女人就不能为爱情以身相许？"

"别问我，这是老辈传下来的规矩，不一样就是不一样。"何秋萍沉着脸，"我不是不同意你们结婚，要结也得结到新房里。"说着上下打量着房子，"结婚是一辈子的事，咋能随随便便地结在别人家？"

一听母亲这么说，陆易州更急了："妈，新房明年春天才能拿钥匙，还要装修还要走味，要照您说的，这婚我们还得等一年才能结成。"

"等一年就等一年，你怕啥？这两天我看电视节目里说了，在城里，男人三十了还没对象的多得很。"说完，何秋萍又小声咕哝一句，"俗话说好饭不怕晚，孬饭上得再早也没人稀罕。"

陆易州明白母亲这是拿饭的好坏影射胡美杉呢，意思是虽然她也希望儿子早点结婚成家，可如果早点成家娶的是胡美杉，她宁肯再等几年。他觉得不对母亲和盘托出实情是不行了，就说："妈，其实我和美杉办个简单婚礼就行了。"

"啥简单复杂的，还不都是婚礼？一样！我说不行就不行！"何秋萍态度也很强硬，"我不拦着你俩在一块，就已经是让步了，易州，你可不能得寸进尺。你是我辛辛苦苦拉扯大的儿子，给你取名字是你爸做主，你上啥大学也是你爸做主，我就琢磨着，在找对象这事上，我给你做回主行了，可你自己硬是看好了胡美杉，这主我又没做成。好，你想娶她，我拦不住，可啥时候结婚你总得让我张罗着做回主吧？"

和女人理论，陆易州永远不是对手，和母亲讲道理，哪怕讲到明天天亮，都讲不出个是非曲直，还不如直接点，就说："妈，我就是想，既然我和美杉已经在一起了，干脆办个婚礼，让外人看上去名正言顺一些，您呢，看着也顺眼。"

"你们这也叫在一起？"何秋萍愤怒地说，"易州，你也老大不小了，用你爸的话说，好歹也是个爷们儿了。我是当妈的，不愿意说让你脸上抹不开的话！你们这不叫在一起，拿咱老家话说，你们这是不要脸不要腚的！"

何秋萍是真的生气了，否则，她说不出粗话。

陆易州怔怔看着她，叫了一声妈。

何秋萍一扭头，不搭理他。

陆易州说："妈，其实，从法律角度说，我和美杉已经结婚了，我说的婚礼，就是个告诉亲朋好友我俩结婚了的仪式而已。"

何秋萍的眼睛飞快地眨了一下，又晃了晃头，好像确定自己是不是在梦里一样："你啥意思？易州，你给我说明白点。"

"我和美杉在两个多月前就登记了。"陆易州知道，只要母亲没从心里接受胡美杉，他怎么说都没用，还不如破釜沉舟地兜了底。

"易州，你的意思是说你有对象了连你妈都没告诉就偷偷摸摸把结婚证领了？"话音一落，眼泪就大颗大颗地从何秋萍脸上滚了下来。

陆易州知道，这个消息，对于母亲来说，几乎是往她心上砍了一刀，就愧疚地点了点头，说："妈，我没和您说有没和您说的原因。"

何秋萍抹了一把眼泪，说："易州，行了，你以前没说现在也不用说了，妈老了，没用了，以后不管什么事，你都甭和我商量，自己做主行了。"说着，起身回了自己房间，关上了门。

陆易州不放心，走到门口趴在门上听了一会儿，就听母亲在房间里呜呜地哭了一会儿，就停了下来，重重地叹了口气，就没动静了。陆易州轻轻敲了几下门，喊了几声妈，何秋萍似乎很平静，说："易州，你学习吧，妈没事，你让妈自己想想。"

陆易州惊诧于母亲这么快就能心平气和，心想，或许母亲被他这一通折腾，就彻底接受胡美杉了？他回到自己房间看书，却心烦意乱得看不进去，就给胡美杉打了个电话，说他已经把领结婚证的事告诉母亲了，但领证的原因没有说，万一母亲冲她发火，也好心里有数。

胡美杉顿时就乱了分寸，嫌陆易州没事先和她商量，正想让他下来一趟，却见老胡回来了。下午两点以后，美杉小厨能清净两三个小时。下午没事，电视也没好看的，老胡是上街找人下棋去了，溜达到四点半，快到晚饭点了，就回来了，见胡美杉满脸焦虑不安，就问她怎了。胡美杉不知这事当不当和他说，就支吾说没事。老胡哦了一声，又问谁的电话，胡美杉觉得这没撒谎的必要，就说小陆的。

老胡又噢了一声，过了一会儿，才问小陆是不是和他妈闹别扭了。

陆易州时不时因为胡美杉跟他妈闹别扭的事，他多少知道一点，但从来不问。他觉得陆易州和他妈以及胡美杉之间，简直就像三国战争，好在陆易州和胡美杉是联盟，这段时间他也看出来了，陆易州对胡美杉，那是没得说，为了她，把他妈顶得一跟头一跟头的。要不是胡美杉是他闺女，他倒要数落数落陆易州了，就算干涉他爱情是何秋萍不对，但她是他亲妈，为了媳妇儿顶撞亲娘老子，会让亲娘老子心寒的。人啊，年纪大了，心脏脆弱着呢，经不起寒一阵冷一阵的折腾了。可胡美杉是他亲闺女，这话说出来，显得有点矫情，他也就不说了，只要他不冲上去助阵，就是有良心有原则的表现了。

胡美杉支吾说好像是呛了两句。

老胡说怪不得呢。

胡美杉一愣："怪不得什么？"

"在街上看见小陆他妈了，气冲冲的，跟她打招呼也不理我，走得飞快，跟脚下踩着风火轮似的，不愧是个乡下女人。"老胡把扣在桌子上的四脚圆凳逐一拿下来摆好，以向进来的客人表示开始营业了。

胡美杉心里一慌："什么时候的事？"

"三点不到。"老胡想了一下才回答她，又觉得胡美杉能这么问，肯定是发生了他不知道的事，就追问了一句，"美杉，到底咋了？"

胡美杉连围裙也没顾得往下扯，撒腿就往门外跑，边跑边说："等我回来告诉您！"她上了楼，敲开门，见着陆易州劈头就问，"易州，你妈呢？"

陆易州冲何秋萍的房间努了努嘴："在屋里。"

胡美杉过去敲了两下门。陆易州过来拉她，说他敲好几次了，他妈都不理他，等她消了气就好了。

胡美杉说："我爸看见你妈了。"说着就去推门。

果然，房间里收拾得干干净净的，好像压根儿就没人住过。床上留了一张字条：易州，你长大了，也有媳妇了，不需要我这个妈了，我就不在这儿给你们添堵，回乡下去了。你肠胃不好，自己多保重，别挂念我。

陆易州的眼泪唰地就下来了，他蹲在地上，抱着脑袋。胡美杉看见他脸下方的地板上，有一摊水，越来越大，她蹲下去，把他的头抱在怀里："易州，要不，我们分手吧。"

陆易州的脑袋在她怀里使劲摇了摇。

"要不，我们去车站吧，说不准你妈还没坐上车呢。"

陆易州点头，换上衣服就和胡美杉跑了出去。已是深秋了，满街都是枯黄色的法国梧桐叶子，在秋风里，簌簌地满街流窜，让这个秋季的傍晚显得分外荒凉。

等他们到了长途站，服务台的工作人员告诉他们，发往陆易州老家的长途车，最后一班，是下午四点的，早已经发走了。

4

陆易州对着长途站上面灰蒙蒙的天空大喊了一声妈，然后泪水滚滚。陆易州想着母亲在长途站等车的时候，心一定是碎的，她一定也期望过陆易州发现她已经悄悄离开了家，然后奔到长途站找她，向她赔礼道歉，向她认错，恳求她跟他回家。可他让她失望了，直到她检票上车的最后一刻，她亲爱的儿子，都没有出现……

从长途站回来，老胡已经把晚上用的馄饨馅放进了冰柜，门上挂着暂停营业的牌子。胡美杉拉着陆易州进来，颓然坐下，老胡虽然没开口，但问话都在眼睛里，愣愣地盯着他们。

胡美杉说易州妈回乡下老家了。

老胡就看了陆易州一眼："多大别扭能把你妈闹回老家？"

陆易州嗓子哽咽得生疼，说不出话。胡美杉小声说："爸，有个事，我告诉您，您别生气啊……"

老胡也愣住了："说吧。"

"其实……我和易州早就登记了。"说完，胡美杉往陆易州身边偎了偎。

老胡好像没听清："啥？你再说一遍。"

胡美杉就又重复了一遍，只是，声音更小了。老胡果真也没生气，只问："什么时候的事？"

胡美杉说两个多月以前。

老胡不再看胡美杉，专注地看着陆易州："小陆，你是不是觉得和我家美杉谈恋爱挺没面子？"

陆易州现在没力气和老胡争论，只简单说没有。

胡美杉应声附和说："爸，您瞎说什么呀？"

"我瞎说？"老胡也火了，"小陆，我告诉你，这事不光你妈火，我也火！我好端端养大的姑娘，你连声招呼都不打，就给我拖去登记成你老婆了。都登记了还在我跟前唱双簧，好像你俩嘛事都没有一样！你有没有把我这当老丈人的放在眼里？你屎壳郎耍粪球啊？"

老胡虽然脾气暴躁了点，可这几年，随着年龄的增长，脾气已经小了不少，轻易不冲人发火了，所以，他这突如其来的一顿咆哮，不仅把从没见过他发火的陆易州吓着了，把胡美杉也吓了一跳："爸，您干吗发这么大火，我们也不是要瞒您，这不是事出有因吗。"

"啥因？你给我说！"

胡美杉就小声说："易州学校不要集资建房嘛，单身没参加集资建房的资格，可又不愿意错过这机会，我们俩就先登记了，本来……我琢磨着，我们俩虽然登记了，可还指不定怎么着呢，就想等以后再跟您说……"胡美杉小声辩解着，虽然没说为了分房假结婚这几个字，但老胡已经猜到了大概，不由得悲从中来："如果不合适呢？你俩再离？"

胡美杉用小得跟蚊子哼哼似的声音说："这不合适了嘛。"

"还不是因为你去医院给小陆挖了半个月的屎端了半个月的尿！"老胡用通红的眼瞪着陆易州，"小陆，你说，要不是你在医院那半个月，你会觉得美杉跟你合适吗？"

老胡的眼瞪得溜圆，因为生气，又通红通红的，好像喝醉了酒。陆易州结结巴巴地说："胡伯父，当时也是形势所迫，我没想那么多。"

一看父亲冲陆易州去了，胡美杉就像勇敢的小悍妻一样，挺身而出："爸，您别怪小陆，这事是我主动提出来的，一开始小陆还不愿意呢。"

老胡没再说什么，浑浊的老泪慢慢储满了眼睛，他张大了嘴巴，好像憋了好久一样，大大地呼吸了一口气，抬手，搓去了眼角的泪花，说："小陆，如果当初你和美杉登记是为了分房，作为一个大老爷们儿，这事你干得不厚道，美杉还是个没恋爱没结婚的姑娘，你这是不负责任，是毁她。"

陆易州惭愧得无话可说，低着头不敢看老胡。

胡美杉知道，老胡发火是心疼她，像母亲眼睁睁看着孩子和死神擦肩而过一样的心疼和害怕，就说："爸，您别担心了，我和小陆这不好好的嘛。"

"你妈也全都知道了？"老胡瞪着陆易州。

陆易州摇头，说她知道他俩早就登记了，但不知道是为了房子登的记。

"你妈是没看好美杉，一直在找茬儿拆散你俩呢。"老胡哼了一声，"这是没指望了才走的，生气生大发了。"

陆易州看了胡美杉一眼，还是没说话，街上偶尔划过的汽车尾音显得突兀而又寂寞。

"你和美杉是因为房子才登记结婚的事，到此为止，谁都别说了。"

陆易州诚惶诚恐地说："嗯。"

"又不是多光彩的事。"老胡像是在自言自语，说着，又瞪了胡美杉一眼，"生怕街坊邻居不嚼你的舌头，这要传出去，搞不好又成小陆心思简单，为了套房子上了假结婚的套解不了了。"

"好好的婚结得跟骗婚似的。"一直是老胡在说，越说越气，"你妈本来就没看好美杉，她要知道你俩是因为这才假戏真唱了，还不知怎么挤对美杉呢，啥骗婚耍赖都来了！"

第八章　121

第九章

1

胡美杉怀孕了!

有天,胡美杉找内衣时看见了卫生巾,就想起"大姨妈"有段时间没来骚扰她了,跑去看台历,果然!已经迟到十几天了,也就是说,如果可能的话,她都怀孕快俩月了。

何秋萍知道他们早就登记后,一气之下回老家了,这要知道他们连婚礼都没办就怀孕了,还不把鼻子气歪了?胡美杉忐忑得不行了,夜里,陆易州求欢,她裹紧了睡衣,说:"我好像是怀孕了。"陆易州以为逗他玩,说:"我没那么好运吧?"

胡美杉说:"真的,我月经都拖了十几天了。"

陆易州说怀孕了就生呀。胡美杉说我是认真的。陆易州说我也没说假话。胡美杉就一下子坐了起来,说我确信我是怀孕了。陆易州挪到她腿上枕着,摸摸她的肚子,用不敢相信的口气说我这就要当爸爸了呀。

她的小腹细腻而富有弹性,有着让男人心动的性感,他把脸贴上去,轻柔的,温润的气息一下一下地吹拂在她的小腹上,无言的温情让她感动。是的,她喜欢这感觉,无言的亲昵,不必说出来的默契,让她觉得自己是强大的坚韧的,像小小的母亲,包容着陆易州的脆弱。

自从做手术到现在,陆易州对她依赖得就像一个吃奶小婴儿恋着母亲,好像一步也离不开她。如果晚上店里客人走得晚,她没及时上来,陆易州就会准时到店里,一边玩手机一边等她。他想帮她做事,结果总是越帮越忙,不是洒了汤就是打碎了碗,老胡就会用胳膊像拦小鸡一样拦着他,把他拦到一张凳子上坐了,说祖宗,你坐着不动就是帮忙了。

陆易州到店里,虽说帮不上忙,但老胡还是很开心的,因为这让他觉得陆易州对胡美杉很在意。胡美杉也是这么觉得的,作为女人,最大的幸福,就是被自己所爱的人需要，她迷恋被陆易州需要的感觉，就像虚荣的美女需要被众多男人狂热地求着爱。所以，她觉得天底下最动听的语言就是听陆易州叫她美杉姐。不过，陆易州已经很少叫她美杉姐了，好像美杉姐已经成了他们床上专用的昵称。

　　第二天一早，两人去了医院。胡美杉果然怀孕了，陆易州高兴得差点跳起来，因为根据怀孕时间推算，孩子应该是化疗前怀上的。化疗虽然不影响男人的性功能，但在短时间内，会影响男人的生育质量，所以，胡美杉能怀上化疗前的孩子，简直是上天的恩宠。

　　既然怀孕了，胡美杉不想挺着大肚子穿婚纱，婚礼就要早早操办。第二天一早，陆易州就给何秋萍打电话，但没人接。

　　自从何秋萍回了老家，陆易州每天都往回打电话，但她不接。见陆易州母子闹成这样，都是因为自己，胡美杉过意不去，也给何秋萍打过几次电话，想和她说说好话，希望她原谅她和陆易州的年轻孟浪。可是，只要是青岛的电话，何秋萍就一概不接，她铁了心要用沉默惩罚他们。陆易州说这是她一贯的手段，母亲虽然很崇拜父亲，但再崇拜也是两口子，是两口子就会有鸡毛蒜皮的矛盾，一旦父母闹了别扭，母亲就会拒绝和父亲说话。她照样洗衣做饭照料地里的庄稼料理一切家务，可就是不和父亲说话。父亲脾气好，要大度一些，会在吃饭的时候，故意找话说，比如说今天这菜很好吃啊，这馒头的面揉得很筋道，母亲就跟没听见一样，父亲实在没辙了，就会大着嗓门说易州妈，我上衣呢，再要不我帽子你给放哪儿去了？其实都在眼皮子底下，父亲这么说，不过是为了逗引母亲和他说话，可母亲从来不上当，只要她不想和父亲说话，她就一声不响地把父亲要找的上衣或者帽子往他身边一扔，然后转身走开。也是因为她这脾性，父亲轻易不敢惹她，两口子，在一锅里摸勺子一炕上睡觉，却一句话不说，那别扭，让人恼得抓墙。现在父亲没了，母亲又拿这招来治他，但也治不着，母亲不接电话，陆易州就往邻居家打，只是每次都要撒谎，说刚才往家打电话，可没人接，就猜母亲是不是出来串门了，有没有在他们家？现在的乡下不是过去了，大多是机械耕作，人闲得很，乡下又没什么娱乐，就愿意凑一起聊天，尤其愿意和陆易州这样在大城市里生活的人聊，长见识，可以出去和街坊邻居吹牛。于是，陆易州就在闲聊里，把母亲的近况打听了个差不多，母亲回家后，压根儿就没说和他闹矛盾的事，也更没提他和胡美杉的事。他就晓得，不到最后一刻，母亲还是不死心的，她之所以不跟街坊邻居提胡美杉，就是心存最后一丝希望，希望他俩能拉倒，这样呢，将来她就用不着费忒多口舌和邻居们解释陆易州为什么换对象了。乡下人的道德观很淳朴，如果不是女人不像话，男人换女朋友是件有损德行的事，更要命的是在老家人心目中，去婚姻登记处登记不叫结婚了，只有举办了双方父母都参加的婚礼，才叫结婚了，哪怕没领证登记都叫结婚了。

这天和往常一样，何秋萍还是不接他的电话。但这一次，他不能像往常一样把电话打到邻居家让邻居给捎话，不管怎么说，婚礼也是婚姻大事，就给母亲写了封信，觉得母亲不接他电话，是为了表明她的态度，其一不接受胡美杉，其二她受伤了，很生他的气。信件不用直接接触，只要邮寄到了，母亲一定会拆的，陆易州坚信，不管母亲多么生他的气，但母亲对他的爱，一分也不曾减少过，那封信很长，整整七页，工工整整地倾诉了他对母亲的感情和胡美杉已经怀孕，希望母亲能来参加并操持他的婚礼。

胶东地区的乡下，对儿子的婚礼，都是很看重的，不管父母和儿子之间有多大的恩怨，儿子婚礼父母也必须出席，接受儿子和儿媳妇的礼拜，并送出为人父母的祝福，否则，会被舆论所不齿。

信寄出一周后，陆易州觉得母亲应该已收到了，觉得母亲看了信，应该会被他的真诚所感动，所以，就又往家打了一个电话，依旧没人接。

陆易州就打算回老家一趟，胡美杉明白他是想回去负荆请罪，取得婆婆的原谅，来操持他们的婚礼，可又担心他的身体。陆易州说化疗完都这么长时间了，早就养好了，罗医生不也说了嘛，肯定没问题。可胡美杉也明白，罗医生说的没问题，是乐观的勉励，他背地里和她说过，现在检查不到癌细胞活动的病灶，不等于一两年后不会卷土重来，但只要五年后还没有复发，基本就没问题了，在以后的生活中，一定要让陆易州保持精神放松和好心情，以及注意饮食健康。这也是不管何秋萍怎么刁难，她都好脾气到了犯贱程度的原因所在。胡美杉怕他回去被何秋萍呵斥得心情糟糕，就说反正已经登记了，索性婚礼就不办了。

陆易州拒绝得斩钉截铁，说已经让胡美杉受了很多委屈了，如果连一个婚礼都给不了她，他会鄙视自己。其实，还有一个原因就是老胡有话在先，在得知何秋萍因为不同意给他们办婚礼而负气回老家的第二天，老胡就把陆易州叫下来单独谈过，问他是怎么想的。陆易州当时想法和胡美杉一样，倒不是他多么市侩，要逃避作为一个男人该承担的责任，是心思简单，觉得婚礼不过是个形式，反正他和胡美杉已经登记了，母亲不同意办婚礼就算了，这样过也是夫妻。本以为这样老胡也会同意，没想到老胡比何秋萍不同意他办婚礼的态度还坚决，说坚决不行。因为他不是胡美杉的亲爹，这些年胡美杉陪着他过日子很辛苦，如果不办个风风光光的婚礼，街坊邻居会笑话他这个后爹果然就是不行。再说了，胡美杉十一岁就没了妈，没妈的孩子心里凄惶呀，他一定得给她办个风光婚礼，给胡美杉那个在天上的妈妈看看，他老胡没食言。她走了，他一心一意把她孩子当亲生孩子拉扯大，风风光光地嫁出去了，也算对得起她了。也就是说，陆易州和胡美杉的婚礼，不仅不能不办，还要往风风光光里大办，也算是老胡对自己当了二十年后爹的交代。

其实，这不仅是老胡的主意，也是贾文莎的主意。胡美杉不在店里的时候，她和老胡说过，就因为胡美杉背上的流言蜚语太多了，就因为她嫁的是陆易州这个在大学里教书的青年才俊，这婚礼也一定要大操大办，让所有嚼过胡美杉舌头根子、等着看她老死在家嫁不出去的混账玩意儿们看看。顺便用胡美杉风光出嫁的敲锣打鼓扇这些鸟人大嘴巴子，他们等了多年的热闹没瞧着，那个被他们在门缝里看扁了差点被他们用唾沫淹死的胡美杉终于幸福了，可见当年他们在流言蜚语里撒的那些欢，是多么的阴险毒辣。当然，这些老胡都不可能告诉陆易州，只说，他要用胡美杉的婚礼彰显自己是个合格的温暖而幸福的好后爹。

第二天一早，陆易州就回老家了，胡美杉就对老胡说："如果请不来婆婆，就不办婚礼这么着过就行了，让他别为难陆易州。"

"你婆婆不来？她也敢？"老胡一口一口地抿着琅琊台白酒，拖着响亮的长腔，就像长长的马鞭甩在了结实的冰面上，"她不来，我给你操持！我不能让街坊邻居笑话，我老胡的闺女结婚结得跟偷人似的，一点响动都没就成人家儿媳妇了，是咱不值钱啊，还是他家就高贵？不来迎娶你也去？"

其实胡美杉也挺难受的，只是她更愿意装得像没心没肺似的，不给老胡添堵，别让陆易州为难，本来，为了房子和她假结婚这事，已经让老胡对陆易州有意见了，就小声嘟哝说："您操持我也不办，我最讨厌办婚礼了，锣鼓喧天的跟耍猴似的，一天下来，脸都能给笑成面瘫。"

"莫说笑成面瘫，你就是笑成摊泥巴这婚礼也得往风光里办！"老胡更加斩钉截铁，"知道为啥要办？"

胡美杉当然明白他心里的那本大账，但在这个时候，她只能不吭声。

"我必得办给他们看看，我老胡的闺女，不是他们眼里的那号人，今天，我把她风风光光地嫁出去了，还嫁了个体面人家！"

"真是的，您也不想想，体面人家的婆婆这不也没看上您这闺女吗？"胡美杉小声嘟哝。

"咋？那不是没看中你，那是势利眼！是狗眼看人低！"老胡很生气，"你打算挨家宣传宣传去？不想让你爸在丹东路上混了？"

"不是。"胡美杉说，"爸，您想想，如果小陆妈不来参加我们婚礼，我们让您给操办婚礼，那亲戚朋友还不得说什么的都有啊。"

"我押也得把她押来！"老胡用力一蹾酒杯，"我拿强力胶粘也得给她粘出一天笑脸来！"

2

陆易州踏进老家家门的时候，何秋萍正坐炕沿上看电视，听见大门响，一抬头，见陆易州已进了院子。她径直关上堂屋的门，直接从后门走了。她就不信治不了陆易州，当年老陆不仅有文化，脾气也是贼大贼大的，还不照样不吵不闹不打不骂地让她给收服了？她就没见过比她妹妹何秋美还泼的人，自从老陆的民办教师转了正，吃上国家粮月月有工资发，何秋美看着她这当姐姐的就鼻子不是鼻子脸不是脸，动辄就说她抢了她的老公抢了她的好日子。怎么着？还不照样被她恩威并施，治得服服帖帖像马戏团里的老猴子？

何秋萍铁了心，这次，坚决不让陆易州和她见着面递得上话，从后院出了门，就直接奔了何秋美家，也就是小禾家，说要去住几天。何秋美是个黑黑胖胖的、没文化也没啥章程的女人，尽管何秋美对大姐一肚子不服气的怨气，但骨子里的敬意还是有的。

要说何秋萍和何秋美之间的恩怨，还要退回到三十多年前……当年何秋美还是个年轻姑娘，挑着自家树上摘的杏子去赶集，陆易州的爷爷赶集卖烟叶子，两人的摊挨着。陆易州爷爷很喜欢何秋美的泼辣能干，觉得儿子是个教书的，大力出不了，娶这么一媳妇儿不错，聊天的时候特意问她是哪村的，父母叫什么名字，回去后，就托人去说亲，没承想何家俩闺女，大闺女也没婆家，最关键的是陆易州的爷爷没问何秋美的名字。在乡下，在嫁娶这事上不到万不得已一定是要按照顺序来的，如果老大的婚姻没着落就忙活老二的，老大的婚姻变成老大难的可能就非常大。所以，当媒人上门，何秋萍的父母理所当然觉得提亲提的是大闺女何秋萍，媒人跑了几个来回，亲事也就定下来了，等陆易州的爷爷发现陆易州的父亲相的不是自己看中的何秋美时，已经不好挽回了。定了亲的大姑娘莫名其妙被婆家退婚是件很丢人的事，所以，退了何秋萍再娶何秋美，是根本不可能的事，因为退亲一定会惹恼何秋萍的父母，何陆两家因此积怨成仇也是肯定的。想来想去，也就将错就错了，何况他们的儿子看上去很满意何秋萍。只是，乡下没秘密可言，何秋萍结婚前，不知谁把陆家提亲本是冲着何秋美来的这话给传开了。当时老陆还是个手不能提、肩不能担、工资也低得可怜的民办教师，年轻的何秋美还有一脑子的美丽梦想，除了有点酸溜溜的，倒也没太放在心上。后来她嫁了老实巴交的老萧，日子过得捉襟见肘，老陆在乡下人眼里虽然是个百无一用的书生，可人家转了公办教师，月月有工资拿，生病还能报销。姐姐家眼看着就跟灶下填满了柴火的大锅，日子蒸蒸日上让人艳羡，那些早年前的酸溜溜在何秋美心里就变成了埋怨：要不是有这个姐姐，过上好日子的那个一定是自己。有时候她把这些话跟小禾说，说要不是你大姨妈，现在你易州哥过着的日子就是你和壮壮过的日子，言语虽然没多少词，但语气里的怨气像初春的雾气一样浓郁而笼罩不去。何秋美本以为小禾听了这话，会和她同仇敌忾，可小禾一点也不，反倒笑嘻嘻地说幸亏是大姨跟了姨夫，要不然她和萧壮壮根本就没机会来这世界上。何秋美就气，觉得这闺女简直就不是自己亲生亲养的，也是因为这，很多时候，她对小禾亲近不起来。或许何秋萍也觉得亏欠了她的吧，对他们家特别好，小禾从小到大的衣服鞋子和学费基本全是何秋萍掏的。何秋美最讨厌的是何秋萍每给他们家花一分钱都

第九章　127

要吆喝得满世界都知道，好像她何秋美离了她这大姐就吃不上饭了似的。至于么？她何秋美穷是穷了点，又不是没手没脚，赚碗饭吃还是没问题的，再就是她何秋萍不管对她多好，都是应该的。当年，要不是因为她去赶集卖杏子被老陆的父亲看上了，他能托人上门提亲么？如果他们不上门提亲，她何秋萍就不会有今天！说白了，何秋萍今天的好日子，全是她这当妹的送给她的造化。年轻那会儿，她们为这事在母亲跟前吵过，把何秋萍气哭了，当场把老陆叫来，问他，如果当年他相亲相的是何秋美，能不能点头认了这门亲？老陆虽然晓得说不能会伤何秋美的心，但为了日后大家都安宁，还是点了头，说不能，他和何秋美不是一路人。因为这，在老陆活着的时候，何秋美从不去他们家，记恨着呢！虽然她只是个没文化的乡下女人，可再没文化，自尊还是有的，作为女人，还有什么比去相亲被人家否定了更为耻辱的事情？何秋美觉得，没有了。

何秋萍爱干净，受不了何秋美的埋汰，以前来，都是坐坐和她说会话就走，连饭都不吃，这冷不丁要住几天，何秋美就觉得这其中肯定有事，就问怎么了。

何秋萍回来这些日子，她堂堂研究生毕业的儿子非要娶一个卖馄饨的女人，还跟她偷偷登了记的事，一直没对任何人说，心里也憋得要命。何秋美这一问，就像一把尖利的小刀，一下子捅在了装满水的橡皮水囊上，泪水滚滚而下，就把陆易州和胡美杉的事说了。边说边哭，说她无论如何都不能认这儿媳妇，既然陆易州没把她看在眼里，她就不能让他遂了心，给她娶回一个让她在人前张不开口的儿媳妇。

何秋美和姐姐虽然有陈年旧嫌隙，可在这种和她没关系的大是非问题上，想来都是唯姐姐马首是瞻，这一次当然也要同仇敌忾，让她放心在她家住，陆易州要来问，她就说没来。

果然，当天晚上陆易州就来了，问何秋美他妈来没来。

何秋美一脸冰霜地说没有，又说易州你咋这样，你爹妈把你供出来，不仅指望你有个好前程光宗耀祖，还指望你娶个体面媳妇让他们脸上有光，你说你咋能你妈连知道都不知道就和那个卖馄饨的女人登了记？

陆易州知道，在乡下的亲戚这儿，他就是浑身上下都是嘴也没法和他们把道理讲明白，他们都有一套属于自己的、牢不可破的价值观。

陆易州垂着头，让小姨妈数落了半天，起身回去了。在家住了两晚上，给所有亲戚都打了电话，谁都说没看见他妈，就怏怏回青岛了。

3

陆易州从乡下回来的第二天，胡美杉下楼，没见着老胡，以为他去早市了，但往常这个时候，也应该回来了。胡美杉琢磨着，有可能今天买得多，就迎着他从早市回来的方向走，想迎得着的话，帮他拎一把。可都走到登州路口了，也没见着他影儿，倒是卖报纸的胖子，跟她打了个招呼："赶早市啊？"

"不，迎迎我爸。"胡美杉问他看没看见老胡。胖子一愣，说看见了。胡美杉一愣，以为老胡和她走岔了道，就忙问胖子老胡是从哪条路往家去的。

胖子说："什么哪条路往家去，你爸打出租车走的。"

这两年店里生意不错，老胡也有退休金，可他是个节俭的人，赶早市连公交车都不坐，说三站路，就当锻炼身体了。每天都是拖着订报纸赠送的购物车去，又拖着塞满了青菜、小海鲜的车子回，今天破天荒地打了车，肯定不是去早市。可没去早市他干吗去了呢？胡美杉就蒙了，问胖子晓得不，胖子说老胡站着等出租车的时候，和他闲聊了几句，具体去哪儿他没说，听意思好像是要出趟门，穿得还挺整齐。

胡美杉心里轰隆隆响成了锣鼓喧天，转身就往家走，边走边打老胡的手机，问他干吗去了，老胡好像正在打瞌睡，懒洋洋地说我去陆家庄把你婆婆押来。

胡美杉喊了声爸，你干吗呀？

老胡就嘿嘿地笑，说去和她婆婆讲道理，不动粗，让胡美杉放一万个心，对说服何秋萍，他非常有信心，让她在家等消息。说完，就不由她分说地挂断了手机，凭胡美杉怎么打，也不接了。

那天，胡美杉哭着去了榉林山早市，擎着红肿的眼泡，买齐了一天的食材，又含着两眼泪回来，这一天，她一开口说话，眼泪就往下滚，因为老胡。

不仅她，整个丹东路一条街上，谁不知道老胡有多横？可是，这个横了六十多年的老胡，为了给她一个体面的婚礼，心甘情愿地弯下了腰，一早奔赴二百多公里去了陆家庄。陆易州说:"要不,我回去看看?"胡美杉说:"不用,你去了我爸不会高兴的。"

她了解老胡,也了解何秋萍这种傲得没多少底气的乡下老太太,老胡主动上门求她,她是一定不会放弃这个在老胡和乡亲们面前端架子的机会的。为了她的婚礼,老胡哪怕把满嘴的牙咬碎了,都会和着血咽到肚子里去,这么憋屈的自己,老胡不会希望别人知道也更不希望别人看见。

因为心疼着老胡,胡美杉没心思做生意,天刚擦黑,就把卷帘门拉下了一半,和陆易州坐在店里大眼瞪小眼,眼泪不时就流了下来。

其实,老胡辗转了一夜才决定亲自出马的,他几百里路奔过去,何秋萍就是铁石心肠,也会热一热的吧?

胡美杉说:"易州,你不觉得我爸很伟大?"

陆易州点点头。

胡美杉说:"易州,以后你要对我爸好。"

陆易州握着她的手,用力点了一下头。他是个传统中国男人,从小父母就谆谆教导:不管在什么人面前,男人都应该以老成持重为行为美,不能油嘴滑舌,也不能会说,也就是善于表达。在乡下,男人善于表达就是油嘴滑舌,是很难得到周遭人信任的,所以,在男人以讷言为美的乡下,陆易州不善于用语言表达感情。除了一个莫素素,他的情路像拿扫帚扫过一样干净,倘若有感激或感动一定要表达出来,他宁肯去做而不是说。

晚上八点了,街上开始零星地飘着雪,老胡还没回来,胡美杉担心得要命,打他手机,却关机了,便让陆易州往家打个电话。何秋萍倒是接了,陆易州叫了声妈就哽咽了。何秋萍心里也不好受,但像患了伤寒的啄木鸟似的,硬撑着,没等陆易州问,就主动说胡美杉她爸来了,看在他这把年纪了还风一把雪一把地跑去请她的分上,就给个面子,来青岛操办他们的婚礼。

陆易州问老胡几点走的。何秋萍说三点多,去赶最后一班长途车了,不知赶上没有。陆易州回头把老胡从他家走的时间告诉了胡美杉。就他回头和胡美杉说这句话的时候,何秋萍不高兴了,觉得儿子打电话回来,好像一点也不关心她这当妈的,仅仅是为了帮胡美杉打探老胡的行踪,就挂断了电话。挂得太用力气,把陆易州还给吓了一跳,以为是她怎么着了呢,喊了声妈,没回应,这才晓得她生气了，忙又拨过去，说："妈，您又生气了？"

何秋萍气鼓鼓地说："你都是娶了老婆的人了，我这老娘哪还有生气的资格？"把陆易州弄得都不知说什么好了，他知道，如果在这个问题上和母亲纠缠，说到天亮都说不明白也说不出个输赢来，就转移话题，问她收到他的信了没。何秋萍很意外，说什么信，陆易州这才明白，怪不得母亲躲着他，原来是没收到信，就把给她写长信的事说了。何秋萍说她连个信封都没收到，要改天去乡邮政局找他们算账。陆易州知道她倔，说去找真能去找，忙劝她说算了，又不是挂号信，没法查。

末了，何秋萍气哼哼地说，既然他跟胡美杉已经这样了，她就不枉做恶人了，反正婚礼早办是办晚办还是办，索性早点吧，别拖得胡美杉都显怀了，就不好看了。

陆易州说行，全由她定夺，何秋萍哼了一声。陆易州就听门响，是老胡，就忙跟何秋萍说了一声，挂了电话，定定地看着站在门口扑打身上的雪的老胡，深深鞠了个躬，喊了声："爸爸。"

还顶着一脑袋雪的老胡，白头翁似的，让陆易州给叫愣了，手擎在半空有两三秒没落下来，然后露出花花搭搭的大板牙，笑得灿烂而奔放，应了一声，朗声说："元旦办婚礼，我和你妈商量好了。"

胡美杉叫了声爸，便什么也没说，起身，帮老胡把身上的雪扑拉干净了。青岛是沿海城市，地面温度高，不管多大的雪，落地成水，所以，青岛人习惯了春秋两季大风飞扬，对雨也不讨厌，唯独雪，落地就化，把所有街道都弄得黏糊糊的湿漉漉的，看上去脏乎乎的。

十一月的青岛，开始集中供暖了，老胡进门没两分钟，身上、头发上的雪花，就化成了小而晶莹的水珠子，挂在眉梢上，显得有点滑稽。他抹了把脸，说瞧我这点出息，把小陆妈给说服了，还激动出泪来了。

胡美杉始终没问父亲是怎么说服婆婆的，应该不是多么长面子的方式吧？要不然，就他肚里不藏隔夜话的脾气，早就跟他们炫耀了，怕问了会让他难堪，就夜里问陆易州，陆易州说他妈没提。

"我爸肯定去求你妈了。"胡美杉哽咽着嗓子说，"虽然我爸没什么本事，可我长这么大，从没见他求过人。"

第九章　131

4

事实却是，老胡没求何秋萍，而是大大方方地坐在她家的炕沿上，告诉她，陆易州和胡美杉，记也登了，睡也睡了，孕也怀了，因为何秋萍拒绝参加他们的婚礼，孩子们打算这就算结婚了。可他这当爸的不答应，因为他是胡美杉的后爸，他答应过胡美杉她妈，他一定像拉扯亲闺女一样把胡美杉拉扯成人，一定像嫁亲闺女一样风风光光地把她嫁出去。所以给胡美杉办婚礼，已经不单纯是一个婚礼的问题，而是一个男人要兑现对亡妻的承诺。

说真的，听到这里，何秋萍已经感动了，可心软了嘴硬是她一贯的作风，就故作无所谓的样子说："你兑现你的承诺，找我干啥？"

老胡说："陆易州是不是你儿？"

何秋萍恼："不是我儿是你儿啊？"说着，拿起笤帚做出扫炕撵人的架势，"瞧你那样吧，啥儿落你手里，也得出息得流里流气！我又不是没见过！"

男人的人生几大恼，不外是自己引以为骄傲的儿女，被外人嗤笑；自己当宝的老婆，时不时地给他戴绿帽子。这要是以往，老胡一定会扯着青筋暴起的脖子和人吵个天翻地覆，但今天不成，他得忍了，就点了支烟，说："小陆妈，该说的我都和你说透了，可还有件事我没告诉你，我着急操持孩子们的婚事，不是我们家美杉除了小陆就找不到人嫁了，也没觉得小陆是前程远大的钻石王老五，我们非要死皮赖脸地抱他大腿。说白了，原因就一个，美杉怀孕了，都两个月了。小陆非要这孩子，既然这样，我的意思是婚礼不能不办，也不能拖。既然婚礼要办，双方父母就要出席。我胡家虽然门户不大，可脸还得要，要的还不能比别人家的尺寸小。我美杉好端端的大姑娘往你家嫁，你不露面，不就是没打算认下美杉这儿媳妇么？你这不是当众吐我老胡家的唾沫吗？这可不行……"见着何秋萍该怎么说才既不掉价又能达到效果，在来的路上，老胡已经打了好几遍腹稿，怕一急就说绕了，特意说得不疾不徐，居然也把情理给摆得井井有条，说着说着老胡自己就得意了，"小陆妈，话我说完了，该怎么着随便你。可有一条，你要是敢不出席婚礼，等美杉生了孩子，我就给抱到陆家庄，在村口喊，我不说小陆和美杉结婚了，我就说小陆经常去我们铺子吃馄饨，他见色起意，对我闺女耍流氓，把我闺女肚子耍大不认账跑了……"

原本已经打算服软的何秋萍，一听他这么说，气又拱脑门子上了："老胡，你耍流氓吓唬我？虽说我是乡下女人，可也不是被吓大的。"

老胡一脸无所谓："我这叫以其人之道，还治其人之身，你能不参加婚礼丢我的面子，我就能抱着孩子来抹脏你的脸，反正青岛离陆家庄远着呢，给你抹画完了，我们回青岛继续过日子。"

何秋萍都让他给气出泪来了："老胡，你哪只耳朵听我说不参加我儿的婚礼了？"

老胡也愣了一下："那你干吗不接孩子们电话？"

"生气！我不想接，你管得着吗你？"何秋萍把扫帚扔炕头上。

第十章

1

离元旦还有半个月,何秋萍就来青岛了,是救护车送来的,因为腿断了,骨折。胡美杉的肚子虽然还看不太出来,但她总是杞人忧天地以为,蹲下去这个动作会把肚子里的宝宝蜷得难受。所以每一次弯腰每一次下蹲,总是小心翼翼,走路的时候,也下意识地有了孕妇相,两只脚像鸭子似的微微外八字着。何秋萍就有点看不惯,觉得她怀个孕就拿姿拿势的,自己娇贵自个儿,就在饭桌上有一搭没一搭似的说,当年她怀陆易州都九个月了,还背着筐子下地掰玉米呢……

陆易州明白她的意思,就说:"您别老拿现在和过去比。"

"过去咋了?过去的人不是人?"

"过去的人虽然也是人,可过去吃顿饺子就过年了,现在呢?您是从那个时候走过来的,您说,您人还是原来的那个人,让您再过那种日子,您过吗?"

何秋萍就老大不高兴地说:"你有文化,我说不过你。"然后埋着头吃饭,因为何秋萍骨折了,不能上下楼,一天三顿饭,还是胡美杉往上送,丢下老胡一人在店里,挺冷清的,胡美杉心里不是滋味,让老胡上楼吃,他不肯,说:"你上楼吃就罢了,我上楼吃算啥?总不能他娶了我姑娘还捎着我这爹吧?"

胡美杉觉得也是,突然想起自从她和陆易州同居,她楼下的卧室就空着了,就突发奇想,跟陆易州说要不让你妈搬楼下住吧。

陆易州觉得这是好主意,因为七楼楼层太高,坐在轮椅上的何秋萍连门都捞不着出,闷得要命,住到楼下,无论谁闲的时候都可以推着她出去转转,晒晒太阳。他和何秋萍说了,本以为何秋萍会高兴,可何秋萍恼了,先是怔怔看了他一会儿,眼泪就出来了,说:"易州你要嫌弃我你就明说,要不是我腿断了,在家生活不能自理,我不会到青岛给你添麻烦。"

陆易州和胡美杉做梦也没想到会被何秋萍理解成是嫌弃,先是目瞪口呆,然后拼命解释不是这意思，初衷只是为了方便推着她出去。

可无论理由多充足，何秋萍都不去住，鳏鳏寡寡的，住一个屋檐下，怕人说闲话，说着，幽怨地扫了胡美杉一眼："男人脸皮厚，不怕说三道四，可我一女人家，得自己知道要脸。"又去看陆易州，"你爸活着的时候，没因为我让人家戳半指头脊梁骨，他走了，就是死者为大，我更不能往他脸上抹灰。"

何秋萍说得大义凛然，陆易州愁得不行了，母亲一到青岛就变成了神经过敏的战士，时刻警惕着街头巷尾藏着对她心怀叵测的小蟊贼，把别人搞得疲惫不堪，她自己也愤懑不已。以后的岁月还长着呢，怎么办啊？胡美杉倒想得开，说她理解何秋萍现在的风声鹤唳，表面上看，好像她所有的不快都来自于陆易州没给她找个称心如意的儿媳妇，事实却是自责惹的祸，因为摔断了腿，她行动不便，时时处处都需要别人的照顾，这让要强的她很不自在。尤其是因为她是女人，像洗澡去卫生间这些事，陆易州不方便照顾她，就要胡美杉帮忙。尽管胡美杉从没嫌弃她的意思，可胡美杉越是照顾得无微不至，何秋萍心里就越不是滋味。这就像一个良心未泯的后妈，突然需要仰仗被自己虐待饿大的孩子过活，心里一定是五味杂陈的。

事实却是，因为她这次骨折，胡美杉更敬重她了。

如果不是陆易州说给何秋萍写了一封长信，何秋萍就不会去镇上赶集，买东西是一方面，最主要是想去乡邮政局把那封信找出来。何秋萍是典型的中国式母亲，敬着丈夫，儿子是她的骄傲，陆易州用过的课本和本子，从小学到大学，她一页也舍不得丢，在西间里，码了半铺炕。每到假期回去，陆易州都要抗议，让她把书挪个地方，何秋萍不，说乡下不比城市，都是就地起的平房，地面潮得很，书和本子会受潮发霉，还有老鼠出没，放上面不是霉糟烂了就是被老鼠啃糟践了。那天，听陆易州说给她写了七页纸的信，就惦记上了，觉得儿子写的不是信，而是一个儿子对母亲的衷肠，这要是丢了，就好像儿子的衷肠被辜负了一样，所以，她一定得去找回来。在老胡去过陆家庄的第三天，她就搭邻居何老三的拖拉机去镇上赶集了。陆家庄地处山区，通往外界的路，又窄又崎岖，头天夜里，又下过了雪，路滑得很，一路上何老三开得小心翼翼，可还是在会车的时候，手一抖，拖拉机打着滑就滚到了山沟里，拧得跟麻花似的打了好几个滚，一车人能把命捡回来就不错了。何老三把脑袋摔出了一个大窟窿，胳膊也断了，血咕嘟咕嘟地往外冒，何秋萍被倒扣过来的车兜压断了一条腿。和她一起搭何老三车的，还有一个叫老闷的邻居，翻车的时候摔出去了，伤得比较轻，只断了两根肋骨。住院的时候，老闷就和她商量说儿子问律师了，像他们这种情况，何老三得负担他们的医药费和营养费误工费啥的，要是何老三不认，他们去法院起诉，保准赢。

那会儿，陆易州和胡美杉已经接到电话，赶到了县医院，就见何秋萍眼瞪得像铃铛似的："啥？何老三捎咱还捎出罪来了？"

老闷说："啥罪不罪的我不懂，可法律就是这么说的。"

何秋萍很生气："何老三故意把咱拉山沟里去的？"

老闷说："律师说了，不管何老三是不是故意，他都得赔。"

何秋萍就不再接他茬了，扯着嗓门喊护士，胡美杉知道她生气了，却不知她为什么喊护士，就说阿姨您有事跟我说就行，不一定非得护士。

何秋萍说："这事你办不了，给我把护士叫来。"

胡美杉没辙，只好去叫护士过来，何秋萍气呼呼地说要换病房。护士问为什么，何秋萍说："我不和狼心狗肺的人住一屋，嫌埋汰。"

老闷让何秋萍呛得原本就黑红的脸紫一阵黄一阵的，说："老陆家的，我是照法律办事，咋就成狼心狗肺了？"

何秋萍就甩出了让胡美杉一辈子都忘不了的话。

何秋萍说："你当搬出法律来就显得你是个好东西了？法律是管下三滥的，和好人扯不到一堆去！"

到底，何秋萍还是逼着护士给她换了房间。出院的时候，何秋萍说不回陆家庄了，冬天的胶东半岛，是山东省的雪窝子，三天两头下雪，她一个人拄着拐杖生活不方便，万一再摔一次，就更麻烦了。再就是怕老闷三天两头去动员她起诉何老三，这事，她不能干。

胡美杉说不用她说，他们也不能让她回陆家庄，陆易州都把去青岛的救护车联系好了。

何秋萍的眼就跟给烧红的针尖戳了一下似的，说用啥救护车，坐长途车就行了。

胡美杉说陆易州去问了，长途车不拉，一路上颠颠簸簸的，他们怕颠出事担责任。

何秋萍叹了口气，说人啊，都让人给讹怕了。就因为这，她也坚决不能让何老三赔，为了俩钱，把好人的心都给讹凉了，往后谁有难也没人伸手了，多寒凉。人啊，没本事把世道弄得更好，就更不能把它弄得更糟糕。

因为这番话，在以后的岁月里，无论多少人说何秋萍欺负她，胡美杉都无所谓，因为她知道，这个看上去毛病很多的乡下老太太，骨子里是有大义的。

2

来青岛以后的两个月，何秋萍只能待在床和轮椅这俩地方，陆易州的婚礼她也是坐轮椅参加的，快春节了才在胡美杉的搀扶下小心翼翼下地。相处了两三个月，何秋萍觉得胡美杉这儿媳妇，不体面归不体面，但大面上还说得过去。尤其是这段时间，她行动不便，几乎全是胡美杉照料。她都显怀了，在店里忙一天，晚上回来又是帮她洗脚又是擦身子的，亲生闺女也未必能照料这么好。胡美杉不在家的时候，陆易州也说过，现在有一些城里的姑娘，娇着呢，哪怕爹妈是摆地摊的，她们也把自己当不幸流落到贫民窟的公主娇宠着，像胡美杉这么泼辣能干的女孩子，很难找。

何秋萍承认，莫说城里，乡下也这样，姑娘不管长得丑俊，全做着一步登天的梦。儿媳妇更是，全把自己当嫁进门的祖宗端着。伺候公婆？想啥不好，没让公婆伺候她们就是大人大量了。这么一比，胡美杉真是贤惠得让她说不出来个不字。不过，有时候她也会想，她曾经那么阻拦胡美杉和儿子的婚事，还那么刁难她，她能不恨自己？她觉得不可能，她年轻那会儿，老陆还是个民办教师，她婆婆就傲得鼻孔朝天，对她这没进门的媳妇挑三拣四的，好像她嫁给老陆是高攀似的。原因就是没相中她，认为她的儿子娶泼辣能干的何秋美比娶她好不知多少倍，所以才对她横竖都看不顺眼。她记恨了大半辈子，直到婆婆去世都不能释怀。现在轮到她了，才算体会到婆婆当年的心情，虽然晚，但也理解她了，将心比心，胡美杉能不恨她？她觉得不可能。可恨她为啥还要对她这么好？未必是巴结她，但表现给儿子看是肯定的。所以，何秋萍一天到晚面沉似水。陆易州说："妈您这干吗呢？就不能笑笑？"

何秋萍说:"我断着一条腿,动一动就疼得要命,哪有心思笑?"

知道再说就呛起来了,陆易州就回自己房间看书了,何秋萍就摇着轮椅到他门口,望着他的背影说:"不是我不想笑,想想我就笑不起来。"陆易州知道,再往下说就是他娶了胡美杉,等多少年后去阴曹地府她都没法和老陆交代。

陆易州回头说了声:"知道,妈,我看书了,三月就考试了。"

这要在平时,不管何秋萍有多少冤屈要跟他诉,只要他说要看书,何秋萍就会像多嘴闯了祸的孩子,马上闭嘴,一脸愧疚,可今天没有,她说:"我不笑有不笑的原因。"

陆易州就回头看她,一脸无奈,仿佛说:"拜托,妈,我都知道您要说什么了。"

但这一次何秋萍的话和以往不一样,让他觉得既惊诧又好笑。

何秋萍说:"我琢磨着啊,等我腿好了,胡美杉也该生了,反正回乡下也没啥事,我总不能让她驮着孩子包馄饨。你们要是不嫌弃,我就帮你们带几年,等孩子上幼儿园了我再回去。"

"妈,美杉早就和我商量过了,不管是您腿好了还是等孩子上幼儿园了,您都不用回乡下了。"陆易州有点不耐烦了。

何秋萍愣了一会儿,很快,就撇了撇嘴:"这个胡美杉,还挺会卖干巴人情。"

"妈,这怎么成卖干巴人情了,我们是真心实意的,您年龄越来越大,让您一个人在乡下生活,我们放心吗?"

"你真心实意我知道,她——?未必。"何秋萍笃定地说,"这遍天底下,儿媳妇哪有愿意和婆婆住一块儿的?她这是要用着我了,特意在咱娘俩跟前表现表现。"

"好吧,妈,随您怎么说都可以,但我对老天发誓,美杉对您好是真心实意的。"说着陆易州就把椅子转回去,低头看书。

"易州,我说话你别不爱听,你当胡美杉真是打心眼里尊敬我?那是做样子讨好你。"见陆易州没打算接茬儿的意思,就又哼了一声,说,"老虎老了还不咬人呢,何况你妈是个乡下老太太,我要不绷着脸端好婆婆架子,等她用不着我的时候，还不知咋欺负我呢。"

陆易州说："妈，其实别人没您想的那么坏。"

"我啥时候把别人想得很坏了？"何秋萍好像受了天大的冤枉，"你妈是那种烂杏都在别人筐里的人吗？"

背对着何秋萍，陆易州举双手投降："妈，我表达有误，准确地说，是您别把美杉想得那么坏，这样您自己也会更开心一些。"

"就她，还用想？本来就那样……"见儿子脸上有些不悦了，何秋萍就及时地刹住了车，好像很通情达理似的，说，"你看书吧。"就自己摇着轮椅走开了。

陆易州本想起身关上门，可一想关了门母亲可能又会来敲，就算了。因为陆易州在看书，何秋萍就很自觉地不看电视，怕影响他学习，可这套建于二十世纪八十年代的房子，只有五十多个平方米，客厅和卧室都小得轮椅轮子转不了一圈就从东墙到西墙了，出不了门，看书看不进去，又不能和儿子说话，她只能在家里转来转去，一会儿给陆易州倒杯水，一会儿给他削个苹果。其实，她也知道陆易州很烦，每次转着轮椅去送水或水果的时候，都小心翼翼，像熊孩子要提心吊胆地去巴结不待见他的父母。有一次，陆易州用罢吃表示抗议。何秋萍进去给他送橘子的时候，发现一小时前削的苹果他没吃，放在桌角上，都氧化成铁锈色了，她啥也没说，就盯着那个苹果唰唰地掉眼泪。把陆易州吓得，恨不能把一个小时前的自己揪过来暴打一顿，也不管苹果是不是已经不能吃了，抓过来就吭哧吭哧吃，然后擎着苹果核给她看："妈，您看，我已经吃完了。"

何秋萍还哭。

他说："妈，我刚才看书看得太投入了，就给忘了。"

何秋萍含着两眼的泪："不是哄我？"

陆易州指着天花板："我对天发誓。"

何秋萍这才擦了把泪，把剥好的橘子放到他桌上："妈就是想对你好。"

看着何秋萍转着轮椅出了房间，陆易州抓狂得都要崩溃了，夜里和胡美杉说，胡美杉安慰他说这是特殊时期，婆婆腿脚不方便出不了门，在这屁大的家里，没憋疯就不错了。

陆易州说:"不对,我也天天待在这屁大的家里,我怎么就没憋疯?"

胡美杉就笑:"亏你还是研究生毕业,连这么点事都不明白。因为你可以看书可以学习,你有自己的精神世界,可咱妈没有,书看不进去,电视也不能看,她唯一能干的事,也就是照顾照顾你了。"

陆易州趴在胡美杉隆起的肚子上,无比沮丧地说:"我早晚得让我妈给照顾疯了。"

第二天一早,胡美杉就去电子信息城买了一副耳机,给何秋萍接在电视上,让她想看电视就看,除了戴耳机的人,别人听不到电视的动静,并给她演示了一遍。何秋萍乐坏了,说现在的这城里人可真有本事。胡美杉帮她从点播频道点播了一部韩剧,何秋萍看得喜眉乐眼的。中午,胡美杉在楼下做好了饭菜送上来,何秋萍都顾不上吃,陆易州就乐,冲胡美杉竖大拇指说:"还是你聪明。"

胡美杉也美滋滋:"这就叫生活的智慧,晓得不?和学历没关系。"

3

怀孕的胡美杉像吃了化肥,飞快地发胖,胖得都不敢照镜子了,想少吃点,何秋萍就拿眼白扫她:"咋吃这么点儿?"

胡美杉就说太胖了,胖得她都不好意思出门见人了。

何秋萍也不说话,霸道地夹起一筷子菜,堆到她碗里:"你不吃肚里的孩子营养能跟上?"

胡美杉只好继续吃,身材继续往横向发展。贾文莎来了,总是看着她小山包一样的身子,啧啧赞叹她真有自信。胡美杉明白她的意思,是怕她放纵自己没边没沿地胖下去,陆易州会嫌她。可肚子里怀着陆易州孩子的胡美杉是多么自信啊,每当她说自己胖了,陆易州就会摸摸她的肩说不胖不胖,你肩还这么薄。当然,陆易州这么说,纯属一个准父亲的自私,他和何秋萍一样,生怕她为了控制体重而节食,让肚里的孩子受委屈。还有一个重要原因陆易州从没和她说过,自从查出直肠癌,陆易州对胖子的态度就来了个一百八十度的大转变。在生病之前,他不喜欢胖子,甚至讨厌,因为他觉得,胖子之所以成为胖子，大多是好吃懒做。他还认为，食欲和物欲情欲都是欲望的分支。欲望虽然不是十恶不赦的，但也是个必须严加看管的怪兽，一旦得到纵容，就会丑陋不堪。譬如流氓是性欲的泛滥，胖子是像猪一样贪吃的最直接证据。可，自从得了直肠癌，他就经常上网查阅关于肿瘤的相关资料，发现所有恶性肿瘤诸多种前期症状中，都有身体莫名其妙变得消瘦这一条，于是，隐隐地，他开始希望自己能胖一点，再胖一点。胖，借以证明他的五脏六腑器官都是健康的，吃点东西进去，就会转化成营养，而且没有被潜伏在身体某个角落的肿瘤细胞偷食。他像个爱美的女人一样，每天早晨上体重秤上站一会儿，爱美的女人是发现今天的数字比别人小了一丁点儿而欣喜若狂，他却是截然相反，体重每增加一两，他的康复信心就会坚定一丈。女人上体重秤前，是先去厕所把身体里能排掉的东西先排了，恨不能把自己剥得一丝不挂，为的是别让无谓的东西增加自己的体重，可陆易州上体重秤前不仅不去厕所还会喝一大杯水，穿着衣服穿着拖鞋，就差抱个哑铃上去了。

后来，她才知道，原来他是把体重有没有增加作为衡量自己是否健康的标志，就晓得他其实还是惶恐不安的，只是掩饰得比较好罢了。

一想到陆易州心里满是不安，胡美杉的心，就是疼的。她从不掩饰自己对陆易州的爱，自从手术完了，每天晚上雷打不动地给他做海参。后来陆易州说用鸡蛋炒着吃太腻了，她就给他蒸海参鸡蛋羹。蒸鸡蛋羹比炒麻烦多了，要掌握好火候，否则，一碗鸡蛋蒸成了马蜂窝，要多难吃有多难吃。所以，蒸蛋羹的时候，她就在厨房盯着蒸锅，生怕蒸大了，可怀孕七八个月的肚子也很壮观，站一会儿，就把腰给坠得酸溜溜的，时不时地往后腰上捶两下，何秋萍看在眼里，觉得她矫情，啥怕蛋羹蒸老了？还不是拿姿拿态给儿子看，让儿子领她情嘛，就说："都老大不小的人了，还吃啥鸡蛋羹？"

胡美杉说："难得他喜欢，又不麻烦，我愿意给他做。"

这话让何秋萍不舒服，觉得她这是故意说给陆易州听，生怕陆易州不知道她比亲娘还心疼他，就慢条斯理地说："也是，男人娶媳妇，就是亲娘张罗着把他交给媳妇照料，要不新媳妇怎么叫新娘，就是新的，得像亲娘一样知冷知热疼他的女人。"

胡美杉挺惊异的，觉得婆婆这乡下老太太有水平，就笑着说："妈，我要是作家就好了,把您的观点写成文章,拿去发表,说不准还能挣壶酱油钱呢。"

"你要是作家,我敲锣打鼓拿八抬大轿把你娶进来。"何秋萍让胡美杉夸得有点小得意,话虽然这么说着,但心里却在想,你不是作家谁是。

胡美杉说:"妈,您可别吓唬我,还八抬大轿呢,知道的,知道是您娶儿媳妇,不知道的还当是马戏团来了。"

结婚以来,随着对婆婆越来越了解,胡美杉是彻底想开了,不管婆婆怎么刁难、奚落她,她都乐乐呵呵的,一点儿也不生气。倒不是她脸皮厚,没自尊心,而是知道婆婆这个人,骨子里不坏,只是有一口气堵在嗓子眼还没咽下去,勾两下脖子翻几个白眼,是难免的。还有一个原因,是她在男尊女卑观念比较重的乡下生活了大半辈子,看不惯陆易州抢着帮她做家务。

没错,那段时间,陆易州对胡美杉是很好的,好得她每做一次家务,就像发生一场战争。陆易州总是和她抢拖把,抢垃圾,洗衣服有洗衣机,他就和她抢晾晒衣服。虽然大病初愈身体还有点虚,可毕竟是男人,加上胡美杉怀孕了,怕伤着肚子里的宝宝,不敢用力,所以,抢家务战争大多是陆易州取胜。在何秋萍看来,在抢家务上输给陆易州,纯是胡美杉偷奸耍滑,压根儿就不想抢赢。真是的,陆易州恁高的个子,拖个地,腰弯得像煮熟的虾米,受得了吗?刚能下地走动的何秋萍就一瘸一拐去抢拖把,可也抢不赢,因为陆易州会和她急。

陆易州急起来的样子,让她觉得好幸福啊,全是儿子对她这当妈的疼爱和体恤。她一抢拖把,陆易州就会张开胳膊,大老鹰似的把她簇拥回卧室,扶着她坐到床上,并给她规定,半小时内不许出来,要不然,他就拖完了家里的地板,再去拖楼梯,从七楼一气拖到一楼。

何秋萍就小声说:"不知道向着你,把老婆惯坏了,有你受的。"

陆易州说我喜欢。

何秋萍拿白眼剜他:"不知好歹。"说完,敞开嗓门说,"妈这不是想让你专心学习好考博士嘛,让你说得,妈跟个不开化的乡下恶婆婆似的。"

胡美杉知道她是说给自己听呢,就站到她房间门口笑着说:"妈,易州学习一坐就是半天,偶尔起来活动活动也好。"

何秋萍在心里嘖嘖了两声,没说什么,想起了老陆,多好的人啊。在乡下，女人要嫁了个吃国家粮的，哪个不跟伺候祖宗似的伺候着？就这样，遇上个良心有毛病的，还说不要就不要了呢，可他们家老陆不。老陆不仅顾家，还疼老婆，在外面吃了啥好的，总不忘捎给老婆孩子，街坊四邻的女人见了她，除了羡慕就是嫉妒。幸福是啥？不单是吃得好穿得好，得人前有人敬着，人后有人羡着，这些，老陆都给她了。老话说婆媳一命，有什么样的婆婆就有什么样的媳妇，现在看，这话真准，她所享用过的夫荣妻贵，儿子也给胡美杉了。胡美杉怀孕七个月时，她已能扶着楼梯栏杆下楼了，一到吃饭的点，陆易州就会扶着她下楼吃饭，其一当锻炼，其二是怕胡美杉辛苦，因为如果他们不下去，胡美杉就得挺着大肚子往楼上送。

经常去楼下吃饭，她就觉出来了，陆易州是胡美杉的骄傲，而且骄傲得毫不掩饰。只要陆易州和婆婆在美杉小厨，来了老顾客，她总不忘介绍一声："易州，这是某某。"再然后介绍一下对方的职业，或是居住的方位，介绍完顾客，就介绍陆易州，"我老公陆易州，大学教授，这是我婆婆。"

何秋萍就觉得不舒服，觉得胡美杉对自己的介绍，像隆重端上一盘珍馐里的点缀青头，可有可无的。

一开始，陆易州还没觉出什么，她介绍，他就冲来人笑笑，点头，打声招呼，然后说，是助教，不是大学教授。来人也不甚明白他的话，就会接着问，什么是助教，陆易州就解释一下，有时候，胡美杉会打断他，跟来人说："都是在大学里教书的。"

陆易州就没法往下说了，怕当众驳了她的面子。可是，吃馄饨的人多，其中肯定有人明白助教和教授的区别，简直就是小班长和元帅的区别，可碍于熟悉和面子，大都不好意思当面驳胡美杉。于是，陆易州就会经常看到有人歪着嘴角偷笑，那些笑像过了火的针尖，一下一下地跳在他的脸上，像星星之火，要在他的脸上燎原，这滋味挺难受的。下楼吃了一个多月后，他借口说店面本来就小，他们下去还要占张桌子，还是到饭点他下楼端吧。可何秋萍不让，说吃了几个月的馄饨，吃得她看见馄饨就打嗝，反正她已经好了，他俩的饭，胡美杉就不用操心了。

胡美杉觉得也成，免得贾文莎讽刺明明是她出嫁，却带回了两张吃饭的嘴。

何秋萍在乡下劳作惯了，每天都早早醒了，又没事情可做，就跟老胡赶榉林山早市，既活动了筋骨又能把一天的菜和水果买齐了。可没几天，烦恼就来了，丹东路上的街坊邻居也有不少赶榉林山早市的，见他俩每天一块去一块回的，就开始拿他俩开玩笑："老胡，成啊，别人嫁闺女就是嫁闺女，还是你有本事，嫁了闺女换回来一个老伴。"

何秋萍气得满脸通红，浑身哆嗦，抡起塑料菜篓子，蛤蜊青菜的扣了人家一头，就雄赳赳气昂昂地走了。害得老胡赔了半天的不是，好话说了一箩筐，回家还没等上楼找何秋萍理论，胡美杉先跟他急了，说："爸，您跟人瞎说什么呀？真是的。"

好像别人开他和何秋萍的玩笑，是他老胡想入非非，到处胡说八道了。老胡就更气了："我瞎说什么了？啊！美杉，你妈去世多少年了？想找我还用得着熬到现在？"

胡美杉卡了壳，是啊，母亲刚去世那两年，给老胡介绍老伴的人不少，他不要。后来，从父亲的朋友那儿听说，父亲坚决不肯再娶的真正原因是考虑到自己带俩孩子再婚和别人带俩孩子再婚不一样。别人带俩孩子，可能都是自己亲生的，可他呢，一个自己亲生一个一点血缘关系都没有，万一遇人不淑，胡美杉会受委屈的。

可现在，她怎么会婆婆一哭，就信了呢？可见，女人不仅重色轻友，还重色轻亲，就愧疚得要命，小声说婆婆回来哭得一把鼻涕一把眼泪的，陆易州也不高兴了，她一慌，就当真了。

老胡瞪着她，瞪得眼圈都疼了，说："你慌什么？"

错怪了父亲，胡美杉也很难受，他一质问，泪就下来了，说："爸，对不起。"

老胡说以后别让你婆婆到店里来了。其实，不用他说，何秋萍也不来了，连上街遛弯都绕着走。可不管再怎么绕，毕竟是楼上楼下地住着，偶尔，也有在街上走对头的时候，每每遇到了，何秋萍目不斜视，特像电影里的铿锵女战士。老胡就觉得，心里有个自己笑得幸灾乐祸的，心情好的时候，就会故意逗她，从大老远开始盯着她看，看得何秋萍又慌又乱又生气，继续雄赳赳地视他如空气，老胡却偏不让她得逞，待走近了，会咧着嘴笑："亲家，遛弯儿呢？"

何秋萍会白他一眼，像被狗撵急了的兔子似的，慌不择路地走开，老胡在身后望着她的背影笑，大着嗓门说："亲家，你腿还没好利索呢，慢着点跑。"

何秋萍让他给气得啊，恨不能摸块石头给他扔过去。

4

陆易州不到店里吃饭，胡美杉总觉得这日子里缺了点什么，就像她习惯了在馄饨碗里撒一把香菜末一样，突然不撒了，就少了青翠可人。下午的三四点，是店里最清闲的时候，她会蹑手蹑脚上楼，站在门口，安静地看陆易州学习。有时，她买了水果，在楼下切好了，拎到楼上，码在盘子里，插上牙签，蹑手蹑脚地送到陆易州桌上。陆易州被水果的清香唤得回过头看，望着她粲然一笑，她就觉得，整个世界都美得山花灿烂。如果陆易州没在学习，她会搂着他的胳膊，连拖带拽地拉他下楼，说总坐着不好，下去活动活动身体。如果陆易州表示懒得动，她也不劝，就那么眼巴巴地看着他，像个毫无攻击能力的小孩在看着霸道的大人不带自己玩，陆易州就坐不住了。按说，怀孕的女人应该像宝一样被老公宠在掌心里，可大肚子蝈蝈一样的胡美杉，还在美杉小厨奋战。他曾劝她说，身子这么重了，店就不开了吧。

胡美杉说不开怎么行，等着花钱的地方太多了，说着，就扒拉着指头给他数：房子马上就拿钥匙了，要装修，家具家电也要买，这不是一个两个钱就能顶得下来的大工程，虽然父亲拍过胸脯了，装修的钱他掏，但她不能因为这就懈怠了，毕竟父亲那么大年纪了，还花他的钱，心里很过不去。她的预产期也快到了，她是个体户，没医疗保险，生孩子的费用也要自己掏。还有，他正在康复期，营养品是万万不能断的。陆易州说海参那么贵，他不想吃了。胡美杉斩钉截铁地说不行，必须吃，海参再贵也没陆易州的健康珍贵，只要她活着，就要监督陆易州每天吃一只海参，把他的免疫系统喂得棒棒的，像骁勇善战的士兵一样，随时灭掉想起来作祸的坏细胞。

她说的都是实情，陆易州否认不了，所以，那些劝她不要太劳碌的话，一旦说出来，连他自己都觉得虚假得要命。母亲的腿已经好了，除了做饭没其他事情，五十几岁的人，也还算年富力强，陆易州就希望她能下去帮胡美杉一把。何秋萍把眼瞪得鸡蛋似的，说她清白了一辈子，不能临老跑到青岛蹚浑水。何秋萍一旦犯起犟来，脑子里的那根筋会绷得比钢筋还结实，陆易州也就作罢了。他唯一能做的就是胡美杉想让他陪着上街转转，就陪她去，让她挽着胳膊，顺着大学路往南走，再要不就去青岛山脚下转转。胡美杉遇到熟人，介绍他的时候，他也不再去纠正自己其实只是个小小的助教了，只要胡美杉高兴就好，他能为她做的，也仅此而已吧。

他也看出来了，即将临盆的胡美杉，在店里站了大半天，根本就不需要出来遛弯儿锻炼。可她还是愿意出来，就像个浅薄而虚荣的女人热衷于见缝插针地炫耀自己拥有的一块钻石一样，炫耀她的优秀丈夫陆易州。陆易州会觉得别扭，那种别扭的感觉，就像阿Q因为认识赵老爷而喜欢四处炫耀自己是赵老爷的朋友以抬高自己似的，可作为赵老爷是厌烦被阿Q抬出去炫的。胡美杉不过是丹东路这条街上的市井女子，除了烟火平常的日子，本没有资本荣耀，就像那个从来没梦想过水晶鞋的灰姑娘，突然陆易州出现了，一切在猝然间发生了改变，在丹东路这条街上主妇们的嘴里，她原本粗糙而潦草的人生，发生了质的改变。

用老胡吹牛的话说，人命里要有贵气，铜墙铁壁都挡不住，他闺女胡美杉有教授夫人的命，足不出户地卖着馄饨，教授都会自己送上门来。

曾经，胡美杉瞧不上那些一定要仗着婚姻拯救平淡无奇人生的女孩子，可一不小心，她就成了其中一员。她真的信了，冥冥中，是有定数的，她愿意把上天派给她的这份幸运展览给所有的人看。

每当她把陆易州介绍给别人，听着别人由衷或不由衷的羡慕，她的心美滋滋的，不由得想起了她们曾像提防贼一样提防她会去偷她们的丈夫，她就在心里笑出了声。她笑她们荒诞的假想，没有陆易州，她胡美杉就去偷别人的老公？也不看看她们的老公都是些什么货色，书没读过几本，除了太上老君和玉皇大帝，上不知天文，下不知地理，就算跪下来求她，她都不肯正眼瞧一眼的主呀……

这么想着的时候，她就会快意地笑出声来。有一次，陆易州问她干吗老是走着走着就傻笑，她哑然地愣了几秒，有一种不小心就把自己出卖了的尴尬，不好意思说。

怀孕的胡美杉胖得像个养了一身肥厚脂肪熬严冬的企鹅，傻笑的样子憨憨的，很可爱。所以，陆易州的胳膊就搭到了她肩上，又问了一句："笑什么？"

胡美杉就说她笑丹东路上的男女老少，更笑那些拿她当潜在情敌防着的已婚妇女们。

说到这里，陆易州还没在意，又问了一句为什么。从租房到结婚，他在丹东路住了几年，可在旁人眼里，他不过是终究会搬走的过客，不会成为丹东路的一部分，更因为他总是彬彬有礼，面带微笑，从不光膀子，更不会穿着拖鞋上街，哪怕他坐在他们身边，也会让人生出离他有十万光年的距离感。所以，除了礼貌性的简单招呼，几乎没人和他聊天。他对胡美杉的认识，也就局限于他所看到的那个胡美杉，善良能干，对人好，体贴入微。

胡美杉说："因为他们觉得没男人敢娶我呀。"

陆易州就歪头看着她笑，说："怎么可能？你又不吓人。"

胡美杉就纠正说："正经的好男人不敢娶我。"

陆易州咧着嘴笑，说："照这么说，我不是正经好男人了？"说着，收回搭在她肩上的手，插在牛仔裤口袋里，故意学影视剧里地痞流氓的走步。胡美杉给乐坏了，因为高高瘦瘦的陆易州学得那么卖力，看上去却那么滑稽，一点儿也不像地痞流氓，倒像只受伤的螳螂。胡美杉在他身后抱着大肚子笑："易州，别闹了，我都笑得肚子疼了。"

陆易州这才收起把势，两手依然插在牛仔裤口袋里，站在马路牙子上等胡美杉的样子，既侗傥又帅气，把胡美杉都给看呆了，蹒跚过来，挽起他胳膊说："易州，你在，就是扇到他们脸上的耳光。"

陆易州说："有我这么大的耳光吗？"

"有。"胡美杉快意恩仇地说。整条丹东路上的人都一口咬定，一定是她和晏老师有不伦之恋，才导致了晏老师媳妇自杀，晏老师去坐牢，也是因为她。出事以后，晏老师的父母和岳父母堵在她家门口闹了一个多月，说她是害人精，害得晏老师家破人亡，一定要亲手撕了她才解恨。

陆易州吃了一惊："你和他不是没什么吗？"

胡美杉说："是啊，可他们就要这么说，我也没办法。"

陆易州有点不舒服，嘴里却说："还真有捕风捉影这回事，可是，有像你说的那么惨烈吗？"

第十章　147

"真的有，要不是我爸天天提着鞭子在门口守着，恐怕我早就让他们撕成碎片了，一个是儿子坐牢了，一个是女儿死了，这事儿搁谁身上谁也受不了。"胡美杉把脸往他胳膊上偎了偎，"然后，我就退学了。好长一段时间，我不出门不和人说话，我爸以为我神经病了，要送我去医院。我和他吵了起来，他才知道我没神经病，很生气，质问我为什么要这样。我说我觉得我全身上下让人给涂满了大便，脏极了，不好意思出门。我爸就问我和晏老师到底有没有事，我说绝对没有。我爸说那你更要出门，要不然那些大便就会永远糊在你身上，出门多晒晒太阳，把那些肮脏晒干了它们就自己掉下去了。"

"这样啊……"不知为什么，陆易州说不上来哪儿不对劲，只觉得心里闷闷的，好像被人攥住了似的，挣不脱，甩不掉，浑身上下不自在，甚至想把搭在她肩上的手收回来，又怕她敏感，只好别扭地继续着。

胡美杉感觉到了那只手的欲走还留，也懊恼自己说多了，却又不知怎么化解才好，就用开玩笑的口气问："你也起疑心了？"

陆易州好像被她问蒙的样子："我起什么疑心了？"

胡美杉就噘噘嘴说："我和晏老师啊。"

"搞笑！"陆易州的口气很不屑，其实心里很不舒服，好像用不屑的口气说完"搞笑"这两字，就完整地表达了对那个他不曾见面的晏老师的不屑。

突然，他想搬家，一天也不想在晏老师的房子里住了。尽管他很清楚胡美杉和晏老师没事，可暗恋高中老师这样的事，在女孩子当中很普遍，很多时候，这种未遂的精神暗恋，比真的恋爱了又分手的失败爱情还要刻骨铭心。

陆易州承认，在感情上他比较小气，还有点小狭隘，以前和莫素素恋爱时，莫素素也说过他。因为在他之前，莫素素谈过两个男朋友，其中一个还偶尔联系她。有一次，莫素素当着他面接他的电话，他挺不高兴的，吵了一架。所以，在内心里，他隐约也明白，莫素素之所以和他分手，不完全是因为她母亲不同意。

新房还没拿钥匙，家不是他想搬就能搬的，可是，也是从这天起，七楼的房子，陆易州越看越不舒服，甚至，他时不时地会朝着墙踢几脚，趁家里没人的时候。

第十一章

1

博考成绩出来了，陆易州落榜，他自己还没觉得怎么着呢，何秋萍却受不了了。一天到晚絮叨："我说什么来着？不是所有老话都是对的，男人就应该先立业再成家，年轻男人先成了家，心就散了，哪里还有心思立业？"

自从知道胡美杉被街上的流言蜚语缠了十好几年，陆易州本来就憎恶这房子，再让母亲一絮叨，就更不爱在家待，回学校上班去了。下班回来也不上七楼，直接去一楼胡美杉原先的房间里待着看书。老胡挺高兴的，觉得陆易州经常来，是打心眼里喜欢这个家的表现。所谓家么，不外是一套大的或者是小的房子，喜不喜欢，不在于房子，在于住着的人是不是能让人打心底里生出亲热劲儿来。

自从差点和老胡闹出闲话，何秋萍就不到美杉小厨去了，陆易州下班不回家，她也无从知道，只是到了晚饭点，陆易州就会电话一下她，说妈您自己先吃吧，我在学校看会书。

何秋萍就信了，从做好的饭菜里，拨一点儿吃，大部分都给陆易州扣在锅里。晚上八点多，他和胡美杉一起上来，何秋萍就会意外，说："你俩咋一起回来了？"

陆易州就说："回来走到楼下，觉得店里也该忙得差不多了，就去店里等了一会儿，楼梯黑糊糊的，又没灯，不放心胡美杉挺个大肚子自己上楼。"

何秋萍就撇撇嘴，也没说啥，毕竟胡美杉肚子里怀的是她孙子。她去厨房热了饭菜，让陆易州吃，陆易州怕不吃她会失落，就多少吃点。

夜里，胡美杉劝他以后别跟婆婆撒谎了，楼上楼下的，穿帮太容易了，而且一旦穿帮，婆婆会很受伤。

陆易州说不会的，你不了解我妈。胡美杉知道，他说的不了解，是指她的担心就是把婆婆理解庸俗了。陆易州老早就说过，婆婆这人心气傲得很，农闲的时候，乡下妇女喜欢扎堆扯东家长西家短，婆婆却从来不，还很瞧不上这种行为。陆易州的意思是，婆婆会把不扎堆八卦的优良传统带到青岛的，只要她看不见他进了美杉小厨，这谎就没穿帮的时候。

但是，在这个春天的末梢，他的这个谎言终于穿帮，导致了一场混战。

天气逐渐转暖，满街都是鹅黄鹅黄的连翘和不知名的小花在盛开，逐渐习惯了陆易州不回来吃晚饭的何秋萍，傍晚都会去青岛山公园转几圈，陆易州也知道。他好静，只要给本书，就能看得天塌下来都不知道躲，母亲的进出，和他基本没狭路相逢的可能。可他疏忽了一点，不管母亲好不好扎堆，在一个地方住久了，总要认识三两个熟人的。何况傍晚上山的大多是老年人，退休了，儿女也大多结婚单过了，生活单调得很，对身边的人和事就关注得很。因为寂寞，何秋萍也不像在老家时那么傲了，有人搭讪她，就和颜悦色地接茬儿，和几个老人很快就混熟了。他们听说她一个乡下妇女能把儿子教育成大学教授，都仰慕得很，这让何秋萍挺受用的。有个老人住美杉小厨的马路对面，认识陆易州。有天傍晚，何秋萍上山早，都转一圈了，他才上来，说往山这边来的时候遇到陆易州了。何秋萍先是一愣，然后开心得要命，想陆易州可能是想早点回来陪她说说话，就匆忙下山往家跑，气喘吁吁上了楼，满心的欢喜扑了个冷清，她失望得一屁股就坐在了沙发上，以为是街对面的老人看错了。人老了么，眼花，认错人看错东西没啥好稀奇的，可又心有不甘，就给陆易州打了个电话，问他在哪儿，陆易州挺意外，磕巴着说和以前一样。

她觉得不大对，陆易州虽然话不多，可口齿向来伶俐，就又问了一句："在学校？"

陆易州好像在水底下闷了好久，一冒出来就大口喘气似的说了一大串是啊是啊。可是，在这是啊的间隙里，何秋萍隐约听到老胡喊了声美杉，快点。

何秋萍就觉得全身的血，一个猛子就全扎到脑袋里去了，什么也没说，扔下电话就往楼下跑，黑着脸闯进美杉小厨，谁也不看谁也不理就左顾右盼着往里闯，就看见了正在吃馄饨的陆易州。

所有人都傻了。

陆易州嘴里含着一只馄饨，傻了一样地看着她，都忘记了嚼，伸长了脖子咽下去，才说了句妈。随着他这一声妈落地，何秋萍的哭声就像爆炸一样，在这间十几个平方米的小房子里炸开了。她一边哭一边端起碗扔地上砸了，她哭着说："易州，你要真觉得你妈讨厌，你和我直说，我回老家，我不在这儿碍你的眼，你说你这藏着躲着的算干啥？让外人瞧咱娘俩的笑话呀？"

何秋萍闯进来的时候，胡美杉正在厨房包馄饨。她已经快生了，不能久站，现在她都是坐着包馄饨。正忙着呢，就听老胡喊："美杉，你婆婆来了！"唬了她一跳，扔下手里的馄饨起身往外走，还没走出厨房呢，婆婆的号啕声就已震耳欲聋了。

她最担心的一幕，终于还是发生了，她怔怔地站在婆婆身后，不知说什么才能安抚婆婆受伤的内心，就喊了声妈。

被亲生儿子当瘟神躲着，何秋萍正一肚子气没地儿撒呢，回头看着胡美杉，就像看到了隔世的仇人，扬手就要打，却被跑过来的老胡一把攥住了手腕。刚才何秋萍气势汹汹闯进来，老胡还有些心虚气短，虽然陆易州每晚待在这儿不是他的主意，可这毕竟是他的家。作为主人，他应该拿出长辈的威严，训斥他，让他回家，并体谅自己的母亲。可他不仅没有，还欢天喜地地纵容了他。他可以接受何秋萍跳着脚指着鼻子骂他甚至扇他巴掌，但绝不允许她打即将临盆的胡美杉！老胡一手攥了她手腕："何秋萍，我告诉你，你要敢动我闺女一根汗毛，我不管你是不是女人，我是不是男人，不把你揍得满地找牙爬着出去，我就不姓胡！"

何秋萍号啕得更响亮了，活像她被整个世界虐待了，边哭边挣扎着要往墙上撞，嘴里喊着："老陆，我没法活了，我去找你了……"

胡美杉不知该拉谁才好，惊慌失措地说："易州，怎么办？易州？"说着，眼泪都滚下来了。

说真的，现在，真正连死的心都有了的人，不是何秋萍，而是陆易州，他呆呆地看着这一幕，扑通就跪下了："妈，如果您想打，就打我吧，不关美杉也不关我爸的事，是我自己不愿意回家。"

何秋萍的哭，就来了个急刹车："为啥？易州，你跟妈说，你觉得妈哪儿对不起你了，你不愿意回家见我？"

陆易州说："不是。"

"那是因为什么？"

陆易州犹豫了一会儿，说："我们还是回家说吧。"

何秋萍不依，一定让他在这儿把话说清楚了。

陆易州狠了狠心："您太能说了，说得让我觉得自己是个罪人。您说我堕落了，连我考不上博都怪罪到美杉身上。妈，您不觉得您每天这么说来说去的让人很烦吗？"

何秋萍就更生气了，说："易州，你以为呢？"说着虎视眈眈地盯着胡美杉，"想要人不知，除非己莫为！"

胡美杉心里一颤："妈，您说什么呢？"

"我说什么？胡美杉！你要模样有模样要身材没怀孕那会儿也有，为啥找不着对象？"何秋萍气愤地说，"还不是因为大家都知道你不是个好东西！小小年纪就勾引老师，还把人家弄得家破人亡的。"说着又拿手指头剜陆易州的额头哭了起来，"你这个傻子！让人家骗死了还当自己抱了个蜜罐呢。"

胡美杉觉得五雷轰顶，怪不得这几天婆婆看着自己就鼻子不是鼻子脸不是脸呢，原来是因为这啊，就张着嘴，一句话也说不出来。

提起这事，陆易州心里也不舒服，但还是为胡美杉说了句公道话："妈，都是风言风语的八卦话，您听那些干什么？"

"啥叫风言风语？叫我说，这就叫无风不起浪！"说着，何秋萍狠狠用眼瞪着胡美杉。

陆易州低着头，他知道自己在这事上很容易犯狭隘的毛病，但他还是又犯了。是啊，风如果从空阔的大草原上刮过，就算有风声，也会很干净，只有风的声音，可当风从建筑从树林走的时候，就会捎上这些信息。那些关于胡美杉的风言风语，或许，也是这样的吧。母亲说得也没错，无风不起浪，就看了胡美杉一眼，却见胡美杉的脸都白了，惨白惨白的，哆嗦着嘴唇一句话也说不出来。老胡没吭声是因为他被胡美杉的样子吓坏了，嘴里不停地絮叨着问她到底怎么了，半天胡美杉才从牙缝里挤出几个字："叫'120'。"

陆易州这才发现，胡美杉身上的那条浅绿色的运动裤已经被血染红了半条裤腿，就忙掏出手机，边拨"120"边伸手来抱胡美杉。胡美杉忍着疼，摆摆手，示意让他把她扶到凳子上坐一会儿，人还没挪到呢，就快被阵痛弄昏了过去。老胡老泪纵横，冲何秋萍一字一顿地说："何秋萍，你不仅不是女人，还不是人！要没我家美杉，你儿子早就没命了！"

何秋萍虽然不服气，但也知道这不是和老胡继续吵的时候，就哼了一声，上楼给胡美杉拿手术住院生孩子需要的东西去了。不管她多讨厌胡美杉，可她要生的孩子是她的孙子，这，她没法不喜欢。后来，当她在医院婴儿室外看着粉粉嫩嫩的小土豆时，自言自语地絮叨："你爸呀，是个傻子，不就给陪了半个月的床嘛，就把人家当再生父母了。那我这亲妈算个啥？还有你那个地痞流氓似的姥爷，嗯，居然说要不是你妈，你爸的命就没了。他还真是拿着豆包当了干粮了，没你妈你爸就给奶奶打电话了，是不是呢？"

刚出生的小土豆，眯着水肿的眼泡，睡啊睡啊，根本就听不懂她的话。何秋萍就叹了口气，觉得在这场婆媳战争中，自己的赢面不算大，虽然胡美杉是个流言蜚语缠身的女人，可她的傻儿子已经给娶回来了，连孩子也给生了，就算儿子知道真相以后觉得自己上当受骗了，这婚怕是也不能随便离了吧？

这么想想，她真替儿子不值，觉得他真是上学上傻了，怎么就不跟街坊邻居打听打听呢。在老家那儿，谁家姑娘和谁家小子的亲事在敲定之前，双方父母都会托可靠的人去打听打听对方的家风和人品。家风和人品不好的，长再好看也是万万不能要的。

怪不得当年老胡一副赖也要把胡美杉赖成她儿媳妇的嘴脸呢，这按说，作为女方，多少得矜持点儿，哪能男的家说不要，她硬要上赶着呢？还有她这糊里糊涂的妈，居然也同意了，现在想想，都是骄傲惹的祸啊。当时看老胡顶风冒雪了几百公里去求她，她还骄傲呢，觉得是自己养了个争气的好儿子，老胡和胡美杉是铁了心要攀他家这高枝才弯下身子去的呢，搞了半天是要把剩在家里没人要的闺女怂恿出去……再想想丹东路这满大街的人，还不知该咋笑话她和陆易州呢，而他们母子，还傻兮兮地感激老胡呢。办婚礼那会儿，家底买房买空了，拿不出钱来了，操办婚礼的钱，大部分是老胡掏的，办得风风光光，应当花了不少钱，还把她乡下的亲戚都给请来了。当时她觉得脸上特别有光，现在看来，这才叫敲锣打鼓地出丑呢。她体体面面的儿子啊，愣是兴高采烈地要了个没人要的破烂剩货！何秋萍越想越气，要不是胡美杉还在月子里，她都想跟她大吵一顿，仗着半个月的陪床，就想取代她在儿子心目中的位置？休想！

第十一章

在胡美杉坐月子的那段时间，何秋萍想想就气结，懒得给她好脸看，把去病房看胡美杉的贾文莎气火了。

那天，陆易州去学校拿新房钥匙了，产房里就何秋萍。

因为小土豆出生时胎位不正，最后是剖腹产的，所以手术后的前三天，因为一动刀口就剧痛，旁边有个人搭一把手才能坐起来，胡美杉想去卫生间，就叫了何秋萍一声，何秋萍其实听见了，但假装没听见，一直在那儿埋着头看她孙女呢，胡美杉又叫了两声，她还是装没听见。

其实这时，提着一个巨大花篮的贾文莎已经在病房门口了，只是她没吭声，想看看这个何秋萍打算玩什么幺蛾子。胡美杉喊了两声，见何秋萍没应，就知道她是故意的了，就努力挣扎着，试图从床上坐起来，往上起的时候腹部的肌肉群一发力，就牵动得刀口剧疼，不得不又一次倒下去。就这样，她像只被掀翻在沙滩上的乌龟一样，在病床上起起倒倒了三四次，贾文莎再也忍不住了，把花篮往地上一扔，就冲过去，把胡美杉扶起来，然后扶着她一边往卫生间走一边指着何秋萍一字一顿地骂："你等着！等我回来收拾你这个狠心黑肠子的乡下老太婆！"

何秋萍就怕了，说真的，假装没听见胡美杉喊她，何秋萍心里也怪不安的，可一想她是个名声不好的女人，愣是背着脏水嫁给了自己的儿子，那些不安就又淡漠了。

她知道贾文莎是个发起混来就不分青红皂白的人，怕她会动手打自己，就吓得要命。想走，又不想让她看得出自己的胆怯，不走又怕得慌。正慌着呢，陆易州来了。

陆易州刚从学校赶回来，一路上又挤又热，本来心就有点烦，一进来，见母亲一脸要大祸临头了的样子，就问她怎么了。何秋萍指了指门外，说贾文莎说要回来收拾她。陆易州怒了，问为什么。

何秋萍说她也不知原因，她正在看孩子呢，贾文莎抱着个花篮进来就说要收拾她。

陆易州问人呢？

何秋萍说和胡美杉出去了。

陆易州气得要命，觉得这个贾文莎也欺人太甚了，居然跑到产房来欺负一位老人家。他盯着贾文莎拿来的大花篮看，看着看着就恼了，一把拎起来，也不说话，就怒气冲冲往外走。在走廊里，差点和扶着胡美杉从卫生间出来的贾文莎她们撞了个满怀。

胡美杉叫了他一声，他头也不回地走到走廊头上的垃圾桶那儿，往花篮上踩了几脚，娇艳艳的鲜花就给踩烂了还不解恨，又三把两把塞进了垃圾桶。贾文莎怒了，说："陆易州，你妈变态你也神经了？"

陆易州本来没想和她吵起来，听她这么说，就跑过来，气呼呼地说："你说谁变态？"

胡美杉吓坏了，说："嫂子，求你了。"

这要搁以往，贾文莎早一把抄起陆易州指过来的手指，咔嚓就给他咬断了，可看看泪流满面的胡美杉，她没有，只是轻蔑地看了看陆易州，小声嘟哝了一句："陆易州，你们一家子都不是人！"说着，就扶着胡美杉回了病房，扶她躺下，给她盖好，才转过身来对还在气冲牛斗的陆易州说，"你妈跟你告状我要收拾她是不是？你怎么不问问我为什么要收拾她呢？"

"对，我也想知道，是因为什么让你对一位乡下老人说这么恶毒的话？"

贾文莎扬了扬下巴："病房里的人都看着呢。"

陆易州就去看和胡美杉同病房的其他两位产妇和陪床的家属，可没人愿意和他目光对接。联想起胡美杉生孩子之前母亲的那场闹，陆易州意识到母亲可能做了什么让贾文莎看不下去的事，大庭广众之下，就想给母亲留个面子，遂也不问了。

贾文莎就抱着胳膊看着陆易州母子："陆易州，今天当着你妈面，我给你把狠话撂这儿。有本事有狠劲等胡美杉出了月子你就跟她办离婚去，不办离婚你就给我好好待着她点，否则，别怪我不客气！"

平常，胡美杉也看电视看点报纸的，知道两口子的事外人掺和越多，就越难收拾，忙打圆场说："嫂子你可能误会我妈了，刚才我是喊她了，可能喊的声音太小她没听见。"

贾文莎就用瞧不起扶不上墙的烂泥的眼神看着她："你想练成忍者神龟就随便你了。"然后掏出一个红包塞她枕头底下，头也不回地走了。

想想她刚才的那个下马威，何秋萍越想越气，也没征得胡美杉同意就从她枕头底下摸出那个沉甸甸的红包塞陆易州手里："易州，你还她去！这喜钱我们不稀罕她的！"

已经从贾文莎的话里揣摩出是怎么回事的陆易州很没面子，恼着母亲的不近人情。不管她多生胡美杉的气，毕竟胡美杉已经是他妻子了，刚给他生了女儿。不管怎样，再气也不应该跟一个刚生完了孩子的女人置气！就恨恨喊了声妈，把红包又塞回了胡美杉枕头底下，然后，对闭着眼流泪不止的胡美杉说了声对不起。

胡美杉的眼泪就流得更是汹涌了。

此后，关于这一段，他们谁也没再提起。

2

胡美杉出月子那天，陆易州去领了新房钥匙，可胡美杉的月子是在娘家坐的。让贾文莎凶了一顿之后，何秋萍死活不肯给胡美杉伺候月子，说胡美杉的嫂子是个母夜叉，她年纪大了，胆也小，不经吓，万一让她的母夜叉嫂子挑出毛病来把她打了怎么办？

胡美杉也知道，女人坐月子，其实坐的就是和婆家的仇。倒不见得是婆家对儿媳妇多么不好，而是生孩子是个痛苦的事，媳妇们刚刚经历了莫大的肉体痛苦，因为孩子生下来都要随丈夫家的姓，所以，自然而然地就会觉得孩子是给婆家生的。自己遭了这么多罪，就希望婆家能宠爱宠爱自己，可婆婆作为生育过的人，最难以接受的是儿媳妇借着生孩子邀功，修养差点的，言行上就表现出来。期望宠爱反而期望来了睥睨的冷眼相待，儿媳妇们自然会难过会愤怒了，于是各种矛盾就产生了……

所以，当何秋萍说她不伺候她的月子时，胡美杉也没意见，说我回娘家坐。倒把老胡给高兴得不得了——胡美杉结婚不住家里以后，他觉得家里空了好多，让他挺落寞的。这一下子回来两个，老胡开心得都不知怎么着好了，每天变着花样给胡美杉做好吃的，把她喂得奶水足足的，经常是小土豆一吃这个奶，另一个奶就喷泉似的喷了。每天何秋萍下来看孩子都讪讪的，能不能看得到，要看老胡心情，老胡心情不好的时候，就搬把椅子坐在大门口，把门口堵得严严的。他不挪开就进不去人，何秋萍又不想和他搭腔，两人就那么僵持着，通常是僵持一会儿，何秋萍觉得脸上挂不住，就气哼哼上楼了。虽然对胡美杉有芥蒂，但孙女是自己家的，身在异乡的她又迫切需要个全新的感情寄托，想想孙女那张粉粉嫩嫩的小脸，就亲着呢，催着陆易州，等胡美杉出了满月，赶紧就接回来。

陆易州嘴里答应着，可接得并不积极。

因为胡美杉不在家，母亲每天就没那么多恶状跟他告，日子清净得很，就找各种借口不往楼上搬她们娘俩。

出满月的第三天是个周末，胡美杉想去新房看看，陆易州就带她去了，她抱着孩子，坐在陆易州特意找来的泡沫箱子上，看着窗子上明晃晃的阳光，突然觉得人生像一场幻觉，就闭上眼睛，仰起脸，半天才说："易州，我们要好好对待这套房子，因为这里是我们的家。"

其实她想说："易州，我很爱你。"

可又觉得作为一个女人，这样赤裸裸地表白，有点不好意思。她还想说，我是暗恋过晏老师，可我和他一点事也没有，但又说不出口，总觉得有此地无银三百两的意味。

陆易州说："是啊，这是我在青岛的第一个家。"

胡美杉就望着他笑，笑得那么绵软，绵软得都让人不好意思不用最柔软的心思去接起来的笑："它还是咱俩的媒人呢。"

陆易州也感慨万千地说："是啊，没有它就没有我们的小土豆。"

是的，他没说没有我们的今天，只说没有我们的小土豆，胡美杉的心，微微跌了一下，觉得有点凉，就说："那会儿谁也没想到你会生病，我还想呢，等你分到房，咱俩就离婚。你有没有怕？"说完，她歪着头看他。

不知为什么，陆易州突然不愿意提他病的事，就说："这有什么好怕的？不怕。"

"不怕我赖着你不离了？"

"不离了就这样过不也很好吗？"

胡美杉想了想，点头，说："你会不甘的，说不准会和我提离婚，谁能和生生绑架了自己的婚姻过一辈子？"

第十一章　157

绑架，这两个字刺激得陆易州的心抖了一下。是啊，绑架，突然觉得那场突如其来的病，彻底绑架了他的人生。他忽然什么都不想说，就从胡美杉手里接过孩子，违心地说："害怕的人应该是你，如果我分到房子，我们离了婚，你就成了二婚女人，挺吃亏的。"说着，看着她，说，"现在回头想想，我挺鄙视自己的，太自私了，为了一套房子，我可能会毁了你一生。"

胡美杉能感觉出他说这句话的真诚，有些酸楚的感动。"才不呢。"她说。如果陆易州没生病，她既不会觉得假结婚毁了自己也不会赖着不离，因为她喜欢陆易州，那种没说出口的喜欢。如果只是假结婚，等陆易州分到房提出和她离婚，她会片刻也不犹豫地答应，然后在陆易州看不见的地方泪流成河，再幸福地微笑。因为从此以后，她就是陆易州的前妻了，如果爱一个人，成为他的前妻也是件挺幸福的事。

陆易州震惊了，没想到胡美杉那么早就爱上了自己，还爱得那么深，很感动，就说："你傻得可真吓人。"

胡美杉说："反正房子是你租的，早晚要搬走，青岛这么大，谁知道陆易州是谁啊。"

"万一我不认账呢？"

"那我就不要脸一次，认不认账这事就由不得你了，到时候你要敢跳出来不认账，我就去民政局查底，虽然咱俩结婚感情和事实上是假的，可法律上是真的。"

陆易州心里一软，很感动，这是他们之间第一次认真谈论关于他们之间的感情。小土豆饿了，在他怀里打了个挺，他把孩子递给她时，笑着说："开玩笑的，我怎么会不认账呢。"

3

陆易州上班，何秋萍属于离开丹东路的家一千米就会迷路找不回家的主，胡美杉既要带孩子又要照顾店里的生意，除了老胡，没人腾得出时间去装修新房。胡美杉就给了他一把钥匙，老胡只要有空就东奔西跑着买建材以及各种各样的东西，然后先水电再木工再瓦工地装修房子。因为奔忙，本来就瘦的老胡就更瘦了，好像一条腊肉悬挂在岁月里风干过了度。

虽然一想满街的流言，何秋萍就气不打一处来，可看胡美杉把孩子背在身上在灶间在店面里忙来忙去，自己闲在一旁，也挺过意不去的，所以，只要老胡不在家，她就去店里帮忙带孩子。

小土豆一天天大起来，虽然不会说话，但已经会用眼神和大人互动交流，又长得粉粉嫩嫩的。何秋萍越看越喜欢，喜欢得除了抱给胡美杉喂奶，一刻也不舍得脱手，喜欢到了老胡在也硬往店里闯。老胡知道她亲孩子，有时候故意发坏，堵在门口不让她进，何秋萍也不说话，伸手就扒拉他，好像扒拉挡道的石头。老胡就大惊小怪地吆喝，说："哎，哎——！你这人不吃馄饨，我也不待见你，咋还天天往我店里钻呢？你不怕街坊邻居说闲话，我还图个好名声呢！"

何秋萍好像没听见，硬从他身边往里挤，老胡就又喊："哎，干什么呢？揩油啊？我告诉你啊，我老胡是著名的腊肉条，你小心蹭了一身油洗不下来。"

心情好的时候，何秋萍就会气哼哼地回他一句："我抱我孙女，你少给我厚着脸皮作怪！"

"你孙女？你连月子都不伺候，你也有脸说是你孙女？"老胡揭她短。

"是我儿下的种就是我孙女，不像有的人似的，自己没下种就敢给人当了好几十年爹！"何秋萍要真吵起来，嘴巴也锋利得很。每当这样的时候，胡美杉就在灶间里捂着嘴吃吃笑。老胡就会扯着长青筋暴起的脖子喊："美杉，你说我是不是你亲爹？"胡美杉谁的腔也不想帮，假装没听见，老胡就凑近了何秋萍的耳朵，小声而神秘地说，"告诉你个秘密吧，美杉她娘还没离婚那会儿我俩就勾搭上了，美杉就是我的种，你信不信？就因为这，胡美杉的亲爸才跟她妈离的婚，你气死了没有？"

何秋萍就呸他臭不要脸，晚上得了空，就和陆易州说："怪不得胡美杉打小就骚情，是根基不好。"

陆易州假装听不见，何秋萍就凑到他身边说："你老丈人说她妈还没离婚那会儿，两人就勾搭上了，胡美杉是他的种。你抽空问问她是不是真的。"

陆易州就崩溃地大喊："妈，您觉得这有意义吗？"

"咋没意义？她是你老婆是我孙女的亲妈，不知道她来路咋成？"

第十一章　159

"知道了又能怎么样？她就不是我老婆了还是就不是您孙女的亲妈了？"

何秋萍就哑然了，也不气，从陆易州这里吃了呛，她会加倍地还到胡美杉身上。等晚上胡美杉上楼，她凑过去，说："小土豆妈，你爸说他是你亲爸。"她想说你爸说你是他的种，觉得难听，就临时改了口。

胡美杉说："您听他胡闹。"

何秋萍这才长舒了一口气，说："我就说么，吓死我了。"好像真的很害怕胡美杉是老胡的亲女儿似的。

胡美杉就不轻不重地说："虽然我不是我爸的亲生女儿，但他对我比对亲生女儿还好，在我心里，他就是我亲爸。"

何秋萍就撇撇嘴，不说话了。

4

胡美杉的奶好，小土豆吃不完，乳房胀得像石头，不小心碰一下疼得钻心，就挤出来，放在冰箱里。而第二天又会有新的乳汁分泌，小土豆根本就吃不完，她觉得人奶有营养，倒了怪可惜的，就煮了当牛奶给陆易州喝。

陆易州也没喝出来，说今天早晨的奶很香。

胡美杉笑而不语。直到一个月后，早晨她起来做早饭，把昨天挤出来的人奶倒进牛奶锅的时候，被何秋萍看见了，她惊诧地说："小土豆妈，你咋把你的奶倒牛奶锅里去了？"

胡美杉吓了一跳，手一抖，奶就洒到外面去了，慌乱地说："人奶多有营养啊，小土豆又吃不完。"

"孩子吃不完你就要给大人吃？"何秋萍火了，因为她还记得小时候听的革命故事，大地主刘文彩的恶霸罪状之一就是他都一把年纪了还家里养着奶妈，专门挤奶给他吃。年轻时受的教育烙印最深，所以，在何秋萍的印象里，只有十恶不赦的恶霸才会吃人奶。

"听说人奶能提高免疫力，易州身体比较弱，就想给他喝了补补身子。"虽然是一片好心，但胡美杉也知道，不是每个人都能接受喝人奶，这也是她没和陆易州说的原因所在。

"它就是能把人补成神仙，我也不能让易州丧了良心喝人奶！"说着，何秋萍就端起奶锅，直接给倒进洗碗池里去了。

她们的嗓门有点高，把陆易州也给吵醒了，揉着眼过来问怎么了。胡美杉叫了声妈，想拦着何秋萍别告诉陆易州真相，可何秋萍为了显得自己正义，比儿媳妇道德高尚，就竹筒倒豆子似的说了，说："易州，你知道吗？这阵子她一直给你喝她的奶。你说咱正正派派的人家，咋能喝人奶？"

陆易州听了，一句话没说，捂着嘴就往卫生间跑，然后趴在马桶上吐了个翻江倒海。苍天啊，不管多少人觉得人奶营养丰富，长大后的陆易州都觉得，人奶和唾沫甚至和眼屎以及鼻涕一样，都是想起来就让人反胃的人体分泌物，而他，居然在不知不觉中喝了好久的人体分泌物。吐得头昏脑涨的陆易州火了，从马桶上跳起来，漱了漱口就冲到厨房，指点着胡美杉的鼻子大骂："胡美杉，你知不知道你有多邪恶？"

胡美杉抬头，看着他，满眼都是爆花晶一样的眼泪："我不知道，我就知道为了你好，我干什么都行。"

那团在陆易州脑袋上燃烧的怒火，就悄然地熄灭了下去，甚至有些愧疚。关于喝人奶的邪恶，他和母亲只是动用了自己的认知，而胡美杉偷偷给他喝人奶，动用的也是自己最善意最真切的认知，手就落了下来，说："对不起，我不该反应过激。"

他这一反应让何秋萍也不知如何是好了，望着他往卧室去的背影："就这么算完了？"

陆易州回头，说："妈，她也是为了我好。"

何秋萍就狠狠瞪了胡美杉一眼，去把奶锅洗了出来。

只是从那以后，陆易州再也不喝奶了，哪怕她告诉他是纯牛奶，他也不喝了。他说他其实一直想告诉她，他长了一个典型的东方人的中国胃，对牛奶不耐受，早晨喝一杯奶，胃就会像装了块大石头似的堵一上午。

陆易州不喝牛奶了，胡美杉依然每晚给他做蛋羹蒸海参。有时候，她一想到父亲也六十多岁的人了，都没舍得吃过海参，心里就愧疚得慌。之前她给老胡做过几次海参，结果是老胡不仅不吃，还骂那些把海参鲍鱼说成是山珍海味的人是骗子。老胡数落她不长脑子上当受骗，一只海参吃下去，就相当于吃掉一只崭新的双星爸爸鞋,两天吃一双,一个月十五双鞋呢,忒败家了。因为老胡年轻时在货场出大力,穿鞋比较费,可家庭条件所限,又不能坏了就买新的,总要修修补补地穿到不能再穿为止。所以,经常为鞋子困窘的老胡,在衡量某样东西到底贵了还是贱了时,总是换算成鞋子。譬如当陆易州告诉他新房一共花了六十多万,他沉默了大约五分钟才说九千多双爸爸鞋,然后比画了一下,说鞋盒摞鞋盒也码出这么大一套房了。把陆易州和胡美杉笑得差点喷了饭……

第十二章

1

　　陆易州没生病之前，对胖子有种天然的厌恶，觉得胖子都是天生的毫无节制的贪婪之徒，因为这，胡美杉经常吃着吃着饭，就突然停下筷子不吃了。何秋萍就说喂奶的人吃这么点怎么行？胡美杉就说我太胖，不敢吃了。如果陆易州心情好，也愿意说话，就会说没事，他喜欢她胖一点。何秋萍就会撇着嘴说，要是胖真有那么好，电视上铺天盖地地卖减肥药就是神经病。

　　于是，胡美杉就在怕胖和胖之间彷徨着。因为胖，她不愿意往镜子跟前站，甚至晚上都不愿意当着陆易州的面脱衣服，怕他看见满身的肉像秋天的硕果一样，累累地挂在她腰上肚子上。莫要说别人，连她自己都看一眼嫌一眼的。回想起她和陆易州的婚姻，生孩子那天就是个分界点，之前虽然也没甜蜜得肉麻，但和和顺顺还是没问题的。所有的变化，都是从生孩子那天开始的，之后的日子就像结婚几十年的老夫妻，看不出来厌倦也看不出来特别的喜欢，好像只是习惯了身边有这么个人，既没有激情，也没有甜蜜。连不多的几次亲热，都像是形式主义，没有情话，没有爱抚，都是他想了，就在黑暗中摸上来，忙完了，再摸着黑去卫生间洗漱，回来倒下就睡。从头到尾，一句话都没有。想到这里，胡美杉觉得心是疼的，像掉进了一口深不见底的井，幽幽的，惶惶的，不知什么时候才能落到底。

　　贾文莎说过，两口子的关系好不好，床上那点事很重要，一旦对自家老婆提不起精神了，就该往外琢磨坏主意了……应该说，在男女事上，贾文莎是胡美杉理论上的老师，每每她向胡美杉传授夫妻之道，胡美杉都想问问她和胡美德之间怎么样，但又不好意思问，总觉得问别人夫妻床上事，有点猥琐下流。

　　其实，不用她问，贾文莎都会主动炫耀式地托盘而出，每次给胡美杉上完课，又会带着鄙视的炫耀口吻骂胡美德是条吃不够的狼。这些时候，贾文莎总是笑得咯咯咯的，像个无耻而幸福的荡妇，胡美杉就明白了，家里有钱自己也有模样的贾文莎,为什么会拼死拼活把胡美德从他前女友手里撬过来,男人在性上狂野和贪婪,是女人重要的幸福根源。

而陆易州在性上的疏离,让她觉得自己就是一片贫瘠的沙漠,贫瘠得让男人都懒得多看一眼,更懒得在上面播种幸福和希望。

2

六月,小禾大学毕业了,拿到毕业证就直奔青岛。七楼住不下,反正新房已经收拾好了,胡美杉索性就搬家了。

搬家那天,老胡没露面。他就像一条受伤却不打算反抗的老狗,连卷帘门都没拉,美杉小厨的店面里,黑漆漆的,像塞着一个没完没了的夜晚。老胡坐在一只小圆凳上,依着吧台的外沿,盯着电视看,电视里播的是足球比赛。其实他讨厌体育,他觉得人类搞各种体育竞赛,简直是吃饱了撑的,有那力气,干点有用的多好,哪怕种二亩地,秋天还能收点粮食呢。在他的世界里,不管是不是拿奥林匹克一等奖还是什么,统统都是不务正业,为块奖牌把身子都折腾坏了,拿奖牌有啥用?当盐用还是能当酱吃?因为这,他和贾文莎还闹过矛盾。因为贾文莎要送天宝学跆拳道,可天宝不愿意学,哭着跟爷爷告状,老胡就和贾文莎吵起来了,说什么强身健体,我没练那玩意儿身体也好。

贾文莎也没客气,说:"您没练就身体好,那是在货场扛了一辈子大包的功劳,难不成您想让天宝继承您的事业?"

老胡当然不想让宝贝孙子去扛大包,说不过贾文莎,心里憋了口气,觉得被儿媳妇小瞧了,就气哼哼地说:"扛一辈子大包也比抠一辈子鸡屁股好!"

全青岛市那么多做烤鸡的,单让老贾做大做发了,是有原因的。老贾不仅勤快,还讲究完美。别人家做烤鸡,都是开膛破肚地洗过了,往鸡肚子里塞把香菇佐料地腌一宿就上炉烤了。可他不,杀鸡很讲究,肚子不能大破,而是从鸡屁股附近掏一小洞,冲洗干净了,塞上佐料,用肠衣线缝好了,腌上一宿,再上炉烤。烤出来的鸡,不仅漂亮,鸡本身的鲜味还不会外泄,外皮焦酥,内里鲜嫩,口感无敌。因为加工烤鸡的大部分工序,都集中在鸡屁股处下手,所以,只要老胡犯了恶毒,就喊老贾是抠鸡屁股的。当然,不能当老贾的面喊,除非他想和老贾练老拳，也就在贾文莎和胡美德他们跟前过过嘴瘾。

不管因为什么和贾文莎吵，吵到最后，老胡总能把矛盾的焦点引到他和亲家老贾谁的职业更高尚上，但每一次都被贾文莎呛得哑口无言，却就是记不住。

每每吵到这里，贾文莎就会慢条斯理地说："可不，我爸抠够了，这不轮到您儿抠了。"

老胡就像被人塞了一嘴干屎，吐不出来也咽不下去地尴尬着。看他们俩吵得气急败坏和斗鸡似的，一开始，胡美杉还害怕，久了，就习惯了，知道他俩再恶声恶气也是磨嘴皮子的事，谁都不往心里去。譬如这次吵翻了，都摔门了，可没过几天两人再见，就跟没这回事一样。胡美杉觉得这样也好，心里揣着橡皮擦，不愉快的随时擦掉，比像何秋萍似的一记就是万年仇好多了。

就在胡美杉搬家这天，对体育深恶痛绝的老胡却眼睛都不眨地看完了一场足球比赛，连中场休息的时候都没换频道，黑暗中，他的眼睛，亮亮的，像两盏摇晃的灯火，其实，是泪。

他不愿意胡美杉搬家，虽然胡美杉搬与不搬都一样，都是白天在晚上不在，可老胡心里很不是滋味，有种习惯了多年的生活被掏走的感觉，空落落地凄凉。当然，他的这种感觉胡美杉也知道，之前跟老胡商量搬家，老胡就挺生气的，说小土豆那么小，就往新房子搬，这父母当得也太不负责任了。

胡美杉说陆易州请学校化学实验室的人去家里帮着测过了，在环保方面，没问题，主要是小禾来了，七楼住不开了。

老胡本想说七楼住不开，楼下还闲了一间房，可一转念，怕自己一番好心到了何秋萍那儿又不知会被理解成一朵毒性多么大的花，就不再吭声了。新房已经空了好几个月了，是早晚要搬的，老胡在心里叹口气，就不再拦了。

陆易州租晏老师房子时，是带家具租的，所以，说是搬家，就是收拾收拾衣服，拎过去就行了，请搬家公司吧，装不了半车，打出租吧，又装不下。胡美杉想起贾文莎家店里有专门进货用的皮卡车，车虽然小，但拉他们家的乱七八糟却绰绰有余的，就给贾文莎打了个电话。没一会儿，贾文莎就自己开着车来了，说皮卡司机去送货了，胡美德没时间，索性她亲自上阵了。

最近这段时间，何秋萍最不愿意见的人就是贾文莎，因为新房里的家具家

第十二章

电全是贾文莎送的。贾文莎打着要参观新家的旗号，去转了一圈，过了半个月，塞给胡美杉一把提货单，说是家具和家电都配齐了，她什么时候想往里进，打提货单上的电话，他们送货上门还负责安装。

胡美杉当时都惊得半天没合上嘴，说："嫂子你这是干吗呢？"

贾文莎说："送礼巴结你呀，不行吗？"

胡美杉心里湿漉漉的，不知道该说什么好。说真的，拿到新房钥匙之后，他们之所以迟迟没有搬家，其一是怕装修的材料不环保，要晾一下味；其二是她和陆易州是真没钱了。参加集资建房已经倾尽了陆易州家的所有，然后是陆易州生病，住院，化疗，然后又是何秋萍的腿骨折又砸进去一万多块，还有婚礼，因为老胡执意要隆重了办，钱也没少花，再然后是她生孩子，还有陆易州术后的恢复，哪一样都离不开钱。拿到新房钥匙的那晚，她和陆易州检查了所有的存折和银行卡，加起来不到六千块钱，不要说装修了，买家具也只能买两张最便宜的床，一百二十多平方米的房子，总不能在水泥地上摆两张床就算个家了吧？房子是毛坯，除了窗，连门都没有，卫生间和厨房，连只马桶和洗菜池都没有，如果不是老胡自告奋勇地张罗着装修，他们怕是真的要睡水泥地上。老胡也说了，装修这钱，说是他的，其实是胡美德和贾文莎平时给他的零花钱，他有退休工资，根本就花不着，放银行存着也是贬值，还不如取出来给他们装修房子。经济上的拮据让胡美杉也没力气和老胡推让了，就让他装了，老胡原以为十万就够了，等开始装了，才知道这是个无底洞，哪块预算都得超，超来超去小二十万就进去了。原本他想装修完了再配上家具家电，这样，就成了标准的按照青岛结婚规矩：房子是婆家买，装修和家电以及家具归娘家管。他也去商场看过，想把这房子用家具家电填满，得小十万，就和胡美杉说，他手里剩的钱已经买不齐家具家电了，他把存折给她，想买什么样的，自己去挑，钱不够的部分，她自己添上。

胡美杉没拿，说："爸，我如果连您攒的这点钱都拿，那我就不是人了。"

老胡见她眼泪都快出来了，也没再勉强，说用的时候开口，这钱早晚是她的，因为他老了，没花钱的地方了，胡美德又缺不着钱花，也不稀罕他手里这仨瓜俩枣的，胡美杉说好。她晚上和陆易州说起，陆易州惭愧得很，但母亲自尊心太强，一旦知道家里花的钱全是胡美杉的，她会受不了，别人的受不了可能会觉得没面子而更自卑，可何秋萍的受不了是挣扎，会死命找出很多理由，证明胡美杉之所以愿意往外掏钱，不是因为善良贤惠，而是她有见不得人的阴谋。如果找不出阴谋，总有一个颠扑不破的真理，那就是胡美杉知道自己配不上陆易州，拼命讨好他呢。何秋萍看出了他的拮据，要把老家的宅子卖了，陆易州不让，说留着等将来当个休假的去处，再说了，陆家庄交通不便利，房子不值钱，也就卖万儿八千的。这对于一套需要填充全部家具和家电的一百多平方米的房子而言，是杯水车薪，就不费那力气了，实在不行就去旧货市场对付点暂时用着。一听儿子要去旧货市场淘货，何秋萍就急了，儿子是堂堂的大学里的教书先生啊，崭新崭新的家，怎么就沦落到去旧货市场买破烂的地步？一着急，就满心在这破烂的生活里找个抓挠的理由，找来找去就找到了胡美杉身上。说这阵子她经常带小土豆上街，听街坊们说了，青岛年轻人结婚的规矩是男方买房子，女方负责掏装修费用和买家具家电，说完叹了口气，瞅着陆易州说："这规矩，到咱家这儿就不灵了。"

陆易州知道再不说不行了，就说："我们做人要讲良心。您也知道自从我交上了房款咱家就拿不出一分钱了，从我做手术到现在，我们家所有事，都是她掏的钱，包括您的腿骨折住院。您觉得没让何老三赔偿是您的高尚，可您得知道，那高尚是胡美杉出钱成全您的。"

何秋萍怔怔看了他一会儿，抱起小土豆，回自己房间了，用脚后跟砰地关上了门。

胡美杉说："你干吗专拣咱妈不爱听的说？"

陆易州往沙发上一仰："如果我不这么说，这事我妈得絮叨一辈子。说一次大家不愉快一次，而且她自己也会很认真地不开心。这样呢，她心里会堵，可堵上一会儿，就好了。我妈的缺点就是有时候要强要到了不可理喻的地步，但心地还是蛮善良的。"

事情也果然像陆易州说的那样，虽然当晚何秋萍很生气，但第二天早晨，破天荒地起来给他们做了早饭。在这之前，哪怕是胡美杉坐月子期间，何秋萍也从不下厨房，有时候陆易州看不下去，说："妈，您在家闲着，就不用让美杉上来下去地跑了，她多辛苦呀。"

何秋萍说老人不能在儿女跟前犯贱，尤其是在儿媳妇跟前，你勤快了，她未必领你情，还当这是你应该干的，等你老得干不动了，让婆婆伺候惯了的儿媳妇就气不打一处来了……总之，不管干什么，何秋萍都有谁都反驳不赢的千秋大道理。那段时间，一到周末陆易州就到大港和平安路的闲置物品交易市场转转，精打细算地比较价钱。贾文莎来吃馄饨的时候也会问胡美杉打算买什么品牌的家电以及什么品牌的家具，一开始胡美杉不吭声，被问急了，只好说打算去买二手货。贾文莎都听愣了，半天才说："搞笑！"第二天就去她新房看了看，让胡美杉先别急着买旧家具，说她家家具都用了快十年了，看都看腻了，都是实木的，质量还挺好，扔了怪可惜的，她去新房量量，给拉过去。

晚上胡美杉和陆易州说。陆易州挺不舒服的，也打心眼里知道自己这不舒服是犯贱，就想人到底是种什么动物？可以心安理得地去二手家具市场买很糟烂的旧货，可亲戚家给的品质上乘的旧货，接受起来，反倒有自尊受了伤的不舒服劲儿。包括何秋萍，一听贾文莎要把旧家具拉去新房子，差点蹦了高，说："咱家就是上街捡纸箱子当家具用也不要她的，她把咱当什么了？"

在陆易州那儿，还是理智战胜了矫情，就说："妈，她把咱当亲戚了，她家的家具要是不用了，咱不要有的是人抢。"

"那就让别人抢去！咱不稀罕！"

陆易州说："妈，咱家钱稀罕。"

一说到钱，何秋萍立马没话说了。过了一周，贾文莎来了，直接塞给胡美杉一把提货单，从家电到家具，一应俱全。胡美杉这才知道，所谓去看看她新家量一下把旧家具拉过去，不过是个托词，贾文莎去量是为了买新的。胡美杉知道她的脾气，买东西是看好了就买，喜欢就算买对了，不喜欢就扔，从来就没退货这一说。有一年她花一万多买件裘皮大衣，穿着有点紧，又确实喜欢，就想回家饿上个把月，差不多就能穿进去了，结果呢，所谓把自己饿瘦，不过是三分钟热情，裘皮大衣在衣橱里挂了一年多，不但没穿着合适，反倒更紧了，就手拎到丹东路要送给胡美杉。胡美杉觉得太贵，就推说她穿不惯裘皮，坚决不要。当时楼上一邻居也在店里玩，见胡美杉不要，贾文莎就手往邻居手里一塞，说我看你能穿上。就这么着，一件一万多块钱的裘皮大衣，白白送了人。邻居小媳妇惊喜地问："真的吗？"贾文莎说："我从不胡说八道。"邻居小媳妇生怕她后悔，抱着大衣欢天喜地地上楼了，把胡美杉给悔得啊，肠子都青了，早知道这样，她瞎客气什么啊？所以，因为太了解贾文莎，那些付了款的家具和家电，她是万万不敢不要的，觉得说谢谢都没法表达感谢，就给了贾文莎一个充满了感激的大拥抱。晚上回家，把发票和收货单什么的给了陆易州，陆易州一张一张地摆开看，老半天，才说十多万呢。

胡美杉点点头。

何秋萍抱着小土豆转来转去的，脸阴得能拧出水来："跟你嫂子说，当咱借她的，等将来有钱了还她。"

陆易州说："妈，您要觉得这么说了很解气，在家说说行了，可您不能出去说。"

"咋？咱不占人家便宜还成丢人事了？"

"妈，这些年我小姨过春节的新衣服都是您送的吧？您每一次送都是真心实意的吧？"

"我跟自己姊妹还闹啥虚情假意？"

"那小土豆的舅妈也是美杉的嫂子，您怎么就知道人家是虚情假意了？"陆易州现在已经摸到了对付母亲的窍门，那就是不管母亲怎么动气，他永远都满脸是笑，"如果我小姨收了衣服，和您说，姐，这新衣服的钱就当是我借您的，等我家小禾和壮壮长大了挣钱还给您，您心里什么滋味？"

"就你会说！"何秋萍气哼哼地说，"你那一肚子的书可真是没白念，都拿出来对付你亲妈了。"

3

家总算是搬完了，也安顿好了。一共三间卧室，她和陆易州一间，小禾和何秋萍一间，小土豆有时跟她睡有时跟奶奶睡，还有一间给陆易州做了书房。所有家具都是欧式田园风格，书房里贾文莎还给买了一张榻，这样，陆易州如果看书看累了，可以上去躺一会儿。

新家虽然舒服，可胡美杉却比以前辛苦多了。以前就楼上楼下地住着，胡美杉在家忙活半上午下楼就行了，可现在得坐六七站公交。她早晨把家里料理得差不多就九点了，然后坐公交到丹东路就得九点半多，这会儿，老胡已经从早市回来了。每次，胡美杉推开门，都会看老胡坐一小马扎，跟前摆着装着青菜海鲜的筐筐篮篮，他一个人，一声不响地择着菜，听见门响，在昏暗中抬眼看看她，耷拉下眼皮继续择，胡美杉就会顺手打开灯，说："爸，您怎么不开灯呢？"

老胡就说开灯吵得慌，喜欢这样，安静。

胡美杉就觉得好笑，她第一次听说，光线吵人。知道他脾气倔，偶尔会说两句耐人琢磨的话，胡美杉也不去纠正他，只是晚上回了家，和陆易州说，觉得父亲老了。陆易州问怎么这么说，胡美杉就把他嫌光线吵人的话学了一遍。陆易州愣了一下，说你爸是诗人。小禾说这么好的诗歌意象，诗人都未必想得出来。

何秋萍瞥了她一眼，说："小禾，有这精神头你放在找工作上。"意思是小禾为了讨好胡美杉，在挖空心思拍她马屁。

小禾来青岛有段时间了，每天上午去人才市场投简历，下午扒拉着当天的报纸找招聘启事，折腾了一两个月愣是没找到合适的工作。

何秋美有糖尿病，丈夫老萧又爱喝两口，日子过得就像强风刮过十二月的荒原，空旷旷地荒凉。在乡下，重男轻女是理所当然的传统，不管女儿多优秀，儿子多混账，只要混账儿子有需要，牺牲女儿的利益是一些乡下父母们的不二选择。因为日子凄惶，何秋美原本想的是小禾一个女孩子，早晚是嫁到别人家里去的，不想在她身上多花钱，念完初中就可以出门打工挣钱帮着养家了。小禾不干，在家哭了好几天也没把何秋美的心肠哭软，就跑大姨家去哭。何秋萍虽然也是农民，可看得比何秋美远，让小禾甭哭，她爸妈不供她，大姨供。然后她跑去把何秋美两口子数落了一顿，说他们没钱供小禾念书她来供，只要孩子有出息，她念到什么时候她供到什么时候。有何秋萍做后盾，小禾一路念到了大学本科毕业。何秋萍本来蛮有成就感的，可自从她毕业来青岛，何秋美两口子就三天两头地打电话，小禾找到工作了没？咋还没找到啊？能找个一月给多少钱的活？一开始，何秋萍还心平气和，就算没好气，也是骄傲的居高临下式。可一晃就是一个多月过去了，小禾还没找到工作，何秋美两口子的口气已经不像之前那么小心翼翼了，甚至对何秋萍为小禾规划的所谓美好未来产生了怀疑，话里话外就有了抓何秋萍心、挠何秋萍肺的意味。何秋萍气得要命，再接电话，也就没那么客气了，不等他们开口就先数落上了，说他们这是春天种豆的时候不出工不出力，到了秋天抢豆子比谁都积极。

呛完了何秋美夫妻，就数落小禾，说找工作又不是找对象，你挑剔啥。

何秋萍再疼她也是大姨，感情再好也不是亲妈，何况小禾敏感，自尊心强，也晓得如果没有大姨，自己现在还不知在哪儿手忙脚乱地凄惶着呢，遂由着她数落不吭声。可数落人这种事，在大多时候，就是种没有恶意，甚至是本着为你好的目的进行的精神虐待。虐待是种邪恶的行为，会给人带来快感，这也是虐待狂的由来。当然，何秋萍就像普天之下所有爱唠叨的长辈一样，不仅意识不到自己的唠叨对年轻人来说是精神虐待，甚至还会理直气壮地认为，这是苦口婆心地给他们灌输人生的金科玉律呢，条条都是自己摔着跟头忍着疼得来的，这要不是自家亲人，求着她，她都懒得费那唾沫。

小禾被何秋萍絮叨得在家待不下去，就往美杉小厨跑。乡下孩子大都勤快，眼里有活儿，到了店里，也不闲着，经常帮老胡打打下手什么的，不知道的，还以为是店里新雇的服务员，就和老胡斗嘴，问他什么时候开家连锁店。自从胡美杉他们搬走了，老胡心里那片天就没开过晴，郁郁着，谁都不搭理。和他说话胡美杉都得小心翼翼的，因为心情不是很晴朗的老胡，谁也不知道哪句话就能捅了他心上的马蜂窝，嗡的一声，放出一堆语言的马蜂，把人给蜇个鼻青脸肿。

可是，不管别人怎么问，怎么开玩笑，老胡那张黑脸，都像阴得能拧下水来的破抹布，把客人弄得很是尴尬。胡美杉看不下去，就会笑着解释说，光这家小门脸就够她爷俩忙活的了，哪儿还有多余的精力开连锁店，小禾是陆易州的表妹，不是服务员。

客人就哦，说怪不得呢，觉得小禾一看就不是那种没上几天学出来端盘子贴补家用的乡下姑娘。其实，胡美杉也不愿意小禾老在店里待着，因为小禾勤快，来了就闲不住，帮着干东干西的，给工资她不要，不给工资，胡美杉又过意不去。更怕婆婆知道了，说她盘剥小禾，没客人的时候，她就劝小禾，老在店里耗着也不是长久之计，实在不行，就别管专业对不对口，先找份工作干着。小禾愁得不行，像即将上战场却找不到武器了的士兵，满眼都是亮晶晶的。

小禾说其实专业不是问题，重男轻女不只她爸妈，还有所有用人单位，不管什么职位，只要有男的应聘，女的就甭往前凑了，因为凑了也没用，有的单位没男人来求职，宁肯不招人也不要女的。胡美杉就生气，说："女的又不比男的缺胳膊少腿，凭什么不要女的？"

小禾说因为女的总要结婚生孩子，怀孕，产假，哺乳期……总之，女人只要结了婚，就要操心家里的事无巨细，会影响工作，可工作单位都是一个萝卜一个坑，谁都不愿意招个关键时候不一定能保证在岗的人。胡美杉说难道他们都不是女人生女人抚养的么？势利到这程度，简直是数典忘祖。

可气归气，小禾的工作该找不到还是找不到，姑嫂俩正踟蹰地叹着气呢，贾文莎来了。

贾文莎不管到哪儿，给人的感觉都是狂风卷着沙砾闯了进来，呛眼呛鼻子的，可憎得很，可相处一会儿，就能感觉到她这沙砾，其实是糖做的。

贾文莎在店里见过小禾，因为何秋萍的缘故，以前都对她爱搭不理。小禾也从大姨那儿听说过贾文莎的"英雄"事迹，看着她就发怵，所以，只要贾文莎来了，她能躲着就躲，不能躲就出去逛街。

这天，贾文莎来，是下午两点多，正是店里闲的时候。小禾既不能躲到厨房帮胡美杉包馄饨也没有脏筷子碗可以帮着洗，就想到附近书店待会儿，别让贾文莎看着她就跟吃饱了的猫看老鼠似的，就算没杀心，也得逗两口玩。可还没到门口，贾文莎就把她喊住了。

贾文莎把一只冰袋放在桌子上，冲她说："小禾，你上哪儿？"小禾像见了后妈就躲的胆小孩子，刚要溜，被眼尖的后妈发现喊住了，就支吾说出去有点事。

贾文莎说大热天的，能有什么事，说着，从冰袋里掏出几盒冰淇淋，招呼她过来吃，说是刚从哈根达斯买的。虽是乡下苦孩子出身，但小禾一不嘴馋，二不爱占人便宜，尤其是有便宜的人是贾文莎，她更不想占了，往外走得更快了，说牙釉质不好，吃冷东西牙神经受不了。

贾文莎就瞟了胡美杉一眼，胡美杉晓得小禾的心思，不想为难她，就假装没看见，不去接贾文莎的眼神。贾文莎就起身，一把把走到门口的小禾拉了回来，说："小禾，你坐，我有事和你商量。"

胡美杉听得眼神一惊，心想和小禾井水不犯河水的贾文莎能有什么事找小禾，再看贾文莎，眼神就警惕了起来。不是她特意向着小禾，而是晓得，在行事彪悍的贾文莎面前，内向得对这个世界都有些胆怯的小禾，肯定不是她的对手。下意识地往弱者那边站，是善良人的天性。

小禾被贾文莎的理直气壮吓坏了，看着胡美杉。

胡美杉也知道，贾文莎虽然厉害，但人不坏，就说："小禾，坐，嫂子都把冰淇淋买回来了，不吃就化了。"

小禾又强调牙不好，胡美杉给她打开一盒冰淇淋，推到她跟前，说："我也牙不好，慢点吃就没事了。"

贾文莎又拿了一盒去送给老胡，老胡瞥了一眼，说："怪凉怪凉的，不吃！"说完，起身出去了。

贾文莎悻悻看着老胡的背影，撇了撇嘴，说："胡美杉，我发现你哥和你爸真像。"听她这么一说，胡美杉就知道他们俩又吵架了，没吵架的时候，私下和胡美杉说到老胡时会说咱爸，只要吵架了，就说你爸，以示对胡美德的厌恶，并顺便表达不屑于和他是一家人。

胡美杉笑着说："肯定的，亲儿子嘛。"

贾文莎把老胡的那份冰淇淋塞进冰箱，一屁股坐下，挖着冰淇淋大口大口地猛吃了一顿，抬眼，目不转睛地看着胡美杉，说小聂要辞职。

胡美杉这才想起来，店里家里一起忙，她不仅好一阵子没见胡美德，也把他有外遇这事给忘到脑后去了。如果小聂只单纯是烤鸡店的一个员工，随她怎么辞职，胡美杉都不会上心，可她不仅是烤鸡店的员工，还是胡美德的情人，她要辞职，就一定不只是辞职那么简单，要不然，贾文莎也不会拎着一大包冰淇淋到美杉小厨找她，就小心翼翼地说那就让她辞。

可贾文莎说她不愿意。胡美杉就意外了，故意说好像离了她就没人可雇了似的。贾文莎说没错，至少雇不着比她更合适的人了。她抿了一嘴的冰淇淋，带着惆怅慢悠悠地说，以前的收银员，都是架不住胡美德的甜言蜜语，为他大开方便之门，被她发现后开除的，可小聂不是，她是受不了胡美德甜言蜜语的骚扰，非辞职不可的。

听了她的话，胡美杉的嘴巴刹那间张得可以塞进去一只立着的鸡蛋："小

第十二章　　173

聂说的？"

贾文莎嗯了一声，说昨天下班的时候，胡美德骚扰小聂，想跟她要收银台钥匙，小聂不给，翻了脸，还告了他一状。

胡美杉隐约觉得不对，可不能多说不能细问，只说："那怎么办？"

贾文莎叹了口气："人家坚决不干了，我总不能把人绑这儿。"说着看了小禾一眼，说，"小禾，反正你也没找着合适工作，要不，你先去店里顶一阵？"

胡美杉连想都没想，说："不行。"

贾文莎就不高兴了，说："我又没问你。"

"没错。"胡美杉说，"可在这件事上，我替小禾做主了。"说着，扭头去看小禾，"你大姨肯定不同意。"

"你婆婆不是为小禾找不到工作整天唠叨嘛。"

"嫂子，你就省省吧，我比你了解土豆奶奶，在她眼里，小禾在家闲着也比烤鸡店打工有面子。"

贾文莎就恼了，把勺子往冰淇淋里一插："胡美杉，你什么意思？我家卖的是烤鸡，又不是拐带良家妇女做野鸡，有什么塌面子的？"

胡美杉懒得和她说，就问小禾怎么想的，小禾想去却又有顾虑，就嗓子痒似的吭吭了两声。

贾文莎得意："怎么着？"

胡美杉晓得，就算小禾想去，不过也是临时过渡，就说："小禾你要想去，我也不拦着，可你大姨要怪下来，你得自己担着。"

小禾嗯了一声，声音很小。

贾文莎笑得，那张嘴跟跌破了的西瓜似的，胡美杉却一点儿也高兴不起来，一半脑子在想小聂找贾文莎控诉胡美德的真实原因，另一半在想，如果何秋萍知道小禾去了烤鸡店，她该怎么说。她想得脑子都恍恍惚惚的，回家路上，好几次想说小禾你别去了，却又说不出口，因为自从和贾文莎说好了去烤鸡店上班，小禾就开心得很，觉得烤鸡店的工作虽然不理想，可总比在家闲着听大姨的絮叨要好。

到了楼下，胡美杉喊住小禾，问她打算怎么跟大姨说这事。小禾说她已经想好了，就说在家外资公司找了个活儿。

胡美杉就笑了："我本来想说是家超市。"

小禾说超市谁都能进，万一大姨找过去，会露馅儿的，还是外资公司保险点，管理严格，外人不让进，胡美杉觉得有道理。她就感叹人还是多上几年学好，至少脑子灵活，就后悔当年意气用事退学。虽然陆易州学历高，工作体面，除了在街坊邻居表达羡慕的时候她特有面子，在生活中，并没什么实际用处。连小禾都说，她太惯着陆易州了。有时，她拖着两条灌了铅一样的腿从店里回家，还要收拾小土豆和何秋萍弄乱的家，洗衣服。

虽然何秋萍不懒，可毕竟在乡下生活了大半辈子，在卫生习惯方面差得很，比如胡美杉拖地板，她就会觉得奇怪，没草也没树叶子更没满地鸡屎，干净得点把火烘一烘就可以当炕睡了，怎么还要擦？

胡美杉就说因为小土豆整天满家跑，到处乱坐，还是擦干净点心里踏实。

何秋萍就直直地看着她，好像在说胡美杉你要嫌我这乡下老太太不干净就直说。一开始胡美杉让她看得心里发毛，久了就习惯了，垂着眼皮擦她的地板，装没看见。何秋萍就气哼哼的，像夹一袋并不珍贵的面粉一样，夹起小土豆气哼哼往房间里去，边走边说："走！人家嫌咱俩碍眼！"

这话说得嗓门大而突兀，像平地上响春雷，冷不丁地能把人吓一跳。陆易州为这说过何秋萍，只说过一次，就再也不说了。因为被儿子说了的何秋萍活像被全人类欺负了的可怜虫，直直地看着儿子，眼里慢慢泛上了泪光。对于陆易州来说，被年过半百的母亲用这种眼神看，就觉得自己的心像被插上了一个强力爆竹，砰的一声，就地成屑。

所以，尽管陆易州晓得母亲仗着母以子贵的婆婆身份，欺负胡美杉，但他很少替胡美杉伸张正义，除非母亲太过分了，因为每次替胡美杉伸张正义，不是被母亲用泪眼把心看碎就是迎来一场海啸似的狂风暴雨。

幸亏胡美杉脾气好。很多时候，他这样庆幸。

这个夜晚，陆易州家欢天喜地，小禾找到工作，何秋萍就像挪掉了压在心头的一座大山一样轻松快活，拽着她问公司是哪个国家开的，有多少人，她是不是坐办公室的，每月能有多少钱。

胡美杉暗暗替小禾捏了一把汗，幸亏小禾有所准备，她说的外资公司，除了她去工作，其他一切都是真实的，为了把谎撒得更像那么回事，她还特意手机百度了一下。

何秋萍听得一张脸笑成了蒸开了口的大馒头，抓起电话就给何秋美拨了过去，胡美杉小心翼翼地把被她夹在两膝之间的小土豆抱过来，说："妈，都十点多了，乡下睡觉早。"

何秋萍用你懂什么的眼神瞥了她一眼，等了一会儿，见还没人接电话，才悻悻地扣了："真是的，这才几点就睡了。"

正说着电话响了，何秋萍扫了一眼，美滋滋地说："你妈让我给吵醒了，打回来了。"刚要伸手接，电话又被挂断了，何秋萍刚才还笑着的脸就掉下来了，捞起电话就拨了回去，先是劈头盖脸地训小禾妈财迷，跟她小算计，打个电话还得打通了挂断让她打回去。

这会儿正好是秋天，何秋美在田里掰了一天玉米，累得回家连饭都没得力气做了，胡乱吃了两口，爬到炕上，脑袋一挨枕头就睡成了泥巴，让何秋萍的电话吵醒，本就恼得很，又让她给劈头盖脸训了一顿，窝了一肚子的气，却不敢冲何秋萍去，只能忍气吞声说："谁让你妹子穷呢，哪还顾得上脸皮。"

"穷！穷！一天到晚就知道把个穷字挂嘴上，你当这还是穷光荣的年代！"虽然讨厌何秋美开口就哭穷，可让她这么一说，何秋萍的心就酸溜溜的了，也晓得何秋美不是不要脸皮，真是让钱逼的。一年三百六十五天打胰岛素，除了地里的庄稼，没别的进钱路项，再加上病跟刀子似的逼着命，莫要说她一个乡下女人，就是个城里爷儿们他也大方不起来，遂叹了口气，软缓了一下语气，说："大半夜给你打电话，就是想让你高兴高兴。"

何秋美窝了一肚子气，还没出来，脑子睡得也还迷糊着呢，一时没转过弯，就闷闷地兀自气着，没吭声。

何秋萍也没和她计较，欢快地说小禾找到工作了，在外国公司。说完，就喊小禾过来说，小禾在房间里说，她已经脱衣服睡下了，让大姨和她妈说就行了。

何秋萍就嘟哝说："说睡就睡，叫雷劈了还得先见道闪电呢，这啥兆头都没有，一脑袋歪下就睡了。"听说小禾找到工作了，何秋美一下子就清醒了，叽里呱啦地问了一大堆，何秋萍就把小禾说的那套复述了一遍，有忘了的，就问胡美杉。

小禾跟何秋萍说的时候，胡美杉在卫生间给小土豆洗衣服，没听见她俩到底说了些什么，就嗯嗯啊啊地胡乱敷衍，何秋萍挺不高兴，啪地挂了电话，说："土豆妈，有你这么说话的吗？"

胡美杉把小土豆的脚放在热水里，抬头看她："妈，我怎么了？"

"问啥你都嗯嗯啊啊的，把我当傻子应付？"

胡美杉想了想，索性实事求是："妈，您问的那些，我确实不知道。"

"小禾到你家铺子里去了吧？"

"嗯。"

"待大半天，就没和你说？"

"今天客人多，我没空和小禾说话。"

何秋萍在嗓子眼里哦了一声，一屁股坐回沙发，盯着电视发了半天呆，一把抄起已经洗漱完毕的小土豆，回房间去了。

胡美杉坐在小板凳上，对着一盆逐渐凉去的洗脚水发呆，不知过了多久，陆易州的脚出现在盆边，然后，洗脚盆被端走了，再然后她听到了洗脚水被倒进马桶的声音，再再然后，陆易州的脚又出现了，说不早了。

胡美杉抬头看着他，说："易州。"

"到房间说。"说着，陆易州转身进了房间，胡美杉跟进去，一屁股坐床沿上："易州，我有事和你说。"

"小禾工作的事？"

她点头。

"是骗我妈的？"

胡美杉说不全是，就把贾文莎今天去店里的事说了一遍，陆易州有点不高兴，说早知道这样，小禾的大学就不必读了。

胡美杉遂说她也是这意思，可小禾非要去，她拦不住。陆易州仰面倒在床上，看着天花板，想小禾，想烤鸡店……想了很多，其实，他知道，想破脑袋也没用，想这事，就像高天上走过的一朵云，只要它不变成雨落下来，就不解决人世间的任何问题。莫名的无力感，像块被嚼了良久的口香糖，赖唧唧地黏在心上，他疲惫地闭上眼，说睡吧。

胡美杉欲言又止的，好像一肚子话没说出来，陆易州就歪头看着她，意思是想说什么你就说吧。

胡美杉鼓足了勇气说："你劝劝小禾吧，她听你的。"

"劝什么？"

"我不想让她去烤鸡店，不为别的，我哥那人，你也知道……"说到这里，胡美杉突然觉得没法往下说了。虽然婚前婚后的她和陆易州也认识几年了，可关于胡美德的事，她还从来没和他详细说过，怕被他看低。虽然人无完人，是人都有缺点，可胡美德花心得一塌糊涂，在胡美杉看来，这不仅仅是缺点那么简单，而是人品和道德有问题。虽然胡美德是胡美德，她胡美杉是胡美杉，她也跟陆易州说过她和老胡以及胡美德在血缘上其实是没有任何关系的，可在感情上，他们是她在这座城市里仅有的亲人，怕陆易州产生他们不是一家人不进一家门的想法，她从来不在陆易州跟前算胡美德的风流账。以至于陆易州觉得，胡美德这人虽然说话做事不是那么靠谱，但也没觉得他在人品上有什么问题，尽管他对小禾去烤鸡店当收银员不满，可想想母亲没完没了的絮叨，和姨妈的抱怨，确实需要神经足够强大才能承受住了不崩溃，遂也就认了，就模棱两可地说小禾愿意，就先干着吧，以后遇到合适的机会再换。

胡美杉一肚子的话，就像在茶壶肚子里煮沸的饺子，翻滚着膨胀着，却怎么都说不出口，唯恐一说，陆易州的眼球就给惊成了鸡蛋。那种把自己家底起出脏来的羞愧，她不喜欢。

次日，小禾早早起床，帮胡美杉做早饭时说，因为要上班，从今天开始，她就不能帮她洗早晨的碗了。看着手脚利落、悄声少语的小禾，胡美杉心里有股说不上来的难受，就定定看着她，说："小禾你真想好了？"

小禾嗯了一声。

胡美杉说："我送你过去。"

小禾说不用，她在手机上搜过公交路线了，能找过去。

胡美杉说："那我也送你。"见小禾怔怔看着她，满眼都是不解的样子，就笑了一下，"好长时间没见我哥了，过去和他说几句话。"

小禾这才笑了，小声说："你不用让他们格外关照我。"

又是个处处为别人着想，唯恐别人因为自己作难的女孩子。胡美杉在心里叹了口气，莫名地就为她的将来担心了起来，她隐约记得，好像谁在哪儿说过，上帝是公平的，也最会搭配，他通常会给好人一个差伴侣，以保持这个世界的良莠平衡。

4

胡美杉她们都到了，门店还没开，她趴在门玻璃上往里张望，黑漆漆的，散发着浓烈的烤鸡味，乍一闻，挺香的，闻久了，香得就恶心了，这也是贾文莎说破天也不愿守着店的原因，在店里整天熏着不说，这味儿的侵略性还很强，别说整天，在店里待上两小时，回家就得换衣服洗澡，要不然，有这一身香得发腻的烤鸡味，她就是穿上国际顶级品牌，也浑身上下透着一股暴发户味。

因为这，每每贾文莎跟胡美德说自己救他于水深火热的功劳，胡美德都几乎要和她翻脸。当一个名义上的老板，兜里没钱，不仅浑身上下、连放屁打嗝都一股烤鸡味，还不如继续当他的列车员，至少自由，想装样子的时候，去台东夜市拎件假名牌，也能装出点样来。现在可倒好，这浑身上下的烤鸡味阴魂不散，走哪儿把他卖到哪儿：甭装，再装你也是烤鸡店里一伙计。

有什么好稀罕的？

每次说到这里，贾文莎就给他来横的："我！你难道不稀罕我？"

胡美德就笑，歪着嘴，笑得像只吃饱了的豺狗。

贾文莎就扑上来咬他，不把他咬得龇牙咧嘴地讨饶决不罢休。

贾文莎特别喜欢咬他，生气的时候咬，喜欢的时候也咬，亲热的时候更咬。小聂只要一看胡美德的脖子或是胳膊上有咬痕，就会低着头哭，哭得好像被人偷了玩具的小女孩，把胡美德的心哭得酸酸的，总想把她抱到膝上，狠狠地亲上几口。

这天的胡美德失魂落魄，呆呆地站在热气腾腾的烤炉旁，目光呆滞，胡美杉喊了好几声，他才游魂似的回过头，面无表情，好像不认识她了。

"不嫌烤得慌啊？"胡美杉拽着他，离烤炉远了点。

胡美德这才刚从梦游里醒来似的，问她怎么来了。胡美杉笑，说我来给你送人啊。

"送人？"胡美德眼睛一亮，"谁？"说着，就东张西望着寻找。胡美杉就明

第十二章　179

白了，小聂走，应该是对胡美德没指望了吧？未婚女孩子喜欢上已婚男人，大都这下场。一开始，都让男人的甜言蜜语哄得满心热望，以为凭着自己的年轻漂亮，赢那个黄脸婆肯定没问题，可女孩子们太年轻，她们不晓得男女之间从来都是爱情易碎，婚姻难破。因为婚姻太庞大了，庞大得让人承担不起它的破碎，他胡美德同样不例外，除了婚姻，他一无所有，这样的破碎不是他能承担起的，所以，当小聂说老家亲戚给她介绍了个男朋友时，他装聋作哑，不是装没听见，就是哼哈说不错嘛，再要不就厚着脸皮，一副小聂对他不起的样子说心里痒痒了吧？

小聂就看着他哭，也不骂他，是的，小聂不会骂人，只会哭，哭得薄薄的肩膀一抖一抖的，那样子，好像她是可怜的喜儿，而胡美德是昧了心肠的杨白劳，硬要把她推给黄世仁，她有心反抗，却又怕亲爹因此吃亏，只能哭泣着接受命运的安排。

胡美德知道自己很混蛋，可知道有什么用呢？除了回家离婚，他无法安慰小聂的悲伤。人啊，无能为力的时候，不是变成烂泥就是强词夺理的混球，胡美德把两者都占了。一副无比生气的嘴脸说："别一提你那还没见面的乡巴佬男朋友就哭鼻子抹眼泪的，想见就去见，想结婚我也不拦着！"

小聂就不哭了，擎着一张泪脸看着他，好像全然不认识眼前这个男人是谁。

胡美德让她看得心虚，一把抓过来就往下剥她的衣服。小聂不主动不配合也不反抗，就那么漠然地看着他，好像已认了命，认了自己就是他砧板上的鱼肉。她面无表情地看着胡美德把她剥光了，把她挪到更方便的位置，强盗似的入侵她……她看着他，就那么看着，目光干净得像刚刚被雨水清洗过的阳光。

胡美德横冲直撞的样子，像终于得逞的流氓，但他不再像以前似的脏话连篇，而是咬着牙，发着好像要把小聂摧毁的狠，他的心是悲壮的，悲壮得内心鲜血喷涌。

他不是个胸怀大志的人，从来都不是，想要的日子，不过是自由松散，搂着一个面团一样的女人睡过每一个夜晚，像小聂这样的面团一样的女人。

自从小聂说要回老家相亲结婚了，他就经常睡在她身上，也不着急回家了，回去晚了也不像以前似的精心筹备谎言，以备贾文莎拷问。好些时候，他甚至盼望贾文莎发现端倪，可那段时间的贾文莎，顾不上他，因为他的岳父老贾，最近露出了黄昏恋的迹象，这让贾文莎很是火大，恨不能变成随身携带的监控器，一天二十四小时跟踪老贾，哪还顾得上发现他制造的那些不怎么茁壮的小苗头？

时间一天天过去，把小聂的心，从一碗热水等成了冰坨子，冷了心的小聂，就不再说老家给介绍男朋友这样的话了，开始一声不响地整理衣服，收拾行李箱，一个又一个的行李箱装满了，像一块又一块的石头，往胡美德心上压，压得他不敢再去找小聂了。有天傍晚，快下班了，小聂问他有没有事。他犹豫了一会儿，问她干什么。小聂说我想请你吃饭。他就笑了，说让你请吃饭，这不开玩笑吗？

小聂说不是玩笑，这一次，必须我请。

胡美德就明白了，僵着脸看着她，再然后，在饭店里，僵着心，愣愣地看着她。那天，真奇怪了，不管他喝多少酒吃多少菜，他的心都是僵的，像僵尸的腿弯那么僵，好像被人下了蛊。小聂倒是很自如，给他倒酒，夹菜，有说有笑的，只是她说了些什么，胡美德都没听见，只看见两片被他亲吻了无数次的丰盈水润的小嘴唇一张一合一张一合，好像嚼着他的心。

后来，小聂招手埋单，他没去抢，因为没力气，连站起来的力气都没有。再后来，小聂拿起手包，说："胡经理，我走了啊。"她转身，走了，很从容，胡美德就感觉心里有一堆沙子，在无声无息地往下流啊流啊，怎么也流不完。

这是一周前的事了，他再也没见过小聂，因为第二天早晨，贾文莎就收到了小聂的辞职短信，她回老家了。

胡美德在贾家烤鸡店的办公室里，和胡美杉说这些的时候，眼里闪着晶莹的泪光，原本想骂他一顿的胡美杉就开不了口了。她知道，不管她有多想维护贾文莎，都无法阻止胡美德对小聂的爱，一场注定要扑空的爱情是伤感的，所以，胡美杉说："哥，其实嫂子挺好的。"

胡美德叹了口气，说："和她在一起，我找不到自己。"

胡美杉就笑，说："这么大个头，你还找不到自己。"

胡美德就怔怔看着她，好像她这么说，是故意的，成心和他装疯卖傻。胡美杉让他看得有些伤感，想起了她和陆易州，和他在一起，她又何尝找得到过自己？就说小聂有那么好吗。

"有。"胡美德说得很笃定，笃定得就像只要是糖，就肯定是甜的。

胡美杉想了想，说："我知道。"

"你知道什么？"

"知道你为什么觉得小聂好，因为小聂好脾气，就像你手里的面团，把门一关，你就觉得自己是这个世界的主宰。"

胡美德直直看了她一会儿，就歪着嘴笑了，那种嗤笑的却又不得不服气的笑："行啊，没白跟陆易州睡。"

胡美杉用鼻子哼了一声，拿下巴指了指店面的方向："知道我为什么非要把她送过来吧？"

"怕我把她睡了你没法跟陆易州交代？"

"差不多。"

胡美德拍了拍椅子扶手："美杉，其实你不了解你哥。"

"未必。"

"真的。"胡美德抬头看着她，"别看我搞了几个女人，可这还真不是我的爱好。你哥我的爱好，是喝小酒吹大牛，要不是她们拿着收银台的钥匙，脱光了往上扑我都不带看的。"

"小聂呢？"

"两回事，我和小聂是感情。"

"那你和贾文莎呢？"

"过日子。"胡美德说得很认真，像个笃定自己写对了答案的小学生，希望从老师的嘴里再一次得到肯定一样，看着她，"当年和贾文莎好，没啥爱不爱的，就是正好她出现了，结果是馋猫偷鱼偷到了热年糕上，一搞上就脱不了身了。"

虽然胡美德和小聂只是胡搞，是的，婚姻之外的男女勾连，在胡美杉看来，就是胡搞。听他这么说，胡美杉就觉得对贾文莎不公平了点，遂说："哥，你知道我特瞧不上哪种人吗？"

"就我这种。"胡美德一脸的无所谓，让胡美杉更生气了："没错，我特瞧不上那种没混好的时候把面包当成最高级的美食，混好了就把面包贬成垃圾，说自己那一身难看的脂肪都是它给害的的人！"

第十三章

1

青岛的秋天，拖泥带水地来了。是的，因为是沿海城市，青岛的春秋两季显得分外漫长，南方的五月已经赤膊上街了，青岛还满街是小风衣呢；北方的十月已经漫天飞雪了，十月的青岛还在残夏里喘息，让性急的人分外难忍。所以，留在青岛的人，脾气大归脾气大，但大都快意恩仇得很，对钱财营生倒不是很上心。像胡美杉这样的女人，在青岛满大街都是，爱上一个男人了，恨不能把自己片给他吃了，连男人身上散发的烟臭味，痴情的胡美杉们都会闻成令人陶醉的男子汉的味儿，是她爱的那个男人所特有的。她生气的时候可以哭，可以暴骂自家男人，但别人不能帮腔，哪怕是她正一把鼻涕一把泪地跟你诉着哭着，你只需要表扬她是多么贤惠善良加漂亮，那个男人一定会晓得她的好就行了，万不可帮着她骂，否则，就是觍着脸迎上去找啐招记恨。

在已过去的那个夏天里，胡美杉过得一点也不快乐，何秋萍像空投的司令官一样，被命运空投进了她的生活。因为爱陆易州，因为何秋萍是陆易州的母亲，她都不曾在意，甚至对她心存感激，如果没有她就没有她心爱的陆易州。她丝毫都不怀疑的是，虽然何秋萍不待见她，但在这个世界上，她们是仅有的两个有着高度一致理想的女人，真挚而深沉地爱着陆易州。所以，只要她适当装聋作哑，对婆婆不睚眦必报，把日子过顺当了，应该不难。

可事实告诉她，这个想法太天真了，虽然整个白天她都泡在店里，可以躲开何秋萍的指手画脚，可每天晚上和早晨也够她受的。因为在家带小土豆，只要她一回家，何秋萍就会哎呀哎呀地诉功劳，不是腰疼就是腿疼，而且全是抱小土豆累的。胡美杉也知道带孩子很辛苦，她也想自己带孩子，多好啊，放心惬意，小土豆也受不着委屈，可是，这怎么可能？指望陆易州那点工资，还完房贷，剩下的钱，怕是全家买馒头咸菜也吃不饱，虽然道理如此，可又不能跟何秋萍理论，除非她想鸡犬不宁。最让她揪心的是陆易州，春天的考博失利，对他打击挺大的，整天蔫蔫的，在家除了逗小土豆玩一会儿，就是闷在房间里看书，夜里，他会冷不丁说做手术也会影响到大脑吧。

胡美杉就笑，说怎么可能？

陆易州就一本正经说有可能，做手术都是要打麻药的，麻药对人的中枢神经起作用……胡美杉让他别胡思乱想，他就坐起来，开了灯，看着她说他是认真的，从小到大，他考试就没失败过。胡美杉这才明白，原来他还没从考博失利的情绪中走出来，就心疼得不行，唯恐他情绪不好影响到他的健康。老话说了么，病都是从气上得的，气是什么？不就是心情么。所以，不管她心情怎么样，只要见着陆易州，都一副欢天喜地的样子，怕他烦自己，抱着小土豆去逗他开心，或者讲店里发生的笑话，陆易州却总是闷闷地听着，胡美杉小心翼翼问，你觉得不好笑啊？陆易州就笑一下，很勉强，像硬挤出来的，让胡美杉更是惶惑了。有时候他也会说在想事或者说他要看书，准备秋天的博士考试，胡美杉像揣着一腔热闹闯了大祸的孩子，抱着小土豆从卧室落荒而出。何秋萍睥睨着她们母女，咸一句淡一句地絮叨，不外是陆易州打小天资聪慧，当年要不是他爸突然得了肝癌，现在都博士毕业了，再然后就是要不是心散了，今年春天咋能把个博士给考落了榜……边说边一眼又一眼地挖着胡美杉，胡美杉当然明了她的心意，那就是她的儿子陆易州永远是最优秀的、所向披靡的，今年春天考博失利才第一次领略了那个叫失败的家伙是何方妖魔，而这一切全拜她这个红颜祸水所赐。胡美杉从来都假装听不见，随手抓本书，教小土豆认书上的图片，要么跟小禾聊天，没人理的何秋萍就气哼哼的，冷不丁来句让人措手不及的话。譬如有一天，何秋萍又咸一句淡一句地嘟哝，胡美杉依然装没听见，问小禾网购靠不靠谱，小禾拽拽身上的裙子，还没开口呢，何秋萍就像尾随过来的狼外婆，冷不丁问："小禾，你礼拜天加班有工资没有？"

小禾像被打了七寸的蛇，一下子，就卡在那儿。因为周末是烤鸡店最忙的日子，不仅周末，任何一个日子小禾都不愿意休，不是为了赚加班费，主要是不想听何秋萍没完没了地控诉胡美杉。那种无言以对的感觉太糟糕了，她既做不到昧着良心顺着何秋萍编派胡美杉的不是，也不能替胡美杉辩解，否则，何秋萍会生气，生气得好像她是东郭先生，而小禾是那条被救的狼……好半天，小禾才磕磕巴巴说有啊，不给工资谁加班。

何秋萍这才哼了一声，说父母养你这么大不容易，有钱就多往家寄点，别光顾着自己吃穿！小禾这才松了口气，说知道，每月都往家寄呢。

"这还差不多。"何秋萍一屁股坐到沙发上，打开电视，讪讪的，一脸委屈相，好像整个世界都在欺负她一样。何秋萍的蛮横让陆易州很烦恼，因为这，他还专门去请教了心理学专业的同事，同事说是更年期的正常现象。一听更年期要持续两三年才能消退，原本的烦恼，就变成了崩溃，崩溃得他不想回家，回家就想往外逃，没地逃就躲在卧室不出来。可他越不出来，母亲的怨气就越重，觉得他是有了媳妇不理她这亲娘了，委屈得每天脸上都坠俩铅蛋子。坐卧不安的烦恼中，陆易州决定把秋天的考博方向，从青岛挪到北京，主意一定，就在早饭桌上说了，胡美杉正给小土豆喂奶，听他这么说，就愣了，满脑子糨糊，半天没回过味来，倒是何秋萍干脆利落地说好，不愧是老陆的儿子，有志气，她这当妈的支持他！

从胡美杉惊诧到说不出话的表情，小禾大抵猜到了她的心思，就替她把话说了，说："哥，你去北京读博的话，嫂子和小土豆怎么办？"

何秋萍挖了她一眼说："过去女人小脚出不了门都支持家里男人进京赶考，一去就是一两年，也没说日子过不下去了。"

小禾就笑嘻嘻说："所以才有了秦香莲的故事么。"

何秋萍挺生气的，说："你哥是那种狼心狗肺的人么？"说着，又拿眼瞪她，小声咕哝说，"亏你是你哥的表妹不是小姨子，你要是他小姨子，不等土豆妈发话，你得跳前面拦着你哥。"

"我说的是事实。"小禾噘噘嘴，转头看着陆易州，"你去北京，嫂子和小土豆怎么办？"

"还能咋办，日子能和以前不一个过法了？这会儿是你嫂子看店我带土豆你哥上班，等你哥去了北京还这样。"何秋萍瞄了胡美杉一眼，"是女人就没有不巴望自家男人好的，男人有志向往高处飞，就算女人不扑下身子给他当砖垫，咋也得帮他扶把梯子吧？"

胡美杉也明白婆婆说的是实情，可不管陆易州能不能帮得上她，只要在身边，心理上的安慰还是有的。这就好像单身的人和婚后两地分居的人，日子的模样都是一样的，但心理上的区别还是挺大的。

不管在内心里多么不愿意陆易州去北京，胡美杉都没吭声，说不准他还考不上呢，为了不一定会发生的事情争执起来，何必呢？她这么想着，心里虚虚的，觉得对不起陆易州，好像在心里下咒，咒他秋天也落榜似的。说真的，对陆易州，她唯一在意的，就是他的身体，只要他健健康康的，不考博士也一样幸福，当然，这是她一个人的幸福，不是何秋萍的也不是陆易州的。

喂饱小土豆，胡美杉草草吃了几口，就收拾饭桌去厨房洗碗了。陆易州心里有点虚，也觉得自己自私了，就跟进去，小声问你是不是不愿意我考北京去。

胡美杉说没话，只是低头默默地洗碗，自来水从皮肤上不停地流过去，不知为什么，突然地就想流泪，心也一抽一抽的，有点疼。她忍住了，没让泪蹦出来，但还是抽了一下鼻子，陆易州把一只手搭她肩上，"如果你不希望我去，我就不去了。"

"你放心报考吧，有妈帮我带着小土豆，我行的。"胡美杉转身，对着他的脸，目光灼灼地说，"你有出息了，我也就更幸福了。"

陆易州说："真的？"

她点了点头。

"放心，我会努力的。"说完，就转身走了。

胡美杉揩了一把泪，继续洗碗，用力地洗，洗得那些碗都咯吱咯吱响，好像在欢快地歌唱。她听到身体里有个自己幽幽说谁让你爱他的？你爱他，他要杀你，你还要屁颠颠地给他递过刀去。

秋天，终于还是在胡美杉的忐忑不安中到来了，陆易州果然如愿地考取了北京一所著名高校的著名教授的唯一全国统招博士生。陆易州都不敢相信这是真的，又拨回电话去核实，然后泪雨滂沱地冲出办公室，在校园里奔跑，跑遍了校园里的每一条小路，才想起给母亲打了个电话。何秋萍也哭了，在电话那边，哭得呜呜的，要陆易州这就陪她回老家，给老陆上坟，告诉他这个好消息，然后，去镇政府去县政府。陆易州就蒙了，问去政府干什么。何秋萍一本正经说，跟政府汇报一声啊。当年邻村老张家儿子考上了清华，镇政府知道了，打扮了辆花车架着高音喇叭，敲锣打鼓地转遍了镇政府管辖的村子，那才叫兴师动众呢，这要理论起来，老张家儿子考上清华不就是个大学生么？陆易州考中的是博士！博士是啥？研究生比大学生厉害，博士比研究生厉害，如果说老张家儿子考上清华大学就全镇炫耀遍了，陆易州考上了博士，就得炫耀遍全县。

陆易州晓得母亲那点虚荣心，更晓得她的犟。父亲活着的时候，母亲特别喜欢让父亲陪她去镇上买东西或是去赶集，因为总能遇上父亲的学生，他们大多有份在乡下人看来比较体面的工作或者开一间铺子，被他们恭敬地打着招呼，母亲的虚荣心，总能得到空前的满足。嗯，那种和城市女人在商场血拼了一天满载而归一样的满足。可随着父亲的去世，这种骄傲就远离了母亲。所以，尽管觉得母亲虚荣得有点荒唐了，可他一点也不觉得母亲好笑，倒是心酸得很，就说可以回去给父亲上坟，但去镇政府的事，就算了吧。

其实何秋萍也就说说而已，没打算真的去镇政府，却想把乡下的亲戚朋友都请过来庆祝庆祝。陆易州沉吟了一会儿没吭声，庆祝酒总不能摆到档次太低的酒店去，档次不低，价钱也就上去了，就犯了难，遂推托说要和胡美杉商量商量再说，何秋萍就不高兴了，说他这是成心惯着胡美杉。

和更年期的母亲没道理可讲，陆易州明白这点，遂说您是我妈，我的事就由您看着做主了。何秋萍就跟领了皇令的后宫大管家似的，也不怕浪费电话费了，乡下的亲戚朋友挨个儿打电话报喜，请人家来吃庆祝酒。陆易州听得心尖上好像跑着一群兔子，还越跑越多，就坐不住了，抱着小土豆就去了美杉小厨。

因为是周末，店里客人不多，老胡坐在收银台里磕头虫似的犯困，对面墙上的电视机正自个儿热热闹闹地寂寞着，胡美杉在厨房里，边搅馄饨馅边接手机。电话是小禾打来的，她妈接了何秋萍的电话，接着就给她打了电话，让她给弟弟萧壮壮买几双运动鞋。小禾挂了电话，就给胡美杉来电话，把大姨要请乡下亲戚朋友来给陆易州庆祝的事，告诉了她。胡美杉挺高兴的，因为这几天，老胡逢人就嚷嚷陆易州考上了著名大学的博士，他要风风光光地请街坊邻居们乐呵一下，既然因为陆易州请客，自然要让陆易州出场了。这几天胡美杉正苦恼怎么开口，怕陆易州觉得自己和父亲太虚荣了……既然婆婆有这想法，就太好了，她再说，不仅是顺水推舟，还锦上添花了呢。

挂了电话，胡美杉正乐着，就听父亲又惊又喜地喊小土豆，抬头一看，陆易州正站在传馄饨的窗口，举手要敲的样子，就笑了，跑出来，说："你怎么

第十三章

来了?"心里却在盘算着,陆易州过来,可能是和她商量请客的事,可陆易州没说,只是说,在家没事,就带小土豆过来看看她。

　　胡美杉心里暖洋洋的,不知该张罗什么好,因为店里没客人,老胡抱着小土豆上街玩去了。因为想着请客即将要花笔不菲的银子,自己口袋里并没有,陆易州心里也是虚的,虚得他只会冲胡美杉笑,不知该说什么好。

　　店里就夫妻二人,气氛显得有点尴尬,倒像一下子回到了初相恋的那会儿,尴尬里有些温润的甜蜜,半天,胡美杉又问他想不想吃馄饨。陆易州是在家吃过午饭才来的,胃里还是满的,本想说不吃,可一想,吃一碗馄饨可能会让胡美杉更开心,就说来一碗,果然,胡美杉笑得跟向日葵似的,问:"虾仁的吧?"

　　陆易州点头。

　　做馄饨的时候,胡美杉心间弥漫的幸福,就像馄饨锅上的热气一样,暖暖地温润着。想到自从他们从丹东路搬走,陆易州就很少过来了,胡美杉忍不住一眼又一眼地瞟他,因为有心事,陆易州也是一眼又一眼地往厨房里瞟,瞟得胡美杉春心荡漾……

　　因各怀心事,不大的店面里,气氛温润而甜蜜,后来,馄饨好了,陆易州慢慢地吃,胡美杉两手托了下巴看他,出神地看,把陆易州给看得不好意思了,就笑着说:"你再看我就吃不下去了。"

　　"我得使劲看看,要不然,过一阵你去了北京,我就没得看了。"说完这句,她的心突然地一沉,才意识到在不久的将来,陆易州就要和她分开了,至少三年。分居两地三年,对一个人来说不长不短,可对于一桩婚姻,三年意味着什么?分别的煎熬和无以消解的诱惑……那所著名的大学里,一定有很多年轻的有文化的有情调的漂亮女孩子……想着想着,胡美杉的笑容就凝固了,说:"易州,等你去了北京,会不会嫌弃我?"

　　陆易州也一愣:"怎么会呢?"嘴里这么说着,心里,却突然发起了慌,莫名其妙,没来由地慌。

　　犹疑的茫然里,一碗滚热的馄饨,就那么吃冷了。慢慢地,胡美杉就流了泪,陆易州给她擦泪,被她攥住了手,握在桌上,死死的,把他握疼了,她哽咽,然后慢慢地说:"我知道我配不上你。"陆易州让她说得心里一疼,想去捂她的嘴，却抽不出手，胡美杉抽了一下鼻子说，"所以，你要是喜欢上别的女孩子，再难受我也理解。"

陆易州说："别胡思乱想。"

胡美杉还是啪嗒啪嗒地掉泪。

陆易州又说："如果你再胡思乱想，我就不去了。"

虽然知道不是真心话，可胡美杉还是很开心，擦泪说："我瞎说呢，知道你不是那种人。"这么说的时候，胡美杉在心里已经把自己呸了一万遍。贾文莎早就说过，男人么，没什么花心不花心的区别，只有有条件花心和没条件花心以及敢花心和不敢花心的区别，而她的丈夫胡美德属于不敢花心的那一款。每每听她这么说，胡美杉就会想，女人啊，一旦给人做了老婆就真可怜。

两人正泪一把笑一场地说着，老胡抱着小土豆回来了，进门就嚷："易州，咱办一场吧。"陆易州一愣，胡美杉就把因为他考上博士，父亲想请街坊邻居为他庆祝庆祝的事说了，说得陆易州心里啊，好像千山万壑地纷纷闪开，亮出一条坦荡而明朗的大路，他正为母亲要把乡下亲戚请来庆祝的事愁得千肠百结呢。他傻呵呵地看着老胡，看着胡美杉，觉得老胡从没像今天这么可爱过，可爱得就像小时候年画上那个挂了一根葫芦拐杖、脑门上有个大肉瘤的老神仙一样，让人恨不能扑上去拥抱。这种瞌睡了有人递枕头的幸福来得太快，让陆易州措手不及地连笑容都不自然了，只是僵僵地望着老胡傻笑，胡美杉觉得他今天特别孩子气，就问他傻笑什么，陆易州这才说他妈也想给他庆祝一下，胡美杉也挺开心，说："我爸和你妈一拍即合，这还头一次呢。"

陆易州也笑，学着她的口吻说了句可不。然后，这种无意间的迎奉让他挺落寞的，虽然脸上擎着笑，但心，已像一把白茫茫的尘埃一样，悄无声息地飞了散了，落了只有他自己能看见的一地。

没钱，却有需要用钱满足的心愿，不管多昂扬的人，都会变得像捐门槛的祥林嫂，小心翼翼的取悦里有着卑微和可怜。

2

确定好了请客的日子，胡美杉的整个世界都洒满了明亮的阳光。一直让她提心吊胆的胡美德也仿佛换了个人，不仅没去骚扰小禾，连酒都很少出去喝了，要么在店里和看着顺眼的客人插科打诨，要么在办公室上网打牌。这让贾文莎很感动，觉得胡美德还算有良心，没在关键的时候给她添乱。

胡美杉知道贾文莎所谓的关键时候，指的是她父亲老贾的黄昏恋。自从贾文莎的母亲去世，这五六年来，贾文莎对父亲的了解，就是他喜欢上了评剧，成了票友，还是发烧级别的，常常领着一帮票友回家唱戏，满家充斥着锣鼓胡琴，让她看不成电视剧玩不安宁游戏，吵得脑袋好像要炸掉。为这她和老贾吵得水火不容，吵急了眼，什么话噎人她往外端什么，说老贾是打着喜欢评剧的幌子勾搭女票友。把老贾给气得泪水横流，一怒之下，买房搬出去单过了。这个结局让贾文莎既意外又愧疚，可服软认错不是她的作风，就做了老贾喜欢的菜，和天宝一起送过去，按完门铃就把天宝推到监控摄像头前，纵使老贾心里有千万般的恼火，也让天宝的一声姥爷给喊成了热糯米人，三五次下来，父女俩的关系就缓和多了。

贾文莎虽然跋扈，可骨子里还是善良的，和父亲关系缓和后，去得就更勤了，一周两次帮他收拾家，洗衣服，没了以往的生活琐碎交集，也就没矛盾了，只剩了浓浓的亲情。她带着天宝往外走时，常看见父亲满眼的留恋，像胆小的孩子在夜晚来临时害怕母亲把自己丢在家里，心里就酸酸的，说："爸，您还是搬回去吧？"

老贾也是知天命的人了，知道此刻父女间的痛惜和眷恋是真的，也更知道搬回去的鸡犬不宁也是真的，就慨然地叹着气说："算了，还是分开住吧，大家都方便。"

贾文莎很是惆怅，有时夜里会梦见母亲，满脸是血地喊着她名字，她大汗淋漓地醒来，捂着狂跳的心，一夜一夜地睡不着。很多时候，她会想，如果不是她执意要父母开家分店给胡美德管理，母亲或许就不会遭遇那场车祸。

内疚就把她的心脏折磨得一阵一阵地疼。

3

老贾虽然没有搬回去住，但给了贾文莎一套新家的钥匙，于是，她就发现了父亲黄昏恋的苗头。

首先是父亲家里变干净了，也有条理了，厨房的瓶瓶罐罐擦得锃亮，还分门别类码得整整齐齐。这些反常，还没引起她的警觉，以为人会随着环境的改变而改变，独居的父亲学会了打理自己的生活。可后来她又发现，父亲的衣服也洗得干干净净，还熨烫得平平整整，该挂的挂，该叠的叠。她觉得不对了，在对着电影电视剧里的故事情节一分析，贾文莎就毛了，肚子里憋不住话，就直接问父亲谁给收拾的，老贾支支吾吾地说："除了我自己，还能有谁？"贾文莎说："不对，你连袜子都没自己洗过。"

老贾说："那是以前，以前你妈活着。"

贾文莎说："我妈死了你也没自己洗过。"

老贾说："那不和你住一起嘛，我都搬出来自己住了，总不能什么都还指望你吧？"

老贾说得理所当然，把贾文莎搞糊涂了，没再和他争执下去。

可没多久，她又在父亲家的卫生间里发现了一些化妆品，而且一看就不是男人用的，她心里就像千山万峰在轰隆隆倒塌一样，响成了一片。她本来是过来给父亲做红烧排骨的，卖了大半辈子烤鸡的老贾，不仅从来不吃烤鸡，但凡禽类都不吃，老贾的不吃烤鸡，不像坊间谣言的，做什么的不吃什么是因为深谙制作过程的黑暗。老贾是卖了这么多年烤鸡，闻味都闻够了，别说吃，看见长着羽毛有两条腿的动物都想吐，所以，他只吃四条腿的动物和海鲜。青岛是沿海城市，海鲜不仅品种多，也新鲜，也是因为新鲜，做法也简单，不是原汁原味的蒸就是煮，这些不劳贾文莎动手，老贾都能自己解决。可老贾不会做肉，所以，贾文莎每周都会过来给他做一次红烧肉或者红烧排骨。现在，贾文莎想破了脑子也想不明白，黄昏恋这样的事，怎么会发生在对母亲一往情深的父亲身上。她想啊想啊，想到了父亲突然变干净整齐的家和衣橱，就恍然大悟，没错，一定有个不要脸的女人献着殷勤往上凑，勾引了父亲。她越想越气，就把做好的排骨倒进了垃圾袋，开着袋子的口，放在餐桌上，她不看电视不看报纸也不去幼儿园接天宝了，正襟危坐在沙发上，把进门的老贾吓了一跳。

看着从没正形的贾文莎端庄得跟王母娘娘似的，老贾就晓得坏了，却不动声色，边换鞋边琢磨贾文莎的杀气腾腾，因为他和崔玉那点事吧？心里就凛冽上了。

两军对垒，沉默是能以最快速度抵达对方软肋的精神武器。这么想的时候，老贾先惭愧了一下，和崔玉再好，也是半路夫妻的情分，和贾文莎那是骨血相连的亲人啊，他咋会因为一个崔玉，和自己闺女斗起心眼来了？这让他觉得自己不厚道得像某些再婚的自私男人，为了夜里那点快活，任由狠毒的后妈虐待前妻留下的孩子却一声不吭。他心心念念地循着香味转到了餐桌旁，看张着口的垃圾袋，这要是以往，他的第一反应，应该问贾文莎干吗要把烧好的排骨装垃圾袋，但今天他没问，知道垃圾袋里的排骨，是导火索。

一贯炮筒子脾气的贾文莎今天也很沉得住气，父亲只是扫了桌上的排骨一眼却没吭声，让她更是断定了父亲不仅有了桃花案，连对付她的方案，都想好了。

到底，她还年轻，在耐得住性子这方面，是万万抵不过老贾的，她咳嗽了一声，说："爸，您就不问我为什么把红烧排骨装垃圾袋里？"

老贾说："我知道，就不用问了。"他想好了，随便贾文莎什么态度，今天他都得把和崔玉的事摆到明面上。人家崔玉，不丑也不缺胳膊不缺腿的，还比他小二十二岁，一心一意地要和他好好过日子，怎么就见不得光了？

"这么说，你打算承认了？"

"承认什么？"老贾给自己倒了杯水，看看墙上的表，"你该去接天宝了。"

"胡美德接。"贾文莎冷着脸，"爸，您有相好的了？"

"是女朋友。"老贾不动声色。

贾文莎的眼泪唰地就滚了下来："爸，我妈呢？您把我妈摆什么位置了？"

"什么位置？你妈永远是你妈，可她都走好几年了，我一个人过怪孤单的。"老贾顿了一会儿，"想找个伴。"

"我不愿意，我妈也不愿意！"贾文莎斩钉截铁，"我妈对您多好？为了跟您，她胳膊都让我姥爷一马扎砸断了，这些您都忘了？"

老贾的心，就像让人拿冰冷的水突然激了一下，一哆嗦，有点疼，是的，是真的疼。他捂了胸口一下，慢慢坐下。他什么也没忘，只是不愿意经常去想，有些事，再好也不能多想，再想人也没了。如果想一想就能把老伴想回来，他愿意一天二十四小时不间断地想她，可现实是哪怕他把脑子想破了，也是枉然，老伴永远回不来了。

贾文莎开始边哭边说当年他妈对老贾有多好，女人为什么要对男人好？不就是因为喜欢他爱他，希望因为这些好，让自己在男人心目中成了这个世界上的女人当中的独一无二，把男人的心，填得满满当当，再也装不下第二个女人。贾文莎觉得，她的母亲在别人眼里，可能不是十全十美的女人，可在给父亲做老婆这件事上，没有第二个女人比得了她。

老贾也承认，可正是因为贾文莎她妈好得太无可挑剔了，却又突然地没了，他才受不了。这感觉，就像个锦衣玉食的孩子，突然被抛到了寒冷的荒郊野外。他又冷又饿地凄惶着时，崔玉出现了，她的温柔和体贴，就是曾经的锦衣玉食啊，他能不心动吗？所以，说到末了，老贾幽幽叹了口气，说："莎莎啊，我还想结一次婚的原因，就是因为你妈好啊。"

贾文莎就愣了："爸，您这什么逻辑？"

老贾摆了摆手："说了你也不懂。"

如果贾文莎她妈没那么好，甚至再差劲一点，他对婚姻就不会有那么多的念想，也就不会因为崔玉的出现想再婚了。丧偶的人永远比离婚的人更有再婚的积极性，就是因为丧偶是被迫回到单身生活，对婚姻本身并不失望，而离婚是因为被婚姻伤透了才回到单身生活的，大都是一朝被蛇咬，十年怕井绳，婚姻这事，一想就头疼，也就没再婚的念头了。

可贾文莎觉得，父亲的所谓的说了她也不懂，其实就是想娶个女人取代妈妈。同为女人，她当然晓得女人在情感世界的终极追求，那就是任凭海枯石烂，你只爱我一个的心不能变。

对母亲的去世一直心有愧疚的贾文莎，决定帮母亲捍卫这一终极追求的完美，那就是老贾不仅不能再婚，还要和那个不要脸的女人分手。

老贾抽了两根烟，没说话。

贾文莎胸膛里的怒气，就像老贾喷出的白色烟雾，以其势不可挡的姿势袅袅上升，当老贾拿出第三根香烟，她劈手就夺了过来："爸，说吧，您不舍得那个不要脸的？"

老贾没直接回答她，只叫了她一声，口气里有藏不住的哀求。

第十三章

贾文莎不依不饶："怕她缠着您不算完还是怎么着？"

老贾说："莎莎，不要把别人想那么坏。"

贾文莎哼了一声，给老贾下了最后通牒，再婚的事，不要想了，如果怕孤单，就搬回去一起住，他想带票友回家唱戏了，就到这边来唱，这样，他们父女俩也就不会因为这闹矛盾了。

老贾半天没吭声。最后，让贾文莎拿眼神逼得没辙了，只好说考虑和崔玉分手，至于搬回去住就算了，他习惯了一个人的生活，就不折腾了。

因为胡美德的信口雌黄，贾文莎对男人的话都不敢怎么信了，虽然眼前的人是父亲，可父亲也是男人不是？本想让父亲发个誓，又觉得逼父亲向女儿发誓有点过分，就算了。胡美德就是活生生的例子，发誓没用，一口破酒就今天戒了明天喝的，就不要说男女这事比酒还大了。

4

三个月后，老贾自以为聪明的小把戏，再一次把他出卖给了贾文莎。

有天贾文莎去给老贾送东西，捅了半天也没打开门，就给老贾打电话，说锁坏了，要找锁匠换锁。老贾支吾说锁没坏，是他换了。

贾文莎也没多想，顺口说："好好的，您换锁干吗？"

老贾说钥匙丢了，就换了。

贾文莎说："钥匙丢了，您打电话我给您送过来啊，犯得着换锁吗？"

老贾说："谁知道钥匙让什么人捡去了，不如换把锁住得安心。"

贾文莎觉得也是，听父亲说一时半会儿回不来，就回去了。夜里和胡美德说这事，胡美德说："你爸防着你吧？"

"他防我干吗？"

"防你干吗？防你碍他好事！"胡美德说，"你爸和那女的没拉倒。"

贾文莎忽地就坐了起来："你怎么知道的？"

"我看见了。"胡美德说有天他开车从中山公园门口路过，老远看见一人，挺像岳父的，就停了车，想跟他打个招呼，还没等开车门呢，就见斜刺里跑出一女人，拿着一瓶拧开的矿泉水递给他，然后挎起胳膊往小西湖方向去了。

贾文莎愣愣地瞪了他一会儿，抓起衣服就往身上套，胡美德问她要干吗。贾文莎气哼哼地说："去捉奸！"

"你爸是正常恋爱，又不是搞婚外情，你捉哪门子奸？"胡美德一把拉住她胳膊。贾文莎也恼了，指着他的鼻子破口大骂："胡美德，你说的是人话吗？正常恋爱？我爸一五十六岁的老头，谈了个比自己亲闺女大两岁的女人，不是胡搞是什么？"说着一把抓起手包，蓬着一头乱发就风一样地卷了出去。

贾文莎前脚出了门，胡美德后脚就给胡美杉打了电话，把大体情况一说，说这样的事，他一大老爷们儿不好跟过去掺和，让她赶紧过去看看，别让贾文莎闹出乱子来。

胡美杉赶到老贾家门口的时候，贾文莎正两手抱着一块板砖，边喊边冲大门比画："贾财生！你开不开？再不开我就砸了啊！"

胡美杉喊了一声嫂子，上来就要夺她手里的砖，小声说："楼上楼下的邻居全让你喊下来了，以后你还让不让你爸在这儿住了？"

贾文莎回头，果然见电梯门口和安全通道门口各站了几个人，就没好气地说："看什么看？一个臭不要脸的女人正勾引我爸呢，我来替我妈出口气，不成啊？"

邻居们让她抢白得不好意思，讪讪地走了。胡美杉想把板砖从她手里拿下来，贾文莎不让，往旁边一闪："你哥让你来的？"

胡美杉怕她回去骂胡美德，就替他卖人情，说："我哥怕你吃亏，让我过来看看。"贾文莎好像没入耳，扭头冲着大门继续喊："贾财生，我数十下你要还不开就别怪我不给你留脸。"

胡美杉知道如果贾文莎真想干什么，除了死神，谁都拦不住，索性不吭声了，抱着胳膊，静观其变。

贾文莎说到做到，兀自数到十，门还没开，一板砖就砸了上去，然后扯着嗓子喊："贾财生，从今往后你不是我爸！"说着，又是一板砖，门就开了，但没全开，呈四十五度角的样子，老贾一手把了门框一手把着门，涨红着脸："贾文莎！"

贾文莎也不示弱："那个不要脸的呢，你让她给我滚出来！"说着就去扒拉他把在门框上的手，想冲进去。老贾下了力气，把得死死的，纹丝不动，一副誓死也要捍卫爱情的英雄嘴脸,彻底把贾文莎惹恼了。她不声不响地往后退了两步,又猛地加力,一肩膀就撞开了老贾的手,冲了进去。旋即,里面就传出了女人的惨叫和噼里啪啦的厮打声。胡美杉一下子醒过了神,几乎和老贾一起冲进去,就见膀大腰圆的贾文莎薅着崔玉的头发,边往门外拖边拿脚踹她拿手扇她。其实,崔玉的身材也不单薄,可和贾文莎相比,还是弱了点,再就是贾文莎在气头上,下的那是死手,崔玉心里本来就虚。人就这样,只要心一虚,手脚就软,现在的崔玉就是。一看崔玉活像块倒霉的面团,被贾文莎攥在手里,除了凄厉的惨叫,毫无还手之力,老贾的眼珠子,一下子就红了,这是他团在怀里千疼万爱的女人呀……就吼了一嗓子:"贾文莎,你给我放手!"说着,一把抄起了挂在玄关上的红木长柄鞋拔子,冲贾文莎比画。

贾文莎长这么大,父母都从来没舍得大声呵斥过她,可今天,为了一个女人,父亲竟然要打她!她狠踹了崔玉一脚,声嘶力竭地冲老贾喊:"贾财生,有本事你今天就打死我,我去找我妈,让我妈睁开眼看看,这就是她众叛亲离选的男人,为了一个臭不要脸的女人,对自己亲闺女下手!"

如果这是平常,贾文莎这么一喊,不管多生气,老贾那颗紧绷着愤怒的心,都会悄无声息地软下去,可今天不行,因为崔玉,这个在他怀里柔软得让他重新觉得这个世界无限美好的女人的凄厉惨叫,像带刺的狼牙棒一样,把他的心,打出了无数个孔洞,鲜血直流……那颗疼女儿的心,再也无法柔软……坚硬的鞋拔子,带着他的愤怒,虎虎生风地就抽到了贾文莎背上!

火辣辣的疼从背上扩散开来,贾文莎傻了一样看着老贾:"爸,你打我?你真的为了一个女人打我?"

这是贾文莎生平第一次挨揍,这揍,还是来自最疼爱她的亲爸。一瞬间,贾文莎就觉得,如果说母亲的突然离世,让她的世界坍塌了一半,那么,随着老贾这一鞋拔子的落下,她的另一半世界,像狂风吹过的沙雕一样,也悲凉地烟消云散了,悄无声息的。

她哭了,眼泪像滂沱的大雨一样奔涌而出,愤怒和绝望都发泄在了崔玉身上,疯了一样地踢打她……胡美杉吓坏了,怕打出人命,去拉贾文莎,可贾文莎像愤怒的母狮子,她根本就拉不开,只好扑上去,用身子护住崔玉:"嫂子,别打了,再打出人命了!"

见胡美杉非但不帮自己，还护着崔玉，贾文莎就更生气了，边哭边不分青红皂白地拳打脚踢。因为护着崔玉，不少拳脚落在了胡美杉身上，贾文莎的一拳，打在了她的鼻子上，鲜血一下子喷涌出来，像一把柔软而温热的血豆子，从胡美杉鼻子里奔涌而出，弄得满脸满身满地板都是。下意识里，老贾的脑袋嗡的一声，完了完了，只要看见血，他的第一反应就是闹大了出人命了，这样的事，在监狱里他不是没见过。他心里一毛，手上就没了轻重，一把抓起贾文莎，像抓个破麻袋似的，给扔到了沙发上，一字一顿地说："我贾财生，虽然蹲过监狱坐过牢，可我还有一挂人心肠，养不出你这号狼心狗肺的闺女！"

老贾虽然五十六岁了，可他没不良生活嗜好，加上平时比较注意保养，看上去也就五十出头的样子，身体好，手上的力气也小不了。贾文莎虽然看上去很壮，可养尊处优惯了，没啥力气，像只狼狈的肉麻袋似的被老贾扔到沙发上，一脑袋就扎到了沙发扶手和沙发之间的夹角里。虽然不疼，但这一脑袋扎过来的狼狈相，足以让她怒得急火攻心，遂挣扎着爬起来，转身，坐定了。老贾正去拉胡美杉，问她要紧不，胡美杉捂着鼻子，说没事，可能是鼻子破了，就仰起头，摸着想去卫生间洗洗。吓傻了的崔玉，挣扎着想爬起来，被贾文莎睥睨到了，她用鼻子冷笑了一声，抄起茶几上的烟灰缸就扔了过去。足有三四斤重的水晶烟灰缸，像一枚沉重的炮弹，带着阴沉的力量，直奔崔玉的额角，让她连哼都没哼一声，就软绵绵地倒下了，鲜血就像冬季的花生油，浓稠地在大理石地面上爬行。

烟灰缸像只得了胜的轮胎，骨碌碌地滚到了老贾脚边。

所有人都傻了。

老贾的眼珠子瞬间通红："贾文莎！你不是人！"说着一个箭步冲过去，抱起崔玉就往外跑，胡美杉也从卫生间拽了一条毛巾追出去，给崔玉捂着伤口。

第十四章

1

胡美杉回到家,已经是下半夜了。站在门口,借着走廊灯光,她打量了一下自己,不仅全身上下都是血,还散发着浓烈的血腥味。怕吓着家里人,她轻手轻脚地开了门。

家里很安静,偶尔会有一声沉重的喘息,那是何秋萍的。小禾说过,说大姨晚上睡觉打呼噜,本不过是句玩笑,何秋萍却恼了,她是个女人,女人怎么可能打呼噜?虽然她是乡下人,没多少文化,可教养还是有的,一个有教养的女人就更不可能打呼噜了。

胡美杉就说,打呼噜和男女和教养都没关系,和喉咙结构,和年龄有关系,老胡虽然是男人,可五十岁以前,他一声呼噜都不打,五十岁以后,那呼噜打得,简直是惊天地泣鬼神的,夜里要有人从他家窗外过,能让他的呼噜给吓一跟头。

何秋萍就更气了,说小禾跟胡美杉沆瀣一气地败坏她形象,气得吃不下饭,小禾和胡美杉没辙了,只好分别向她道歉,说听错了,其实是楼上老人家的呼噜,因为夏天,楼上开着窗睡觉,呼噜在寂静的夜里传得分外响亮,所以……何秋萍这才气哼哼地吃了一碗面。

何秋萍的呼噜让深夜的寂静更是空旷,好像这是个平常得不能再平常的夜晚,没人等她,也没人为她留一盏灯。她站在黑黢黢的夜里,突然感伤,这么晚了,陆易州连个电话都没打,出门前没问她要去哪儿,也没想过她一个女人孤身走夜路会不会害怕。她摸着沙发扶手,坐下来,看着窗外的路灯光,穿透了窗帘,孱弱地朦胧着,不知不觉泪就掉了下来,好像身体的什么地方破碎了一样,无声无息地破碎,越破面积越大,破得鲜血直流,鼻子和喉咙哽得生疼。她不敢哭,怕把家人哭醒了,看着她现在的样子害怕,就起身去了卫生间。洗澡的时候,她觉得脸上好几处生疼,那种伤口被撒了盐的生疼,拿手指小心翼翼地摸了几下，才知道脸上破了好几条口子，就小心翼翼地冲洗干净了。出来，站在镜子前看，果然脸颊和嘴角各有几条血口子，鼻梁和右边颧骨都是青的，用手指轻轻一抹，就疼得很。她不由得吸了一口冷气，看着看着，突然地，心就跟跳进了万丈深渊似的，出不来了。再过三天，就是请客的日子，就她这张破脸，让亲戚朋友们看见了，得咋想啊？

她越想心里越慌，就不知怎么着好了，手忙脚乱地把换下来的衣服按进洗手盆，打上肥皂使劲搓，怕放在那儿明天一早何秋萍看见了，又免不了大惊小怪一顿。因为何秋萍的轻视，娘家的丑事，她一丝一毫也不想让她知道，就像昨晚，她正给小土豆洗澡的时候接到哥哥的电话，把孩子往何秋萍手里一塞就跑。何秋萍抱着湿漉漉的小土豆追到门外问到底是咋回事，她也没说，只说有急事，需要她去处理一下。

血渍浸衣服布纹里去了，打几遍肥皂都弄不干净，她遂泄了气，拧干了，想找个塑料袋装上，等明早出门提出去扔了。一抬头，见陆易州站门口，定定地看着她，问她怎么了。胡美杉像个打算瞒着别人悄悄作点小恶的人，不经意间被窥破了，有点不自在，就避重就轻地说："我哥家出了点事。"

陆易州知道肯定不是小事。胡美杉知道他有点瞧不太上胡美德，可不管他怎么瞧不上，那都是她哥，哪怕是没有血缘关系的哥，也是她的家人，所以，为了不让他更加瞧不上胡美德，她很少在他面前说胡美德两口子的不是，而他也不问。可今天不行，他必须知道。

晚上，胡美杉接了电话就窜了，母亲一脸不高兴地跟他唠叨了半天，说胡美杉的娘家就没个省心的，别看老胡整天吆五喝六的，其实也是个没骨气的主，如果有骨气，他能把辛苦养大的儿子去给人家当了上门女婿？陆易州虽然不见得多么喜欢胡美德，但也觉得这话很是扎耳朵，怕母亲哪天在岳父他们跟前呛起来，一快意恩仇，把这话当匕首扔出去，到时候，岳父肯定得爆，胡美德也得跳高。这样的场面不是他收拾得了也不是他喜欢的，所以就纠正母亲说在城里早就没有上门女婿这一说了，都是独生子女，结婚的时候谁家房子宽敞去谁家。何秋萍不信，说不管城里多开化，也不能把祖宗留下的老理给开化没了，但凡男人，但凡骨子里有口气顶着，哪个愿意住丈母娘家？陆易州知道，再争执下去，母亲又得说他向着媳妇不向着她这个亲娘。婆婆和儿媳妇从儿子那儿争宠，就跟两个女人争一个男人没啥区别，就像两个争风吃醋的女人从来不会去憎恨那个让她们鸡犬不宁的男人倒会怨恨对方。只要陆易州惹何秋萍不高兴了，何秋萍从来不生陆易州的气，只觉得她好端端的儿子落在胡美杉手里，被教坏了。因为胡美德一个电话，胡美杉出去了，他和母亲相互怄了一晚上，现在胡美杉带着满头满脸的伤回来了，他怎么能装聋作哑？

胡美杉好像没听见他的问话，出去找了个塑料袋，把湿衣服装进去，说："不早了，睡觉吧。"

陆易州说："我问你话呢。"

"今晚的事，我不想提了。"胡美杉说着，就上了床，看着他，好像就等他上床就可以关灯睡觉，好像这天晚上发生的一切，没什么了不起也没什么值得提的。

陆易州定定地看了她一会儿，转身走了。

是的，他是男人，他必须搞明白，是谁把他的老婆胡美杉打成这样，这是必须的。听到外面传来门响，胡美杉才晓得陆易州出去了，原本以为他出去，不过是倒杯水喝。她忙从床上溜下来，想喊，却又怕把何秋萍她们惊醒了，就穿上衣服往外跑，等她到了街上，陆易州已经不见了。她想了想，猜陆易州肯定是去了哥哥家，忙拦了辆车，直接奔过去。

出租车载着她奔驰在凌晨空旷的街上，胡美杉哭了。她突然觉得，自己也是个有男人保护的人，尽管她现在并不希望陆易州去找胡美德，更怕他不问青红皂白就把胡美德揍一顿。但陆易州的冲动，充分表明他在意她，把她当老婆护着。女人跟男人要的所谓安全感，不就是这样么？你受了一点委屈，在他那儿就是天大的事，就要替你把不平给鸣了。

一路上，她流着泪，出租车司机还以为遇上了个深夜出门找丈夫的悲情女人。开出租车的，这种事看多了，不由得多看了她两眼，从储物盒里抽了几张面纸给她，说："男人这东西吧，就这样。"

胡美杉知道他领会错了，觉得他这想法辱没了她亲爱的陆易州，就说："我男人很好。"

司机说："那你哭啥？"

胡美杉说："我哭我男人对我太好了。"

司机从后视镜里狠狠瞄了她几眼，好像在确定她是不是精神出了什么问题。

胡美杉不想和他继续费口舌，怕把这一刹那的好心情给毁了，等她到了胡美德家，陆易州已经咆哮完了。胡美德也把事情的来龙去脉说清楚了，只有贾文莎还气咻咻的，嫌胡美杉吃里扒外，说如果不是她，崔玉得更惨。

陆易州顿时无语，如果人年轻的时候无知无畏，尚可以原谅，可都有家有业也有孩子的成年人了，还一副无知无畏的嘴脸，就是可悲了，遂对胡美杉说："明天早晨去医院上点药吧。"

胡美杉说："就几道小口子，不用。"

胡美德也看了胡美杉的脸几眼，回头瞪贾文莎，骂她不长眼，把胡美杉的脸挠成这样，让她咋出去见人。

贾文莎气哼哼说谁让她不分里外的。

胡美杉怕他们因为她脸上的伤再吵起来，忙转移话题，说："崔玉伤得不轻，听大夫说是颅骨凹陷性骨折，还缝了好几针，为了息事宁人嫂子最好去医院赔礼道歉。"

贾文莎说："胡美杉你有病啊，她臭不要脸还光荣了？我告诉你，胡美杉，我宁肯给一只狗道歉也不会给崔玉一个好脸色。"

胡美杉觉得无语，坐在沙发上，从靠枕背后悄悄拉住陆易州的手，用力握着。贾文莎就在那儿义愤填膺，说崔玉比她爸小整整二十二岁，她爸一不是明星，二不是才华横溢的艺术家，崔玉爱他啥？还不就是看上他爸兜里的钱了。冲着男人兜里的钱去的女人，说白了就是骗子，还是臭不要脸的骗子，冲着钱出嫁的女人就是想把男人的家底全端了！

贾文莎满嘴脏话，胡美杉听不下去了，跟陆易州说："我们回去吧。"

陆易州点点头，然后跟胡美德说："哥，嫂子现在很生气，但有几句话，我得跟你说一下。今天晚上的事，前因不重要，但后果很严重。崔玉已经颅骨骨折了，在法律上已经构成了轻伤，如果崔玉为了报复嫂子的话，可以追究嫂子的民事和刑事责任。"

贾文莎先是一愣然后不服气地嘀了一声，说："干吗？小陆，你的意思是崔玉还能把我送进去？"

陆易州说："从法律上说是可以的，因为今天晚上你是蓄意伤人，又构成了轻伤，只要崔玉想和你过不去，接下来的事情就无法避免。"说完又沉吟了一会儿，说，"我觉得美杉的建议不错，为了息事宁人，你应该去医院赔礼道歉。"

胡美德没想到事情会这么严重，也有点怕了，说："你不是能嘛，你看着作，把天作下来我看谁能替你扛得住！"胡美德也挺生气，作为男人，他理解老贾，也鄙视老贾，没错，男人是需要女人，可需要女人就非得结婚啊？胡美德觉得老贾是脑子坏了，就老贾的模样和身家，想结婚的话，运气好点，找个大龄姑娘都不成问题，要是他去参加老年征婚联谊会，受欢迎程度，一定不亚于唐僧进了女儿国。这是他听朋友说的，朋友是开婚姻介绍所的，经常和媒体联合搞老年人征婚联谊会。

胡美德有时候会想，如果他和贾文莎离婚了，他会不会娶小聂呢？大多时候，他觉得是不会的，觉得女人在不是自己老婆的时候都挺好，是老婆了就麻烦得很，跟脚气似的，不要命，可痒起来让人烦得抓耳挠腮。还是单身好，用不着撒谎用不着担惊受怕，多好啊！很多次，他想和老贾这么谈谈，却开不了口。其一，老贾是长辈，跟长辈提这么荒唐甚至有点下作的建议，肯定会被呵斥；其二，他晓得老贾不是很瞧得起他，就像他瞧不起那个一到傍晚就牵着脏乎乎的松狮狗到店里问今天有没有鸡屁股的光棍汉老王。虽然老王一再声称要鸡屁股是喂松狮，可所有人都知道，他提回去的鸡屁股，大部分都喂了他自己。偶尔，胡美德会坏笑着问："老王，你养了几只松狮？"老王就擎擎手里的狗绳："一只。"胡美德继续坏笑："我怎么觉得还有一只？"说着，拿手指戳戳他的胸膛，"我觉得你这里还养了一只。"老王的脸唰地就涨红了，但也不恼，还会耍着小聪明借坡下驴说没错没错，他上无爹娘下无儿女中无老婆，他也是吃五谷杂粮的人，心里总得揣点啥才不空落落的，没别的，就装这只松狮了。

这也是胡美德和老贾不睦的地方，一想到自己在老贾心里的形象，可能和天天讨鸡屁股的老王差不多，胡美德就窝火。可他又恼不得，因为人家老贾还没像他似的，缺德少教地把话说到面上，他要发作了，就真成贾文莎嘲笑的那样了，活脱一男版赵姨娘。

总之，他觉得一本正经地要找个女人恋爱结婚娶进门的老贾，是脑子进水了的表现，至少你也娶个五十岁开外，年龄相当的呀，娶崔玉算怎么回事？比贾文莎才大两岁，他们怎么称呼？直接喊崔玉？没礼貌，叫妈？就贾文莎的脾气，怕是万棍齐下地揍一顿，她都喊不出口。最要命的是，就凭崔玉这年轻轻的身子，能啥也不图地就便宜你一个土埋到胸口以上的老爷子？鬼都不信！如果崔玉豁上了，怀上他的孩子，贾家烤鸡店的天，怕是要变喽。

这些话，他跟贾文莎说过。他把脑子里琢磨的那点事，和盘托了出来，贾文莎就愣了，一屁股坐在他肚子上，两眼发直。

他知道贾文莎就像知道自己的十根手指，有些事如果他想，不用自己做，只要告诉贾文莎，就能要到他想要的结局。譬如，他说如果崔玉真跟你爸结婚了，搞不好真能再给你生个弟弟，到时候，咱天宝就有个穿尿不湿的舅舅了。

贾文莎咬牙切齿说她要敢生出来，我就敢给掐死！当然，贾文莎也晓得自己是在说气话，最要紧的，不是崔玉生了她给掐死，而是让她生不成，这才是正事。这不是她毒，而是她太了解父亲是个不折不扣的儿子迷，她之所以天不怕地不怕，父母的娇纵是一方面，更大的原因，是父亲一直把她当儿子养。如果崔玉真的给父亲生了儿子，那么，毫无疑问，不仅贾家烤鸡店，甚至贾家的所有家业，都将和她没关系了，这怎么可以？

依着崔玉的年龄，和父亲保养良好的身体，再造个小人儿出来，应该不成问题。一想到母亲和父亲创下的家业有可能拱手他人，贾文莎就气不打一处来，恨不能把崔玉抓过来，像吃手撕羊肉一样把她撕吧撕吧喂狗！

2

尽管贾文莎恨不能把崔玉给生吞活剥了，到底还是去给她道了歉，因为第二天一早，崔玉的哥哥和嫂子就用轮椅推着他中风瘫痪的爸爸找到了门上。如果贾文莎不给出个说法，他们就把瘫痪的老崔留在这儿，老崔大小便不能自理，还一口一口往地上吐痰。不仅如此，他们还要找律师给个说法。胡美德是真怕了，不仅怕他们把崔玉他爸像丢块烫手的山药一样丢在这儿，更怕他们去找律师。好歹他也是跟着火车走南闯北了七八年的人，看人的准头，还是有点的，崔玉的哥嫂是什么人，从话语里，他听出了个八九不离十。没什么见识的市井小民，被生活压榨得就剩了一股子犟劲，如果贾文莎不服软，他们就下不了台阶，下不了台阶就得这么呛着，三呛两呛，他们心气里仅有的那点犟劲就给激将出来了，搞不好，真会去找律师。到时候，律师还不一搅屎棍子把贾文莎打拘留所里去？

胡美德不缺小聪明，知道现在正跟崔玉的哥嫂下着对手棋呢，万万不能让对方摸到自己的怕点在哪儿，就忙又是打拱又是作揖地替贾文莎赔不是，说这错贾文莎认定了，让他们千万把老爷子带回家，要不然万一有个三长两短的，他说不清楚也道不明白。说这些的时候，他一副快要被吓尿了的样子，让崔玉的哥嫂很受用，把贾文莎气得够呛，要不是前头有陆易州的那番话镇着，要不是胡美德突然装起了大尾巴狼，一副凶神恶煞的样子连推带搡地把她塞进了卧室反锁上了门，她恨不能把胡美德连同崔玉的哥嫂以及不停地吐痰的老崔全给踹到门外去。

胡美德连哄带骗，又许下了赔偿，才算把崔玉的哥嫂打发走，然后，开了卧室的门，对暴怒母牛一样的贾文莎，连看都不看一眼，就转身到了客厅。他一屁股坐在沙发上，点了支烟，看了她几眼："你是想让他们去找律师呢，还是去道歉？"

"找！让他们找！我倒想看看，律师是能帮着他们杀了我呢还是刮了我！"

"杀不了你也刮不了你。"胡美德慢条斯理说完，突然提高了嗓门，"我告诉你，贾文莎，为了你，我跟一个卖狗肉的赔了半天笑脸，你要还不知好歹，硬要迎着刀头上，让人弄进去了，别怪我没本事捞你！"

说真的，贾文莎真怕了。她也不嘴硬了，就小声嘟哝："卖狗肉的怎么了，你卖鸡肉就比他高级了？"

胡美德愣愣地看着她，愣是让她给气得扑哧一声，笑了。

下午，贾文莎去医院给崔玉道歉，胡美德要陪着，她没让。给别人低头，在她这儿还是生平第一次，还是向一个她压根就没瞧得起的人，心里的那股窝囊劲就甭提了，如果胡美德也去，就等于是夫妻双双给崔玉道歉，凭什么啊，她配吗？

进了病房，对坐在床边的父亲，贾文莎看也没看，好像不认识，或者他不过是不相干的路人甲乙丙丁。她垂着眼皮，把胡美德帮她写的道歉话背诵了一遍，个中的不情愿，傻子也能听出来，可崔玉还是原谅了她，因为老贾向她承诺过了，以后他俩的事，坚决不关贾文莎的事，她再捣乱，他就报警。

崔玉觉得，老贾一个当亲爹的，把话都说这么绝了，无非是希望她和她的家人别把贾文莎给闹到拘留所去，她也是做母亲的人，自然知道天下父母的良苦用心，何况她又不想和老贾分手，想两人和和气气地往下过日子，还是少给他为难的好。

贾文莎背完道歉词，说："歉我道了，你想怎么着随你的便。"说完，转身往外走。老贾有心和她说句话，可贾文莎连看都不看他一眼就走了，就尴尬地矗在那儿，倒是崔玉，推了他一下，然后朝外努嘴，说："其实她心里也难受呢，你出去和她说两句话吧。"

这一刹那，老贾更觉得崔玉善良崔玉好了，嗯了一声就追了出去。远远地，他看见贾文莎进了电梯，就喊了声莎莎。贾文莎抬眼看了他一眼，好像压根儿就不认识他，或者他不过是认错了人一样，漠然地关了电梯门，没等他。

老贾是在医院停车场追上贾文莎的。其实，贾文莎在电梯里的举动让老贾挺受伤的，可电梯门关上的一瞬间，他看见了贾文莎的眼泪滂沱而出。然后，他从走廊的窗子，看见贾文莎，那个一直不可一世的、强壮的贾文莎，像从战场上侥幸逃出来的幸存者一样，趔趔趄趄地跑出医院大楼，一头扎进她的车里，伏在方向盘上，号啕大哭。

老贾那颗父亲的心，就像她洒下的泪水一样，一滴滴地，柔软地碎掉了……后来，他下楼，拉开贾文莎的车门，坐在副驾驶座位上。他张着嘴，突然不知该说什么好，只是一阵阵地心酸，末了，才说："莎莎，爸爸一个人太孤单了。"

贾文莎还是哭，不说话。

老贾说："我知道你不爱听，可是，莎莎，爸爸跟你说实话，崔玉挺善良，脾气也好，和你妈有点像。"

"我不许你拿她和我妈比！"贾文莎猛地抬起脸，抬手戳了戳天空，"我怕我妈在天上听见了会难过！"

"好。"老贾说完，看着她。贾文莎也不甘示弱，瞪着眼，看着他，说："爸爸，我真的没想到你会忘了我妈。"

"我没忘。"

"没忘你这是干什么?"

"我身边总得有个人陪。"

贾文莎说:"爸,你信不信?"

"什么?"

"你要敢和崔玉结婚我就敢死给你看。"贾文莎说这话的声音不大,但咬牙切齿,"爸,你要告诉我现在你已经偷偷登记结婚了,出了医院我就把车开海里去。"

老贾让她给吓得脸都白了,说:"莎莎你这是干什么?"

贾文莎一脸无所谓:"我不想别的女人分享我妈的男人。"

老贾举起手,有点抖,慢慢地,叹气一样重重地拍在驾驶台上。

贾文莎翻了他一个白眼:"爸,别想忽悠我,我有个同学在民政局,我会跟她打招呼的,您前脚去登记她后脚就会告诉我。"

半天,老贾才说:"我不和她登记结婚,可我不能没她。"

贾文莎明白,父亲这话的意思就是,从法律意义上,他不和崔玉结婚,但生活中,他要和崔玉一起生活,就越发抿紧了唇,一声不响地看着父亲。老贾让她看得受不了,那眼里,像有两道逼人的寒光一下一下地射中他的心脏,他推开车门,说:"我回病房了。"

贾文莎还是不吭声。

这是她一烟灰缸把崔玉砸成颅骨骨折后的第三天。望着父亲的背影,突然,她觉得恶心,因为父亲。她觉得男人真的是背信弃义的猥琐动物。一连几天,她不和胡美德说话,不给任何一个和她打交道的男人好脸色。

3

关于老贾和崔玉那点破事,老胡觉得贾文莎搅和得对!崔玉这号女人,一年三百六十五天,天天是演员,不把男人口袋里那点银子掏干净了不谢幕!所以,每当胡美杉说贾文莎这么做是干涉老年人的婚姻自由时,他就跟胡美杉急,说:"啥叫干涉老年人的婚姻自由?老贾才五十六,按退休才是老年人的话，老贾还不到退休年龄呢。至于崔玉，就是个水灵灵的年轻人，算哪门子老年人？所以，贾文莎这不叫干涉老年人的婚姻自由，而是帮她爸除害，要不然，别看老贾身板挺壮，真要和年轻的崔玉一块过，那就是敞开皮肉让人家敲骨吸髓！要不是他平素里和老贾谁都懒得和谁搭腔，他一定得把老贾拉出来，找家馆子，挑个僻静的角落，推心置腹地跟他喝两壶，给他醒醒心！可偏偏他和老贾不对付，就像杀猪的瞧不起卖肉的，卖肉的觉得杀猪的粗鲁，谁都没把谁瞧在眼里，这都多少年了，往一张桌上坐都难，莫要说推心置腹地说男女事了。

坐不到一块去，老贾和崔玉的事就在老胡心里发着酵，像沼气池把老胡的胸腔胀得难受。他恨不能把老贾提过来，拎到马路牙子上，让街坊邻居帮着他给老贾醒醒脑子。从古到今，男人迷不正经的女人毁了家业的有多少？当然，他也晓得，老贾的好脾气是这些年做生意练出来的，棱角都在肚子里藏着呢，要不然，他也不会恁大的家业，说扔下不管就不管了，恁大的年纪想娶个比自家闺女大不了两岁的女人，不让娶能把脑子想破了……自从知道了老贾和崔玉的事，老胡就觉得有个黑着面孔的自己，天天蹲在脑壳子里，一声啊呸一口唾沫地骂着大街，就没闲着过。有时候，择着择着菜，就把好好的一棵香菜一棵韭菜给撕了扔烂菜叶子里去了，胡美杉知道，他这是拿菜当老贾撕呢，就说："爸您至于吗？"

老胡说："至于！"恨恨说，"老不带彩的！"

知道劝了也没用，胡美杉就也不劝了，反正他一个人发狠，也打不起来，就劝他说："爸，当着我嫂子的面，您可不能把话说这么难听。"

啥叫亲人啥叫爱人？就是自己怎么骂都成，别人敢说半个不字，你都要和他们翻脸的人。别看贾文莎因为老贾要娶崔玉的事恨得牙根都痒，可不管怎么骂怎么打，那都是她的事，别人说半句不中听的，她都能跳高，还能立马找出把别人一棍子打翻的理由。

胡美杉脸上有伤，最初几天她戴着口罩，因为来吃馄饨的不是街坊邻居就是熟悉的回头客，她懒得挨个儿解释，虽然事情的起因是贾文莎的父亲，可贾文莎的父亲是父亲的亲家不是？她和父亲可以觉得这是别人家的事，可在外人看来，因为是儿女亲家，他们就是一个团体，一旦说起来，就是这个团体出了丑，他们在这个团体里的人，脸上就没个光彩的。所以，关于这个团体里的丑事，能瞒的她就不会敞亮给别人看。没错，老年人再婚本是人之常情，不是什么错，可就因为老贾要娶的是比自己闺女大两岁的女人，这桩原本你情我愿的婚姻，在众人的嘴里就有了原罪。她戴着口罩在厨房忙活，就有人问她是不是感冒了，还有人问是不是卫生防疫的要求她戴口罩。每次不等她开口，老胡就替她解释了，说让贾文莎打的，当然贾文莎不是冲胡美杉去的，而是生气她爸要找个才比她大两岁的小老婆……于是，众声喧哗，纷纷摆出一副热衷于八卦的嘴脸，好奇地盯着老胡。

老胡除了收银基本不干别的，就添油加醋并绘声绘色地讲，讲得胡美杉脸上都挂不住了，说："爸，您见过啊？"

老胡就撇着白眼说："还用见？拿脚丫子都能想出来。"

胡美杉就晓得父亲这是故意的，故意把老贾的风流事抖出来，让大家评价，然后他再把这些评价收集起来，等贾文莎来，当成反对老贾婚事的原动力贩卖给她。老话不说谎言千遍就能成真理嘛，那么，街坊邻居们的非议也是老贾不能娶崔玉的阻力，让贾文莎知道她做得对，大伙儿都支持他。

可老胡还是想简单了，虽然贾文莎说起父亲的黄昏恋就咬牙切齿，可她并不喜欢把父亲的那点破事晒到街坊邻居跟前，让他们拿着当瓜子嗑。当老胡大约第三次和她说街坊邻居是怎么笑话她爸老牛想啃嫩草，却忘了嫩草可能有毒药的时候，贾文莎冷不丁说："爸，我爸的事您少跟外人说。"

老胡一愣，霎时有点脸红："咋成我跟外人说了？你自己在店里不管人前人后地絮叨，别人也不能堵上耳朵啊，三传两传的，大伙儿就知道了，三番五次地问到我跟前，我还嫌腻得慌呢。"这么说的时候，老胡真的很腻得慌，是被儿媳妇埋怨了的腻，好像他多么喜欢在街坊邻居跟前像个长舌老婆子一样地搬弄是非，被人找到门上了一样的腻。

贾文莎冷着脸，说："往后谁问到您跟前，您就当没听见，真是的！"说完，还不到接天宝的点就走了。她基本每天下午都来，因为天宝在湖南路的市机关幼儿园，离老胡这边不远，有时，怕去晚了堵车，贾文莎就早点过来，到美杉小厨坐会儿，聊聊天。或者从幼儿园接着天宝，把他送过来和爷爷玩一会儿，她去烤鸡店收完账，再把天宝接回家，可那天，老胡在门口伸长了脖子等了半天也没见着她把天宝送过来。傍晚客人又多，胡美杉忙不过来，就跑出来喊他，老胡边往回走边嘟哝："你嫂子怎么还没送天宝过来？"

胡美杉说："今天天宝不能来了。"

老胡明知故问为啥，胡美杉说："我都跟您说多少次了，别在我嫂子跟前说她爸不好，您就是不听。"

老胡恨恨地说："我不说成么？"进了店里，他把门摔得好响，就有人笑他，说："老胡啊，想换门了啊？"老胡恨声恨气地说："换！我看是要换门庭！"

说得胡美杉心里一忽闪，晚上结账的时候，老胡一连算了好几次，每次的数都不一样，胡美杉就说："爸，我嫂子不让说她爸，您不说就是了，至于气成这样了？"

老胡就把计算器往旁边一扔，说："你知道个啥？"

胡美杉拿过计算器，噼里啪啦地结了账，说："我能不知道么……"说着，偷眼去看老胡，"爸，我觉得，您反对天宝姥爷的婚姻，不光是因为崔玉太年轻了，是怀疑她的人品吧？"

"错！"老胡大着嗓门说，"这姓崔的要是今年四十七八岁，我也支持，你嫂子不同意我都得劝她。"

"为什么？"胡美杉觉得奇怪了。

老胡瞪了她一眼，好像她一脸的奇怪是装傻卖痴，逗引着他把内心里的那点小自私抖搂出来，就咬了咬牙，没说，可不说吧，又憋着难受，毕竟这些话是不能道与外人的，就压低了嗓门说："女人老了，就生不出孩子了。"

胡美杉恍然大悟。她错愕地张着嘴，说："爸，您……心思藏在这儿呀？"

老胡一脸不自在地哼了一声，悻悻地说："那个姓崔的要是再给老贾生出个儿子来，我老胡就白让街坊邻居笑话了！"说完，黑着脸，僵僵地看了她一会儿又说，"我不能眼睁睁看着我孙子的家业打了水漂，那是他爹和他爷爷拿脸面换来的！"

胡美杉就哑然了，原来，每个人心里都有隐疼的暗疾，她的父亲，老胡的暗疾就是他的儿子结婚后住在老岳父家，让他成为了生得起儿子娶不起媳妇的城市穷人，落人嗤笑。既然被人说笑已成了无法更改的过去式定局，那么，现

第十四章

在他只想用这点他认为的耻辱，为孙子换点利益。也是为了孙子的利益，这些年，不管老贾怎么嘲笑，也不管贾文莎多么跋扈，他都忍了，反正，他的孙子是姓胡的，反正，这些让他们趾高气扬的东西，早晚一天也得随着他的孙子变成姓胡的，急什么呢？电影里不也说了嘛，笑到最后才是胜利，可现在，因为崔玉，他正耐心等待的那个胜局，似乎岌岌可危了起来，他能不急么？能不想着法子给贾文莎煽风点火甚至施加压力么？

4

何秋萍定下给陆易州办庆祝酒席的日子是周六。因为离得不是特别远，乡下的亲戚大都选择了一大早坐长途汽车过来，中午吃完了酒，赶下午的长途车回去。唯独小禾的父母，觉得和何秋萍关系更近一些，再加上想过来看看小禾到底怎么样了，提前了一天来。因为陆易州要上课，何秋萍也不认路，能去长途站接他们的就只有胡美杉了。

脸上的瘀青还没消，血痂还没褪干净，老远一看，脸上跟按了一些碎巧克力棒似的，胡美杉就墨镜口罩地去了，何秋美根本就认不出来她，她呢，就在婚礼上见过何秋美一次，那天上百号人熙熙攘攘着，根本就没法记清哪一张脸属于那个叫姨妈的称呼。

在长途站出站口，胡美杉像只等孩子回家的大鹅妈妈，伸长了脖子东张西望，努力寻找比较符合她想象的来自乡下的一家三口。可何秋美他们下车后，居然稀里糊涂地从检票口出来了，在售票厅门口等了半天，没见着谁来接他们，就有些生气。何秋美觉得姐姐一进城就拿起了城里人的架子，不待见他们了，坏脾气就上来了，让小禾她爸——老萧给何秋萍打了个电话。何秋萍说胡美杉早就去了，可能走岔道了，又问他们在什么地方，让他们别乱走了，她这就给胡美杉打电话。

胡美杉等了半天没等着，想起何秋萍说一进城她就找不到东南西北，没头苍蝇似的乱撞一气，就想小禾父母是不是也这样，进城就犯迷糊，不按常理出牌，走的不是出站口。她绕着长途站转来转去，刚走到老萧身边，何秋萍电话就来了，听着何秋萍的描述，再看看身边的三个人，想大约就是了，就问何秋美是不是小禾家姨妈。

何秋美愣愣地看着这个打扮得跟乡下放蜂人一样的女人,说:"你谁啊?"

胡美杉说:"我是易州媳妇。"

何秋美的第一反应不是寒暄,而是大着嗓门用地方口音哎呀哎呀了两声,说:"早知道你这就来了,我就不用给你妈打电话了,这手机一到青岛就漫游,说不到两句就一块钱。"言语间,让刚才说没了的那一两块钱疼得跟被人揪了心头肉似的。她皱着眉头上上下下地打量胡美杉,"易州媳妇,你咋打扮成这样?还真把俺乡下人当马蜂了?"

老萧怕胡美杉脸上挂不住,拎起包催着何秋美走,边走边说:"不就块八毛的电话费么,瞧把你疼得,费这么些唾沫!"

长途站外面人熙来攘往的,跟何秋萍接触了这段时间,胡美杉大体已经明白了乡下的中老年妇女,要么慈祥善良朴实得要命,要么又泼又倔没法讲道理。虽然她并没跟何秋美打多少交道,可美杉小厨这些年也不是白开的,看人只要一搭眼,基本就看个差不多。凭直觉,她觉得自己跟何秋美就是岸上的狗和水里的鱼的关系,不在同一个世界,别指望说到一块去,怕越说越解释不清,遂装作没听见,从地上拎起一个包去马路边打出租车。有几辆车停了,可一看胡美杉一行四个人还有几只沉甸甸满登登的编织袋,就各种托词不拉。三番五次的,何秋美就生气了,觉得因为自己是乡下人被出租车司机鄙视了。等到下辆车还是不拉他们,她把着车窗就要和人吵架,被胡美杉拉开了。壮壮开始抱怨何秋美不该地瓜土豆都要往城里驮,老萧也应声附和。何秋美不服气,可被一再拒载也是事实,只好气鼓鼓地忍了。最后,还是打两辆出租车,一车捎两个编织袋,总算有司机拉了。

一到家,何秋美水都没顾上喝一口就开始嘟哝,说城里人全是看人下菜碟的势利鬼,甭管干什么的,都看人下菜碟。明明能坐四个人的出租车,司机非不拉,非得多打一辆车,这些司机为啥德行这么坏?都是外甥媳妇这种厾人给惯出来的毛病。说到这里的时候她拿眼神瞟着胡美杉,本想说这城里的外甥媳妇没瞧得起他们,居然向着外人,帮司机说话,一转念,觉得自己毕竟是来做客的,进门就挑人家的不是,反倒显得自己这做长辈的为老不尊,就转换了一个说法,说:"城里人真是拿钱当纸糟蹋,外甥媳妇也太好说话了,他说拉不

第十四章　211

了就拉不了？多打一辆车不得多花钱啊？"

　　何秋萍也心疼胡美杉多花了钱，可又不想让何秋美觉得自己和她一个水平，一直以来，她都觉得嫁给老陆，就是嫁进了书香门第，何况她有个优秀的儿子陆易州，又跟着进了城，就应该比纯粹的乡下女人何秋美水平高一点，也有见识一点，就学着电视里有修养的家庭主妇的样子，责怪胡美杉。

　　胡美杉正在厨房烧水，说她看了一下，一辆出租车的后备箱确实装不下四个大编织袋。何秋美生气地说可以不合后备箱盖子，在乡下他们都这么拉大东西。胡美杉说那是要被交警扣分罚款的，在城里不能按乡下的规矩来。一席话让何秋萍讪讪的，觉得胡美杉不卑不亢的就是故意让她在何秋美跟前难堪，一点做婆婆的威严都没有，就这样的破事，解释啥，顺口说句"妈我错了，姨妈对不起"能死啊？

　　何秋萍脸就不好看了，坐在沙发里，俨然是红楼梦里的贾母，巍巍然地被人尊敬着，过着衣来伸手饭来张口的老太君生活。不管是拿个杯子还是递块抹布，全是她动动嘴，让胡美杉动手，看得何秋美的眼睛锃亮锃亮的，说："姐，你真行啊！"

　　何秋萍就自得地笑了一下，瞟了一眼在厨房忙活的胡美杉，缓缓地说："行什么行，女人老了，想在儿媳妇跟前活自在了，生个好儿子是最主要的。"

　　何秋美让她给说得满眼都是羡慕，拍了坐在她身边的萧壮壮的手一下，说："儿子，听见了没？以后妈就靠你了。"

　　十七岁的萧壮壮正是做着雄壮的梦，不把一切陈规陋俗和父母放在眼里的时候，跟没听见一样，看天花板。何秋萍就问萧壮壮学习成绩怎么样，就像问不想结婚的人为什么不想恋爱一样，萧壮壮就烦了，随口说一般，起身说要去看看表哥的书房。何秋萍知道他不愿意掺和也懒得听大人说话，就冲着他的背影说："壮壮，你可别不爱听，为了你爹妈没少吃苦，你要是好孩子，就考个好大学，让你爸妈在村里也长长脸，等大学毕业了把你父母接到城里享福。"

　　萧壮壮像没听见一样去了书房。

　　望着他的背影，何秋萍啧啧了几声，说都让你们两口子给惯坏了。又问能不能考个好大学。何秋美愁眉苦脸地说谁知道呢，学习成绩跟打摆子似的，一会儿上去了一会儿又下来了，他们两口子没文化，在孩子跟前就没威信，管不了他，随他去吧。何秋萍说："嘴上没毛的孩子，他懂个啥？你们要随他去就是对孩子不上心！"说着，拿小禾说事，说要照你们的意思来，小禾早辍学了，早不知上哪儿去端盘子上流水线了，可就因为她这当大姨的盯着看着给她支撑，现在咋样？进外国公司了，咱十里八村的，有几个进得了外国企业的？

一番话说得何秋美两口子满脸惭愧，因为小禾，从头到尾又把她好一顿感激，把何秋萍给感激得很受用，所以当胡美杉说时候不早了，她得去店里的时候，何秋美摆摆手说去吧，晚上早点回来做饭。

胡美杉心里咯噔一声，心想晚上店里最忙了，她哪有时间回来做饭，刚要说呢，何秋美开口了，说："姐，和你比，咱老家那些儿子娶了媳妇结了婚的婆婆，都得去一头撞死在猪圈里，还想吃儿媳做的？不给儿媳妇端洗脚水就不错了。"何秋美的眼泪都快掉下来了，说以前不信人各有命这一说，可进城看看，信了，一母同胞的亲姊妹俩，自打结婚，就各自有了各自的命，跟姐姐比比，她这命都不值当得继续往下说。何秋美边说拿袖子擦眼泪，何秋萍让她说得也怪凄凄然的，抽了张面纸递给她。晚上店里忙，怕是赶不回来做饭的话，胡美杉就说不出口了，知道婆婆虚荣着呢，想幸福给姨妈看看，让她回乡下宣传宣传……就说了声好，往外走。

何秋美擦着泪，看了一眼胡美杉，抽了一下鼻子，才小声说："虽然外甥配小胡这个媳妇高般了点，可也不能下这么狠的手啊。"

回家后，胡美杉就摘了口罩，露出了一脸的伤痕，何秋美瞟了一眼又一眼，但一直没开口问。从接她到进门，胡美杉一直忙前忙后的，她也觉得在车站那会儿自己脾气有点不大好，就想卖点好给胡美杉，顺口这么说了一句。其实本意是说给胡美杉听，让她知道这个姨妈虽然没文化脾气差，但道理还是懂的。

胡美杉知道她误会了，就笑了笑，正琢磨着怎么解释好呢，就听何秋萍说："秋美你啥意思？"

何秋美没回答她的话，而是直接说："姐，你一个当婆婆的，不管儿媳妇对错，只要儿子动了手，都要站儿媳这边，要不然男人动起手来，没轻没重的。"

何秋萍就气爆了，加重了口气又来了一句："秋美你啥意思？"

第十四章

让何秋萍炫了一顿优越感给炫得正自卑着的何秋美，说到胡美杉脸上的伤痕，刚要找到一点道德上的优越感，觉得姐姐和外甥虽然过上了体面的好日子，可就动手打老婆这事实在是忒不光彩了，莫要说城里，外甥还是个受过高等教育的人，现在在乡下都没人打媳妇了，城里人咋把文明给过倒了呢？就看了胡美杉一眼："还能啥意思？易州这孩子平时看着挺老实的，咋打老婆呢？下手还恁狠，当初人也是他自己个儿哭着号着娶回来的不是？"

连胡美杉都让她给说得不舒服了，不等婆婆开口，就替陆易州辩解上了："姨妈，事情不像您说的那样，我脸上的伤跟易州没关系。"说着，就匆忙换鞋，想赶紧走，逃离这是非之地。可何秋美以为她跟那些好面子的乡下女人似的，都让男人打得头破血流了，见了外人还自掩家丑说是走路不小心绊一跟头摔的呢，就又追了一句："外甥媳妇，你可千万别傻，别给男人护短也别怕抹了他的面子，打老婆这事，我在乡下见多了，你要不给他点厉害的，上瘾！你得挨一辈子！"

"秋美，一年不见，我发现你咋越来越不会说人话了呢？你怎么知道这是易州打的？易州是那种抬手就打老婆的粗鲁人吗？"何秋萍给彻底气蒙了，冲老萧嚷，"老萧，你们一家三口这是打算来气我的？"

自己老婆什么心性老萧当然知道，他知道何秋美心气儿高，命里薄，其一是嫁了他这个只会土里刨食的无能男人，其二是她自己身体也不好。在乡下，一个家庭要是把无能男人和病老婆这两项都占了，日子就没可能过好，日子过不好，在人前气就壮不起来。尤其是像他们这样，闺女是自己亲生亲养的，都要姐姐给供养出来，虽说亲情可嘉，可毕竟是受施舍，个中的难受滋味，只有他和何秋美知道。何秋萍动辄以恩客自居，刺伤了老婆的自尊，她咧咧两句，也不过是不服气的无望挣扎而已。就像个瘦弱的小子，在街上被人揍了，不甘心众人面前落荒而逃地掉面子，总要边逃边回头张望着喊你等着，等我回来收拾你！其实，他永远不会回来。何秋美也知道和姐姐争，自己永远不会胜，可她不能这么认了，得让姐姐知道，日子过得怎么样不说，她气势还是在的。

老萧说："姐姐，你别和她一般见识。她没恶意，都是坐长途车闹的，晕了一路车，下车又和出租车司机怄了一顿，气不顺，好话说出来也臭气熏天。"边说边去阳台开了窗，拉何秋美过去大喘几口，把满肚子的浊气去一去。

何秋萍冷眼看着，一声不吭，样子活像生了气的贾母在看刘姥姥责骂淘气的板儿。胡美杉突然觉得这一幕有点滑稽，弯腰换鞋的时候，低头偷偷笑了一下，直身要走时，瞥了一眼书房，就见壮壮拿着一本书，站在书橱旁，眉头皱得厉害，就晓得他心里很不舒服，毕竟他是在县城读高中的小伙子了，可父母毕竟是父母，不管他们因为无知和浅陋出了多少洋相，都不希望他们被居高临下地睥睨。

两人的目光穿越了十几米的空间，撞到了一起，壮壮的目光，就像被吓了一跳的小鹿，蹦跳着躲开了。胡美杉有点替他难过，知道如果让他在家和父母和婆婆他们待在一起，一定难受得很，就说："壮壮，你要嫌在家里闷得慌，就跟我到店里玩吧。"

壮壮说好。

胡美杉招呼他赶紧一起走，要不然她爸在店里忙不过来该火了。何秋萍小声嘟哝了一句，就个馄饨店，有什么好玩的，胡美杉说丹东路离海洋大学老校区很近，壮壮可以去那儿玩，正好感受一下高等学府的气氛，说不准还能增加学习动力呢。听胡美杉这么说，何秋美高兴得要命，说最好让壮壮去听听人家大学生上课，那多来劲。胡美杉笑着说今天周末，不上课，就算上课估计也不能随便让人去听，说着，喊壮壮出门。何秋萍送到离大门两米远的地方，叮嘱她傍晚捎点海鲜回来，姨妈他们在老家吃不到那么新鲜的海鲜。胡美杉说了声好，顺手关上了门。她和壮壮坐公交车到了丹东路，下车后，见壮壮的脚步有点迟疑，就晓得他跟自己出来，逃避父母和姨妈斗嘴的尴尬才是真的，未必想去她店里玩。当然，她也觉得让个大小伙子去馄饨店里玩，有点逗，就跟他说，不远处的宝业书店不错，喜欢看书的话，他可以进去看一会儿，如果嫌看书太闷，就去老海大校园，从红岛路的四校门进去，转到南面鱼山路的校门出去，青岛著名的名人故居都在那一带，足够他玩一天的。壮壮挺开心的，说了声好，撒腿就要跑，被胡美杉喊住了。她怕他玩迷了路，从包里掏出纸笔，给他写了电话号码和店里的地址，又塞给他两百块钱，让他看上什么喜欢的就买了。壮壮说不要，怕烫一样往回推，胡美杉说你不拿我就生气了啊，说完，故意板着脸，壮壮这才红着脸拿了，转身跑掉了。望着他远去的背影，胡美杉听见自己心里有个声音，轻轻地叹息了一声。她觉得壮壮自尊心很强，依着他的家庭条件，自尊心太强是要吃苦的，这世道，很多时候，自尊心就像头不能自己打食的活物，得有大把的钱喂它才成。

　　到店里一看，老胡已经把菜都择洗出来了，码在那儿，就等她这个大厨了。见她进门，说了说店里今天的菜，就自己到店外闷了一支烟。再进门，看着他欲言又止的样子，胡美杉就问他是不是有什么事，老胡嗯了一声，又闷了一会儿，才说他是做公公的，有些事不能跟儿媳妇掐破耳朵地嘱咐，可她是小姑子，她可以说……说完，就收了声，看胡美杉的反应，不用他继续往下说，胡美杉也明白父亲要说什么了，尽管老贾承诺不和崔玉登记，可老胡还是不放心，人嘴两张皮，承诺发誓就是嘴皮子动一动的事，要全当了真，这世上早就没有那些烂扯事儿了，万一哪天老贾让崔玉拿迷魂汤给灌晕了呢？到时候，只要他把结婚证领了，麻烦怕是就要找上门来了！这话，他每天都得絮叨上个三五遍，絮叨给她听，给贾文莎听，或者自言自语，总之，好像这已经不是句普通的话了，而是咒语，只要他每天念上几遍，他所担心的事情，就不会发生。他就想不明白了，老贾都多大年纪了，还惦记着男女那点事，没女人能怎么着？能死啊？要真这样的话，他打四十几岁没了老婆，到现在都死多少个来回了？尤其听说崔玉比贾文莎才大两岁，他对老贾的那个鄙夷，就更是在心里呸得一个跟头接一跟头的。图他啥？和他白头到老？怕是她自己都没脸往外说这话！图他人好？比老贾好又年轻的人多了去了，她咋没看上呢？还不是因为老贾兜里有银子。因为老贾和崔玉年龄差距太大，胡美杉也会下意识地启动阴谋论，觉得不合常理，老贾除了一具五十六岁的身体和存款之外一无所有，所以不能免俗的，她也怀疑崔玉对老贾的爱。可再想想，如果贾文莎是一窄街陋巷里的穷家姑娘，不管她多么撒泼多么以死相要挟，胡美德怕是都不会娶她吧？如果陆易州不是又高又帅又有学问又体面，怕是她也不会爱上他吧？这么想着，就觉得父亲和嫂子有些过了，毕竟，老贾也是快六十岁的人了，辛苦了大半辈子，不管崔玉爱的是他的人还是他的钱，他都愿意，就算他的钱被爱没了人也被坑惨了，那也是他自己的血汗钱，只要他自己高兴，有什么不可以呢？

　　她这么想着，就和老胡说了，说："爸，我嫂子他爸的事您就别管了，说来说去的又不解决问题，再说也不见得人家就是不对。"

　　老胡白了她一眼，没吭声。

胡美杉说:"其实大家都不傻,您老是说来说去的,别人会有看法的。"

老胡说:"老贾脸都不要了,别人说两句我怕啥?"

老胡嗓门很亮,好像不服气,像马上要上街抓个人质问质问似的,但胡美杉了解他,他嗓门越亮越说明心有不甘的他打算偃旗息鼓了。平心而论,老胡不傻,除了维护子女利益那点小自私,人也不坏,晓得见好就收是给自己和别人留余地的美德。

果然,大半天下来,他没再提老贾。下午两点,饭点过去了,店里冷清清的,胡美杉把灶间收拾利落了,说:"爸,易州姨妈他们来了,晚上您过去吃饭吧。"

"不去!"老胡拎起马扎就上街了。

胡美杉知道劝也没用,父亲对何秋萍的讨厌一点儿也不比对老贾的讨厌少,遂把暂停营业的牌子挂到门外,做了几个菜,装在保鲜盒里,让父亲晚上吃。如果她今天把家里的人带到丹东路吃饭,尽管父亲有可能会忙得四脚朝天,但一定很高兴。他喜欢热闹是一个原因,再就是来的都是胡美杉婆家的人,到店里热闹地凑一桌,会让他在街坊邻居跟前很有面子。可胡美杉更明白的是,这个面子,婆婆是轻易不会给的,其一,她怕何秋美一家因此而觉得她在儿子家没混到地位,连招待客人这样的事,都要由城里的亲家出面;其二,她还会觉得拉着大队人马去丹东路,有上赶着去恭维讨好老胡的意思,她犯不着。

胡美杉出门张望了一下,见父亲坐在胖子的报纸摊旁,胖子正忙活着卖报纸,一时顾不上和他搭腔的样子,父亲就显得有几分落寞,东张西望里,和她的目光撞上了,两人都微微愣了一下。胡美杉说:"爸,我走了,晚饭我给你做好了。"

老胡摆了摆手,意思是走吧,但没说话。

胡美杉张了张嘴,想求他和自己一块儿回家,但又知道是枉然,就转身走了,眼睛酸酸的。

第十四章

第十五章

1

胡美杉拎着一堆湿答答的海鲜回了家，猛然想起来把壮壮给忘了，慌得不行，给老胡打了个电话，让他回店里等着，别壮壮找过去，店里没人。

老胡说壮壮来了，他给打了辆出租车，和司机说好了，这会儿该到了。声音平平淡淡的，听不出来有什么不高兴的，胡美杉就又说了句："爸，您过来吧。"老胡还是说不去，就挂了电话。胡美杉握着电话，有点难受。这么多年了，只要在青岛，她都会陪老胡吃饭。因为早晨要去早市，要准备店里用一天的东西，忙活完吃早饭就快十点了，吃完了就该准备中午的营业，忙活一中午，饭点过去得两点多，把店面稍微收拾一下，她和父亲才能坐下吃饭，晚上的饭，一般要等晚上七点多，来吃饭的人就不多了，胡美杉才能腾出手，炒两个热菜，再配上两个凉菜端上来。忙了一天的老胡就会喝上两口。老胡喝酒很杂，有时候白酒有时候啤酒，一杯下肚话就多了，说的全是过去的事，尤其是她妈活着的事，絮絮叨叨的，好像她妈还活着，只是出了趟门，串亲戚去了，不定什么时候，就笑吟吟地回来了。等他喝完酒，絮叨完了，基本上就没人来吃馄饨了，胡美杉就把杯碗收起来，端一盆热水放到老胡床边，让他洗脚睡觉。美杉小厨的一天，就算完美谢幕了。

小土豆饿了，吵着要吃奶，何秋萍把她抱过来，见胡美杉低头拿着电话，眼里水盈盈的，就问她怎么了。胡美杉接过土豆，说没什么。

何秋萍有点不悦，盯着她看了一会儿，嘟哝说没什么你脸阴得好像谁欺负你了似的。

胡美杉晓得婆婆脾气，如果她不说，从这一刻开始，两人又不知得别扭成什么样。她也不知道婆婆怎么会这么喜欢揣测别人的心思，还从来不从正面去揣测，也跟陆易州抱怨过，说和婆婆相处太累了，一句话说不来，就得看她一天脸色，好像自己对她做了十恶不赦的事一样。陆易州说别看他妈处处强势，其实自卑着呢，生怕被她这个城里儿媳妇瞧不起，才硬做出一副盛气凌人的架势的，解决办法就是能说在面上的，就别藏着掖着地让她猜。所以，胡美杉就照实说了，何秋萍听了，也没吭声，转身走了。饭菜陆续开始上桌时，陆易州回来了，还有老胡，胡美杉又惊又喜，顾不上厨房里还开着火，跑过去抱着他的胳膊说："爸，您来我太高兴了。"

老胡依然板着脸，严肃得很，说："你婆婆派易州去请我，我能不来么？"说着，敞亮着欢快的嗓子，去招呼小土豆。虽然不和姥爷一起住，但小土豆特别喜欢姥爷，从何秋萍怀里挣扎着，就要往老胡怀里奔。陆易州和姨妈姨夫打了招呼，问胡美杉要不要他帮把手，胡美杉说不用，让他去陪客人。见何秋萍把小土豆塞给老胡就去跟何秋美聊天了，就小声问怎么回事，陆易州说咱妈打电话了，让我下班过去接着咱爸，一起过来吃饭。

胡美杉心里一暖，婆婆往昔的那些尖酸刻薄，瞬间就忘到了脑后，冲正逗小土豆玩的老胡噘了噘嘴，笑着大声说："爸，我请您您不来，搞了半天这是要把面子留给我婆婆啊。"

老胡把一张胡子拉碴的脸往小土豆脸上蹭，祖孙俩笑得咯咯的，整个家里满是温暖的饭菜香和爽朗的笑声。在这个夜晚，脸上还带着瘀青伤痕的胡美杉觉得自己是天底下最幸福的女人了。内心充斥着幸福的胡美杉，手脚轻盈地张罗好了九个人的饭菜，这餐饭吃得出乎她意料的开心，就连她最担心的关于小禾工作的事，也没出状况。

贾家烤鸡店的生意好，通常是下午四点半之前，烤鸡就卖完了，然后收拾一下店面的卫生，下午五点半准时下班。小禾虽然有心回家帮胡美杉把手，可又怕回来早了，父母对她的工作问长问短的，她一不小心说露了马脚，就在外面溜达了一会儿，顺便把壮壮的鞋子买了。到家时饭菜都上桌了，何秋萍就数落她平时六点到家，爹妈来了反倒回来晚了，数落完了，见她手里的大包小包就故意揭何秋美的短："咱妈活着那会儿就说，你一天到晚嘴不闲着，没一句说在点上的，满脑子是章程没一个能落到正点上去的，这要听你的，小禾现在还不知……"

大家也听出来了，其实何秋萍絮絮叨叨地说了半天，不外乎是表功，让何秋美领她的情感她的恩。可何秋美心气多高啊，这么多年以来，她心里一直憋屈得很，见何秋萍又当着一大桌子的人卖人情，何秋美挺生气的，就赌气似的说了一句："城里好什么好？一到冬天就在新闻里看你们城里人拿着雾霾当气喘，不知哪天就把身子喘坏了！"

听何秋美说话的腔调，何秋萍知道又要和她杠起来了，忙识趣地闭了嘴，让胡美杉教教壮壮怎么剥琵琶虾，说她在老家那会儿，都没见过琵琶虾，就甭说吃了。

胡美杉也怕她俩呛起来，就捏起一只琵琶虾给萧壮壮示范，刚说先把它的头摘下来，还没说下句呢，就冷不丁听何秋美说壮壮会剥，说着，瞅了何秋萍一眼就耷拉着眼皮说："你在乡下没见过琵琶虾，那是你不往城里去。"说完，何秋美的眼皮虽然依旧没抬起来，但脸上却挂着按捺不住的得意，谁都能听出来，她这是奚落何秋萍，你日子过再好也是个没见过世面的乡下趴窝女人。眼见两个五十多岁的亲姊妹在饭桌上明枪暗箭地你来我往，老胡在心里笑得像一只偷吃得逞的醉狗，抿着唇，一个劲儿地和陆易州他们碰杯喝酒，好像压根儿就没听见她们这半天的叽歪。

这餐饭胡美杉吃得好累，因为时刻要提防着婆婆跟亲妹妹打起来。夜里，她就不明白了，问陆易州这到底是咋回事啊，明明都对对方很好，可为什么要见面就掐呢。

陆易州就笑，说是历史遗留问题，然后把当年爷爷其实是看好了姨妈，结果媒人给提错了的事说了一遍。胡美杉恍然大悟，说这样啊，然后说都这么多年过去了，何苦呢，再说又不是咱妈从咱姨妈手里抢的老公。

陆易州也嗯了一声，叹气说，其实是心理问题，如果姨妈过得比我妈好，就不会这样了。但如果姨妈过得比我妈好，我妈或许会觉得今天之所以不如意，都是当年姨妈赶集给她招惹来的。人生就是这样，只要不如意了，就是重来也不是不重来也不是的尴尬事。

因为陆易州家住不开，老萧和儿子是去老胡家睡的，说好了，第二天中午和老胡一起去酒店就行了。老胡请了几个关系不错的街坊，既然是庆祝酒，就没甩着十根手指去吃的，礼物带到酒店还要往回拿，几个去吃酒的街坊一大早就把礼物送到美杉小厨了，老胡张罗着泡茶点烟。老萧在乡下早起惯了，醒了躺不住就起来洗漱干净，正在街边溜达呢，见有客人来，忙进来打招呼。老胡把他给街坊相互介绍了一下，见茶杯不够转身去厨房找。进城农民天生的自卑，让老萧有点拘谨，嘿嘿地傻笑着，不知说什么好，就有邻居问："您就是小禾爸爸吧？"见街坊也认识小禾，老萧挺高兴的，忙不迭地说："是啊，多亏了有她大姨和表哥照应着，要不然一个人生地不熟的姑娘，想在大城市里混，没那么容易。"有街坊就想往老胡脸上贴点金，说要说起照应小禾来，老胡爷俩可真比小禾的大姨表哥还尽心尽力……等老胡找茶杯出来的时候，街坊已经替他和胡美杉把人情卖完了，说当初小禾找不到工作，让大姨数落得天天待在美杉小厨房这儿不敢回家，老胡不忍心看孩子一天到晚凄惶的样子，就不管儿子媳妇愿不愿意，硬生生把小禾给塞进了贾家烤鸡店。

听着听着，老萧的满心感激就化成了漫天都抹不开的糨糊，说："不对啊，我家小禾在外国人的公司上班，咋会跑烤鸡店去了？"一抬眼，见老胡抱着几个水淋淋的茶杯从厨房出来了，就问，"胡大哥，我家小禾在你亲家的烤鸡店上班？"

老胡惊得差点把手里的茶杯扔地上摔了："谁说的？就你家小禾那姑娘，好好的大学念完了，去烤鸡店上班那不屈才了？"说着，冲说漏嘴的街坊瞪眼。

被请去喝酒的街坊，和老胡都是有什么说什么的兄弟，所以今天他破天荒地做起眼色来，他们就觉得好笑，起哄说老胡别当着亲戚的面就玩文明的，你有话直说，小眼不大，你瞎咔吧什么？

老胡就真急了，稀里哗啦地把茶杯往桌上一放，想小声点提醒一下街坊千万别再说小禾了，眼睛一扫，见老萧像警察盯犯罪嫌疑人一样盯着他呢，就飞快在脸上堆起笑容，让大家自己倒茶，自己窜到了街上，拿手机就拨了街坊的电话，接通了就是一顿臭骂，说："你是痴呆哪还是脑子进水了？我使眼色都快把眼皮累瘫痪了你还看不出个死活眼来啊？"把街坊登时就给骂蒙了，接着手机就窜到了街上，非要和老胡理论理论，说话这么难听，要不是看在多年兄弟的分上，跟他翻脸都是轻的！要依着他当年的脾气，怎么着也得给老胡一记老拳。

老胡挂断手机，照他胸口来了一拳，当然，是那种看上去很凶猛落下去很轻的闹玩拳，说我他妈先给你一拳，然后，就把小禾瞒着何秋萍和父母的事说了，让他和大伙说说，中午吃饭的时候，别说漏了嘴，街坊这才晓得是自己嘴

第十五章   221

贱，替老胡卖好差点把他给卖坑里去，两人喊喊喳喳地商量了一会儿，就回了店里，扯了一会儿别的，话题又扯回了小禾身上，因为晓得街坊又说小禾是要补刚才捅出来的窟窿，老胡也不跟他急了，就笑眯眯地看街坊说说小禾当年找不到工作那阵，老胡那是义无反顾地让她到亲家店里挣工资，闹得那边亲家还挺不高兴，美杉婆婆也好大不乐意，小禾好歹念了四年大学本科，去个烤鸡店上班，大材小用了不说，有辱斯文呢。

老萧沉默地听着，也不插话，偶尔笑两下，也看不出什么来，老胡莫名地就有些心慌。

2

因为中午要请客，胡美杉在家忙叨了大半上午，贾文莎来电话问胡美杉打算穿什么，胡美杉说又不是办婚礼，穿干净整洁就行了。贾文莎说那可不行，因为中午来的不光是陆易州家的乡巴佬亲戚和丹东路上的市井小民，还有陆易州的同事，对大学老师，她还是很了解的，水平高低且不说，一个个的全都讲究得很，在他们眼里，老婆代表的是丈夫对生活的审美，所以，今天胡美杉必须打扮漂亮了，因为一到了场合上，她代表的不是自己，而是陆易州的品味，懂么？

如果贾文莎说了解别的群体，胡美杉未必信，但她说了解大学老师，她还是相信的，因为贾文莎和一上海高校的讲师谈过两年恋爱，最后的烟消云散是因为贾文莎决定千里送惊喜到上海，结果，一不小心送成了惊吓，因为男朋友床上躺着另一个女人，她愤怒地砸烂了她一手装点起来的男朋友的家，揣着一颗破碎的心，在从上海到青岛的动车上哭了一路，那会儿的贾文莎既不胖也很漂亮，一路上哭得像风摧的杨柳雨打的梨花，把胡美德给迷住了，打着安慰的幌子，把她请进了列车员室，送了一路温暖，最后把自己送进了贾文莎怀里，让痛失男友的贾文莎像抓住一根救命的稻草一样，把他抓成了老公。对于夭折在上海的那段情史，贾文莎从不避讳，甚至，每每她和胡美德呛呛起来，胡美德掀出过去对她冷嘲热讽时，她会厚颜无耻地说："胡美德你少没良心了，我要是你，我得提着厚礼去上海感谢人家，要不是他把我甩了，我贾文莎这辈子不可能和你有半毛钱的关系。"说完，她会擎着一脸胜利的微笑，看胡美德像头愤怒的公猪，冲出门去。至于胡美德去了哪儿，她都懒得关心懒得问，因为半夜回来的胡美德总是一身酒气，除了去找他那帮没出息的酒肉朋友，贾文莎认为他没任何地方可去。她所不知道的事实却是，每次和她吵完了，胡美德都会去找小聂。趴在小聂身上，呼呼睡一觉，起身，洗干净了，回家，临出门前，从玄关处拿起酒瓶子，咕嘟咕嘟得猛灌几口，甚至还会故意撒衣服上，满身酒气地回了家。贾文莎就上当受骗了，以为他和那些动辄就借酒浇愁的没出息男人一样，被老婆骂了一顿，就扑到酒精的怀里寻找安慰。真相，贾文莎是永远不会知道的。至少胡美德是这么认为的，气极了的时候他曾想过，把这一切告诉贾文莎，她会是什么嘴脸？一定是一脸吃了屎的恐怖加恶心嘴脸吧？

　　胡美杉觉得贾文莎的建议对，就去衣橱里翻衣服，都翻底掉了也没找出件像样的。正懊恼着，贾文莎的电话又来了，问她找到合适的衣服了没有。胡美杉说没有，贾文莎说就知道她没有，让她别找了，打辆出租车到她衣橱里找。为吃顿饭还要借套衣服，胡美杉虽然觉得过分，可看着自己满橱都是方便干活的便装，穿到今天这场合的话，说不准会被误以为是在后厨打扫卫生走错了房间的人，就让陆易州他们先走，等会儿她和贾文莎一起过去行了。

3

　　贾文莎把她认为适合胡美杉的衣服，全给摆到床上了。胡美杉换得满头大汗，最终决定穿一套粉色的礼服正装。上衣是短款西装，下身是一步裙，配上贾文莎的高跟鞋，既雅致又时尚。胡美杉对自己此刻的形象很满意，就自恋地在镜子前转了几圈。贾文莎把床上七七八八的衣服挂到衣橱里，对胡美杉说这衣服穿完不用还了，是生天宝之前买的，没穿几次就怀孕穿不上了，因为是名牌才没舍得扔。

　　胡美杉对名牌没概念，但还是好奇了一下问是什么牌子。贾文莎说了个外国词，胡美杉听都没听说过，索性就不问了，继续端详镜子里的自己。换衣服折腾得她满头大汗，让汗水一沁，脸上的几道疤痕就更明显了，虽然血痂掉了，可暗红色的疤痕还是在的，还很显眼。再就是脸颊上的瘀青，也没消退利索，仔细看，还是能看出来。胡美杉就问贾文莎有没有办法让它们看不出来，毕竟都是贾文莎的大作，她有点惭愧，就说："我给你化化妆吧。"

胡美杉本没想化妆，可听了贾文莎后面那句，觉得也是，尤其是中午还有陆易州的同事和领导，别让他们误会了，就算陆易州读完博士不回原来学校工作了，也不能给人留个不好的印象，遂说好。贾文莎搬来化妆箱，手脚麻利地给她扑爽肤水，涂底霜，抹完了遮瑕霜又擦BB霜，然后是眼线、眼影、画眉，涂唇彩，一套流程下来，胡美杉一睁眼，就让镜子里的自己吓着了，脸上的伤倒是遮住了，可贾文莎给她涂抹的东西太多了，一张脸，惨白惨白的，再配上醒目的眉毛和艳丽的口红，活生生就有了日本艺伎的风采，忙说不行不行，我化成这样子，这不成心不让客人吃饭嘛。

贾文莎说："什么啊，化妆就这样，你看着白得惊人，那是刚化完妆的事，等过十来分钟皮肤把妆吃进去就自然了。"

因为没化过妆，胡美杉不知到底该不该相信贾文莎，就问在一旁玩手机游戏的胡美德："哥，我脸吓不吓人？"

胡美德早就等烦了，抬头扫了她一眼："吓什么吓？你嫂子每天早晨都吓我一遍。"

贾文莎说："我没说错吧？"

胡美杉就信了，再加上陆易州也来电话催了好几遍，就抓起手包说走吧。

4

陆易州在酒店订了一个能摆四五张桌子的小宴会厅，十一点半的时候，客人基本到齐了。一桌老家亲戚，一桌丹东路的街坊，一桌陆易州的同事。三桌客人像来自三个不同的星球，完全没法相互融合，作为主人，陆易州又得全都照顾到了，这对于不善于说客套话也不善于应酬的他来说，不亚于一场世界级灾难降临他的人生。他遂在心里，盼星星盼月亮一样地盼着胡美杉出现，好把他从这场疲于奔命的应酬灾难中解脱出来。

可当胡美杉终于出现时，他却像当头挨了一棒子，这哪儿是胡美杉啊，雪白到惨白的脸，鲜艳到触目惊心的唇。他半天没回过神来，倒是他的同事小邵走过来，笑着跟胡美杉打招呼："陆夫人，您今天可真漂亮。"

胡美杉有点不好意思，笑了一下，嘴一咧，露出了整齐雪白的牙齿，陆易州觉得眼球好像被闪电刺了一下似的，别过脸，微微地闭了一下眼，然后，什么也没说，转身忙着招呼客人去了。老胡也觉得胡美杉妆化得太浓了，就在她过来添茶的时候说："就吃顿饭，又不是办婚礼，化什么妆？跟平常一样就行了。"

胡美杉以为老胡看惯了她素面朝天，不习惯她化妆，就笑着说："化着玩呢。"

老胡压低了嗓门说："化着玩也别挑今天。"

胡美杉这才意识到问题有点严重，小声问："不好看啊？"

"不好看！"老胡有些生气，"能把人吓个半死，快去洗了，你没见小陆鼻子都快气歪了？"

胡美杉一歪头，果然，陆易州的脸色煞白，握着一杯茶，表情极不自然地应酬着同事的说笑。胡美杉觉得一股又一股冰冷的血，从脚底往头顶蹿，问了服务生卫生间在哪儿，转身就去了。往镜子前一站，她才晓得，自己被贾文莎坑惨了，什么吃吃妆肤色就自然了，根本就没有。想着自己这副模样出现在陆易州的同事和领导面前，他一定气坏了，就恨不能把贾文莎抓过来，和她面对面地扯着嗓子暴吵一顿。这么想着，她的眼泪就下来了。正好小邵进了卫生间，见她站在镜子面前流泪，愣了一下，问她是不是不舒服。胡美杉忙擦了一把泪，刚要说不是，发现眼线已经被擦花了，整个左脸，好像被泼上了几线墨，人显得更狼狈了。她也顾不上说什么，打开水龙头就捧了水洗脸，因为擦了太多BB霜，脸上油腻得就像抹了好多猪大油，埋头洗了好半天，才觉得脸上清爽了。等她直起身，洗手间已经没人了，她抽了张擦手纸巾，把脸擦干了，可因为没带擦脸油，整张脸紧绷绷的，就拿手拍了拍，边拍边往外走，一出门，差点撞到陆易州身上。发现他沉着脸，大山一样堵在门口，她下意识地问了一句："你到女洗手间干吗？"

"小邵说你在卫生间哭。"他声音很轻，轻得让人听不出来有半点情绪，可胡美杉了解他，知道坏了，陆易州的特点就是，你听他的声音越是风平浪静就越是积蓄着巨大的愤怒，而且他绝不会把这愤怒点燃成火把燃烧你，只会这样冷冷的淡淡的。态度冷淡才是他最愤怒的时候，陆易州跟她吵跟她吼，虽然她会受伤，但至少他还屑于用情绪对她表达不满意，而这种冷淡的不表达，是不屑也是蔑视，在胡美杉看来，就是不在乎了的表现，扔掉旧而肮脏的垃圾时，我们不也是漠然的么，觉得为它付出任何感情和表情，都已是不值得了。胡美杉觉得心里滴答滴答的，就小声说："对不起，我给你丢脸了。"

陆易州什么也没说。

胡美杉说："我没想到她会给我化成这样。"

"化妆的时候没照镜子？"

"我嫂子给化的。"说完，胡美杉又觉得过分，好像把责任都推给了贾文莎似的，又解释了一句，"她也是好意，怕化淡了别人能看出我脸上的疤痕，你误会了。"

知道她说的是实情，陆易州觉得满胸膛的火，憋得像无处伸展的火苗，只能两手在心里攥了又攥，闷闷说了句："快回去吧，都出来这么长时间了。"

胡美杉嗯了一声，夫妻俩便一前一后回了餐桌。可陆易州的胸口闷闷的，像堵了一块石头那么沉，他知道这么怪胡美杉是没有道理的。她爱他，怕给他丢脸，才有了那个丢脸的妆，又知道那个妆给他丢了脸，才内疚得掉了泪……可为什么，这一刻他是那么地厌恶这些画蛇添足式的爱？甚至从没像这一刻似的，厌恶她生长的环境，以及她身边的亲人。他们大声地说笑，好像这里不是酒店包间，而是农村大集上的牲口市场，他们来敬酒的时候，扯着嗓门喊他小陆教授。苍天知道，他不过是个讲师而已，作为注重修为的君子，他是非常爱惜羽毛的，不愿在将来的某天，老同事们提起他就是满心的鄙夷满嘴的讥笑。所以，丹东路的街坊邻居恭维地喊他小陆教授，他唯一能做的就是一遍遍地解释。这餐饭越吃越累，他开始后悔自己事事迁就母亲，才有了这场累人丢面子的请客，心里一烦，千头万绪地往上挤。还有胡美杉，时不时地用手拍一下脸，惹得同事们总去看她的脸。他忍着不耐烦，问她怎么了，她才说刚在卫生间洗了脸，没润肤霜，总觉得脸紧绷绷的，拍下才能好点。陆易州恨不能这就去给她买润肤霜，却又不能，只能由着烦像发酵一样在胸膛里膨胀，就顺着别人的目光去看了一眼胡美杉。把脸洗干净的胡美杉，让人看上去舒服多了，可是，因为没有化妆品的掩饰，脸上有轮廓清晰的瘀青，还有刚褪了痂的疤痕，

226　你是我最疼爱的人

明晃晃的，像蚯蚓趴在她脸上……显然，同事们也看到了，大家交头接耳地说着话，在陆易州看来都是在讨论胡美杉脸上的伤疤，是不是他陆易州的杰作。

懊恼、沮丧和莫名的愤怒，像一群强有力的坏孩子一样，袭击了陆易州，他就那么愣愣地坐着，不和大家寒暄也不吃东西更不说话，像一尊木雕。小禾觉得不对，跑过来问他怎么了，陆易州晃了一下脑袋，说没什么，有点头疼，然后装模作样地捏了捏额头。胡美杉问他疼得厉害不，自从陆易州做完手术，他身体的任何一点风吹草动，都会让她如临大敌。在平时陆易州虽然觉得她夸张，但也没觉得多么烦，可今天不行，他觉得她夸张得就像她进门时的妆容一样，让他反感而倒胃口，遂没听见一样，端起酒杯，要和大家喝酒。胡美杉拉着不让喝，说："易州你疯了，你喝什么酒？"陆易州看都不看她，说："今天我高兴，大家为了我，凑到这里，我不喝酒怎么表达我内心的感谢？"说着，一仰脖，就把杯里的酒干了。

胡美杉就愣了，想他今天这是怎么了。罗医生说过的，陆易州身体虽然完全康复了，但尽量不要喝酒，一直以来，陆易州遵守得也很好。

都一年多没再喝酒的陆易州一杯下去，脸和头皮都麻嗖嗖的，脑袋好像轻飘飘的棉絮一样，随时要随风而去，不知不觉，几杯酒落了肚。一开始，胡美杉还跟他抢酒杯，可被他呵斥了一顿，大约是你一个女人瞎凑什么热闹，边说边把她往一边扒拉，像扒拉一捆干柴火而不是一个人。胡美杉很受伤，就坐在那儿，眼泪汪汪地看着他挨个儿敬酒挨个儿干杯，又疼又恨又拿他没办法。

陆易州在这边喝疯了，老胡也差不多。刚坐下的时候他还有点担心早晨街坊说漏了嘴，老萧会跑去问贾文莎小禾是不是在烤鸡店上班，一下子问个底掉，没法收拾。当然，他也想过事先和贾文莎打声招呼，可又太是了解贾文莎，晓得不打招呼还好，一打招呼她保准得跳高，保准得质问他啥意思，在贾家烤鸡店上班怎么了，贾家烤鸡店又不是野鸡店，不偷不抢靠劳动挣银子，凭什么怕小禾父母知道。所以，提前跟贾文莎打预防针的想法，老胡自己个儿就先掐灭了。酒到下半场了，老萧还是和亲戚朋友们聊天喝酒，好像压根儿就不记得早晨街坊说漏的事，老胡的心也就渐渐放下了。把心放归了原位的老胡，闻着满桌子的酒香，酒瘾就上来了，舒畅畅地跟大伙儿干了几杯，干着干着，嗓门就上去了。

陆易州已经喝趔趄了,还在到处敬酒,胡美杉拽着他的胳膊,说:"易州,我求你了,别喝了。"陆易州就迷蒙着一双醉眼说:"不行,敬酒不能厚此薄彼,既然敬,我就得挨个儿敬完了……"

看看还有一桌多没敬完的亲戚朋友,胡美杉一把抢过了他的酒杯,一脸绝不再让步的决绝看着他。陆易州就迷瞪瞪地看着她:"你啥意思?"

喝醉了的陆易州不再是满嘴可以和新闻联播播音员相媲美的普通话,开始普通话和家乡话相互混杂,口音听上去很滑稽。

胡美杉说:"你不能喝了。"

"为啥啊?"

"我代表罗医生警告你,你是不能喝酒的!"胡美杉觉得陆易州虽然醉了,可听到罗医生这三个字,还应该是有所顾忌的吧,不是他有多么怕罗医生,而是作为一个热爱生活的人,他还是很害怕疾病的,尤其是要命的疾病。

"哦,罗医生……"陆易州醉得一手扶着墙,一手试图去抢她手里的酒瓶,说着说着,腿就软得站不住了,趔趄了一下,依在了墙上,"罗医生是谁?"

何秋萍也不希望陆易州喝大,可又觉得今儿高兴,多喝两杯也无妨,当着这么多人的面,胡美杉急头上脸地呵斥他,也忒不给他面子了,就别着脸说:"他高兴他想喝你就让他喝两杯,能怎么着了?"

老胡也喝高了,醉眼蒙眬里见亲家和胡美杉的那眼神,挺有针尖对麦芒的意思,就猜到是因为陆易州喝酒的事,就大着嗓门说:"美杉,要管男人家里管去,场面上的面子你得给!"

看着眼都醉歪了的陆易州,胡美杉只剩了一肚子跟谁都没法说得明白的悲愤,于是,把酒杯倒满了:"接下来你要敬谁?说吧!我替你敬!"

陆易州踉跄着想去抢酒杯,手却不听使唤了,全身软绵绵的,要不是依在墙上,都能委顿在地上瘫软成一团,嘴里还在嘟哝:"不用你替,你替没诚意,我自己来。"

胡美杉决不妥协,把酒杯往后闪了一下:"说破大天我也不能让你喝了!"

陆易州还没什么,何秋萍先恼了,把小土豆往何秋美怀里一塞说:"土豆妈,当着亲戚朋友和易州同事领导的面,你不依不饶的,是成心想出易州的丑是不是?"说着,就沉着脸过来了,"易州平时滴酒不沾,难得今天高兴,多喝杯就多喝杯吧！"

胡美杉气得眼泪在眼眶里打转："妈，您也知道，易州去年刚做过直肠手术，医生说了他不能喝酒。"

陆易州醉眼蒙眬地乜斜着她："医生医生，整天拿医生的话吓唬我！我早就好了。"说着，拍拍小肚子，"切干净了，早就没癌细胞了！"

"啥？易州，你说啥细胞？"何秋萍以为自己听错了。

"癌……癌细胞，我直肠癌。"逐渐涌上来的酒劲把陆易州弄得迷迷糊糊的，只想找个地方，倒下就睡，嘴巴也不利落了，他扶着墙，试探着伸了一下脚，想往墙上靠得再舒服一点，不成想腿是软的，身子一歪，就往前扑去，整个人一下瘫软软地扑在何秋萍身上。陆易州那么大的个子压在何秋萍身上，把她扑得趔趄了好几趔趄，才站住了。是的，这一瞬间，何秋萍的脑子已经让陆易州说的"直肠癌"三个字给弄蒙了。胡美杉忙放下酒杯，边帮何秋萍扶他边厉声说："易州，你胡说八道什么？"说着，想把陆易州从何秋萍肩上挪开。可醉了的人，不会顺应外力，死沉死沉的，弄不动。见何秋萍脸色煞白，两眼直直的，胡美杉就晓得她让陆易州的话给惊着了，忙宽慰她说："妈，易州喝大了说醉话呢，您别信他的胡说八道。"

醉歪歪的陆易州却不甘示弱，拿一双醉眼睥睨着她："我没胡说八道，我就是直肠癌，罗医生给我做的手术。"说着，两腿呈外八字大大地叉开站直了了，指着小宴会厅的门口嚷，"走，去找罗医生，让他给我作证，我没胡说，还有我们系主任，大家都知道我得的是啥病！"

胡美杉真急了，扑上去捂他的嘴，陆易州却趔趄着往后退了几步，依在墙上，歪着脑袋瞄着胡美杉，抬手指着她，想说什么，没说出来，胳膊就无力地耷拉下来了。而何秋萍两眼一黑，就软绵绵地瘫在了地上……

酒局到了后半场，大多是爱喝的都已经喝高了，不爱喝的也被喝高了的人吵得脑壳疼，不是一脸为难地被喝高了的人拉着手扯大天，就是和同是没喝高的人窃窃私语，很少有人关注饭桌之外的事情。所以，胡美杉和陆易州以及何秋萍他们之间发生了什么，并没太多人在意。就算有人在意，也只见几张嘴开开合合，至于他们都说了些什么，根本就没法听清。只有一个人从何秋萍起身去找陆易州之后，一直关注着他们，那就是何秋美。因为何秋萍把小土豆塞给了她，小土豆认生，扭着身子哼唧着要找奶奶，让何秋美生生就觉得自己手里抱了个刺猬，巴望着何秋萍赶紧回来把小土豆从她手上接走。盼着盼着，就看见何秋萍像根从筷子上掉下来的面条似的，软软地瘫在了地上。她就大喊了一声姐，把小土豆往小禾怀里一塞，就奔了过来。因为她这一喊，所有的目光都聚拢了过来，整个小宴会厅就乱了套，人仰马翻的嘈杂中，陆易州的酒就醒了大半，茫然地看看胡美杉，再看看掐着母亲人中大叫的何秋美，喃喃地说："怎么回事？"

第十六章

1

事后，陆易州想起来，那场酒是他人生中最大的败笔，可是又能怎样呢？一切都已经成了不可挽回，因为知道儿子得过直肠癌，他的母亲在床上躺了整整三天。三天里，她不说一句话，只是直直地看着天花板，陆易州每天守在床边，跟她发誓跟她赌咒他已经好了，甚至拨通了罗医生的电话，让罗医生亲自和她证实，可何秋萍把他的手机扒拉开了，说不管别人说什么，她都已经不信了，遇上这样的事，让谁帮着撒个谎谁都干。

陆易州就觉得自己成了风箱里的老鼠，求救似的看胡美杉。

胡美杉虽然还在生他的气，但又怕自己也不理他，他会更郁闷，郁闷对身体不好，遂就不和他一般见识了，也会过来帮着劝劝婆婆。何秋萍会看她一眼，似乎有很多话要问却问不出口的样子。因为何秋萍卧床，没人照看小土豆，胡美杉也没法去店里开张，在家一待就是三天，把老胡待生气了，一天好几遍的电话问，问到底怎么回事。胡美杉就说婆婆身体不舒服，得在家照料。老胡就问怎么个不舒服法，要不要去医院什么的。胡美杉说不用，婆婆说躺几天就好了。这让老胡很生气，觉得陆易州考上博士请客喝酒本来是大喜的事，她非要挑这个时候昏倒，把一场好生生、欢天喜地的庆祝宴吃成了受惊宴，弄得大伙儿不欢而散不说，她在家躺着，又不肯去医院，这不乡下老太太式的成心闹妖么？他就跟胡美杉发火。虽然陆易州的病，婆婆已经知道了，可胡美杉还是不想让老胡知道，就支支吾吾地说不出个所以然。她越说不出个所以然老胡就越觉得是何秋萍在闹妖刁难她，非要过来看看，把胡美杉吓得不行，好话说尽。因为老胡一生气说话嗓门就特大，她的手机听筒密闭性不是很好，何秋萍隐约能听到一点。虽然一次听不明白，可架不住老胡的电话多，三番五次的，前边一句后面一句，三拼两凑就知晓了老胡的意思，何秋萍就淌眼泪。

淌着眼泪的何秋萍说："我在老家我不知道，你爸就在身边守着咋也不知道易州都病成那样了?"

　　胡美杉不知该说什么好,就去看陆易州,大多时候陆易州不说话,母亲的状态让他觉得自己是罪魁祸首,不管是之前的病还是后来的喝醉。

　　因为老胡总打电话来,何秋萍恼了,说:"你就不能跟你爸说,我是让易州的病给打击的?要是他知道你得过这病,就算好了,他能好受得了?"

　　胡美杉觉得这说法荒诞极了,瞠目结舌地看着她,何秋萍以为她理屈词穷了,就哼了一声,话锋一转说:"话说回来了,就算这事发生在你身上,也不见得你爸会怎么着。"说着,窃窃地偷看了一下胡美杉,"又不是你亲爸。"

　　本来就窝着一肚子火的胡美杉,就觉得自己的肚腩简直就像一盆炭火被泼上了汽油,就沉着嗓子叫了声妈,刚要发火,就听陆易州说:"妈,您要是这么不放心我,那……索性我也别去北京读博士了,还是留在青岛陪在您身边更好。"

　　原本无精打采的何秋萍一听这话,好像被电击了尾巴的鱼,噌地坐起来,愣愣地看着陆易州,言语干脆利索地说:"不成,你好都好了,北京要去,博士你也得读!"

　　陆易州说:"可您这样,我去了北京也不放心。"

　　"你放心好了。你爸活着那会儿,你妈我一个妇道人家,软得像根刚煮好了出锅的面条,你爸走了,我就从面条变成了铁条,你妈刚强着呢。"说完,就去客厅抱小土豆。

　　小土豆正在沙发上和何秋美玩。几天下来,小土豆对何秋美熟了,也不抗拒她了。本来,何秋美他们周日下午就要回老家的,可何秋萍这样,老萧觉得她这就走了不好,就说他和壮壮先回,别耽误孩子上课,她呢,多住几天,陪陪何秋萍。

　　何秋萍能从床上起来了,家里的生活就恢复了正常。再有十来天,陆易州就要去北京读博士了,胡美杉既要忙店里,又要给他准备去北京的行李,忙得脚打屁股。陆易州也回学校做工作交接,虽然所到之处都是恭喜之声,但陆易州还是高兴不起来,总感觉大家对他的笑里,隐着另一种不能说破的东西,似乎是对他的揣测,还有对他的鄙夷。他挖破脑袋地想是怎么回事,就想到了丹东路上的街坊喊他小陆教授,脸上一阵阵发热。他想跟大家解释解释,真不是他的自大，而是他的老岳父，一个市井粗人没见过世面，但也敬仰有知识的人，就把他这大学里工作的女婿当成骄傲炫耀了，而且炫耀得太过了，因为他压根儿就不晓得在大学里教学的人还有助教、讲师等等的称呼。他也特意给老胡讲解过很多次，可每一次老胡都听得不耐烦了，说啥助教讲师呢，在我眼里，你在大学教书，就是教授。可每一次，他的话还没说完呢，人家就说陆老师，你太认真了……虽然是宽慰他，可在他听来，怎么像是讽刺呢？讽刺他以为他们这些受过高等教育也在从事高等教育的人会和一些市井小民一般见识，就沮丧得很。中午去食堂吃饭的时候，见他相熟的几个同事都坐在一张长条桌上，就打了饭端着过去，和大家边吃边聊。只是，聊着聊着，他又把话题拉到了关于街坊喊他教授的事上，用开玩笑的口吻，轻描淡写地解释了一遍，大家都微微地笑着，边吃边听他讲。其间，也没人插话，倒是小邵，在桌下踢了他一脚。他抬眼去看，就见小邵看着自己，虽然没丢眼色，但她眼神里的话，他已读懂了，就闭了嘴。

去放餐盘时，小邵跟在他身后小声说："陆老师，一会儿有没有时间？"

陆易州正打算找机会问她自己刚才说那些话有什么不对呢，就回头说有。他一闪身，绅士地让小邵先放了餐盘，自己才放上去。小邵说我在食堂门口等你，说的时候，眼睛也不看他，好像根本不是在和他说话，陆易州就笑了，想起了谍战电影里的接头。

他出了食堂，看见小邵站在食堂右边的银杏树下，正仰头看树冠，陆易州走到她身后，说："邵老师。"小邵就指着树冠说："你看，今年结了不少银杏。"好像根本不是蓄意在等他，而是在看树上的银杏果子，也引起了陆易州的好奇。两人站在树下说了几句无关紧要的话，陆易州说："小邵，我中午不该那么说吗？"

小邵歪着头，明明一脸天真，却要故作老成的样子，说："你为什么要那么说？"

陆易州说："我不想大家误会我。"

"怎么会呢？"

"会的，我不想让大家以为我是个狂妄的人。"陆易州顿了一下，"我也不是。"

第十六章

小邵看了看左右说:"这里人来人往的,去我宿舍说吧。"

说真的,陆易州有点迟疑,毕竟是去一个单身女性的香闺,有点敏感。

小邵歪着头看了一会儿,不等他答就走了,走了十来步,又站住,回头看他,好像在说你磨蹭什么呀?

陆易州觉得自己再犹豫就伤人家自尊了,就抬腿跟了上去,距离小邵两步之遥的距离,就听小邵在前面小声地说:"我宿舍里又没老虎。"

不知为什么,陆易州的心开始扑通扑通地跳。小邵是今年春天才分来的研究生,做教务管理。虽然没人明说,但大家都心知肚明,凭小邵的学历资历,能分来学校靠的全是家里父母的底气。陆易州心里七上八下地跟在她身后,一阵阵的秋风把香水味吹进他鼻腔,熏得他晕头涨脑,他晓得那香水味来自小邵的身上。进了她宿舍,头就更晕乎了。小邵的宿舍布置得干净里透着女孩子的雅致,陆易州站在房子中央,站也不是坐也不是,局促得很。小邵倒比在外面的时候活泼了许多,把朝上的手掌状的单人沙发往他跟前一推,说坐吧。

陆易州就跟跌落似的坐了进去,心里却在暗暗谴责自己没出息,都结婚做爸爸的人了,怎么跟个抹不开面的少男似的?小邵煮了两杯咖啡,满屋都是暧昧的咖啡醇香弥漫,熏得人昏昏欲醉。咖啡好了,两人深一句浅一句地聊了起来,小邵说:"其实今天中午你大可不必解释。因为有些事吧,你不说,大家也就忘了,谁也不会当事记在心里,你一解释,反倒弄巧成拙了。其一说明你很在意这事,其二你在深化大家的记忆。"

陆易州又解释了一顿,因为紧张,有点词不达意,说来说去还是怕大家误会。小邵就笑他书呆子,陆易州辩解不是他呆,是感觉大家这几天看他的眼神不对。小邵嘟了嘟嘴,又抿回去了。

陆易州觉得她有话要说,就拿眼直直地看了她:"不是因为这?"

小邵摇头。

陆易州就困惑了:"那是因为什么?"

小邵说:"你真想听啊?"

陆易州啊了一声。

"那你答应我,不撒谎。"

陆易州郑重其事地点头。

"是因为觉得你太出乎大家的意料了。"

陆易州一副蒙得不行了的样子："怎么说？"

"你家暴。"

陆易州心里劈过一道闪电，一下子明白了，可嘴里还是说："为什么？"

"你老婆一脸的疤就是证据啊。"见陆易州一肚子忍了又忍还是不想说的样子，小邵当是他还在为动手打胡美杉的原因生气，就说，"如果她没化那么雷人的妆，大家也注意不到她的脸。如果为了遮家丑，妆雷人就雷吧，她偏偏洗了，这套动作搞下来，简直就是摆明了要告诉别人点什么的行为艺术。"

陆易州只觉得脸僵得冷飕飕的，半天才说："我们俩连架都不吵。"

小邵抿着嘴笑，也不言语，那表情分明是在说你就撒谎吧，我不戳穿你。

陆易州疲惫地搓了一下脸，说："真的。"就把胡美杉受伤的原因讲了一遍，两手一摊，无奈地说，"你信吗？"

小邵看着他的手，突然笑着把自己的双手拍上去："我信！"

一双柔软细腻而白皙的手，陆易州就傻了，张皇着双手，抽也不是握也不是，一动也不动地擎着，好像掌心里停了一对稀世的鸟儿，生怕自己一动，就惊飞了它。

小邵大约看穿了他的心思，顽皮地在他掌心里挠了两下，小声说："其实，我叫你来，不是和你说这些的。"

陆易州忙装作很意外的样子，把手抽回来一本正经地问："是和我有关的？"

小邵笑了笑，对他说："和你没关系。"过了一会儿又说，"其实也有关系。"

"怎么说？"

"以后我们就是同门师兄妹了。"

陆易州这才知道，小邵和他报考了同一所大学的博士研究生，也被录取了，只是她属于委培性质的，陆易州微微一愣，然后说真巧，小邵就笑着说："这可不是凑巧，我是特意的。"

陆易州就觉得脑子里呼呼的，奔跑着火热的风，再也坐不住了，像突然想起有什么事要办但没办一样，噌地站起来，说该准备下午的课了，逃也似的走了。

第十六章

2

何秋萍知道秋天是乡下最忙的季节，就催着何秋美赶紧回去，该收苹果了，何秋美说他们家老萧说了，让她等姐姐好了再回。

何秋萍就拍打着自己的身子骨说我这不好了嘛。说真的，何秋美在这儿待着，她有点烦。何秋美从来不会顺着她说话，向来都是怎么说能噎她一跟头就怎么说。再就是何秋美既不能上街帮她买菜也不会帮她做饭洗碗，因为城里的好些设施她用不习惯。最让她不能容忍的是何秋美上完厕所总是不冲马桶，总要她闻到味不对了，问她，她才一脸恍然大悟的样子拍着炸了的鸟窝一样的头发说忘了忘了，边说边拽着大屁股往卫生间跑，活像屁股里夹了一只双黄蛋的肥母鸡，她看着别扭。

何秋美这才说："姐，你知道小土豆舅舅家的烤鸡店在哪儿不？"

何秋萍说就听说在台东，具体在什么路上，什么门牌号，她还真不知道。

何秋美说："你不能问问小土豆妈？"

何秋萍警觉地问："干吗？"

何秋美就有点不好意思地笑着说："听说他们家烤鸡好吃，我捎只回去让老萧尝尝，这几天他在地里干活也怪辛苦的。"

何秋萍想了想，说："不用问了，就去厨房里翻下，有时候胡美杉会捎个贾家烤鸡回来，用他们店里的袋子装着，那袋子上都有地址。我没扔，留着装垃圾呢，估计能找出一两个来。"

既然姐姐这么说了，何秋美就也没吭声。其实，就算姐姐让胡美杉捎，她都不会让，因为老萧嘱咐她一定要去烤鸡店看看。去之前不能让任何人知道，因为他怀疑他们的小禾压根儿就没在什么外国公司上班，而是在烤鸡店！老萧和何秋美这么说的时候，要不是碍于姐姐在床上躺着水米不进，她得当场给他们来个崩锅炸！

翻了没几分钟，何秋萍就找到一个袋子，说她眼花了，让何秋美念念上面的地址。何秋美说就她读的那几年书，早就着粥喝了。何秋萍只好找来老花镜，一字一字地念了，说："我听土豆妈说了，离这儿不算远，咱一路打听着去？"

何秋美说："成，咱要今天上午能买好了，我下午就坐车回去，正好晚上给老萧下酒。"

听她这么一说，何秋萍就更积极了。两人换好了衣服，抱着小土豆，拿着那个塑料袋就出门了。上街逢人一问，果然近得很，坐四站公交车就到了，各怀心事的姊妹俩就去了。

离贾家烤鸡店还有好几十米呢，远远地，就闻见了烤鸡香，何秋萍吸了吸鼻子，说真香，怪不得他家买卖好。

一心想知道真相的何秋美已经顾不上应酬姐姐，循着香味往前奔，一直奔到了贾家烤鸡店。隔着玻璃门，她就看见了站在收银机后的小禾，就像亲闺女被骗到狼窝里的含辛茹苦的老娘一样，眼泪一下子奔涌进了她昏花的老眼。她趔趔着推门进去，门上的电子感应器播出了一个温柔的女声："欢迎光临。"

何秋美搓了一把泪，冲大门喊："欢迎你个鬼！"

烤鸡店里一共四个人，三个售货员，小禾是收银员。何秋美进来的时候，小禾正给顾客找钱，突然就听一个熟悉的粗暴的声音在店里炸开了，两个年轻的脾气也比较火爆的女同事有点生气地说："你骂谁呢？神经病。"

一抬头，小禾就看见了她的亲妈，正像愤怒的母鸡妈妈扑向抢走了她小鸡宝宝的敌人一样扑向她。小禾本能地转身就想跑，可还没跑出两步，她就看见她的亲妈，一屁股坐在了贾家烤鸡店的地板上，拍着地板大哭。她一边哭一边把鼻涕抹在地板上，控诉着在乡下多少人早早就享上闺女的福了，可她和老萧哪怕自己累死累活都要把闺女供出大学来，为的就是她有个好前程，却没承想她念出大学来的亲闺女也只能在烤鸡店里混日子。她哭的嗓门那么大那么凄惨，把所有人都吓坏了。何秋萍抱着小土豆走得慢，等她进了门，何秋美已经把该控诉的控诉完了，只剩下了如丧考妣的哭，刚要问这是怎么了，一抬眼，又看见小禾在，就更蒙了，说："小禾，你不上班在烤鸡店干吗？"

何秋美就撕扯着沙哑的破嗓门说："她就在烤鸡店上班！"说着，瞪何秋萍，"你骗我，你儿子媳妇还有你，都骗我！姐，这就是你嘴里的好前程？"

正说着，胡美德来了，看着何秋美坐在地上哭得那赖相就挺反感的，碍于亲戚面子又不好说难听的，就说："大姨，有什么事咱上后面说去，在这里哭

第十六章

会影响我做生意。"

何秋萍还云里雾里的，以为何秋美说小禾就在烤鸡店上班是信口开河的胡说，就瞪了小禾一眼："都是你，不好好上班，在外面瞎逛游，瞧把你妈气得！"

小禾知道不说实话是不行了，就咬了咬嘴唇，小声说："大姨，我就在这儿上班。"

何秋萍张大嘴巴看着她，胡美德一看不好，唯恐她又要玩昏倒，忙把小土豆从她怀里抱过去，对小禾说："小禾，今天我给你放假，先回家把事处理完了再回来。"

3

小禾抱着小土豆，何秋美一路走一路哭，好像她被整个世界欺负了。何秋萍黑着一张脸，好像狂风暴雨马上就要席卷了这个世界。这一行四个，引来无数人侧目。

何秋美把何秋萍收拾得再也不是那个优越感一万的大姐了，只剩下默默地擦着眼泪，被何秋美数落急了，就吼一句："何秋美，我对不起你行了吧？我吃饱了撑的没事干，把你闺女从初中供到大学毕业，供出来她偷摸到烤鸡店去打工，丢了你的面子伤了你的心，我是罪人我对不起你！"

"你这是对不起我的口气？你这是声讨我！"何秋美一张黝黑的脸被眼泪洗得油光水亮，"姐，这么说吧，你也甭觉得自己冤得慌。咱姐俩这辈子，甭管你多帮衬我，你都对不起我，你对不起定了。要不是老陆他爸没问我名字，要不是咱爹娘非要先嫁大的再嫁小的，今天，过好日子的人是我不是你！"

何秋萍让她气得浑身直哆嗦："何秋美，你真是良心被狗吃了！为这事，我问过老陆多少遍，他说了，当初就算媒人提的是你，他也看不上你，就你那愚样！"说着，狠狠地盯了她一眼，"也不撒泡……"然后，顿了一下，又道，"你也去照照，自己是不是那块能生出有出息儿子来的料！"

小禾觉得母亲这套理论丢人极了，好像她没过好，都是因为大姨这块绊脚石，好像大姨的好日子都是偷了她的，可生活本来就阴错阳差，哪儿有那么多的如果可言。她急了，把小土豆放在婴儿车里，冲何秋美说："妈，到现在了您还说这些蛮横不讲理的话，您觉得有意思吗？"

"咋？我咋没意思了？吃里扒外的死丫头，你攀上你大姨这根胖枝子就不认你这个穷皮娘了？"说着，扬手就给了小禾一巴掌，"早知道有今天，当初我就该一把把你掐死在尿盆子里！"说完又哭，哭何秋萍跟她仗大卖资格，整天给她卖恩情，恨不能让她这个亲妹妹跪下来对她感恩戴德……

陆易州和胡美杉就是这时赶回来的，家里已经乱成了一团粥。今天，破天荒的，何秋萍没哭，她等着陆易州，然后又瞪胡美杉。毕竟当初是自己撒了谎，胡美杉让她瞪得心虚气短的，就底气不足地喊了声妈，何秋萍扬手就是一巴掌："都是你！都是你干的好事！"

陆易州没想到母亲能打胡美杉，也急了，说："妈，有话您好好说，您这是干什么？"

何秋萍的眼泪，这才滚滚而下："我还能怎么说？易州啊，你妈活到这把年纪，还没像今天似的让人数落得只有进气没出气。"

见姨妈动手把嫂子打了，小禾也急了，哭着说："大姨，要打您就打我吧，不关嫂子事。当初嫂子拦着我来，不让我去，可我看您因为我找不到工作着急上火的，就想先去干着，等慢慢找到合适的工作再换。"

陆易州也道："妈，确实是这样，美杉和我说过不想让小禾去烤鸡店，但我的想法和小禾一样，与其找不到合适的工作窝在家里上火，不如先找个工作干着……"

"好好好，你们一个比一个有理，就你妈是个老糊涂，还摊上一个白眼狼妹妹！"说着，何秋萍突然发现，何秋美已经不见了。虽然刚才和何秋美吵得还恨不能把何秋美拽过来打两巴掌，可何秋美真不见了，何秋萍马上心就揪起来了，催着陆易州他们赶紧出去找。何秋美大字不识几个，在人生地不熟的城里，要走丢简直是小菜一碟。

陆易州他们是在临近中午的时候才找到何秋美的，在人民路的北头，在市政的污水井里。

城市的街上，经常有丢失了盖子的污水井，像魔鬼的大口一样，散发着臭气，人稍不留心就会被它咬伤。何秋美不只是被咬伤了，连命也丢了。

陆易州觉得姨妈生气离家，一定是往长途站的方向去了，但她不认识路，方向未必走得对，就和胡美杉、小禾分头找。他沿着人民路往北，快到北岭的时候，突然看见前面围了一群人，里三层外三层的，他啥也看不见，就问外围的一个人，这是怎么了。

那人说有个乡下妇女掉污水井里了。

陆易州心里就咯噔一下，觉得不祥，但还没往太严重上想，因为历年都有不留心掉进敞着口的污水井里的人，大多是受点伤，不会有生命危险。就扒拉着人群说："让一让，让一让，让我看一眼，我正到处找我姨妈呢。"

听他这么说，大家就自觉地给他让开了一条缝隙，就见井口前几个男人正在用力往上提绳子，绳子是捆在掉在井下的人的脚上的。一看这个姿势，陆易州心里的咯噔就变成了轰隆声，再看那只脚，厚厚的肥肥的，以及漂在污水上的鞋子，腿就软了。他认识那双鞋子，是小禾刚买给姨妈的，姨妈喜欢得要命，在家都不肯换下来，为这，母亲经常跟她翻白眼，说那鞋后跟太硬了，一走路咯噔咯噔响，怕楼下邻居上来找。

很快，何秋美就被提上来了，人已经没了呼吸，眼睛圆瞪着，好像不明白突然的这一瞬间发生了什么。陆易州觉得万箭穿心，叫了声姨妈，眼泪滚滚掉了下来。有人早就打了"120"，何秋美被拉上来不到一分钟，"120"急救车就到了。医生看了看她的瞳孔，说人已经没救了，问要不要帮忙送到太平间。

陆易州点头的时候，眼泪飞得到处都是。他给胡美杉打了个电话，说姨妈找到了，让她们赶紧过来，就在人民路北头。胡美杉问怎么找到的，没什么事吧？他什么也没说，只说你们快点，就挂断了电话，然后恳求"120"等一会儿，等姨妈的女儿过来，他觉得姨妈离开这个世界的路上，一定是希望由自己的亲人送一程的。

医生答应了，但说不能等太久。他哽咽着说嗯，然后就听旁边的人说，其实这个敞着的污水井口是有标识的，在离井口三米远的地方摆着一个不锈钢警示牌，写着正在维修请绕行，在离井口两米远的地方扯着一根绳子，绳子上有各色的三角形旗子。当时有人远远地看见何秋美一边哭一边抹着眼泪走路，还隔着马路喊了她一声："别往前走了！"可何秋美没听见，对于不识字也毫无城市生活常识的她来说，那块摆在地上的警示牌相当于无，她绕过了警示牌，径直往前走，被绳子绊了一下，一个踉跄就扑进了污水井……

医生说姨妈是被污水呛死的，陆易州就更难过了，姨妈窝心地活了一辈子，到最后还要被肮脏的污水呛死……

小禾和胡美杉一起到的，那会儿，陆易州已经从旁边商铺里借了水，把何秋美洗干净了，抬到了一个干净的地方。小禾远远看见母亲躺在人行道上，而表哥陆易州坐在一旁马路牙子上垂头丧气的，还有急救车停在旁边，就以为母亲闹妖闹大发了，很生气，和胡美杉说："我妈最讨厌了，不管什么事，一不遂她的心，她就躺地上打挺！真是太丢人了。"说着，就撒腿跑过去，边跑边喊，"妈，您当这是在咱村里啊？快起来，别躺那儿丢人了！"

陆易州闻声抬头，看见急步跑来的小禾，就站起来，哽咽着喊了声小禾。小禾就觉得不对，说："哥，我妈怎么了？"

眼泪再一次从陆易州眼里蹿了出来，"小禾，姨妈没了。"

小禾将信将疑地蹲下去，摸摸母亲的脸，吓着一样，抽回了手，又去摸她的鼻子，雪白葱茏的手指，捂在何秋美的黝黑黝黑的脸上，喊了一声："妈。"她的母亲一动不动，以这一生前所未有的端庄姿态，定定地看着她，好像有很多要说的话，然后，一只秋天的飞虫掠过了眼前。

小禾觉得整个世界都不在了，就又提高了声音喊："妈——！"好像声音大就能把母亲唤醒，胡美杉也被眼前的这一幕吓坏了，说："易州这是怎么了？"

陆易州指了指污水井。

4

何秋美去世后，除了必要的交流，何秋萍几乎不开口说话，胡美杉知道她心里愧疚，怕她郁闷坏了，就凡事都顺着她，小禾也是。当老萧和萧壮壮从老家赶来，小禾一句话不说，扑通就跪在了父亲跟前，号啕大哭着让他打自己，如果不是因为她在烤鸡店上班，母亲就不会找到店里勃然大怒，如果母亲没有勃然大怒也就不会气急败坏地和大姨蛮不讲理吵起来赌气离家，如果她没有赌气离家，也就不会没了命……总之千不是万不是都是她引起来的，自始至终，老萧除了老泪纵横，一句话也不说，直到小禾拿他的手扇自己的脸，他才抽出

第十六章　241

手,把小禾拎小鸡一样从地板上拎起来,叹气似的说:"小禾啊,你爸不能没了老婆又添一个活得糟心的闺女啊。孩子,不怪你,你妈自己找的,谁让她就是不愿意认下自己的穷命的!"

胡美杉原本还担心姨夫来了会和他们闹一场,这样的事不是没发生过,有人在亲戚家出了事,和亲戚家打官司要赔偿的多的是。可是老萧没有,去太平间看了何秋美,摸着她的脸,叹了两口气,说这就是命啊,认了吧。他问了一下,把已经去世的何秋美从青岛拉回老家,费用高昂得很,就直接在青岛火化了,抱着骨灰盒回去安葬的。

然后,就是陆易州帮着跑青岛这边的市政,探讨责任,商量赔偿,因为有警示标识,市政不需要承担太多的过失责任,用官方说法,出于人道主义,只能象征性地赔偿十万块钱。胡美杉觉得,对于一条生命来说,十万太少了,说:"易州你是学法律的,懂得这个,不行就让姨夫起诉市政。"

陆易州说:"起诉也没用,因为市政已经尽到了提醒和警示的责任,是姨妈自己不小心。"可胡美杉觉得,哪怕市政已经提醒了也警示了,在污水口也应该用个结实点的东西盖上,要不然得多少人吃亏啊,这样的事发生得又不少!陆易州叹气,说目前国内的法律法规就这样,他也没办法,带小禾去市政领了赔偿,打到了老萧的存折上,接下来,他就该去北京了。

因为母亲没了,壮壮在县城读高中住校,父亲一个人在家没人照顾,和父亲一起送母亲骨灰回家的路上,小禾说她不回青岛了,要留在老家照顾父亲。老萧瞪眼看着她,然后破口大骂,说:"就因为盼着你有出息,你妈连命都给盼没了,你要是敢给我回来,我就给你打断腿!"

老萧这辈子从来都没大声跟人说过话,这还是头一遭,小禾让他骂蒙了,知道父亲这是在用破口大骂发泄内心的悲痛,也没觉得难过,倒是很感动,感动得心都哽咽着疼了。给母亲下完葬、给父亲蒸了两锅馒头,洗干净了所有的衣服,小禾就回青岛了,然后和胡美杉说,她不能回贾家烤鸡店了。

胡美杉点头,其实小禾不说她也晓得,姨妈因为小禾在烤鸡店工作闹得连命都没了,她是不能再回去上班了,就问陆易州怎么办。陆易州也愁得慌,再有两天他就得去北京了。晚上,小邵来电话问他什么时候启程,想约他搭伴一起走,陆易州没心思想这些,说还没定。小邵挺意外:"快开课了,你怎么还不急不慢的?"陆易州就把家里发生的事大体说了一遍,说没心思。

小邵顿了顿,说:"你现在愁的是你表妹的工作吧?"

陆易州一愣,说:"一部分吧,也不全是。"

小邵沉吟了一会儿,说等会儿给他打电话再说,就把电话挂了。胡美杉听他接了半天电话,问是谁。陆易州说小邵,说完了又有点后悔,怕胡美杉知道了小邵也考了北京会多想。胡美杉在旁边已经听了个差不多,就问她也考上北京的博士了?

陆易州知道瞒不住,也不想撒谎,反正他也没干什么对不起胡美杉的事,就嗯了一声,说:"我也是才知道。"

胡美杉就觉得有条毛毛虫爬进了她的心里,痒痒的,毛毛的,让她不安,却又说不出口。正胡思乱想着,陆易州的手机又响了,他拿起来,给她看看:"小邵老师的。"说完,接电话。

不知为什么,胡美杉就觉得"小邵老师"这四个字,从陆易州嘴里说出来暧昧极了,就像男人说的小贱人呀小妖精呀。对,就是这种味道,虽然陆易州要一副此地无银三百两的样子特意给她看看是小邵老师。她胡思乱想中也没听清陆易州和小邵老师到底说了些什么,就听陆易州满嘴满腔的都是感激,冲着手机另一端的小邵谢了又谢,好像小邵做了挽救他全家人性命的天大好事,就拿眼看了他。陆易州让她看得不自在了,挂断了手机,满脸欣喜地说:"小禾工作有着落了。"

胡美杉说:"是吗?"

"还是份很不错的工作。"陆易州说着,从床上下来,说,"得去告诉小禾一声,让她高兴高兴。"

目送他出了卧室,胡美杉知道,他要及时把好消息告诉小禾是假,是要躲开她审视得他不自在的目光才是真的。想着小邵老师神通这么广大,不由得,胡美杉就酸溜溜了一下。

小邵老师不知通过什么渠道把小禾安排进了他们学校的资料室,据说缺人,正准备着手招人呢,小邵就提前占了一个招聘名额。虽然只是聘任的合同制,但能进高校工作是多少女孩子梦寐以求的理想,而且因为是正规单位招人,毕业后小禾一直揣在口袋里的户口,也可以落下了。所以,当原本已经昏昏欲睡的小禾听到这个消息,高兴得差点从床上跳起来,猛地扑上来,抱着陆易州的脖子就狠狠亲了一口:"哥,太感谢你了!"

陆易州不习惯这种过度的亲昵表达,红着脸把她推开说:"谢我干什么,是和我一起考到北京去的邵老师帮的忙。"

小禾就顽皮地问:"邵老师是男的女的?"

陆易州笑:"操心还挺多的,睡你的吧。"

小禾就扯着他胳膊撒娇:"告诉人家嘛。"

何秋萍看着觉得碍眼,就沉着脸说:"小禾你一小闺女跟你哥一个大男人拉拉扯扯的像什么话?"

"瞧,就知道你离挨骂不远了。"陆易州笑着说,"女的,你们见过的,请客那天她来了,这下没心事了吧。"然后又指着她的鼻子,"别胡乱联想。"

小禾噘噘嘴,倒下装睡,嘴角却浮上了笑意!

第十七章

1

第二天，陆易州带小禾去见了校资料室罗主任，那也是个年轻干练的人。陆易州和他寒暄了一会儿，算是把小禾的工作安排好了，顿觉心里的石头落了地，想着这事是小邵老师给介绍的，就不想把这情欠到北京再还，孤男寡女的反倒不好处理，就给小邵打了个电话，说中午想请她吃饭表达谢意。小邵说好啊，既然是请她，吃饭的地方得由她来选。陆易州说好，小邵说兰公馆吧。陆易州就听见心里有只桶咣当一声又提上去了，可话已经说出口了，又不能反悔，就说好。小邵笑着说："你说好，那我就订座位了。"陆易州说："订吧，我这就往那边去。"

兰公馆离学校有段距离，打出租车过去不堵车也要跑二十分钟，但陆易州不想打出租车，因为时间来得及，就觉得没必要打出租费那银子。虽说读博士有工资，但很低，能维持他在北京的生活就不错了，青岛这边的开销，无论是房贷还是生活支出，得全靠胡美杉了。如果不节约着点花钱，他自己都觉得良心有愧，就跟小禾说走吧。

小禾迟疑着不肯挪脚，说："哥，兰公馆很贵的。"

陆易州说知道。虽然已心疼得心惊肉跳了，但他还是不想让小禾看出来，怕她过意不去，就装着大咧咧地说："我们偶尔吃一次，还是吃得起的。"

小禾知道他这是安慰自己呢，说："要不我不去了吧，两个人吃还能省点钱。"

"那不行。"一想到小禾不去了，就他和小邵俩面对面地吃，就窘迫得要命，说，"你必须去，你要不去，我一个大男人和一女孩子单独吃饭像怎么回事？"

其实让小禾去，陆易州有很多重打算，既然胡美杉已经知道小禾的工作是小邵老师帮的忙了，就她的脾气，是不会欠人情的，一定会催着他还。可到底怎么个还法？送礼物，人家小邵她爸是煤老板，什么没见过？什么没有？请吃饭？他一大男人在北京请她吃饭，虽然是还人情，可胡美杉心里难免会不舒服，不如在青岛把这情还了；事情是为小禾办的，拉上小禾，既合情合理小邵也说不出什么，在胡美杉看来，既然有小禾作陪，这情还得就算是光明正大，事后也不会犯嘀咕。

兄妹俩就坐公交去了，才走到一半呢，陆易州就收到短信了，是小邵老师订的包间名，就举给小禾看了看，小禾突然觉得有点不对劲："她不知道我也去吧？"

"当然知道，我跟她说了，今天中午是你答谢她。"两人一路絮叨着就到了，等找到包间一看小邵老师已经在了，大约是听到了走廊上的脚步响，已经端好了一脸妩媚的笑，见跟进来的还有小禾，那笑就有点不自在了，说："小陆老师，还带着保镖呀。"

陆易州忙装作很茫然的样子说："保镖？就我这摔一跤就破产的穷人来说，还能雇得起保镖？"说着，拖椅子让小禾坐，说，"我给你们介绍一下，这位是小邵老师，这位就是我表妹萧禾，请邵老师吃饭可是我表妹的心意，说你帮她大忙了，她就是砸锅卖铁也得请您吃饭。"

小邵老师挑眼看看小禾，笑："小陆老师，您这话说得，这是让我吃啊还是不吃啊？为请我吃顿饭都砸锅卖铁了，我还吃得下去，这不简直就是麻木不仁么？"

陆易州本来就不是个嘴上特别溜道的人，让她这么一呛，一下子卡壳了，就开着玩笑对小禾说："你哥卡住了，赶紧接上。"

小禾就笑着说："邵老师，您别听我哥的，他说笑呢。"

小邵老师就笑。

服务员敲门，问可不可以上菜，小邵老师点点头。显然她对小禾的到来感到很意外很介怀，吃饭过程中，话不怎么多，但句句都居高临下，让小禾也很不舒服。陆易州知道是怎么回事，就一个劲儿地想用语言把气氛弄活络了，结果却总是事与愿违得弄成了尴尬。后来小邵老师说要去洗手间，回来后坐下继续吃，不动声色地说："陆老师，您是不是觉得自己特魅力无穷？"

陆易州就笑，说："还魅力呢，我都不晓得魅力是何方神仙。"

"嚄，突然发现您还挺有口才的。"小邵老师欲言又止了几次，才说下午有事得走了。说完就起身，连给陆易州客气的时间都不给。陆易州说成，他明天下午一点的动车，也有好多事还没忙利索呢，说着道了别。陆易州和小禾去收银台结账，却被告知已经结过了，陆易州说不可能吧？收银员就把收银的单据拿给他看了看，上面附了一张银行卡划账的小票，签名是小邵老师，陆易州突地就有种眼前一黑的感觉，盯着小票看了半天，整个人跟痴呆了似的说不出话。还是收银小姐等得有点不耐烦了，问他看清楚了没有，他才恍然大悟似的啊了一声，把小票递回去。

陆易州和小禾从兰公馆出来，往家走，一路上不说话。小禾有点害怕，小声问："哥，你生气了啊？"

"没。"陆易州简短地说，片刻，又说，"明明我请客，她去结账，这算什么事嘛！"语气有点愤愤的，像感觉受了羞辱。

小禾的声音就更小了："可能她比咱有钱？"

"她有钱是她的，跟我们有什么关系？"陆易州生气地说，"她有钱，爹娘有能力，就要让我们这些穷老百姓欠她一辈子的？"

"那……哥，要不，我买个礼物送给她？"小禾试探着说。

"不用。"陆易州知道，就他和小禾的那点眼界和财力，买的礼物肯定入不了小邵的法眼，"等以后吧，以后我找机会还她这人情。"

其实，陆易州生气的不仅是小邵老师付了账有小瞧了他的嫌疑，还郁闷于怎么还小邵这个情。虽然在学校这象牙塔里工作，看上去很单纯，但陆易州也知道，小邵给小禾解决的这工作，不是一般的能量，为这份工作，送个三五万的礼也不为过，更不为多，还未必办得成。他也知道，在小邵那儿三五万块钱根本就不算什么，或许都买不了一个手包，而且他要真送给她钱了，她不仅不会收，说不准还会嗤笑他和社会上的人一样庸俗不堪，想来想去，唯一能还情的方式也就是到北京再请她吃饭了。

一想到去了北京或许不只是请小邵吃一次饭，陆易州就难受得要命，那种难受就像明知道鱼钩上的食物很危险，吃了就会后患无穷，可能会有数不尽的疼，可形势所迫，他还不得不去吃。

作为一个自诩是君子的男人，还有什么苦恼是比明知有个女人在精神上已

第十七章　247

为他宽衣解带了，而他却只能装作视而不见更大呢？可是，这些他又怎么能跟小禾明说呢？只能表现出一副好像被钱欺负恼了的样子，掩饰内心真实的困恼。

2

因为陆易州次日中午的动车，晚上胡美杉回来得很早，边给他收拾行李边问小禾的事情安排得怎么样了，陆易州说挺好。胡美杉哦了一声，就没再往下说，陆易州说中午和小禾一起请小邵吃饭了，没承想是小邵付的账。

胡美杉一愣，说："她这是不想让你还她这个情。"

"可能她觉得大家同事一场，请吃饭有点见外了，可不请怎么行？"说着，陆易州挠头，懊恼得不行的样子，"我不想欠她的。"

胡美杉正在给他整理行李箱，直起腰看了他一会儿，就笑了，觉得就陆易州这么不想欠小邵的人情，估计是不怎么喜欢她。人和人，相互喜欢，其实就是相互喂好，你喂过来我还回去，陆易州不想和小邵有那么多来回，才急于还上这个情。想着想着，胡美杉就挺开心的，对陆易州说："要不等你们放假的时候回来，我们全家请她一次？"

陆易州说行，然后说你在店里忙了一天也挺累的，东西明天上午我自己收拾也来得及。胡美杉说那可不行，把一件件的衬衣叠平整了码进去。陆易州突然有些百无聊赖的萧索，仰面倒下，好像自言自语似的说："我至少要三年才能毕业。"

胡美杉就笑："只要你有出息，十年毕业也成，反正你有工资，又不用我供。"

陆易州坐起来，看她在行李箱那儿忙得专心致志，突然眼眶有点热了，这样一个女人干净明亮而又简单勤俭，他有什么资格去嫌弃她呢？倒是自己，自恃多读了几年书，经常在她和岳父跟前流露那种智商以及修养优越感，挺可耻的。这么想着，他就下了床，走到她身后，环了她的腰，轻轻地把脸埋在上面，说："美杉，你怎么这么好？"这么说的时候，眼眶就又潮又热了起来。

胡美杉愣了，还有感动，那种意识到了自己此刻被爱得深沉的感动，都不舍得直起腰来，生怕这一直腰，他就松了手，她再也没法贴着皮挨着肉地感知到这份爱的浓郁迸发了，两人就那么僵僵地站着，感慨万千。

房门突然被笃笃地敲响了，胡美杉轻声说："可能是咱妈，你明天要走了，过去陪她说会儿话吧。"

陆易州嗯了一声，恋恋不舍地松开了她去开门，果然是母亲。她一脸委屈地说："易州，明天你就走了，陪妈说会儿话。"

陆易州说好。母子两个就出去在客厅坐了。自始至终，何秋萍都握着陆易州的手，陆易州有点别扭，或许是东方传统男性的性格使然吧，长大之后，他不太习惯用肌体或者皮肤的接触表达亲昵了，但是又不敢抽出来，怕母亲伤心。他跟母亲说自己这一去北京最少得三年，以后家里的事就要辛苦她了，希望她能帮胡美杉撑起这个家。

其实陆易州更想说的是，希望她不要太由着性子来，和胡美杉好好相处，这样他也放心，但他晓得，自己不这么说，母亲也是明白的，就挑能让母亲接受的说。何秋萍的思维还停留在他上大学的那个年代，问是不是只有寒假暑假才能回来。陆易州说不，周末也可以回来，现在交通方便，从北京到青岛的动车才五个小时左右，方便得很，但本着节约的原则，他不能回来太勤，一个月一次，总是可以的。何秋萍脸上的愁云这才散开了一些，然后叹气，定定地看着他，好像有话要说又不知怎么说才合适，陆易州就说："妈，有什么话您就说吧。"

何秋萍又叹气，回头看了看他和胡美杉卧室的门："你把门掩了吧。"

陆易州笑，说："妈，有什么话您说就是了。"何秋萍经常这样，明明不见得多么耐不得旁人听的话，一定要把他拽到一边说得神神秘秘的，让他觉得特别扭，觉得这样的避讳，对胡美杉来说是种伤害。

何秋萍就深深看了他一眼，起身，去掩了门，表情严肃地看着他说："这话不能让她听了去，要不然她那尾巴，还不知得翘多高，你又不在家，我就更震不住她了。"

陆易州就晓得，应该不是对胡美杉多么有攻击性的话了，就笑："您说吧。"

何秋萍感伤地叹气："咋说呢？咳……说真的，妈是真不看好她，老觉得

第十七章　249

你娶了她,就是辜负了我和你爸这些年对你的培养,尤其我不知道你的病……是要命的病的时候,一看见她我就来气,老觉得啊,她一定是用了什么法子赖上你了,可自从前几天我知道你是得过那要命的病……"说着,何秋萍的眼泪扑簌簌地落下来,"我就不这么想了,哪怕你是皇帝老子,得了要命的病,也没女人跟你。按说人家土豆妈那会儿就是不理你,谁也挑不出啥来,可就因为你有病,人家和你假戏真唱了,易州,这是救命的恩情啊。"

陆易州就明白母亲接下来要说什么了,说:"妈,这些我知道,您放心吧。"

"易州,你的品性妈知道,可妈还是担心。"何秋萍说,"你看看那些离婚的两口子,哪一个在结婚的当天没海誓山盟?有啥用?你这去了北京,虽说不用土豆妈供,可这个家里里外外的,包括你妈我,都得靠她一肩扛起来,不容易啊。你……年轻力壮的一个大男人,老婆不在身边,一定得把持住了,要不然妈这心里也不坦然。"

没想到母亲这么通情达理,陆易州挺感动的,就用力回握了一下母亲的手:"妈,您就放心吧,我还想等我读完了博士回来,让美杉再给您生个大胖孙子呢。"

何秋萍给吓了一跳似的:"那可不行,你是公家的人,超生把你开除了咋办?"

陆易州就笑:"我和美杉都是独生子女啊,可以生俩。"

何秋萍哦了一声,说:"土豆妈不有个哥哥嘛。"

"她和她哥的情况有点特殊,应该可以。"

何秋萍也恍然大悟着点头说:"对,她和她哥不是一个爹妈生的。"又一把抓住他的手,"真行?"

陆易州点头,其实,生不生第二个孩子,他根本就没概念也没打算,只是因为母亲担心他去了北京会惹出什么男女是非来,为了安慰她,才这么说的。夜里,当他把这些话跟胡美杉说时,胡美杉愣了一下,说不行吧,我家不是独生子女。陆易州笑着说怎么不是?你爸跟胡美德和你都没血缘关系啊。黑暗中,胡美杉愣愣地瞪着眼,心里一阵一阵的难受。是的,老胡跟胡美德和她没血缘关系,可她姓了胡,如果想生二胎,就必须去办理她和老胡没有血缘关系的证明。她做不到，虽然一纸证明疏离不了她和父亲之间的感情，但对父亲是一种伤害，一定的。她把想法和陆易州说了，陆易州也觉得唐突了点，说他这么说是为了让母亲放心的，不然他年轻又精力旺盛的，母亲怕他做出有损家庭的事，他不过是为了打消她的顾虑。

胡美杉抵在他的胸前，嗯了一声，结婚这么久以来，她从没像这天晚上似的，觉得踏实得暖暖的，好像整个世界都在呵护着自己。

3

第二天中午，胡美杉去火车站送陆易州，帮他把行李箱整理好了，关于身体又是千叮咛万嘱咐的。然后，她下了火车，站在站台上，透过玻璃，看着他。陆易州见她的眼里亮晶晶的，也觉得心里酸溜溜的，不敢正眼去迎接她的目光，就微微恍惚了一下，又觉得这样不好，就起身走到车下，想拥抱她一下。谁知，见他下来了，胡美杉急了，催他赶快上去，说现在的火车不是过去的老式火车，是到点就关门的，前几年还经常有旅客被甩在站上的新闻，这两年才少点了。陆易州说没事，离开车还有五分钟呢，说着，就抢也似的把胡美杉往怀里抱，胡美杉却像烈女反抗流氓一样，使劲推开了他，撵着他回车上去，把陆易州弄得讪讪的，挺没趣的，也就作罢了。回到车上，冲胡美杉摆了摆手，车子就开动了，胡美杉在现实里渐渐远去，陆易州突然有了一种松散感，就把座位微微地往后一调，躺得更舒服了一点，闭上了眼，朦胧中就要迷糊过去了，突然听身边的人说："干吗呢？"一个有点熟悉的声音压抑着嗓子说："这样可以了吧？"陆易州一愣，睁开眼，就看见小邵老师捏着两张桃红色的百元人民币对他邻座的女人说，"就是换个座。"女人将信将疑，"真的？"小邵用力点头，把钱塞到她手里，女人欢天喜地地从行李架上拿下一只包，去另一节车厢了。

陆易州一时回不过神来，"小邵老师……你不是坐飞机去吗？"

小邵一屁股在他身边坐下，嫣然一笑，"我改主意了。"

"你不是买飞机票了吗？"

"买了也可以退啊。"说着举了举手，"可以挂在你旁边挂钩上吧？"

陆易州的座位靠窗，就嗯了一声，伸手要接过来替她挂上，小邵老师却没给，自己努力探过身子往上挂，整个人好像趴在他怀里似的，软软的富有弹性的胸压在陆易州胸前。他窘迫得脸都红了，只觉得浑身上下有股他管不了的蠢蠢欲动在暗涌，而小邵老师的包，好像特别难挂，她折腾了半天，才挂好了，没事人一样直起身子，笑眯眯看着他："我想了想，飞机去呢，两边机场一折腾，和坐动车去时间差不多，万一飞机再晚点，还不如坐动车呢。"

陆易州嗯了一下，不知说什么好。

一路上都是小邵老师在主动找话题，见陆易州不是很积极，她就有点生气了，说："陆老师，你能不能有点绅士风度？"

陆易州就愣愣地看着她，问："小邵老师，你想不想喝水？"

"让你绅士点就是喝水啊？"小邵老师一扭身子，好像热恋中生了气的小女孩一样噘着嘴。

陆易州一时不知要怎么着好，就拼命找话题，可小邵娇滴滴的样子，又让他窘迫得脑子都短路了，人就显得既慌乱又有点闷，小邵以为他不高兴，说："我没惹你吧？"

陆易州磕巴着说没，又觉得这么说显得自己太局促了。局促这种情绪，他挺不喜欢的，不管是在谁跟前，就补充了一句，借以解释自己为什么这么闷，是因为有心结没打开，就说："昨天说好的是我请客，可你怎么去结账了？"

小邵就笑，抿着嘴，笑得很暧昧："如果你自己请我，我就不结账了，这点绅士风度我还是会让你发扬的。"

陆易州一下子又要词穷了，说："事情是给我妹妹办的，她也想当面表达一下谢意。"

小邵哼了一声，盯着他，好像要窥破他的谎言似的："真的？"

"嗯。"陆易州又补充，"真的。"

"好吧，我相信你一次，其实……我故意逗你的，如果真打算让你请，我就不去兰公馆了。"小邵卖关子似的看着动车的车顶，"如果真打算让你请，你请我去台东吃涮串就行了。"

如果这话是其他女孩子说的，陆易州想，就算他不爱那个女孩子，也一定会感动的，感动女孩子的善良和体恤，但这话是从小邵嘴里说出来的，就有点别扭。想起她点名要他在兰公馆请她吃饭，却自己埋了单，想她为了和他一起走把飞机票退了，又想起她以二百块钱为补偿和他的邻座换座位……总觉得她身上有种盛气凌人的暴发户气质，明明是打心眼里对他好，却非要让他有喘不上气来的感觉。他也知道，像小邵这种家境的女孩子，虽然不是多么显赫、多么受人尊敬，还是很受一部分男性追捧的。学校里就他知道的就有几个男同事对她都颇有意思，而她既不和任何一个走近也不表现出反感的疏远。陆易州见着她总是客客气气的，既不讨好也不疏离，她反倒对他好得很。同事们都说，小邵老师只有和陆老师说话的时候才像个女人，这让陆易州很惶恐。

到了北京，两人打了一辆出租车，直奔大学。其实，陆易州本来不想付车费的，其一是在他跟前小邵财大气粗嘴脸惯了，如果自己抢着付四五十块的车费，可能会被她嗤笑专抢小单买；其二是觉得小邵有可能会跟他抢着付钱，一男一女车里争着付几十块钱，挺不值得。不付吧心里又过不去，一路犹豫得很煎熬，快到学校的时候，他决定，不管小邵抢不抢嗤不嗤笑，车费他一定要付的，就掏出了皮夹子，抽了张一百的给司机。小邵并没和他抢，只是抿着嘴看着他笑了一下，就下车了。两人搬下行李，先去报了到，然后去宿舍。小邵一路跟着陆易州，陆易州还以为她的宿舍和自己离得很近，心里暗暗叫苦，直祈祷两人的宿舍千万别离太近，否则，日后有的是苦恼。他找了公寓管理员，一起去了宿舍，公寓管理员给他介绍了同宿舍的同学就走了。

和陆易州同一宿舍的，是另一位教授的博士生，姓林，叫林汉。两人寒暄了几句，林汉看看站在门口的小邵老师，忙说："你女朋友吧？快，请进。"说着，把自己坐的椅子拖开，示意请小邵坐，小邵也不解释说了声谢谢，就大方地坐下了。

陆易州有点不好意思，吭哧着说："这位邵美玉小姐，是我的同事，也是我们校的博士生。"

林汉是南方人，口音很重，就笑着说："这样啊，看你们俩挺登对的，我误会了，抱歉。"说着，问陆易州他们喝不喝水，陆易州说不了，把行李箱放床上，说："小邵老师，我送你去宿舍吧。"

小邵仰着头打量他的宿舍，过了一会儿才说："我没要学校的宿舍，我妈在附近给我租了套房子。"说着，站起来，说，"陆老师，你帮我把行李送过去吧。"

陆易州有点恼,有种被戏弄的感觉,却又不好发作,只好说好啊。拎起她的行李箱,下了楼,才说:"你怎么不早说?"

"早说什么?"小邵说,"我不在学校住?"

陆易州生气,没吭声,兀自匆匆走在前面。

小邵快步追上来,跑到他前面,一下子转过身:"你生气了呀?"

陆易州不想撒谎,说嗯。

小邵老师就嬉皮笑脸地说:"因为我想知道你宿舍在哪儿,还想参观一下啊。如果我说了,你能让我跟着来吗?"

陆易州笑了,觉得她虽然霸道,但也霸道得可爱。

4

两人出了学校,溜达着过了马路,拐过一个街角,就到小邵老师租的房子了,一百多平方米的两室一厅,很敞亮。陆易州环视着房子说:"这么大房子,你住得了么?"

小邵边放东西边说我妈有时候会过来的。然后陆易州就知道,小邵还有个弟弟,也在北京,读艺术院校,小邵的母亲在北京陪读。小邵来了,她就可以两边住了。

陆易州知道,就这地段和这房子的装修档次,一个月的租金估计得小一万,一问,果然。但他没大惊小怪,因为这点钱,在煤老板那儿也就是一顿饭钱而已,就不想大惊小怪着让她奚落了。闷闷站了一会儿,陆易州跟小邵告辞,小邵不让,说辛苦他当了半天拎包的,她怎么也得表示表示,请他吃晚饭。陆易州知道推辞不掉,就说:"好吧,但是必须我请,你要不让我请,这饭我就不吃了。"

小邵见他态度坚决,就应了,收拾了一下,一起出去,就近找了家湘菜馆,要了几个菜,两瓶啤酒。一杯酒下去,小邵说真过瘾。

陆易州问什么过瘾。

小邵说这菜啊。

陆易州就笑:"川菜湘菜都是重口味菜,你怎么会喜欢这一口?"

小邵给他和自己倒满酒:"你还真把我当含着金钥匙出生的公主了啊。这么说吧,我上初中那会儿,我们家最之前的就是一辆老式的大金鹿自行车,我和我弟经常想肉想得哭,后来我爸和人合伙搞煤矿,我们家的日子才逐渐好了。"

陆易州说:"这样啊。"

小邵说:"知道我最讨厌什么吗?"

陆易州摇头。

"你说这样啊,我觉得像敷衍我。"

陆易州就笑笑,也不想辩解,觉得小邵要觉得那是他在敷衍她,未必是件坏事,也算是他隐晦地表明了自己的态度,他对她是没有情色概念的。这样虽然会让女孩子的自尊受伤,可他是个已婚男人,让一个单身的女孩子断了念想,应该算是君子所为吧?

小邵出神地看着他,一开始表情很严肃,后来,慢慢笑了,说:"陆老师其实你挺喜欢我的,可你又不愿意承认,唯恐承认了就显得自己行为不端,因为你总想做个君子。"

陆易州觉得好笑,觉得这个小邵太自我感觉良好了,但也觉得如果说她误会了,确实有点伤人自尊了,就笑笑,抿了一口茶,说:"不早了,我们该回去了,行李箱都还没收拾呢。"

小邵坐着不动,说:"我把你吓成这样了?"

不得已,陆易州就笑着说:"至于么?我没那么自我感觉良好。"

"其实你一直自我感觉良好。"小邵站起来,"其实,你不用怕我,我这辈子就没打算结婚。"说完,仙女似的,飘走了,也没等他,更没和他抢单。走在北京秋天的街上,陆易州回味着小邵老师起身走掉的倔强而落寞的背影,突然有点感伤,为她,然后深深地在心里叹了口气。

第十七章

第十八章

1

　　法学不像其他理工科的博士研究生课程那么紧，陆易州读得也比较从容，其间回过一趟家。看得出他不在家这段时间，母亲和胡美杉相处得虽然不是特别融洽，但也没大的是非。小禾对新工作很满意，何秋萍现在的任务就是催着小禾找男朋友，说自己像她这么大的时候，都已经是结婚伺候公婆的人了。像所有怀春的少女一样，二十三岁的小禾当然也想谈恋爱，只是没遇上合适的。

　　陆易州发现自己在北京待了一个多月，回来见着胡美杉，居然就有了些生疏感，彼此客气得很。胡美杉更是，好像他是远方来的让她朝思暮想的贵客，不知该怎么伺候他才好了，经常弄得他手足无措。夜里，他想和她说说话，开了口，又茫然了，说什么呢？就问店里生意怎么样，累不累。胡美杉说挺好的，问他在北京的情况，他大体说了说。胡美杉问北京风沙是不是很大，是不是街上堵得要命，听说东直门附近的簋街整条马路上都是好吃的，随便摸进一家就好吃得很，是吗？陆易州说学校在海淀区，离东直门比较远，他也很少出门，所以，关于簋街他还真不知道，胡美杉就有些神往地说，其实她很想去簋街看看。

　　陆易州就建议她元旦的时候带小土豆过去，胡美杉说算了，等小土豆大点再说，走马观花地看了，也偷不了师，白浪费路费。陆易州这才知道，胡美杉原来是想去簋街偷师的，他对厨房和做生意的事一概不懂，就没了下句可以接应。两人就这么躺着，显得有点尴尬，不像结婚有了孩子的夫妻，倒像两个早就有了贼心却没有贼胆和贼脸皮的狗男女，好不容易有机会睡到一张床上，却不知该怎么下手。黑暗中陆易州吭哧了一声，主动伸手去搂她，她积极而温柔地用身体回应了他，用结实有力却又雪白的腿，缠到他身上，把陆易州紧紧地攥在她柔软而温热的身体里，让陆易州进出艰难却幸福得如痴如醉……

　　第二天晚上也是。陆易州周五晚上回，周六再住一晚，周日下午就得回北京，虽然不是久别，但隔了一个月，总觉得也是距离。他本不想亲热的，又觉得这一别至少又是一个月，怕胡美杉多心有想法，哪怕是不怀疑他有外遇，至少也会觉得他这做丈夫的对她不是那么如饥似渴，这感觉对于女人来说，挺窝心也挺折磨的。所以，尽管没多少欲望，他还是决定再做一场爱，也算是他对她情感的表达吧，所以，上床以后，他什么也没说，就摸了过去，胡美杉担心他身体吃不消，说："昨天晚上刚做了。"

陆易州说："我明天下午就走了。"

胡美杉说："我怕你身体吃不消。"

陆易州说没事，一回北京就得熬一个月，这才到哪儿。说着，故意如饥似渴地掀开她的睡衣，去爱抚她，胡美杉就幸福而羞涩地顺从了。虽然陆易州从不跟她说甜言蜜语，可他是如此地渴望着需要着她的身体，就是爱的表达吧？所以，虽然经常有人跟她开玩笑说小心着点陆易州，别大意了，现在的城市姑娘，在挑男人这件事上，一个个的心比天高，脸皮不比鞋底薄，遇到陆易州这样有才华有气质长得也帅也有前途的男人，那就是妖怪遇上了唐僧，她们才不管他结没结婚当没当爹呢，只要盯上了，那手下得比冰镐都歹毒。

胡美杉从来都不以为然，甚至会笑着说防什么防，我跟我们家易州说了，如果他看上别的姑娘了，甭指望我和他死缠烂打，他前脚走我后脚放挂鞭炮欢送他。

说得大气而笃定，好像坐时光机去未来多少年后看过了她和陆易州的人生结局一样。时间久了，大家就觉得类似玩笑开得没趣，因为胡美杉一点也不紧张，那状况倒显得开玩笑的那个没见过世面，非要认为猪肉是天底下最美的食物，警醒着那个整天山珍海味的人要小心保管到手的一片肥猪脸，千万别让歹人谋了去。更关键的是一有人开这玩笑，老胡就鼻子不是鼻子脸不是脸的，好像他们开的不是玩笑，而是恶意的诅咒。

胡美杉还发现，陆易州不在家，她和婆婆之间也就没了矛盾的焦点，倒真的像是有劲往一处使的一家人了。婆婆尽心尽力地带着小土豆，也不像以前那么怕上街迷路了，在家待闷了就带着小土豆去店里找胡美杉。她和老胡虽然还是不搭顺腔，可至少不见面就掐了，也不会三句话不过，就呛起来了。胡美杉挺开心的。老胡亲孩子，何秋萍能把小土豆带到店里，他开心得要命，正好小土豆也牙牙学语了，他对小土豆的爱基本体现在要星星不给月亮上。有次，胡美杉上午到店里，发现有两个小伙子正帮老胡安装一个扔枚硬币就唱着儿歌前摇后晃的塑钢唐老鸭，就问怎么回事，老胡头也不抬地说土豆喜欢。

原来，只要小土豆和奶奶来了，老胡就会抱着她到处玩。莱芜一路上有家超市门口，就有几个类似的塑钢玩具，投一枚硬币下去，能唱支歌前摇后晃三分钟，小土豆上去就不愿下来，每次都要坐上个十块八块钱的。老胡觉得不划算，而且老在超市门前待着，也怕胡美杉一个人看不过店来，遂一咬牙，买了一台，装在门口，这样小土豆想什么时候玩就什么时候玩，还不花钱。胡美杉觉得老胡太溺爱小土豆了，说："爸，您这样会把她给惯坏的。"

老胡不以为然："孩子惯吃惯喝不惯坏毛病就惯不坏！"

不管什么事，只要老胡想做了，就总能找出不容反驳的理由。可何秋萍却不高兴了，因为自从老胡在店门口装了唐老鸭，除了睡觉，小土豆一刻都不想在家待，只要睡醒了，洗干净穿利索了，就嘟哝着要去找姥爷。

何秋萍就觉得这个老胡果然老奸巨猾，带孩子的时候一点力不出，用唐老鸭就把孩子的心骗走了，再见了老胡，就白眼球多黑眼球少。老胡装没看见，没事了就哄着小土豆玩，只要他来了，何秋萍就去旁边找街坊邻居聊天，除了吃饭和交接小土豆的时间，坚决不肯和老胡共享三平方米以内的天空。胡美杉看了，就觉得特别搞笑，在电话里和陆易州说，陆易州也乐，说我妈就这样，在老家的时候，因为和村书记不对付，在街上远远看见了，哪怕再有两步就到目的地了，也会转身就走，坚决不和村书记碰头，倔着呢。

虽然母亲去了美杉小厨就会和岳父斗气，但是陆易州还是很高兴，觉得总比母亲一个人带着孩子闷在家里放心。何况他觉得母亲和岳父的生气，跟和村书记生的那码气还不是一回事，那是根子上的气，和岳父是彼此争强好胜，又不愿意下台阶而已，心里是没什么的。

2

何秋萍经常去美杉小厨，和老胡搭不上腔，胡美杉又没时间和她说话，而她也自恃是尊贵的亲家母，更不肯去厨房里帮胡美杉的忙，就溜达到齐东路头上，和在那儿晒太阳的街坊们聊天。三聊两聊，就把胡美杉和晏老师的传说聊了个底掉。更要命的是，有个邻居说晏老师已经提前刑满释放了，现在在杭州，好像混得还很不错，前阵子把七楼的房子收回来了，正托人装修呢，说过段时间就回来发展。晏老师是浙江那边的人，按说青岛这边工作没了，家人也没了，就剩了七楼那套又小又旧的房子，还回来做什么，是放不下胡美杉？

何秋萍也是这么认为的。

据说晏老师还去老胡那儿吃馄饨来着，老胡对着他，鼻子不是鼻子脸不是脸的，说胡美杉已经结婚了，让他往后别在这条街上转悠，他把胡美杉祸害惨了，这是还没祸害够啊？老胡求晏老师让她过平静日子，晏老师这才走了，但七楼的房子还在继续装修。

何秋萍就觉得，要不是晏老师和胡美杉真有点啥，老胡咋能说他把胡美杉害惨了这种话？如果他俩没私情，他回来他的，有啥好怕的？可这个死性不改的晏老师，回青岛就回吧，都混好了咋还要非要住七楼那冬凉夏热的破房子？她越想越觉得不对，回家路上，就旁敲侧击胡美杉，说："我听说咱以前的那房东回来了。"

胡美杉心里一激灵，啊了一声，就没再说什么。

她越是不说，何秋萍就越觉得有事，就小心睥睨了她说："去吃馄饨了吧？"

"去了。"因为曾经的流言蜚语，胡美杉不愿意多说晏老师，觉得那样显得自己好像对晏老师一直放不下似的。关于晏老师要回来的消息，她先是从房屋中介那儿得到的消息，搬家的时候，他们租晏老师的房子还有半年到期，中介说房东说了，不再往外租了，把剩下半年的租金，也退给陆易州，他要装修了自己住。

当时胡美杉还挺意外的，以为中介说的是晏老师的父母，就说他们都也七十多岁的人了，还住七楼，方便么？

中介说晏老师还不到四十，怎么成七十来岁了？

胡美杉这才知道晏老师减了四年刑，出狱后直接回浙江老家去了，很感慨，也想过，如果自己没和陆易州结婚，现在会怎样呢？回家路上这么想的时候，还呸了自己一顿，想或许晏老师再也不是她喜欢的那个晏老师了，就像上

第十八章　259

中学时她偷偷喜欢过的那几个男生，经年之后再见，得到的全是嗤笑。当然，是自己对自己当年异性审美眼光的嗤笑。这个俗套，想必晏老师也未必逃得过去吧。

因为她知道婆婆和陆易州都知道一点关于她和晏老师的绯闻，回家就也没说，没想到消息还是传到婆婆耳朵里去了，就也不想解释或是说什么。

"听说他去店里吃馄饨让你爸撵出去了？"何秋萍问这句的时候，她们已经下了公交车，胡美杉抱着小土豆，深一脚浅一脚地往家走。

胡美杉没想到她知道得这么细，但也不好否认，就说："可不，我觉得我爸这个人太不可理喻了，晏老师坐过牢怎么了，就不能吃美杉小厨的馄饨了？那些来吃馄饨的，还不知有多少小偷骗子和流氓呢，他不知道罢了。"对老胡把晏老师撵出店这件事，胡美杉觉得太过分了，一直想找个机会跟晏老师道个歉，却又不知晏老师的联系方式，就想中介那儿可能有，遂想改天过去问问。

"你爸做得对，易州不在家，你少和男人搭腔。"其实，何秋萍有很多话想说，又觉得说出来显得自己很不厚道，专门在外面嚼儿媳妇的舌头似的，遂把话忍了回去。

胡美杉心里不舒服，要按何秋萍这说法，陆易州不在青岛这几年，美杉小厨就不能让男顾客进了？这么想着，但她嘴里没说。后来，胡美杉去房屋中介那儿要晏老师的电话，可巧房屋中介又没开门，她就给中介发了个短信，说他方便的时候把晏老师的电话告诉她。结果中午他就过来吃馄饨，顺便告诉她晏老师的电话号码，说晏老师的房子是委托他装修的，已经装好了，但他在厦门的儿子要结婚了，他得过去帮着忙活忙活，可晏老师来电话说，这几天要回来买一买家具家电什么的，就想把晏老师家的钥匙放她这儿，他回来后直接过来拿就行了。胡美杉说没问题，就把钥匙收下了，然后，给晏老师发了个短信，说了钥匙的事，顺便替老胡道了歉。没多久，晏老师的电话就过来了。一听晏老师的声音，胡美杉就感慨得不得了，又说起昔日的往事，眼泪就下来了。

那天中午，老胡出门买食醋去了，因为店里用得多，每次他都是买一大箱。这天也是，用买菜的手拉车拉了一箱食醋，结果路上不小心踩了石头，把脚崴了，一瘸一拐地回来。到了门口，小车拖着几十斤的食醋，折腾了好一阵也没拖上马路牙子，老胡就气得慌，正想回店里招呼胡美杉出来帮忙，一抬头，看见西点小子正擎着手机站门口冲他幸灾乐祸地笑呢，就喝了一声，说："点心小子，你不整天吆喝自个儿是贵族范儿嘛，贵族不是吃得贵穿得贵，是有助人为乐的高贵精神，都看见大爷拖不上台阶了，不来帮忙你算哪门子贵族？"

虽然老胡和西点小子彼此看不顺眼，但没深仇大恨，见面也打招呼，只是这招呼打得和别人不一样，大都连讽带刺的。因为西点小子瞧不起美杉小厨的小吃，说是伪小吃真老土，背地里称呼老胡就叫他胡老土。丹东路虽然迂回曲折，可人的肚子里都不藏话，三传两传老胡就知道了，也没和他客气，骂他是假装高贵的点心小子。西点小子也不生气，说胡大爷，您真要叫我小子我也没意见，可您改一字，老胡就瞪眼问他改什么，他说别点心小子，叫西点小子。老胡问有啥区别，西点小子说点心小子听着土，西点小子就洋气多了，显得贵气，老胡就呸。

其实，西点小子本来也打算过来帮忙的，可见老胡歪着屁股往马路牙子上拖了好几次都拖不上来的小车，觉得他的动作滑稽极了，就打算先用手机偷录下来，再去帮他。老胡都喊他了，才不舍地收起手机，来帮他抬小推车。因为门口还有一道门槛，老胡就不想再搁手了，让西点小子帮他一下，直接拖进店行了。

一进店，就见胡美杉在边说电话边掉泪，老胡吃了一惊，以为是谁找事欺负她了，就大着嗓门问胡美杉怎么了。胡美杉捂了捂手机话筒，说正给晏老师道歉，说起过去有些感慨。老胡就劈手夺过手机就挂断了，还冲她发了一顿火，说晏老师就是个祸害，问她是不是嫌这些年为他背的黑锅还不够黑。

胡美杉也不高兴了，说什么黑锅白锅，她和晏老师之间干净得跟蒸馏水似的，至于有人认为他们之间不干净，那是他们自己内心肮脏！

老胡让她给气得脸更黑了，说："我不管是别人脏还是你们干净，我就知道舌头底下压死人的老理！"

胡美杉没好气，说："那得多少条舌头才能把一个大活人压死，有胆就放舌头过来，一条条的，我全给做成卤口条切盘卖给客人！"

老胡本来气得要命，听她这么一说，就笑了，说："你就不知死活吧。"

胡美杉说，往后如果晏老师来吃饭，她会毫无顾忌地大大方方招待他，什么人言可畏，人言可恶还差不多。见老胡不吭声了，又说这样的事，越是躲躲闪闪，越是能引起别人的好奇心，别人一好奇，就会特留意当事人的一举一动。很多本来就没有的事，就是因为心里有了，才越看越觉得有，就跟那个著名的偷斧子的典故似的，因为怀疑是邻居偷了自己的斧子，就越看越觉得邻居是个偷斧子贼，其实呢，压根儿就不是。

老胡觉得也是这个理，过了几天，晏老师来拿钥匙，胡美杉热情地留他吃了饭，说等他将来正式回了青岛，懒得做饭的时候，只管下来吃就行。

可没过几天，街上就流言四起了，说胡美杉当年之所以迟迟没有结婚，因为和晏老师的事名声不好了是一个原因，还有一个原因是她心里一直装着晏老师，在等他出狱呢。这会儿晏老师不仅出狱了，还在外地混得有点颜色才单身一个人回青岛，怕就是回来寻旧梦的吧？流言这东西就像棉布，每经过一张嘴就是经过了一个染缸，都要被染一遍，它经过的嘴越多，就被渲染得越夸张。于是，当关于晏老师回来寻旧梦的流言经历了无数张染缸似的嘴传到何秋萍那儿的时候，早已经面目全非了，就差说陆易州去北京读博，其实是无法忍受老婆胡美杉心里住着一个晏老师这一耻辱了。

何秋萍又气又窝囊，觉得自己清白白人家的一个前程似锦的儿子，让胡美杉这个打小就作风不好的女人给辱没了……那些因为知道了陆易州患过要命大病幸亏胡美杉在身边的感激，全都让愤愤不平给点点滴滴地弄凉了弄冷了。陆易州再来电话，她就跟胡美杉要过手机，边说边往另一屋里去，问他晓不晓得那个和胡美杉好的晏老师回来了。

陆易州心里一咯噔，觉得母亲用词有点夸张了，就说："妈，您说什么呢？"

何秋萍觉得陆易州是在装傻，在她眼里，作为男人，没有比知道自己老婆有了外心假装不知道更窝囊的了，就生气了，说："土豆妈年轻那会儿好过的那男的回来了，土豆妈哭得一把鼻涕一把眼泪的，那男的天天去她店里吃馄饨呢！"

陆易州就觉得脑袋嗡的一声，但嘴里依然不肯承认："妈，您这是又听谁瞎说呢？"

"我还用瞎说？我都亲眼看见了！"这点，何秋萍倒没撒谎，有天晏老师从楼上下来，拐过来进了美杉小厨，就有人指着他的背影说："喏，快看，就这个。"何秋萍只看了个背影，就想去看看这人到底长什么妖怪模样，就假装去塑钢唐老鸭那儿看小土豆。她从窗户往里看了看，隔着玻璃，看到晏老师一边说笑一边坐下，也是仪表堂堂的男人，就是鬓角有点花白了，但看上去也就四十岁不到的样子，就把这个细节和陆易州说了。

陆易州也郁闷，却好言宽慰母亲说："妈，您闲着没事收集咱家人的八卦有意思么？您怎么也不动脑子想想，胡美杉和我岳父都是有原则要面子的人，如果那个姓晏的真和胡美杉有点什么，也犯不着往来在光天化日之下给大伙儿看吧？他们能这么来往，就说明他们心里没鬼，所以，不需要避讳任何人！您呢，就别添油加醋兑颜色了！"

虽然一席话把母亲心头的怒气抚平了不少，但挂了电话后，陆易州觉得心里不舒服。他也知道自己那点不舒服很可笑，毕竟胡美杉曾经告诉过他真相，母亲听到的是谣传，可在这个世界上，有多少的事情，人们都宁肯误听跌宕起伏的谣传也不愿意相信干净的真相。因为真相太不具有传奇性了，也不具有娱乐性，所以，关于男女情色的清白真相，到最后大多输给了谣传，因为谣传里有活色生香的男女肉体，他们像墙上的画饼一样，娱乐着人们平淡无奇的人生。

3

陆易州相信胡美杉说的是事实，但他无法让整条丹东路上的街坊邻居甚至是母亲相信那个事实。他们都站在谣传的那边，看着他，看他年轻有为的青年才俊娶回去了一个因声名不佳连学也没得上剩在家里的姑娘。那种感觉就像被人打着爱情的名义赠送了一个过期却没变味的面包。

而且，现在那个在谣传中让面包腐败变质的细菌又回来了，他作为这个面包的拥有者，还不在身边。

他认真地觉得晏老师是胡美杉生命中的细菌。这滋味让他太不舒服了。

所以，第二天中午，小邵说不想回家午休，问可不可以去他宿舍聊会儿天时，他说可以。现在宿舍就剩他自己了，开学一个月，林汉就很少回宿舍了，因为他女朋友放弃工作到北京陪读了，在学校附近租好房子后，林汉就不回宿舍睡觉了。林汉偶尔回来取一些学习资料，也要提前跟陆易州打声招呼，弄得陆易州很别扭，觉得林汉这样，好像是摆明了告诉他，大家都是成年人了，放心好了，我会充分尊重你的隐私。林汉搬出去住的事，陆易州没跟任何人说，倒是有一次在学校门口，小邵和林汉遇上了，打招呼时才晓得他搬出去了，然后就问陆易州午休的时候是不是可以去他宿舍坐坐，因为懒得出校门。虽然她租的房子离学校不远，可校园太大了，走出去，再到家，也差不多两公里的路程，陆易州总是不动声色地搪塞说宿舍不是他自己的，不方便。小邵就拿直勾勾的眼神看着他，看得他心尖上直冒虚汗，还好，小邵看着看着，就一转身走了，也没揭穿他。直到一周前，小邵又说要去他宿舍坐，他还那么说，小邵说："陆易州，我就那么招你讨厌吗？"

陆易州说："话怎么能这么说呢？"

小邵气哼哼地跟他一字一顿："我！知！道！林汉早就不在宿舍住了！"

陆易州觉得她自我感觉太良好了，也逼人太甚了，就冷冷地说："所以，我才不能让你到宿舍去。"说完，转身走掉了。是的，他很生气，觉得自己的好性情，被小邵老师仗着性别仗着家世的优越给欺辱了！

小邵也不依不饶地追了两步，指着他的后背说："陆易州，算你狠！"

陆易州就笑了，那种精神上获取了绝对胜利的笑。然后，他和小邵一周没说话，路上遇见了，他面容温和，不卑不亢，而小邵则一副视他为空气的昂扬怒气状。陆易州觉得这样也好，免得纠缠不清，可心里还是有淡淡的失落感。直到这天中午，在食堂吃完饭，他正打算回宿舍眯一会儿，刚出食堂门口，就见小邵站在一边目光凛凛地看着他，说："陆易州你没有良心！"把他吓了一跳，下意识地停下了脚步，说："小邵老师。"小邵一下子就哭了，说："陆易州，你恃爱行凶！"见陆易州一时说不上话，就哭着说，"你明知道不管你怎么欺负我冷落我，我都爱你，你就是恃爱行凶！"

陆易州就像个一直躲着子弹跑的家伙，突然被子弹追上了，射了个正着，就呆住了，恃爱行凶，多好的词啊，这样的话胡美杉一辈子也说不出来。

小邵不管不顾，上来拉着他的手就走，就像牵着仅属于她自己的俘虏，往他的宿舍去，到了门口，瞪着陆易州。

陆易州就觉得自己像被操控了线的木偶，掏出钥匙，开门，被小邵一把拖进去，门又砰地被关上了，然后小邵踮起脚，勾着他的脖子，吻他。她的口舌像长着眼睛长着手的一朵柔韧小花，撬开了他的嘴唇，准确地捉到了他的舌尖，然后轻柔地容裹了它，轻柔地吮吸，轻柔地在他的口腔里打着圈。陆易州整个人就像傻掉了一样，他伸出手，明明是想推开小邵的，可怎么就把她紧紧地攥在怀里了呢？他明明是想阻止她的，可他的手怎么会伸到她羊绒衫里去了呢？他的腰带不知什么时候开了，裤子也褪了下去……事后，他拼命想，自己是怎么压到小邵身上去的？怎么也想不起来，就记得床上的小邵像一条漂亮的鱼，微微地张着性感的小嘴巴，大口地喘息，不停地胡言乱语撩拨着他，他只觉得整个世界都消失了，就剩了他和小邵。此刻，他愿意一直一直到将来都是这样，和小邵到终老，死在一起也好，所以当小邵气喘吁吁地问他爱不爱她时，他连片刻都不曾犹豫地说爱，爱。

小邵就哭了，哭着说："我就知道你爱我。"

陆易州喃喃着说："爱，爱，爱……"其实，此刻他所说的爱，除了表达生理情境，没有任何实际性意义。可是对于小邵，陆易州的这些爱字是有意义的，沉浸在爱情里的女人是多情的，会把这个世界的一草一木一风吹一草动都看成是爱的承诺和礼赞。说到底，二十五岁的小邵还是太年轻了，年轻得还没有人来得及告诉她，男人在床上的话，是这个世界上最不值得记忆也最不值得相信的语言之一。

后来，小邵去卫生间洗了个澡，一点也不避讳地光着身子就出来了，好像他们已经是多年的老夫妻，对彼此的身体，早已经没了任何隐秘。可是激情过后的陆易州一下子慌了神，他意识到自己闯祸了，而且是覆水难收的祸，他僵僵地坐在床沿上，一动也不敢动。对小邵水淋淋白鱼一样的身体，他看都不敢看，好像，那不是刚刚在他身下幸福得气喘吁吁的身体，而是一个发射着有害光线的物体，只要看一眼，就会灼伤眼球。

小邵歪着头，边擦头发边面对面跨到他大腿上坐了，大大方方地说："你这里怎么连个吹风机都没有？"

陆易州歪着头，就像个被命令了非礼勿视，视了就要挖眼球的小孩子，他干干地笑了两声说："我们男人头发短，洗完一擦，五分钟之内就干了。"

小邵皱着鼻子，没说话，坏坏地看了陆易州一会儿，说："你干吗？落枕了啊？"

陆易州说："你穿上衣服，我不大习惯。"他只穿着内衣，能感觉到小邵柔软的下体紧紧地贴在他的腿上，让他动也不敢动。

小邵从他腿上起来，说："易州，我怎么觉得你还活在上个世纪初？"

陆易州尴尬地笑了笑："我是在乡下长大的，你也知道的，很保守。"

小邵就笑，说："乡下的就保守了？我听我妈说，乡下的青年男女，有的比城里人还开放，相亲第一天，如果相中了，女的就直接留在男的家住下了。"

陆易州错愕："不会吧？"

小邵说："你离开乡下太久了，现在的乡下真的不是你记忆里的乡下了，连我妈大字不识的一个农村妇女，都敢来北京陪读。她都跟我说，如果遇不上特别合适可靠的男人就别结婚，男人没个好东西。"

陆易州就想到了一些关于煤老板的传闻，就想，小邵的父亲或许发迹后又有了新欢，这种狼心狗肺的事，发生在男人身上一点也不稀罕。或许小邵的妈妈从儿子读高中起就在北京陪读，是为了逃避，比如说眼不见心不烦，也正是因为这，被男人凉透了心，才会对小邵说结不结婚都无所谓，只要自己开心就行。陆易州默默地想着想着，突然就羞愧了，如果说小邵的父亲发财了就有资格狼心狗肺了，那么自己呢？财没发，业未成，就把良心坏了，更是可耻。这么想着，他就在心里对自己扇了无数个耳光，觉得不管怎么样都不能和小邵继续这样了，就抬头看小邵。小邵已经穿上了内衣，身材玲珑有致的，正在拿手拍打头发，希望它们快点干，就嗓音干干地说："小邵。"

"叫小邵老师。"小邵笑嘻嘻地说，"我觉得你叫我小邵老师的时候，特别逗。"然后她想了想说，"就像有个小说里写的，那个男主人公让他情人喊他小爸爸，对，就那种感觉。"

陆易州就觉得头皮一紧，依然固执地说："小邵，但我们之间不是情人关系。"

"知道。"小邵无所谓地说，"小陆老师，我不会逼着你爱我也更不会逼着你离婚娶我，除非你觉得为了我非要回家离婚不可，那我也不拦着。"说完，又想了想，"而且我不能保证你离了婚我就会嫁给你。"

虽然和小邵老师纯粹是意外才有了今天这场激情，也没打算和她继续这样下去，更没想为她离婚，可小邵这么一说，还是让陆易州很羞辱，觉得小邵老师所谓的爱他，不过是小女孩对洋娃娃玩具的爱，既不持久更不是发自内心深处。他恼了，想严肃地把这话挑明了，就坐端正了，说："小邵老师，刚才是我不好，我没把持住自己，如果刚才我伤害了你，请你原谅，我想……我们之间不能这样继续下去了。"

小邵愣了一下，既没生气也没伤心，倒是走到他跟前，仰着头看他，一动不动地看。小邵老师个子不高，应该不会超过一米六，在陆易州一米八几的个子跟前显得小巧玲珑，而看陆易州的脸，就要仰着头。她仰着头看他，一动不动，眼睛也不眨地看，然后两颗明净的泪珠唰地滚了出来，她不擦，继续看着陆易州。

陆易州让她搞得手足无措，不知该怎么着才好。

小邵说："如果你再这么说，我就去周教授那儿找你，嗯……就这样看着你，就这样看，你觉得这样行不行？"

陆易州就知道，毁了，他遇上对手了。

为了逃避小邵，第二天中午他没敢去食堂吃饭，早早地回了宿舍，悄悄地在里面关着门，大气不敢出，可小邵还是找过来了。她敲了一会儿门，见里面没动静，就给他打电话。电话铃声一响，陆易州就吓坏了，手忙脚乱地挂断了，就听小邵老师在门外说："小陆老师，我知道你在。"

陆易州屏住了呼吸。

"你要再不开门，我就给林汉打电话了，告诉他你不见了，但你手机在宿舍里响，却找不到人，为了防止你发生意外，让他过来开门。"

除了向小邵老师投降，陆易州真的一点办法都没有。开了门，他看见小邵老师拎着一大包让他崩溃的女用洗漱用品站在门口，就磕磕巴巴地说："我刚刚睡了一觉。"

小邵老师扬着一脸胜利的微笑，从他身边挤进宿舍，把她的瓶瓶罐罐摆进卫生间，然后探出半个脑袋说："别怕，如果你老婆不打招呼就跑来了，你就说这些东西是林汉女朋友的。"

陆易州坐在床沿上，连一头撞死的心都有了，什么也没说。

第十八章

4

不知为什么，胡美杉总觉得哪儿不对劲，早晨吃饭的时候，就跟何秋萍说了，说："妈，最近我老觉得哪儿不大对劲。"

何秋萍说："易州电话少了。"过了一会儿，好像替陆易州解释似的说，"长途电话费那么贵，没事打什么打？"见胡美杉没说话，就放下筷子，盯着胡美杉看，心想，她儿子到底给她娶了个什么样的儿媳妇啊？能让好端端的一个男人，还是个当老师的有文化的男人为了她眼睁睁看着自己的老婆去死都不救？然后，在心里叹气，想必陆易州是上学上傻了，才上了她的套。

何秋萍觉得陆易州不往家打电话，一定是有原因的，或许他也悔着呢，就是不能说罢了，因为说就是抽自己的嘴巴嘛，再不好也是当初自己哭着号着非娶不可的，怨得了谁呢？

陆易州原本说元旦回来，何秋萍和胡美杉盼啊盼地终于盼到元旦根上了，陆易州却突然来电话说教授最近在做一个课题，作为教授的博士生，他肯定得跟着忙。虽然失落，可胡美杉还是通达地说："既然你读博士就好好读，家这边早回一天晚回一天都没什么，反正都好着呢。"陆易州也就安然了。但是陆易州虽然没回来，却给她快递了一个新年礼物，是个非常漂亮的玫红色女士手包。她喜欢得不得了，晚上就给陆易州打电话说正缺这么个包呢，装装零钱和手机什么的。陆易州就说什么手包，你该不是收错了别人的快递吧？

胡美杉吓了一跳，因为快递是寄到店里的，她正在厨房忙着，是老胡收的，冲她举了举，说美杉你快递，胡美杉问谁寄的，老胡眯着眼看了半天，快递单子已经模糊不清了，但能看出来是北京来的，就说是北京来的。胡美杉欢快地说肯定是易州，吃完中午饭，就把包拆了，包装也扔掉了，等她晚上给陆易州打电话的时候，怕是那个脏兮兮的快递专用包装袋早就让老胡混在厨余垃圾里扔掉了。胡美杉最害怕的不是别的，而是下午贾文莎去店里，也看了那手包，说是大牌子，专柜卖七千多，胡美杉就说不可能，因为陆易州没这购买能力，就算他有买得起这手包的钱，也绝不会花七千多块钱买个手包送老婆，因为这不是他的消费习惯。贾文莎笑着说："说不准你家易州在北京让富婆包养了。"

见胡美杉瞪着眼看她，贾文莎就一本正经地说："我这可不是吓唬你，你家易州要才华有才华要相貌有相貌，富婆们见了，还不得是女妖精见着唐僧似的啊？"

胡美杉说："嫂子你干吗呢？"

贾文莎被她凛凛的表情吓了一跳，说："我就这么一说，又没说这一定是真的。"

"就这么一说也不行，那我要信口开河说我哥在外面偷偷包了二奶，你还觉得这事很光彩很光荣啊，还能笑嘻嘻地跟我研究我哥究竟包了个什么样的二奶？"胡美杉一口气把贾文莎堵得一句话也说不上来，又追了一句，"将心比心，嫂子，我知道你是为我好，可你这瞎猜我不爱听！"

在她的感觉里，一个男人靠讨好一个女人混日子，不仅下作还下流，贾文莎可以怀疑陆易州在作风上有问题，可怀疑他被富婆包样是诽谤他的人品，这不行，有时候，人的作风问题和人品关系还不是特别大的。

贾文莎从没被人这么抢白过，气得脸都白了："胡美杉，我不就和你开个玩笑嘛！你发什么神经？"

因为生气，也因为心里发慌，胡美杉一时想不起该拿什么话还击她，就一扭头，转身往里间去。贾文莎脾气泼，而且从来都不是个得饶人处且饶人的人，特喜欢乘胜追击痛打落水狗，胡美德跟她说多少次别这样，人家落水里去了，你还下得去手，就是不善良。事后，贾文莎觉得也是，可每每到了光火的头上就忘了，今天也是。她追在胡美杉身后喊："胡美杉，你犯不着替你家陆易州屈得慌，你是心虚，你怕我一语成谶！可是，我跟你往白里说吧，别以为有文化的人就道德高尚，文化水越高的人越蔫坏，全是肚子里长牙的主！"

老胡觉得贾文莎有点过了，就喊了一声："天宝妈，美杉都不吭声了，你咋还没完了？"

贾文莎这才悻悻地住了嘴，说："我不就开个玩笑嘛，您瞧她，差点把我吃了！"

现在陆易州又说这包不是他快递的，胡美杉就慌了，这包万一真的是快递给邻居或是其他什么人的，让她给拆开用了，又这么贵，可怎么办？

第十八章　　269

胡美杉慌得不行，忙挂断了电话，马上给老胡打招呼，希望今天他能破一下例，没在她走之后去扔厨余垃圾。可老胡说和往常一样，把厨余垃圾处理了，听她声音有点焦灼，就问她是不是有什么东西丢了。胡美杉说嗯，那个包不是陆易州寄的，想看看是不是寄给邻居的快递给送错了。老胡说没错啊，快递来的时候说过的，胡美杉的快递。

胡美杉就更理不出头绪了，又给陆易州打电话，问他在北京有没有其他朋友什么的可能给她寄这个包，陆易州却突然来了个一百八十度的大转弯，笑着说刚才是逗她玩的，包是他快递的，刚才是故意逗她。

胡美杉有点恼火，说："大半夜的，你吓死我了，逗我着急上火就那么好坑？"

陆易州说："其实我是想看看你识不识货啊，如果我承认是我快递的，你肯定是一准就能猜到我买的是假货。当时我在秀水街买的时候店家信誓旦旦就保证过，这个手包就是拿到行家跟前，都瞧不出破绽，因为是原厂原单，用料和做工和真品一模一样，甚至是一条生产线上下来的，就是因为没上真品专卖店，就成了仿品。"说完了，又补一句，"我猜你看不出来，果然啊。"

不知为什么，胡美杉的心里特别乱，直觉告诉她不对，可陆易州解释得头头是道，她又不得不相信。青岛街上也有不少类似的店，专卖各种国际大牌的高仿，相对于普通商品，价格也不低，但相对于大牌真就便宜得让人有白捡的感觉。到美杉小厨吃饭的女人，不少是国际大牌加身，事实却都是从这种店里买的高仿，虽然用料和做工都很讲究，可贾文莎还是一眼就能看出其中破绽，唯有这个手包，居然瞒过了贾文莎的眼睛；再就是，陆易州一个大男人怎么会去逛秀水街呢？在青岛，他能去的商场最多也就是超市，还是去买生活必需品……

众多疑问在胡美杉脑袋里盘旋，可她什么都没问。

夜里，她想啊想啊想了好多，为什么不刨根问底呢？后来想明白了，就像女人无比珍爱着的一件首饰，在别人细细打量之下，居然打量出了破绽，那种心碎，未必是痛恨首饰的瑕疵，而是痛恨别人的眼尖。

因为藏了不安，胡美杉的心，就像被拴在了一枚氢气球上，悄悄地悬在那儿，以至于第二天拌馄饨馅的时候，愣是把米醋当酱油倒了进去。中午，老胡在客人的抱怨声里问:"美杉你今天这是怎么了?干啥都心不在焉的,光碗就打碎两只了。"

胡美杉就恍惚着说昨晚没睡好。老胡问:"因为快递袋子?"胡美杉嗯了一声,又觉得这么说不对,就说:"不是,是小土豆闹。"

下午的时候,何秋萍带着小土豆来了,正好贾文莎也在,去幼儿园接天宝,来得有点早,就来坐会儿。老胡抱起小土豆,问她怎么昨晚不好好睡觉,闹得妈妈今天没精打采的。

小土豆刚会叫爸爸妈妈和奶奶,其他话还说不太清楚。她要知道老胡是在和她说话,就咧着小嘴只会笑,不说话。何秋萍就接了老胡的话茬:"小土豆昨晚跟我睡的,咋能闹得她妈睡不好?"说着,瞪了胡美杉一眼,"人心事多了,就睡不好。"

老胡觉得她这话里有话,可又挑不出大毛病,就去看胡美杉。胡美杉正在择韭菜,准备晚上的馄饨馅,遂耷拉着眼皮装没听见他说什么,倒是引起了贾文莎的警觉,就仔细看了看胡美杉的脸:"胡美杉。"

胡美杉抬头看了她一眼,继续择韭菜。

"叫你呢。"贾文莎不高兴地说,"怎么的?还想让我这当嫂子的跟你赔礼道歉?"

胡美杉说不敢,也不多言,继续择韭菜。

"你没事吧?"贾文莎口气缓和了一点,也觉得自己昨天的玩笑开得有点过分。胡美杉和陆易州的悬殊确实有点大,胡美杉就会心里发虚,心里发虚的人,是不能随便乱开玩笑的,尤其是一开就戳到软肋上的玩笑,更不能开。所以,她今天过来,打算顺便说两句软话,哄哄胡美杉。

何秋萍一直冷眼旁观着这姑嫂俩,听到这儿,忍不住了,觉得现在陆易州不在家,贾文莎这么问,有点影射她这当婆婆的不好相处的意思,就说:"易州不在,我们一家女将和和气气地过日子,啥事也没有。"

贾文莎就哼了一声,说:"越是女将越和气不了,尤其是婆媳之间,大姨,您说是吧?"

斗嘴,何秋萍从来都不是贾文莎的对手,就故作轻描淡写状说:"那是你家,莫说婆媳了,大了的闺女和后娘更难伺候。我们这一家四口,现在是只要

第十八章 271

土豆妈没事就全家没事，放心吧。"说着，从老胡怀里抱过小土豆，"走，跟奶奶坐唐老鸭去。"

老胡恋外孙女，跟在何秋萍身后出了门。

胡美杉好像没听见这一切一样，还是在埋着头择韭菜。

"你不觉得你婆婆说话阴阳怪气的？"

胡美杉说："心里阳光万丈的人，不管别人怎么阴阳怪气都阳光明媚。"

贾文莎啧啧了两声："还真没白嫁给陆易州，学着转起文来了。"

胡美杉用鼻子哼哼了两声，没接话茬儿。

贾文莎说："在偷着乐吧？"

"我笑点没那么低吧？"胡美杉觉得再继续不搭理贾文莎就有点过了，就抬头笑笑说。

因为破天荒地被何秋萍堵了一回没返上腔来，贾文莎还气哼哼的："我发现你婆婆越来越伶牙俐齿了，哪像个才进城一年多的乡下老太太？"

"其实她也不老，才五十四岁。"胡美杉说，"再说了，我婆婆伶牙俐齿了，这事也得感谢你啊。"

"你什么意思？我把你婆婆带坏了？"

"这咋能叫带坏了！只能说我婆婆在你的操练下，反应越来越敏捷，语言表达越来越精准。照这么下去，我就不用担心她会得老年痴呆了。"胡美杉故意面沉似水地说。

贾文莎怔怔看了她片刻，突然扑哧就笑了，说："你这到底是夸我呢还是损我呢？"

"我感谢你。"胡美杉也笑了，姑嫂俩再次一笑泯恩仇。胡美杉又主动说昨天是她态度不好。

贾文莎哼了一声。

胡美杉虽然有点不好意思，可想着贾文莎昨天的那番话，又想替陆易州辩解点什么，就又说："那个手包是易州去秀水街花了不到三百块钱买的高仿，是原厂原单货，就是行家也看不出假来。"

贾文莎就哦了一声，说这么回事啊。过了一会儿，又不动声色地说："那你跟易州说声，等他下次回来的时候，让他帮我也捎个，我要土豪金色。"

不知为什么，胡美杉竟然一下子慌了，半天才说："行，等晚上我和他说。"贾文莎瞄着她，觉得自己有点太咄咄逼人了，就轻描淡写地说："如果有就捎，没有就算了。"胡美杉还是说行，她从没像这一天一样，觉得自己的语言那么贫乏，居然贫乏到挖空心思也找不出一句可以说的话。晚上回了家，她想打电话跟陆易州把这事说一下，号码都拨出去一半了，还是放弃了，给他发了个短信。过了半个多小时，陆易州还没回，她又追了一个短信，说如果没有就算了，也犯不着满北京去找，其实嫂子也不缺手包，就是觉得这个包仿得好，又这么便宜，才突然想要一个的。

大约十点半的时候，陆易州来了电话，说刚洗完澡才看见她短信，言语间，就把他为什么这么晚才回应她给解释了，说最近课题忙，等忙过这阵他就去秀水街看看。胡美杉嗯了一声，再一次强调，没有的话犯不着到处找，然后两人又有一搭没一搭地说了几句，不外是家里老人孩子好吗，生意好吗？易州你习惯了北京了没有，说完这些，就没话说了，其实陆易州特别想问，听说那个姓晏的回来了？怎样啊？你少和他接触啊，却又说不出口，尤其是在他和小邵都这样了的情况下，再对胡美杉说这样的话，自己都觉得气短，遂彼此道了晚安。胡美杉倚在床头上，突然觉得伤感，就拼命往前想，想她和陆易州话最多的时候，那会儿也是他俩感情最结实的时候，好像应该是在陆易州手术前和手术后的半年之内吧，那会儿他们有说不完的话，每次说话陆易州都必抓着她的手，那会儿她觉得自己就像救命稻草一样，被陆易州徒然地抓在手里。都说了些什么呢？不外是她相信他吉人天相，她相信他属于那幸运的少数人，再要么就是手术后他应该注意什么，等他好了，他们要一起去干什么……总之，基本全都围绕着陆易州的病，那会儿，陆易州就像一枚阴郁的月亮，胡美杉就是热力十足的太阳，陆易州的疾病就是把他们牢牢吸引在一起的磁场！想到这里，她更难过了，突然觉得自己好像曾经被陆易州当精神拐杖挂着走了一段路，却没有被深沉而热烈地爱过。想着想着，就落下了泪。

第十九章

1

因为那个手包，陆易州生平第一次和人吵得面目狰狞，和小邵，因为那个手包既不是仿货也不是陆易州买的，而是小邵悄悄买了之后，快递给胡美杉的。她想用这种方式提醒胡美杉，陆易州外面有人了，而且是个又阔又有品的年轻漂亮女人。因为这段时间以来，她对陆易州已经很了解了，除了读书，在生活上他既低能又没情趣，如果她不说，他都看不出地摊货和高档大牌货的差别。除了购买牙膏和香皂等生活必需品，他连超市都不去。有时，他们出去吃饭回学校路上，路过商场时，小邵要进去逛逛，陆易州那一脸的为难，就像有人要逼他吃泥巴一样，实在拗不过小邵了，就在商场休闲区找本杂志或报纸看着，让小邵逛完了回来找他。

别人看见大牌，都会本能地眼睛发亮，陆易州就不，天大的牌子摆到他跟前，他也无动于衷，因为不认识。就算小邵给他解释这是著名国际品牌，他也只会哦一声，不会再有其他表示。小邵甚至怀疑，哪怕她把举世最大的钻石拿来，在陆易州看来也不过是块百无一用的玻璃体而已。陆易州对物质的这种天然呆，常常让她觉得可笑之后又觉得这是一种难能的贵气，置身物外，大约就是这样的吧，对不需要的或者不属于自己的东西，永远淡然得如同不在眼里。

在这个浮躁的物质时代，这样的人太少了，小邵喜欢。她觉得他也是这样一个男人，作为他妻子的胡美杉，也一定是了解的。陆易州破天荒快递了一只昂贵的手包，胡美杉一定会警惕的，会猜到只有有品也有心的女人，才会特意跑到专柜上买只这样特别女人的手包，这事，如果没有其他女人做高参，很少有男人会如此深谙女人爱包如命的心理。当然，首先，小邵还是错误地估计了胡美杉，胡美杉虽然生活能力特别强，却是标准的实用主义者，对名牌懂得不比陆易州多。只是这个包包一到手，胡美杉起疑心是一定的，因为在青岛的时候，除了买书，陆易州对购物没热情到了憎恶的程度，可一到北京却突然学会了买高档女包，胡美杉要不怀疑，除非她脑壳是榆木做的。

陆易州虽然猜到了小邵的别有用心，还是质问了她："你什么意思？"

小邵说："没什么意思啊，我看你都不好意思回青岛过元旦了，就想替你表现表现，帮你送个礼物讨老婆欢心啊！"

"你真有这么好心？"陆易州当然不信。

"好事我都费力花钱地做了，这还有什么好怀疑的？怎么，你老婆感动了吧？"小邵故意装傻，其实她很想知道，胡美杉收到手包后，有没有怀疑他质问他，有没有问他是花多少钱买的，是谁陪他去的，因为就陆易州的个性，绝对不会自己去逛商场买礼物的。但她不能主动问，否则，狼子野心就会彰昭无遗，尽管她也知道陆易州肯定明白她的小把戏，但她一定要做出一副天真、为了他好的样子，这样才会让他有火无处发。如果他足够爱她，还会感念她的用心良苦，去谴责妻子的无理取闹。

只是，她万没想到，胡美杉居然这么好糊弄！

她觉得不可理喻，就更加同情陆易州了，作为一个知识分子，和一个世俗的、无知到心疏如窟窿的女人过日子，怎么可能有幸福可言？这漫漫岁月，他又要怎么熬？

显然，陆易州看破了小邵的狡猾，起身换鞋要走，那天晚上，本来说好了睡在小邵家的。

小邵就跑到门口抢走了他的鞋子，陆易州赤脚站在地上看着她，小邵怀抱着他的鞋子，就像怀抱着她心爱的婴儿一样，示威地看着他。

陆易州也没要鞋子，赤着脚就往外走，小邵这才慌了，说："陆易州今天晚上你要敢走，我就敢脱光了跟着你。"

陆易州就站住了，他什么都不怕，就怕小邵撒着娇跟他来横的，就回来了，但赤脚站在地上不肯上床。小邵心疼他，就承认了自己居心叵测。陆易州这才叹了口气，说："小邵你不要这样，胡美杉对我有恩，不管你做什么，我都不会和她离婚。"

小邵就装萌，说："我干吗要你和她离婚？我又没打算嫁给你。"

陆易州看着她，不说话，一副你不承认我也明白的嘴脸，然后问："这个

第十九章 275

包你花了多少钱?"

小邵说:"你干什么?"

"不干什么,就是你必须告诉我。"

"如果我不告诉你呢?"

"你知道的。"陆易州简短说。

小邵当然明白,乖乖地说:"七千。"陆易州打开自己的手机,登录网上银行,给她转了七千块钱,然后说:"如果要送胡美杉礼物,一定是我自己花钱送,而不是你。"

小邵让他的倔强弄得说不出话。

陆易州拉过她的手,叹气说:"否则,就是羞辱她,虽然她不知道,但我也不能这么做。"

小邵觉得他这套迂腐的理论可笑极了,给气哭了,她哭着说:"陆易州,在你眼里,我就那么不堪吗?"

陆易州没说话,等小邵哭声小点了的时候才说:"小邵,我们不能这样下去了。"

小邵问:"为什么?"

陆易州说:"不为什么,我们这样是不对的。"

"那你老婆在家每天晚上都和她老情人又说又笑的,就是对的了?"小邵很生气,陆易州苦闷的时候,会把心里话说给她听,其一是排解苦闷,其二他认为,说说胡美杉和晏老师的事,就好像是为自己的出轨开脱了似的。可他没想到小邵会拿这事和他们俩的事相提并论,一下子负罪感就更重了。他像个被戳疼了软肋的人一样暴跳如雷地冲小邵发火,说了很多难听的话,譬如因为她有钱她就以为这个世界由她说了算了等等。小邵被他痛斥得一句话也说不出来。末了,他从床上跳起来,跑到客厅去换鞋子。

他换鞋的速度并没有很快,甚至如果小邵愿意,完全可以跑过去把鞋子从他脚上扒下来抱走,但小邵没有,只是站在卧室门口,擎着两只泪眼看着他,看他摔门而去。

北京冬天的风,干燥而凛冽地撕扯着他的脸。是的,他是痛苦的,这痛苦不是来源于小邵对胡美杉的伤害,而是小邵放任他暴怒而去。

这段时间以来，他很少给胡美杉打电话，倒不是因为小邵忽略了胡美杉，而是他不敢打。他的心是纠结的是虚的，一和胡美杉说话就心慌气短，就好像胡美杉已经看穿了他在北京的所作所为不屑于拆穿似的，这种感觉太煎熬了。虽然小邵总给人仗钱欺人的印象，可真和她相处久了，还是挺好的。有时候，他们会躺在床上说一些又玄又远的话题，还可以谈谈哲学，很多时候他们会因为哲学和法律之间的一些悖论争吵，吵得脸红脖子粗。说真的，陆易州觉得这种形而上的争吵，比和胡美杉风平浪静地过日子有意思多了，彼此都能发现对方脑子里茂密而纵深的花园子，奥妙无穷。而他和胡美杉的交流只能看见胡美杉脑袋里的菜篮子和尿片，这种交流乏味透了，于是，和胡美杉在一起的时候，除了会心而善意的微笑，他没有太多的话可以说。尽管胡美杉对他有恩，尽管胡美杉很善良，可他对她脑袋里的那个菜篮子不感兴趣，这是没办法的事。他曾经尝试着让自己对胡美杉热情一点，结果说着说着，他就卡壳了，就像胡美杉不能深入他的领域，胡美杉的领域，看上去那么简单而没学问，也不是他所擅长或者是懂得的。

他觉得他和小邵之间完了。但转念想想，也好，这不是他一直想要的结局么？所以，他用伤感了一夜的方式，表达了他对小邵的歉意和对曾经感情的悼念。当第二天晚上胡美杉来短信让他给贾文莎捎一只手包时，他的心噌地就着了火，熊熊燃烧的，全是对小邵的积怨。如果不是她心机如此阴沉地想引起胡美杉的注意，也不会有贾文莎托他买手包这等狼狈事，而昨天晚上把胡美杉的手包钱划给小邵后，他银行卡里还剩不到八百块钱了，现金还有五百多，加起来连一只手包盖都买不到，这可让他如何是好？何况他知道贾文莎专用国际大牌，果真买个仿货捎给她的话，她一定会问，为什么同样是仿货，我的和胡美杉的差距这么大呢？到时候，他怎么回答？他像只被苍蝇拍追击着的苍蝇一样在宿舍团团转着，一边转一边怨着小邵，但找小邵借钱这事，他连想都没想。他决定先撒一个谎，过段时间，再撒一个谎，就说去秀水街看了，那老板说最近打假风声紧，再也拿不到那么以假乱真的高仿国际大牌了，这么想着，就给胡美杉回了电话。事后回想起来，觉得给胡美杉打电话的时候，自己的嗓音都是颤的，因为怕胡美杉问这问那，匆匆几句，就把电话挂断了。他有点后悔，觉得自己应该淡定点，因为胡美杉既不了解北京也不了解他的博士生涯，所以呢，根本就不会多问，更不会像小邵假设的那样，细细地质问这个手包的来源，问他怎么突然学会逛街了，怎么会晓得她喜欢玫红色……

想象的那些令他狼狈不堪的提问，一个也没有到来。

2

大约过了十天，他给胡美杉打了个电话，把之前设想好的谎话，一本正经地说给了她。胡美杉也没多说什么，只是叮嘱他天冷了，一定要注意身体，还有记得每天吃保健药，还问他需不需要打点钱给他。陆易州忙说不用，有工资花着，来之前她给存卡里的那五千还没动呢，说完了，心里直冒冷汗，其实还给小邵的那七千里，就有这五千。

和小邵说分手后，陆易州就没去学校食堂吃过饭，怕遇上了相互尴尬，就不管早晨还是晚上，都骑单车去学校门口吃某县城小吃。可他越吃越沮丧，搞不明白这么难吃的小吃，怎么会全国各地开花呢？冬天的北京，干冷干冷的空气里掺杂着尘霾，肮脏得让人觉得，兑瓢水就可以和面做饭吃了，但他又不愿意跑远，瞎凑合了十来天，眼窝都抠下去了，觉得不行，再这么吃下去，就得厌食症了，就又返回了食堂。一连两天，都没碰上小邵老师，他就跟个想回家省亲又怕被埋伏在村口的警察逮住的小偷，自如进出几次后，心情就放松了。晚上回去，把小邵摆在卫生间里的东西，逐一收拾到袋子里，打算拎出去扔了，虽然林汉不经常回来，但做人总是得要点脸面的，何况林汉晓得他已经结婚了。

可就在他把这些东西扔了的当天晚上，小邵来了，先是敲门，陆易州压根儿就没想是她，一开门，就惊呆了，磕巴着话都说不成个儿了："怎么……"

小邵若无其事地进来，说："回老家探了一下亲，想你了，过来看看。"说着，就把包往床上一扔，自己往床上一躺，说累死我了，好像之前那些不愉快，是压根儿就不曾发生过的幻觉。

陆易州再一次陷入了手足无措，不知如何是好。

小邵老师倚在被子上，妩媚地看着他，说："小陆老师。"她喜欢喊他喊小陆老师，就像她也喜欢陆易州喊自己小邵老师一样。

陆易州没应，因为他不晓得应了以后会发生什么，就拖了把椅子，离她稍微远一点坐下，拿起一本书认真地看，好像压根儿就不曾有个年轻漂亮的异性女子躺在床上用妩媚的挑逗眼神撩拨着他。他一连看了四五页书，其实眼睛盯在书上，耳朵却竖向床的方向，他听见小邵好像是坐起来了，就想她可能自觉无趣要走了，就故意把书翻得哗啦哗啦响。又过了几分钟，他看到一双白皙的细腻的擦着艳蓝色指甲油的脚，猫一样蹑手蹑脚地过来，停在他的椅子旁边。他觉得眼睛被灼热地烫了一下，猛地抬头，就看见了光溜溜的、像白色的鱼一样的小邵老师。她什么也不说，就纠缠上来，拿嘴巴去找他的唇，找他的舌，他用舌头往外推她的舌，却被她温柔地捕捉住了，他想去推开她的身子，却被她捉住了手搭在她丰满的乳房上。

陆易州就觉得脑子里轰隆隆响成一片，整个世界，只剩了这响声。完了，他在心里暗暗叹息。

后来，他大汗淋漓地看着小邵老师那张迷乱的脸，觉得自己是个千古罪人，他很瞧不起自己，像瞧不起伪君子那样的瞧不起。他想起了很多年前，他那么不齿某个巨星对诞下非婚女儿的说辞：他只是犯下了所有男人都会犯的错误。当时他才十几岁，对爱情的憧憬，还水晶一样的纯粹，觉得这个说法不仅玷污了爱情，也辱没了男人，因为那根本就不是忏悔，而是拉上了天下所有的男人为自己垫背，意思说是男人都这样，你能怎么着吧？

那段时间里，陆易州一次又一次地在内心里鞭笞着自己一次又一次地坠入小邵老师的温柔乡不能自拔。小邵老师说，经历过上次的手包事件后，她深刻地反思过了，是的，随着和陆易州交往的加深，她是对他有了婚姻的企图，于是开始动心计，但以后再也不会了。因为陆易州用转到她卡上的七千块钱，替胡美杉扇了她一个耳光，狠狠地扇在她心上，这样的自取其辱，以后再也不会有了。

她说这些的时候很伤感，让陆易州觉得自己不是东西。是啊，这一生，只要他和胡美杉都活着，婚姻就不可能结束，这是他想过无数遍的，不可更改。小邵也真的收敛了很多，不再像以前那样频繁地找他，也不再动辄带着消夜来敲门。有时，她和一些青年男子说说笑笑地走在校园里，陆易州看见了，也会微笑着打个招呼，好像他们之间不过是很熟悉的老同学而已。从理智上说，陆易州替小邵老师高兴，女孩子到了二十五岁，确实应该考虑个人问题了，但从感情上，难免酸溜溜的，甚至，小邵和男人说笑着和他擦肩而过时，他经常需要使劲按捺着，才能按捺住了冲上去把那个男人打倒在地的冲动。

有时，他也会和小邵聊聊她的未来，在床上，甚至是赤身裸体地躺在床上的时候，他会小心翼翼地试探小邵有没有遇到看得上眼，让她起了嫁心的男人。小邵说没有，陆易州就不再说什么，觉得内心的那些酸溜溜又被温柔地安抚了，有时，小邵也会故意逗他，说有啊。陆易州就心里一紧，问是不是学校里的，小邵让他猜。他表示自己整天埋头做课题，对学校里的人不是很熟。其实他只是内心发毛，不敢去猜。小邵就胡乱编了一个高富帅而且有才又绅士的男人狂追自己。陆易州就定定看着她，半天才说："真的？"

小邵说："骗你你又不离婚。"

陆易州就语结了。

自从小邵撒了这个高富帅有才又绅士的男人的谎之后，每次，陆易州都会问他们之间的进度，小邵就闭着眼睛编，说拉手了，接吻了，上床了。

陆易州就定定看着她，看着看着，猛地从床上起来，穿戴整齐，背对着小邵坐在床沿上，小邵在他背后，一下一下地咬着自己的手指甲，说："陆易州，你不觉得在床上和我谈我该怎么把自己嫁掉这事很龌龊吗？"

陆易州的脸，一下子就红了，其实他也觉得自己和小邵聊这事很不妥，可他想用这种方式时刻提醒小邵，他从来就没有要离婚娶她的念头，请她一定不要再试图剑走偏锋。

然后小邵就流泪了，是的，是流泪而不是哭，瞪着眼睛，大颗大颗的眼泪往下滚。从来没有男人像陆易州这样让她备受屈辱，可她也从来没这样不要脸地迁就过一个男人。怕他拒绝自己，她要撒谎说自己其实是不想结婚的，怕他因自己的纠缠害怕，就撒谎说她还有另外一个准备结婚的、比他好很多倍的莫须有男人。她生气，恨陆易州更痛恨自己，她也想过破罐子破摔，曾经尝试着一步步把他们的事捅给胡美杉，可一个手包就试探出来了，如果她胆敢这样做，不仅得不到陆易州的婚姻，还会彻底失去这个男人，所以，她只能一遍遍地打压骄傲的自己，让自己低伏一点再低伏一点，去迁就他，只求他不拒绝她，可无论她怎么低到尘埃里，陆易州都不爱她。她曾经思考过陆易州对她的感情，是的，她非常确定不是爱情，而是欢情，就像旧时代有钱有妻儿了的男人娶的第N房小妾，没有任何目的，不过纯粹的寻欢作乐而已。当然，陆易州倒不至于无德到拿她寻欢作乐，因为他孤身在北京，是个有生理需要的男人。

陆易州说："对不起，小邵，我知道，是我做得不好。"

小邵忙伸手来捂他的嘴，上次就是这样，向她道完歉，就提出了分手，她绝不会给他第二次机会。

3

一晃，就到寒假了，陆易州回了青岛，因为妈妈和弟弟都在北京，小邵就留在了那儿。两人时不时发几个短信，有时候小邵要他上QQ语音或者视频一会儿，陆易州说不方便，这不是撒谎，确实是不方便。自从他回青岛，何秋萍就不再带小土豆去美杉小厨了，像个老妈子似的围着他转。如果他上QQ和小邵视频或者语音，肯定会被母亲发现。母亲虽是个没文化的乡下妇女，可一点也不影响她在男女这事上的判断。自打他从北京回来，母亲已经旁敲侧击地问他好几次了，你不说最少一个月回来一趟嘛，这一个学期中间你就回来一趟！再要么就是你不回来不要紧，也勤往家打几个电话，让我放放心，你可倒好！

有时候，趁胡美杉不在家，他们也会聊聊晏老师，何秋萍说姓晏的又回杭州了，前阵他回来，是买家具和家电，说再晾上几个月，把杭州那边的事情处理得差不多就回来了。

陆易州问他在杭州有什么事情。

何秋萍说听邻居说他哥在杭州开了间挺大的典当行，那个姓晏的出狱以后就在他哥那儿干事，好像要回青岛开家分公司，让姓晏的过来打理。

陆易州就哦。他和母亲说晏老师的时候，从来不说晏老师，都是说那个姓晏的如何如何。说晏老师的时候，他们从来不提胡美杉，倒是有一天，何秋萍突然说，除了鬓角有点白头发，这个姓晏的长得和你还真有点神似。

陆易州就吃了一惊，问："真的吗？"

何秋萍认真点点头，说街坊邻居们也都这么说，说敢情胡美杉找老公是照着晏老师的模子找的。

陆易州想起胡美杉曾经说，她对他好，是因为他租了晏老师的房子，长得还和晏老师有点像。没错，这话她的确说过，那会儿，他刚开始到美杉小厨吃饭。想到这里，陆易州一阵阵地反胃，把报纸一扔，说："怎么会这样？"正在玩积木的小土豆让他吓得一愣，仰着头看他，老半天没敢动。

陆易州站起来，像困兽似的在屋里来回踱了几圈，恨恨地说："怎么会这样！"

何秋萍把小土豆揽在怀里，小声说："你别吓着孩子。"

陆易州定定地看了一会儿母亲，突然蹲在母亲的对面，说："妈，我想离婚。"

何秋萍叹气说："你怎么离？你这条命的大半条都是人家给的，你怎么离？"

"我不管！"陆易州生气地说，"她都这样了！"

"哪样啊？"何秋萍说，"虽然这阵子没少风言风语的，可谁也没抓着他们俩的手腕子哇。这不，我也怕她给你戴帽子，整天带着小土豆到店里去玩，你当我真稀罕那个破馄饨店啊？数冬寒九的，妈还不是去帮你看着她啊。反正是我在那儿看着的时候，除了那个姓晏的来吃馄饨，两人说几句话，也没见着有啥出格的地方。"

"不管她有没有出格，这婚我都得和她离！"陆易州气咻咻地说，"她爱的不是我，她是把我当成是那个姓晏的替身了！"

关于替身这话，在何秋萍那儿有点费解："你是说，她表面上看上去是和你过，心里装着的是那个姓晏的，和你在一块的时候就把你当那个姓晏的？"

陆易州没说话，但他愤怒的沉默等于是默认了母亲的说法。

"离！咱不缺胳膊不缺腿的，不受她这窝囊气！妈支持你！"一想到儿子被人当成了别的男人的替身，何秋萍就气不打一处来。

晚上，胡美杉回来了，何秋萍没像往常一样带着孩子在客厅里玩着等她，只有小禾在客厅看电视，而陆易州严肃地坐在床沿上，说："我们俩谈谈吧。"

看他严肃得很，胡美杉有点意外，但也没太往心上去，就边脱下外套往衣架上挂边问谈什么。

"你关门。"陆易州说。

胡美杉觉得事有点严重，迟疑着，关上门，走到床边："怎么了？"

"我想和你谈谈你和那个姓晏的。"陆易州面无表情。

"咱妈和你说什么了？"胡美杉满腹狐疑地坐在这边的床沿上，扭着身子看他。

"你自己的事情，不要往我妈身上引！"陆易州说，"你把我当那个姓晏的替身了？"

胡美杉快被他逗笑了，说："什么替身啊？你当这是在演电视剧啊。"

看着胡美杉一副云里雾里压根儿就没把他问的晏老师的事当事的样子，陆易州突然有些惶惑，觉得自己和母亲有些小题大做了，关于离婚那句话，就无论如何也开不了口了，好像一旦开口，就是无理取闹似的。两人就这么僵僵地坐着，后来，陆易州说："你和他交往的时候注意点分寸，你也知道我妈是乡下来的，保守得很，还有丹东路上的街坊邻居，也嘴碎得很，乱七八糟的话都往我妈耳朵里灌，她年纪大了，分辨能力差，所以……"

"所以你就怀疑我？"胡美杉觉得很搞笑，这要在别的事上，她从来都是顺着陆易州的，可在晏老师这件事上不行。她觉得这事关乎自己的品行，不能稀里糊涂心软顺着他说，要不然，倒好像自己真的和晏老师有什么见不得人的光景似的了，就把和老胡说的那番话，又重复了一遍。

把陆易州说得理屈词穷的，半天才说："不是我怀疑你，我就是不想听这些乱七八糟的消息心烦。"

胡美杉点点头："你谈完了？"

陆易州也点头。

胡美杉有点难受，看着陆易州，好半天才说："易州，你是愿意相信闲言碎语呢还是愿意相信我？"

陆易州当然要说相信你。

"那我先谢谢你，如果你相信我，就不要理那些闲言碎语。"胡美杉停了一会儿，想起他说自己把他当晏老师的替身，就觉得特荒诞，说，"生活不是琼瑶电视剧，我爱你就是爱你，没想过什么替不替身的。"

陆易州沉默了一会儿，说："其实，这也不纯是空穴来风，你自己也说过，记得吗？"

胡美杉表示不记得了。

"那会儿我刚开始去你店里吃饭，有一次你在街上遇到我说的。"陆易州看着她，慢慢说，"你解释说对我好是因为我租了那个姓晏的房子，再就是我和他有点像。"

胡美杉就想起来了，刹那间有被自己黑了的感觉。她很想解释，那次那么说，只是想表达她对他好，不是女人对男人暗生情愫的好，而是另有渊源，以消除他内心的疑惧，却一不小心呼应了现在的罪状，想来，真是好笑到瞠目结舌。

后来，他们就睡下了。这一夜，显得特别尴尬。认识陆易州这么长时间以来，这是胡美杉第一次觉得他很陌生。早晨醒了，陆易州还在睡，她扭头看了一下，自己和陆易州在床上的样子，好像这不是一张床，而是一张硕大的供桌，而她和陆易州的身体，就是这硕大供桌两边向上拱翘着的桌沿。她的心无端地疼了一下，遂起床打算去做饭。进了厨房一看，婆婆已经起床了，正在熬稀饭，见胡美杉进去，显得有点意外，在她脸上打量了一下，也没看到哭的痕迹，就知道离婚的事，陆易州八成没说。她有点不高兴，收回目光继续做饭，对胡美杉喊的那声妈，装作没听见一样，任由它在空气中飘散了。

婆媳两个在厨房里各自忙着，气氛有点尴尬，末了，何秋萍突然看也不看她，说："易州说要和你离婚。"

端着稀饭锅的胡美杉回头看她。

何秋萍也不看她，兀自垂着眼皮煎鸡蛋："易州没说？"

胡美杉说："妈，离婚的事得由易州和我说。"

何秋萍用鼻子哼了一声说："易州自己说不出口。"

"说不出口就是他不想离。"胡美杉依然心平气和，满脑子里想的都是陆易州昨晚和她说的那些话，他们娘俩一定是在家商量过了，而且促成陆易州跟何秋萍承诺要和她离婚的原因，一定是街上的流言蜚语。想到这里，胡美杉就把何秋萍手里的锅铲拿过来，说，"如果因为您告诉了易州一些流言蜚语，他就要和我离婚，那我一定不离。可如果易州心里有别人了，那……这婚我是会离的，我的脸皮没您想象的那么厚，更不会在不爱我的人身上死皮赖脸。"

她从没像现在这样不卑不亢过，说完了，又摆好了碗筷，喊小禾和小土豆起床，好像任何事情都没有发生，刚才也没承受过被驱逐之辱。

等她走了，何秋萍愤愤地说："她还挺有理！"拿眼瞪着陆易州，嫌他太面了，让胡美杉捏住心太软的小辫子。

陆易州说："妈，我相信她。"

"你相信她？难不成满丹东路的人都在胡说八道？"

"流言就这样，全世界还都说今年12月21号地球毁灭呢，您不也曾信过么，怎么样？这都过去两个多月了，地球好着呢，太阳明晃晃地在天上挂着。"陆易州有点心烦，"妈，您要觉得街上的流言难听，别扎堆不就听不见了？"

"我不扎堆流言就没了？"何秋萍悲愤地说，"你哪里差，哪里配不上她了，要让她给你戴绿帽子？这要真说起来，你俩有个出轨的，那也得是你，你出十回轨也轮不上她一回！"

"妈！"陆易州火了，"捕风捉影的事您能不能别说得跟真的似的？"

冷不丁被儿子呵斥了，何秋萍就难过得不行了，瞬间老泪纵横，说："我这不是心疼你嘛，我是你妈，我当然不愿意让人背后戳你脊梁骨！"

陆易州也悲愤无语，起身，想出去，但一想只要自己走了，母亲很可能会更伤心，觉得他跟她耍态度，就缓和了一下口气，说："妈，我去书房看书。"

4

陆易州在书房里郁闷得要命，想找个人随便聊聊，就给小邵打了电话。这是放假以来他第一次主动给小邵打电话，小邵挺高兴的，问他是不是想她了。

陆易州突然就意识到这电话打得不应该，尤其是和胡美杉之间的矛盾，以前和小邵说太多了，其实也不过是倾诉苦闷，却被小邵当成了是他对胡美杉的不满甚至有离婚的可能性。遂打哈哈说，在家没事，想和她说两句话。

小邵开心地说那还是想我了。

陆易州笑笑，问她在那边过得怎么样。

小邵说还能怎么样，天天想你夜夜想你呗。这话越说越像是调情了，陆易州就不想说了，说没事挂了吧，他要看会儿书，小邵哪肯让他挂，撒娇使横地不让。陆易州听见门外有轻微的脚步声，还有小土豆的牙牙学语，就知母亲在

第十九章　　285

门外，不由分说地挂了，起身去开门，果然，见母亲一手推着小土豆的学步车一手端着一盘切好的苹果站在门外呢，就忙接过来，这时，他手机又在写字台上响了，何秋萍说："你接电话去。"说着就进来了。

陆易州一看，还是小邵，就不想接，怕手机传音，被母亲听出端倪来，就说不急，顺手拿起一块水果。何秋萍瞥了手机屏幕一眼，问："你咋不接电话？"

"懒得接。"说着，陆易州就把手机翻扣了过去，其实他不扣何秋萍也看不清手机屏幕上的名字，因为她眼睛老花得厉害。见手机响得不屈不挠，陆易州还是不接，就瞪着眼看他，好像要把他的心瞪出来瞧瞧里面藏了些什么秘密似的，把原本就心虚的陆易州就给看毛了，说："妈，您能不能让我清净会儿看看书？这个寒假我是带着课题任务回来的。"何秋萍还是和他没完，因为在她的概念里，考博士就跟考大学一样，考之前恨不能辛苦成头悬梁锥刺股，一旦考上了，就可以高枕无忧地松散了。她越发觉得陆易州心里有鬼，一挨了数落，就跑书房去关着门。还有一回，他洗脸去了，手机放茶几上，响了一声，应该是短信，小土豆觉得好玩，就拿着按啊按。何秋萍怕她小孩子没轻重，给掉地上摔坏了，忙拿玩具往外哄。刚哄到手还没放下呢，陆易州从卫生间出来了，一看她拿着他手机，几乎是一个箭步冲过来："妈，您拿我手机干吗？"

好像手机里藏着惊天的秘密，他迅速地从何秋萍手里抢走手机，把何秋萍吓了一跳，说："易州你干啥呢你？"

陆易州挺不高兴地说："妈，您进城也一年多了，城里和乡下不一样，要尊重别人的隐私。"

何秋萍觉得陆易州是在嫌弃自己不懂城里规矩，很不舒服，就嘟哝了一句："啥隐不隐私的，不就是个手机？"

"妈，手机也是隐私，就跟别人的私人信件和日记一个性质，您知道那些不能随便动别人的，手机也是。"说着，陆易州飞快翻开手机，有个未读短信，是小邵的，幸好她没说什么过头的话，就问他在家干啥。他飞快地回了一句，和我妈吵嘴呢。发过去，就顺手删了。

见母亲瞪着他瞪起来没完，陆易州只好就口编了个瞎话，说有个朋友想让他帮着写自学考试的毕业论文，他不想帮，所以才不接电话的。

何秋萍说这忙是不能帮。她见陆易州脸上全是不耐烦，就说你看书吧，说完，就推着小土豆出去了。

看着母亲给他带上门了，陆易州这才拿起手机，盯着屏幕看了半天。心想哪天要是让胡美杉或者母亲看见了，事就小不了了，虽然母亲支持他和胡美杉离婚，但这并不意味着母亲会支持他有外遇。何况母亲也说过，胡美杉已经放话了，如果他外面有人了，她二话不说离婚，可这样一来，他陆易州成什么了？

人家对你不仅仅有救命的恩情，你却狼心狗肺地外遇了，和老婆离婚了，那真的叫不够人背后戳脊梁骨的呢。

索性就把小邵从手机通讯录里删除了，这样万一她发了过火的短信或打电话，他也可以狡辩说是发错了，因为只显示号码没显示机主名字，一看就是陌生号码。这么想着，陆易州突然觉得自己聪明，狠狠地把自己给仰慕了一顿，下午，又给小邵发短信，让她没事别老和他联系。他总是心惊肉跳的，怕露出破绽，不管小邵发来的短信内容多么经得起筛查，可因为做贼心虚，他总觉得手机上来的不是短信，是隔空扔过来的手雷，把他的心炸得一个趔趄一个趔趄的。

虽然何秋萍觉得陆易州不对头，但也只是悄悄警醒着。如果陆易州真有外心了，对她这个当妈的来说，也不见得多光彩，这要在乡下，这就是父母失职的门风不好，孩子胎里带着坏的最有力见证，虽然胡美杉也背了一身流言蜚语让她脸上无光，可这也不是听任陆易州往歪道上去的理由。因为心有疑窦，何秋萍就处处警惕，只要有可能，就不给陆易州单独待着的机会，他总不能当着她面给外面的女人打电话发短信吧？虽然没文化，可男女那点事也不需要文化她也门清。已经嫁了的女人，因为有了一纸婚书，心里安定了，和男人十天半个月不见面也没事，头碰得咔嚓咔嚓响也不说话还是没事，可没嫁过去的姑娘就不成，这时候一个个的，虽不说觉得自己是皇帝的闺女，可也千金者呢，小姐架子端得板正正的，巴望着男人来追来求来哄着自己。和像陆易州这样的有老婆孩子的男人谈恋爱，用乡下话说难听点就是轧姘头，轧姘头其实就是轧苦恼，两人在一块的时候是千好万好，一分开了，谁都信不着谁。何秋萍觉得，不给陆易州一个人独处的机会，他就不能主动联系外面那个女人，那个女人就

第十九章　287

会猜疑吃醋，觉得他回家见着老婆就忘了她，说不准就这么散了。陆易州和她散了，身家清白也就保住了，至于他和胡美杉到底离还是不离，看以后了。前些日子街坊上的老八卦们也说了，城里女人一箩筐一箩筐地剩在家里，就是缺男人，尤其是缺陆易州这样体面有前途的好男人，如果他和胡美杉离了，黄花大姑娘随他挑随他拣的。如果他真在外面有相好的，和胡美杉离了也不能要，为啥？但凡能和已婚男人扎姘头的女人，就肯定不是个正经东西，她不能眼瞅着陆易州刚出火坑又进了狼窝。

主意一拿定，何秋萍就觉得自己英明极了，连老陆在天上看见了，都会冲她竖大拇指。

第二十章

1

自从陆易州回来，一到晚上七点半，老胡就撵着胡美杉回家陪陆易州。她不走，老胡就去厨房往外轰她，说咱又不是开大酒店的，都这点儿了，来三个两个的客人，他自己就招呼了。

通常她会包十碗馄饨，逐一标好了馅料内容，摆在冰柜里，如果有顾客来，老胡下锅一煮，捞到兑好的汤里就行了。可早回去的这几天，让她觉得一点意思都没有，甚至很别扭。

七点半从店里出来，如果不塞车的话，到家大约就八点了，这时，通常是陆易州和婆婆他们在客厅看电视，小禾在房间上网，只要她回了家，婆婆就会把小土豆塞给她，自己一边吆喝着腰酸胳膊疼一边调电视频道。小土豆一到胡美杉怀里，就找奶吃，掀着衣服往她怀里拱，几个月不见而已，在陆易州跟前给孩子喂奶，胡美杉竟然有点不好意思了，她能瞥见陆易州的余光，像一道不经意的光束，在她裸着的胸上扫过，感觉他的目光，像在热锅上的双脚，落下又跳起来，起起落落的。

关于婆婆说陆易州要和她离婚的事，她一直没问陆易州，觉得他一定是和婆婆说过了的。当然她愿意善意地觉得，是婆婆主动提出来让陆易州和她离婚的，因为这阵子婆婆听了太多风言风语。但她没问陆易州，觉得既然他没说出口，就说明他不想离，不想离就说明他还是爱自己的，既然如此，她再提了，就是让彼此尴尬。

胡美杉在一本杂志上看人说过，一个男人对女人最高的礼赞，就是想娶和和她过一辈子。

像琼瑶电视剧似的，天天卿卿我我才叫爱？那叫编故事，两口子过日子就是平平淡淡地穿衣吃饭，出入平安。想明白了这些，胡美杉就很平静，哪怕和陆易州没话可说也平静。大多数时候，是他们一家四口或者五口坐在沙发那儿，眼睛盯着屏幕，没有人说话，或者胡美杉故意挑起话题，困惑既漂亮又优秀，却死心塌地地爱着一个又矮又穷又丑还不愿意和她结婚的男主角，简直是没天理了，愤愤说这导演到底是吃什么长大的，再要不就是这导演不是地球人吧，好像一个不过故事而已的电视剧一下子出卖了导演丑陋的内心和不堪的人品。有时，她说很多句，陆易州再不说就失礼了似的说句："看电视剧就是个消遣，你那么认真干什么？"

胡美杉知道陆易州不喜欢那些鸡毛蒜皮故事的电视剧，只要何秋萍起身离开了，她会主动把频道调换到记录频道，因为知道陆易州喜欢。

当陆易州全神贯注地看记录片的时候，胡美杉是不说话的，轻轻摇着吃饱了奶的小土豆，把她放到床上，给脱了衣服，盖好，然后抽身出来。

有一次，她放下小土豆后，何秋萍揉着眼也进来了。小禾白天在单位整理资料，累得够呛，已早早睡着了，胡美杉出去时，顺手轻轻带上了门。陆易州还在全神贯注地看他的记录片，虽然客厅里有电视节目的解说，但夜晚温柔而宁静，宁静得好像光束在湿润的空气里缓慢无声地穿行。夜色的温柔，浸润了胡美杉的心，她坐到陆易州身边，和他一起看电视。陆易州歪头看看她，笑，胡美杉也笑，然后把头歪在陆易州肩上。

因为还没来得及洗澡，身上不浓也不是很淡的厨房油味菜味掺杂着人体的味道，幽幽地扑向了陆易州的鼻腔。他不易觉察地皱了皱鼻子，没吭声，一动不动地任她倚着，继续看电视。或许是心理作用，他觉得这味道越来越浓烈，浓烈得他都有点反胃了，然后就开始怀念小邵老师，怀念她身上永远是淡淡的沁人心肺的香水味。陆易州知道，拿小邵和胡美杉相比较是自己良心被狗吃了的表现，两个在截然不同环境里生活的人，小邵是把自己打扮得漂漂亮亮的专门吃别人做的饭的人，而胡美杉是豁上身心被油烟浸着以做饭给别人吃谋自己一口饭的人。小邵再好，他最难的时候她没在身边。当然小邵也说过，如果陆易州生病那阵她就分配到学校工作了，她一定会乘人之危把他拿下的。当然，这只是个假设，不需要赌上一辈子的担当，在生活中，有一种最无力的美好叫作如果，而胡美杉是实实在在的担当，这一点他必须清楚。

很多时候陆易州觉得自己就是精神上的祥林嫂，必须按时郑重其事地和自己谈谈，至少也是提醒自己，胡美杉是个淳朴善良的女人，是他的恩人，他不能忘恩负义。

可就在这个夜晚,他觉得内心有个自己在失声痛哭,哭他想拥有却不能拥有的人生、伴侣或者哭他不想拥有却必须拥有到底的这一切。

微微地,他叹了口气。

胡美杉仰脸问他:"好好的,你叹气干吗?"

好好的……陆易州想什么好好的嘛……想哭的冲动更强烈了,就说没什么。

"没什么你叹什么气?"

陆易州觉得,这话问得,就好像鱼为什么要以喝水的方式呼吸一样无聊,闷了一会儿,就说:"以后你在店里干活的时候穿工作服吧。"

胡美杉坐直了,问为什么。陆易州觉得自己说得有点突兀了,就斟词酌句地说:"你在厨房一站就是一天,厨房里的肉味菜味都是会挥发的,会浸入到你衣服上。"

胡美杉抬起胳膊,闻了闻:"别说,还真有味儿,我天天闻,闻习惯了就觉不出来了。"说着,她要起身去换衣服,回头又问,"很难闻吗?"

陆易州说:"反正不是多美好的味道。"

胡美杉心里一咯噔:"其实我穿工作服的,味儿这东西和水差不多,得空就钻,防不住。"

陆易州怕她觉得自己嫌她,就笑笑:"其实也不难闻,你身上这味道应该以前就有,可我没闻出来,这次是去北京过了几个月不食人间烟火的神仙日子,把自己惯出毛病来了。"

2

洗澡的时候,胡美杉走神了,想着陆易州的话,每一句,包括他说在北京过了几个月的神仙日子,大约就是说虽然老婆孩子不在身边,可他觉得在北京的光阴才是最好的吧?这么想着,她就难受了,觉得委屈,站在花洒下,稀里哗啦地流了一顿泪。

她从卫生间出来,陆易州就进去了,等她都迷糊着要睡着的时候,感觉到有人摸她，就知道陆易州想亲热，很配合地微微分开了腿算是回应。刚才在卫生间里的那些委屈，随着陆易州在她湿润的身体里进进出出而逐渐淡去，只有葱茏而稚嫩的幸福，像狂妄的小芽儿一样，长遍了她的身体，她说："易州，我爱你。"陆易州像沉默的石头，不吭声。

其实，在这个夜晚，陆易州并没有性的欲望，可回想说胡美杉身上有味，怕她感觉出他嫌弃她，就想补救一下。男人对女人的补救，不外是物质的和精神的两种方式。物质的，他补不起，何况胡美杉也不是个物质的人，唯有精神了。女人对男人的精神需要，无非就是被需要被肯定而已，于是他选择了用性来表达自己对她的需要和对她女性魅力的肯定。和床上的小邵比起来，胡美杉还是逊色很多。

从那天以后，胡美杉从店里回来，第一件事是给小土豆喂奶，然后就是去洗澡，等她洗完了，香喷喷地出来，陆易州也已上床睡着了，那些隐秘而微微潮湿着的期盼，就会像一波又一波的潮水一样，唰唰地往后退去，裸露出绝望的沙滩。

那个寒假，他们很少亲热，也很少说话，但彼此礼貌客气。胡美杉觉得陆易州回来还不如不回来呢，他不回来，至少她还有温暖的期盼和甜蜜的思念在心里悄然地不停生长。现在，陆易州回来了，按说那些期盼和思念会因为爱人相见相拥抱的幸福而绽放成灿烂的花朵。可是，没有。她伤心地觉得，陆易州就像个狠心的盗花人，悄然地盗走了那些在她心里生长了几个月之久的花骨朵，然后，把它们扔到脚下，碾成了泥。

每每想到这里，胡美杉就觉得内心里有个自己在大哭，但她谁都不能说，还要伪装出一脸的阳光灿烂。连贾文莎都让她给蒙骗了，瞧着她轻手轻脚地在店里忙活，就用鼻子哼哼笑着说："瞧你这样，不就陆易州回来了么！"

胡美杉以为她看破了啥，心里一惊："我哪样了？"

贾文莎说："以前有人说幸福就是一副贱模样，我还不信，见着你，我信了。"

胡美杉的心，就咚地跳了一下，疼了一下，脸上却带着笑，说："那是。"

最近贾文莎来得少了，因为自从小禾走了，就没找到合适的收银员，不熟的不敢用，熟的又未必愿意干。虽然收银员是整天和钱打交道，可其一不是自己的，其二没前途，但凡有心的，都不会选择这活儿，可这活儿要是没心，又干不好，假币，被骗，是经常的事。让胡美德收，她不放心，胡美德也不干。她不放心是担心胡美德的那帮狐朋狗友一旦知道他可以主宰店里的营业款了，会来动歪心思。胡美德不干是因为他好玩，一旦自己盯着收银了，就相当于把自己软禁在店里了。可又找不到别人干，就只能是贾文莎亲自上了，她不是个敬业的人，在店里囚得难受了，就让胡美德盯会儿，她出来转转顺便接天宝。

3

其实，陆易州也明白，自己不能这么对胡美杉，如果一定要说有错，那么，错在他，而不是胡美杉。从一开始到现在，她都是这样子，有错的是他，是他变了。从前他是一个在死亡边缘挣扎的人，把继续活下去当成人生唯一的奋斗理想，近在咫尺的胡美杉是他最大的支撑力量。她不仅温暖体贴，身处逆境时，身上能迸发出不向命运服输的倔强劲。现在回想起来，当初要不是她温柔的倔强，他也不会去医院检查。如果不是她温柔而倔强地撑着，他的精神世界，或许早就在得知自己得了直肠癌的刹那就坍塌得不成样子。一个连精神世界都坍塌了的人，还能有什么未来呢？陆易州在心里一遍遍地给自己念着紧箍咒，仿佛只有这样，才能证明自己是个好人。

或许，有人会认为陆易州的自责是一种虚伪的表演，其实，不是的，他的自责是发自内心的。尽管胡美杉让他爱不起来，已经是他无法回避的真相，可他还愿意和她和和气气地相处，像个真正的男人一样和她生活在一起。

可不知为什么，最近这段时间，只要和她亲热，他就会想起她身上隐约的饭菜味，甚至联想一些没边没沿的乱七八糟，联想得他无法提起精神。他感觉得到，那个和胡美杉并肩战病魔的陆易州正在逃离，逃离他和胡美杉的婚姻，坐在高高的树梢上，嘲笑着今天的他们。

他对胡美杉的愧疚更深切了，为了减少负罪感，他会带着小土豆去店里接她下班回家。每每他去，老胡都高兴得要命，也不管他愿不愿意，都要拽着他坐下喝两杯。胡美杉说陆易州不能喝酒，老胡也不计较，就让他以茶代酒，陪着自己说话。

然后，到店里吃馄饨的街坊邻居看见了就会笑着打招呼："老胡啊，这是和女婿喝上了？"

老胡就敞亮着嗓子说："喝上了，来一杯？"

人家就说你们喝你们喝，我吃完馄饨还有事。再要不就说要不说现在生闺女比生儿子好，这些年都没见着你家美德陪你喝。

老胡也不生气，就笑呵呵说我儿子不也是人家的女婿么，他陪他的老丈人喝酒去了，我女婿陪我喝，回本儿了！

其实老胡最开心的还不是陆易州能陪着他喝酒喝茶，而是这个寒假里，他差不多每天都到店里接胡美杉下班回家。陆易州那么大个子，往街上一走，街坊邻居们看着呢，多给他和胡美杉脸上擦粉啊。莫说是名牌大学的博士，隔壁好端端的漂亮姑娘嫁个在商场干保安的男人还见天家挨揍呢！人家是名牌大学的博士，娶了他卖馄饨的闺女，还宝一样捧在手上护着，这幸福这荣耀，几个人家有？要不是大冬天外面太冷了，他一定得把桌子摆门外的人行道上，让丹东路上的那些长舌妇看看，舌头白嚼了，陆易州对胡美杉好着呢，好得每天到店里来接她下班。

胡美杉倒没想到陆易州每天来接她是因为心里有愧，就以为他是真心对自己好，也幸福得很。晚上收工往家走的时候，都是陆易州抱着小土豆，她挎着他的胳膊，然后，她就想以前在马路上看到的那些幸福甜蜜的一家三口，不也这样么？现在在别人眼里，他们一家三口，一定也是幸福的。至于婆婆说陆易州想和她离婚，她就更觉得不过是婆婆听多了流言蜚语杜撰出来的荒唐。

胡美杉觉得，只要能像现在似的，她还敢在这样过完一辈子之后，笃定地说自己是幸福的。

4

陆易州到店里来，贾文莎也碰上了几次，虽然两口子和和气气的，可她就觉得不对头，回家和胡美德说，胡美德听了就笑她："你以为是人都跟你似的啊，整天破马张飞的？人家小陆有文化，有文化的人不分家里外面，对谁都彬彬有礼的，哪像你？"

贾文莎说："去你的文化人，有文化的人就不吃饭不拉屎不放屁了？"

胡美德咧歪着嘴看着她："贾文莎，你也就是嫁我这样的，你要是嫁给小陆那样的男人，不用多，十天，你那河东狮吼还不把人整成太监了。"

贾文莎拿脚在被子底下踹了他一脚："少跑题！我跟你说正经的，我真觉得他俩不对头，客气得好像两个刚相完亲的男女。"

"我困了！"胡美德厌烦地一翻身，把被子扯头上，"他们爱怎么着怎么着，关我什么事？"

"自私！怎么不关你事？"贾文莎给他把被子扯下来，"胡美杉不是你妹妹啊？"

"不是亲的！"

"那她也喊你哥！"

"喊我哥的人多了！你烦不烦啊！"胡美德把被子又拽上去，这一次，贾文莎没再拽他的被子，挺安静的，胡美德觉得不正常，这要在以往，贾文莎能一把扯下他的被子扔到地板上，然后像个母夜叉似的叉着腰站在床上，一脚一脚地踢着他，非逼着他把她想知道的事竹筒倒了豆子不可，可今天怎么能这么安静呢，他想了想，不对，忙坐起来，"你别胡思乱想啊，我说喊我哥的人多了去了，说的是店里的顾客。为了从我这儿讨点便宜，都一脸褶子的大妈了，还一口一个哥地喊呢，喊得我都想一脚把她踹出去。"

贾文莎怒目圆睁："反应挺快啊。"

胡美德嬉皮笑脸地说："还不是你的功劳嘛，这叫训练有素。老婆，睡吧！"

贾文莎歪了歪头，拿手指了一下脸，胡美德心领神会地努起胖嘴唇，夸张而响亮地吻了一下。

"说，最爱谁？"贾文莎耷拉着眼皮，一脸睥睨的威胁。

"上敬天下爱地中间最爱老婆你。"胡美德跟背顺口溜似的。

贾文莎这才心满意足地躺下："算了，等改天我去问问你妹，不瞎猜了，没意思。"

第二十一章

1

胡美杉是在正月十五的晚上发现端倪的，当时陆易州正在洗澡，他手机就撂在床头。胡美杉看见他手机突然闪了两闪，但没响，就觉得奇怪，没按捺住好奇，把手机拿过来了，按开一看，是个未读短信，也没显示来短信机主的名字。她以为是广告或是诈骗短信，至少在她手机上是这样的，只要是只显示号码没名字的，百分之九十九就这类短信，就打开看了一下，就一句话：你什么时候回北京？还是动车吗？

手机号显示的号码归属地是北京，胡美杉全身的血液呼地涌向了脑袋。她整个脑壳里，好像已经不再是脑仁，而是晃里晃荡的一脑子奔涌的鲜血。这一看就是熟人之间发的短信，因为明天陆易州就回北京了，既然不是发错了，相互之间很熟悉，为什么不显示名字呢？

胡美杉拍了拍脑袋，拼命地想拼命地想这到底是怎么回事，最后她决定试一下，她用陆易州的口吻回了一句：明天回，还是动车。

很快，那边又回短信了：几点的车？我去接你。

胡美杉又回：还是以前那班动车，不用接，我乘地铁就行。

对方又回了一句：人家想你了，想早点见到你不行吗？

胡美杉就觉得自己那一脑壳的血液，轰的一声，沸腾了炸开了。但她没发作，看上去，很平静，平静得好像刚刚获知了所有的在这个地球上她所关心的任何事都在完好地进行着。她张开嘴，长长地吐了一口气，然后回：好，明天见。再然后，把这个电话号码输入到她手机上，再把她们刚才来回的几个短信，全删了。她把手机放回去，然后想啊想啊，想这个人是谁呢。想着想着，就想去拿手机试探出来，刚有想法还没动手，陆易州进来了。见手机屏幕亮着，他晓得胡美杉偷看手机了，就在心里庆幸了一下，庆幸幸亏自己警惕，小邵每来一个短信，他看完就及时删掉了。陆易州怕胡美杉尴尬，故意不去看手机，也没动它，而是去书房找了本书，倚在床头看，看了二十几分钟，才合上书，习惯性地拿起手机简单浏览了一下微博什么的，就躺下了。见胡美杉还闭着眼睛倚在床头上没躺下的意思，他就说睡吧，不早了。

胡美杉没应，但一抬手，关了灯，钻到被窝里，背对着陆易州。如果陆易州这时候来搂她，她一定会忍不住号啕大哭的，但陆易州没有，她只能在黑暗中，任凭泪水先是缓缓地，然后大颗大颗快速往枕头上落。她彻夜未眠，一直在想那个人是谁，有没有可能是发错短信了。

无数个可能在脑壳里打着架，最后哪一个也没分得出输赢，早晨她顶着两个熊猫眼起床，何秋萍挺诧异地说："咋眼青了？没睡？"

"没睡好。"

"又闹别扭了？"何秋萍睥睨着她，好像能从她脸上睥睨出她想要的答案似的。

"没。"胡美杉说，"做了个梦，醒了，就没再睡着。"

何秋萍看了她几眼，"吓醒了？"

胡美杉摇头，"哭醒了。"

何秋萍说："大正月的，做些哭梦干啥呢？"

"梦见我妈了，都十几年了，她第一次到我梦里来，她一点也不想我。"说着，胡美杉的眼泪就又滚了下来，其实她就是想哭一场，如果不是母亲去世了，或许她会说梦见另外一个故去的亲人，总之，只要能让她痛快地哭上一场，就可以。

那个早晨，胡美杉蹲在厨房的角落里，抱着自己的胳膊，大声地哭着念叨她已经去世十八年的母亲。何秋萍觉得还在正月里，就这么哭很不吉利，可想想胡美杉十一岁就没了亲娘，虽然还有老胡这个爹，但毕竟不是亲的，就把对她的那些不满抛到九霄云外去了，替她凄惶得要命，说："你妈也真是，怎么也没把你托付给你亲爹？"何秋萍真心觉得胡美杉的母亲做得有欠缺，病是得上了以后慢慢发展的，总有时间处理一下身后事吧，虽然她和胡美杉的亲爸不是夫妻了，可胡美杉还是他的亲闺女啊。这事要放她身上，怎么着临终之前也得把孩子托付给她亲爸，老胡再好也是跟胡美杉没血缘关系的外姓人，咋能放心呢？何秋萍这么想着就这么说了，胡美杉却强调说老胡就是她亲爸。语气有点重，何秋萍不自在地说，"要是把你送回去，说不准你还能考个好大学，也就没那些乱七八糟了。"

胡美杉就抬头看着她，"妈，您真觉得我和晏老师有乱七八糟的事？"

哭了一夜，胡美杉的两眼像桃子，何秋萍心一软，就不想再戳她的伤心事了，就含糊其词说也没啥信不信的，说的人多了，难免心里犯含糊。

胡美杉打开水龙头，蘸着冷水拍了拍眼的周围，"不怪您。"过了一会儿又问，"前阵易州真跟您说过要和我离婚？"

既然陆易州不想离了，何秋萍就不想再节外生枝，搞得大家都不高兴，就忙把事往自己身上揽："易州没说，我是闲话听多了，给气的，是我想让易州和你离了算了，省得让人指指戳戳的。"说完看着胡美杉，狐疑地说，"你怎么突然又问起这事来了？"

胡美杉说突然想起来，顺口一问，如果是陆易州要离，她就和他离。

何秋萍就在心里哼了一声，心说这是知道陆易州明天就回北京也没时间和你离了，在这儿跟我拿腔拿调吧。

胡美杉定定看着她，说："妈，既然您知道晏老师这个人了，我就把事情从头到尾和您讲一遍吧，免得您在外面听那些风言风语，怪没意思的。"

不知因为什么，在那个早晨，胡美杉特别想说话，好像肚子里有永无穷尽的话要往外倾倒。于是她说了晏老师重度抑郁症的媳妇，是为什么要拿着斧头去砍她家的门以及怎么自杀，最后晏老师又是因为什么去坐牢，她又怎么被流言蜚语给袭击得连学都不敢上了。说着说着，她再一次泪如雨下，然后，看着陆易州，说："易州，其实是你救了我。这些年因为流言蜚语，我总觉得所有人都在嘲笑我，尽管我没做对不起任何人的事，可那些流言蜚语已经把我弄脏了，让我自卑得对爱情望而却步。我特别怕那个和我谈恋爱的男人突然质问我当年是怎么回事，而我百口莫辩。很多人觉得像我这样的女人，不可能嫁个好男人，因为好人家不会娶我这样的媳妇，没学历，没工作，还没有好名声。易州，你知道我为什么要和你假结婚吗？这放在其他未婚女孩子身上，是根本不可能的事，因为我喜欢你，因为你在街坊邻居们眼里是个体面的文化人，又是在丹东路租房子住的，早晚会有自己的房子搬走。这样呢，等咱俩把婚离了，你也搬走了，我就可以骄傲地和所有的人说，我不是嫁不出去，是嫁出去又离婚了，就是和你。反正我也嫁不出去了，能给自己喜欢的人当个连他自己以为不存在的前妻，挺好的。"

胡美杉倚在厨房的灶台上，一边讲一边流泪，但她的流泪给人感觉不到悲伤，而是温暖的感恩，仿佛她在倾诉的不是自己内心的痛，而是在说她是在最饥寒交迫的时候，如何遇上了陆易州这个携带着香喷喷的大肉包子和羊皮棉袄的人，她是多么幸福啊，幸福得都流泪了。

让她给感染的，何秋萍也流了一把又一把的泪，"土豆妈，不是妈专挑你的不是，可你也得知道，人言可畏，以前不就有个女演员让人的唾沫给淹死了嘛。前几年还拍了个电视剧，当时我看得还挺入迷，叫什么来着？"何秋萍努力想了半天也没想起来，胡美杉说："阮玲玉。"

何秋萍说："对，就是她，咱做女人的，从别人舌头上过一趟就得脱一层皮，这样的事，摊上了你才知道它有多厉害。"然后，她就讲了一个连陆易州都不知道的事，有几年，老陆调到离家比较远的乡镇教学去了，因为已经和公婆分开单过了，家里家外就何秋萍一个人打理。有一年麦收的时候，她正在场院里晾晒刚打下的新麦子，眼瞅着云就上来了，要下雨，何秋萍就着了急。可再急再能干她也只有一双女人的手。新麦子如果被雨水淋了，就会发霉长青烟或者发芽，这可是全家人一年的口粮，何秋萍当时急得眼泪都下来了。正好村支书从她场院旁走，看见了，二话没说就帮她装起来，又帮着她把一板车的麦粒拖回了家。他们前脚一进门，雨后脚就下来了，跟从天上往下倒似的，一眨眼工夫就稀里哗啦没过了脚脖子，雨就把支书给拦在他们家待了好几个小时。事后风言风语就来了，说何秋萍和支书有事，不仅支书的老婆跑到门上骂她，连易州爷爷奶奶也骂，骂她不着调，给他们儿子戴绿帽子丢人现眼。总之，乡下人要因为男女关系骂起人来，那是骂得要多难听有多难听，要多脏有多脏，把何秋萍气得差点跳了井，这才消停点了。可光气也没用，打那儿以后，她是见着村支书就绕道走，绕不开了，头碰吭哧吭哧响也虎着一张脸不吭声。为啥？还不是虎给旁人看啊，她要和他有事，能见了他跟仇人似的？可见着他老婆，何秋萍该怎么走还怎么走，又没做对不起她的事，怕她干啥？这是何秋萍的理论，就这样，她和村支书那点子虚乌有的破事，才算彻底消停了。事后，听人说，村支书在背后骂她，说白惦记了一顿，没惦记到手反倒惦记成仇人了!

乡亲把话传过来,何秋萍这才知道,村支书对她原来是真有歹念啊。说到这里,就和胡美杉说:"就算街坊邻居们胡乱嚼舌头冤枉了你,土豆妈,可你自己也得有点数,以后离那个姓晏的远着点。男人和女人不一样,女人不管干什么,都心善抹不开面子,可男人在女人这事上,不管啥时候,都狠着呢。"

小土豆不明白为什么妈妈和奶奶都哭了,她们一边哭一边说话,一点也不吓人。陆易州在厨房门口站了一会儿,母亲和胡美杉的眼泪,让他意识到这两个女人之间的恩怨已经彻底化解了,可不知为什么,他一点也高兴不起来,甚至,有那么点沮丧,就觉得捆在心上的绳子,又增添了一道。虽然,他从来都没想过从胡美杉身边逃跑,可一层又一层的不能辜负,像绳子一样让他不舒服,下意识里,总有扯下来的冲动。

后来小禾进来了,见锅灶还是冷的,就洗了手,准备做饭,胡美杉也擦了擦脸,说:"妈,对不起,我今早晨失态吓着您了。"何秋萍擦了擦泪,说:"没呢,你能把心里话说出来,妈听了高兴。"说完就抱起小土豆出去了。

因为陆易州下午的动车,胡美杉就没去店里,上午十点左右,贾文莎一家三口来了。胡美德拎了好几只已经装了礼品箱的烤鸡,说陆易州要回京了,他们也没什么好送的,就送几只烤鸡吧。他知道陆易州不稀罕烤鸡,可不管怎么说,贾家烤鸡在青岛口碑还是很好的,都相当于地域名牌了,让陆易州捎几只回去给导师或是那边要好的朋友,也算是家乡土特产了。陆易州挺感动,就想起了贾文莎托他捎手包的事,虽然已经用谎言让胡美杉跟她解释过了,可毕竟是撒了谎,心里还是虚的。人只要心虚,就会像自以为聪明实际却愚蠢的猫,把吃不完的鱼埋藏在沙子底下,生怕被别的猫发现,所以,每一次路过的时候,都要往上刨点沙子,自己以为能盖得更严实。事实却恰好相反,掩盖的次数多了,聚沙成丘,反倒成了标志。陆易州就这样,招呼大家坐了,寒暄了几句,就找不到都感兴趣的话题了,烤鸡的事,陆易州不了解,读博士的事,胡美德两口子不了解,找不到话题对接点,气氛就显得尴尬。陆易州是主人,承担着让气氛热络的主要任务,就在脑壳里挖地三尺地拼命找话题,找啊找啊,终于找到了,就再一次和贾文莎抱歉捎手包的事,这次回去,他就去秀水街看看,如果老板来了新货,有跟上次一样的,他一定先下手为强。

"如果和美杉的一样，价格又不超过三百，我就要，如果不是，就不要了。"贾文莎笑了一下，"不过我觉得花高仿的价格买个真品回来，这样的事一般不会发生第二回。"

陆易州让她说得心如擂鼓，在心里暗暗痛骂了自己一顿，干吗又提这茬，这不没事找事吗？可脸上还得端着自己果然一不留神赚了大便宜的开心，说："是么是么，怪不得当时老板总是劝我，说你买吧，买了不吃亏。"

胡美杉一直在旁边听着，没怎么吭声，贾文莎一进门就看见她哭得像六月的水蜜桃似的眼，还愣愣地警惕了一下，一副马上就要炸蹶子蹬人的嘴脸问这是怎么了？何秋萍知道她误会成是她或陆易州把胡美杉欺负哭了，就忙解释说胡美杉梦见她妈了，一夜没睡呢。贾文莎提到胸口的那口气，这才松散下去。胡美杉挺感动的，很多时候，她感觉贾文莎虽然只是个嫂子，可对自己的好一点也不比亲姐姐少。现在听她和陆易州说手包，就起身去了卧室，去衣橱里找手包。其实，从昨天晚上看见短信的时候，她就在想，如果陆易州在北京有了外遇，那么，这个手包肯定不是陆易州买的，因为作为一个礼物，它太背离陆易州的性格和消费习惯了；如果是那个女人帮陆易州买的，那么算哪门子的礼物呢？一根沾染着肮脏打向她尊严的棍子而已，所以，她不可能用这礼物，而且她还要不动声色地让陆易州知道。

找到手包，就拿着出来，说："易州，你不用再去逛街了，把我这个送给嫂子就行了。"说着塞给贾文莎，"嫂子，你拿去用吧。我一个包馄饨的，一天到晚泡在厨房里，能去的地方最多是菜市场，拿个大牌手包，人一看就知道是假的，还是你用合适。"

贾文莎不要，说："这是易州送你的新年礼物呢。再说了，我一个卖烤鸡的比包馄饨的能高级到哪儿去？"说着，自己先笑了。陆易州看着姑嫂俩推让手包，心里乱得像一锅粥，既心疼又希望这个手包赶快从他们家消失。心疼是因为包虽然是小邵买的，但他把七千块转给她了；希望它消失是觉得这个包放在家里，看一眼都心惊肉跳。两害相权必取其轻，他宁肯白丢了那七千块，也别让这个手包在跟前晃得让他眼晕心烦，就忙开口帮胡美杉劝道："嫂子，既然美杉都这么说了，您就拿着吧，回头我在北京看到合适的，再给美杉买。"

贾文莎也没客气，接过来，美滋滋地端详了一会儿，又问陆易州多少钱，说着就去拿钱包，陆易州忙说美杉都说是送您的了，您要再给钱，这算什么了？说着，按住了贾文莎要去拿钱包的手，求救似的看胡美杉。可胡美杉和往日不一样，今天心思好像没在他身上，也没接住他求救的目光，他就只能继续勉为其难地和胡美德两口子聊天。还好，贾文莎抬头看了一眼墙上的表，说陆易州一会儿还得赶车，他们就不多打扰了。

陆易州这才在心里长长地吁了一口气。

2

到了街上，胡美德就说贾文莎："你今天这是怎么了？"

贾文莎瞥了他一眼："怎么，丢你脸了？"

"脸在你自己脖子上扛着，要丢也是丢你自己的。"胡美德嘟哝着，拉开车门，一屁股坐进去，忍不住又嘟哝了一句，"人家小陆送美杉的新年礼物，美杉说送你你就拿着啊？小陆心里得多别扭？"

"你懂什么！"贾文莎哼了他一句，"你当我真稀罕这手包啊，我衣帽间里的那一橱，哪个比这个便宜？"说着又翻来覆去地看手包，说，"我总觉得这个包有蹊跷。"

"有什么蹊跷？"

"小陆说这包是高仿，我不信！老娘是用着国际大牌长大的，至今还没有一个高仿逃得过我的法眼。"贾文莎翻来覆去地看，"如果这包是真的，陆易州还非说是假的，这里面一定有猫腻！"

"什么猫腻？"

"除了狗男女还能有什么猫腻？"贾文莎白了他一眼，"男人一个好的也没有，没钱没地位的时候扮老实本分，稍微混好点就当自己是西门庆了！"

见胡美德气哼哼的，一副懒得和她说话的嘴脸，贾文莎又说国际大牌都有商品编码，上网一查就查出来了。

"吃饱了撑的！"胡美德发动了车子，"我长这么大，见过把假货说成真货的，还没听说谁把真货说成假货。"

"有个男人和一个站街的睡出感情了，回家和在机关单位当处长的老婆把婚离了,你信吗?"贾文莎睥睨着他。

"信。"胡美德简短地回答。

贾文莎原以为他会说不信,借以证明,有的事,看上去不合情理,可它就活生生地发生在身边。胡美德回答得这么痛快,让她心里一震,突然有点慌乱的虚空感,说:"胡美德,你把话说得这么斩钉截铁是什么意思?"

胡美德说:"旧社会当官的比你我都道貌岸然吧,青楼逛高兴了,还不是照样娶个回来当小?他为了个站街的和当处长的老婆离了婚,那肯定是和当处长的相处不如和站街的舒服自在。"

贾文莎想发火,可仔细想想,可能真是这么回事,就把手搭在胡美德胳膊上:"你不会那样吧?"

"哪样?"

"为个站街的和老婆离婚的贱样啊。"贾文莎一本正经地说。

胡美德嘴上说不会,心里却说我有那么蠢么?

3

中午,胡美杉去火车站送陆易州,在站台上,有好几次,胡美杉想问陆易州是不是外面有人了。但她问不出口,怕冤枉了他,甚至她还侥幸地想,或许,那个短信真的是发错了的呢。正月十六是大学生返校的高峰期,说不准是某个在北京的姑娘发给回老家过年的男朋友的,没留心是发错了,就一来一回地和她叮咛了半天。当然,这种可能性小到微乎其微她也是明白的,可还是愿意有这样的奇迹发生,像陆易州的直肠癌被手术彻底治愈了一样奇迹。

心里藏着事,她就显得有些恍惚,都是陆易州说什么她应什么,最后陆易州抱了她一下上车了。动车开动以后,她跟着动车慢慢跑了十几米,眼泪唰唰地往下滚,觉得动车载着陆易州去的不是北京,而是永远的失去,从此以后,这个活的健康的陆易州在人间,却和她没关系了。

看着胡美杉在车外奔跑,陆易州也有些莫名的伤感,隐约地,他已经感觉到了胡美杉内心的不安,但他不知这不安是来自哪里,因为心虚,他也不敢问。五个半小时后,他从北京火车南站出来,正随着人流往地铁站走呢,突然，胳膊就被人抱住了，扭头一看，是小邵。她穿着一件雪白色的短款雪狐皮草上衣，人显得分外纯净和活泼。他微微一愣后就问："你怎么来了？"

"给你个惊喜啊。"小邵说着，帮他拎了两盒烤鸡，"我要不来接，拖着这么多东西挤地铁，有你受的。"

陆易州想，不管多不舍得，他都必须和小邵摊牌说分手了，这么想着，就眼神定定地看着拎着两只烤鸡盒子蹦蹦跳跳走在他前面的小邵。他心里兀自地难过了起来，差点让一辆车给撞上。车停下来，司机探出头骂他不长眼。

陆易州忙说对不起，小邵听见了，折回来，一双杏眼瞪着男人："怎么说话呐？差点撞着人你还有理了啊你，你当你是谁，你爸是李刚啊？"

开车男人见小邵不像个好惹的样子，就气哼哼地回了一句："瞧你德行，你当你谁了？你名媛啊？"边说边把车开出去了几米，回头冲小邵道，"就算我爸是李刚，也比你们名媛强！"

小邵气得嘴都歪了，踩着细高跟鞋就要去追，被陆易州一把拉住了，说："何必呢？"小邵就不高兴了："一到这种时候你就拉着我。你知道吗？这叫长他人威风！"

"其实……有些人我们是没必要和他们计较的，因为我们没必要把自己的修养降低到和他们一个水平线上。"陆易州这么说着，继续往前走，其实，他心里很萧索，那种满池美荷终将风吹雨打去的萧索。

两人到了停车场，小邵拍着她的悍马问他，这辆怎么样。

陆易州说好。老早小邵就和他说过，她妈在北京开一辆悍马，很威风，想借出来带陆易州出去兜风，可陆易州并没兴趣。小邵也觉得无趣，就一直没借。

到了学校，陆易州特意留了一盒烤鸡给小邵，说这是胡美杉哥哥家烤的，满有名。小邵说他们家只吃散养的土鸡，这种鸡他们家的狗都不吃。陆易州就觉得一块拳头大的石头给堵在了胸口，遂伸手把那盒烤鸡拎下来。一看他满脸的不自在，小邵就知道自己刚才的话伤他自尊了，复又把烤鸡夺了下来："我那是说我妈，我吃，何况是你送我的，我得嚼吧嚼吧连骨头都咽下去。"

陆易州笑笑，说："我没那么脆弱。"说着，执拗地要把那盒鸡从她手里取过来，"你拿回去也是扔，不如我留着送给别人。"

"陆易州!"小邵生气了,"你至于吗?"

"我怎么了?"陆易州也没示弱,"我不需要你给我这个面子,我认为馈赠是一种感情,而我应该对得起它,就不能明知你是拿回去扔垃圾箱而假装不知道!"说完,陆易州拎着东西就往宿舍楼走。小邵站在车边,盯着他的背影看了一会儿,赌气上车要走,车都发动了,又熄了火,她觉得不对,陆易州突然变得毫不近人情,该不是想和她分手吧?就下车跟了上去。

进宿舍后,陆易州本来想关上门了,可想想刚才自己的所作所为,挺失风度的,如果再关了门,就有点太绝情了。就算他俩需要收场,他也不想伤小邵太狠,只想找时间和她谈开,告诉她,分手不是她不好,而是他自己不是东西,太自私,如果继续这样下去,会伤害更多人。

他把行李箱放到床上,逐一把衣服拿出来,往衣橱里挂时,听到门口有脚步彷徨了两三个来回,就知道是小邵来了。他顿了一下,又硬下心,故意不往门口看。然后,他听见小邵蹑手蹑脚地进来走到他身后,他还是装作无知无觉地继续整理着橱子里的衣服。突然,他的腰被一双胳膊攥住了,小邵穿着白狐皮草的两只胳膊,像两只无辜的小兔子一样横在他的腰上。他叹了口气:"小邵。"

小邵把脸埋在他后背上,不说话地流泪,陆易州想把她搂在腰上的手拿开,可她搂得很紧,像焊在一起,就又叫了声"小邵"。

小邵说:"你是不是想不要我了?"

陆易州心里一凛:"小邵,你知道的,我不能和我妻子离婚,我们不能再这样下去了。"说着又去拿她的手,"你松开,我们谈谈好吗?"

小邵说:"就不,我不要你离婚,我只要你和我在一起,我给你当一辈子情人我愿意。"

"可是,"陆易州说,"我不愿意。"

"我就那么差吗?"小邵一下子松开了他,虎视眈眈地瞪着他,"你的意思是我还不如你那个卖馄饨的老婆?她哪里比我好?"

"不是,小邵,你不懂。你们女孩子不懂男人,以为男人如果没为了你们和他们的老婆离婚,就是认为你们不如他们的老婆。其实不是这样,婚姻太复杂了,如果说爱情是人生的一部分,那么婚姻就是人的命运,如果想改写命运，工程大得不是每个人都承担得起。没错，你觉得我妻子不如你，在很多时候，她真的不如你。其实，小邵，我喜欢和你在一起，这并不是因为性。如果我们之间没有性关系，我也是愿意和你说话而不是和我的老婆说话。因为我和她永远是她讲她的我讲我的，就是说上一天一夜我和她的话题都找不到交会点。小邵，你没法理解我的这种痛苦，就像你不能理解我多么愿意和你在一起，可是我又知道不能。"陆易州从来没一口气说这么多话，是的，他必须面对现实，一句谎也不能撒，说完了，就默默地看着她，那么多的悲伤在他的心里流淌，可是，他能怎么办呢？他说，"小邵，如果我老婆和你一样，过着要风得风要雨得雨的日子，我会和她离婚。可是，因为她不是你，也没有拥有你所拥有的一切，所以，这婚我不能离，否则我就是毁了她。还有，虽然你说我不离婚也可以，可小邵，我不可以。"陆易州艰难地拍了拍自己的胸口，"虽然你可以说我不要脸，但是，我必须说，我还算有良心。如果我们继续下去，早晚我老婆会知道，你也会因为有我，无心恋爱，这样的罪过，我承担不起……"

"你的意思是优秀的女人就应该被男人甩掉？因为有很多不够优秀的女人等着你们去拯救？"小邵咄咄逼人地看着他，她觉得陆易州的这个理由搞笑极了，如果女人优秀就活该被甩，这不是现代版本的女子无才便是德么？

"事情不单纯是你理解的那样，因为我还想成全自己，做一个众人口碑里的好人。"陆易州说，"你也可以骂我虚伪。"

说到这里，两人就僵住了。

这时，陆易州的手机响了，是胡美杉。他这才想起来，到北京都老半天了，也没给她报声平安。他想接，可又有点害怕，因为此刻的小邵，看上去就像个能把他撕烂了吃掉的疯子。如果这时候他接了胡美杉的电话，保不齐小邵就能干出点什么来，直接把声音传过去，毁了电话那头的胡美杉。他斟酌再三，没敢接，可胡美杉又打得执着，没辙，他只能把手机塞到枕头底下。

"为什么不接？"小邵气哼哼地问。

"不想接。"

"你老婆的？"

陆易州没吭声。

"接吧。"小邵说,"你接完了,我们继续谈。"

陆易州犹豫。

"我没你想象的那么无耻。"小邵看得出陆易州在防着她,挺难受的,可还是不想走,总觉得还会有一线生机。她不相信和陆易州就这么完了,她还跟母亲说过呢,改天带位朋友过去吃饭。

陆易州也觉得自己把小邵看低了一些,就歉意地笑笑,从枕头底下掏出手机,刚要接,胡美杉却已挂断了。

4

陆易州坐的是下午一点半的动车,五个半小时的车程,晚上七点就该到了。以往,陆易州不管去哪里,到达目的地第一件事就是给她打电话或发短信报平安,哪怕那个地方离青岛只有五十公里,可这都晚上八点半了,陆易州还是音讯全无。胡美杉原本还有一丝侥幸的心,一寸一寸地凉了。她悲凉地想,那个女人可能真的去接他了,陆易州是当着她的面不方便给老婆发短信或者打电话吧?或许他已和人说过了,他和老婆之间没爱情,是人生遭遇了特殊时期的无奈产物……

从估摸着陆易州即将到站了,胡美杉就一遍遍看手机,一直看到八点半,手机沉默得让她怀疑是不是坏掉了或是没电自动关机了。她拿起来看了几次,没坏也没关机,最后,决定主动给陆易州打电话。不管怎样,她不能继续装傻了,必须知道结局,便拨了陆易州的号码,足足响了一分钟,因为无人接听,系统给自动挂断了。她的心里,就已经像有一万只猫在狂奔,把她柔软的心抓得鲜血淋漓。老胡看出她脸色不对,就问她:"是不是不舒服?不舒服的话就早点回家休息。"

胡美杉强忍着悲愤,说:"没。"然后看着手机,一个念头慢慢浮了上来,"爸,拿您手机给我用一下。"

老胡边把手机递给她边问:"你的呢?"

"好像坏了。"

胡美杉打开老胡的手机,把她从陆易州手机上记下来的号码,输入到老胡手机上，然后，继续打陆易州的电话。响了大约五六声，陆易州接了，听声音好像很疲惫，胡美杉的心，就有点邪恶而下流地疼了一下，想他或许和一个女人正在床上，不方便也不愿意接她的电话，第二遍了才不得已接了。胡美杉强忍着难受，问他到宿舍了没。陆易州的声音里满是虚伪的恍然大悟腔调，说到处是人把他的脑壳都给挤晕了，忘记给她报平安了。胡美杉心平气和地说没事，你平安到了就好，然后把已经输入到老胡手机上的电话号码拨了出去，又故意细声慢语地叮嘱他，衬衣在行李箱的第几层，内衣在哪个小收纳袋里……她说的声音很小，是为了听有没有手机响铃从陆易州那边传过来。还有，她故意在不停地说，就是为了不让陆易州说，这样，他那边是安静的，一旦有手机铃声响起，就会分外清晰。

　　果然，用老胡的手机拨出那个号码不到五秒，她听见从陆易州那边传来了低而清晰的电话铃声。她听啊听啊，都听愣了听呆了，也忘记说话了，眼泪唰唰地就滚了下来。怕老胡看见，她忙背过身去，然后挂断了老胡的手机。陆易州那边的手机响铃，也瞬间停止了，整个世界仿佛都消失了一样，她只听见陆易州在那边问："你怎么不说话了？怎么了？"胡美杉擦了一下脸上的泪，说："没事了，你早点休息，多保重身体。"说完，挂断手机，一抬头，却见老胡正满脸都是疑问地盯着她，"咋了这是？"

　　胡美杉知道父亲已经看见她掉泪了，就撒谎说易州这一走，又得小半年见不着他。

　　老胡一点也没怀疑，因为她刚才说的话，他也听见了。想想陆易州在青岛时天天来接她的甜蜜，一回北京，她就要一个人往家走了，心里是会空落落的，以为她掉泪不过是小年轻的夫妻乍一分开的伤心失落，就没往心上去，笑呵呵说："现在交通方便了，你要想他了，咱就周末不开店了，你带着土豆去北京看他。"

　　"再说吧。"说着，正要把手机还给老胡，手机却响了，胡美杉扫了一眼，是她拨过去的号码，犹豫了一下，就接了起来，故意小心翼翼地问，"请问您是不是姓何？"

　　"你打错了，我姓邵！"说完，手机就挂断了。

　　胡美杉大脑一片空白，是的，没错，是小邵老师，虽然她们一共就见过一面，说过几句话，可她的声音很有特点，干净清亮里有股青春期前的小男孩子气。

老胡觉出她神态不对，问怎么了，胡美杉说没事，刚才想给易州打电话，结果拨错号码了，人家打回来了。

因为老胡也经常拨错电话号码，被人凶是经常的事，遇上厉害的，还会拨回电话骂一顿，就以为胡美杉也遇上了这么一厉害主，挺生气的，说："又不是成心的，她凶什么凶？"说着就翻手机，要拨回去跟她讲道理，把胡美杉吓了一跳，把手机抢回来："爸，大晚上的，您干吗非要找气生！"说着就翻开手机，把刚才那个号码的来电和去电记录都给删了，才放心地还回去，"爸，您也六十多岁的人了，以后火气别那么大。"

老胡嘟哝："我就瞧不得别人欺负你。"

胡美杉心里一酸，转身去卫生间帮老胡打了一盆热水，端到卧室："爸，不早了，您泡泡脚就睡吧。"

老胡嗯了一声，目送着胡美杉走到门口，突然又说："美杉，我觉得你有心事。"

"爸，除了希望店里生意更红火我能有什么心事！"胡美杉嘴硬。

"我琢磨着……"老胡沉吟了一会儿，"你是不是怕小陆越走越高……"

胡美杉心里一颤，突然就想试试老胡的底，如果真有那么一天，他是什么态度，就说易州不是那样的人，停了一会儿又说："如果真那样，爸，您怎么想？"

"到那时候了，还有啥好想的？"老胡说，"就俩字，没完！"说完看着她，突然问，"美杉，你到底怎么回事？"

"能怎么回事？我就顺口瞎问。"胡美杉知道老胡警惕了，忙说了些宽慰他的话，说如果陆易州是那种人，当初就不会和她结婚，又不是没得选择。老胡才把一肚子将信将疑暂时按了回去。

第二十二章

1

陆易州挂了电话，看着小邵。小邵坐在林汉床上，正怒气冲冲地往回拨电话，打通了咆哮了两句，好像把一肚子的恶气给喷出去了一样，看着陆易州说："一个神经病打错电话了。"

陆易州也没多想，依然怔怔地看着她："我和你说的，都是我深思熟虑过的。"

小邵的眼神迎着他的目光，倔强得很："我是委培博士。"

"我知道。"

"我只有一年脱产学习时间，再过半年，我就要回青岛半工半读，只有考试的时候过来。"

"我知道，委培博士都这样。"

"求你了，再陪我半年，别分手。"说着小邵原本炯炯的目光，被一层朦胧的水汽笼罩了。

陆易州缓缓地低下头，不再和她的目光交接："对不起，小邵，我不能。"

"你什么时候决定的？"

"整个寒假我都在想这事。"

"那我说要去车站接你的时候，你为什么不直接告诉我？"再三恳求都被坚决拒绝的小邵彻底恼了，"当面拒绝我很过瘾，显得你很牛很英雄很正人君子是不是？"

陆易州让她说得一愣神："你什么时候说要去车站接我？"

"昨天！"

"我怎么不记得？"

小邵从手机里翻出短信："既然你想当正人君子，就坦诚得彻底点，你最好别说没收到短信，回我的也不是你发的。"

陆易州拿起手机，只看了一眼，脑袋就嗡的一声，好像有个马蜂窝被捅炸了，他呆呆地看着小邵，说："我真没看，也不是我回的。"说着又看了一下短信时间，喃喃说，"我知道了。"

原本已经气冲牛斗的小邵被他弄得云里雾里，气也消了大半，问这到底是怎么回事。陆易州就把昨天晚上洗澡出来看见手机屏幕亮着的细节说了一遍。小邵恍然大悟："她什么都没问你？"

"怪不得她哭成那样。"陆易州好像梦游一样，神情恍惚地喃喃了一句，然后颓然地一下一下地打着脑袋，慢慢说，"我早就应该想到的。"陆易州的难过比任何时候都强烈，他甚至想象得到，胡美杉看完短信之后心里像刀绞一样地疼，这疼在她心脏里搅了一夜啊，她愣是一声没吭……其实，陆易州宁肯她发现之后，打他踢他挠他不让他睡觉，把他骂个狗血喷头。可胡美杉没有，连一句怨言一个脸色都没给他看，她像一只受了内伤的苹果，内心黑漆漆的一个人苦着，给别人看的是香喷喷而光鲜的表面。

但小邵不这么想，她觉得这是胡美杉在装隐忍，扮可怜。据说不少女人在丈夫出轨后惯用这把戏，先摆哀兵的阵，让男人我见犹怜地迈不开逃跑的腿；如果这一招失效，才会上演一哭二闹三上吊的小伎俩。她亲妈就是这么干的，可是父亲用残酷的事实告诫了母亲，受得了就这么过，受不了就离，至于寻死，对不起，那是她自己的事，别以为自杀就能绊住他寻花问柳的脚步。母亲拉上他们姐弟俩和父亲战斗了很久，她最后的一次战斗，是一个人进行的。她在家吃了两瓶安眠药后给女儿和儿子打电话告别，没给丈夫打，因为知道儿女会替她打这电话。其实她一点也不想死，苦了半辈子，才过上几天好日子啊，只是想用这方法告诉丈夫，你再不悔改，我就死掉了。可是丈夫宁肯让她死掉也不悔改，接到儿女的电话，他先打了"120"，然后给老婆打电话，要么现在她就去厨房自己抠出来，要么等会儿"120"把她拉医院去洗胃。一想到洗胃要把长长的橡胶管子插到胃里的难受劲，小邵的母亲就自己趴马桶上抠出来了。很多时候，小邵觉得，母亲趴在马桶上抠出来的不仅仅是安眠药，还有父亲这个人。从那以后，她再也不为父亲的寻花问柳折腾了，只要他按时把钱拿回来，把家业留给她的儿女，随便他在外面怎样她都当没看见。那会儿的小邵，觉得母亲可怜得懦弱，她也和母亲这么说。一开始，母亲不说话，后来就说，总有一天他会老，你和你弟弟也会长大，只要你们俩长大了有出息，对妈好，就是给妈报仇了。

那会儿，小邵不明白妈妈所说的报仇到底意味着什么，就说我们有出息了他脸上有光啊，因为他是我们的爹。她的母亲就平静地说不对，一个人，当他老了，哪怕他有万贯家财也不如儿孙绕膝幸福。于是小邵就明白了，母亲希望她和弟弟越来越优秀，最好优秀到让父亲连万贯家产都不放在眼里，只拿他们做骄傲，而成为了父亲骄傲的他们，却永远都不搭理他，就像他现在不搭理母亲。

这就是母亲的复仇，让得不到的亲情，化作切割父亲那颗苍老而冷酷心灵的利刀。这让小邵不寒而栗。

虽然她也讨厌父亲，但还没讨厌到让他每天接受心脏凌迟的地步。因为父母，小邵不相信爱情，对婚姻没有渴望，父母的不睦也让她觉得人活着，没有丝毫的安全感可言，好生凄惶。所以，她是恨父亲的。有时候父亲有事回家，会毫不避讳地带着他的相好，当然，不带进家，是让她坐在车里等着，车就堂而皇之地停在大门口，来往的街坊邻居都能看见，也都知道那是邵胖子的车，车里有邵胖子的新女人。没错，她的父亲更换女人的频率就像夏天的女人更换衣服。小邵觉得父亲很无耻，父亲车里的女人也无耻，所以，有时候父亲回来，她和弟弟会去捉弄车里的女人。他们会悄悄往车门跟前堆些狗屎，再敲敲车门，让女人下车，装作很喜欢她有什么事要跟她讲的样子。那些女人大都年轻，心思单纯得像白痴，再要么就以为自己年轻漂亮得所向披靡，所以，大多会没任何提防地推开车门下来，坠入狗屎的陷阱，然后尖叫着蹦跳着，把一堆狗屎给踩成糨糊。小邵和弟弟大笑着瞧热闹，父亲对儿女比对老婆宽宏仁爱多了，虽然会生气，但也并不会因此而责骂他们，只是提桶水让女人简单冲洗一下，就狼狈而去。想着父亲开车载着一个满身恶臭的女人至少要跑一百公里才能找到地方洗澡，他们就笑啊笑啊，笑得像两只丧心病狂的小狗。

现在，小邵坚定地认为，胡美杉的隐忍不发，不是善良，而是诡计。陆易州也不和她争执，仿佛你愿意怎么说是你的事，我坚持我认为的样子。小邵又气又急，恨不能现在就提着陆易州的胳膊飞回青岛，揭穿胡美杉虚伪的温柔画皮。

两人各执己见，陷入了尴尬而一触即发的僵局。

陆易州望着窗外，小邵望着陆易州的脸，仿佛要把他的脸望穿，心里却在拼命地想，怎么才能证明这一切不过是胡美杉诡计多端的开始。她想起了刚才陆易州接电话时，那个打到她手机上的手机号归属地也是青岛，心里一个激灵，翻出手机，又打量了一遍那个号码。她把陆易州吓了一跳，以为她要打电话给胡美杉，就毛了，质问道："你要干什么？"

他表情严肃，声调严厉得没有半寸妥协的余地，小邵非常受伤："你这么风声鹤唳，何必呢？"说着调出那个手机号，举到他跟前，"认识这个手机号吗？"

陆易州扫了一眼，觉得眼熟，就从手机里调出通讯录一查，居然是老胡的！脸一下子就青了："你这是要干什么？"

"不干什么，问你认不认识这号码。"小邵心里一喜，觉得这个号码如果和胡美杉有关，那么就进一步证实了对她的判断，她并没有陆易州所说的那么宽仁善良，不过是正在按照她自己设计的脚本演戏而已，"刚才你接电话的时候，这个号码给我打过电话。"

陆易州就听见脑袋里轰的一声，愣愣着，老半天一句话也说不出来，小邵得意地笑："我说得没错吧？"

陆易州什么也没说，用自己手机给老胡打电话。

老胡已经躺下了，听见手机响，嘟哝着谁啊，欠着身子从挨着床摆的桌子上去摸过手机，戴上老花镜。看是陆易州打来的，他还挺高兴的，因为除非有事，陆易州很少跟他打电话寒暄，就接了起来，说："小陆啊，到北京了？"

从这一句话里，陆易州感觉老胡应该是什么都不晓得，心，才略微往回放了一点，忙寒暄说是啊，到北京了，也安顿好了，打电话给他报个平安。老胡就更高兴了，觉得一声报平安虽然很简单，但这是对方把你放在心上的表现，要不然人家有老婆孩子有亲娘，向老丈人报哪门子平安？老胡一高兴，声音里的热度就又升了几分，让他在北京好好学习多保重，家里的事就放心好了。陆易州就觉得嗓子有点哽咽，想着自己不过是一个学历高点的教书匠，从和胡美杉认识到现在，除了添麻烦还从没给岳父家带去半点好处呢。可他们对自己这个女婿，除了一腔温暖，别无所求，就哽咽着说："爸，这几年就辛苦您了。"

老胡听出了他的哽咽，觉得他果然没看错这小子，知道记恩领情呢，错不了，就笑呵呵地又说了几句。毕竟两人既不是一个时代内心也不在一个领域里，除了寒暄没什么共同话题，尤其是两个大老爷们，擎着手机表达感情，显得有点滑稽。很快，老胡就找不到话说了，翻来覆去就那几句，不外是保重身体，放心家里，他们这些做家长的，对小辈除了希望混得越来越好没别的要求。陆易州听出了他有要挂电话的意思，忙小心着问了一句："美杉回家了吧？"老胡说回家了啊。说完，又一愣，联想到了街上的风言风语，以为陆易州是特意把电话打到他这儿来查胡美杉的岗，忽地就坐了起来："咋，你联系不上美杉了？"边说边坐到了床沿上，两脚挪挪挨挨地在地板上摸索鞋。陆易州听出了他的紧张，忙说："不是，我和美杉通过电话了，刚才是说习惯了，顺嘴一问。"老胡提到嗓子眼的那口气，这才吁了出去，哦了一声说胡美杉手机好像不太好了，给他打了半天电话没打通，还用他手机打了一遍，没承想打错了，让人打回来凶了一顿。

陆易州就全明白了，说不早了，让老胡早点休息。挂了电话，老胡觉得不太对劲，就给胡美杉打了个电话，说："易州这小子，是不是不放心你啊？"

胡美杉正给小土豆洗澡，说："我有什么好不让他放心的？"说着瞥了一眼在一旁张着毛巾被等着她把小土豆拎出来的婆婆，又道，"总比我不放心他好。"

老胡笑，说那倒是，见她在家安然无恙，就放心了，挂断手机睡了。

胡美杉的心冰凉冰凉的，想自己真蠢，当初陆易州告诉他小邵也考到他去的那所大学读博士，她就应该警惕的。可她还是天真了，以为良心可以让婚姻固若金汤。可事实怎么样？在婚姻里，良心就是个说辞，根本就拦不住男人犯浑。

那天夜里，她不停地问自己，到底该怎么办，离还是不离？

静谧的夜色什么都不说。

天快亮的时候，她和自己说：等暑假吧，如果暑假回来，还有蛛丝马迹，就离了。

其实，就算知道陆易州出轨了，就算知道他对自己有些挑剔，不管有多受伤，有多生气，她还是管不住内心的爱，像滔滔江水，流向已移情别恋的陆易州。她拍了自己脸一下，说："胡美杉，你真贱！"

2

那天晚上，小邵没走，陆易州也没睡，两人就那么干干地坐着，没有人肯妥协。小邵又像前几次一样，在他眼前一件一件地脱衣服。一开始，陆易州把脸扭到一边不看。没多久，他就感觉到了小邵柔软的肉体贴在腿上，就缓缓回过头，看着小邵的眼睛，"小邵，我不想让你受伤。"

小邵就像专注的妖一样看着他。

他两手伸到小邵的腋下，扶着她，从他的腿上提起来："从决定我们必须分手那一刻起，我对你就已经有免疫力了。这不是你没魅力也不是我有定力，原因只有一个，我很自私。"说着，他指了指桌上时针已经指向早晨六点的闹钟，"如果是胡美杉，她不会让我一夜不睡，因为她担心我的身体。她知道你的存在，却没提也没为难我，我想，原因还是她担心我的身体。小邵，人必须先有生命才能谈其他的，她比你爱我，我需要一个比你更爱我的妻子。"

光溜溜的小邵站在他面前，泪流满面，她什么也不再说，一件一件地穿上衣服，然后站在陆易州面前，咄咄逼人地看着他，说："陆易州你觉得你很坦诚是不是？"

陆易州摇了摇头："我知道自己有多卑鄙。"

"你知道就好！"小邵扬手扇了他一巴掌，转身，风一样地卷出屋子，陆易州颓然地望着大开着的门，正月的寒风依然凛冽，像手舞足蹈的疯子在门外的世界呼呼奔跑流窜。好久了，他的心没有抵达过如此宽阔而沉寂的安宁。

小邵再也不会来了，从此以后，在人生的江湖，他们将形同路人。

望着窗外逐渐大亮的天光，虽然一夜未睡，终于卸下心头重负的感觉，还是让陆易州感觉很轻松，他依在床头上，眯着眼睛，看渐渐映上床来的晨曦，渐渐地，眼皮就垂了下去，头一歪，就睡了，嘴角还挂着笑。

3

这天下午，才三点半，贾文莎就到美杉小厨了，老胡问："来这么早干吗？

离接天宝还有一个多小时呢。"贾文莎就嘻嘻哈哈地笑，问："胡美杉呢？"老胡说要给小土豆断奶，去超市买奶粉去了。

"超市的奶粉她也敢给孩子喝啊？"前些年问题奶粉闹的，贾文莎对国内的奶粉和牛奶彻底失去了信心，直到现在还是从海外代购奶粉给天宝喝。

老胡看了看她，没吭声，心里说你以为所有人都是你啊，店里挣这点钱，要支撑胡美杉一家四口的开销，还要还房贷。当然，他跟胡美杉没这么说，怕她知道了领工资的时候会跟他推让。一直以来，老胡把着店里的账，以老板自居，每到月底，他总是一边按计算器一边笑得像个大傻子，好像一不小心掘了银行金库似的。每每见他这样，胡美杉就知道这月的生意很好，就笑着问他赚了多少。老胡总是抿着一根烟跟她卖关子，让她猜，她却每次都猜不中。第二天中午，老胡就会把一个牛皮纸信封拍给她，不管这个月的生意好坏，从来都是厚厚的一个牛皮纸信封。生意好的时候，牛皮纸信封里是粉红色的百元大票，生意一般的时候是绿色的五十元钞票。最惨的一次，是她陪陆易州住院做手术的那个月，老胡发给她一牛皮纸信封十元的票子。

在店里等了一会儿，贾文莎有点不耐烦了，因为她今天要和胡美杉说的事情，不想让老胡听见，就问她去哪家超市了，老胡说去台东利群了。贾文莎说我去找她，说完就出门了，怕和胡美杉走岔了，上车先给她打了个电话，说一会儿去接她。

胡美杉说不用，又不是多重的东西，就买两桶奶粉。

"你就是只买了一根针也在那儿等着我！"贾文莎说完就挂断了电话，开车去了台东，在利群旁边的停车场打电话让胡美杉过来。没一会儿，胡美杉就拎着两罐奶粉来了，问她："你今天怎么这么闲？"

贾文莎探身关上车门，从她手里拿过奶粉看了看，就手扔到了后排座上，说："不许给小土豆喝假洋鬼子奶粉。"

胡美杉急了，说："什么假洋鬼子奶粉？这是纯进口的，德国的。"

"什么德国美国？我告诉你吧，这牌子是地道的国产货，就商标是去国外注册的，这比纯粹的劣质奶粉还坑人！"贾文莎说，"一会儿我拉你去我朋友家，她家老二和土豆差不多大，前阵托人从国外发回来十几罐奶粉，让他先匀几罐给土豆。"

贾文莎认准了要好好对待的人，不管人家愿不愿意要这份好，她都会像个勇敢的战士一样，冒着枪林弹雨也一定要硬塞到人家手里。所以，胡美杉知道争执也没用，张了张嘴，想说话，可不知为什么，嗓子有点疼，就把"嫂子"两个字哽在嗓子里了。寒了几天的心，略微地暖了点，眼里泪光点点的，又不想让她看见，就别着脸看车窗外："那我就先替土豆谢谢舅妈了。"

"还谢上了，听上去咋就这么别扭呢。"贾文莎从驾驶座椅后面的兜里摸出两小瓶饮料，拧开递给她一瓶，"知道为什么找你吗？"

胡美杉接过饮料抿了一口，"拦着我买奶粉？"

"切！这才到哪儿。"贾文莎瞄了她一会儿，才慢慢说，"陆易州快递给你的那个大牌手包是真货。"

胡美杉一愣，但没说话，只是愣愣地看着她，仿佛在等她给个准确答案。

贾文莎说："上初中的时候，读过一篇外国小说，有个穷男人娶了个老婆，他老婆好像是在富人家当帮佣的，总是拿回家各种各样的首饰，但告诉他都是不值几个钱的假货，男人也信了，因为知道老婆也没钱买真货，可后来老婆去世了，他就想把老婆的假首饰拿出去卖了换几个钱过日子，你猜怎么着？"

首饰是真的，因为他老婆和雇主有染。胡美杉说："我也看过这小说。"

"我猜……"贾文莎还没说完，就被胡美杉打断了："嫂子，你猜的不一定是真的，我也不想听，还是那话，我相信我们家易州的人品。"

"人品？"贾文莎嗤笑地看着她，"你相信一个男人在男女问题上会有人品？"

"嫂子，我还是那句话。"胡美杉推开车门，下车，站在车门前，定定地看着贾文莎，"这事如果你再和我说第二遍，咱俩亲戚都没得做。"然后拉开后排车门，从座位上拎起那两桶奶粉，"我今天就给小土豆断奶了，你要是还愿意给小土豆奶粉就抽空给送来，我先替土豆谢谢你了；如果你送不来，我也饿不着她。"说完，转身走了，望着她倔强的背影，贾文莎气得肺都快炸了，探出头去，说："胡美杉，你就学鸵鸟吧，不怕闷死自己你就使劲儿把脑袋往沙子里埋，我看你能埋到什么时候！"

像没听见一样，胡美杉继续往前走，眼泪却唰唰地往下滚，心脏的位置很疼，疼得她都想找个地方蹲下来，紧紧地拥抱着自己，拥抱着那颗剧痛的心脏。是的，她相信贾文莎说的是真的，因为和陆易州好的是小邵，因为小邵是煤老板的女儿，也就是说，在经济上，陆易州应该是和她有关联的，要不然他买不起这么昂贵的手包。

如果陆易州只是单纯地出了一下轨，胡美杉不会这么难受，只会觉得自己不够好。陆易州在北京遇上了一个比她好很多倍的女人，动了心，就像她看电视的时候，看到帅男人心也会一动，何况男人是种爱冲动的动物，看见心仪的女孩子，那个女孩子也表现出郎情妾意的话，发生点什么，应该是在所难免的。虽然她同样会难过会痛苦，但不会像现在这样，现在是陆易州不仅出轨了，在人品上也让她幻灭了。

作为已婚女人，她可以容忍丈夫骗老婆的钱给情人买礼物，但却不能容忍丈夫花情人的钱给老婆买礼物。她觉得前者只能说明这个男人花得有点傻，而后者是下作和人品有问题，她无论如何也想不明白，那个让她仰望的陆易州怎么会变得如此卑下而龌龊？

4

胡美杉瘦了，不知不觉地，原来正合适的衣服穿着就像道袍了。所有人都以为是她给小土豆断奶后刻意减肥了，何秋萍还嘟哝说女人还是身上有点肉显得富态，她最瞧不上那些都瘦成麻秆了还嫌身上肉多的女孩子，瘦得穷兮兮的，有啥好看的？胡美杉就笑笑，也不说什么，凭着女孩子的直觉，小禾觉得她有点不对劲，就跟何秋萍说，何秋萍说："她早晨出去晚上回来，不疯不癫的，哪儿不对劲了？"小禾就说："你留意我嫂子的眼神。"何秋萍也留意观察过了，可是没看出有什么不一样，小禾就说："胡美杉以前也忙忙活活的，但她忙活得眼睛里有灼灼的光芒，那光芒就是女人内心的希望之光。现在呢，她还是忙忙活活，但她眼里的光芒已经没了，像深秋午夜里的一潭静水。这种眼神大多是受伤后的绝望。"何秋萍就生气了，说："以前多苦多难都没见她绝望，现在你哥考上博士了，好日子也快来了，你嫂子绝哪门子望？"

小禾吓得就不敢说了。

转眼到了暑假，陆易州回来了。很多次，他想和胡美杉解释解释，可都开不了口，有一次，他都说了："寒假我回北京的那天晚上……"胡美杉就淡定地给打断了，说："那天晚上啊，我等你电话等不来，还以为我手机坏了呢，借咱爸手机给你打，还打错了。"

说完，就笃定而淡然地看着他，好像在说，就这么回事，不是么？

陆易州就说不下去了。

整个暑假，陆易州依然经常带小土豆去美杉小厨，带她去爬青岛山信号山小鱼山大庙山，总之把周围的山头公园全玩遍了，再要么就是陪老胡吃蛤蜊喝散啤。因为夏天来了，老胡终于有光明正大的理由把和陆易州喝啤酒的桌子搬到门口的人行道上去了。他原本就黑的脸，喝了酒以后，油闪闪地光亮着。他总是边喝边招呼往来的张三李四坐下喝一杯，然后，这些招呼，就像他抛进海里的诱饵一样，总能给他钓回眼馋和羡慕。大家都说老胡好命，出了一辈子大力，儿子娶了财主家的闺女，闺女嫁了读博士的大学教授，这辈子又富又贵，也值了。

老胡就笑，晾着他脏乎乎的破牙，笑得毫无遮掩毫不节制。

不管是在美杉小厨还是在家，陆易州不再像以前似的那么在意他的手机，走到哪儿随便扔到拿儿，还有他的电脑，总是随便开着，QQ和MSN虽然总是登录状态，但他寂寞得好像这个世界上压根儿就没人知道有他这么个人存在。

胡美杉想，他对自己和整个家这样的敞开和随意，其实是一种行为语言，相当于在告诉她，我外面都处理干净了，现在，我终于可以像个透明的玻璃人一样，毫无隐私地向你展现自己。

虽然有小酸楚，但胡美杉还是幸福的，是那种隐忍诸多屈辱之后，别人终于领了情并回馈了她一颗糖果的幸福。所以，她觉得如果婚姻出了问题，对好人来说，懵懂的隐忍是无声而坚韧的战斗，或许比打闹更有力量。

当然，前提是对方必须有足够的人品保证。

譬如她的陆易州。这么想的时候，她的嘴角是微微上翘的。

一个满意自己婚姻的女人，最幸福的表情，就是每每张望自己的婚姻，便会嘴角上翘。胡美杉是这么认为的。

第二十三章

1

转眼，小土豆上幼儿园了，陆易州的博士学位也快拿下来了。有人建议他拿到学位后去做律师，陆易州也和胡美杉商量过，胡美杉却认为对他来说，这不是个好的选择。因为他不擅交际，不够腹黑也不够厚黑，这些都是做大律师的必要元素。陆易州觉得也是，决定回学校教书，跟原来的老同事一打听，才知道现在高校比以前更难进了。博士研究生才到哪儿？博士后为了进学校都挤得头破血流，陆易州就觉得头大，原本想回学校问问的心，就给吓了回来。生平第一次觉得文化是把刀子，把人的面皮削得薄薄的，每一根神经末梢都灵敏着呢，莫要说被拒绝，就是给个软钉子碰，自尊都受不了。再说，学校里还有小邵，一旦回去任教，低头不见抬头见是难免的，尴尬也是肯定的。他跟胡美杉说这两年形势不比从前了，原来的学校未必能回得去，要早知道这样，还不如去读个委培博士呢，好考，相当于一边工作一边镀金，他可倒好，费那么多劲，读完了，反倒连找工作都困难了。

胡美杉觉得他危言耸听了，说原来的学校回不去，还有其他学校呢。陆易州说其他学校不行，他总不能学历越高，就职越低，这成什么了？何秋萍也这么觉得，简直没天理了，博士毕业居然找不到工作，这不相当于皇帝养了个如花似玉的姑娘愣是没人娶么？就要去学校找陆易州的领导，把陆易州吓得不轻，说："妈，我读的博士是全国统招的，是全日制就必须脱产。"

何秋萍不明白什么叫脱产。陆易州说就是必须把工作辞了。

何秋萍这才明白，说："要不咱就托托关系。"陆易州说："我们是外地人，在青岛除了胡美杉和她的娘家，没有任何亲戚，托谁去？"说着又怕胡美杉多心，以为自己是在怪她家是市井小民，没有能帮得上他忙的社会关系，就冲她笑了一下。可他一笑，胡美杉就难受了，觉得他跟婆婆的话里，有抱怨的成分，如果他娶的人不是她，在这个时候多少总能帮上些忙。如果他娶的是小邵呢？莫要说愁博士毕业后工作的事，怕是早已经高枕无忧了吧？心里这么想着，还是冲他笑了一下，然后拿起一本绘本给小土豆讲故事，好像陆易州和婆婆说的话题已经和她没关系了。

何秋萍捏着脑门想了会儿，突然一拍沙发扶手："找找那个谁！"然后摸着脑门，费了好大力气才想起来，"找那个邵老师帮帮忙，我觉得这姑娘本事大，咱小禾去资料室那么大的事，她说办就办了。"

陆易州紧张地看了胡美杉一样，胡美杉好像没听见一样，在继续照着绘本给小土豆念故事，这才放松了一点，忙冲母亲摆摆手，表示不行。

何秋萍急了，说："你不说咋知道不行？"说完，瞪着陆易州，见陆易州一脸难言之隐地示意她不要说了，以为是陆易州脸皮薄，不好意思开口求人，就往陆易州这边挪了半尺，"你把那个邵老师的电话给我，我跟她说。"

陆易州有点急了："妈，您这是干什么呢？人家早就不记得您了。"

"那我说我是你妈，她总记得吧？"何秋萍一本正经地说，"妈这辈子最不愿意干的事就是求人，可为了你，妈豁上这张老脸了。"

"妈，要说我自己说，不用您开口。"话题一直围绕在小邵这个焦点上，陆易州心里已经毛了，恨不能起身就走，只要母亲别再提小邵的名字。

可母亲偏要提，还认真地和他生气了，认为他是个男人，男子汉大丈夫就要能屈能伸，该求人的时候就不能总是挺着腰板，要不然成不了大事。

胡美杉合上书，抱起小土豆说："走，妈妈给你洗澡去。"走到卫生间门口，才回头，心平气和地说："妈，这事我站在易州这边，人活着得给自己留点体面，不能随便求人。"说着，就进了卫生间，关上门，放下小土豆，一下一下地理着胸口，觉得那儿有块石头，就是下不去了。

陆易州扭头看了看卫生间的门，冲母亲双手合十："妈，我求您了，别操心我工作的事了行不行？"

"不行！"何秋萍说，"博士毕业了找不到工作，说出去够丢人的。"

"我怎么找不到工作了？我只是不想和美杉她们两地分居，外地的高校有的是聘请我的。"陆易州也生气了，"何况原来的学校也没说不欢迎我回去，我就是道听途说了些小道消息有点担心而已。"

见儿子真火了，何秋萍有点害怕，小声说："还有点担心呢，我看你那眉头皮得天都快塌下来了。"

冲母亲凶完了，陆易州又有点愧疚，就低着声音说："妈，我求您件事行不行？"

"还求我？你不吆喝我就行了。"何秋萍说，"说吧，别跟我整些求不求的。"

"以后您别在家提小邵。"

"咋？"何秋萍百思不得其解，"人家帮咱大忙了，你咋还提都不让提了？"

"那是以前，现在不是了。"

"你们闹矛盾了？"

陆易州嗯了一声，然后埋着脸，冲何秋萍作揖："妈，我就求您这件事，永远别再提这名字，我一听头皮就炸掉了。"

"按说这男人和女人能成仇到连名都不能提的地步……易州，你是不是？"何秋萍心里忽地就闪过一道霹雷，"你在北京念博士那会儿，是不是和小邵好过，又掰了？"

陆易州给吓得心脏都快跳出来了，作揖作得更频繁了："妈，我知道您很聪明，猜事从来都是八九不离十，可在这件事上，您千万别猜了。要是让美杉听见了，连我亲妈都这么认为，我真的就是浑身上下都是嘴也说不清楚了。"

尽管陆易州没承认，但何秋萍的心里还是认定了，也看了看卫生间的门："我不管你以前和她怎么样过，掰了就好。"又悻悻地瞅着他，"我说呢，没亲没故的咋那么热心地帮咱家小禾！"

2

自从分手后，陆易州和小邵就没见过几次，因为跟的不是同一个导师，他一天三顿泡食堂。和他好的时候，小邵偶尔去一次食堂都说是陪着他去体验猪食，平时她都在外面吃。他们分手后几个月，小邵就回学校上班了，接下来的课程是半工半读的函授，每年也会来北京几次，听几堂课，或者参加考试。今年夏天的时候，陆易州还在北京的学校门口遇到她了，隔着还有十来米的时候，想是躲开呢还是继续往前走和她迎面相遇，犹豫了一下，决定还是大方点，径直往前走，远远地就准备好了文明礼貌的微笑，离她四五米的时候打招呼说："小邵老师，你好！"

小邵瞄了他一眼，好像不认识他，再或者好像是陆易州认错人了，总之面无表情地和他擦肩而过，没有半秒的犹豫。望着她的背影，陆易州就觉得既尴尬又荒凉。晚上，小邵给他发了个短信：谢谢你还记得我。

陆易州想了半天也想不明白这句话里的意思，就没敢回。这是他们分手以来，唯一的一次相互通音讯。

其实，胡美杉不愿意陆易州回原来的高校。偶尔，她会不经意间从小禾那儿打听一下小邵的消息，知道她还单着身。关于她对小邵的好奇，小禾从没怀疑过，还以为是因为小邵帮过她，出于念情，胡美杉才一直惦记着呢。前阵子，小禾神秘兮兮地告诉她，原来小邵老师不是不想结婚，也不是没男朋友，而是有位不能见光的男朋友。

胡美杉听得心扑通扑通跳，不动声色地问："什么样的男朋友见不得光？"

小禾瞄了一眼和小土豆看电视的何秋萍，小声说："是个已婚男。"

胡美杉就觉得心脏要跳出来了："既然见不得光，你怎么知道的？"

"那男人的老婆打到学校去了。"

胡美杉催着她赶紧说是谁。小禾这才说就是她的顶头上司——校资料室主任罗海洋！

"然后呢？"胡美杉关心的是然后，她比谁都盼着小邵赶紧找个合适的嫁了，免得她一天到晚跟坐在一堆生鸡蛋上似的。小禾说："老婆来闹过之后，罗主任就去法院起诉了，估计是离定了。"

胡美杉五味杂陈，想如果当初她和陆易州闹开了，会不会也是这结局？见她愣愣地失着神半天不说话，小禾问怎么了。胡美杉从恍惚中醒过神，前言不搭后语地问小邵对她怎么样。小禾说不怎么样，有时候在食堂碰上了，跟她打招呼，她都没看见一样，好几次后，小禾也就不去讨那没趣了。

胡美杉点点头，说她这样可能有她这样的道理，你也别放在心上。

小禾嗯，说："小邵虽然一副很不得了的样子，却有不少男老师喜欢她。"

胡美杉当然知道为什么，小声嘟哝了一句，现在的一些男人，真没出息。又说陶家恩不喜欢她就成了。

陶家恩是小禾的男朋友，在学校做行政工作，两人在学校的元旦晚会上一见钟情，可陶家恩的父母听说小禾是外地的，就挺不愿意。在陶家恩说好了要带小禾回家那天，趁儿子去接小禾，两口子锁门出去玩了。陶家恩带小禾回来，还以为父母为了不怠慢小禾，两口子特意一起出去买菜去了，可两人左等不来右等不来，打手机也不接。一直等到下午两点，小禾再也坐不住了，哭着跑了。因为何秋萍晓得她今天是见男朋友父母去了，怕回去她问长问短问火了，连家也没敢回，直接去了美杉小厨，进门就哭。胡美杉直接给陶家恩打电话，问了问就坐公交去了他家。陶家恩父母已经回来了，陶家恩正冲他们发飙呢，胡美杉倒也没生气，挺诚恳地和陶家恩父母谈了半个多小时，自作主张地替小禾答应了结婚不要订婚钱不要房子，不擅自把乡下的父亲接过来一起住，问题才算解决了。可事后想想，胡美杉觉得还是挺窝心的，觉得陶家恩的父母欺人太甚，可有什么办法呢？陶家恩拿父母没办法，小禾又是第一次恋爱，爱得那么一丝不苟。爱情就是这样，谁先动了情，谁就被动了，谁爱得更深，谁就得带头咬住了委屈，只是因为不愿转身离去，就如她和陆易州，不也这样么，她前怕狼后怕虎，一个人默默担住了所有的屈辱。

小禾和陶家恩恋爱了一年多，也算顺利，转过年就要结婚了。小禾单纯，总是和胡美杉说起结婚后她要怎样怎样，好像只要结了婚，她和陶家恩就像公主和王子从此过上了幸福快乐的生活。胡美杉忍不住提醒她，婚姻和她想象的不一样，婚姻既没她想的那么浪漫也没有那么多卿卿我我，就是柴米油盐过日子，你要还想着风花雪月，那就离鸡飞狗跳不远了。

小禾就笑，不说话，笑得胡美杉有点黯然神伤，因为读出了小禾笑里的意思，大约有对她和陆易州婚姻的看破在其中，觉得自己和陶家恩的婚姻本质要胜出她和陆易州。她和陆易州的婚姻，何秋萍肚子里有怨气的时候，像烙饼一样，翻来覆去地跟小禾絮叨，大约，小禾也觉得，她和陆易州是不般配的吧？这么想着，心里就一阵阵地发凉，小禾，她当亲妹妹疼爱过的小禾呀，也这么想。

胡美杉幽幽地在心里叹着气，就听小禾说，她问过陶家恩，陶家恩说他大男子主义，接受不了姐弟恋，要不然，冲小邵她爸是煤老板，他也得撒丫子追一追，一旦追上了，他就穷小子变身富家少爷了。

胡美杉说："陶家恩怎么是这种人啊？"奇怪他都这么说了，小禾居然不生气。小禾笑嘻嘻说她干吗要生气啊，陶家恩跟她开玩笑的。

胡美杉知道，小禾觉得是玩笑，可在陶家恩那儿，有可能就是用玩笑说了心里话。现在好多人这样，脸皮厚着呢，开玩笑是试探，譬如去美杉小厨吃饭的顾客，有爱占便宜的，端馄饨的时候会开着玩笑说老板娘，老顾客了，赠盘小菜吧。如果她也开着玩笑说好啊，他真能端一盘小凉菜走；如果她不同意，人家还有话说，说和你说着玩的，你还当真了啊？这么一来一回的，倒显得她小气了。

陆易州再来电话，胡美杉就说："有些事情，不能自己琢磨着吓唬自己。"

陆易州问什么事。

胡美杉说："回原来学校的事，未必多么难，等下次回来，去找学校领导问问吧。"

陆易州有点畏难，犹豫了半天，也说不出个所以然来。胡美杉就轻描淡写地说："能回就回吧，小邵要结婚了。"

陆易州心头一紧，愣了老半天才反应过来，胡美杉是在暗示他。如果他是因为小邵才不愿意回学校的，那么，马上要结婚的小邵，一定是心有所属，他可以放下顾虑了，就嗯嗯啊啊地说："好，等下次我回去拜访拜访学校领导探探口风。"

这是他们之间第一次提小邵，谁都不想在这个话题上逗留太久就转移了话题，好像他们说的那个小邵，不过是去往某个地方的路标，提，不过是为了表达自己现在的所在方位，表达完了也就过去了，不可能也没继续重复的必要了。

又说了几句别的，两人就把电话挂了。再有两个多月，陆易州就回来了，不知为什么，胡美杉有点伤感。是的，在所有人眼里，读完博士的陆易州比以前的陆易州更牛了，可她还是拼命地想念那个以前的叫她美杉姐的陆易州。她记忆里的那个陆易州比现在的陆易州明净，像个馋嘴的小弟弟，而她是能帮他找到糖果的温暖姐姐。现在，他不了，或许，这几年里，他也嗤笑过从前的自己吧？嗤笑曾经的自己，懦弱、幼稚。如果陆易州嗤笑曾经的自己的话，那么，胡美杉嗤笑现在的自己，在知道老公出轨，也知道第三者是谁的情况下，

第二十三章

哪个女人能沉住了气？只有她！因为爱他，因为害怕失去，她成了自吞耻辱的女人，悄悄地把满嘴的牙咬碎了，和着血咽下去，然后风轻云淡地一声不吭。她瞧不起这样的自己，陆易州呢，怕更是鄙夷吧？有时候，她觉得自己就是个忍着大人的唾骂，终于要到了自己心爱礼物的小孩，明知道那个礼物的来处不是爱而是怨气重重的无奈妥协，可因为喜欢，也就顾不了那么多了。

3

这天，贾文莎坐在美杉小厨，恶狠狠地吃着一碗冰淇淋，边吃边恶狠狠地拿勺子对着杯里的冰淇淋又戳又捣，嘴里还嘟嘟哝哝地骂着王八蛋。胡美杉已经习惯了贾文莎高不高兴都挂在脸上，以为是胡美德又惹着她了，就悄悄地笑笑，故意不去问她到底和谁生气了。可她越不问，贾文莎就越生气，就瞪了她一眼又一眼，把胡美杉都给瞪笑了，说："嫂子你把眼神当勺子用累不累啊？"

贾文莎说："我还想当子弹用，射死那个贱人！"

胡美杉就给吓了一跳，以为胡美德又出轨了，而且倒霉地被贾文莎抓手腕了，就坐下来，小声问怎么了。

贾文莎说："我爸要收回烤鸡店。"

胡美杉就蒙了："你爸不是要享受人生吗？怎么又要重入江湖？"

"肯定是那个贱人指使的！"贾文莎咬牙切齿地说，"怪不得呢，最近我爸没事就往店里溜达，我觉得这味儿不太对，果然。"

事情来得太突然，胡美杉也理不出个头绪来："没说因为什么吗？"

"嫌我们不上心，说不想把贾家烤鸡店的牌桌子砸在我们手里。"

"我看你们做得挺好啊。"

贾文莎把勺子往冰淇淋桶里一插，推到一边："最近生意不如以前了。"

"为什么？"

"我也奇怪呢。"贾文莎也一副百思不得其解的样子，"配方还是原来的配方，我昨天晚上还冒着长肉的危险吃了一个鸡腿，味道也是原来的味道，可顾客就是少了。"

胡美杉突然想起来，前几天，有个老顾客问她贾家烤鸡是不是在丰盛路上开了家分店。她当时没在意，只说了句没有，就没再往下聊。贾文莎说店里生意不如以前了，莫不是跟这有关系？因为丰盛路和台东六路就隔了两个路口，步行的话五分钟就到，这么想着，她就和贾文莎说了。贾文莎一愣，很快就嗤之以鼻地笑了一下，说："怎么可能？我家烤鸡是有秘方的，别人？随便他们烤去！就是给他们只凤凰也烤不出贾家烤鸡的香！"

胡美杉知道，就贾文莎的自负劲儿，不把血淋淋的事实拎给她看，她是不会信的。就像她对胡美德的盲目自信，知道胡美德喜欢和狐朋狗友们胡吃海塞吹大牛，也知道他肚子里有几根蠢蠢欲动的花花肠子，但也就是止于意淫的想法而已，打死她都不相信胡美德敢冒着净身出户的危险去泡妞。就胡美德这种窄街陋巷里出来的穷小子，她太了解了，虽然吹牛的时候个个满嘴大炮，可一旦动起真格的，全都小算盘打得噼里啪啦响。没别的，穷怕了，都是一个豆粒儿都不想掉的主。所以，她坚信胡美德的背叛也就停留在和收银员姑娘耍耍嘴皮子、喝多了拿眼神摸摸饭店服务员的胸脯和屁股的段位。

贾文莎的犟，真让胡美杉急了，说现在不是饭点，店里也清闲，索性过去看看了了心事。贾文莎有心不去，又拗不过她，只好拿车钥匙和她一起去了。

深秋的下午三点多的丰盛路还是挺热闹的，门店都把各自家的各色货物，码在框子或是纸箱里，摆在门口招徕顾客，让原本就狭窄的路，更不好走了。

因为心里烦，贾文莎边开车边骂骂咧咧，胡美杉开着车窗，盯着外面的店面，远远地，就看见有个招牌上写着"聂小倩烤鸡"，就笑了，指着招牌给贾文莎看，贾文莎说："女鬼聂小倩都光天化日下卖烤鸡了，白娘子是不是也该出来卖雄黄酒了？"说着，在路边停了车，远远看了一会儿，就觉得胡美杉关于贾家烤鸡店为什么会生意不好的猜测，有点靠谱了，因为这还不到饭点呢，聂小倩烤鸡店门前，进进出出的，人不少，出来的人，手里都拎着一只牛皮纸的烤鸡袋子。

贾家烤鸡店虽然经营多年，也算是青岛的老字号了，但在包装上一直不讲究。买来自己吃的，称好了往塑料袋里一装了事，买来送人的，就装在塑料袋里，再花一块钱买个印得花花绿绿的小纸盒里一装，就算贾家烤鸡精装版了。但聂小倩烤鸡就不，包装是用纸和印制都很考究的牛皮纸袋子，同样是烤鸡，一进聂小倩烤鸡的牛皮纸袋子，立马就有了雅气。贾文莎呆呆看了一会儿，自

第二十三章

语道包装不错，不知味道怎么样。

因为是禁停路段，胡美杉怕两人都下了车让警察给贴了罚单，就让她等在车上自己跑过去买。一推门，她就愣了，这不是小聂么？

和三年前相比，小聂丰满了一点，更有成熟女人的风韵了，显然小聂也没想到是胡美杉，四目相对，两人都有瞬间石化的呆滞，然后是尴尬不自然地笑。胡美杉说："是你啊？"

小聂局促地啊了一声，说："是您啊。"说着，慌乱得手不知该往哪儿放的样子，"您……您想要点什么？"

胡美杉这才想起自己是来买烤鸡的，就胡乱指着鸡腿鸡胗鸡爪子，一样要了点，又要了一只整鸡。掏出钱包结账，小聂一把按住了她的手，说不要钱，送她吃的。

胡美杉说那哪儿行，她是做这生意的，靠这个吃饭，都不容易。

"这店不是我的。"小聂已经不再慌乱局促，心平气和地说，"是您哥的，您犯不着和他客气。"

胡美杉大吃一惊，叫出声来："什么？怎么会是我哥的店？"

小聂嗯了一声，挺平和地说她和乡下丈夫离婚了，一年前回来的，这家店开了也有半年了。小聂答非所问，说的好像全是和这店和胡美德毫无关系的事情，但胡美杉还是听出来了这几句话背后的意思。那就是她惦记着胡美德，和乡下丈夫过不下去了，就把婚离了来青岛找胡美德了，半年前，胡美德开了这家店给她守着。那么，她这么从容地告诉她这一切，意味着什么？她是胡美德的二奶，还是早晚会成为她合理合法的嫂子？

胡美杉的脑子里万马奔腾，不知该怎么接话。

小聂又说："您怎么想起到这边来买烤鸡？"

胡美杉看着她，心里翻江倒海，有种说不上来的感觉，有鄙视有害怕，还有对未知未来的惶恐，就胡乱应了一声，晕头晕脑地转身就往外走，都走到门口了，小聂说："你忘拿烤鸡了。"撵到门口，塞到她手里。

4

胡美杉失魂落魄地从聂小倩烤鸡店出来,想着小聂一副我已吃定了胡美德的淡定从容,突然,她就没勇气去见贾文莎了,因为不知该怎么对她说。

可远远地,贾文莎已经看见她了,就发动了车,慢慢开到她身边,看着失魂落魄的她,从车窗里冲她哎了一声,说:"买只烤鸡把你买傻了啊?上车。"

胡美杉上了车。

贾文莎停车,从她手里接过烤鸡,打开袋子闻了一下,说:"这不是我们贾家烤鸡的味吗?"见胡美杉没反应,就又问了一句,"你觉得呢?是不是和我们家的一个味?"说着,又捏了一只鸡胗,咬了一口。

胡美杉没敢说开店的就是小聂,也更不敢说这店的实情,否则,就她对贾文莎的了解,说不准就会开着车,加足了马力给冲进聂小倩烤鸡店。她捏了一只鸡胗,咬了一口,敷衍说比贾家烤鸡差远了。

贾文莎将信将疑:"我怎么觉得一样?"

"你天天在烤鸡店闻味,都闻麻木了,只要是烤鸡,你就闻着一个味。"胡美杉心里虚虚的。

贾文莎也有点不自信了,说:"也是,不要说烤鸡了,有时走烤鸭店旁边走,也觉得是烤鸡味。"然后又困惑,"你要说味道不如我们家,可看上去她家生意还挺好,比我家门口热闹多了。"

胡美杉说她家卖得便宜,比你们家一斤便宜一块五。

贾文莎说了句脏话,发动车子的时候,顺嘴问了句:"是个什么人开的店?"

"女的。"胡美杉回答得简短利落,一个字也不打算多说的样子,倒是引起了贾文莎的好奇。她有点奚落地说当年我爸说过,别看女人整天吆喝着洗衣做饭,可做得真正好吃的,还是男人,没成想一女人也能把烤鸡做出这味来。说完看着胡美杉:"多大年纪的女人?"

胡美杉知道关于聂小倩烤鸡店的事,肯定瞒不长久,就实话实说了:"嫂子,我说了你不生气?"

贾文莎一愣，很快就平和下来，一副掩藏不住的要引蛇出洞的嘴脸说："闲得我！"

"是小聂。"

"小聂……"贾文莎用力想了一阵，恍然大悟地说，"就是那个收银员小聂？"

"嗯。"

这会儿，贾文莎真的愣了："她叫聂青云。"

"不管她叫聂青云还是聂红云，反正她的店叫聂小倩。"胡美杉说，"走吧。"

贾文莎眼神直直的，好像在想事，胡美杉有点怕，就又催了她一遍，说走吧。贾文莎好像没听见一样，拔下车钥匙，起身就下车，胡美杉大惊，喊："嫂子，你干吗？"

贾文莎边铿锵往聂小倩烤鸡店走边回头说："她偷了我家配方！"

胡美杉心里说坏了，忙下车跟过去："你有证据吗？"

"她这一店的烤鸡就是证据！"贾文莎说着，推门就进去了，然后抱着胳膊，说，"小聂，我对你不薄吧？"

小聂先是一惊，然后又笑了一下："老板娘，以前是我打工你给我发工资，也没厚薄这一说吧？"

"好，就当咱俩就是打工妹和老板娘的关系！"贾文莎踹了玻璃柜台一脚，"聂青云，你给我说老实的，是不是偷了我家配方？"

"你看见了？"小聂也不甘示弱。

眼看两个女人就要掐起来了，胡美杉突然后悔自己不该多嘴把贾文莎拉到这儿。她从包里摸出手机，犹豫了好久，还是没敢打给胡美德，怕他一出现，两个女人更疯了，就上前拉着贾文莎，边拉着她往外走边说："嫂子，这就是你不对了啊，不能你开烤鸡店就不让别人开了，也不能因为人家小聂在你家店里打过工以后就不能开烤鸡店了。"

"你放开我！"贾文莎火了，"我是那种自己拉屎别人就不能有屁眼的主儿吗？我家烤鸡是有秘方的，只有我爸，我，还有你哥有！如果是她偷了，这里面就有猫腻！"

小聂站在柜台里，抱着胳膊一摇一晃地看着贾文莎大吼，不急也不恼的样子，更是激怒了贾文莎，不用胡美杉拉，她就上街了，没上车，而是直奔旁边的土产店，进去买了个捣蒜泥用的石臼子，又卷回了小聂的店："聂青云，今天你必须告诉我，配方是怎么来的？"

小聂还是笑，说："想砸你也别节约力气，使劲砸，反正这店又不是我的。"说着拿起电话就往外打。贾文莎蒙了，以为她在这儿和过去一样，不过是个打工的，打电话是要把真正的老板叫来呢，就气哼哼地说："告诉你老板，让他赶紧滚过来，否则我不客气了！"

小聂说："您砸呀，您不砸我怎么打'110'？"

胡美杉觉得小聂挑衅得太过分了，就说了她一句："小聂，这事闹大了有意思吗？"

"有，我就一光脚丫子的乡下丫头，有什么好怕的？"说完，睥睨着贾文莎继续挑衅，"老板娘，您还砸不砸了？"

贾文莎虽然泼，可自从打过崔玉之后，她吸取教训了，可以冲人使厉害，但把自己厉害进拘留所派出所这样的蠢事，就再也不干了。所以她把蒜臼子收回来，在手里掂着玩了几圈，才说："聂青云，把你老板叫来，要不然这事咱没完。"

小聂说："你真想见他？"

"没错。"说完，贾文莎从旁边拖过一把凳子坐了，对一脸火烧眉毛般惶恐的胡美杉说，"放心，我不会把自己折进去的，你要忙就先回去吧。"

胡美杉站在她背后，冲小聂直使眼色抱拳头的，求她差不多就行了，别太过分。小聂都看见了，却依然笑嘻嘻地说："美杉姐，我现在还能喊你美杉姐，以后，可能这称呼是要换的。"小聂说得从容不迫，是有原因的。她回来一年了，回来的当天，她把自己安顿好了，就给胡美德发了个短信，约他出来见面，但没说自己是谁。因为她的电话号码换了，胡美德也不晓得是她，反正在店里待得无聊，就如约去了。约的是一家家常菜馆的包间，胡美德推门一看是她，眼就直了，泪唰地就滚了下来，然后什么也没顾上说，一把把她从座位上抓起来，塞进怀里，狠狠地抱了一顿。从那天起，他们就说好了下半辈子在一起，什么母老虎贾文莎什么贾家的大把家业，全都见鬼去吧。当然，这些有很大的疯话成分，等重逢的激情过后，他们决定开始筹谋以后的人生。一旦离了

第二十三章　　331

婚，胡美德肯定是不能在贾家烤鸡店待了，小聂也没有工作。有情饮水饱，虽说不是屁话，但肯定是疯话，人只要活着，饭还是要吃衣还是要穿也要有间房遮风挡雨。胡美德也明白，生意要做熟，不能轻易转行。虽然晓得偷出贾家烤鸡的秘方很不厚道，可为了日后他和小聂的生活，也顾不上那么多了，就在丰盛路这边盘了个店面，装修了一下，让小聂先干起来。虽然说在丰盛路上开烤鸡店，像兔子吃窝边草，挺危险，可这是让小聂的烤鸡店快点火起来的捷径。因为贾家烤鸡店虽然全市有名，可能开车坐车跑大老远来买烤鸡的顾客还是少数，大多数的顾客，还是台东一带的当地居民。也就是说贾家烤鸡的口碑，在这一带最响，这一带居民也被贾家烤鸡培养起了吃烤鸡的习惯，消费习惯就不用再去培养了，只要做到味道和贾家烤鸡一样美，剩下的，就是在价钱上下功夫。因为烤鸡本就是寻常百姓餐桌上的一道菜，对于寻常百姓来说，好吃、实惠是拉住顾客的不二手段，于是，聂小倩烤鸡店就这么开张了。在聂小倩烤鸡店开张的那天，小聂就知道，胡美德是她的了，因为从他张罗着开这家店的架势，她就看出来了，他没打算给自己留后路。

所以，现在她一点也不怕贾文莎，甚至她都想挑明了告诉她，她不仅偷了他们贾家的秘方，还偷了她的男人。可对贾文莎的泼，她还是有所耳闻，就没敢造次，及时地把话收了尾。可贾文莎听出了不对味，回头看着胡美杉："她什么意思？"

胡美杉慌乱地说："小聂，你云里雾里的都说些什么啊？"

小聂说："要不你们现在就撤，别耽误我做生意，要不然我真打'110'了。"胡美杉也拉了贾文莎一把，说走吧，等理出头绪来再说。

贾文莎虽然气，可理智还是在的，就借坡下驴地出去了，一路上都在琢磨这配方到底从哪儿泄露出去的，一路上兀自嘟哝着小聂到底是从哪儿搞去的配方，突然看着胡美杉："该不会是你哥吧？"

胡美杉给吓得心扑扑跳："我哥又不傻。"然后劝她别胡思乱想了，说不准是人家小聂自己摸索出来的，贾文莎说不可能，就冲她在贾家烤鸡店打过工，我就敢断定她是偷的。说着，在车站旁停了车，让胡美杉坐公交回去，虽然最近她和父亲闹得不愉快，可秘方外流，关系着贾家烤鸡店的未来，不是件小事，她得去和父亲说一声。

第二十四章

1

自从和崔玉闹过，除了春节带大宝来给姥爷拜年，贾文莎平时就没来过，所以这次来，从踏进电梯的那一刻起，贾文莎心里还是有点感伤的。到了父亲家门口，先深呼吸了几口气，才举手敲门，手刚落下，门就开了，就听崔玉声音欢快地说："这么快啊。"

贾文莎就晓得父亲出去了，但会很快回来，所以崔玉才在门口听着动静等他，她也没吭声，决定站在门口等父亲。

可崔玉以为老贾和她闹着玩，敲了门不进来，就趿拉着拖鞋东张西望地出来了。她这一出来，贾文莎的眼球就圆了。崔玉居然穿着孕妇装，看肚子，怀孕至少六个月了。

贾文莎就觉得脑袋嗡嗡的，上上下下地打量着她的肚子："你怀孕了？"

崔玉闻声扭头，一看是她，吓得抱着肚子就要往家跑，贾文莎一把拉住她胳膊，虎视眈眈地看着她："问你呢，怀孕了？"

因为三年前的那场打，崔玉已经被她吓破了胆，几乎带着哭腔说："你放开我，你拉我干吗？"

"我问你是不是怀孕了？"贾文莎一字一顿地点着她的鼻子。在这之前，她陆续听别人说过一些崔玉的旧事，她结过一次婚，有个儿子，但是是哑巴，她和丈夫整天相互指责对方基因不好，闹得鸡犬不宁，日子实在没法往下过了，才离了。据说，像崔玉这种情况，是允许生二胎的，也就是说，她这次怀孕，不仅不违反计划生育管理办法，还是合理合法的。

因为怕贾文莎动起粗来伤着肚子里的孩子，崔玉吓得话都说不成句了，弯着腰，护着硕大的肚子往屋里退，贾文莎又扯着她的胳膊不肯松手，两人正一个门内一个门外地僵持着。电梯门开了，老贾托着半只西瓜从电梯出来，一看这架势，就气坏了，以为贾文莎因为他要收回烤鸡店的事，又找上门来闹事，就大喝了一声:"贾文莎!你给我松手!"

贾文莎被从背后猛喝了一声,吓了一个激灵,手就松了,还在用力往里拽的崔玉一下子失去了平衡,一个趔趄就墩坐在地上。老贾一看,连西瓜也不要了,手往楼道里一丢,就冲过去扶崔玉:"小玉,没事吧?啊?肚子疼不疼?"老贾皱着眉头,好像这一跤摔出去,摔的不是崔玉,是他的老命。崔玉不想把事闹大,摇了摇头,说没事,就着他的手借力把自己拉起来,小声说:"别闹,我真没事。"老贾摸了摸她肚子,唯恐她骗自己似的:"你说没事不成,得医生说没事才行,走,我陪你去医院看看。"说着,从茶几上拿起手包拉着她就要往外走。

门外的贾文莎看着这一幕,眼睛都快喷出火来了。是的,这一刻,不需要任何人告诉她,她也明白崔玉怀孕了,而且怀的是她爸的孩子,还十分可能是个儿子,否则父亲不会这么在意。这一瞬间,她一下子明白了,父亲为什么要收回贾家烤鸡店,原因都在这个女人的肚子上。

她喷火的两眼把崔玉吓得像瑟瑟发抖的兔子,躲在老贾身后说:"我真的没事,不用去医院。"

贾文莎从牙缝里挤出一句话:"贾财生,你从我身边走走试试!"

老贾现在最担心的是崔玉肚子里的孩子,顾不上和贾文莎较真,就摆了摆手,说:"贾文莎,咱爷俩的事改天再说,你先让我带崔玉去看医生。"

贾文莎仰着头,两手把着两边的门框:"贾财生,今天你俩要是能出了这个门,我就不姓贾。"

老贾又气又急,不耐烦地说:"贾文莎,我告诉你,你爱姓啥姓啥,可你今天得让我带着老婆出门去看医生!你知不知道,她都怀孕七个月了,这一屁股摔在大理石地上,不是闹着玩的。"

"你骗我,贾财生,你骗我!"贾文莎声嘶力竭地说,"你不是说你和她只同居不结婚吗?"

"她怀孕了,不结婚孩子怎么生?"这一点,老贾没撒谎,结婚确实是他在崔玉怀孕四个月的时候作出的决定。事情来得很突然,有天早晨,崔玉突然说她好长时间没来月经了。崔玉从小和别的女人不太一样,别人一年有十二次生理周期,她也就三四次。十七八岁的时候,母亲带她去看过医生,中医西医都看过，也没看出个所以然，药倒是吃了不少，崔玉的生理周期该一年三四次还是一年三四次。也是因为这，到了该谈婚论嫁的时候，崔玉挺自卑，所以和第一个男朋友谈了不到一年，尽管男朋友的坏脾气让她心有忐忑，却还是把牙一咬嫁了。原因也很简单，婆家催婚，她很彷徨，男朋友追着问怎了，她就把自己的情况如实说了，说怕将来生不了小孩，会被他嫌弃。谁知男朋友笑得就像一串被扎破了的气球，说他看着哥哥嫂子家的皮孩子就来气，生不出来正好。崔玉心里一暖就嫁了，没想到结婚当年就怀了孕，转年生下了一白胖小子。变成老公的男友也不觉得小孩子讨厌了，整天宝贝宝贝地宠着爱着。宠到一岁多了，儿子连声爸爸都不肯喊，不仅如此，他磨破嘴皮地教，儿子都爱搭不理，情急之下揪过来打了几次小屁股，还是没用，就带着去看医生。然后就是一声霹雳，儿子是先天性聋哑！他接受不了宝贝儿子是个残疾人，没地儿撒气，崔玉就倒了霉，不是拳脚相加，就是数落抱怨，好像儿子聋哑，都是她作的孽。吵来打去的五六年下来，崔玉觉得再不离婚自个儿的小命就得葬送在这桩婚姻里了，就提出了离婚，换来的却是一顿暴打。她等不及养好伤，就去法院起了诉，有满身伤痕作证，很快就判下来了。离婚后，自己过了两年，也挺凄惶的，后来就遇上了老贾。她觉得老贾脾气好，疼她，还有点闲钱，跟了他，下半生的日子大约就稳妥了。女人么，图的不就是知冷知热的安稳日子么？她就和老贾过一块儿去了，没成想又被贾文莎折腾了一顿，还好，她没看错老贾，他没像那些兜里有闲钱的臭男人一样，把和他们好的女人当成盯着他们口袋里那俩臭钱的地老鼠。

老贾还记得崔玉和他说好几个月没来月经的那个早晨，阳光明晃晃挤在窗子上，窗下的老槐树上的那窝喜鹊，叽叽喳喳叫得跟开了锅一样，他觉得这是个好兆头，就和崔玉说了。

崔玉这才说，她几个月不来月经很正常，可这次不一样，最近她总觉得小腹那儿好像睡了一窝小老鼠似的，时不时地动一下，她说贾大哥，我怕是怀孕了。说着眼泪就滚了下来。从认识到现在，崔玉从来不叫老贾，都叫贾大哥，老贾听着就觉得特别温暖踏实，也喜欢她这么叫自己。

一看她哭，老贾的心就会疼，年轻那会儿，他心疼贾文莎的妈妈也是这样，看不得她掉眼泪看不得她有一点难受。因为爱她，她的那点难受，到了他那儿，就会变成疼。他就手脚忙乱地给崔玉擦眼泪，说："怕啥，怀孕了咱就生。"说这话的时候，老贾很豪迈，他没想到自己都快六十了还有让女人怀孕的能力，能不骄傲吗？当即，老贾就带崔玉去了医院，果然是怀孕了，又去找他熟悉的中医朋友把了一下脉，朋友说孩子发育不错，胎心有力，肯定是男孩。

老贾高兴得都不知说什么好了，觉得自己辛劳了大半辈子，虽不说是积德行善，可也从没干过坏事，既没被老天奖着也没被老天罚着，唯一的遗憾是没儿子。现在看来，老天看在他大半辈子安分守己做人的分上，终于给他发奖了，把崔玉奖给了他，又通过崔玉奖给他一儿子。

从中医诊所出来，老贾领崔玉去东海路的仰口海鲜吃了一顿海鲜。从仰口海鲜出来就开车去了崔玉娘家，把车停在楼下，让她上楼拿户口簿和身份证。崔玉问拿这些干什么，老贾说咱俩去登记结婚啊，我不能让我儿子生出来是黑户。

崔玉坐在车里不动，怔怔地看着他哭。

老贾有点害怕，说："你不愿意？"

崔玉还是不说话，就坐在那儿噼里啪啦地掉眼泪，被老贾问急了，才说怕给老贾惹麻烦，老贾就急了，说："咱俩光明正大地谈恋爱结婚生孩子，能有什么麻烦？你是不是嫌我年龄大？"

崔玉说："不是。"总之，坐在车里死活不上楼，说就算要这个孩子，也不一定要登记结婚。老贾当她怕贾文莎过来找茬，就说："不怕，有我呢，不管怎么说我也是她爸，还能让她反了天？"死活要和崔玉登记，都是要有儿子的人了，有合法的亲爹可以当，他为什么要当不合法的爹？就又哄又劝的，把崔玉劝上了楼，取了户口簿，又回家换上正装，就去婚姻登记处登记。一路上，崔玉还有点怕怕的，因为贾文莎说过，她有个同学就在婚姻登记处工作，一旦他们去登记，她就会第一时间告诉贾文莎。老贾挺不屑的，说看把她能的。虽然嘴上这么说，但两人还是去崔玉的户口所在地李沧区登的记，说虽然贾文莎未必有那么大本事，可还是防着点好，他年纪大了，崔玉又怀着孕，尽量别招惹是非。

从婚姻登记处出来，老贾让崔玉从今往后少出门，在家养胎，本着多一事不如少一事的原则，结婚登记的事也别对外声张。尽管老贾没明说，崔玉也知道，他这是防着贾文莎知道了来闹事，就嗯了一声。

接下来的日子，老贾宠国宝一样地宠着崔玉，她想什么他就满足什么。崔玉说他们俩虽然都是二婚，可不管几婚，结婚都是一辈子的大事，她娘家妈说了，婚礼可以不办，但老贾也不能委屈了她这个娘家妈，虽说他们记也登了，崔玉的孕也怀了，再说订婚有点好笑，可好事不比孬事，是可以补的，就想让老贾把订婚这道程序给补了。老贾也知道，所谓补订婚这道程序，不外乎是给崔玉买金银首饰，给娘家妈妈一笔钱，算是自己有诚意娶崔玉的礼金。和他说这些的时候，崔玉很不好意思，说她也觉得娘家妈过分了点，可她妈就生了她这么一个女儿，她上次婚姻因为前夫家穷，一分订婚礼金没给，惹得嫂子整天在家絮叨。那会儿房子还便宜，但凡她前夫家能给个万儿八千的礼金，他们家拆迁的时候就能分套大房。现在可好，一家三代挤在一套二居室里，早晨上个厕所得排队，大夏天家里都快热成蒸笼了也得穿戴整齐。说着说着，崔玉为难得眼泪噼里啪啦往下掉，老贾心里虽然不痛快，可看在崔玉和她肚子里的孩子的面子上，爽快地掏了十万，还安慰崔玉别为难，钱这东西，该往外拿的时候就得往外拿，这是给要往家里走的钱腾地方呢。至于金银首饰，因为贾文莎不同意，老贾就不敢明媒正娶她，心里愧得慌，总是买金银首饰弥补她，她已经有很多套了。

即将有儿子了，就像个兑了兴奋剂的蜜缸，让老贾每天都沉浸在亢奋的幸福中。但不和谐的小插曲也总是有的，比如崔玉总是趁他买菜或者出门干点别的时候，偷偷溜出门，他很生气，这万一在街上遇见贾文莎怎么办？贾文莎一旦撒起泼来，她肚子里的孩子就危险了；就算没那么倒霉，碰不上贾文莎，碰上贾文莎熟悉的人呢，一见她挺着个大肚子，还不献宝似的跑去给贾文莎报信啊？他一生气，崔玉就像个吓坏了的孩子，一声不吭地低着头抹眼泪，偶尔会和他争辩两句，在家闷得慌，回家和老母亲说说话，再要不就是去找老朋友们聊聊天。大家都可羡慕她了，虽说嫁了个比亲爹才小两岁的男人，可他善良厚道啊，拿着老婆当宝疼。

听她这么一说，老贾的气就消了大半，就跟亲外婆吓唬小红帽似的说："以后不能太任性了，外面有贾文莎的人。"崔玉嘴里嗯嗯着，过后照犯不误，

第二十四章　337

再就是崔玉的娘家，仗着崔玉给老贾怀了儿子，见了他一个个全都是一副功高震主的嘴脸，最让老贾不能忍受的是崔玉的娘家哥哥，居然在他家吃饱喝足之后剔着牙花子厚颜无耻地说："老贾，虽然你比我大二十岁，可你就是比我大二百岁你也是我妹夫，既然咱是舅子妹夫的，我也就不和你藏着掖着了，你借我十万。"

"借十万干什么？"老贾的声音虽然还和气，可太阳穴上的青筋，跟生气的青蛙似的，在那儿一鼓一鼓地跳。

崔玉哥哥说要开店，还不让老贾打听，老贾说现在没钱，崔玉的哥就火了，一副你把我妹搞了我没找你算账就已经是高抬贵手了的嘴脸："现在我妹都要给你生儿子了，你居然想一滴血不出？"老贾怕崔玉为难，动了胎气，本着息事宁人的想法，一咬牙，把这十万掏了，权当是自己花二十万买了个儿子。因为这崔玉跟他哭了好几次，一提起娘家来耍横要钱，她就两眼泪汪汪的。老贾是看在眼里，疼在心上，可要横的又是她的娘家人，扯不断理还乱的，也晓得她的愧疚和为难，索性就尽量不提了，希望她能和他一起，把自己当个没娘家的人。却没想到几天不回娘家看看，她就心神不宁的，他又不忍心为难她，只好她想去他就开车送过去。送到楼下，他掉转方向走人，等崔玉打电话来，再去接她。

虽然崔玉的娘家让他很烦，但这烦，就像脚气让人不舒服不体面，却不是要命的毛病，在他那儿，最要命的是贾文莎。且不说她不同意他和崔玉登记结婚他俩偷偷结了，这会儿，崔玉又怀孕了，这意味着他奋斗了大半辈子的家业，将来不全是贾文莎自己的了，她能不急吗？老贾在心里叹了口气，想如果贾文莎对他和崔玉的事上态度缓和一点，啥都好说；如果还像以前那么强硬，他就不客气了，生她养她咋还成了欠着她的了？

也是因为即将有儿子了，老贾觉得自己不能这么早就退休，有心重整山河。他没事就去烤鸡店附近转转，却发现烤鸡店生意不如以前了，营业员也没精打采，跟瘟鸡似的，心就隐隐作痛。这是他奋斗了三十多年的产业啊，眼看着，怎么就成了秋后的蚂蚱？他问过贾文莎，贾文莎说现在人惜命惜得紧着呢，都知道鸡是激素和抗生素喂大的，谁还敢吃？话语里的意思，是让老贾别自我感觉良好了，不就是家烤鸡店么，难不成还想像德州扒鸡似的，搞成百年的产业，全国的品牌？老贾心里堵得慌，就说："莎莎，你这说法不对，要说现在人惜命不敢吃鸡了，那洋快餐店里的鸡腿汉堡咋就那么受欢迎？"

"傻瓜年年有，洋快餐店里特别多，我有什么办法？"贾文莎爱搭不理地说完，盯着他看，"爸，您要闲着没事就领着您的二奶出去旅旅游什么的，别整天往烤鸡店跑。"

只要说起崔玉，贾文莎从来都是毫不客气地称她是老贾的二奶，老贾知道她这是故意气自己，索性由着她说，不生气了。这段时间老贾经常往烤鸡店跑，让贾文莎很是不安，毕竟这烤鸡店的一切，都还在父亲名下，她不心惊肉跳着点行吗？

自从崔玉怀孕，老贾的人生就平添了不少乐观因素，他也承认，即将出生的儿子让他不像以前那么在意贾文莎了，底气也很足。他时不时去烤鸡店指手画脚一下，批评这个批评那个做得不好，不招顾客待见，批评胡美德兑佐料的时候没有严格按照秘方来。本来一见着他气就不顺的胡美德索性不干了，只要听见老贾的动静，就夹起他的小手包溜之乎也地去找小聂了，当然这一切老贾和贾文莎都无从知道，只晓得胡美德不愿意看老贾脸色，避而不见地跑出去了。

再后来，老贾觉得他应该给还未出生的儿子创一份更大的家业，不应该放任贾文莎两口子把他创了三十多年的基业给葬送了，就和贾文莎说他要回来继续掌控烤鸡店，至于他们夫妻俩该何去何从，自己看着办，都三十多岁的成年人了，他们的人生已经不再是他这个六十岁的老人家应该操心的了，贾文莎当即就和他吵了一场，吵急了，老贾转身往外走的时候，贾文莎从收银机里抓了一把硬币，没头没脑地扔了老贾一后背。

也是这一扔，铁了老贾要跟她这亲闺女恩断义绝的心。

然后，就有了后来。

那天，贾文莎到底还是没拦住老贾带崔玉去医院，因为她突然发现，父亲变了，看她的眼神，不再有柔软的疼惜和无尽的包容，而是冰冷的厌恶和弃绝。她呆呆地看着和她日渐陌生的父亲，心渐渐地惊悸着凉去，手也渐渐松了。

2

　　这个傍晚的小禾也不好过。罗主任找她谈话了，她和学校的劳动合同是三年一签，再有三个多月，她的合同就到期了，现在资料室实行局域网管理，不需要太多人手，所以，她合同到期后将不能续签，希望她提前做好准备。

　　小禾就蒙了，说："罗主任，是不是我哪儿做得不好？您告诉我，我会努力改正。"

　　罗主任说不是，不再续签合同的，不只她自己，一共五个，而且全是年轻的。因为年龄大的，在资料室工作多年，业务更熟悉是一方面，更重要的是一旦不跟他们续签合同，他们的再就业能力比较弱。所以请小禾他们体谅学校的难处，能够理解不再续签合同的苦衷。

　　小禾明白罗主任说得在情在理，她没有任何理由反驳，于是跑学校操场上找了个角落偷偷哭了一场，也没敢告诉陶家恩，晚上回家也没敢说。第二天一早，小禾鼓足了勇气去找了小邵，希望她能帮着通融一下。小邵毫不客气地回绝了，说："小禾，你是不是觉得我很有能力？"

　　小禾点点头，觉得这样是对小邵的崇拜，她会高兴。谁知小邵的脸，呱哒就掉下来了，说："小禾，要不是看在我们在同一所学校工作，也算是八杆子打不着的同事，我真要对你不客气了！什么叫我有能力，你知不知道你说我能力大意味着什么？意味着我无耻没有原则，为了达到自己的目的不择手段，我是文明规则的害虫，专门盯着臭水沟把它拱成通往我想要的目的地的通道！"

　　小邵的这番疾言厉色呛得小禾老半天才讷讷地说："对不起，小邵老师，我不是……"

　　"别叫我小邵老师！"隔着三四米的距离，小邵面冷似霜，"我不喜欢随随便便什么人都喊我小邵老师。"说完转身就走了，走了几步又回头，"你回去告诉你表哥陆易州，我听见'小邵老师'这四个字就恶心！"

　　小禾云山雾罩的，不晓得小邵让她告诉陆易州是什么意思，晚上等胡美杉回来，忙活完了，就悄悄溜到她床上，说："嫂子，我今晚和你睡吧。"胡美杉说好啊，就往旁边移了移，觉得她可能是有些女孩子的私房话想和自己说，就看着她笑。

小禾就把小邵说的那句话和胡美杉说了，胡美杉的心里好像让人捣了一拳头，还是一个铸铁质地的、烧得通红的拳头，愣了一会儿，才说："她神经了，你甭理她。"

小禾失神地看着她，说："嫂子，我有事想跟你说。"

胡美杉嗯了一声，看着她。

小禾说："我快失业了。"

胡美杉吓了一跳："为什么啊？"

小禾把罗主任说的说了一遍。胡美杉明白了："你找小邵是想托她帮你通融通融的，是吧？"

小禾点头。

胡美杉叹气："你先和我说说就好了，小邵啊……你找了她反倒不如不找。"

"为什么？"

胡美杉笑笑，说："有些事，你不懂，我一句话也说不明白。"然后安慰小禾，"别怕，现在你已经不是当年那个大学刚毕业的毛丫头了，有工作资历了，再找工作也不难。"

小禾说："但愿吧。"胡美杉问陶家恩怎么说，小禾说还没告诉他呢。

"怕他担心？"

小禾嗯，过了一会儿，又说："怕他告诉他爸妈，他们要是知道我没工作了，还不知会怎么想呢。"

看着小禾满脸的惆怅，胡美杉挺心疼，觉得她很多时候和自己很像，就拉过她的手，说："小禾，你太懂事了。"

小禾没说话。

"女孩子太懂事了是要吃苦的。"胡美杉攥了攥她的手，"别自卑，要让我看，我觉得陶家恩不如你，你大气、善良，有事儿能自己担住了，他不如你，不过，你喜欢他，他就是最好的。"

小禾没说话，黑暗里，胡美杉听到了一声啜泣，就轻声说："睡吧，还有三个月呢，说不准会有转机，就算没有转机，也未必是坏事。有本书里不是说

第二十四章

了嘛，结束是为了更美好的开始。"小禾的回应，轻轻的，像个胆怯却不敢放弃希望的小女孩，希望看到一束光线，牵引自己走出这黑寂的夜。

3

怕何秋萍知道着急上火，小禾的事，就没敢让她知道。第二天是周五，晚上九点多，陆易州披着一身秋天的凉风回来了，胡美杉叫过小禾，把事悄悄跟他说了一遍，陆易州说："怎么会这样？"

小禾低着头掉眼泪不吭声，胡美杉冷不丁就说："是不是小邵捣的鬼？"

陆易州给惊得咳嗽了一声，但什么也没说，只是装得很无辜很不明白的样子看着小禾，不敢去看胡美杉的脸。

胡美杉又轻轻淡淡地说："她和罗主任关系不一般，可能要结婚了。"

说的时候，她特意强调了关系不一般这几个字，然后看着陆易州。陆易州说："是吗？真没想到，他们俩啊……"说到这里，觉得不合适，就停住了，笑笑。

胡美杉就觉得心脏那儿挺冷的，好像陆易州从外面卷进来的秋风钻了进去，抿着唇也没再说话。

小禾擦了擦眼泪，问为什么说她工作的事可能是小邵从中捣了鬼，她又没得罪她。

"你没得罪她不错，有人替你得罪。"说完，胡美杉又把嘴紧紧抿上，要不然，她觉得嘴里随时会射出像冰雹一样又冷又硬的子弹。

陆易州心虚得有点挺不住了，让小禾先休息，他再想办法。

看着小禾出了房间，胡美杉关上了门。陆易州就更是胆怯了，唯恐她劈头盖脸地问过来，让他没法招架，就故意背对着她脱袜子。一双袜子足足两分钟都没脱完，可他总不能一晚上都脱袜子吧，就把袜子往旁边一扔，猛地起身，说在路上晃荡了六七个小时，脏得要命，要先去洗个澡。胡美杉也没说什么，从衣橱给他找了干净衣服，往他手里递的时候，说："你用不着躲，我什么也不想知道，更不想问。"说着，嗓子就疼了，泪水在眼里打着圈圈，"我知道你还是个好人，要不然，我们早就不是一家人了。"

陆易州突然不知该说什么好。

其实，后来他想，胡美杉这么说，既不是要他愧疚也不是想让他忏悔，只不过是想表达一下，那个他不想让她知道的真相她早就知道了。她想要的，不过是他装作被冤枉状，云里雾里状说你没头没尾地说了些什么啊。

可是，他没有，而是秉承了男人直奔目的地的思维模式，说："美杉，对不起。"说着，想把她抱进怀里，好好安慰一下，可胡美杉一闪肩膀，躲开了，噼里啪啦地掉着泪说："你是不是跟她也说过？"

陆易州明白，这个她指的是小邵老师，就微微垂着头看着她，半天才说："都过去的事了，我们不提吧。"

那么，如果陆易州的"对不起"三个字，把他和小邵之间的关系交代得模棱两可的话，这句"都过去的事了，我们不提吧"等于是板上钉钉地向胡美杉承认了他和小邵的婚外情。

在陆易州的认知里，婚外情对婚姻最大的杀伤是都东窗事发了两人还难舍难分，而已经结束了才被发现或是谈及的婚外情，反倒像婚姻的试金石，足以说明他是多么看重婚姻。因为留守婚姻已经是成为了定局的选择，作为妻子，应该是悲中有喜才对。

可胡美杉不这样认为，她觉得陆易州能坦然地承认这件事，说明他根本就没把自己这妻子放在眼里，把伤害她不当回事。所以，她是愤怒的，那种付出了一腔浓郁的真情却被轻视了的屈辱和愤怒。她盯着陆易州的眼睛，第一次那么用力那么犀利地盯："易州，你一句不提了就过去了？你知道我这几年是怎么过的吗？"

陆易州嗫嚅了半天，翻来覆去还是那三个字：对不起。

"我不要你说对不起！"胡美杉几乎大喊，"我要你说你爱我！"

陆易州错愕地看着她："说我爱你就可以了？"

"说你爱我，在这个世界上你最爱的女人就是我。对我说是她死皮赖脸勾引你的，和她好了一阵，是因为你一时糊涂，很快你就想明白了，把她甩了。她气得要命才去勾引那个罗主任报复你的，是不是？"

她想听的，陆易州没说，只是弯了腰，把掉地上的衣服捡起来，说："已经过去了，有些话，没说那么难听的必要。"然后看着她，慢慢说，"我不想撒

第二十四章

谎,就现在这情景,我没法对你说我爱你。"

胡美杉就咧着嘴、闭着眼无声无息地大哭,好像要把这几年来忍受的屈辱,全部化成泪水倾倒出来一样,眼泪稀里哗啦地从她因无声大哭而变得无比狰狞的脸上往下淌。她因无声哭泣而狰狞的样子太可怕了,陆易州手足无措,就像赤手面对着一只正在受着致命伤的巨大刺猬,有心捧它出绝境却又无从下手,呆呆看了半天,嘴张了几次,又合上,然后就去卫生间了,把这个他根本就无从收拾的战场丢在了身后。

巨大的哽咽在胡美杉的胸腔里回荡,四周寂静得让她绝望,只有午夜的车子,像尖锐的利器,一次又一次地划破夜的寂静。她就那么闭着眼,流着泪,不知不觉地,就依在墙上睡着了。天光微亮的时候,她张了张眼睛,看见床是空的,心就惊了一下,挣扎了一下,想站起来,才发现自己身上搭了一条毛毯,就又哭了,除了陆易州,没人会半夜过来给她盖上毛毯。

她揉着眼站起来,见陆易州正歪在沙发上看书,就在他跟前站了一会儿。

陆易州也抬头看了她一眼,笑了一下,又继续看书,好像昨晚的一切根本就没发生过。他不过是个有上进心的丈夫,耽于学习,一夜没有上床睡觉而已。

胡美杉站了一会儿,觉得挺无聊,就去厨房做饭了,眼睛和手在灶上忙着,心里想的却全是陆易州。也不是陆易州和小邵的那点风流事,而是她昨天晚上哭得那么狰狞失态,陆易州有没有打心眼里反感并瞧不起她。想得她又气又恨,就把小土豆的牛奶给煮扑了,哧哧响着,满灶台都是。烧煳了的牛奶发出的刺鼻臭味,像钓鱼一样,把何秋萍钓过来了。才几年而已,何秋萍已经老了,稍微走快了,背就驼起来了,她弓着身体碎步快跑的样子,总让胡美杉心酸。后来胡美杉想,作为一个要强的、爱面子爱到矜持的乡下老人,城市生活于她来说,未必是幸福,她所有看似的乖张不过是被格格不入的城市文明压榨下的反抗,抵挡虚妄的歧视的战斗。

何秋萍一把抄起还在灶上扑扑外溢的奶锅,啧啧说:"都扑了,也不知道端下来,可惜了这香喷喷的牛奶。"胡美杉没吭声,拿了条抹布把灶台收拾干净了继续做饭,转身拿鸡蛋的时候,才见何秋萍还端着奶锅,站在身后,就问她是不是还有什么事。

何秋萍指了指奶锅说："就这点奶了？"意思是奶都扑出去了，不够土豆喝的。

胡美杉说："今天就让她凑合这点吧，反正还要吃饭的。"说着，去点火，煎蛋，忙了一会儿感觉何秋萍还在身后站着，就头也不回地说，"妈，您去歇着吧，我做饭行了。"

"你和易州闹别扭了？"

胡美杉的心微微顿了一下，想说没有，可知道红肿的眼会出卖了自己，索性就坦诚一点，免得何秋萍猜来猜去的心不安生，就嗯了一声。

"是易州做下了对不起你的事吧？"

胡美杉觉得心就像一块玻璃中了石头，稀里哗啦地往下坍塌，虽然嘴里说着没有，可调儿已经不对了，有点哭腔。

"别说没有，你说没有我也知道是。你俩一个青岛一个北京都三年了，小两口平日里捞不着在一起，见了面亲热都亲热不够，哪还有心思闹别扭？"何秋萍叹了口气，"要不然我当年咋能横也拦竖也挡地不让你俩结婚，还不就是我早就看到了这一天？"

胡美杉把鸡蛋打进锅里，用锅铲细细地修着边，虽没吭声，泪已经在眼睛里转圈了，是啊，这会儿想想婆婆说的也是对的，不管生活还是婚姻，她都是过来人，一男一女往她跟前一站，她就知道他们的生活将来会在哪儿出毛病。譬如说何秋萍当初不看好她这个儿媳妇，更多是出于市侩的因素，觉得她没学历不体面配不上她儿子，也是因为这个在她看来配不上的差距，就是暗藏在他们婚姻中的巨大缺口，随着琐碎生活对男欢女爱的磨损，早晚有一天大量对婚姻致命的细菌，都会从这个缺口蜂拥而入。譬如说，如果现在越发有出息的陆易州面临情色诱惑，把持不住自己的时候，他在投入诱惑的怀抱时，会顺手给自己准备好了一个谁都反驳不了的理由：我和我老婆差距太大了，没有共同语言。

一句没有共同语言，曾经成为了多少人搞外遇的赦免通行证啊，尤其是像她和陆易州这样，莫要说外遇，就是陆易州明目张胆地抛弃她，都会获得大多数人的理解或者谅解。因为陆易州那高大上的精神世界，她胡美杉就是跳着脚也没摸不到边，根本就没法对话。没法对话的两口子那还叫两口子吗？连个点头之交的邻居都不如，因为各自心里都揣着怨气，都觉得是对方不仅没给得出应该给的幸福，还阻碍了自己寻找幸福，这日子还有法过吗？大家都得说，是，过着遭罪的日子不如不过，于是，她就成了那个活该被扔到烂泥里都没人同情的弃妇。

煎着鸡蛋，胡美杉的眼泪吧嗒吧嗒往下掉。何秋萍说："你也别太难受了，我知道易州像他爸，离不了大谱。"

胡美杉还是没说话，抽了一下鼻子，把煎好的鸡蛋盛出来。何秋萍看着盘子里的鸡蛋，张了好几次嘴，好像想说什么，又不想说的样子，憋了半天，才说："易州他爸年轻那会儿，喜欢一个音乐老师。乡下人嘴碎，日子过得又寡淡，都指望着别人家闹点故事出来瞧热闹。多少人跑我跟前说这事，我全给骂回去了，我说我不知道别人就知道我们家老陆，你们要是想瞧热闹，这是挑拨错人了。来搬弄是非的人让我这么说了几回，就没趣了。易州爸胡闹了一阵，也没意思了，就自个儿收了心，一心一意守着我们母子过日子。一直到老就疼我一个。"说完，看着胡美杉，"女人就是女人，你不能让男人觉得你离了他一样活，你得让他疼你，日子才能过长久了。"

胡美杉觉得她再不说点什么，何秋萍能搬把凳子坐在厨房里和她说一天，就说："妈，其实都过去的事了。"

"都八辈子的事了，你还发什么威？"何秋萍不高兴了，觉得胡美杉事多，都过去了，陆易州也没闹出啥花来，她应该欢喜才对，咋还算起秋后账来了呢？多少两口子，都是外遇没闹散，秋后算账把婚给算离了。

胡美杉知道，在丈夫外遇这事上，婆媳关系是最难处的，只要男人一闹外遇想离婚，再凶悍的婆婆都会放下姿态主动站到儿媳妇的战壕里并肩战斗，一直战斗到把儿子从另一个女人那儿抢回来为止。可一旦儿子回来了，儿媳妇还不依不饶地算后账，婆婆又会一个人承担起和儿媳妇战斗的重任。想到这里，胡美杉就知道，在这事上，和婆婆永远没道理可讲，就忙道歉说是自己不好，心眼小，盛不下事。

何秋萍这才像旗开得胜的蟋蟀似的，转身走了。

4

吃完早饭，胡美杉就去店里了，心里虽然气，可还惦记着陆易州去拜访学校领导的事，想打电话问，又觉得别扭。她就打电话给小禾，问陆易州在家干吗，小禾说在和土豆玩积木游戏。胡美杉就气不打一处来，让小禾告诉陆易州，赶紧给学校领导打电话，问人家有没有时间，好过去拜访，礼物她已经买好了，在壁橱里放着。

小禾说好，挂了电话，就跟陆易州说了，陆易州嘴里应着，身子却不挪窝，活像屁股上生了根。小禾怕一会儿胡美杉再打电话来催，知道陆易州还在那儿玩会生气，催了他几次。陆易州有点不耐烦了，说还早着呢，不急。

小禾指指墙上的挂钟，说："都快十一点了，你现在不打，一会儿人家就吃午饭了，吃完午饭就午睡了，午睡起来半下午就过去了，说不准人家就把晚上的时间给安排了。"

其实，陆易州也明白这道理，可他打怵和领导打交道，尤其是这拜访的主要意图是有求于领导，见了面，怎么寒暄怎么开口，想想都千难万险的，就像眼前立了一道笔直的、长满了荆棘的悬崖峭壁，生生地拦着他，让他一步都不想往外迈。

可他不动，小禾就催，陆易州让她催得心烦，就拎起礼物走了。小禾问他打电话了没有，陆易州搪塞回家路上早就联系过了，其实根本没有。上了街，陆易州拎着胡美杉给准备好的两个礼篮，兜来转去不知去哪儿好，掏了好几次手机，想给校领导打电话，可还没按上俩号码呢，就打了退堂鼓。演习了好几遍电话打通要说的话，可临到要打电话，他又觉得说不出口。

礼品篮很沉，拎着它们在街上溜来溜去也不是那么回事。最后，陆易州心一横，就打车直接去了。等到了学校的教职工宿舍小区门口，才想起来，光知道领导就住这一片，还不知道是几号楼几单元呢，他总不能拎着两只礼品篮挨家挨户敲门吧？

正烦着，就见一辆红色的卡宴停在脚边。因为小区门口比较窄，陆易州以为自己站的地方不对，对进出的车辆有妨碍，就提起礼品篮，往后退了几步，

第二十四章　　347

对着卡宴车驾驶窗的位置摆了摆手，意思是足够她进去了。可车子依然没动，倒是车窗缓缓落了下去，然后，他就看见了一张几乎要让他魂飞魄散的脸。是的，尽管一副墨镜遮住了大半张脸，可仅仅从微微上翘的俏皮的鼻子和丰满而轮廓清晰的嘴巴，他也认出来了，这张脸属于小邵。

他一下子瞠目结舌了，不知该说什么好，结巴着说："小邵老师……"

小邵把墨镜推到额头上，歪头看着他，笑："陆老师，真巧。"

"是啊，是啊。"不知为什么，一见着小邵，陆易州的语言就会变得贫乏无比，挖空心思找不出来一句可以说的话。

"陆老师，你说我们这算不算缘分呢？"小邵用一只手托着额头上的墨镜，看上去妖娆极了，像二十世纪三十年代上海的时髦女郎。

陆易州努力让自己回到常态，尽量保持礼貌的微笑，不说话。

小邵打量着他放在地上的礼品篮："陆老师这是打算去拜访谁呢？"

转移了话题，陆易州松了口气，觉得也没必要撒谎，就如实说了。小邵听着听着就笑了："陆老师，咱俩更有缘分了。"见陆易州愣着，就说她也有事要去这位校领导家，正好一起了。

如果这是平常，陆易州一定会找借口推辞，可今天他不会，甚至暗自庆幸，觉得她简直就是上帝派来拯救他于困境的天使，因为除了做学问，他太不擅长人际交往，尤其是这种带着欲求的、和领导的交往。所以，在小邵说一起去时，他没半点拒绝的意思，还顺从地把礼篮放进了小邵打开的后备箱，又像个听话的学生绕到前面，在副驾驶和后排车座门前犹豫了一下，还是拉开了后排车座的门。小邵从后视镜里看着他笑了一下，本想奚落他两句，可见他一脸不安的窘迫，就算了，微微地叹了口气，边开车边自言自语地说："其实我挺恨你的。"

陆易州轻声说知道。然后，莫名其妙地，就有些伤感，问她最近怎么样。小邵停了车，回头看着他："你想听真话还是假话？"

"假话吧。"陆易州说。

"很好。"

陆易州有点尴尬，不知说什么好了，讷讷了一会儿，说："我听说……"

"听说我把罗海洋从他老婆手里撬过来了，是不是？"

"别说这么难听。"听小邵说起话来这么作践自己，陆易州有点难受，"我希望你幸福，不管他是谁，只要能给你幸福，让你快乐，我就放心了。"

小邵就直直地瞪着他："我怎么觉得你这话挺虚伪的！"

"是真心话。"

"虚伪！"小邵说，"你把自己当我什么人了？还我幸福了你就放心了？"

陆易州一时语结，伸手去开车门："我自己去吧。"

小邵手起手落，随着轻微而温和的一声啪，车门落锁了，小邵挑衅似的看着他，先是冷冷的，然后嘴角开始慢慢地往上翘："陆老师，没想到您还是这么经不起玩笑。"说着，车就往前开了，然后她头也不回地说，"以前是我不好。"

事情办得很顺利，整个过程中，陆易州就像个痴迷于学问的书呆子，只会矜持地笑笑，言讷得很，自始至终都是小邵在说。也是在这一天，陆易州突然明白了一件事，在场面上的热络，每个人处理起来都是不一样的。譬如，这天的事情，如果让胡美杉和他一起来，胡美杉可能也会独当一面地替他把话说了，但那话一定说得既诚恳又俗气，会让校领导很受用也会很有优越感。因为在做任何事情的时候，肚子里没多少墨水的胡美杉最擅长的就是把自己摆在卑下的位置上，卑下而真诚的姿态也能打动别人，但那是以损伤自己的尊严为基础的。这种卑微感会让他别扭，但小邵处理起来就完全不同了，她诙谐地开着玩笑，就把该办的事一样不落地办完了，其实她和校领导也没多熟，可在这种时候，她就能自己毫发不伤地把两人的关系用语言调理得好像他们是从幼儿园时期就关系密切的好朋友。还有，上楼前，小邵没让他提那两个礼篮，说校领导怎么也是知识分子，你拎两只大红大绿的礼篮上去，不仅俗气，也把送礼主人的品位给拉低了。说着，她就从车后备箱里拎出一箱进口葡萄酒和一只很小的盒子。陆易州说这怎么行，给我办事你往上搭礼。其实他心里也在忐忑，胡美杉准备的东西，虽然俗气了，可看上去还是很大气的，至少比她拿的两瓶什么进口葡萄酒和一只小小的盒子看上去大气得多，就认真地和她争执了一会儿。小邵火了，说："陆老师，我这是为你好，你知不知道？"说着，砰的一声关了车后备箱，提着东西就往校领导家的单元门口走。见陆易州还恋恋地，好像想提那两只礼篮上去似的，她生气地说："等会儿下来，我还给你！"

陆易州心里挺窝火的,她把他看成什么人了?至于鸡贼成这德行了?他有心发火,却又怕万一把她火跑了就得自己去校领导家,遂把胸口的怒火咽了又咽。谁让他是个天生言讷不善于和领导打交道的人呢?他悻悻地跟了过去,等他到了跟前,小邵把东西往他手里一塞,说有求于校领导的人是你,你自己拎着。

等小邵和校领导寒暄,校领导坚称礼物太重不肯收时,陆易州才晓得,这两瓶顶级的法国红葡萄酒在市面上是几千块一瓶,而那个小盒子里装的是一支价值上万的金笔。想想胡美杉花了不到一千块钱准备了俩礼篮就心疼得龇牙咧嘴,陆易州觉得心尖上的冷汗都下来了。

虽然校领导死活不收礼,但陆易州的事,还是谈妥了。博士论文通过了就回学校工作,职位直接从助教升到讲师,再过两年,就可以评副教授了。小邵就打趣,说:"如果再过两年评上副教授,陆易州就是本校有史以来最年轻的副教授了。前途大好啊,陆老师,等你混成法学界头号大导师,可千万别跟我等小小的教职员工摆架子,至少一周要去我们教职工食堂吃上几次饭,让我们有和您同桌而食的荣幸。"

陆易州明白,事情没落到实处之前,这些美好,都只能是愿望里的美景,当不得真。可毕竟领导说了,就好像有人告诉你前面不远处不仅有曙光,还有大片灿烂的太阳,他能不开心吗?

从校领导家出来,陆易州这才想起来,从和校领导见面到告别,自始至终也没见小邵说自己的事情,就隐约觉得,她说自己也要去找校领导有事,可能是个谎言,目的是陪他一起上去。他有点感动也有点后怕,却没开口去问,怕一问,小邵径直说了,说我就是为了陪你啊,接下来的话,他怎么接?他想想就后怕。他要表示很懂,小邵可能就会得寸进尺,这是她的作风,如果他表示意外,她也会就此表功。总之,只要他问,就会有一个让他害怕的结局,索性不如装傻,只在要告别的时候,诚恳地和小邵说了谢谢,说要不是她陪着,他真不知道笨嘴笨舌的自己会说些什么。

小邵一副要用鼻腔笑出声来的样子看着他,半天才说:"陆老师,等你混好了,别忘了我。"

陆易州讷讷说不会,可再看她的样子,笑里藏着一丝揶揄一丝莫名的酸楚，就觉得自己有点顺杆爬的自作多情了，又不好意思地笑了一下，说自己现在也是但行好事，不问前程，因为很多事，问了也是枉然，索性就顺其自然了。

小邵的眼睛飞快闪过一道明净的光亮："陆老师，其实你已经猜出来了，刚才我说正好也要去校领导家是撒谎。"

陆易州啊了一声，心里已经生出了脚，想飞一样地奔逃。嘴里却含混着说："是吗，我还真没多想。"

"我最受不了你装傻的样子。"小邵生气了，"我都要结婚的人了，你犯得着这么怕我？"

陆易州又在心里鄙视了一下自己，索性实话实说了："其实很多时候我也挺瞧不起自己的，喜欢自作多情却又不能承担。"

"你知道就好。"小邵说得幽幽的，说其实她是去男朋友父母家的，他们也住这儿，陆易州下意识地问了一句他婚离好了没有，话都出口了，又觉得自己问得缺德而多余，可话已经收不回来了。

小邵倒好像没什么，也没答他的话，只是笑了笑，问他去哪儿，要不要她送过去。陆易州忙说不了，得赶紧回家准备论文资料，最近这段时间就忙这个了。

小邵也没强留他，打开后备箱，让他把礼篮带回去，陆易州说："这怎么好？"小邵瞅着他，突然诡秘地笑了一下，说，"怕老婆问你礼怎么没送出去吧？"说着，也不给陆易州回答的机会，就把后备箱盖上了。

回家路上，陆易州心里五味杂陈，想起小邵在校领导跟前的谈笑风生，突然觉得自己很没用，那种你把全世界的知识都学到手都没用的无力感，让他对眼前的一切，意兴阑珊。

第二十五章

1

中午，胡美杉正在店里忙着，贾文莎来电话，问陆易州回来了没，胡美杉说回来了。贾文莎说那晚上一起吃个饭，不容她问为什么就挂断了。

因为崔玉的怀孕，贾文莎干什么都没了心思，连小聂为什么开了聂小倩烤鸡店也顾不上和胡美德说了，痴痴怔怔地发了一天呆。

昨天，贾文莎她们前脚走，小聂后脚就跟胡美德说了，让他做好迎战准备。虽然早就计划好了，一旦贾文莎因为聂小倩烤鸡店的事和他闹，他就毫不客气地提出离婚。管他是不是过错方呢，反正房子和店都在老贾名下，不是过错方他也分不到一文钱。在心理上，他已经笃定地筹备了好长时间，以为这一刻来临的时候，他会像慷慨陈词的大英雄一样，痛斥贾文莎种种令他忍无可忍的所作所为，然后，挥挥手不带走一片云彩地昂扬而去。可事情真要发生了，他发现自己的心，居然是慌乱的。胡美德去天宝房间看他写作业，有一搭没一搭地和他搭两句话，已经十一岁的天宝，开始会反抗大人了，嫌胡美德烦得他写不下去作业，喊贾文莎来管胡美德。弄得胡美德讪讪的，甚至有点凄凉，觉得还没离婚呢，儿子就站他妈那边去了，他要因为小聂和贾文莎离了婚，天宝看见他还不得跟看见仇人似的？

想着，胡美德的心就酸了，突然地举棋不定，因为举棋不定，就害怕了，甚至巴不得贾文莎压根儿就没把小聂开店的事往他身上想，巴不得她永远不要因为这事和他吵架。这样，他就可以找理由原谅自己，老婆管家看店好好过日子，又不找事，怎么张得开和她离婚的口？

一天一夜过去了，对小聂的事，贾文莎只字没提，胡美德心里微微松了口气。他想，贾文莎这个人向来极度自信，或许根本就不会把小聂开店的事和他联想到一起，再就是她大大咧咧惯了，当时把气生过去了也就生过去了，很少能有让她惦记在心上放不下的事。那口被他用胆怯捏在嗓子眼里的气，就松缓了好多，直到第二天中午，贾文莎才突然说，晚上请陆易州他们吃晚饭。

胡美德说："没是没非的，请他们吃什么饭？"除了陆易州，胡美德愿意和任何人一起喝酒吃饭，因为一见着陆易州他就会不自在。好像自己是件巧妙遮掩着才不至于出丑丢面子的破烂衣衫，唯恐衣冠楚楚的陆易州端详出破绽甚至看得见他藏在破烂衣衫里的虱子跳蚤让自己颜面扫地。

"我花钱请你妹妹妹夫吃饭，把你给毛病的！"贾文莎心情不好，呛了他一句，见他气鼓鼓地敢怒而不敢言地在那儿瞪着自己，就又添了一句，"你怎么知道我没事？"

"有事你和我说，一个卖馄饨的一个书呆子，你找他们有什么用？"虽然嘴里这么说着，胡美德的心还是虚的，他突然害怕，莫不是和小聂的事有关？

"崔玉怀孕了。"贾文莎盯着他，"看样子有六七个月了。"

"谁告诉你的？"胡美德简直不敢相信自己的耳朵，"你爸可真能。"

"我亲眼看见的。"经过了一天一夜的琢磨，贾文莎已经心平气和了，"你现在明白我爸为什么要把烤鸡店收回去了吧？"

胡美德若有所思地点点头："你爸想把家业留给儿子。"

"你怎么知道是儿子？"

"猜的。"胡美德笃定地说，"别看我是猜的，可肯定是儿子。"

虽然贾文莎向来对胡美德那一套不屑一顾，但这一天，她信服胡美德的分析。如果崔玉怀的还是女儿，父亲不会豁上父女反目也要把烤鸡店收回去，大不了告诉她贾家产业里，有妹妹一份就是了。可如果是儿子就不同了，她晓得父亲有多么渴望有个儿子，父亲和母亲唯一的一次闹别扭也是因为这事。贾文莎读高二的那年，有人在烤鸡店门口扔了一个不足满月的男婴，老贾看着眼馋，想收养，贾文莎母亲不让，为这两人吵得挺厉害。贾文莎的母亲不吃不喝哭了一天，老贾才放弃了，可事过多年，偶尔说起来，依然满心遗憾地念念不忘。

胡美德说："这事你请陆易州两口子吃饭就能解决了？这两人，一个书呆子，一个瞎慈悲，天生就不是成事的主儿。"

贾文莎说如果事情真像他们猜的这样，父亲就是想把产业都留给儿子，如果吵闹打骂解决不了问题，肯定得上法庭，陆易州学法律的，在这方面懂得比

第二十五章　353

他们多，她就想知道一旦上了法庭，还有多少胜算。

胡美德恍然大悟地点点头，"你还真打算和你爸打官司？"

"这要看他逼不逼我了，如果他非要把我往死胡同里赶，我还和他客气什么？"贾文莎一脸杀气腾腾。

胡美德又不识趣地问了她是如何发现崔玉怀孕的，贾文莎就想起了聂小倩烤鸡店，想起了因为秘方她去找父亲才发现的这一幕。现在面对着胡美德，她的心里一震，怀疑曾经对小聂的信任是盲目的，就拿眼逼住了胡美德，"说来话长。"

她眼里的寒气逼得胡美德的心翅趄了一下，但还是故作镇定地说："你今天说话怎么跟说大鼓书的老头似的？"

贾文莎撇着嘴哼了一声，说："胡美德，咱家烤鸡店的生意不好，你知道吧？"

胡美德说："我是老板，要不知道我这不成吃屎的了？"

"虽然你知道，可我觉得你还是和吃屎的差不了多少。你知道丰盛路上的聂小倩烤鸡店吧？"说到这里，贾文莎故意停住了，看着他，"你最好别说你不知道，因为我不信。"

胡美德就觉得心里有个自己，在噼里啪啦地冷汗直滚，磕磕巴巴说："知道是早就知道了，我这不怕你上火嘛，就没敢跟你吱声。"

"就这么简单？"

"你还想有多复杂？"

"照这么说，我还得谢谢你体恤着我，为我着想了？"贾文莎嘴角扬起一丝讥笑。

胡美德词穷了，不满地瞪了她一眼，故意虚张声势地说："你别拿这眼神看我啊，告诉你，没跟你说我真是为你着想，怕你上火是第一个原因，再就是你脾气太烂了，你要知道了还不知闹出多大事来，你闹完了痛快了，可跟在你屁股后面收拾烂摊子的还不是我？"

贾文莎啧啧了两声，说："胡美德，瞧把你给能的，还给我收拾烂摊子，你能把自己的屁股擦干净了就不错了！"说着，指着胡美德的鼻子疾言厉色地喝道，"胡美德，你说，那个姓聂的为什么能烤出和咱家一个味的烤鸡来？"

"我怎么知道？我是胡美德，不是那个姓聂的，你问我干什么？"在心理上，胡美德的情绪在步步后退，都退无可退了，心里就发起了狠，想你贾文莎眼瞅着就什么都没有了，还跟我耍什么横？不由得，嗓门就也高了。

可在胡美德跟前从没处过下风的贾文莎不吃他这一套："那她的秘方是从哪儿来的？你别告诉我是她对我爸施了美人计。我比你了解我爸，他是除了自己老婆，其他女人都是粪土的傻瓜。你也别说我猪油蒙了心，巴心巴肝地把她姓聂的一乡下姑娘当亲姐妹热爱，主动贡献出了秘方。除了你这个吃奶骂娘的王八蛋，谁也干不出来这种有肉往别人碗里扒拉的事！"

贾文莎虽然胖，可这一点也不影响她眼睛大，一张胖脸上有双黑白分明的大眼睛，就显得特别凶，像门神上的尉迟恭，只是脸是白的。胡美德让她瞪得心里虚虚的，整个脑袋都像狂风中的风车一样疯转，飞快地想啊想，想能抵挡过去的谎话，然后痛恨自己，攒了那么些力气要破罐子破摔，都哪儿去了？

胡美德边在心里痛骂着自己边想招儿："我说……我说了你不骂我？"问这句话的时候，他又习惯性地回到了那个被贾文莎的凶悍震住了的蔫头蔫脑男人。

"有屁你给我麻利点放！"

"我怕忘，就把秘方写本子上了。"他飞快地编。

"然后呢？"

"本子我平时就放办公室桌子上。"胡美德嗫嚅，"有时候我懒得记流水，你收了钱，就让小聂把当天的流水也记这本子上，可能……"

"胡美德！"贾文莎破口大骂，"你知不知道有人出五十万要买我爸的这个秘方他都不卖！你怎么能把写着秘方的本子随手乱扔！"

胡美德耷拉着脑袋，一副我知道错了，你打我保证不还手你骂我绝对不还嘴的样子，让贾文莎的暴怒，就成了拳打棉花。骂着骂着她就哭了，哭母亲去世得早，父亲是重男轻女的老流氓，骂胡美德是吃里扒外不长脑子的蠢猪，让她的日子一下子就陷入了凄惶里不能自拔。

贾文莎心情好的时候，胡美德可以撒娇似的耍耍横，因为她心情好，不会和他计较。可她要心情不好了，胡美德连大气都不敢喘。总之，贾文莎生气的时候，谁都不能高兴，最好连老天也和她一起阴着，老天要敢出日头，老天都

第二十五章

是幸灾乐祸的王八蛋。

原先那些只要贾文莎一闹他就拍桌子而去的豪气，全然不见了。现在的胡美德像条被打怕了的老狗一样，唯贾文莎的脸色是瞻，赔着小心说："这事不上火，等晚上让陆易州他们帮着想想办法。"当然，这是一句让贾文莎别再冲他河东狮吼了的权宜话。看看贾文莎现在的这震怒，胡美德真的很担心，如果小聂也豁上了，把真相告诉贾文莎，贾文莎真能拿菜刀把他片了。他就觉得后脑勺上，一阵阵的寒意四射。

2

因为晚上要和贾文莎他们吃饭，胡美杉一下午没闲着，早早包好晚上的馄饨，码在冰箱冷藏着，可一想贾文莎要请她和陆易州吃饭，就有点打怵。昨晚和陆易州闹了一顿，这会儿又打电话说晚上一起出去吃饭，挺没脸皮的。可不喊他又不行，贾文莎说请吃饭，那一定是冲陆易州去的，否则，她早就跑过来了。她就给小禾打电话，说打陆易州电话没打通，让小禾告诉陆易州，她哥嫂请他们两口子去天香楼吃饭。

小禾说陆易州刚进门，问胡美杉要不要自己和他说，胡美杉说不用了，店里忙着呢，让她转告他行了。其实下午两点的店里根本就没有人，秋天的阳光明晃晃地在秋天的街上撒着野。虽然和陆易州吵过了一架，可胡美杉的心情还不差，毕竟陆易州还在，她还能感觉到陆易州的在意。甚至她可以确定，是陆易州主动和小邵分的手，否则小邵不会对小禾态度那么差，不过是因失爱而生恨的根屋及乌罢了。这么想着，她的优越感油然而生，如果说这也是一场战争，那么，她还没出场，就胜利了。

其实，在一场三个人的感情里，输赢不是情敌之间决定的，而是让她们成为情敌的那个人。

虽然这是一场心酸的胜利，可总比败了好吧？

胡美杉这样想。

那么好的小邵，富足的家庭，高高的学历，年轻而玲珑的身材，弹指可破的皮肤，陆易州居然选了她这个一无是处的卖馄饨的。这么想着，胡美杉就笑了，笑得那么舒心，像开在六月里的月季。

小禾把胡美杉的话告诉了陆易州，陆易州就有点烦烦的。他不喜欢和胡美德吃饭就像胡美德不喜欢和他吃饭，因为没话可说，有时，为了礼貌，他会挖空心思找话说，可说着说着，又给说成了话不投机半句多。就让小禾跟胡美杉说他累了，不想去。

小禾看出两人闹别扭了，遂说："你自己和嫂子说，我懒得给你们当传声筒。"何秋萍也在一边煽风点火地怂恿："就是，你们两口子的事，让小禾传来传去算什么？"见陆易州歪在沙发上，没动的意思，就又说了一句，"男人就得大度点，闹点矛盾还想等老婆凑上前来哄，那还叫男人？"

陆易州一把抓过报纸，装没听见。

何秋萍一把抽掉了他的报纸："何况错在你！"

陆易州起身，边往卧室走边说："我打，我打行了吧？"进了卧室，顺手关门，拿出手机恨恨看了一会儿，觉得这个电话还是不想打。他就给胡美杉发短信说，校领导那边说妥了，博士论文一通过他就可以回来上班了，但今天晚上的饭就算了吧，都自己家人，客气什么呢？再说他很累了，想早点休息。

短信发过去没两分钟，胡美杉就把电话给打回来了，看到陆易州能回原来学校任教，一高兴，她就把昨天的不快给忘了。陆易州犹豫了好几秒才接起来，胡美杉没说晚上吃饭的事，就是喜滋滋地说："我就说嘛，有些事，你光在家想不去试试只会越想觉得越难越害怕，这不一趟就解决了？"

陆易州支吾着说是啊，绝口不敢提小邵的事，也是因为心虚，就主动说没缘没故的，哥哥他们怎么想起来请吃饭？

胡美杉说，应该是想咨询烤鸡店归属的事，就把老贾要收回烤鸡店的事，大体一说。一听他们是找自己有事要问，陆易州就不好意思说不愿去了，就说这样啊，那我去吧。

胡美杉心里又落下了一口舒服的气，挂了电话后，想想，觉得陆易州和她说话的口气，好像昨天晚上他们真没吵过架似的，心里就轻松了好多，出来进去地哼着歌。她正往冷柜里码着馄饨，就听有人推门进来，以为又是误了午饭的人进来吃馄饨，就头也不回地问："吃馄饨？"

正看电视的老胡闻声扭头，因为背着光，看不太清脸，老胡用略微迟疑的

第二十五章　357

腔调问:"晏老师?"

"是啊,胡大哥。"晏老师笑着说。

两年前因为晏老师的出现,丹东路上又闹了点风言风语,或许有很多人希望看到一个现代版的,未必有过光彩的爱情传奇,可胡美杉就像一棵稳妥的树,扎在婚姻里。或许人们总会明白,当惊涛骇浪散去后依然保持着原有平静的,才是永恒的真相。流言渐次散去,时光的隔膜,再加上故人天生就有的亲近感,老胡对晏老师已经没了当初的恶感,问他不是说要回来开分公司么,这怎么一去就是两年没见着人影。

晏老师说:"说来话长,就怕您也没耐心听。"

老胡一摆手,说不听不听,就跟我那女婿给我讲法理似的,讲半天我越听越糨糊,说着,拖了把凳子让晏老师坐,又招呼胡美杉给泡茶。

晏老师鬓角的白头发更多了,上次只有耳朵附近有,现在都蔓延到头顶了,胡美杉不由得心酸,一晃就是十四年,岁月果然是小偷,它抽丝剥茧一样偷走了晏老师一头的青丝,偷去了他一张意气风发的脸……她叫了一声晏老师,把茶递给他,不等他应,就转身走了,怕晏老师一应,她又会掉泪。现在见着晏老师,她还会掉泪,但已经和以前那个情窦初开的胡美杉掉的泪,表达的不是同一种内容了。以前的泪,是因为偷偷的爱而不得的酸楚泪,现在,是感慨着岁月苍凉的同时,内心里还有一点隐痛。

一直是老胡和晏老师在聊,胡美杉在旁边的桌子上边包馄饨边听,晏老师在监狱里受了不少苦,人倒是坚强了很多,老胡问他这次回来还走不走了,晏老师说不走了,分公司已经准备得差不多了,这几天跑跑手续,布置一下办公室,就开张办公了。

老胡问晏老师还没找女朋友?晏老师摇摇头,说不找了。老胡说你还年轻,自己过一辈子太凄惶了。听他说凄惶,晏老师倒是凄惶地笑了笑,说真不找了,怕了。

老胡叹口气,欲言又止地看了看胡美杉。

晏老师知道他的意思,就微微叹气,说前些年,他特别愧疚,觉得是自己害了胡美杉。当然,在道德上他没做任何对不起胡美杉的事也没表达过对不起她的心思,可妻子生前一次又一次地闹,引起了别人的误会,也给胡美杉造成了不好的影响。还好，后来他听说胡美杉结婚了，嫁得还很不错，这才欣慰了一些。说着，他去看胡美杉，眼神平和而温暖，像分别了许多年的大哥突然回来了，用温和而柔情的目光，拥抱着他从小就疼爱的、已经长大了的妹妹。四目相对，胡美杉想冲他笑笑，眼泪却吧嗒就掉了下来，忙别着脸，抬起袖子擦了一下，又怕晏老师误会，就噙着两眼的泪，笑着说："晏老师，您都勾起我的心酸事了。"

三个人说着说着，天就傍晚了，店里开始陆续进客，胡美杉这才想起来，晚上还要和胡美德两口子一起吃饭，就匆忙起身，和晏老师告辞。到了天香楼，见胡美德两口子和陆易州已经到了，她来晚了，大家都有点不快。陆易州的不快是她不来，他就要一个人应酬他最不愿意应酬的胡美德两口子。胡美德两口子的不快是太不把他们当回事了，哥嫂眼瞅着就要被老岳父清理门户了，做妹妹的居然不知道着急！

胡美杉边抱歉边落座，问贾文莎是不是烤鸡店的事，贾文莎嗯了一声，说她进门前他们正跟陆易州说呢。胡美杉就问陆易州有没有办法。

陆易州摇头，说很难，因为房子和店面都在老贾名下，他有权利收回去，但按照法律规定，这烤鸡店和家里的房子，属于贾文莎母亲和父亲的共同财产，根据遗产继承法，烤鸡店和家里的房子有一半属于贾文莎的母亲，她去世后，属于她的那一半，有一半是属于老贾的，另一半归贾文莎继承，也就是说，按照法律，烤鸡店和房子，贾文莎只有四分之一的份额，如果老贾执意要收回去，贾文莎也不打算妥协的话，最笨的办法就是把烤鸡店和房子做评估，属于贾文莎的那四分之一，要么她持有股份要么折成现金。

贾文莎气得满眼都是眼白，说老贾手里可能还有将近一千万的股票，陆易州说如果她有证据，也可以要求分割。

贾文莎问什么是分割？陆易州说这是个法律术语，就是分的意思。其实贾文莎不是不懂什么叫分割，她只是有点难受，老贾是她的亲生父亲啊，亲人之间分割来分割去的，这算什么？如果和父亲真的要因为分家产走上法庭，她觉得切割的就不是家产了，是心，就难过得气急败坏起来，气着气着眼泪就掉下来了。胡美杉不知该怎么安慰她才好。劝她放弃和老贾分割家产，这不现实，因为一旦老贾收回烤鸡店，她和胡美德就全成无业游民了，就贾文莎这种花钱大手大脚惯了的人，是根本过不了穷日子的。可如果她势必要和老贾争个你输我赢，到时候不管谁输谁赢，局面都会狼狈难看。情急之下，胡美杉就说要不你们就把店还回去，再找个地方开家新店不就行了。

愤愤中的贾文莎说："没错，我就在他对面开一家，我味道和他一样，价格比他便宜，他不是有了小老婆就想把我往死里挤对嘛！我就相府千金开窑子，不图挣钱我图个乐呵，先把他的店干垮了再说！"

贾文莎一说粗话，陆易州就皱了皱眉头。胡美杉看见了，就说："嫂子，咱别说狠的，青岛这么大，你干吗非跑你爸对门开，先不说你能不能把他的店挤对垮了，就算你能挤对垮，对你有什么好处？"

"我乐意，我看他倒霉了我就高兴！"贾文莎气哼哼地说。

陆易州不想多待，只想帮他们把这件事的法律关系理清楚了就赶紧走人，遂说："我听美杉以前说过，您父亲的烤鸡配方虽然没注册专利，但属于他个人的商业秘密。如果你们在没征得他同意的情况下，擅自窃用别人的商业秘密进行商业活动牟利，是要承担民事责任的。对，民事责任，就是嫂子的父亲可以起诉。"

"这怎么叫窃用？是他主动给的，这都几年了，店里的事他就没插手过！"贾文莎不服气。

"那也不行。"陆易州说，"照这逻辑推下来，你们就是利用职务之便窃取别人的商业秘密。"

"贾财生还得起诉我？"贾文莎问得像个勇而无谋的傻妞。

"对。"

"好，等我先把贾财生这边摘巴清楚了，就起诉聂小倩烤鸡店！"贾文莎恨恨地说，"我一个个地收拾，我就不信我贾文莎治不了他们！"

和不懂法到连基本法律关系都理不清的人谈法律，本身就是件让人挠头的事，偏偏这个连最基本的法律都不懂的人还以为自己握有了可以杀杀这个世界威风的狼牙棒，这感觉让人糟心。面对着发狠的贾文莎，陆易州就觉得脑仁上有一万只蚂蚁在攀爬，但还是耐着心告诉她，如果真要起诉聂小倩烤鸡店，那也得是她的父亲起诉，因为她不是贾家烤鸡店的商业秘密持有人。

陆易州只是读司法课程，还没在生活中应用过，所以，一开口就是书面话。在贾文莎和胡美德听来，就全是陌生的、拗口的、听不明白的法律专用语。贾文莎本来就心烦，觉得陆易州每说一句话，她都要累死一批脑细胞，心里毛躁得像揣了一窝刺猬，让陆易州解释，等陆易州用大白话解释完，就更沮丧了，因为全对她不利，就说："小陆你能不能别转你的学问，说人话！"话音一落，自己也觉得说重了，又追了一句，"我的意思是让你说通俗简单点，和言情小说似的，不动脑子也能明白！"

陆易州脸上挂不住，也硬硬地回了一句："嫂子，目前我就这水平，您要求的境界那是大化无形，我还早着呢。"

胡美杉就笑着打圆场："没事，易州你负责说，我负责给嫂子解释。"又冲贾文莎笑，"我跟易州这么多年了，怎么着也学了点皮毛，半个律师是抵上了。"

没人接她的腔，气氛有点尴尬，胡美杉就转移话题，夸天香楼的饭菜好吃，然后给陆易州剥琵琶虾。胡美德看在眼里，突然想起了小聂，小聂对他也这么好，知道他嫌吃螃蟹和琵琶虾麻烦，每次都是细细地剥了，要么喂给他吃，要么给码在一只透明的玻璃小碗里，晶莹雪白的一碗，看一眼都让人心生怜惜的疼爱……再看看破马张飞的贾文莎，不快就涌上心来，端起杯，招呼陆易州喝酒。陆易州喝的是牛奶，但见他举着杯子碰过来，就端起牛奶，应了一下景。胡美德咕咚咕咚地把一杯酒全喝了，才抹了一下嘴巴说去他的，他愿意收回去就收回去，到时候，老子另起炉灶，干点啥也能挣出碗饭来。然后招呼大家吃菜，说到哪山砍哪柴，还没发生的事，就不去操那心了。

贾文莎就火了，啪地打了他胳膊一下："胡美德，你还算个男人吗？泄气的屁你少给我放啊，我告诉你，贾家烤鸡店老娘经营了也快十年了，没功劳也有苦劳，想就这么着把老娘扫地出门，除非贾财生和那个臭女人从老娘尸体上跨过去！"

陆易州觉得这饭不能继续往下吃了，不然吃着吃着就成讨论怎么打群架了，就小声和胡美杉说想早点回去准备论文资料。胡美杉知道他是坐不住了，可才七点半，走了会让贾文莎面子上挂不住，就央他再待半个小时，要是实在觉得别扭，就去卫生间溜达两趟，半个小时也好熬。陆易州觉得也是，就去了卫生间，在里面磨蹭了一会儿，出来，见还有二十多分钟，就去了大堂，坐在

第二十五章　　361

那儿看手机新闻把时间看忘了。等到贾文莎气势汹汹地站他跟前时，时间已经过去一个多小时了，就站起来局促地叫了声嫂子。

贾文莎倒没发火，心平气和地说："小陆，谢谢你今晚能过来。"

陆易州说："自己家人，嫂子您客气了。"

贾文莎闭着嘴，冷笑了一下："我知道你和我们这些粗人说不到一块去，可你也犯不着这样吧，打人还不打脸呢。没错，是我有事求你，可我和胡美德还没可恶到你一定要躲着我们吧？"

本就嘴笨，让她这么一呛，陆易州就更说不出话了，只会尴尬地说从卫生间出来的时候接了个电话，觉得回房间说不方便，就到大堂接了，接完溜了一眼网页，这一看不小心把时间看长了。

贾文莎不置可否地哼哼笑了两声，说："小陆，有句话我想告诉你，一个人不管混得多牛，都千万别把自己当盘大菜端着，因为当盘菜的下场就是变成一泡令人恶心的屎。"说完，去吧台结完账，把既惭愧又窝心的陆易州丢在那儿，拽着胡美德头也不回地走了。胡美杉远远看了他一会儿，也没招呼他就径直走了，出了酒店大堂往公交车站走，好像没人和她一起来吃饭，也没人要和她一起回家。陆易州远远地跟在后面，挺内疚的，虽然贾文莎两口子比较粗野，可又不是坏人，对他们也很好。虽然胡美杉说坐不住可以去几趟卫生间，可他居然在大堂一坐就是一个多小时，这既让贾文莎两口子难堪，也等于当着娘家人的面打胡美杉的脸。愧疚是种折磨人的情绪，陆易州想快点摆脱，就快步追上胡美杉，没话找话地说打车吧。

胡美杉没听见一样，一直别着脸看公交车来的方向。他只好像个听话的孩子，和她一起等公交车，希望这能让她心情好点。

青岛虽然漂亮，却是座没有夜生活的城市，天气稍微一凉，八点以后的街上，就人烟稀少了，让秋天的街道，看上去有些冷清，有些寂寞。

这冷清的寂寞里，他看见有两条清亮的小虫子，从胡美杉眼里拱出来，顺着脸颊，先是慢慢地然后飞快地往下爬。陆易州想说抱歉却又开不了口，就悄悄离她近了点，去拉她的手。和不太善言辞的父亲一样，他会使用肢体语言，但不善语言表达。他想把胡美杉的手拉过来握着，胡美杉的手湿漉漉的，在这个凉意迭起的夜晚，那些凉滑的湿意让他情不自禁地联想到了不卫生的人体分泌物，于是，在拉过她手的瞬间，先是一怔，就下意识地抛开了，动作飞快。

陆易州拉起手的瞬间，胡美杉的心嗖地温暖了一下，让她觉得自己是一宝贝，被人珍视地捧在了手里。可那一抛的感觉就是捡了她的人待捧近了一个看，才晓得只不过是错把沾染着肮脏浊物的烂石捡到了手，太恶心了，极快地扔掉了。胡美杉的心就跌进了冰寒的万丈深渊，但脸上没任何表情，只是更加清楚地明白了，陆易州是嫌弃她的。也想起了夜里的睡姿，他们的床不大，只有五尺宽，去他们家的人见了都笑，说她和陆易州的个头都很大，睡这张床嫌不嫌挤啊。胡美杉都是说没有啊，她觉得很宽敞，好多人就会恍然大悟说哦，陆易州在北京读书，回来的少，这张床的大多时间，都是她一个人睡，自然不觉得挤了。可实际上就算陆易州回来，她也从来没觉得挤过，她和陆易州各居床的一边，甚至中间还有一个巨大的空隙可以塞下一个人。有时，她搭过去，从后背抱着陆易州，陆易州就会说热得很，他都出汗了，她只好松开。那些瞬间，她觉得自己是个乖孩子，想拉着父母的手上街，父母却说孩子一拉我的手就会疼，为了不让父母疼，她就不拉了，一个小小的人儿，自己揣着手走在荒凉的人世间。

现在回想起来，突然地，她就觉得自己和陆易州那张床上几乎没生长过甜蜜和幸福，全是空荡荡的荒凉。

公交车来了，她上了车，也没招呼陆易州，打卡的时候犹豫了一下，还是帮他打了卡，穿过空荡荡的公交车厢，走到公交车尾坐下，继续别着脸看窗外。

满街都是让人伤感的秋色。

整部公交车上，除了他们俩，只有五个人。陆易州站在公交车的中央，把着吊环，看了她片刻，还是走过来，坐在她身边，想去拉她的手，她却一抽，避开了，他只好和她一起看车窗外。

在这个夜晚，胡美杉终于知道在陆易州内心里，其实是嫌弃她的。陆易州也明白，自己下意识里的那些嫌弃，胡美杉已经懂了。

然后，胡美杉就想，她和陆易州从来没接过吻，从不用一只杯子喝水，想必，都是因为嫌弃她吧？一路上，她想啊想的，默默地在心里流泪，脸上却是干的，表情平和，目光淡定。

第二十五章

可她的心在剧烈地疼。

陆易州却不知道。

3

最终，在几番争吵无果后，老贾还是把贾文莎给告了。接到法院传票的当天，贾文莎就去把老贾家砸了个稀里哗啦，然后被请进了派出所，以寻衅滋事被拘留十五天。贾文莎被拘留的那段时间，胡美杉心力交瘁，忙成了奔命的兔子，左右斡旋。老贾就是不松口，说不为别的，为了他能过十五天安生日子，也不能把贾文莎保出来。虽然他对崔玉娘家的人满是嫌恶，但还是把崔玉送了回去，因为贾文莎只是拘留十五天，十五天过后，谁知道她能干出什么疯狂的事来？崔玉还是住娘家更安全。

多年以来，胡美德已经习惯了把贾文莎当成盘踞在家里的母老虎，虽然平时因为怕而有些恨她，恨不能自己胆子大点，把她从窗户扔出去，可家里真没了她，又觉得这个家空旷得毫无生气。好像这个家以前的生气勃勃，全仗贾文莎的那点虎气撑着。没有贾文莎的家，安静了许多，但莫名地，他觉得凄惶，白天要打理烤鸡店，晚上要陪天宝，根本就没时间去见小聂，小聂难免就有些怨气。说真的，贾文莎被逮去蹲拘留所，她挺高兴的，觉得没人怀疑，不怕人盯梢，也不用担心回家晚了被贾文莎质问了，胡美德还不得天天泡她这温柔乡里？然而，每一次打电话，胡美德都焦头烂额得很，不是陪孩子就是打理店。小聂就不耐烦，说："你孩子都那么大了，又不是个吃奶娃，你送他爷爷家不就成了？"

胡美德就生气，觉得小聂不善良，说贾文莎蹲拘留所了，天宝已经凄惶得要命了，再把他送爷爷家，他得多难受？难不成亲妈蹲拘留所，连亲爸都不管他了？凶得小聂直哭，但也没办法。最后，胡美杉还是把贾文莎弄出来了。她带着天宝去求老贾。天宝一看见姥爷就哭，说："姥爷，姑妈说了，就你说话好使，你让警察把我妈放出来吧，我妈不在家我睡不着觉。"

看着捧在掌心里长大的外孙这么哭着求自己，老贾的心就硬不起来了，去拘留所把贾文莎保了出来。可贾文莎毫不领情，从拘留所一出来，第一件事不是回家洗澡换衣服,而是脏乎乎地跑到老贾家门口破口大骂,让街坊邻居都出来看看,这就是真实的贾财生,为了一个臭不要脸的女人,把自己的亲生闺女送进了拘留所。

可不管贾文莎怎么折腾怎么闹,老贾去法院起诉的官司,还是要开庭审理的,其间,胡美杉打电话问过陆易州,这事怎么办好。陆易州还是老话,说法院未必全部支持老贾的诉讼请求,但贾文莎想要的结局也不可能有,让贾文莎最好请个律师。因为就她的脾气,一旦开庭,很可能会出言不逊,会给法官留下非常不好的印象,再严重一点,会因扰乱法庭秩序而遭训诫拘留。

胡美杉说知道了,谢谢。谢得陆易州心里一惊,自从上次和贾文莎他们吃过饭之后,胡美杉对他就客气得要命。不管他帮胡美杉做了什么,胡美杉都会很客气地和他道谢,需要他帮忙的时候也会很客气地说请。最重要的是,从那以后,他们再也没有亲热过。上次,他本是想用身体向胡美杉表达歉意的,可她没让,侧身背对着他躺着。他搭手去摸她,她也不动,好像她不是个活人,只是个有体温和人体质感的雕像。陆易州摸索了一会儿,见她没反应,就自觉无趣,收了手。

也是从那以后,他们的身体,就再也没有相互接触过,哪怕仅仅是皮肤。夜里睡觉,双人床的中间,隔着巨大的荒凉。胡美杉是心凉地疼着,陆易州觉得无趣得让人窒息。有时,他真想挥起拳头,打烂这死水一样的生活,可冷静下来一想,打烂了又能如何?和胡美杉离婚吗?不,他的良心做不到,如果不离,又何必折腾呢?

还是慢慢习惯吧,习惯了就不觉得窒息了。

偶尔,他和小邵还会通几个电话,或者发发短信,说说彼此的近况,有一次,他终于忍不住了,问她:"你爱罗海洋吗?"

小邵说:"你问这个干什么?"

他说:"就是问问。"

小邵说:"其实你希望我爱你,但是你要继续当你的伪君子。"

小邵也是冰雪聪明的人,聊的次数多了,不消陆易州说,她就晓得,陆易州是不快乐的。就像一尾被囚禁在密封玻璃容器里的观赏鱼,努力精彩地活着,只是为了活给别人看。有一次,她直接这么和陆易州说了,说你不觉得你很悲哀吗?

陆易州说知道悲哀还在继续就是一种伟大,既然胡美杉曾经在他身患绝症的时候赌上了一辈子陪他求生,那么康复以后的他,就要把明知的悲哀,演绎成永恒,它就伟大了。

小邵说如果我把咱俩的对话录下来,放给胡美杉听,她会怎么样?

陆易州说可能会继续装傻吧,就把胡美杉其实已经知道他俩的事情,自己也承认了的事告诉了小邵。说因为爱他,胡美杉具备一般人不具备的隐忍,莫要说放他俩对话的录音,或许某天她真的把他俩捉奸在床,都会假装没看见。

陆易州承认,自己这么说,对胡美杉来说,挺恶毒也挺残忍的,但这就是他知道的胡美杉,告诉小邵也没什么。摸到了底,也知道如果她去触底会触到什么样的结局,她反倒觉得没意思了。

人爱玩游戏,玩的都是一个未知,早就知道了结局的游戏,小邵是没兴趣去玩的。反正游戏的最后,就是胡美杉装傻,陆易州还是她老公。

也是自认为知道胡美杉的底,陆易州对她,是看低的。

如果说以前陆易州只是没把她放在眼里,那么,在他挑明了和小邵的事后,她连一点玉碎的态度都没有,是让他吃惊和看低的。仅凭这一点,他觉得胡美杉也未必是爱他的,因为真正的爱情是不允许被分享的。她要的,不过是一个让她在人前说起来,面子上有光的丈夫罢了。

想这些的时候,陆易州的心情黯然得像世界末日已经来临,放眼望去,漫漫人生路,是一片暗无天日的昏暗。

胡美杉和他说贾文莎被她父亲起诉了的时候,他是怕胡美杉让他做贾文莎的代理律师的。但他晓得不能做,否则,不知哪天就会因为无法忍受贾文莎的脾气,而说了出格的话。遂主动说从立案时间上来看,贾文莎和她父亲的官司开庭的时候,正是他在北京论文答辩的日子,恐怕顾不过来,否则,他一定会做贾文莎的律师。

胡美杉说知道了。

然后就没话了,一个青岛一个北京,擎着手机就那么僵持着,显得有点尴尬。过了一会儿,胡美杉才说,人都是有尊严的,因为上次吃饭闹得不愉快,贾文莎是不会再麻烦他的了。

电话那端的陆易州就哽了一下，好像正自我感觉良好着，被人往喉咙里塞了一把鱼刺。

那次之后，他们一个多礼拜没再通电话，都觉得尴尬。胡美杉觉得自己有点恶毒，为什么非要戳破了他的自我感觉良好呢？

是不想一直被他看低，是想告诉他任何人都是有尊严的，而且不比他的尊严刻度低吧？

大概过了一周，陆易州觉得再这么僵持下去不好，就主动给胡美杉发短信，说他有很多大学同学是名律师了，要不要介绍一个给贾文莎？

胡美杉说不要了，怕贾文莎脾气不好，将来惹着了他同学，他落同学的抱怨。看着她发来的这段话，陆易州就觉得，他和胡美杉已经渐入相敬如宾的悲凉境界。

不知为什么，陆易州总觉得，好的夫妻关系不应该是相敬如宾更不应该是举案齐眉。前者说明两人不亲昵，才一直拿对方当客人恭敬着；后者是双方在人格上是不平等的，一个跪下来把木案举得齐着眉毛让对方饮茶吃饭，这哪里是夫妻？分明是奴隶伺候主子么。可他和胡美杉的婚姻，似乎有往这方面走的兆头……

陆易州心里很明白，改变这一切的主动权掌握在自己这里，他也试图尝试，但那种行为与内心相违背的感觉糟糕得让他无法进行下去。

因为要交博士论文，小邵也频繁往返于青岛和北京之间。其间，两人见过几次，也一起吃饭，聊天，最多一起在校园里散散步，其他更深入的接触，也没了。或者，这就是从情人到朋友吧，倒也挺好，因为深知，就可以无话不说，也好。关于感情，也谈论过几次，都是小邵在问："你真要和她过一辈子？"

陆易州毫不迟疑："嗯。"这个嗯字从鼻腔喷出来的时候，陆易州常常会被一种类似于自我伟大或神圣的感觉充盈了内心。

"可是你们没有话说。"

"只要有孩子就会有颠扑百年也不会破的共同语言。"陆易州这么说的时候，仰着头，瞭望着高天上的一片白云，其实他的心里，悲凉而又茫然。

关于小禾的事，小邵也说过，真的和她没关系。罗海洋不知道她和陆易州的曾经，也不会针对小禾。她更不会利用和罗海洋的关系通过陷害小禾来报复陆易州，干这么下作的事，不是她的风格。

陆易州就惭愧不该把胡美杉的揣测说给她听，好像故意把胡美杉出卖了讨好小邵似的，就笑笑，说其实她也就是顺口一说，也不是打内心里真这么认为的。

小邵就看着他笑。陆易州让她看得不好意思了，问她笑什么。小邵说笑你活得很矛盾啊。

陆易州就语结了。

小邵也没继续为难他，就说如果小禾不好找工作的话，跟她说，她帮忙想办法。

陆易州说："不用了，总麻烦你，我们也过意不去。"

小邵说："我们我们……你说的我们是哪个我们啊？"

陆易州知道她这是在挑衅，就笑笑，说："所有的人。"

"又跟我玩字眼。"小邵说，"我愿意你说的这个我们指的是你、小禾还有你妈。"说着，就咬着咖啡勺子看他，看着看着，眼泪就掉下来了。那天是小邵去北京交博士论文，晚饭后他们去后海边上喝咖啡。陆易州没像往常似的挪开目光，定定地看了，有些慨叹，但不说话。

小邵一甩头，拿手托着下巴，望着后海里游弋的船哭，无声地哭。陆易州就一张一张给她递纸。离开后海时，陆易州说最近他经常思考人生，觉得人生的开始就是意气风发地觉得自己是整个世界的主宰，可活着活着就会发现，人生更多的组成部分是不得不这样那样而已。

自始至终，他没问罗海洋的婚离下来没有，也没问小邵是不是爱他，所有有过婚姻念头的男女，都是有过爱的，只不过有的是瞬间，有的长一点。他觉得提了，是对小邵感情的不敬，也没有意义。

小邵也没主动提。

那天，他们一起坐着北京的大盒子公交再转乘地铁往回走，小邵依在地铁的柱子上，歪着头，看他，说："你不觉得我变了吗？"

陆易州点头，说："是变了，不像从前了。"

"从前我怎么样了？"

陆易州想找温和一些的话，小邵却说实事求是，不需要粉饰，我想知道在你眼里过去的我是什么样子。

"霸道，好像整个世界都是你说了算，喜欢用钱欺负人。"陆易州实事求是，"但你很善良，热情，有思想。"其实他还想说我很喜欢和你聊天，但觉得不妥，就咽了回去。

小邵说谢谢，然后直直地看着他，把头仰起来，仰得像一个舞蹈动作，陆易州下意识地扶了她的腰一下，说小心。小邵又说谢谢。陆易州说谢谢这两个字，其实在有些时候表达的不是感激，而是隔膜。

小邵问："怎么说？"

陆易州说："没什么，就是最近常听这两个字，感慨一下。"

"你老婆？"

陆易州顿了一会儿，刚要说不是，小邵就笑了，说："我知道了，你别否认。"

陆易州说："我否认什么？"

"你知道我知道你要否认什么。"

两人再也无话，回去后，陆易州躺在床上，想他和小邵的这一个夜晚，是寂寞的。是人群中最深的寂寞，就是心中千言万语，却一字都不能说，这样的寂寞，是杀心的折磨。

4

胡美杉陪贾文莎走了几家律师事务所，才晓得律师收费很贵。贾文莎每见一个律师，一定要让人家承诺包她赢。可哪个律师敢做这样的承诺？贾文莎说："不包赢的话，横竖就是个输，我还请你们干吗？"于是，见一个律师她拍桌子走人一次。眼看开庭的日子一天天逼近，胡美杉都替她急了。有天晚上，她和贾文莎正通电话呢，晏老师来了，说没吃晚饭，让她给煮碗馄饨。胡美杉边和贾文莎说边煮馄饨，晏老师听着，就示意胡美杉先把电话挂断听他说几句。胡美杉就和贾文莎说过会儿再给打过去，问晏老师有什么事。晏老师说听她讲电话他已经听了个差不多，如果贾文莎嫌花了钱律师不包赢是花冤枉钱的话，他可以给她不包赢但是也不用她花钱的律师，问她愿不愿意。

见胡美杉一脸吃惊的样子，他就笑了，说在监狱里，犯人只要参加自学考试可以减刑，他报了法律，所以他的刑期才减到了十年。出狱的当年他就通过了律师资格考试，也通过了，但没从事专职律师行业，尤其是干典当这一行，懂法很重要。

胡美杉还是有点担心，说："我嫂子脾气不是很好，您能受得了？"

晏老师说贾文莎对其他律师脾气不好，那是因为她花大价钱请了他们。人就这样，不管干什么，只要花了钱，就有主宰欲，可律师得按司法途径行事，当然不能不负责任地胡说八道或者由着当事人比画了，贾文莎就会觉得把钱花黑影去了，发点脾气也正常。至于他，又不收钱，纯帮忙的事，她一定会对他客客气气的。

胡美杉觉得也是，第二天就把两人约一起吃了顿饭。果然，因为晏老师是纯帮忙的事，贾文莎对他客气得不得了，说咨询了这一圈下来，她基本也明白了，对簿公堂下来，没她便宜赚。但老贾起诉了，之所以她还要去应诉坚决不调解，就是要给老贾难看。他不是不顾忌父女感情了嘛，她也犯不着跟他讲仁义孝道，闹到这程度了，想顺风顺水地把烤鸡店收回去，他也别想。

晏老师表示理解，又问她，关于父母的家产，她是想分到现在她应该得的那部分呢，还是想将来得到更多。

毫无疑问，当然是更多。

晏老师说："如果你想得到更多，就必须放低姿态，和您父亲达成和解。"贾文莎当即就要炸锅，质问晏老师到底是想给她当律师呢还是受了贾财生的好处来充当说客的。胡美杉就觉得她过分了，说："嫂子，晏老师一片好心免费给你当律师，你先让晏老师把话说完再狗咬吕洞宾行不行？"

"拉倒吧！就你俩那点破事，别以为我不知道。怎么？我才火辣辣了这么两句，你就心疼了？"贾文莎没好气地说。

胡美杉让她说得肺都快气炸了，一把抓起包，说："晏老师，咱犯不着送上门来找气生，咱走！"

晏老师说他还想和贾文莎说两句，依然心平气和跟贾文莎说，他和胡美杉之间到底有没有谣传里的那点破事，今天他不想说，他就想告诉贾文莎，如果现在她和老贾闹拧了，那么，贾家偌大的产业，她只能拿到属于她母亲遗产份额的部分。因为把官司坚持到底不妥协会彻底惹恼老贾，老贾本来就重男轻女，将来写遗嘱的时候，把全部遗产留给儿子，分文不给贾文莎是非常可能的，所以，是开庭前和父亲达成和解还是咬牙坚持只要属于母亲的部分？孰轻孰重，她自己看着选择。

晏老师一席话点醒了贾文莎，可就她的脾气，向来都是输了也要人前喊赢，没胡子可吹也要瞪着大眼叫嚣着较劲到底。人前妥协，不是她的作风。

说完，晏老师起身说："小胡，你陪你嫂子再聊会儿，我先走了。"

胡美杉明白他这是希望自己能留下来劝劝贾文莎。前面贾文莎表示要和父亲斗争到底，表达得那么铿锵，当着他这外人的面，下台阶的时候一定会难为情。所以，晏老师就绅士地主动退让。胡美杉在心里感慨，人和人真的是不一样的，晏老师虽没有陆易州学历高，但至少也是知识分子，曾经沧桑，把他历练得更加厚重和有温度了。在这世界上，吃过苦的人很多。有的人吃太多苦之后，会把这些苦发酵成更苦的毒素，去毒别人，有的人会把吃进去的苦酝酿成对苦的感知的敏感度，变得更加善良更加善于体恤别人，而晏老师属于后者。想到这里，胡美杉心里有微酸的欣慰，觉得当年的暗恋没有白费，时过经年，回首曾经的心仪，还能让自己敬仰，这是上天多么深切的厚爱。因为更多的心仪，在被岁月蹂躏之后的再见，全都变成了喷向痰盂的啊呸。

感慨里的胡美杉，觉得也没话跟贾文莎说。她知道，贾文莎虽然表面上看上去粗鲁，但心里还是很清楚的，甚至用不着她劝，就会很快自己回过味来。

果然，贾文莎罕见地叹了口气，掉下了眼泪。

胡美杉给她倒了杯水，没再提晏老师的建议，而是直接说要不我去和伯父谈谈，他要烤鸡店你就给他，别搞这么僵，让他把诉撤了，要不然父女俩对簿公堂，多让人难过。

贾文莎说她想好了，父亲要起诉就起诉吧，她不请律师，会亲自到庭，父亲怎么说她怎么是，然后由着法官判就是了。她毫不怀疑自己是父亲亲生的，他总不能为了儿子对亲生的女儿赶尽杀绝吧。

胡美杉说既然这样，何必开这个庭呢，不如达成和解，让他撤诉，这样彼此不伤和气也少花点钱，因为撤诉是可以把诉讼费退回来的。

贾文莎很坚决,说:"不,一定要开庭。"

"为什么?"

"我得让他内疚,让他把对不起我的事做实了。"说着,贾文莎拿起水果叉子,叉了一只圣女果,塞进嘴里,狠狠地嚼。

胡美杉诧异地看着她,突然觉得,贾文莎一点也不像看上去的大咧咧,还懂心理战术,不由得就想起了胡美德和小聂。

第二十六章

1

　　小禾是在一个狂风暴雨的晚上出的事。

　　青岛是沿海城市，雨通常是跟着狂风一起来的，而且都是雨伞的仇人，不管多名牌的伞，在狂风暴雨里走一遭，都会彻底完蛋。除非狂风暴雨天不出门，出门得备两把伞，去的路上毁一把，回来的路上再毁一把。

　　那天，小禾从学校出来，在狂风暴雨中擎着雨伞，如同逆水行舟一样地艰难而行，寸步难行地往公交车站挪。因为逆风而行，雨伞要往前擎着，除了脚下的路，什么都看不见，其实，这原本是一场可以避过去的灾难，只是因为小禾看不见……一切就不可阻挡地发生了。

　　在小禾走过的那条路上，全是上百年的行道树，足有两人合抱那么粗。有的树枝被虫子掏空，一到刮风下雨天，就会横七竖八地往下掉。那根掉下来砸着小禾的树枝，其实已在风雨中摇摇欲坠了半个多小时，如果小禾没有撑伞，就一定会看见它，可小禾擎着雨伞。

　　当她走到这棵树下的时候，悲剧性的一幕，不可逆转地发生了。那根粗大的树枝，呼啸着，裹着风抱着雨向她扑来，小禾甚至都没来得及喊叫一声，就被埋在了树下，昏了过去。如果不是往来车辆被这树枝挡住了去路，被堵在树枝两端的司机七手八脚地试图挪开它，小禾或许就这么没了。因为树枝太大了，有个司机跳到树枝的里面，和大家一起用力抬，却还是枉然。在他失望地试图从树枝中爬出来时，看到了小禾的红雨伞，试着往外拽了一下，就露出了一点支离破碎的脸。这个人就疑惑地冲外面的人喊："有把伞，好像砸着人了。"

　　胡美杉接到医院的电话时，已经是夜里十一点了。此刻，她正犹豫着要不要换鞋去学校找小禾。因为她九点回家时，没见着小禾，何秋萍说小禾在资料室加班。看着窗外的狂风暴雨，胡美杉担心她回家路上的安全，还给她打了一个电话，小禾说没事，已经忙活完了，马上往家走。胡美杉问风狂雨大的，一个人行吗？小禾说没事，出门如果能碰上出租车就打出租，没出租坐公交也很方便，出了学校门口一百多米就是。胡美杉就问陶家恩知不知道她加班，小禾说知道。她又问知道你加班没说去接接你？小禾说说了，她没让，她都这么大个人了还接来接去的，她觉得矫情。胡美杉说就她这脾气，早晚得把陶家恩惯成一个不知道疼老婆的男人。

在电话里，小禾好脾气地笑了两声，说要出门了。胡美杉叮嘱她说小心点，就把电话挂断了。其实，小禾撒谎了。当天罗主任说明天学校要检查，希望下班回家也没事的能留下来帮他整理一下资料室。老员工都说上有老下有小，事多得像蚂蚁，四个年轻人都觉得反正合同到期不续了，就没必要表现了，也走了。小禾见大家都陆续走光了，只有罗主任一个人望着偌大的资料室发呆，不由得心有凄凄然，说："馆长，我下班回家也没事，帮您忙一会儿吧。"

罗主任挺感慨，说："萧禾，之前我也找你谈了，合同的事，希望你别怪我。其实我愿意用年轻人，也更适应网络化管理，没办法……"

小禾说知道，她留下帮忙跟劳动合同的事没关系，让他也别有顾虑，说完，两人就一直忙活到九点……

小禾被众人从繁茂的树枝下抬出来时，前身软得像煮过了劲的面条。一截断树枝的茬子，像匕首一样扎进了她的脖子，鲜血像缓慢舞动的红缎子一样从伤口里潺潺往外流，等胡美杉他们赶到医院的时候，小禾还在急救室没出来。何秋萍已经被送小禾来医院的人描述的惨象给吓坏了，两眼直直地盯着急救室的门，一句话也说不出来。胡美杉叫她，她也不应，好像她们身处两个完全不同的世界，胡美杉能看见她也能对她说话，可她既看不见也听不见。胡美杉一想到这边的手术不知道什么时候结束，小土豆一个人在家，万一醒了，身边没人，一定得哭疯了，就忙给老胡打了个电话，让他到医院来拿着钥匙过去陪小土豆，然后又给陶家恩打电话。陶家恩睡得迷迷糊糊的，有点不耐烦，胡美杉说我是小禾嫂子，然后把小禾受伤的事大体说了说。最后她问何秋萍："妈，咱是不是得告诉我姨夫？"

何秋萍还是目不转睛地看着急救室的门，好像胡美杉的声音还没抵达她的耳道，就被无声无息的空气给吞噬了。

胡美杉知道不能指望她了，就给陆易州打电话，他一听就惊了，爬起来就要往青岛赶，胡美杉说都凌晨了，你赶也没车没飞机的，等明天吧。然后问他要了小禾老家的电话。现在萧壮壮在长春上大学，家里就老萧一个人。胡美杉怕吓着他，没敢把小禾的伤说那么严重，故意轻描淡写说小禾下班路上被一根树枝砸了，在医院呢。

老萧也没当回事，觉得不就是树枝么，能砸多严重？也没着急，说等天亮了，他坐头班长途去青岛。

打点完这一圈，已经半个小时了，其间，老胡来拿了钥匙走了。

何秋萍已经醒过一点神，不再像个僵尸似的盯着急救室的门眼珠都不转一下了，噼里啪啦地掉着眼泪，说如果小禾真有个三长两短的，她也不活了。

胡美杉心里也没底，只能安慰她说不会有事的。

何秋萍说越想越觉得青岛这城市是她的冤家对头。才几年？就没一点好事。先是陆易州去了一趟鬼门关，然后是何秋美去摸了阎王鼻子再也没回来，现在是小禾……尤其是何秋美和小禾，都是她害的。要不是她来青岛了，何秋美就不会来看她，也就不会死。要不是她非要供着小禾上大学，小禾现在也不会在青岛工作，那根掉下来的树枝就不会砸着她……何秋萍钻进了牛角尖，任凭胡美杉怎么劝都劝不出来。直到天快亮的时候，小禾才从手术室推出来，整个人包得跟个白粽子似的。胡美杉只看了一眼，眼泪就像瓢泼似的下来了。

医生说那根插进小禾脖子的树枝伤到了她颈椎附近的神经束，最坏的可能是她变成植物人，次之是瘫痪，当然这都是最坏的预计，还有一种可能，年轻人恢复能力强，她会好起来。

胡美杉问她好起来的概率有多高，医生说这不好说。

何秋萍两腿一软，就晕了过去。

陶家恩和他的父母是天亮时赶到的。他在重症监护室外看包得像粽子似的小禾，看着看着眼就红了，像小白兔一样，眼泪就流了下来。他父母也看了一会儿，就去医生办公室了。大约十来分钟后，他们从医生办公室出来，硬拉着陶家恩走了，自始至终连个招呼也没和胡美杉打。

老萧和陆易州都是中午到的。

第二十六章

老萧趴在重症监护室的窗户上，隔着玻璃，一双满是老茧的手，在玻璃上摸来摸去，好像抚摸的是小禾的头发小禾的脸，滚滚的老泪流进了他嗫嚅着说不出话的嘴。胡美杉觉得心脏都快窒息了，忙转到一边，不敢看了。老半天，她才听见老萧说："禾啊，你可别学你妈啊，等你好了，咱回家，吃糠咽菜也不来城里了。"

让他这么一说，一直憋着没放声的何秋萍就爆破一样地号啕了起来。

一连半个月，小禾躺在重症监护室昏迷不醒，钱像流水一样往外交。很快，胡美杉的那点家底就花光了，想打电话和陆易州商量，可这几天陆易州马上就要进行博士论文答辩了，又不敢分他的心，实在没辙，就跟老胡开了口。她这才知道，美杉小厨的利润父亲一分都没留过，从来都是挣一分给她一分，挣十毛给她一块，搞了半天，这些年不是她给老胡打工，而是老胡在为她义务劳动！胡美杉再一次泪雨滂沱，说："爸，您怎么好成这样，您怎么……"

她还能说什么呢？这个不是她亲爸的男人，打骨髓里都疼爱着她，她只能哭着说爸您怎么能这样怎么能这样，您这样会让我不安的。

老胡好像一点也不感动，好像胡美杉的哭，和他一点关系都没有。他从口袋里摸出已经被挤扁了的烟盒，抽出一根烟，点上，抽了两口，才说："不管怎么说，我也是你后爸，你亲妈已经走了，我对你好也不见得是我这个人有多厚道。我是要面子，我怕对你不好，街坊邻居戳我这个后爸的脊梁骨。"说着，老胡拿出一个存折，说这几年他的工资加上胡美德给的，七七八八的也攒了小十万，放这儿他也用不着，让胡美杉先拿去应急。

这如果是因为别的事，老胡的这存折，胡美杉是无论如何也不会拿的，可眼下小禾人事不省地在医院躺着，治疗得继续，药不能停，除非他们不想让小禾活命了。

2

陆易州是一周后回来的，他的博士论文和论文答辩都通过了。他先去医院看了小禾，就去学校报到了，然后去资料室了解小禾回家路上受伤的具体原因。因为小禾出事的那天，是劳动合同的最后一天，按说，在当天的六点钟，小禾和学校的工作关系已经彻底解除了。可陆易州听胡美杉说，那天小禾留下来加班了，加班完回家路上发生了意外。如果一切果真如此，按照国家颁布的新的劳工法，那么，小禾就算是工伤，学校应该承担她的治疗费用，在治疗期间，劳动合同不能解除，工资要照发。

当陆易州找到学校领导的时候，校领导很意外，说萧禾不是合同期满就没有再续吗，下班以后的受伤，怎么会和学校有关系？

陆易州差点冲校领导火了，可转而一想，造成校领导根本就不知情的更大原因，有可能是罗海洋怕承担责任，隐瞒了留小禾加班的事实。就压住了火气，把小禾出事那晚，他所知道的前后，跟校领导说了。校领导表示他核实一下情况给他答复。

陆易州说好，起身告辞。小禾的事，对他们全家来说，就是天塌下来的大事，但对校领导来说，不过是诸多需要处理的日常事务之一，肯定快不了。不如自己去资料室看看，最好能说服罗海洋，让他主动向校领导汇报，这样更快更顺畅。

可陆易州不知道，他前脚出了校领导办公室，校领导后脚就给罗海洋打了电话，问萧禾出事到底是什么缘故。如果不是校领导口吻严肃地突然打电话来询问，如果是陆易州先到的，先找罗海洋谈这事，在职位比自己低，也没有利害关系的人跟前，罗海洋或许不会因为紧张和害怕而撒谎隐瞒。

可这世上，真的没有如果。

事情的残酷就在于，校领导先给罗海洋打了电话，因为紧张，也怕因为承担责任而影响自己的前途，在接到校领导的质问电话后，罗海洋一口否定了陆易州的说法。说那天和平时一样，大家下班就回家了，萧禾也是准点下班。有可能因为第二天就不用来上班了，她比较留恋，在学校多逗留了一会儿，可她多逗留那是她自己的意愿，留在学校不走也不等于是加班啊，怎么能算工伤呢？

他分析得头头是道，校领导觉得也在情在理，就信了。

罗海洋放下电话，擦了擦脑门上的冷汗，正满心都庆幸着呢，听见有人敲门，说了声请进。

陆易州进来，虽然在同一所学校，可两人并不是很熟，陆易州寒暄着打招呼，说了自己的名字，然后又说是萧禾的表哥。

罗海洋就明白怎么回事了，心虚得要命，嘴里寒暄着说萧禾的事，他听说了，也很难过，怎么这么巧呢？刚刚合同期满就发生了这样的事，要不然，学校还能帮助承担一部分医疗费用。

陆易州一听就明白了，他打算一推三六五，也不会承认当天晚上留小禾加班的事。陆易州知道小禾不会撒谎，母亲和胡美杉更不会撒谎，也没气馁，就定定地看了他，在对面的简易沙发坐了，说："我了解我表妹，她从不撒谎，而且在这件事上，也没撒谎的必要，我希望您能好好想想。"

罗海洋故作一脸的莫名其妙："这有什么好想的？加班就是加班了，没加班就是没加班。加班费又不是我个人出，职工出了事故也不需要我个人掏腰包，我有什么必要隐瞒？"

陆易州没接他的话茬儿，只说："罗主任，小禾是个苦孩子，她在医院里躺了快一个月了。对我们家来说，这就是天大的灾难，可对学校来说，不过是个事故。我不求别的，我就想给我妹一个说法，就算她在床上躺一辈子，我也得弄得明明白白的，她花朵一样的姑娘，为什么要像块待宰的肉一样躺在床上不动！"

罗海洋的脸上有点挂不住了，说："陆老师，按你的逻辑，萧禾没撒谎就是我撒谎了？"

极度的愤怒让陆易州也没客气："我是这么认为的。"

"对不起，我不和诋毁我人格的人说话。"说着，罗海洋起身，拉开门，冷冷地看着他。

已经谈崩了，再待下去无用也无益，陆易州就怒气冲天地起身走了。他知道自己现在的状态不宜和任何人打交道，就在校园里一圈一圈地噌噌走，像头愤怒的公牛，撞上了小邵。

准确地说，是小邵远远看见了他，故意走过去让他撞的，因为愤怒让陆易州对这个世界上的一切都爱搭不理，低着头，只看自己的脚尖，和脚尖前一两米远的地方，小邵从旁边走过来，一下子闯到陆易州跟前，把陆易州吓了一跳，想收脚步，已经收不住了，要不是他眼明手快地抓住了她的胳膊，小邵肯定得被撞倒。小邵站稳了，打量着他的脸色说："陆老师，你气冲冲的这是要干什么去?"

见是她，陆易州心头软了一下，可一转念想起她和罗海洋的关系，脸上就流露出了憎恶，爱搭不理地说没什么，抬脚又要走。

小邵一把抓住他短外套："陆老师，撞了人连声对不起都不说，这不是你风格吧?"

陆易州头也不回生硬地说了对不起，继续往前走。

穿着细高跟鞋的小邵一路嗒嗒地跟在他身后跑："你道歉道得没诚意。"

陆易州就停下，回头看着她，目光还是冷冷的，突然深深鞠了一躬："邵老师，对不起，刚才是我不小心，请您原谅我。"说完，直起腰，冷冷看着她，"这样真诚吗?"

小邵定定地看着他，满眼都是破碎的晶莹："陆易州，你为什么要这么对我?"

陆易州突然无话可说。

"就因为你想当新时代的道德楷模，所以你就没完没了地伤害我?"

陆易州晃了一下头，也觉得自己不对，就缓和了一下松软的口气，说："邵老师，对不起，真的很对不起。"

小邵的眼泪就滚了下来。

陆易州知道，小邵最伤心的，或许不是自己的态度，而是，从此以后对她封闭了内心，就挠了两下头，说："是这样……邵老师，我表妹萧禾出事了，你知道吧?"

小邵一甩脸，带着哭腔说："你表妹出事了你就要这样对我？那你老婆要是不小心意外死了，你是不是得杀了我?"

陆易州瞪着她，没说话，但目光很强硬很冰冷，小邵也觉得自己的比喻打得过分了，小声说："我没想诅咒她，对不起。"

陆易州叹了口气，说："我表妹出事那天，正好是劳动合同到期。"

小邵说："我知道，罗海洋还和我说过，说太巧了，要是早一天，学校还会帮着想办法。"

"他和你说的?"

"嗯。"小邵点点头，有点疑惑，"这里面有问题吗?"

第二十六章　379

陆易州一撇脸，咬了咬牙："有！"然后又说，"如果不是他让小禾留下来加班，小禾就不会出事！可是，他居然不承认，这是为什么？"

小邵明白了为什么陆易州一见着自己就鼻子不是鼻子脸不是脸："你去找他了？"

陆易州嗯了一声，把事情的来龙去脉讲了一遍，小邵也生气了："他怎么这样？我去找他！"说完，就走了，陆易州喊了两声，她没听见一样。深秋的风，裹着她的风衣下摆，啪嗒啪嗒地拍打着她被牛仔裤裹得结实而优美的小腿。

3

小邵当面质问和发火都没有用，罗海洋矢口否认当天晚上让小禾留下来加班的事。就小邵对陆易州的了解，觉得他不可能是为了让学校帮着承担小禾的医药费而信口开河，就私下里问了几个资料室的老员工。都说那天晚上，罗海洋确实提过让大家下班没事留下加班的事，但他们有事早走了，至于小禾有没有留下加班，他们也无从知晓。然后，她把问到的，跟陆易州说了。

随着小禾躺在医院里的日子一天天过去，老胡存折上的钱已经花空了，胡美杉只能问陆易州，怎么办？

是啊，怎么办？一旦交不上钱，就意味着停止治疗，意味着放弃了小禾的康复。虽然大夫一再说，这个可能微乎其微，但胡美杉总觉着，有那么一天，那个她每天都给擦洗得干干净净的小禾，会突然从病床上坐起来，笑吟吟地喊她嫂子。

黑暗中，陆易州冷不丁地说："我要辞职。"

胡美杉吓了一跳："你才回学校几天就要辞职？"

"我要和学校打官司。"陆易州一字一句地说，"我不能让小禾不明不白地躺在那儿，我必须还她一个公道。"

胡美杉也坐起来，在黑暗中摸索着他的手，拉住了，顿了几下说："我支持你，我信咱小禾。"

"辞职这段时间，我会没收入，又要辛苦你了。"陆易州也回握了她的手一下。

"不怕，只要咱全家人心往一处想，劲儿往一处使，日子总会好起来。"胡美杉也明白，辞职的事，陆易州或许已经想好了告诉她而不是商量，如果他不辞职，起诉自己任教的学校，总会别扭和尴尬。

　　"先别告诉我妈。"陆易州怕母亲知道了会担心，不管母亲看上去像不像个乡下老太太，但在骨子里，是绝对的乡下老太太。在母亲他们这些上了年纪的乡下老人心目中，打官司是天大的事，只要是被人告了，不管告得有没有道理，都是丢人的事。如果是主动告别人，不管是不是在理上，也是寻衅滋事耍横。他要起诉的是自己任教的学校，在母亲看来，一定是像儿子要打老子一样，忤逆到家了！

　　虽然陆易州要和学校打官司，可小禾的医药费不能等，一场官司从起诉立案到开庭判决执行，最少也得半年，胡美杉最愁的是小禾这半年的医药费从哪儿来。

　　小禾已经转到普通病房了，虽然相对重症监护室花钱少多了，可一天还得小一千。最让胡美杉挠心绝望的是小禾对整个外部世界，还是毫无知觉，不管胡美杉怎么按摩，怎么叫她喊她怎么和她说话，她总是安静地闭着眼睛，像睡着了的白雪公主。胡美杉想起媒体上的一些案例，有的人在昏迷几年后也能醒来，大多是爱的力量，就想到了陶家恩。小禾出事后，他和父母来过一次后就再也没出现过。这期间，胡美杉想过给他打电话，可又知道，在这种时候，他的不出现就已经摆明了态度：和小禾分手。她就替小禾难过，觉得她是在昏迷中被陶家恩从爱情的马车上推下来了，凉薄而残忍，让她打心眼里没法瞧得起陶家恩。这一切小禾并不知道，或许，那个在她看来凉薄市侩不配得到爱的陶家恩，在浑然不知情的小禾那儿，却是最甜蜜的渴望和最熨帖的温暖。

　　为了小禾，胡美杉不得不把憎恶暂且放到一边，给陶家恩打电话。说现在小禾这样，不管他作出什么选择，她都表示理解，但是希望他能看在往日的感情上，来看看小禾。跟她说会儿话，哪怕是说谎话骗她，只要能把她骗醒，他就是他们家这辈子最大的恩人。

　　说真的，自从小禾出事以来，陶家恩就愧疚得很，有几次想去医院看看小禾，都被父母拦住了，他的父亲说："这事不能怪我们心狠，'爱情诚可贵'这话没错，可小禾，咱娶得起吗？就算她不是植物人，可半身不遂了，你敢娶？

第二十六章

就算你敢娶回来，你这不成心让我和你妈死不瞑目吗？我们含辛茹苦养大的儿子，一天福没让我们享，他就去伺候瘫在床上的老婆去了！"

想想父母描述的和小禾在一起的残酷人生，陶家恩想去医院的念头，就给吓灭了，偶尔想起来，就宽慰自己说我不过是一芥城市草民，承担不起太高尚的人生。所以，接胡美杉的电话的时候，他踌躇得很，说考虑一下，再要么说行，我抽时间去。

每每真要去了，又打怵了，打怵胡美杉为了让他去看小禾而强忍鄙视的目光。没错，他拿脚指头想都能想象得出胡美杉的鄙视。他还怕见到小禾，怕一看见她躺在那儿的样子心就软了，更怕自己心一软，说了不该说的话，许了不该许的诺，等冷静后悔死，回家再被父母骂个半死……想想就畏难，所以，不管胡美杉怎么打电话，他都是嘴上应着，却从来没真去过。

有一天，胡美杉给小禾擦洗完了身子，就想试探一下她，就伏在她耳边轻声说："小禾，睁一下眼，你看谁来了，家恩！家恩来看你了！"然后她屏住了呼吸，看着小禾的眼睛，果然，她看见小禾的上眼皮似乎在努力地往上抬啊抬啊，可就是抬不上去，然后有两行泪，顺着小禾的脸流了下来。胡美杉看得泪如雨下，她知道小禾虽然身子不能动，但心里什么都清楚。

那天下午，她去了学校，她必须找到陶家恩，说服他去看小禾，只要他能去，哪怕给他跪下都行，她在学校门口问了问，很快就找到了陶家恩的办公室，见五六个人的办公室里，陶家恩在最逼仄的角落里办公，原先的怒气和怨气，突然地就消减了许多，心想或许就是因为他自身的逼仄没分量，就更加没能力承担小禾飘摇未卜的残破人生吧？这么一想，就觉得心里有口气，轻轻地叹了一下，原谅了他的凉薄，在他惊惧的目光里，走过去，微笑着说："小陶，忙着呢？"

陶家恩慌乱地关上电脑页面，说："啊，美杉嫂子，您……怎么来了。"说着，就好像有丑行害怕被揭发一样慌张地东张西望。胡美杉不想在这里说，怕出了他的丑，以后在同事面前没法抬头做人，人要生活，都不容易，还是体谅一下吧，就依然微笑着说："小陶，我想和你商量点事，出来说好不好？"

陶家恩忙说："好，您等一等，我把这边的事情处理一下。"说着，去拿鼠标，胡美杉觉得他拿鼠标的手，都有点颤抖了，知道是怕她来闹事，毕竟在女朋友危难之时，做出弃她而去这样的事，确实挺遭人鄙视的。人啊，都这样，看别人的时候，一个个用的全是高大全的道德标准，一旦事情轮到自己身上了，怕是哪一个也得腿软。她心平气和地说："不急，我出去等你。"说着，出了办公室，在走廊的头上等他。过了几分钟，陶家恩边往身上套西装边往外走，一副他没故意耽误时间的样子。胡美杉就按了电梯，说我们下楼找个清静地方说。

　　陶家恩还是说好。两人就去了操场，胡美杉边走边说："小陶你不要害怕，我今天来，没别的意思，就是想请你去看看小禾。"说着，就把她说他去看小禾了，小禾的眼皮动了好半天还流了泪的情节说了一遍，陶家恩也听得眼眶发红，说："嫂子，我知道因为这事您瞧不起我，可我……"

　　胡美杉说："小陶，你别这么说，我理解，人在这世上活着，都不容易。"

　　陶家恩不相信似的看着她。

　　胡美杉说："如果你是我的儿子，还没结婚女朋友就出了这样的事，我可能也会拦着你。一辈子挺长，一对健康的人都未必抵挡得了风雨，何况小禾已经这样了……真的，我理解你，但我还是希望你看在和小禾往日的情分上，去医院看看她，陪她说说话，说不准她就能好起来。"

　　陶家恩低着头走，没说话。

　　"就陪她说说话。"胡美杉说，"哪怕小禾清醒了，我会告诉她，她不能和你在一起了，你这么好的小伙子，不能把一辈子耽误在她身上。和小禾相处了这么长时间了，你也知道她有多善良多体贴别人，不管她有多难过多不舍得，一定会听我的。"

　　他们围着操场走了两圈，一直都是胡美杉在说，最后，陶家恩终于答应每天中午过去看小禾，他过不去的时候，就用微信说话，然后等胡美杉过去的时候，逐一播放给小禾听。

　　胡美杉说这主意不错，又想起小禾说过陶家恩唱歌特别好听，就说："你有时间就唱几支小禾喜欢的歌录下来，发给我，我播给小禾听。"

　　陶家恩说："行。"

　　胡美杉就定定地看着他，说："小陶你要说话算话，就当帮嫂子一把，行不行？"

第二十六章　　383

陶家恩用力点了一下头。

"那就从明天中午开始?"

陶家恩说:"好。"

胡美杉说:"那你先用微信跟小禾说几句话吧,回去我放给她听。"

陶家恩说:"好。"但怕他难为情,胡美杉就背过身去,说你可以离我稍微远点说。陶家恩说好,就往一边走去。没一会儿,胡美杉的手机就闪了一下,胡美杉就晓得是陶家恩的语音信息来了,打开一看,果然,一共五条,每条都五十多秒,心里就踏实了好多,又等了大约两分钟,再没消息,估计是陶家恩不想说了,就回头说,"小陶,那我就先回了。"

"嫂子……"陶家恩突然喊了她一声,两膝一软,就跪在了塑胶跑道上,"请你原谅我……"说完,没等胡美杉回过神,就起身飞一样地跑掉了。他一边跑一边抹眼泪。

胡美杉明白,陶家恩的这一跪,意味着不管小禾以后怎样,他们都不可能有以后了。但她也没生气,只是眼睛酸酸的,在心里叹气,人啊,没多少真材实料的坏,大多数的坏,还不都是生活所迫、命运逼人?

了了这桩心事,胡美杉轻松了好多,想着要不要跟陆易州说一声,可怕他这几天因为小禾到底是不是工伤的事,和学校闹得有点僵,正心烦着呢,就把手机揣回了兜里,一溜小跑似的往外走。她想在回店里以前,去医院把手机里的语音消息放给小禾听。走到学校门口,胡美杉突然看见陆易州了,他背对着她,站在一辆红色的卡宴车旁,正激动地和车里的人说着什么,虽然看不到开车的人是谁,但胡美杉也知道是小邵。之前和小禾聊天说富二代的时候,小禾就说他们学校真正的富二代是小邵老师,开一辆二百多万的卡宴,每个月光油钱就比工资高,可见小邵老师不管从事什么职业,那才是货真价实地出于对职业的热爱,绝不像他们这些第一代进城的男女一样,为了前程而工作那还是好听的,更主要的是为了生存而工作。

十一月的青岛,满街的叶子变成了彩色,像挂满树枝或者树下的彩蝶,散发着绚烂而醉人的美。此刻,站在一棵高大的金黄色银杏树下的胡美杉,像被施了定身法,站在一片金黄色的落叶上,寂静里,她听得到啪嗒啪嗒的银杏坠落声,闻得见坠落在地的银杏,跌破了表面那层浆果散发着微微的苦臭,像她此刻的心。

就在十几分钟前，她还在把与这个男人有关的一切，当毕生奋斗目标去捍卫去呵护，可这个男人呢？他感动吗？不，是厌烦，因为不爱。她记起了那些夜晚，当她从背后贴到他身上，搂着他入睡，他会拿开她的手，说热。她还记得自己在街上哭泣的时候，他拉过去又像抛开臭气熏天的破抹布一样抛开了她的手……太多了，一直以来，这个男人是她今生不二的爱，而她却是这个男人不得不承受的香港脚吧，徒有烦恼，碍于许多，却又不能割舍掉。

这段时间她店里医院两头奔忙，为了小禾，他们就像两个两手空空却试图在茫茫荒野上建起一栋大厦的野心家，野心勃勃地四处奔忙着搭建大厦的材料，根本就无暇过问感情叩问内心。只是因为他们有着高度一致的目标，那就是让小禾健康起来，还她公道。因为有这个亟待实现的目标矗在眼前，让他们看起来是那么地志同道合、齐心协力。就在这个深秋的下午，胡美杉望着站在卡宴旁的陆易州，好像自己身处的世界寂静无声，然后听到了内心深处一声巨大的哭泣。是的，实事求是地讲，在现实生活中，哪怕是做朋友，他们也只能做点头之交、泛泛而谈却不能深入的朋友，没有相互的敬仰和欣赏，怎么能把夫妻做好呢？她必须承认的一个事实是，除了在生死攸关的那段日子里，对生的渴望和对死亡的恐惧让陆易州抛掉了所有的学问和思想，像初生的婴儿一样对她充满了依赖，再然后和再之前，他所有的角色，不过是个良心未泯的男人，因为报恩而守在她的身边。

他也很苦吧？

她擦了一把泪，看见卡宴车副驾驶座的门开了，陆易州坐进去，卡宴车往前提了提，以免妨碍后面车的进出。其实胡美杉特别想走近了去看看，他俩到底在说什么，可又有一万双手，在背后撕扯着她，有好多好多的声音伏在耳边说胡美杉，你不要去呀，你去了你们之间就完了。她不想完，她爱那个叫陆易州的男人，不管他爱不爱她，她只要能看见他，能和他说话，就是幸福的，如果说人生的意义就是实现自己的人生价值，她觉得包得一手众人交口称赞的馄饨当然不是她的人生价值，而是做陆易州的妻子，做陆易州孩子的母亲。

后来，卡宴的车门又开了，陆易州气冲冲地从车上下来，匆匆往学校走，就看见了银杏树下的胡美杉，一脸的怒气，就僵成了错愕："你……美杉……"

第二十六章

陆易州错愕、慌乱，不知该怎么说刚才的一幕。

胡美杉擦了一下泪，说："我来找陶家恩。"说完就往学校外走，陆易州大步追过来，撑在她身后："你别误会。"

胡美杉不说话，沉默得像一个倔强的哑巴，往外走，陆易州一把拉住她的胳膊："我去学校调资料室当晚的监控资料调不出来，想请她帮忙。"

胡美杉还是什么也不说，试图使劲挣脱他的手，陆易州揪住不放："你别胡思乱想。"

"你放手。"胡美杉从牙缝里挤出这几个字。

"答应我。"陆易州追得气喘吁吁，"别瞎联想。"

胡美杉站住，像拍打脏土一样拍打他抓着自己胳膊的手："你放手！"

陆易州的犟劲也上来了："你不答应我我就不放。"

"陆易州你不要欺人太甚！"胡美杉小声说，"如果这不是在你学校门口，不是为了你的面子，我会坐在地上号啕大哭，拿头撞地！"陆易州还从没见胡美杉这么咬牙切齿地和他说过话，错愕中松了手，胡美杉像挣脱了缰绳的倔牛一样，噔噔走了。

到了公交车站，见等车的人诧异地看着自己，胡美杉这才意识到自己还在流泪。她不想被人端详审视一路，就拦了辆出租车。刚说了去医院，医院来电话了，说萧禾在医院的账户上已经没钱了，让她及时缴费。胡美杉心乱得不行，除了生活费，家里已经拿不出任何钱，想来想去，还是要借，唯一借起来让她不是很为难的也只有贾文莎了，就让司机往贾家烤鸡店的方向去。说起贾文莎，胡美杉有点惭愧，这段时间忙小禾忙得也没顾上问贾文莎那边的事。贾文莎倒是常来店里，可总是阴错阳差说不上话，贾文莎饭点的时候来，她在厨房里忙；不是饭点的时候来，她在医院忙。贾文莎和父亲的关系，偶尔听老胡说了几嘴，说老贾挺奇怪，起诉也起了，开庭的日子也定了，可连着两次了，说心脏不舒服，推迟开庭，谁也不知他葫芦里卖的到底是什么药。胡美杉也觉得奇怪，就和晏老师说。晏老师先问老贾是不是有心脏病史，胡美杉说没听说过，就听说他评剧唱得不错，偶尔还和人去打打沙滩排球，按说心脏不应该有问题。

晏老师就说明白了，他推迟开庭一定不是因为心脏有问题，是气头上去立了案，冷静下来了，又不想真的和亲生女儿对簿公堂，想撤诉，又怕让贾文莎拿捏住了他内心的虚弱，以后更有恃无恐。这场官司就打成了骑虎难下，只好以心脏不好推迟开庭，其实，他的延迟开庭的申请，不过是想通过法院把自己是个病弱父亲的信息传递给贾文莎。希望作为晚辈的她，能看在昔日父女情深的分上，主动给个台阶下。晏老师也劝过贾文莎几次，可被一场拘留寒了心的贾文莎，这个台阶死活都不肯递，两边就僵在这儿了。胡美杉也抽空打电话劝过贾文莎，没用。贾文莎直接下了最后通牒，说你也别把我当你，只要我贾文莎不愿意，就是天王老子说这事我没理我都不认，如果就这事你再劝我，我立马和你翻脸，一刻也不耽误！胡美杉就算了。

4

到了贾家烤鸡店，胡美杉伤心得差点落下泪来。

现在的贾家烤鸡店真的不是以前那个红火热闹的烤鸡店了，因为烤鸡店的归属和老贾闹官司，贾文莎两口子也不上心打理了，到处脏兮兮的，仅有的两个负责销售的中年妇女倚在柜台后面玩手机，一看就是半天进不来一个顾客的怠慢样。贾文莎像只愤怒的河马一样，在收银台后面玩植物大战僵尸。连门口的电子提示音坏了也没人修，所以胡美杉进来，压根儿就没人听见。她走到收银台旁，敲了敲机器："嫂子。"

贾文莎抬头看了她一眼，面无表情地说："你等我杀完这拨僵尸。"

胡美杉也没说什么，等了大约两三分钟，贾文莎放下手机，抬眼看她："借多少？"

胡美杉吃了一惊："嫂子，你怎么知道我是来借钱的？"

贾文莎从底下抓起手包："这还用问？这阵子你为陆易州的那个表妹忙得神龙见首不见尾的，连接我个电话都跟火烧眉毛似的，要不是为了借钱，你哪有时间往我这儿跑？"

胡美杉心头一暖："嫂子，你真好，如果能管住嘴，就更好了。"

"想什么不好，我已经有颗温柔善良大度厚道的心了，再一张抹了蜜的甜嘴，我干吗呢？我要贱死啊？"说着，径直往外走，要出去给胡美杉提钱。

到了银行，她取了五万给胡美杉，"我告诉你啊，胡美杉，这五万我压根儿就没打算让你还，权当我做善事了。可你得有数，这小禾都在医院躺了一个多月了，如果她一直躺下去呢？你一直往上填？"

"不会，小禾一定能好起来。"胡美杉坚定地说。

"身体是她的，不是你的，连她自己说了都不算，你说了算个毛？"贾文莎小声嘟哝，"又不是你亲妹妹，再说了，她还有亲爹亲弟弟呢，轮也轮不到你管吧？"

"嫂子，我知道。"胡美杉说，"你说的这些我都想过，可是我更知道，如果我把小禾交给她爸和她弟，她只有死路一条，虽然她只是易州的表妹，可这几年我和她处得跟亲妹妹似的，一想着她花朵一样的姑娘，不治的话就得这么躺一辈子，我于心不忍。"说着，胡美杉又要掉泪，贾文莎就拉着她的胳膊往外走，说："好了好了，我也就是说说，有你这么个善良的小姑子，你哥再混账王八蛋我也认了。如果有天我落难了，你不会扔下我不管。"

"瞧你说的，我们生活在太平年间，也就是个有钱吃海鲜没钱吃肉的事，哪还有落难这一说！"

"这可不好说，最近我在店里待的时间长，觉得你哥不大对劲。"贾文莎若有所思地说，"和以前不一样了。"

"是不是让官司闹的？"胡美杉心里有点不安，在心里暗暗祈祷他们千万别在这时候出事，要不然她真得操心操成五马分尸都忙不过来。

"切！官司的事他才不操心呢，好像和他没关系似的。最近店里生意不好，我没给他零花钱，可前天晚上我发现他包里有小一万块钱的现金，他说是以前攒的小金库，我觉得不对。"

"有可能。"胡美杉按捺着满心的不安，"你不也说我哥不和那帮狐朋狗友喝大酒了嘛，他不喝大酒零花钱不就攒下了？"

"那是一年以前，最近又喝上了。"贾文莎把头摇得跟拨浪鼓似的，"我比你了解你哥，眼皮子浅得很，口袋里有两块钱就当自己是财主不知怎么嘚瑟好的主，就他这贱毛病，根本就攒不下钱。"

"嫂子，别想了，多累得慌，直接给他没收不就得了！"

"事情没这么简单。"贾文莎张了好几次嘴，好像想说什么，又强咽了回去。胡美杉看了一下表，说得赶紧去医院把钱交了，不然连晚上的吊瓶都停了。贾文莎问要不要开车送她过去，因为要赶时间，胡美杉也没客气。

路上，胡美杉故意小心地问贾文莎："你该不会怀疑我哥有外遇吧？"

"不是一般怀疑。这一年多，他不太对劲，抽空就往外跑，不是哥们儿喊他喝酒就是哥们儿找他有事，可我平时也没见着那些哥们儿来找他啊。"

"他们都知道我哥怕你，你在店里，谁敢来？"

"不对！反正我就觉得不对劲，看见他钱包里有那么多钱，就更觉得不对劲了。"说着看着胡美杉，"我闻了，那钱上有股烤鸡味，我怀疑他和那个姓聂的搞一块儿去了！"

胡美杉心扑扑狂跳，却还要装没事人一样地笑："不可能，钱上有烤鸡味那是因为我哥整天在店里待着，能没味吗？"

贾文莎定定地看着她，好像看穿了她是在帮胡美德撒谎似的，笑得很落寞也很讽刺，甚至有些不置可否。

第二十七章

1

胡美杉把手机放在小禾的枕头边,点开了微信语音。当陶家恩的声音在小禾耳边响起时,胡美杉看到小禾的睫毛在飞快地颤动。陶家恩的话很深情,回忆了他们一起去过的地方和说过的话,还有他们计划着要去旅行的地方。最后,当小禾听陶家恩在微信里说小禾,你再不赶快好起来,今年我们就去不了九寨沟了,大朵的泪花涌出来。

胡美杉握着她的手,"小禾,你要努力,小陶说了,以后会每天中午都过来陪你说话,如果忙得过不来,就给你发微信。"

小禾的泪花结成了泪珠,滚下来。

可胡美杉是欣喜的,觉得小禾能恢复。晚上回家把这事说了,何秋萍叹了口气,问她是不是又出去借钱了,胡美杉点点头。何秋萍抹着眼泪说:"难为你了。"然后起身回房间去翻箱倒柜,拿了一个红色的首饰袋出来,放在茶几上,说,"这是你爸给我买的几样首饰,我也没怎么戴,拿去卖了吧,总借钱也不是个事。"

陆易州知道这几件首饰对母亲来说,意义还是很重大的。在乡下那会儿,没几个人能戴得起金货。父亲用年底的奖金买的,把母亲给幸福得,大冬天的,不戴帽子不戴手套地站在街上和往来的街坊邻居打招呼,就是为了让人看见她的手和耳朵上有金灿灿的金货。他拿起母亲的首饰,打开看了一会儿,又封上:"妈,这是我爸送您的,他人都不在了,您就留着当个纪念吧。"

"什么纪不纪念的,先给小禾治病要紧,等她好了,挣了钱再给我买新的。"

"妈,卖这几样首饰的钱,对小禾的医药费来说也是杯水车薪,真的,您还是留着吧。"说着,陆易州把何秋萍的手合上,环顾了一下房子,"我今天出去问了,咱家这房子能抵押五十万,够小禾用半年的。"

何秋萍就惊呆了："易州你把房子抵押了咱一家四口住哪儿？"

陆易州说抵押房子不是卖房子，就是用房子做抵押跟银行借钱，人还住在房子里，等有钱了，再把房子赎回来。

何秋萍还是接受不了。是的，她一定要倾尽心力去救小禾，但还没倾尽到让自己儿子连家都抵上的地步。到底，人都是自私的，她既希望小禾好，也希望陆易州一家三口安安稳稳地过着暖和日子："你说得轻巧，万一你没钱还呢？"

"会有钱还的，妈，小禾是工伤。"然后，陆易州看了胡美杉一眼，声音低了好多，"今天我本来要去起诉的，你在学校门口看见我和邵老师，就是因为这，邵老师和我吵起来了，她觉得我手段过激了。"

之前，胡美杉只听陆易州说要起诉学校，然后就没了下文，今天在学校门口看到的一幕，居然是因为他要起诉学校，小邵不让，可陆易州为什么没跟她说今天要去起诉学校？可见陆易州有事宁肯跟小邵说到吵架也不愿意和她吭声！至于要抵押房子，也是没和她商量，那种被无视的悲凉，像缓慢的冰水淹没了她，可她还在为小禾忙活。是的，或许在陆易州看来，她对小禾的好，不过是讨好他的手段吧？所以不需要领情，现在的人，心越来越冷了，越来越不相信有人肯无缘无故地对人好，这种不信任，比起在方便的时候也不肯对别人好，更让人心寒。如果想让小禾好起来，就得不停地往医院送钱，除了借，家里已无钱可用。今天贾文莎虽说借给她的五万没打算让她还，竟让她挺感动，可这话的背后还有不需要说出来她也明白的一层意思，那就是这钱我不用你还了，以后也不要再找我借。她抱怨不着贾文莎，人家和小禾本来就没关系没义务的，能借五万已经很好了，何况烤鸡店很可能要保不住了，将来他们一家三口怎么过还不知道呢，她怎么能奢望更多？除了心凉，胡美杉一句话也不想说。

听说陆易州不仅要抵押房子还要起诉学校，何秋萍急了，说："学校是公家单位，以前我就听说公家单位处理个人，还没听说哪个人能怎么着公家单位，你这是干什么？这不成心要让胳膊去拧大腿么？往后你还要在学校上班挣前程呢，你要把学校告了，能有你的好果子吃？"

听母亲心急如焚地说了这一套，陆易州后悔不该当着母亲的面说这些，可话已经说到这儿了，就收不回了，只好闷闷地说他打算辞职。

何秋萍虽然没晕过去，可眼前一黑，抹着眼泪说早知道这样，当年她就不怂恿着小禾念大学，这样何秋美也就没机会来青岛，也就不会死，小禾也健健康康地在别的地方生活着，不会出这档子事……自从小禾出事，何秋萍一改过去轻易不掉泪的脾气，动辄就眼泪汪汪，动辄就搬出了不该怎样不该怎样的这一套话。

陆易州只好说他已经想好了，早先济南有好几所学校向他伸出过橄榄枝，只是恋着青岛这边的环境和气候，他没接而已。依着他的学历，随便在哪座城市找个养家糊口的工作都不是难事。

"去济南，我爸怎么办？你想去哪儿就去哪儿，你和我商量过吗？想过我的感受了吗？"

陆易州就被问住了。确实，这几天关于抵押房子，起诉学校、辞职，万一败诉在青岛将无立锥之地的事，他都书生意气地想过了。想他到底是个男人，就得拿出气概做点男人该做的事，如果真到了后退无路的那一步，他就带着一家去济南。今天下午，他也是因为这才和小邵吵起来的。下午他从学校出去，就是去法院递起诉状立案的，没想到在学校门口遇到了小邵，小邵问他去哪儿，想捎他一程，关于起诉学校的事，他本不想让任何人知道，因为不想案子还没立呢，这边就沸沸扬扬了。更重要的是，在确定法院给不给立案之前，以及立案开庭之前他不想辞职，因为他想利用还在学校的这段时间，多收集一些对案子有利的证据。可小邵也是个倔人，陆易州越不让她捎，她越执着，非让他上车不可，说路上有事要跟他说。

不得已，陆易州就上车了，问什么事，小邵说等会儿再说，让他先说去哪儿，陆易州只好说了，去法院。小邵的脸就变了，因为关于要起诉学校的事，之前陆易州提过一次，小邵没当回事，以为他是说气话。人受了无妄的冤屈，大多会说几句气话狠话，但一般不会真去实践，所以小邵就也没放在心上，没想到陆易州动真格的了。她就把车往路边一停，和他急了。

陆易州说平和的方式行不通，罗海洋说资料室监控器坏了，调不出影像资料，而学校又偏听罗海洋的，一切就成了死无对证，他起诉也是被逼无奈的最后一步。

小邵说你是学法的，应该知道法庭是讲究证据的，没有证据证明小禾那天晚上是在加班，你就是起诉了，法院立案了，唯一的结果还是你和学校交恶，待不下去，拍屁股走人。除此以外，你休想有第二个结果。如果你能找到那天晚上小禾确实是在加班的证据，不用起诉，学校也会处理相关瞒报事故的相关责任人！

可陆易州不服气，说本着谁主张谁举证的原则，学校想证明小禾不是在加班，就必须出示她不是在加班的证据，现在不是学校办公大楼的保安都说没看见事故当晚的小禾从资料室出去么？也就是说下班的时候没人看见小禾在哪儿，那么作为一个单位是不是有责任告诉大家，在工作期间他的员工到底在什么地方做什么，才导致了她晚上九点钟离开学校！

被诸多事情缠得挠头的陆易州肝火旺盛，小邵吵不过他，就跟他要诉状看。虽然生气，陆易州还是没介意，给她看了，小邵接过去，扫了一眼，就瞥着他说她今天晚上就去资料室。

男人天性的嫉妒让陆易州有些鄙视，心想你不仅晚上可以去资料室，还可以去罗海洋的床上。这么想着，他心里就堵得慌，说他还是自己去法院吧，跟她要起诉状。小邵说："如果你一定要起诉，明天上午再去行不行？"

陆易州问："为什么？"

"我说过了，因为我今天晚上要去资料室，如果我找到小禾那天晚上确实是在加班的证据，那么你用不着起诉，只要告诉校领导一切就OK了。"

陆易州就更是屈辱了，伸手去夺起诉状："我陆易州堂堂一个大男人，用不着一个女人牺牲肉体去为我施美人计！"

小邵敏捷地一抬手："陆易州你到底是想让我说你有骨气呢还是说你卑鄙下流？"

"好，我卑鄙！你见过像我这么卑鄙的人吗？为了给表妹一个公道，我不仅要倾家荡产我还要失去我热爱的工作！"

小邵一探身子，推开了副驾驶座旁边的门："陆易州，不管你有多愤怒，想起诉，你必须等到明天上午！"

然后，他又气又急地下了车，就看见了在银杏树下泪流满面的胡美杉。

那天晚上，他们没再说话，躺在床上，胡美杉想，等小禾好了，她和陆易州的心也就不在一处了，也该结束了吧？

2

那天晚上，小邵以去资料室查资料为名，要来了资料室的钥匙，其实，是带一位电脑高手去了资料室的监控室。因为她和罗海洋的关系，知道他总把和资料室有关的钥匙挂在同一个钥匙串上。电脑高手恢复了被罗海洋弄坏的监控影像，一切果然像陆易州说的那样，那天晚上，整个资料室里只有小禾和罗海洋，他们分别在两个不同的区域整理资料。最后，罗海洋还给小禾倒了一杯水，看样子还说了一些客套话，最后和小禾握了握手，小禾才转身出了资料室……

第二天一早，小邵就在学校门口拦住了来上班的陆易州，推开车门，望着他。

陆易州停下看了她一眼，昂首阔步往前走了，小邵踩着油门追上来，冲他喊："陆老师，如果你不上车，我就直接找你老婆去了。"

一下子，陆易州就怒从胆边生，气得脸都紫了，指着小邵的鼻子："你……你怎么可以这么恶毒？"

小邵把车门开得又大了一点："我恶毒又不是一天两天了。"说着，摆了一下头，表情有点轻佻，"上来呀，光天化日之下，我又不能把你生吃活剥了。"

正好是上班时间，家住在校外的教职工像汇集的溪流，往学校门口这儿汇集，再加上小邵的红色卡宴车又鲜艳，陆易州不想吸引过多的目光，只好上了车。他别着脸，对小邵看也不看。小邵闭着嘴，用鼻子哼哼地笑："学校对小禾的事没反应，不是学校寡情薄义冷酷无情，是没有人证明小禾确实是因为留下来加班出的事。不管怎么说，学校是教书育人的地方，只要你有足够的证据，不用去法院起诉，学校也就处理了。"

陆易州说："这些道理不用你给我讲。"

小邵从包里摸出一个U盘："交给学校相关负责人。"

陆易州接过来，疑惑地打量着这个小小的U盘："什么？"

"如果不放心，你可以先复制一份再往外交，不过，我已经替你复制过了。"到了岔路口，小邵停了车，歪头看着他，眼里已经彻底没了曾经的骄纵，探身给他打开车门："我要拐弯了，咱俩不顺路。"

"资料室监控影像？"陆易州小心地问。

小邵嗯了一声："别问了，也别说是我给你的。"

"你从哪儿找到的？"陆易州感动而又大惑不解。

小邵笑了笑，提示他时间不早了："我上午有课。"

看着手里的U盘，陆易州的心情翻江倒海，好像根本就没听见小邵的催促："你可以不这么帮我，你可以恨我骂我，完全没必要对我好。"

"陆老师，不要想多了，我这么做其一是出于我眼里容不下沙子的道德规则，看不得无辜的公道被践踏；其二是为学校着想，像您这么优秀的人才，我觉得既然我知道你要辞职的原因，就应该从根本出发，做我力所能及的，帮学校挽留你。"

陆易州定定地看着她，复又点点头，推开车门，下车，什么也没说，也没什么可以说，因为在小邵的这份让他无以为报的浓情面前，无论说什么，都轻如鸿毛。他只能像庸俗不堪的领导迎接上级视察一样，站在路边，以前所未有的恭敬，向小邵老师鞠了一个躬，然后目送着小邵在泪奔中离去。

小禾的问题，就这么解决了。罗海洋被行政记大过一次，调任其他部门。作为工伤职工，小禾的劳动合同不仅没有解除，学校还跟她签订了终身劳动合同。如果康复得了，回学校上班；康复不了，学校会承担她终身的医疗和生活费用。因为小禾还在昏迷中，合同是由老萧代她签的。握着笔的老萧，老泪纵横，说孩子都这样了，签这合同还有啥用？他宁肯要一个健康的乡下姑娘小禾，也不愿要躺在床上也有工资发的不能说话没有任何表情的小禾。

是啊，人如果都不能支配自己的身体了，再多的荣华富贵，彰显的也不过是苍凉，学校结付了之前胡美杉垫付的药费，胡美杉把借的钱，逐一还了，先去的贾家烤鸡店，贾文莎不在，就见胡美德坐在收银台后边接手机边笑得像个傻子，见她进来，就挂断了。就问他什么事高兴成这样，胡美德让她猜。

胡美杉猜不中。

胡美德就指了指头顶上："老天开眼了。"

胡美杉也笑了，问："是不是老贾主动撤诉，烤鸡店也不收回去了？"

第二十七章

"这才到哪儿?"胡美德笑得眉飞色舞,"太疯狂了。"然后给胡美杉讲了一个天方夜谭似的故事:崔玉怀的孩子不是老贾的!

胡美杉震惊得不行,问他怎么知道的。

胡美德说贾文莎说的。胡美杉这才想起来问贾文莎呢。

胡美德说在医院,刚才电话就是她打的,事情具体的来龙去脉,她在电话里没详说,总之就是崔玉怀的是野种,她爸知道真相后一脑袋就昏过去了,正在医院急救室待着呢。胡美杉问了是哪家医院,说我过去看看。

胡美杉抱着一只大花篮赶到医院,找到病房,听贾文莎说老贾是急火上升导致的轻微心梗,已经没事了,但需要住院观察几天。

病房里只有老贾自己,他躺在床上,闭着眼睛,听见胡美杉的声音时,只是眼皮动了几下,一副绝不想多看这个世界一眼的样子,胡美杉小声问:"崔玉呢?"

贾文莎说父亲进抢救室的时候,她宫缩破水了,已经上产床了。听她们两个在说崔玉,老贾的情绪明显有点焦躁,眉头一抖一抖的,就差跳起来发火了,胡美杉忙悄悄拽了贾文莎一下,示意她别在老贾跟前说崔玉的事。

贾文莎撇了撇嘴,用口形说了咎由自取四个字,还觉得不过瘾,就拽着胡美杉去病房走廊。胡美杉晓得她肚子里藏不住话,尤其像崔玉怀了个野种被父亲知道了这种快意恩仇的大好消息,她都恨不能现在就敲锣打鼓扭着秧歌满街庆祝,哪儿能忍住不说?

事情是这样的,随着预产期的临近,崔玉越来越不安,一会儿哭一会儿笑的,好像有天大的灾难就要降临。一开始老贾还以为是预产期产妇对生产的恐惧,以前贾文莎的母亲也这样,生孩子之前的一个月,开始焦虑,整天盯着自己的大肚子害怕,一天到晚地追着老贾傻乎乎地问,这么大的孩子,怎么可能通过一条那么窄小的通道生出来,万一孩子出不来怎么办?但老贾知道那不过是从没做过母亲的女人的杞人忧天,可崔玉是生过一胎的女人了,还怕得要命,有时候会看着老贾发傻,还经常看着看着他就哭,自言自语:"怎么办呢?"弄得老贾心里慌慌的,还悄悄去医院问过大夫,他的小媳妇这是怎么了。根据他的描述,大夫说有可能是产前抑郁,让他多留着点神,而且这样的产妇,产后抑郁症的发病率很高。老贾就更担心了,一直担心到离预产期还有一周，有天早晨，醒了一睁眼，就看见崔玉抱着大肚子跪在床前，哭得跟个泪人似的，老贾已经快被崔玉折磨崩溃了，但看她哭得那样，又不好发火，就忙拉她起来，说："大清早的，这是干什么呢？"

崔玉不起，说她要告诉老贾一件事，如果老贾不原谅她，她就永远不起来。

老贾还当她是产前抑郁的瞎折腾，也没往心里去，就满嘴敷衍地说："我原谅，你说，你就是把天戳破了个窟窿，在地球中心按爆了一颗原子弹我也原谅。"

可是，等崔玉一说完，老贾就昏了过去。

因为崔玉说，她怀的孩子是她前夫的。其实她也不是成心要骗老贾，是她和前夫生的哑巴儿子得了白血病，医生说了，想要救这孩子，就两条途径，其一骨髓移植，她和前夫和孩子的骨髓都配不上型，再往外界去找，就更难了。还有一个办法是他两口子再生个孩子，用下个孩子的脐带血提取造血干细胞移植给儿子，只要能救儿子，和比前夫魔鬼十倍的人复婚崔玉都愿意，可问题是前夫已经再婚，还又有了一个三岁的女儿，没辙，为了救儿子，崔玉决定豁出去了，再和前夫怀一次孕，她本来想的是，如果怀上孕，就和老贾分手，可娘家没她的地方，就她那点工资，租得起房子就养活不了自己了，只好硬着头皮在老贾那儿挨着，想挨到哪天算哪天。

怀孕四个月的时候，她觉得瞒不下去了，本来想跟老贾坦白以后就走呢，可没想到老贾误以为孩子是自己的，非要和她结婚。看着老贾的一脸幸福，崔玉说不忍心戳穿这个谎言，那是虚伪，她也没那么高尚，只是凄惶着离开老贾，自己没地方去，索性就将错就错了。可老贾对她越好她越害怕，因为这个谎是撒不长久的，在孩子出生的当天就要为大儿子做配型，然后手术，那时，她作为一个行动不便的产妇，想让这一切流程瞒住老贾，是根本不可能的事情。所以，离预产期越近她就越害怕。因为她知道老贾对即将出生的孩子有多喜欢，老贾对她越好，越喜欢她肚子里的孩子她就越害怕……为了生孩子当天的手术顺利，她必须提前向老贾坦白，孩子不是老贾的，娘家要所谓的订婚钱，哥哥借的开店钱，其实都是给儿子付医疗费了，老贾不在家她就往外跑，也是去医院看儿子……

在"120"急救车上，崔玉给贾文莎打了电话，只说老贾昏倒了，正往医院送。贾文莎也没客气，说他去他的医院和我有什么关系？崔玉就哭了，一个劲儿地跟贾文莎说对不起，他们父女之所以闹成这样，都是因为她，她已经决定从老贾的生活中退出，请她去医院看看老贾。贾文莎来了，崔玉就哭着把事情的前因后果跟她说了一遍。

听完崔玉的故事，胡美杉并没觉得多快意恩仇，作为母亲，她能体谅崔玉对患病儿子的一片苦心和对老贾无奈的欺骗，就说："你不觉得崔玉蛮可怜吗？"

贾文莎还是那四个字："咎由自取！"

胡美杉知道她还没消气，就先把借她的五万块钱还了，说了一会儿小禾说一会儿别的。其间，看见护士端着药进了老贾的房间，过了一会儿，护士提着胡美杉送的花篮出来，胡美杉就笑："你家天宝姥爷还挺会做顺水人情的，我还没走呢，就把我花篮送护士了。"

贾文莎也撇撇嘴说："他那是出了名的会哄女人，要不我妈能豁上被我姥爷打断了胳膊也要嫁给他？还有崔玉，才比我大两岁，要是我爸没点手段，怎么可能？"说着，盯着护士站的门口，没好气地嘟哝，"这边还没摘巴利索呢，又盯上小护士了，什么人啊！"

两人正说着，护士又提着花篮从护士站出来了，站在门口，招呼在走廊里忙活的保洁大姐，让她过来一下，把花篮帮忙送到妇产科去，然后就手递给保洁大姐一张纸条："送给这位产妇。"

贾文莎脸色就变了，三步两步冲过去，一把夺过纸条，一看写着崔玉，当即就要暴跳如雷，却被胡美杉一把抱住，连嘴也给她捂上了。胡美杉冲保洁大姐说："去吧，没事。"

保洁大姐有点慌，拎起花篮一溜烟跑了。

贾文莎气得脸色煞白："她都给他戴这么大一顶绿帽了，他居然还给她送花！还是你的花，还要不要脸了？"说着，飓风一样往电梯的方向去，"我没这样的爸爸！"

3

老贾住院观察了三天，就回家了。第七天一早，他开车去了医院，在产科病房见着了崔玉，虽然小儿子的脐带血和大儿子配型很成功，可因为自觉对不起老贾，不过七天而已，整个人糟心得都脱了相，老贾站在病房门口，看了她一会儿，叹气，进来，把她东西逐一收拾了，拎起来，说："出院手续我已经办好了，回家吧。"

崔玉眼泪滚滚地坐在那儿，不动。

老贾放下东西，看了看她怀里的孩子，笑了："别说，这小子和我还真有点像呢。"

崔玉就哭着说："贾大哥……你骂我一顿，打我一顿也行。"

老贾叹气说："打什么打？都是为人父母的人，理解，都理解，走吧。"

就这样，老贾把崔玉接回去了，没多久，崔玉前夫的现任妻子上门闹了一场。那天老贾不在家，崔玉给骂得头都不敢抬，泪眼婆娑地在家里挨着，崔玉前夫的妻子高一声低一声地骂，像波浪一样在整个小区里一波又一波地起伏。她想过离家出走，想过自杀，可看看襁褓里的孩子，就觉得一死了之虽然轻松快意，可孩子怎么办？老贾的好还没来得及还，死不起啊，反正前夫的妻子也就骂骂她出口气，不敢把她和孩子灭了，何况老贾也原谅她了，有什么可怕的呢？晚上老贾回来，就和他这么说了，随她骂去吧。她也想开了，反正日子是自己的，谁爱说什么说什么去吧，反正不管别人怎么说，日子照样过不是？

老贾说理是这么个理，可他不愿意在别人唾沫里滚来滚去地过日子，好生生的自己，被人家无妄的唾沫淹着，怪肮脏的。不行，得卖房子搬家，打小被人指戳着长大的孩子，容易长歪了。第二天，老贾就出去看房，看中一套精装修的海景房，又过两个月就搬了，搬家之前，他和崔玉说："你打算和我好好过日子不是？"

崔玉说："就冲你对我和孩子的这情分上，我做牛做马地和你过一辈子。"老贾摆摆手："不用，你做得了牛马我还享不了做牛马主人的福，两口子过日子就得相互敬着亲着才有奔头，我是想和你商量一下，烤鸡店不往回收了，我得和莎莎他们说声，立个字据，也好让他们放踏实了心好好经营，快四十年的老店了，不能就这么毁了。"

崔玉说这事不用商量，让老贾看着办去，她一万个没意见。

第二十七章

4

很多时候，只有三十二岁的胡美杉觉得自己老了，老得满心暮气沉沉。中午在店里忙完了，就去医院陪小禾，也不管她回不回应，就是自顾自地和她说，说街上的树，说电影院里新放映的电影，说陶家恩，说她和陆易州，所有的不能和别人说的话，都说给小禾听，边说边帮她活动身体。有时，陆易州去医院看小禾，看到这一幕，也会很感动，亲姐姐也不过如此吧，就过来，和她一起帮着小禾活动身子。

两人都不说话，但配合很默契，做完了，彼此笑笑，陆易州说如果店里忙，她可以不用天天过来，还有他呢。

胡美杉说不管忙不忙，过来和小禾说说话，心里就踏实。

陆易州就点点头，看脚下的人造大理石地板。

胡美杉头也不抬地继续轻柔地忙着，说："易州，其实我很感谢小禾。"

"怎么说？"

"有小禾照顾着，我心里就不那么空了。"胡美杉帮小禾翻了一下身，"心里空落落的滋味不好受，有她在，就不会了。"

陆易州觉得这话说得很含糊，含糊得让他有点抵触。关于胡美杉帮他照顾表妹的事，学校的同事都知道，因为学校专门为小禾请了一位护工，胡美杉每天两趟往医院跑的事，就在学校传遍了。大家都很敬佩她，三八节那天，学校还特意订了一个巨大的花篮和锦旗，校领导和陆易州一起送到了美杉小厨，把老胡开心得跟什么似的，当即就把那幅绣着"当代嫂娘"的锦旗挂在了店里，逢人就炫耀。

胡美杉对小禾的付出，陆易州也感动，但还有苦恼。就像小邵问的：累不累呀？

是啊，当你对一个人欠下了无法偿还的恩义，就是债，没人喜欢当债主，当报恩成了永远不可能完成的任务，就会变成抵触。

甚至他会烦胡美杉去照顾小禾，有护工在，其实她犯不着一天两趟往医院跑。他也跟她说过，说她在店里忙半天已经够辛苦了，就不要往医院跑了，交给护工就行了，可胡美杉说她得去给小禾活动四肢，护工护理得没自家人仔细。

不知为什么，陆易州就觉得她对小禾的好里，有些演给他看、讨好他的成分。小邵也这么说，说这个胡美杉真不是一般女人，不仅忍辱负重，还晓得哀兵必胜。

陆易州不说话。

小邵就追问一句："是不是？"

陆易州就违心地说："她就是这样的人，善良、隐忍。"

小邵就看着他："说你为什么从来不肯当着我的面说她半点不是？"

陆易州两手一摊，说："真没有，你总不能让我编吧？"

小邵就说好吧。

他们还是朋友，那种心相通、心有凄凄然、像亲人一样的朋友，虽然小邵和罗海洋分手了，陆易州问过很多次，是不是因为监控影响。

小邵摇头，说其实不因为那个他们也会分手。

按说，这时候陆易州应该像所有人一样，问为什么，但是他没有。他觉得一旦问了，就是划了一根火柴丢进了干燥的芦苇丛，他怕那火一旦烧起来，扑不灭，会殃及更多人。陆易州每天都要告诉自己，胡美杉很好，对他，对小禾，甚至对这个家，都是有恩的，除了对她好一辈子，他别无他报。

可是，怎么对她好呢？

除了对她和气，不做让她不高兴的事，不说让她不高兴的话，再也没有其他了吧。他已经不能夜里摸过去寻找她的身体了，因为那只会让彼此都尴尬。

很多时候，陆易州觉得窒息，窒息得想找个风口浪尖的地方，把自己的胸膛撕开透透气。

5

陶家恩每个中午还会去医院陪小禾，和她说话，给她唱歌听，因为护理得好，小禾虽然还没醒过来，但脸色越来越红润了。

有天中午，胡美杉接到了陶家恩的电话，他在电话那端说小禾睁开眼了！

又过了几秒,他惊喜地大叫,说小禾叫他名字了。

当时胡美杉正在盛馄饨,听着陶家恩的电话,痴痴地,就把一碗馄饨给撒到了地上,然后大笑着跑出去,像个疯子似的大喊:"小禾醒了!小禾醒了!小禾会说话了!"她一边笑一边往外跑,明亮的眼泪在春风里恣意地流淌,边跑边拦了一辆出租车,跳上去就往医院里奔。

小禾真的醒了,会说话了,也能自己坐起来了,这个奇迹一样的消息,传遍了医院。医生护士围在她的病床前,把她看得不好意思了,起床想下去走走,避开这拥挤的注目礼,却被医生拦住了,说她在床上躺的时间太长了,要先四肢适应一下,再下地行走。

胡美杉站在人圈外,听着他们七嘴八舌地议论,幸福得泪流满面,别过脸去擦泪,却见陶家恩低着头走了,匆匆忙忙的,好像要逃避什么,她想叫住他,可看看病床上的小禾,就把那声刚要送出去的喊,收了回来。

小禾东张西望地到处找,胡美杉知道她找陶家恩呢,就说刚才就是陶家恩看着你醒来给我打的电话,我让他回家给父母报喜去了。

小禾信了,靠在胡美杉的肩上,一抬眼,看见了窗外一朵怒放的玉兰,就错愕了:"嫂子,怎么是春天了?"

胡美杉含泪点点头:"小禾,你在床上躺半年了。"

小禾就怔住了,医生护士们纷纷开始夸胡美杉,夸她对小禾的好和心细,还有陶家恩,每天中午都来,只要看见她眼皮动一下,都会惊喜地喊医生护士来看看,他还给她做按摩,活动四肢,唱歌给她听……然后,在小禾的泪流满面里,大家都说,这么好的小伙子,以后一定要对人家好啊。

小禾就笑着点头,眼泪飞得到处都是。

可是,胡美杉还记得陶家恩在操场上的那一跪,还有她代小禾作出的承诺,等小禾康复了,她负责帮他解释……可眼下,她怎么解释呢?

晚上,胡美杉跟何秋萍他们商量,按以前的约定,陶家恩可能就不会去医院了,她总得有个说法交代给小禾,怎么说?

虽然小禾醒了,可何秋萍还在生陶家恩的气,她的意思是跟小禾实话实说,虽然小禾会难受,可也能让她知道陶家恩是个什么人。在她最难最需要他的时候,他当了逃兵,就算他现在反悔了,不和小禾分手了,这样的人也不能要！

　　陆易州的意见和胡美杉一样，觉得在告诉小禾实情之前，最好先和陶家恩谈谈，虽然小禾出事那会儿，陶家恩做得是挺让人寒心的，可这事要是放在别人身上，未必比陶家恩做得好。再说了，就算小禾和他分了手，可再找的男朋友也未必有陶家恩有担当。陶家恩的可恶，就在于他恰巧在小禾出事的时候是他的男朋友，后来小禾再找的男朋友，他的好，只是因为是小禾一帆风顺时的男朋友，不必经历意外的考验而已。

　　第二天一到学校，陆易州就去找了陶家恩，问他怎么想的。

　　陶家恩挺为难，说父母还是不同意，怕小禾有后遗症。

　　"你怕不怕？"陆易州问。

　　陶家恩摇了摇头，说在医院陪小禾这段时间他想了很多，觉得和小禾在一起的时候，觉得自己是个人，而且是个明晃晃的人，可一旦想到自己要放弃小禾，马上就会觉得自己是阴暗洞穴里的一块苔藓，潮湿、滑腻腻的，让自己恶心。

　　陶家恩说我喜欢一想起自己来，就明晃晃的。

　　陆易州沉吟了一会儿，在操场的看台上坐下，看着远方，慢慢地说："你要想好了，不要意气用事，不然以后你会很痛苦的。"

　　"不会的，我爱她，首先我是爱小禾的。"

　　"这很重要。"陆易州歪头看着他，拍了拍身边的看台，让他坐，"千万不要因为什么，而觉得自己应该去爱她，事后你会发现，爱不是一种交换。除了和相互爱的人相互爱着，它不能拿来做任何事，否则，双方都会很痛苦。"

　　陶家恩坐在他身边，和他一起望着远处的天空，陶家恩突然说："其实，在看见小禾睁开眼的那一瞬间，我觉得自己很伟大，好像她的生命是我亲自缔造的一样。"

　　陆易州笑笑。

　　"然后，我又很惭愧，觉得无颜面对她。"

　　"她什么都不知道。"陆易州说，"我们什么也没告诉她，如果你还爱她，我们就永远都不会告诉她。"

第二十八章

1

日子平淡而流畅,这年年底,陆易州评上了副教授,经常被媒体请去做法律节目嘉宾,也会被律师事务所请去给律师们讲课。老胡走在街上,经常会被街坊们叫名人的老丈人爹,老胡一概眉开眼笑地应着。他不仅经常批评胡美杉的衣服穿得太随便,不得体,会给陆易州这个大教授丢面子,还会在每天晚上八点准时催胡美杉收拾收拾赶紧回家。说现在不是以前了,陆易州出息了,她就熬出头了,该享享福了,犯不着跟吃不上饭似的忙了。但胡美杉很少听他的,依然穿着既方便干活又舒适的便装,潜心研究了各种各样美味的小菜,搞得美杉小厨生意更红火了,每天热闹得像打仗,不得不又请了两个街坊过来帮忙。老胡很恼火,说胡美杉是天生想钱想疯了的穷命,都堂堂的名牌大学教授的夫人了,还是一副不长进的烧菜大嫂德行,这让陆易州多难堪?

看着她在灶间忙得头都抬不起来,老胡就站在厨房门口这么大声絮叨。

胡美杉知道他絮叨得幸福着呢。有时候,她就想,为了让老胡每天可以这么幸福地絮叨着,她也应该和陆易州好好过日子。虽然陆易州对她只有感激,没有爱情。但是她也非常清楚,陆易州永远不会和她离婚,哪怕她提出离婚,他也不会答应。这不是他有多爱他,而是,他知道她爱他,知道自己是她的荣耀,他想做个好人,一个滴水之恩,当涌泉相报、一个锦衣之后仍和糟糠妻同床而眠的好人。夜里睡不着的时候,胡美杉就想,遇到陆易州这样的好丈夫,她应该很幸福才对,可是,她一点也不幸福,她越爱陆易州就会越觉得不幸福,因为爱一个人,是希望他快乐。

但她知道陆易州是平静的。

平静是无喜无悲,不是鲜活红尘里的状态。她希望他时有苦恼时有快乐时有大笑时有眼泪,这才是一个人活着时应该有的样子。

过度的平静是一种安详。

很多人觉得安详是个多么美好的词啊，可胡美杉觉得安详是化了妆的绝望。

当然，胡美杉更明白的是，如果她说希望陆易州快乐，所以想和他离婚，一定会被人唾一脸哄堂大笑的唾沫的。不如说是她自尊心超级强，不愿承接太多的施舍，哪怕这施舍是场人人羡慕的婚姻，她也不想要。被恩惠的滋味太累了，会累得她泪流满面。

她明白陆易州一直在努力去爱她，所以，周末经常组织活动，几个合得来的家庭，经常一起聚会，野餐……在众人眼里，她是个多么幸福的主妇，孩子可爱，丈夫开朗绅士且恋家，可只有胡美杉知道，这样的活动越多，她越能看见陆易州在内心里对她的陌生和隔膜。比如说他们几家人去野外烧烤，其他人家会一家人同吃一串烤肉，可他们呢？如果陆易州先咬一口，她和小土豆都会欢快地把剩下的吃下去，小土豆先咬了再让陆易州咬也可以，唯独她先咬了一口的，递给陆易州，他就会找出各种借口不吃这串烤肉。还有一次，他们几家人一起去即墨温泉镇洗温泉，为了玩得尽兴放松，在温泉镇预订了一天酒店。进房间洗手时，陆易州才发现自己忘记带毛巾了，自然而然地，胡美杉就把自己的毛巾递过去，说用我的行了。

陆易州一愣，说晾一会儿就干了，没接，后来看见了胡美杉眼里的落寞，才象征性地抓了两下还给了她，胡美杉就觉得一种微小而彻骨的凉，蔓延全身。

平时除了吃什么穿什么以及说说老人和孩子的事，他们几乎没有话说。胡美杉也能看得出来，陆易州有时候想制造话题，可往往是开了头说不了两句，就意兴阑珊了。她也不再像从前似的努力迎合着去说了，因为不管她怎么说，到最后，陆易州都是满眼不想再继续下去的寥落。她和陆易州还在一张床上睡，但是一人一个被窝，因为陆易州说两人盖一床被子，被角披不严实，透风，容易着凉。胡美杉听了，也没说什么就踩着凳子从衣橱上的顶柜里抽出一条被子套上了被罩。晚上各自钻各的被窝，这样的互不打扰，让胡美杉觉得他们之间的心，已经有十万八千里那么远。至于夫妻床上事，已和他们没关系了，她从店里回家，要么是陆易州已睡了，再要么是在书房看书，总之，他们不会在同一时间入睡，也就不会为对方的生理欲望而尴尬。其实，关于陆易州的生理功能，胡美杉是知道的，知道他不是不行了，只是因为不爱她。

胡美杉越来越不爱回这个家了，可在外界人看来，只是堂堂教授夫人的胡美杉越来越狂热于挣钱了。因为怕恋酒的顾客坐下就不走了，以前美杉小厨是不允许喝酒的，可胡美杉研究的小菜越来越多，单靠吃馄饨的顾客已经消化不完了，索性就允许顾客喝酒了。她还特意上了大桶的散啤酒，这样一来，晚上十一点之前，美杉小厨根本就没打烊的可能，遇上贪酒的顾客，撵多少遍都不走，十二点也是。于是，就经常有街坊开老胡和胡美杉的玩笑，说陆易州都是大学教授了，胡美杉还这么拼命，这不成心要把全青岛市的钱都挣回家？

老胡也觉得没必要，和胡美杉吵了几次，说她挣钱挣疯了，知不知道这样会招人笑话？好像大学教授连老婆孩子都养活不起似的。胡美杉就跟没听见似的，该忙她的还是忙她的，老胡就更气，跑到她身边大声嚷嚷，非要听她个回应不可。胡美杉就笑，说："爸，您真有意思，才过上几天好日子啊，就嫌挣钱挣多了。"说着，还跟外面的顾客开玩笑，"是不是啊？"

顾客就说："可不，老胡这是好日子过舒坦大发了说滋话呢。"

老胡就更生气了，恨不能抱堆杯子在她脚边摔痛快了。可胡美杉忙得脚下跟踩了个风火轮似的，在不大的美杉小厨里团团转着，让老胡只有干生气又心疼的分儿。如果他想趁客人少的时候数落个痛快，胡美杉要么不吭声，要么说："爸，您要是实在看不惯，我就换个地方开店。"

胡美杉不是吓唬老胡，是真心地觉得老胡年纪也大了，该过几天清闲日子了，不能一天到晚地泡在店里听顾客吵吵。何况以现在的营业收入，租个五六十平方米的店面再请上两人做帮手，她完全照应得过来，也如实跟老胡说了。老胡说："美杉，你这不是为了给我腾清闲，这是要我的命。"然后问胡美杉是不是嫌弃他了，胡美杉知道被人嫌弃有多难受，忙说没呢，就是觉得他该享清福了，老胡就说啥清不清福的，享孤单还差不多，他一个老头子，也就跟着她开店这点乐呵了。

胡美杉想想觉得也是，自从小土豆上了幼儿园，何秋萍整天在家闲得落寞，去接小土豆或她和陆易州回家才是她最开心的时候。嘴里不停地絮叨，手里不停地忙乱，虽然有时陆易州说她不用这样不用那样，但她还是改不了，因为这是她的幸福。幸福就是一副活该挨呵斥的贱模样，不仅女人这德行，为人父母那儿也这样，只有被需要才能找到自己确实存在的幸福感。

怕老胡伤心，另租门面的话胡美杉也就不提了。担心把胡美杉唠叨急了她出去另租门面，老胡的絮叨也收敛了很多。

顾客比以前多了，坐得久了，并不意味着胡美杉要一直在厨房忙活，因为大多小菜是冷的，顾客点，只要盛一份就行了，不多的几个热菜也是传统的大锅炖菜，用不锈钢大桶装着，坐在打在保温档的电磁炉上。所以，晚上八点之后，她也就是给顾客添添酒或是看着电视和顾客闲聊几句的事。

晏老师下班后都会到美杉小厨喝杯啤酒再上楼，永远都是两个小菜一碗馄饨两斤啤酒。因为晏老师一般是晚上八到九点才下班回来，老胡就问开典当行是不是很忙活人。晏老师说还行，忙的时候很忙，大多时候比较闲，老胡就奇怪，说那你怎么这么晚回来？

晏老师笑："下班高峰的时候路上堵，反正我回家也没事，不如晚点走。"

老胡恍然大悟似的说这样啊。

两人就没了话，老胡总能找到话题，就又问他最近有没有碰上看着顺眼的。

晏老师让他问得一愣一愣的，半天才回过神他说的是女朋友，就顺着以前的话茬儿说："老了，心思不在这上面了。"

老胡就咕哝说真是一朝被蛇咬，十年怕井绳。

晏老师就笑着喝酒，不接茬，因为不愿顺着他的话去回忆惨烈的过去。

可总要说点什么，老胡就说："总不见得你运气一直不济，找个女人就是神经病吧？"

晏老师就说一个人过习惯了，怕是已经适应不了两个人的生活了，胡美杉也说："就是，结错了的婚，还不如单身好，可这遍天之下，有几个人敢拍着胸脯说自己结婚结对了？"

就有顾客起哄说："胡老板，那你说你的婚是结对了还是结错了？"

不等胡美杉开口，老胡就大着嗓门抢答："我们美杉嫁了个有文化又顾家的姑爷，谁敢说这婚没结对？"

胡美杉就嬉皮笑脸地说："我就敢说。"见老胡一脸吹胡子瞪眼的架势，又不紧不慢地追了一句，"结婚这些年，我才明白过来，婚姻这事，就得鱼找鱼虾找虾，王八攀个鳖亲家，如果没找对人，就是嫁给王子也脱不了黛安娜的命运。"

老胡真生气了，说："美杉你没喝酒咋也满嘴跑起火车来了？"

胡美杉就倒了一杯啤酒，坐到晏老师桌上："今晚我也喝杯解解乏。"

老胡沉着脸说："想喝酒你就喝一杯，别为了喝杯酒胡叨叨，这要传小陆耳朵里去，算咋回事？人家博士毕业，堂堂大学教授，咋就让你这卖馄饨的觉得不称心了？"

胡美杉就歪着嘴笑："爸，我不知好歹行了吧？"

那天晚上回家以后，借着点酒意，胡美杉和陆易州说："咱俩离婚吧。"

陆易州正依在床头上看书，听了她这话，就头也不抬地说："你喝酒了？"

胡美杉点点头："以前不明白男人为什么喜欢喝酒，今天我才知道，喝酒好，晕乎乎的，人轻松得很。"

陆易州把她的话当成了醉话，没接腔，继续看书。

胡美杉一把拽过他的书，扔到一边："我跟你说话呢。"

陆易州探过身子，去拿书："说吧，我听着。"

胡美杉拿手捂着他的书："我说，咱俩离婚吧。"

"你说什么疯话？"

"不是疯话，是真的，我不想和你过了。"胡美杉打了个酒嗝，陆易州下意识地捂了鼻子，把脸侧向旁边："别胡闹。"

"我没胡闹。"

"为什么？"

"喏，就因为你一见着我就这样。"胡美杉学陆易州一脸嫌弃地别着脸捂着鼻子的样子，"其实你心里一直嫌弃我，我知道。"

陆易州心里一个咯噔，松了手："你喝酒的味道太难闻了。"

"我不喝酒的时候你也这样。"胡美杉说，"我没喝醉。"

陆易州沉吟了一会儿："真的？"

胡美杉点点头："你心里挺高兴吧？"

陆易州想了想，说："不。"

"你高兴，我知道。"说着，胡美杉原本一张玩世不恭的脸上，就跑出了眼泪,"你和我没话说,这样咱俩都难受,你憋屈,我也憋屈。"

陆易州就知道她是认真的了,或许,关于离婚,她已经想了很长时间了,只是没说出来而已,慢慢说:"我不高兴。"过了一会儿,又扣着胸口说,"我很沉重。"

胡美杉擦了一把泪:"离了吧,离了我们就都轻松了,你不觉得我们都活得像演员吗?"

过了好久,陆易州才说:"演着演着就是真的了。"

"不会的。"

然后,再也没有人说话。

那天夜里,他们都没睡好,翻来覆去的,天蒙蒙亮的时候,陆易州说:"我们不能离婚。"

"为什么?"

"不为什么,就是不能离。"然后他就起床了,"我知道我可能在一些生活细节上伤害了你,但是我从没想过和你离婚,也没想过别的,以后我会注意的。"

"我爱你,希望你能快乐。"

"你不和我离婚,我才会快乐。"陆易州背对着她,坐在床沿上,"我比较虚伪,我不想让人戳着我的脊梁骨说陆易州忘恩负义,因为你对我恩重如山。"

"你这是在报恩吗,易州?"胡美杉哭了,"我希望你用爱报我的恩,而不是婚姻,可是你不给我爱,只给我这个破婚姻有什么意义?"

2

中午吃饭的时候,陆易州看见了小邵,她一个人坐在靠窗的一张桌子前,边吃饭边看手机,他端着餐盘,犹豫了一会儿,就坐过去了,说:"吃饭看手机对胃不好。"

"谁说的?"小邵虽然嘴里这么说着,但挺高兴,觉得陆易州这是关心自己呢,把手机收起来,把餐盘也往后撤了撤,示意他坐到对面。

陆易州一愣,才想起来,这话是好多年前胡美杉和他说的,就讪讪了一会儿，说我老婆说的。

小邵的脸呱哒就掉下去了，埋头吃饭，不理他。

陆易州慢慢吃着，慢慢想，跟她说什么好呢？其实也没什么事，就是想找个人说说话。就问："你不高兴了？"

"不敢。"小邵喝了一口汤，"只有你不高兴我，哪儿有我不高兴你的分儿。"

陆易州默默看了她一会儿："其实她跟我提离婚了。"

小邵眼睛亮亮地一愣，很快又暗淡了下去："你肯定不同意。"

"你怎么知道？"

"因为你要当新时代的道德楷模。"小邵吃着东西，看也不看他。

陆易州又默默地点了点头："你说得很对，我很虚伪。"

"就知道你会这样。"小邵抬头看着他，"然后呢？"

陆易州耸耸肩："就这样。"

小邵就嗤之以鼻了，说她那不是要和你离婚，是撒娇呢，知道吧，怨妇型的女人最经常玩的游戏就是和老公闹离婚，事实是你打死她都不离，都是为了吓唬男人：我觉得你对我不够好，你再对我不好我就走了啊！小邵说着，惟妙惟肖地学着怨妇向老公撒娇的样子，把原本很郁闷的陆易州都给逗笑了，但他不得不承认，小邵分析得有道理。自从那晚胡美杉借着酒劲和他说要离婚，他不答应之后，胡美杉就再也没提离婚，好像那晚哭着要他和她离婚的一幕，压根儿就不曾发生过一样。

不由得，他对胡美杉就又平添了一份厌憎。有时候，他就想作为一个有点儿文化的人，他一定不会讨厌出大力流大汗的，但他一定讨厌耍着心眼卖弄小聪明的以达到自己目的的人。他觉得胡美杉像后者，总是把自己搞得那么完美那么高尚，其实，有些表演成分，虽然说能演一辈子就是个绝对的好人，但他还是喜欢那种骨子里本就有的淳朴的好人。胡美杉不过是一街头做小生意的，怎么会有淳朴可言？

他经常这么想。对胡美杉的那些好，领会得就更是阑珊了。

3

有天不知怎么了，老胡上吐下泻，还发烧。胡美杉陪他去医院看了，医生说是肠胃性感冒，挺严重的，建议他住院治疗。老胡死活不干，胡美杉和他翻脸也不行，开了药就回家了。胡美杉不放心他自己在家，和何秋萍说在丹东路陪他住几天，不知什么时候还抱过来几口大箱子，老胡问她这是要干什么呢，胡美杉就说一些淘汰的衣服，家里放不下了，扔了又可惜，就先在丹东路放着，老胡不高兴，说我这里又不是破烂库。

又过了两天，来了份胡美杉的快递，她不在，老胡替她收，听送快递的说是法院来的，就替她拆了。不一会儿五雷轰顶地让胡美德过来，说陆易州这个忘恩负义的东西要和胡美杉离婚，去法院把她起诉了，怪不得她这阵子总大包小包地往这边倒腾衣服呢。

胡美德正守着烤炉看火候，就把贾文莎派去了，贾文莎先直奔学校扇了陆易州两个大耳刮子，从头把他骂到脚指头，什么难听骂什么，要不是保安来得及时，贾文莎得挠得他满脸开花。

在全校师生面前丢尽了丑的陆易州，悲愤不已，正在他声声字字地反驳贾文莎捏造他去法院起诉离婚这个事实时，送传票的快递来了。他这才知道是胡美杉起诉离婚了，就悲愤地把传票塞给贾文莎，让她仔细看看，起诉离婚的是胡美杉，不是他陆易州。

贾文莎一目十行地看完了，果然是胡美杉。可胡美杉去起诉，让她更加悲凉，因为她知道胡美杉有多爱陆易州，她内心得多么伤痕累累才能走到去法院起诉离婚这一步啊。看着看着，贾文莎的眼泪唰地就下来了，说："陆易州，我发誓，在这个世界上，没人比胡美杉更爱你，可她却起诉和你离婚，这说明了什么？"

陆易州一把夺过传票，也声嘶力竭地喊了一嗓子："我不知道！我自觉问心无愧！你去问胡美杉！"

"这说明她满心伤痕！"贾文莎哭着说，"陆易州，你读了那么多书，拿那么高的学历，你觉得自己很了不起很高高在上是不是？可在我眼里，不管你有多高的学历，你都是个自以为是的浅薄货！你配不上美杉的好，就像一坨屎怎么也不能伪装成金子镶嵌美玉。"

骂完他，贾文莎就哭着走了。

陆易州颓然地坐在办公桌前，好半天，一动不动。说真的，他真的没把胡美杉的起诉当真，觉得她和那些动辄就把离婚挂在嘴上的女人一样，所谓离婚，不过是知道丈夫不会答应离而上演的欲擒故纵的把戏。目的么，不过是想听丈夫赌咒发誓只爱她自己，就像小邵的母亲似的，可问题是他不是小邵父亲那样的烂人！尤其是胡美杉明知道他有多要面子，一直在像维护自己的道德围墙一样维护着这桩一点快乐也给不了他、只会给他徒增烦恼的婚姻！

她居然还起诉离婚，这不成心抹黑他，授别人以把柄腹黑他人品么？

陆易州就觉得心头有股怒火，在噌噌地燃烧，他决定今晚就告诉胡美杉，别演了，不是要离婚么，好，他答应她！

一想到胡美杉心里憋着的委屈，贾文莎就难过得要命，开车一路飙到了美杉小厨。

胡美杉要和陆易州离婚的消息，像飓风传遍了每一个认识他们的人。老胡气得喝了个酩酊大醉，把美杉小厨砸了，等贾文莎到了的时候，已经遍地狼藉。贾文莎骂胡美杉疯了。胡美杉哗啦呼啦地扫着满地的盘子碗，一句话不说，又把她结婚前住的卧室收拾出来，打开这几天她拖来的箱子，把她和小土豆的衣服，逐一挂到衣橱里。她回头冲着站在她身后流泪的贾文莎说："嫂子，你看，我兜兜转转了几年，又回来了，以后咱爸这边你就放心吧。"

醉醺醺的老胡拿着马扎，坐在她的卧室门口，怔怔地看着她收拾，突然就流了泪，絮絮叨叨地说："美杉，你这是何苦呢？你为了让小陆分便宜房子，连自己的名声都不要了，为了他的病你把自己一辈子往上搭，就为了让他把日子过乐呵点。你这是又要把自己的家拆了，你何苦呢你……"

所有人都大吃一惊。胡美杉惊的是父亲竟然知道陆易州患直肠癌的事，贾文莎惊的是胡美杉和陆易州一开始居然是没有爱情的假结婚，居然是因为陆易州查出直肠癌，为了给他活下去的勇气才和他假戏真做的。她从没见过像胡美杉这样的傻女人，仿佛整个世界都是她的债主，而她，活着的使命就是不停地用付出爱和慈悲，偿还那些莫须有的债务。

看着忙忙叨叨却没有一丝悲怆的胡美杉，贾文莎突然就无地自容得泪流满面。

胡美杉说："爸，您知道易州的病？"

老胡说给她办婚礼的时候就知道了，因为当时罗医生夸她仁义，他一问，才知道的。可他没说，别看他老胡是个大老粗，可他觉得这事说出来，会让陆易州觉得好像自己这辈子让人给要挟了似的。他啥都不说，就是想让他俩过得自在点，可没想到最终还是这样了，他想不通，这两口子到底要怎么过才好。

胡美杉想了想说："以前我以为好的婚姻就得有恩就有爱，比如我对易州有恩，他就会回报我爱，爱就像个叫恩爱的毽子，在我俩之间来回跑。可现在我不这么想了，爸，我觉得好的婚姻应该是夫妻两个互为父母，都拿对方当永远长不大的孩子爱，可我是易州的妈，他不是我的爸。"说着，胡美杉泪如雨下，"我不想再和他继续往下过了，要不然我会怨恨他的，他也会不快乐。"

老胡点点头，啥也没说。

从那天晚上开始，胡美杉再也不想回抚顺路的家了，她带着小土豆，住在曾经的闺房里。她白天卖酒卖菜，晚上拥抱着柔软的小土豆，觉得真好，至于街上的飞长流短，不过是春风掠过了柳树，柳絮总是要有的，又不致命，也是风景不是？

4

老贾去律师楼签了份文件，去公证处做了公证，准备给贾文莎送到店里去。站在烤鸡店门口，老贾的泪就掉了下来，那个曾经热闹而辉煌的贾家烤鸡店不见了，连个营业员都没有，只有贾文莎一个人，坐在店中央的一把椅子上，寂寞地玩着手机。

老贾叫了声莎莎。贾文莎抬头看着他，把手里的钥匙放在柜台上："爸，钥匙都在这儿了。"

老贾意外地看着她："莎莎，你这是干什么呢？"

"这段时间我想明白了也想开了，您也是有儿子的人了，崔玉还年轻，总不能一家子坐吃山空吧。我和美德商量好了，另开家店，这家店还给您。"说着，站起来，比画着店里的设施说，"比当年您交给我们时，东西只多不少，您收好了。"

老贾把手里的文件袋递给她："莎莎，我这次来，不是这意思。"

贾文莎接过来，打开看了看，又还给了他："爸，我也快四十的人了，躺在您的汗水上舒舒服服地过了小半辈子了，剩下的大半辈子，我想靠自己试试。"说着，把文件放在柜台上，"我觉得胡美杉说得对。作为女人，崔玉一点也不比我们差，作为母亲，她比我们都伟大。还有，作为女儿，我应该感谢她，替我妈、替我陪伴您照顾您。我曾经以为，我妈如果在天有灵，看到您身边有了另外的女人会难过，可美杉说不是这样的。她特别感谢天宝爷爷，说当年她妈和她爸离婚了，她妈特别绝望特别害怕，走在街上别人看她一眼，她都觉得那是在笑话她，她说那个时候她最怕的是她妈会被人送到精神病医院去……后来有了天宝爷爷的疼爱，她妈就再也不神经质了，所以，她特别感激天宝爷爷，是他让她妈妈在人世的最后几年是幸福甜蜜的。我想我也应该感激崔玉，她年轻温柔也善良，是的，爸，她真的很善良，我那么刁难她，她还经常给我发短信，让我经常去看看您，说您经常想我想得半夜里起来翻影集，她说那本影集里有我从出生到现在的所有照片，您都按日期排好了，后面的那些照片，都是您拿手机偷拍的我。爸，对不起，本来今天我想和美德过去给您赔礼道歉的……对不起爸，这些年，我对您太差了……"说着，贾文莎泣不成声，老贾也泪眼模糊："莎莎，其实爸爸只想让你知道，无论任何时候，发生任何事，在爸爸眼里，你都是爸爸最疼爱的那个莎莎。"

贾文莎扑在父亲的怀里，号啕大哭，她好久没有哭得如此踏实而幸福了。

老贾问她打算干吗，贾文莎说以前店里的收银员小聂偷了秘方，在丰盛路上开了一家烤鸡店，她让胡美德过去找她谈了几次，要她要么关店，要么等着被起诉盗窃商业秘密。因为店面的租金一付就是五年，退掉损失太大，就和他们商量，她不是关店，而是把店面转让给他们，从此以后再也不涉足烤鸡这个行业，大家互不追究。

老贾说这样也好，权当开了一家分店。

贾文莎说她和胡美德商量好了，因为两家店面离得太近，经营方式必须有所区别，老店这边还按照过去的方式经营，新店那边主打外卖和大客户订单。

其实，关于聂小倩烤鸡店，远远不像贾文莎说得那么简单。在知道聂小倩烤鸡店是小聂开的那天起，贾文莎就为过去的盲目乐观自信狂扇了自己无数个嘴巴子，也突然明白了，当初小聂辞职说胡美德性骚扰，就是个摊牌信号。其实，小聂希望她就此和胡美德吵架或者盘问自己，然后她会顺水推舟倒出她和胡美德好的全部真相，最后从她手中把胡美德夺走。只是那会儿的贾文莎太狂妄太自信了，压根儿就没往这上面想。而当她看到聂小倩烤鸡店，也明白了近一年来胡美德的反常，是有缘由的，更明白他之所以敢在离贾家烤鸡店这么近的地方开店，就是做好了豁出去的打算。

可是，她是粗中有细的贾文莎，这个让他豁出去的机会，是坚决不会给的。丈夫出轨，一旦闹得满城风雨，就算她贾文莎是最后的赢家也没有意义，因为像她这样，家底雄厚，娶了她的穷小子胡美德都要和她离婚，可见作为妻子，她是多么失败……她不是胡美杉，她是骄傲的贾文莎，坚决不能让这些有损她骄傲形象的流言蜚语出现在她日后的人生中，所以，她既要战斗又要战斗得不动声色。

于是，她和胡美德说，父亲已从法院撤诉，应该是不打算往回收烤鸡店了，这样他们就必须齐心协力把烤鸡店经营好。第一要素就是清君侧，把聂小倩烤鸡店清理掉。胡美德和她更熟悉也没有交恶，所以和小聂谈判的活，就交给他了。如果一周之内谈不出结果，那么她就跟老贾要授权起诉小聂窃取商业秘密用来牟利。胡美德心里发虚，只是嘴上应着，却迟迟没有行动，第三天的时候，贾文莎冲他暴跳如雷，说："胡美德你今天不给我把这事跟那个姓聂的谈开了，我就百分百怀疑你们俩有一腿！"

胡美德当然知道被泼妇贾文莎怀疑和某个女人有一腿有多可怕了，就胆战心惊去了。其实最近小聂一直在找他，因为她认为既然贾文莎都闹到店里去了，不如一蹴而就，直接闹开把婚离了。可胡美德狠不下这心，虽然贾文莎很凶很泼经常让他恨得牙根痒痒，可贾文莎的好，他也是明白的。她已被崔玉怀孕、父亲要收回烤鸡店给折腾得焦头烂额了，如果他在贾文莎面临着一无所有的情况下提出离婚，不仅他自己觉得自己不是个人，怕是认识他的人都会迎面唾他一脸鄙视的唾沫吧？

所以，不管小聂怎么哭怎么怀柔，他都跟个喝醉的无赖似的，嘴上哼哼哈哈地应着，但正事不办一点儿。小聂气急了，要自己去找贾文莎摊牌，胡美德也不拦，说："去吧，我就怕你刚把牌摊开，贾文莎不把你当柿饼拍瘫了，也得把你当手撕肉撕了。"

小聂就想起了贾文莎擎着个蒜臼子要砸她的场景，拱动在心头的勇敢就瞬间化作了鸟兽散。日子一天天过去，胡美德总有各种各样的原因不来见她，寂寞的长夜，先是咒怨沸腾，久了，也就累了，累了心就安静了，安静了很多事情就能看得明白了。其实，在贾文莎撑胡美德找她来谈判之前，小聂就在心里和他道了永远，在纠葛过爱恨的男女那儿，有一种永远，真的是永不再见，是深知见了也是无望的疼而永不再见。所以，当胡美德来了，坐在她对面，笑得温和而绅士，她就想起了很久很久以前，胡美德曾说，当男人笑得像绅士，女人笑得像淑女，就俩字：要崩！

所以，不等胡美德开口，她把店里的钥匙拿出来放在桌上，说："和她好好过日子，以后别出来害人了。"

胡美德点点头，不敢看她，喉咙疼得好像点了一把火。

小聂又说："尤其是别害我这样的好人。"

胡美德说："小聂。"就哽咽着说不下去。

小聂笑笑，说："臭流氓。"然后，泪如泉涌地起身走了。

尾声

那天晚上，陆易州怒气冲冲回家，把何秋萍吓了一跳，问他怎么了。陆易州本不想说，可何秋萍跟在身后絮叨个不停，就说胡美杉又闹妖呢，要离婚，还起诉了。

何秋萍这才回过味来，说怪不得今天去幼儿园接小土豆，老师说让姥爷接走了呢，居然是要闹离婚！说着，一屁股坐沙发上哭了起来。

陆易州心里烦烦的，说："妈您别哭了，她演戏呢，这不是第一次了，还越闹越悬了！"陆易州嘴里虽然这么说着，可一想老胡连小土豆都接走了，还是不安了起来。

何秋萍擦着眼泪起身，进他们卧室，陆易州就听到了衣橱门被咔嗒咔嗒拉开的声音。然后他听母亲哭着说："易州啊，土豆妈不是和你闹妖，她把衣服都拿走了，我说这阵子她出门不是抱个箱子就是提个大包……"

陆易州站在衣橱前，看见他的衣橱，衬衣和裤子洗得干干净净、熨得平平整整挂在那儿，内衣分门别类地叠在那儿；而胡美杉的衣橱，已经彻底清空了，甚至，她连角落里的灰尘都打扫干净了，干净得这个衣橱好像从没使用过……

陆易州呆呆地看着，想胡美杉收拾着陆续搬空这只衣橱的日子，心是不是碎的？她有没有希望他能发现她衣橱里东西越来越少，然后来问她这是为什么啊，如果是这样的话，她一定会哭的吧？即使是哭也是温暖的，因为他终于关注了她的点点滴滴，并发现了变化。可是，他没有，直到她搬得连一只坏掉的丝袜都不剩，也没发现。

她的心，一定是凉的，是碎的。

是的，她不是小邵的母亲，也没有欲擒故纵，她勤劳而善良地挚爱着身边的每一个人。她曾经爱他爱得失去了尊严，可没有尊严的爱，对一个有尊严的人来说，太累太屈辱了。所以她走了吧？

陆易州第一次为胡美杉流下了眼泪，是的，是愧疚的泪。当晚，他去找了胡美杉，坐在店里，看胡美杉手指翻飞地包着馄饨，给顾客上小冷菜，对他看也不看，好像他不存在，或者当他是空气。老胡黑着原本就黑乎乎的脸，一支又一支地抽烟，一眼又一眼地瞪他……

后来，客人越来越少，店面空落落地松散了下来。

陆易州想说抱歉；想说美杉，是我不好，却又说不出口，或者拿捏不好该用什么样的态度，才能得到胡美杉的原谅，就只能让目光像风筝上的线，追着胡美杉的背影进进出出，渐渐疲惫得懈怠了。

当最后两个客人也走了，老胡把烟掐在烟灰缸里，好像掐着的不是烟蒂，而是仇敌的脖子，又使劲揉碾两下才抬眼说："小陆，你知不知道美杉为什么要离婚？"

陆易州尴尬地看着他，心里却在飞快地想，是不是胡美杉把他和小邵的事告诉他了？就去看胡美杉，胡美杉在灶间洗盘子，扔给他一个没有表情的后背，只好低声说："差不多吧。"

"差不多？什么叫差不多？小陆你知不知道离婚就是给婚姻判死刑？"老胡大着嗓门说，"你还在这里跟我含含糊糊地说差不多吧！万一差大了呢？话又说回来了，既然你心里也知道了，美杉都要为这和你离婚了，你为啥还知错不改？"

"爸……我……"陆易州突然不知该怎么说才能准确地表达自己，"爸，其实早就没事了。"

"放屁！"自从知道是胡美杉起诉离的婚，老胡的心，就没安宁过一刻，问胡美杉，胡美杉就说，和书呆子过日子没意思，想离婚过几天轻松日子。老胡不信，又问是不是陆易州混好了，就不把她放在眼里了，胡美杉说没有。老胡就说再要不就是陆易州也跟那些没良心的混账男人学坏了，想换个更年轻漂亮的老婆了？胡美杉让父亲说得心里一抽，但还是否认了，让老胡别瞎猜，她真的是和陆易州过腻味了。老胡就老泪纵横，说美杉你说破天我也不信，要腻味你早腻味了，犯不着熬到力出完了他也成才了才腻味。

可胡美杉就是这么一口咬定，他也没办法，心里替她屈得慌，明明是让人欺负了，还非得做出一副自己辜负了别人的嘴脸。这孩子，咳，活得太仁义了，累啊。老胡瞪着陆易州，琢磨他说的早就没事了什么意思，遂让他把话说明白了。

陆易州为难地吭哧了两声，说："爸，真的，我和小邵早就断了。"

小邵？小邵是哪儿冒出来的幺蛾子？老胡脑壳里千江万海地奔腾，原来，陆易州真的是昧着良心出了轨，想想胡美杉对他的那些好，再想想他驮着这些好去和别的女人好上了，老胡的心就疼得一炸一炸的，噌地起了身，扬手就给了他一巴掌，"你这良心狗都不吃的王八蛋玩意儿！"

陆易州捂着脸，愣愣地看着老胡，半天才说："爸……"

"别叫我爸！你叫我爸我怕脏了我这一身黑皮！"说着，老胡转身就走，走着走着回头指着陆易州的鼻子，"我这辈子最瞧不起的就是你这号吃着碗里望着锅里的混账玩意儿！"

陆易州木然地站着，有多少想说的话，拥挤在喉咙里，却一句也说不出，走到传菜的窗口，说："美杉，这婚我不离。"

说完，转身走了。

一周后，他们的离婚官司开庭了，陆易州没到场，按法律规定，离婚案件只要夫妻双方中的一方不到庭，就不能判决，法官去陆易州单位协调了几次，自始至终，陆易州就俩字：不离。

没离成婚的胡美杉依然住在丹东路，其间，陆易州和何秋萍又来过几次，态度诚恳得很。老胡已经动摇了，甚至后悔那天晚上一时冲动给了陆易州一巴掌，就和胡美杉说："差不多就行了，谁还没个犯错的时候？回去吧。"

胡美杉说她再也不会回那个家了，尽管她知道陆易州来道歉是诚恳的，却并不意味着从此以后他会诚恳地爱她尊重她，就像所有去离婚的夫妻一样，不管婚姻曾是多么地毫无幸福可言，离婚时都难免伤感痛惜，像分娩前生不如死的阵痛，会让所有产妇都会痛下打死再也不生孩子了的决心，可等阵痛过去，一切又回到曾经。

老胡说："你不回去他也不离，有啥用？"

胡美杉说会离的。跟说到做到似的，那段时间，她和晏老师走得特别近，每天傍晚，如果晏老师下班没过来吃晚饭，她会张张扬扬地给送到楼上。再要么谁也不避讳地给晏老师打电话，问他几点下班。再要么说今天逛商场的时候，看见一件什么衣服，觉得他穿合适，等他下班一起去试试看。

尾声

晏老师来，胡美杉就从灶间跑出来，有说有笑到最后一个客人都走了，晏老师还没走，就着一盏茶，和胡美杉聊得欢着呢。因为想念小土豆，何秋萍常来丹东路，跟老胡一唱一和地劝胡美杉，胡美杉只是笑笑，不吭声。眼看着儿子的家碎成两处，何秋萍就埋怨老胡不给胡美杉施加点压力。老胡就说我好好的闺女，自从嫁给你儿子就没过几天舒心日子，我这当爸的疼她还疼不够呢，凭啥给她施加压力？再说了，有本事你管好儿子，不就走不到今天这一步了？

何秋萍让他噎得哑口无言，憋了一肚子的气，跟街坊说就没见过老胡这号当爹的。人家都是儿女的婚事出了事，两边老人往好里压，他可倒好，居然还挑陆易州的不是，这不是越挑越远地找事么？了解老胡的就说老胡就这么个人，讲理，但护犊子。不了解老胡的就卖关子说人家闺女连下家都找到了，找得还不错，当然没和好的热乎劲了。

何秋萍让人说得心里发毛，就追着问胡美杉找什么下家了。卖了关子的那个，就一副架不住她追问，才告诉她的样子："胡美杉为啥非要离婚不可？还不是因为晏老师回来了。人家虽说坐过牢，可现在也是体面的多金人士啊，掌管着全国最大的典当行之一的青岛分行，标准的民间金融精英，比陆易州这类徒有虚名的知识分子实惠多了。"

何秋萍不信，去旁敲侧击老胡。其实，老胡也想让陆易州有点紧迫，就故意拿白眼睥睨着她哼哼了两声，说："你以为呢？"

那意思是你以为离了你家陆易州我闺女就找不到个好人家了？

何秋萍心里本来就发毛，让他这么一睥睨，就更毛躁了，晚上和陆易州说，陆易州先是怔怔看着了母亲一会儿，说不会吧，就继续看书去了，一目十行地扫着，却入不了心，就把书一放，说要出去走走。

"没事就去丹东路看看。"何秋萍说。

几个月以来，陆易州已逐渐习惯了家里没有胡美杉，除了想小土豆的时候心里空落落的，倒也没觉得有太多痛楚，所以，丹东路去得也少了。虽然不管胡美杉离得多么坚决，他都不会答应，但这绝不是对胡美杉或是婚姻的眷恋，而是用拒绝离婚表明态度，甚至是用坚守婚姻表明自己是恪守恩义的人。

陆易州默默出门，刚下楼就遇上了大包小包拎着结婚用品的小禾，这才想起来，再有一个多月就是她和陶家恩的婚礼了。

小禾问他去哪儿。陆易州说转转，怕她多问，就快步走了。

离开了何秋萍的视线范围，陆易州就放松了好多，不由得大口呼吸了一下，却被肮脏的空气呛得嗓子发痒，就边咳边快步往前走。其实他也不知自己到底想去哪儿，等到了公交车站，才意识到内心还是想去找胡美杉，遂顺了自己的意，上公交车，到了丹东路，脚步就沉了起来，仿佛步步千斤。

远远地，看见小土豆坐在塑钢唐老鸭里欢快地摇晃着。她已经长大了，塑钢唐老鸭她坐进去原本很宽敞，现在显得拥挤了。陆易州心头一酸，刚想喊小土豆，就见一辆奥迪车停在美杉小厨门口，挡住了他的视线，等他快步绕过去，就见一个子高高的男人抱起小土豆，和她说笑着进了美杉小厨。

一股热血冲向了脑门，陆易州也快步进了美杉小厨，就见中年男人正抱着小土豆站在灶间门口，让小土豆给胡美杉看个什么东西，貌似是他刚送给小土豆的礼物。小土豆喜欢得不成，胡美杉也挺开心，和小土豆不知说了句什么，小土豆就努着嘴要去亲妈妈的脸。中年男人往里探了一下身子，让小土豆在胡美杉脸上甜甜美美地啵了一下。他们三个的样子，亲昵极了，像和和美美的一家人那么亲昵。陆易州黑着脸大步奔过来，一把从中年男人怀里抢过小土豆，转身就走。

冷不丁被一把夺也似的抢了过去，小土豆吓了一跳，闭着眼哇哇大哭。陆易州这才说："土豆，是爸爸，我们回家。"

小土豆就打他，说他是坏爸爸。

陆易州心头的怒火就更盛了，不用问他也晓得中年男人是晏老师，他再也没有愧疚了，因为胡美杉铁了心要和他离婚，不见得是他做得多么不好伤了她的心，而是她和那个姓晏的旧情复燃了！不仅如此，小土豆怎么见了亲爸爸就吓成这样？一定是胡美杉背后跟她说了他的坏话。

小土豆不肯跟他走，挣扎着要去找妈妈，胡美杉从店里追出来，见小土豆哭得凶惨，就喊："陆易州，你把孩子放下！"

陆易州把小土豆抱更紧了，冷冷地说："小土豆也是我的女儿。"

胡美杉伸手来抱小土豆："你吓着孩子了。"

陆易州一字一顿说："胡美杉，我们明天就去办离婚。"

胡美杉一愣，好像他说了件和她无关甚至是不知道的事情，好半天才回过神，说好啊，抱起小土豆走了。

第二天上午，他们从街道办事处出来，胡美杉瞭望了一下灰蒙蒙的天空说："陆易州，你可以去找你的幸福了。"

陆易州看了她一眼，张了张嘴，又觉得没必要说什么，就带了些讽刺的意味，微微冷笑了一下。转身走出好远，见胡美杉还站在原地，怅然地望着自己的方向，不知为什么，突然觉得哪儿不对，却又想不起来，只是有点感伤，还是转身走了，在步伐上加了点决绝的意味。

按照离婚时的约定，陆易州可以每周去探视小土豆一次。一年后的这个周末，他送小土豆回去，胡美杉和他商量，说下个周末可不可以不来接小土豆。陆易州问为什么。

胡美杉说："晏老师要结婚了，想请小土豆去做花童。"

陆易州酸溜溜哦了一声，半天才说："不妥吧？"

"为什么？"胡美杉问。

"女儿给妈妈当花童，意味着妈妈有过一场失败的婚姻。"

"新娘不是我。"说着，胡美杉轻轻地把小土豆推到屋里，见陆易州愣了，就微微一笑说，"晏老师的未婚妻是我给介绍的。"

说完，门就关上了，留下陆易州，愣愣站在那里，想了很多，心里流沙一样唰唰流淌着一种叫细碎的疼的东西。突然觉得整场离婚，其实就是个阴谋，因为胡美杉想让他幸福，也想找到那个独立而蓬勃的自己。是的，她蓬勃了，一年之间开了三家连锁店，可他呢？找到幸福了吗？不，没有。他离幸福有十万八千里，因为他把自己端得太高了，高得够不着要谦卑到尘埃里才能拥抱到的幸福。

在华灯初上的青岛，他孤零零的一个人，茫然了。